DIE LANTHORN-CHRONIKEN

TEIL 1

# DIE LATERNENWALD-EXPEDITION

Benjamin C. Stutz

Roman

Ungekürzte Taschenbuch-Fassung

Erschienen: Januar 2022

2. Auflage

Deutsche Originalausgabe



»Die Laternenwald-Expedition« ist der erste Teil der Trilogie:

»Die Lanthorn-Chroniken«

Teil 2: »Die Sternenwald-Expedition« (vsl. 2024)

Teil 3: »Die Götterwald-Expedition« (vsl. 2026)



Printed in Germany

Vertrieb, Druck & Bindung: epubli – ein Service der

neopubli GmbH, Berlin

Auch als Hörbuch erhältlich

Die Laternenwald-Expedition ist all denen gewidmet, die unsere Welt mit guten Taten lebenswerter gestalten.

# PROLOG

Es herrschte völlige Finsternis. Das rhythmische Geräusch schwerer Tropfen, die auf hartem Grund aufschlugen, hallte durch die Dunkelheit. Jasmin wusste nicht, wo sie war, doch die rätselhaften Laute kamen aus unmittelbarer Nähe und erinnerten an eine Kalksteinhöhle, in der die Tränen vergangener Epochen auf Stalagmiten zerbarsten und als Echo verebbten. Nur in der weiten Ferne entdeckte sie ein kaum wahrnehmbares saphirblaues Brillieren im klaffenden Schwarz. An diesem Ort gab es weder Wind, noch Hitze oder Kälte. Jasmin verspürte keine Angst. Sie vermutete, dass dies ein verrückter Traum sein musste, oder – war sie etwa tot? Instinktiv berührte sie ihr Gesicht. Es fühlte sich glatt und makellos an. Ihre Fingerspitzen wanderten weiter und ertasteten den Ansatz ihres langen blonden Haares, das sich ihr vertraut um die Schultern schmiegte.

Sie sah sich um, doch schien es hier tatsächlich nur diese eine ferne Lichtquelle zu geben. Dann, ganz allmählich, schien sich der Takt, der von den Tropfen vorgegeben wurde, von ihr wegzubewegen, in die Richtung, wo der blaue Schein ins makellose Schwarz gezeichnet war. Jasmin konnte nicht sagen, wie weit das mysteriöse Farbenspiel entfernt lag, aber sie fühlte ein tiefes Verlangen, sich diesem zu nähern.

Intuitiv entschied sie sich, den Lauten zu folgen, um deren Geheimnis auf den Grund zu gehen. Als sie ihre Beine in Bewegung setzte, bemerkte sie sofort, dass sie auf etwas Weichem ging. Die Masse unter ihren Füßen fühlte sich samtig an und erweckte beinahe den Eindruck, als ob sie auf Wasser wandeln würde. Mit bedachten Schritten folgte sie den vorauseilenden Tropfen, die unterdessen kaum noch zu hören waren.

Obwohl das blaue Licht in der Ferne nur schwächlich schimmerte, fühlte es sich stärkend an. Je näher Jasmin ihm kam, desto mehr gewann der Blauton an Kraft.

Für eine ganze Weile streifte sie durch den scheinbar leeren Raum, dann endlich kam sie den Tropflauten wieder näher. Das undeutliche Leuchten nahm nun zusehends Gestalt an: Es war – ein Fluss? Als Jasmin sich dem durchscheinenden Gebilde noch weiter näherte, erstarb der wegweisende Takt mit einem lauten »Blob«.

Der letzte Tropfen hatte kreisförmige Wellen auf der zuvor stillen Oberfläche des Flusses aufgescheucht, die dessen Strom in Bewegung setzten. Die Wellen breiteten sich aus und gewannen rasch an Höhe. Jasmin schaute dem Spektakel verwundert zu. Einen solchen Traum hatte sie wahrlich noch nie gehabt.

Plötzlich schreckte sie zurück. Unter der merkwürdigen, nebligen Wasseroberfläche kamen die Umrisse durchsichtiger Gestalten zum Vorschein, die der Bewegung der Wellen folgten und in Rückenlage mit dem Wasserlauf dahintrieben. Jasmin stockte der Atem. Sie fragte sich, ob das Geister waren. Der Traum ließ nicht zu, dass Jasmin Angst empfand, auch weil keine Gefahr von den Erscheinungen auszugehen schien – und dennoch war ihr bewusst, dass dies ein sehr, sehr seltsamer Traum war.

Als die ersten der Gestalten an ihr vorbeizogen, erkannte Jasmin, dass deren Augenlider geschlossen waren und ihre Hände auf den Brustkörben gefaltet lagen; fast so, als würden sie beten. Der Fluss nahm an Breite zu, und immer mehr dieser sonderbaren

Erscheinungen zogen, aus dem Nichts auftauchend, friedlich und still in die unendliche Weite davon. Jasmin überlegte, was dieses Schauspiel bedeuten könnte und weshalb sie trotz der Skurrilität keinen Unmut empfand.

Gedankenverloren wich sie ein paar Schritte zurück, um der sich füllenden Geisterbahn Platz zu machen. Nach einiger Zeit war das Flussbett so breit geworden und dicht bevölkert, dass Jasmin das schwarze Ufer auf der gegenüberliegenden Seite nicht mehr zu erkennen vermochte.

Noch immer blickte sie unentwegt auf die nun zu Hunderttausenden an ihr vorbeitreibenden, höchstwahrscheinlich toten Menschen und Tiere. Jäh verspürte sie den Drang, die trübblaue Oberfläche des Flusses mit den Fingern zu berühren. Nach kurzem Zögern näherte sie ihren Zeigefinger dem treibenden Strom. Sie tippte die leuchtende Masse nur ganz kurz mit der Fingerspitze an.

Zuerst schien es, als würde nichts geschehen, dann hob sie den Blick und entdeckte zu ihrer Überraschung ihre Mutter. Sie hatte die Augen weit geöffnet und lächelte Jasmin zu. Mit den Lippen formte sie Worte, aber die Laute schienen nicht durch die makellose Wasseroberfläche dringen zu können. Wie gebannt sah Jasmin ihr hinterher. Dann glitt ihr Vater vorbei. Er lächelte ebenfalls herzlich und winkte ihr freudig zu. Jasmin konnte sich nicht erklären, was das zu bedeuten hatte. Was war das für ein bizarrer Traum – und warum konnte sie diesem Drama beiwohnen, ohne dabei vor Trauer zusammenzubrechen?

Als letztes zog ihr jüngerer Bruder vorüber, der begeistert mit den Händen fuchtelte. Jasmin war inzwischen dermaßen konsterniert, dass sie begann, am Flussufer entlangzulaufen, um auf Höhe ihrer Familienmitglieder zu bleiben. Wenn ihre Familie schon dahinschied, dann würde sie mit ihnen gehen. Sie erhöhte ihr Tempo, doch vergebens; sie rannte schneller und schneller, flog förmlich dahin, bis der Verlauf des Stroms jäh steil anstieg, als ob die Geistererscheinungen allesamt dem letzten Gericht im Himmel entgegensteuern würden.

Eine laute, undefinierbare Stimme, die von allen Seiten zugleich zu kommen schien, verkündete: »SEI BEREIT.«

Jasmin war schweißgebadet, ganz anders als noch vor einigen Augenblicken im Zwielicht des Geisterflusses. Sie setzte sich auf. Ihr Kopfkissen war nass vor Tränen und ihr blondes Haar völlig zerzaust. Hart schlug sie mit der Faust gegen das Kissen, um die Spannung in ihrem Inneren abzubauen.

»Was für ein bescheuerter Traum«, murmelte sie dumpf in ihre zitternde Hand, mit der sie sich Schweiß und Tränen vom Gesicht wischte. Nach einem tiefen Atemzug machte sie die Lampe auf dem Nachttischchen an, die das kleine Schlafzimmer ausreichend beleuchtete. Sie war erst kürzlich nach Kobe gezogen, um ihren ersten Job anzutreten, und demensprechend war die Einzimmerwohnung auch noch nicht fertig eingerichtet. Eigentlich hatte Jasmin die meisten Umzugskartons noch nicht einmal ausgepackt.

Überzeugt, nicht mehr einschlafen zu können, zog sie sich eine Jacke über, schob ihr Smartphone in die Hosentasche und griff nach dem Schlüsselbund auf dem Tisch. Sie musste an die frische Luft. Jasmin schloss die Eingangstür hinter sich, nahm den Lift ins Erdgeschoss und trat durch die automatisierte Schiebetür hinaus auf die leere Straße.

Es war 2 Uhr morgens. Sie atmete begierig die kühle Nachtluft ein und begann raschen Schrittes, auf dem Bürgersteig entlang zu gehen. Es war zum ersten Mal seit drei Tagen nachts wieder einigermaßen dunkel, da gewaltige Gewitterwolken aufgezogen waren. An der ersten Kreuzung bog sie links ab. Nun waren die waldbewachsenen Gipfel des Rokko-Hügelzugs über den Dächern Kobes zu erkennen. Eine dünne Nebelschicht lag über ihnen, wobei das Licht der Stadt in einem orangen Farbton an den Schleiern hängen blieb.

Jasmin ging oft in diesen Wäldern spazieren – wobei sie stundenlang über ihre Lebensentscheidungen nachdachte –, und genau da wollte sie jetzt hin.

Obwohl es mitten in der Nacht war, ließen die Straßenlaternen und Werbetafeln die Verkehrsadern der japanischen Großstadt in buntem Farbtreiben erstrahlen. Japanische Städte waren generell sehr sicher und hell beleuchtet, und deshalb wagte sich Jasmin auch nachts allein hinaus. Ein paar angetrunkene Männer in Businessanzügen torkelten fröhlich schwatzend an ihr vorbei.

Jasmin wollte in Ruhe über alles nachdenken. Was hatte der Traum bloß zu bedeuten? Oder war es einfach nur ein Albtraum gewesen? Vielleicht sollte sie ihre Mutter anrufen. Jasmin warf einen Blick auf ihr Smartphone. In der mitteleuropäischen Zeitzone war es noch immer früher Abend. Oder vielleicht wäre es besser, ihrem Freund Masayuki eine Nachricht zu schicken? Nein – morgen war Samstag und sie planten zusammen einen Ausflug auf den berühmten Berg Fuji. Ihn jetzt aus dem Schlaf zu scheuchen wäre taktlos. Sie würde ihm morgen alles in Ruhe erzählen, wenn sie sich im Shizuoka-Bahnhof in der Nähe des berühmtesten aller Vulkane Japans treffen würden.

Der Weg verengte sich und begann leicht anzusteigen. Ein

schwacher Nieselregen hinterließ seine feuchten Spuren auf Jasmins Wangen und kündigte das bevorstehende Unwetter an. Sie hielt inne und dachte für einen Moment ans Umkehren – doch dann erschien ihre Abschied nehmende Familie erneut vor ihrem geistigen Auge, und dieser Anblick trieb sie weiter.

»Nun sei bereit – bereit wofür?«, flüsterte Jasmin in nachdenklicher Zwiesprache.

Ein durchdringendes Donnergrollen fegte in aufwallenden Schüben über das Bergmassiv vor ihr.

Was sollte das bedeuten? Und wem hatte die Stimme gehört? Es hatte fast so geklungen, als wären die Worte von außerhalb des Traumes zu ihr durchgedrungen. Gedankenversunken erreichte Jasmin den Waldrand. Die Abstände zwischen den Laternen wurden immer grösser und der Nebel verschluckte unterdessen den größten Teil der trüben Lichtstrahlen zwischen ihnen. Trotz des Dunstvorhangs und der zunehmend beunruhigenden Düsternis ging Jasmin auf den steinernen Tunnel vor sich zu. An diesem Ort war sie schon mehrmals durchgekommen. Die Tunnelwände waren übersät mit Liebesbekenntnissen von Pärchen, die hier massenweise vorbeikamen, um die Aussicht auf den Panoramaplattformen weiter oben zu genießen.

Doch dies kümmerte Jasmin jetzt nur wenig. Wollte Gott oder irgendein Geist ihr vielleicht etwas Bestimmtes mitteilen? War der Traum womöglich eine Art Vision? Vor einiger Zeit hatte sie mal einen Traum gehabt, in dem ganz am Ende ihr Name gerufen worden war. Daraufhin war sie abrupt aufgewacht. Viel mehr jedoch hatte jener Nachtmahr damals nicht bewirkt.

Der Tunnel lag nun einige Schritte hinter ihr. Jasmin blickte sich um. Bisher war ihr entgangen, dass es hier oben auf den

Waldstraßen mit fortschreitendem Anstieg immer weniger Straßenbeleuchtung gab.

Nach kurzem Umsehen erkannte sie, wo sie sich befand. Der Weg vor ihr würde sie zu einer Aussichtsplattform hochführen. Rechterhand allerdings fiel ihr Blick auf eine schmale, geteerte Straße, die sich im Schein der fernen Weglampen nur undeutlich zu erkennen gab. Es hatte sich Laub auf der Einfahrt angesammelt, als wäre hier schon länger niemand mehr durchgekommen.

Jasmin erinnerte sich, wie sie von viel weiter oben einmal einem steilen Waldpfad hinab gefolgt war, der sie durch das Dickicht auf diesen Weg hinuntergeführt hatte. Ihr fiel jäh wieder ein, wie sie damals auf ihrem Weg ein unheimliches, vergittertes Loch im Berg erspäht hatte. Wozu jener Stollen diente, hatte sie nie herausgefunden, aber er war riesig gewesen und mit einem dicken Metallgitter unzugänglich gemacht worden. Jasmin dachte schaudernd an jenen Moment zurück, als sie ihr Smartphone als Taschenlampe benutzt hatte, um durch die Gitterstäbe hindurch zu leuchten. Dahinter war ein Tunnelschacht gelegen, der tief in das Herz des Berges hinein zu führen schien. Dazumal war sie mit einem flauen Gefühl nach Hause gegangen. Sie hatte sich seither oft gefragt, wofür der Tunnel gebaut worden war.

Damals war es Mittag und hell gewesen; jetzt war es stockdunkel, neblig und der Regen gewann rasch an Stärke. Jasmin hatte keinen Schirm mitgenommen, und auf der Aussichtsplattform würde sie ohnehin nichts sehen können. Sie dachte erneut ans Umkehren, als rechts von ihr in der Düsternis, dort wo sie den Eingang jenes unheimlichen Bergwerks vermutete, ein bläulicher Lichtkegel aufflackerte.

Jasmin erschrak so sehr, dass sie rücklings auf die klitschnasse

Straße fiel und sich die Hände aufschürfte. Das Licht war nur für einen kurzen Augenblick zu sehen gewesen und bereits wieder erloschen. *Es hat verdammt viel mit dem blauen Fluss in meinem Traum gemein,* schoss es ihr durch den Kopf.

Sie richtete sich mühsam auf. Völlig durchnässt und von Angst erfüllt, war sie schon dabei, auf dem gleichen Weg zurück in die Stadt zu laufen. Doch dann kam ihr ein anderer Gedanke: Was, wenn dies ein Zeichen war? Was – wenn eine höhere Macht ihr den Weg weisen wollte?

Ihr Kopf riet ihr, sich so rasch wie möglich aus dem Staub zu machen, aber die anschwellende, furchtgetriebene Neugier in ihrem Herzen hielt sie an Ort und Stelle zurück.

Unterdessen hämmerten schwere Regentropfen auf ihren Kopf. Aus dem Wald brauste eine frische, nach Grün riechende Böe heran und zerrte an ihrer Windjacke. Jasmin holte tief Luft; sie hatte sich entschieden. Sie musste wissen, was es mit diesem Licht auf sich hatte.

Geduckt und bemüht, möglichst kein Geräusch zu verursachen, bog sie in die dunkle Straße ein. Ihr Smartphone hielt sie fest umklammert, für den Fall, dass sie es brauchen würde. Der Wald um sie herum wurde dichter, wobei die letzte Straßenlaterne hinter ihr kaum noch Licht spendete. Nach etwa einer Minute hatte sie die Dunkelheit gänzlich verschluckt. Fast blind tappte Jasmin nun den vom nassen Laub glitschigen Weg entlang.

Wie weit war es noch bis zum verbarrikadierten Tor? Vom Wind gehetzte Blätter raschelten unheimlich über den Teerboden. Nach einer weiteren Minute war sie gezwungen, sich der Taschenlampe am Smartphone zu bedienen, obwohl sie Angst hatte vor dem, was sie erblicken mochte. Mit zitterndem Finger fuhr sie über die Oberfläche des nassen Geräts. Der Lichtstrahl leuchtete auf und erhellte schlagartig die Umgebung vor ihr.

Zu ihrer Überraschung war der Stolleneingang nur einen Steinwurf entfernt und das Tor – stand offen. Rasch hob Jasmin die andere Hand vor das Mobilgerät, um gerade genug Licht durchzulassen, damit sie etwas sehen konnte. Der wütende Wind fegte nun kräftig über die Baumwipfel und der Regen schien sich dem aufbrausenden Tosen nach seinem Höhepunkt zu nähern.

Mit zügigen Schritten machte Jasmin einen kleinen Bogen und trat dann vorsichtig von der Seite her an den Rand des Toreingangs heran. Die schaurigen Echos des heulenden Windes wurden bis tief in den Berg hineingesogen. Jasmin spreizte ihre Finger rund um das Telefon, um ein bisschen mehr Licht hindurchzulassen. Spinnweben tanzten an der gewölbten Decke und es roch modrig wie in einem Sumpf.

Auf einmal hörte Jasmin ein Geräusch aus dem Tunnelinneren, das sie nicht zuordnen konnte. Es hörte sich an wie ein Knurren oder Brummen. Dann sah sie das bläuliche Licht in einiger Entfernung erneut aufflackern. Zuerst war es nur ein kleiner Punkt, doch schon begann es, sich rasend schnell auf sie zuzubewegen. Jasmin schreckte zurück, stolperte aus dem Tunneleingang und hechtete kopfüber in den dichten Wald. Klitschnass und schwer atmend spähte sie durch die Zweige eines Strauchs und hörte mit Entsetzen, wie das brummende Geräusch lauter wurde. Die blauen Strahlen erhellten nun den ganzen Bereich vor dem Tunnel, und eine Sekunde später kam die Schnauze eines großen Fahrzeugs zum Vorschein. Jasmin konnte nur vage erkennen, dass es sich um einen Militärjeep handelte, der geradewegs auf die breite Straße, die zur Stadt hinunterführte, zuraste. Ein weiteres

Gefährt kam herausgeschossen und dann noch eines. Danach kamen große gepanzerte Fahrzeuge und Lastwagen, die mit allen möglichen Rohren und Militärausstattung beladen waren, durch den Torbogen gebraust.

Jasmin traute ihren Augen nicht. Ungläubig starrte sie die immer länger werdende Fahrzeugkarawane an. Nach geschlagenen zehn Minuten war das Spektakel endlich vorbei. Der letzte Militärjeep legte einen kurzen Stopp vor dem Tor ein, das sich automatisch schloss, dann fuhr das Fahrzeug von dannen. Nun war es wieder fast stockdunkel.

Von weither konnte Jasmin nun das Aufheulen mehrerer Sirenen wahrnehmen. Sie war sich sicher, dass der Lärm vom Militärkonvoi stammte. Wo sie wohl alle so eilig hinwollten um diese Zeit?

Panik mischte sich mit Jasmins ohnehin schon zermürbender Angst. Ihr wurde übel. Was war hier los? War das alles ein Zufall? Der Traum, die Stimme und jetzt ein ganzer Militärtrupp, der um halb drei Uhr morgens aus einem augenscheinlich lange unbenutzten Bergstollen herausgeschossen kam. Sie musste von hier verschwinden. Was auch immer das alles zu bedeuten hatte, und ob es zwischen dem Traum und den letzten Geschehnissen eine Verbindung gab, sei dahingestellt – sie musste in ihre Wohnung zurück, wo sie ungestört mit ihrer Mutter telefonieren konnte. Ihre Kleider und Schuhe waren unterdessen komplett vom nicht versiegen wollenden Regen durchtränkt.

So leise es ging, schlich sie aus ihrem Versteck. Mit den Händen hielt sie das Smartphone immer noch fest umklammert. Sie stand vor dem nun geschlossenen Gittertor und war bereits auf dem Weg zurück zur Weggabelung, als sie sich noch einmal umwandte.

Da war etwas. Eine glühende Stelle – ein bläulicher Schein, der klar und deutlich im Inneren des Tunnelschachts auflorderte wie eine Wunderkerze – keine zehn Schritte jenseits der Gitterstäbe. Jasmin hatte das Gefühl, als würde ihr Herz augenblicklich stehenbleiben. Sie konnte sich nicht bewegen. Was auch immer da kommen mochte, diesmal war es zu spät, um sich zu verstecken. Jasmin verharrte wie angewurzelt an Ort und Stelle, während die kristallblaue Lichtkugel mit einem raschelnden Geräusch und etwa eineinhalb Meter über dem Boden schwebend auf das Sperrgitter zugeglitten kam.

Zuerst dachte Jasmin, es wäre der Lichtkegel einer Taschenlampe, doch als sie blinzelte und genauer hinsah, erkannte sie, dass da gar niemand war, der sie hätte tragen können. Die glühende Sphäre glitt gleichmäßig und ohne Widerstand durch das Gitter hindurch und auf den geteerten Weg heraus. Dann machte sie etwa einen Meter vor Jasmin Halt und eine undefinierbare Stimme, die aus allen Richtungen zugleich zu kommen schien, erklang: »ERKLIMME DEN BERG«.

Die strahlende Kugel verweilte noch einen Moment bei ihr, dann erlosch sie und Jasmin fand sich wieder allein in der düsteren Nacht. Seltsamerweise waren die Panik und die Angst, die sie noch vor einigen Augenblicken verspürt hatte, komplett verraucht. Tiefer Frieden breitete sich in ihrem Inneren aus. War sie nun verrückt geworden?

Ganze fünf Minuten blieb sie wie angewurzelt im Dunkeln stehen und lauschte dem Geräusch der großen Wassertropfen, die sich im Astwerk der hohen Bäume gesammelt hatten und nun in unregelmäßigen Abständen auf die Straße klatschten. Das Gewitter war vorüber. Ein Blick auf ihr Smartphone verriet Jasmin, dass es drei Uhr morgens war. Ungewöhnliche, golden schimmernde Strahlen bahnten sich nun einen Weg durch die sich auflösenden Wolken bis auf die Dächer der Millionenmetropole hinab. Durchnässt wie sie war, verwirrt und ziemlich müde, machte sich Jasmin auf den Weg zurück in die Stadt. Im Hauptkreis Sannomiya, wo ihre Wohnung lag, war es ruhig geworden. Nur das widerhallende Echo unzähliger Sirenen war aus weiter Entfernung zu vernehmen. Jasmin hatte keine Energie mehr übrig, um über das seltsame Wetterphänomen nachzugrübeln, das schon eine ganze Weile lang für Schlagzeilen sorgte und die nächtliche Stadt seit Tagen in mysteriöses Dämmerlicht tauchte. Sie bog ein letztes Mal rechts ab und stand wieder vor ihrem Wohnkomplex. Sie nahm den Lift in den achten Stock, schloss die Wohnungstür auf, ließ sich aufs Bett fallen und schlief sofort ein.

Als Jasmin wieder aufwachte, schienen bereits heiße Mittagssonnenstrahlen durch das Fenster auf ihr schlaftrunkenes Antlitz. Sie hatte verschlafen! Hastig zog sie ihr Smartphone aus der Hosentasche, doch der Bildschirm wollte nicht aufleuchten. Sie hatte es, als sie in den Morgenstunden nach Hause gekommen war, vergessen aufzuladen. Wie sollte sie nun mit Masayuki Kontakt aufnehmen? Er war vielleicht bereits auf dem Weg nach Shizuoka. Sie entschied sich, zuerst kurz zu duschen und das Telefon in der Zwischenzeit wiederzubeleben. Um wacher zu werden, zog sie die Vorhänge im Zimmer auf, woraufhin blendende, weißgoldene Lichtstrahlen in ihren Schlafraum fluteten.

Das Strahlen war ungewöhnlich hell, viel heller sogar als während der letzten Wochen und es schmerzte in ihren Augen. Von der kurzen Nacht benommen und von der Lichtflut überfordert, riss sie die Vorhänge wieder zu und begab sich in das recht dürftig eingerichtete Badezimmer. Während der erfrischenden Dusche dachte sie über die Geschehnisse der letzten Nacht nach. »Nun sei bereit … erklimme den Berg …« Ja, sie würde heute vielleicht einen Berg besteigen, aber ob das etwas miteinander zu tun hatte? Und wenn ja, inwiefern? Sie war sich sicher, sich die schwebende Sphäre vor dem Tunnel nicht eingebildet zu haben und auch, dass die Stimme absolut real gewesen war, obschon sie bestimmt keinem Menschen gehörte. Sie wusch die Pflegespülung aus ihrem langen Haar, schloss den Hahn und trocknete ihren schlanken Körper rasch mit einem Handtuch ab. Zurück aus dem Badezimmer prüfte Jasmin die Ladung des Akkus ihres Mobiltelefons; naja, es würde genügen, um Masayuki kurz Bescheid zu geben, dass sie sich verspäten würde. Als sie seine Nummer wählte, nahm dieser sofort ab.

»Hey du! Und – schon im Zug Richtung Shizuoka?«, fragte er mit gespieltem Spott.

Jasmin war gerade dabei, sich Socken über ihre Füße zu stülpen. »Hallo Masa. Weißt du was – ich habe verschlafen«, gab Jasmin in bitterem Tonfall zu.

Masayuki lachte herzhaft auf. »Das habe ich mir gedacht. Ich versuche dich schon seit acht Uhr zu erreichen, und jetzt ist es zwölf«, sagte er ohne angeschlagen zu klingen. »Dafür hatte ich Zeit, ein paar Sandwiches zu machen und drei, vier Bierchen habe ich auch noch aufgetrieben.«

Jasmin schämte sich, dass sie ihren Freund so lange hatte warten lassen. »Ich wäre jetzt bereit, falls du noch gehen möchtest«, bemerkte sie kleinlaut.

»Das Zimmer in der Herberge ist nach wie vor reserviert. Es hält uns nichts davon ab, die paar Stunden, die wir versäumt haben, heute Abend nachzuholen«, drang Masayukis kosende Stimme durch die Lautsprecher und Jasmins Herz machte einen Hüpfer.

»Okay – ich mach mich sofort auf den Weg. In zwanzig Minuten bin ich auf dem Bahnhof, dann bin ich um – 15 Uhr in Shizuoka.«

»Na, dann los!«, spornte Masayuki seine Freundin an.

Jasmin kramte ihre Siebensachen zusammen und stopfte diese ohne viel Federlesens in einen großen Rucksack. Dann eilte sie ungeschminkt und mit noch nassen Haaren aus der Wohnung. Die Geschehnisse der Nacht zuvor erschienen ihr plötzlich fern und verschwommen. Alles, worauf sie sich jetzt freute, war Masayuki wieder zu sehen und mit ihm gemeinsam eineinhalb romantische Tage zu verbringen.

Am Bahnhof Shin-Kobe angekommen, wurde Jasmins gute Laune jedoch schon zum ersten Mal auf die Probe gestellt. Obwohl sonst überfüllt mit Leuten aus aller Welt, war der Bahnhof heute seltsam leer. Vereinzelt sah sie Personen in grünen und blauen Uniformen umhergehen, aber sie hatte keine Zeit, sich die Sache näher anzusehen. Vor den Schaltern standen keine Leute an, also schritt sie gleich zur ersten Theke und fragte nach einer Retourfahrkarte nach Shizuoka-City. Der Beamte musterte sie sogleich mit einer entschuldigenden Miene und ließ sich verbeugend vernehmen: »Es tut uns schrecklich leid, aber sämtliche Züge werden bis frühestens morgen Abend von der Regierung in Anspruch genommen und stehen in der Zwischenzeit der Öffentlichkeit nicht zur Verfügung.«

Jasmin sank das Herz in die Hose. Das konnte doch nicht wahr sein! Besetzt vom Staat – Hunderte von Schnellzügen, die jeden Tag fuhren? Jasmin konnte das weder glauben, noch akzeptieren und protestierte lauthals: »Wie kann denn jeder einzelne Zug restlos ausgebucht sein, wenn der ganze Bahnhof leer ist? Könnten Sie nicht bitte nochmal nachsehen, ob ein einziger Platz frei ist? *Bitte!*«, flehte sie in fließendem Japanisch. Der Beamte verbeugte sich nur noch tiefer und murmelte etwas, das sich wie endlose Entschuldigungen anhörte. Jasmin spürte eine glühende Wut in sich aufkochen. Dieses eine Wochenende ließ sie sich nicht vermasseln.

»Jetzt hören Sie mir mal zu. Ich habe heute seit einem Monat mein erstes Date und muss unbedingt nach Shizuoka, damit ich mit meinem Freund auf den Fuji-san steigen kann. Wenn Sie jetzt nicht sofort nachsehen, ob es noch einen einzelnen Platz in irgendeinem Zug Richtung Tokio gibt, dann – dann spalte ich Ihre Theke entzwei!«

Dem Beamten schienen die Augen herauszuquellen und sein Mund klaffte schräg offen. Er fasste sich allerdings nach einem schockerfüllten Augenblick wieder und begann wie ein Wahnsinniger auf der Tastatur seines Computers herumzuhämmern. Nach gut zehn Sekunden kehrte derselbe Gesichtsausdruck noch einmal zurück ins Antlitz des Beamten, während er mit perplexem Blick seinen Bildschirm bestaunte. Dann stand er auf und verkündete, sich erneut übertrieben tief verneigend: »Eigentlich sind alle Züge von der Regierung bis auf Weiteres besetzt, aber Sie haben Glück. Ich weiß nicht, wie es kommt, aber wie es scheint, ist ein einziger Sitzplatz im Ein-Uhr-Zug verfügbar.«

Jasmins Herz kehrte augenblicklich an seinen beheimateten Platz zurück.

»Den nehme ich«, entgegnete sie zufrieden mit sich selbst. *Was ein winziger Protest in diesem Land nicht alles in Bewegung setzen kann,* dachte sie vergnügt. *Das sollten sich die jungen Japaner auch angewöhnen,* grinste sie vor sich hin und dachte an Japans stagnierende sozialwirtschaftliche Lage. Sie ging durch die Ticketbarrieren und begab sich mit den Rolltreppen hinauf zu den Gleisen.

Dort musste sie nicht lange warten, bis die Schnauze des schnellsten Expresszugs von Japan – des »Shinkansen« – angerollt kam. Jasmin hatte einen Fensterplatz abbekommen und freute sich, während der Fahrt die wald- und hügelreiche Aussicht auf die Kansai- und Chūbu-Gebiete genießen zu können. Die Tür des Abteils 6 öffnete sich und Jasmin machte Platz für aussteigende Passagiere – aber es trat niemand heraus. Dafür, dass alle Züge komplett ausgebucht waren, schienen aber beträchtlich wenige die kulinarische Weltstadt Kobe besuchen zu wollen. Und es war ihr auch erst jetzt aufgefallen, dass sich keine weiteren Personen auf dem Bahnsteig befanden.

Etwas verwundert stieg sie durch die weißen, automatisierten Türflügel und begab sich in das Abteil, das auf ihrer Fahrkarte beschrieben war. Jasmin stockte der Atem. Alle Wagons waren gefüllt mit Beamten in grünen und blauen Militäranzügen. Das hatte sie nicht erwartet. Die Soldaten starrten sie mit großen Augen an, aber keiner sprach ein Wort. Die Atmosphäre war angespannt und Jasmin hatte den Eindruck, dass diese Leute nicht zum Spaß unterwegs waren. Sie eilte die Sitzreihen entlang, bis sie zu der Reihe kam, über deren Fensterluke ihre Platznummer notiert war. Der Mann, der neben ihrem Fensterplatz saß, sprang erschrocken auf und ließ sie hindurch. Sie setzte sich und verstaute ihren Rucksack unter ihren Füßen. Der Zug setzte sich in Bewegung und die Landschaft vor dem quadratischen Fenster änderte sich in Minuten von grellgrauer Stadt zu grellgrünen Feldern und Wäldern, wobei die hellen Strahlen, die noch immer in blendendem Weißgold vom Himmel herabschienen, die Farbwelt draußen monoton übermalten. Jasmin zog den eingebauten Rollladen herunter und beäugte den Mann, der neben ihr saß, verstohlen aus den Augenwinkeln. Dieser saß mit starrer Miene da und bohrte seinen stoischen Blick hartnäckig in die Sitzreihe vor sich. Der Getränke- und Snackwagen kam vorbei, doch niemand kaufte irgendwas. Jasmin, die heute noch nichts gegessen hatte und von einem Höllenhunger geplagt wurde, ergatterte sich ein Bento: eine japanische Lunchbox mit Reis und verschiedenen Fleisch- und Gemüsebeilagen. Sie verschlang ihren Brunch mit großen Bissen. Der Mann neben ihr saß noch immer wie erstarrt da. Sie fand das schon merkwürdig; diese toternste Stimmung der Soldaten und auch die Fahrzeugkarawane, die sie bei den Rokko-Bergen letzte Nacht gesehen hatte. Zwischen ihnen musste es irgendeine Verbindung geben. Sie war sich sicher, dass diese Leute nach Tokio fuhren, in die Hauptstadt Japans und zur Endstation dieses Zuges – oder handelte es sich womöglich um einen bevorstehenden Ausbruch des Vulkans Fuji? Sie zog ihr Smartphone aus der Tasche und suchte das Internet nach Neuigkeiten ab. Sie fand nur eine Meldung, dass der Bahnverkehr landesweit vorübergehend ausfiel und einen kleinen Bericht über die anhaltenden Sonnenflares, die angeblich dafür verantwortlich waren, dass es seit einer Woche abends nicht mehr richtig dunkel wurde.

Jasmin schob den Rollladen einen Spaltbreit hoch und ließ ihren Blick mit zugekniffenen Augen über das Himmelszelt schweifen. *Was da oben wohl vor sich geht?*, fragte sie sich und gähnte herzhaft. Das üppige Bento hatte sie müde gemacht. Sie ließ nun verschlafen ihren Blick über die Berglandschaft schweifen, die sich vor dem Fenster des Zuges präsentierte. Japanische Berge waren grundsätzlich mit dichten Wäldern überzogen; darum mochte sie Jasmin auch so sehr. Die meisten Berggipfel in Europa waren ihrer Auffassung nach zu kahl und somit langweilig. Naja, in Japan gab es zwar auch Ausnahmen, wie zum Beispiel den berühmtesten aller Berge, den sie heute besteigen würde: der Vulkan Fuji. Aber sein kahles Haupt hatte er wohl auch dem Umstand zu verdanken, dass er zuletzt 1707 ausgebrochen war. Außerdem ragte er über 3700 Meter hoch über den Meeresspiegel auf, was die Waldgrenze weit überstieg. Jasmin überlegte, ob er vom Zugfenster aus wohl zu sehen sein würde. Ihre Augen huschten hin und zurück, an glühenden Reisfeldern und dichten Bambushainen vorbei und richteten sich dann wieder empor zum Himmelsdach, aus dem sich nach wie vor grässlich blendende Strahlen ergossen.

Wenn man den Nachrichten Glauben schenken wollte, war dies das Werk der Sonnenflares. Jasmin allerdings war den wissenschaftlichen Aussagen gegenüber kritisch gestimmt. Sie war der Überzeugung, Sonnenflares könnten elektronische Geräte außer Gefecht setzen und wären schädlich für die Haut – aber den Himmel erhellen, das war ihr neu. Dazu kam, dass es ja nun auch während der Nachtstunden hell war, obwohl die Sonnenflares zur Nachtzeit gleich wie die Sonnenstrahlen hinter der Erdkugel versteckt sein müssten. An der Geschichte war eindeutig etwas faul.

Rechts neben ihr gab es nun aber doch Bewegung. Ein etwas älter wirkender Mann in blauem Anzug und weinroter Kommandantenmütze auf dem kahl rasierten Schädel kam durch das Abteil geeilt. Er blieb vor dem Mann stehen, der neben Jasmin saß.

Seine Augen schweiften nur flüchtig über Jasmins Profil, dann sagte er in scharfem Flüsterton: »Stabsoffizier Kanda, die Lage hat sich geändert. Wir steigen in Tokio in die Maboroshi-Line um. Im Untergrundsitz wartet Mr. Cadec mit der amerikanischen Delegation auf uns.« Er schielte nochmals kurz zu Jasmin herüber, als ob er prüfen wollte, ob sie etwas aufgeschnappt hatte. Doch wie so viele Japaner glaubte er offensichtlich, dass eine blonde Ausländerin der japanischen Sprache kaum mächtig sein konnte. Damit hatte er unrecht, doch das war Jasmin mittlerweile egal. Sie hatte es aufgegeben, den Japanern klar zu machen, dass ihre Sprache grammatikalisch gesehen eine der einfachsten der Welt war und jeder sie lernen konnte.

»Den Rest wissen Sie. Erstatten Sie den Unteroffizieren unverzüglich Bericht«, fügte der Mann schließlich hinzu.

»Jawohl, Herr Kommandant«, antwortete Stabsoffizier Kanda, und beide tauschten eine salutierende Geste aus. Der Kommandant drehte sich auf dem Absatz um und hastete zurück in das Abteil, aus dem er gekommen war. Stabsoffizier Kanda erhob sich und schritt in das gegenüberliegende Abteil.

Jasmin hatte noch nie von einer Maboroshi-Line gehört, geschweige denn von einer solchen in Tokio. Maboroshi bedeutete Phantom oder Illusion in der japanischen Sprache. Sie hatte schon von geheimen Untergrundlinien gelesen, die nur dem Staatswesen vorbehalten sein sollen. Wenigstens hieß dies, dass es sich vermutlich nicht um einen fatalen Ausbruch des Fuji-san handelte, wenn die Soldaten alle nach Tokio fuhren. Jasmin zückte ihr Smartphone ein weiteres Mal aus ihrer Tasche und schrieb Masayuki eine kurze Nachricht: »In zehn Minuten bin ich da.« Wenige Augenblicke später kam ein: »Cool! Ich warte bei der Bushaltestelle auf dich«, und ein grinsender Smiley zurück.

Als der Schnellzug am Bahnhof Shizuoka ankam, war Jasmin froh, dass sie der sich in Tristesse suhlenden Männerhorde endlich entfliehen konnte. Stabsoffizier Kanda war noch immer nicht zurückgekehrt, doch das interessierte sie jetzt nicht mehr. Durch die Barrieren rennend und mit einem etwas steifen Rücken entdeckte sie an einer Zeittafel der Busstation lehnend den hochgewachsenen und sonnengebräunten Masayuki mit seinen zum Kamm aufgestellten blondgefärbten Haaren schon von weitem. Sie fielen einander mit einem herzlichen Aufprall in die Arme. Masayuki streichelte sanft über ihr leicht welliges, heute luftgetrocknetes Haar.

»Ich habe dich vermisst«, schnurrte Jasmin zärtlich.

»Ich dich auch – das kannst du mir glauben. Und, bereit für ein Abenteuer nur für uns zwei?«

Im Bus setzten sie sich in die hinterste Reihe. Eine Gruppe junger Leute, die vor allem aus Pärchen nicht japanischer Abstammung zu bestehen schien, stieg nach und nach in das Fahrzeug ein. Ein Zweiergespann, das sich eine Reihe vor ihnen niedergelassen hatte, war dem englischen Akzent zufolge amerikanischer Herkunft: der Mann hatte kurzes, blondes Haar und einen dichten Dreitagebart, die Frau dagegen dunkle Haut und seidige, kastanienrote Locken. Ein weiteres Pärchen sprach Deutsch, soweit Jasmin ihren Sprachkenntnissen trauen konnte. Der Mann jenes Paares schien arabische Wurzeln zu haben, und seine Partnerin hatte südostasiatische Gesichtszüge. Der Bus holperte mittlerweile eine steile Waldstraße entlang.

»Echt schön, dich zu sehen«, erfreute sich Masayuki und tätschelte Jasmin den Kopf. »Wie schlägst du dich mit deiner neuen

Knochenarbeit in Kobe?«

»Naja, Knochenarbeit kann man es noch nicht nennen. Wie du ja weißt, bin ich noch immer im Training. Aber Kobe ist eine schöne Stadt. Ich mag die Balance zwischen Meer und Bergen«, erklärte Jasmin und packte Masas neckende Hand. Sie musste unwillkürlich an die letzte Nacht denken.

»Dann hast du dich also schon gut eingelebt? Freut mich zu hören«, gab sich Masayuki etwas steif.

Jasmin wusste, dass Masayuki mit der Situation nicht glücklich war. Er war eigentlich dafür gewesen, dass sie sich eine Stelle in Tokio suchte, was sie auch versucht hatte. Doch wie das Schicksal es nun mal wollte, fand sie ihr Glück in Kobe, dessen japanische Silben schicksalsgetreu »das Tor der Götter« hießen. Sie beide hatten Politikwissenschaft studiert und zwei Jahre lang – bis vor vier Wochen – gemeinsam in einem kleinen Apartment in Tokio gelebt. Masayuki ließ einen tiefen Seufzer hören.

»Ich weiß, es ist nicht einfach«, begann Jasmin zögernd und legte Masas Hand auf ihren Schoss, »aber wir werden eine Lösung finden. Ganz bestimmt«, schloss sie aufmunternd.

»Ja – ich weiß, ich weiß«, seufzte Masayuki und stierte dabei mit trüber Miene aus dem Panoramafenster.

Jasmin ärgerte sich ein wenig, dass sie sich bereits zu diesem Zeitpunkt mit diesem schwierigen Gesprächsthema auseinandersetzen mussten. Es gab momentan einige Dinge, die ihr im Kopf herumschwirrten und über die sie sich gerne mit Masayuki beraten wollte, wie zum Beispiel ihr verwegener Traum und die Soldaten im Shinkansen. »Offenbar hat die Regierung heute und morgen die ganze Shinkansen-Strecke von Fukuoka bis nach Tokio komplett für sich reserviert. Ich hatte Glück, dass ich überhaupt einen Platz ergattern konnte. Weißt du etwas darüber?«

Masayuki schien verdutzt. »Im Bahnhof Tokio war die Hölle los. Es war fast kein Durchkommen. Überall waren Militärtrucks und Leute der Selbstverteidigungsstreitkräfte mit Gewehren. Aber der Zug nach Shizuoka war praktisch leer«, erwiderte er.

»Das habe ich mir gedacht, denn im Shinkansen habe ich mitbekommen, dass sie alle nach Tokio fahren, um dort in die Maboroshi-Line umzusteigen. Keine Ahnung, was das bedeuten soll, aber es hat sich nicht nach einem positiven Anlass angehört.«

Masayuki zuckte mit den Schultern. »Uns geht es jedenfalls nichts an, sonst würde ja etwas in den Nachrichten stehen.«

*Diese Art des Denkens ist typisch japanisch,* dachte Jasmin verbissen, sagte aber nichts. Wenn eine Katastrophe bevorstand und die Bevölkerung nicht gewarnt wurde, ging es sie dennoch etwas an.

Der Bus stoppte abrupt – sie hatten ihr Ziel erreicht. Die Passagiere, die vor ihnen gesessen hatten, stiegen aus und traten voran. Jasmin, die noch nie hier gewesen war, hatte keine Ahnung, wo sie waren oder welchen Weg sie nun einschlagen mussten. Masayuki jedoch hatte den Berg Fuji schon zweimal bestiegen, einmal mit seinem Vater und einmal mit seinen Kollegen aus der Uni.

»Sicherheitshalber habe ich einen unserer Atlanten eingepackt«, sagte Masayuki grinsend.

»Gott sei Dank. Ich hätte nämlich keine Ahnung, wo es langgeht«, gab Jasmin wahrheitsgemäß zu.

Masayuki arbeitete zurzeit in einer Firma, die moderne Karten für GPS-Geräte und klassische Weltatlanten traditionsgemäß aus Papier herstellte. Er war ein ausgesprochener Kartenfreak und hatte demnach oft dicke Wälzer dabei, die mit Koordinaten und unzähligen Symbolen vollgedruckt und für den einfachen Bürger praktisch ungebräuchlich waren. Jasmin hatte sich inzwischen damit abgefunden, auf das GPS in ihrem Smartphone zu verzichten, wenn sie mit Masa unterwegs war, denn er bestand stets darauf, ihr gemeinsames Ziel nur mit seinen Karten zu finden.

Zuerst folgte das Wanderduo einer geteerten Straße, die quer durch eine Wiese mit Sträuchern führte. Der Weg war bereits ziemlich steil, und mit einem Rucksack auf dem Rücken und schwülen dreißig Grad war der Aufstieg von Anfang an eine Reise, die in Erinnerung bleiben würde.

»Ich dachte, wir wären auf einem Berg. Wie kann es denn so heiß sein auf dieser Höhe?«, beklagte sich Jasmin schon nach wenigen Minuten außer Atem.

Obwohl Masas Gepäckstück verglichen mit ihrem etwa den dreifachen Durchmesser aufwies, ihr Mittagessen, vier Dosen Bier und einen riesigen Wälzer beinhaltete, schienen ihm weder die Hitze noch die Steigung etwas anzuhaben. Er lachte hämisch. »Das ist erst der Anfang. Warte nur, bis wir über die Strauchgrenze kommen, dann gibt es nicht mal mehr einen richtigen Weg, und Schatten kannst du auch vergessen. *Das* nennt man wandern.«

Jasmin zog eine gequälte Grimasse, und Masayuki lachte nur noch lauter. Sie mochte es, wenn Masa lachte. Es hatte etwas Herzhaftes und Aufrichtiges an sich.

»Was hast du eigentlich in deinen überdimensionalen Rucksack gepackt?«, fragte sie keuchend.

»Ach, nichts Besonderes. Nur ein paar Notfallrationen, zwei Regenmäntel, ein Messer und eine Taschenlampe. Man weiß ja nie, wann man was braucht.«

»Notfallrationen! Das klingt nach etwas Essbarem.«

Masayuki warf ihr einen vielversprechenden Blick über die Schulter zu. »Naja, ich hatte am Morgen etwas Zeit, wie du ja weißt.« Jasmin schnitt erneut eine Grimasse.

»Ich dachte mir, wir könnten die Sandwiches, wenn wir oben sind, unter den Sternen genießen. Ein paar Bierchen und Snacks habe ich auch noch im Angebot.«

»Genial – kann es kaum erwarten. Aber glaubst du, die Sterne werden sich heute Abend zeigen?«, argwöhnte Jasmin heftig atmend.

»Da bin ich mir auch noch nicht so sicher. Dann sehen wir eben Sonnenflares – klingt fast genauso romantisch, nicht?«, witzelte Masayuki und grinste dabei breit.

Jasmin erwiderte seinen Scherz, indem sie ihm einen Klaps auf den Hintern verabreichte. »Übrigens, nochmals sorry für die Verspätung. Ich hatte einen üblen Traum und konnte lange nicht schlafen.«

»Mach dir nichts draus. Ehrlich gesagt habe ich auch schlecht geschlafen und hätte beinahe verpennt.«

»Du auch?«, fragte Jasmin aufmerksam.

»Ja, ich habe schlecht geträumt. Um was ging es denn in deinem Traum?«

»Ich muss dir etwas gestehen«, begann Jasmin mit ernster Stimme.

»Was – hast du geträumt, dass dir deine Arbeit gekündigt wurde?«, warf Masayuki zynisch ein.

»Nein – natürlich nicht. Es war – eine Art Albtraum, oder sowas Ähnliches.«

Masayuki schwieg, also fuhr sie fort: »Ich stand in der Dunkelheit und wusste nicht, wo ich war. Ich fühlte mich nicht fremd oder so. Ich war einfach nur da – und, da gab es ein Licht in der Ferne; ein blaues Licht. Also bin ich darauf zugegangen.« Eine Pause trat ein. Jasmin brauchte Luft. »Warte bitte kurz. Ich muss mal verschnaufen«, röchelte sie. Masayuki blieb stehen, war aber immer noch dem Berg zugewandt.

»Jasmin«, sagte er nach einer Weile. »War das Licht ... war es ein Fluss?«

Jasmins Keuchen beruhigte sich langsam und ging wieder in ein unregelmäßiges Atmen über. Sie war in die Hocke gegangen und hob nun langsam den Kopf. Sie konnte nicht fassen, was ihr Freund da eben von sich gegeben hatte. Konnte es denn sein? Hatte er womöglich denselben Traum gehabt wie sie? Masayuki zitterte ein wenig. Er schob seine linke Hand vor sein Gesicht, mit der anderen setzte er seinen Rucksack ab. Jasmin konnte nicht erkennen, was er tat, aber sie verspürte plötzlich eine unbeschreibliche Nähe zu ihm, wie sie es noch nie für einen Menschen empfunden hatte. Sie trat auf ihn zu, umarmte ihn von hinten und legte behutsam den Kopf auf seinen Nacken.

»Da waren meine kleine Schwester und meine Eltern. Ich dachte, es wäre bloß ein blöder Traum«, stammelte Masayuki mit völlig aufgelöster Stimme. Jasmin streichelte ihm zärtlich über den Rücken. »Dann bin ich schweißgebadet aufgewacht und konnte die ganze Nacht kein Auge mehr zu tun. Naja«, Masayuki schnäuzte sich die Nase, »wenigstens sind wir jetzt zusammen. Ich will dich nie mehr gehenlassen – ich möchte, dass du bei mir bleibst – für immer.«

»Das möchte ich auch, Masa, ich auch.«

Tief in ihrem Inneren spürten beide das Ausmaß an Bedeutung

ihrer Träume, und dass diese gravierende Folgen für ihre Schicksale haben würden, auch wenn sie das Ganze zum gegebenen Zeitpunkt noch nicht richtig einordnen konnten. Für eine Weile schwiegen sie in tiefer Verbundenheit, dann nahm Jasmin Masayukis Hand in ihre und gestärkt durch ihren verbindenden Händedruck stapften sie gemächlich auf dem Geröllpfad weiter. Jasmins Uhr zufolge war es fast halb sechs Uhr nachmittags. Der Himmel strahlte heller denn je. Die kleine Unterkunft, in der Masayuki ein Zimmer gebucht hatte, erreichten sie nach weiteren anstrengenden zwanzig Minuten, in denen sie sich durch ausgedehnte Geröllfelder und steile Abhänge gearbeitet hatten. Die Herberge stellte sich als eine hölzerne Hütte heraus, mit einer kleinen Terrasse, auf der drei Kunststofftischchen mit Stühlen standen. Eines der Pärchen, das mit ihnen im selben Bus angereist war, hatte sich auf den Stühlen niedergelassen. Sie trugen Sonnenbrillen und deuteten auf den Himmel, wobei sie sich auf Spanisch oder Portugiesisch verständigten.

*Ob sie mit den Brillen wohl sehen können, was da oben vor sich geht?*, fragte sich Jasmin, die sich etwas ärgerte, dass sie ihre eigene zuhause liegen gelassen hatte. Zwei weitere hochgewachsene Personen, die beide Kleider im Camouflage-Look trugen, standen im Türrahmen der Herberge und unterhielten sich mit jemandem, den Jasmin nicht sehen konnte.

»Mikael McLane haben Sie gesagt? Sind sie Amerikaner?«, krächzte eine raue Frauenstimme jenseits der Eingangstür. »Bitte hier entlang.«

Masayuki trat nun voraus in den Eingangsbereich des Gasthauses, in dem das englischsprechende Paar verschwunden war. Die Herberge war das einzige Gebäude weit und breit und von spitzen Felsen und schütteren Wiesenflächen umgeben. Nach gut zwei Minuten kündigte das Geräusch von Schritten auf ächzendem Holz an, dass jemand die alte Wendeltreppe, die in die Diele mündete, herunterkam. Eine uralte Frau in Pantoffeln und mit grau verfilztem Haarknoten tauchte vor ihnen auf. Auch sie hatte eine Sonnenbrille aufgesetzt, die ihr halbes Gesicht verdeckte und sie wie ein Wesen von einem anderen Stern aussehen ließ. Sie lächelte ihnen zu und sagte mit knorriger Stimme: »Das ist aber ein hübsches Mädchen.«

Masayuki erwiderte ihr Lächeln. An derartige Bemerkungen über Jasmins westliches Aussehen waren die beiden gewöhnt. »Wir haben für heute Nacht ein Zimmer gebucht.«

Die alte Frau verbeugte sich, soweit es ihr krummer Rücken billigte und wies sie mit einer Geste in den schmalen, hölzernen Korridor ein. Sie zogen die Schuhe aus, verstauten diese in einem Schuhregal an der Wand und folgten der Greisin die unter der Last knarzende Holztreppe hinauf. Jasmin blickte sich um und bemerkte mehrere alte Zimmertüren aus Holz, von denen eine einen Spaltbreit offenstand. Plötzlich hörte sie eine leise, knurrende Stimme sagen: »Lailac, sei still! Nein, das sind sie nicht.«

Ein braunes Auge starrte Jasmin an, welches umsäumt war von dunklem Fell. Jasmin erschrak, wich zurück und wäre schier in Masa geprallt.

»Was ist los?«, wollte dieser sofort wissen.

»Ich – ach nichts. Vergiss es«, gab sie zurück und machte eine nachdenkliche Miene. Sie war sich ziemlich sicher, was sie gesehen hatte, war ein Hundewesen gewesen – aber diese waren sehr selten und die Wahrscheinlichkeit ausgerechnet auf dem Fuji-san einem über den Weg zu laufen, war äußerst klein. Doch es blieb keine Zeit, darüber nachzudenken, denn schon öffnete die alte Gastwirtin eine Holztür zu ihrer Rechten und verkündete: »Das ist Ihr Zimmer für heute Nacht. Wenn Sie etwas brauchen, ich bin im Erdgeschoß, erstes Zimmer links. Frühstück wird von sechs bis halb neun serviert. Ich wünsche Ihnen einen angenehmen Aufenthalt.«

Nachdem die alte Frau die Tür hinter sich ins Schloss hatte fallen lassen und die beiden Reisegäste sich versichert hatten, dass die Wirtin, den die Wände durchdringenden Lauten zufolge wieder im Erdgeschoß angekommen war, ließen sich Jasmin und Masayuki auf das hölzerne Bett plumpsen, das mitleiderregend aufquietschte. Masayuki schob sich über Jasmins Brust und fixierte ihre Hände fest über ihrem flauschigen Haar. Er küsste sie mit lang gehegter Leidenschaft. Dann legte er ein Ohr auf ihre Brust und lauschte für eine Weile ihrem Herzschlag.

»Komm, lass uns auf den Berggipfel hochsteigen. Vielleicht wird es heute Abend wieder einmal richtig dunkel und wir können die Sterne bewundern«, schlug Masayuki auf einmal vor und begann, Jasmin ohne Vorwarnung am Bauch zu kitzeln.

Jasmin lachte auf und versuchte, Masayukis hinterhältige Kitzelattacke abzuwehren. Eigentlich fühlte sie sich nicht danach, gleich wieder aufzubrechen, aber als Masayuki ihr die Hand hinstreckte, packte sie diese und ließ sich von ihm hochziehen.

»Ich will wissen, was uns da oben erwartet«, unterstrich er sein Vorhaben und machte Anstalten, Jasmin zu küssen.

Diese ließ sich in seine kräftigen Arme gleiten, doch wich sie seinen zum Kuss geformten Lippen flink aus und gab ihm als Rache für die Kitzelattacke nur einen flüchtigen Schmatzer auf die Wange. Als die beiden wieder nach draußen traten, war das Pärchen auf der Terrasse verschwunden. Sie beschritten den steinernen Wanderpfad, der sich schlängelnd zum Gipfel emporwand. Es war nach wie vor ungewöhnlich hell und warm. Masayuki interpretierte die auffällige Wärme als Zeichen, dass sie bald am Krater des Vulkans ankommen mussten.

*Das kann doch nicht sein,* dachte Jasmin mit einem unbehaglichen Gefühl in der Magengrube. Der Berg Fuji war ein inaktiver Vulkan und konnte daher keinen Einfluss auf die Temperatur in der Umgebung ausüben. Das goldene Licht, welches das Himmelszelt über die Landschaft um das Bergmassiv herum verschüttete, war unterdessen so stechend hell geworden, dass keine Schatten mehr zu erkennen waren. Auch von der genialen Aussicht, von der Masayuki monatelang geschwärmt hatte, konnten sie so gut wie gar nichts ausmachen. Von weiter Ferne schallte das unverkennbare Geräusch von Sirenen zu ihnen hoch – und diesmal waren es keine Warnlaute von Fahrzeugen. Es waren Katastrophensirenen aus den Städten der Umgebung, die normalerweise dann zu hören waren, wenn ein Tsunami bevorstand.

»Hörst du die Lautsprecher?«, bemerkte Masayuki beunruhigt. »Ich glaube, sie sagen, dass man im Haus bleiben soll.«

»Ja, das höre ich auch. Aber es hat doch gar kein Erdbeben gegeben«, stellte Jasmin verwirrt fest.

»Wahrscheinlich ist es wegen der Sonnenflares, oder was auch immer das da oben für goldene Wolken sind.«

»Masa – das sind doch keine Sonnenflares. Die Sonne ist eben untergegangen, also kann es nichts sein, das von der Sonne her kommt.«

Jasmin kramte aufgewühlt in ihrer Tasche und zog ihr vibrierendes Handy heraus. Sie nahm sofort ab.

»Hallo, Jasmin?«, erklang die besorgte Stimme ihrer Mutter. Jasmin berührte kurz Masas Rücken, um ihm zu bedeuten, dass er anhalten sollte.

»Hallo, Mama – was ist denn los?«, fragte Jasmin verängstigt.

»Ich habe versucht, dich zu erreichen. Hast du die Nachrichten gesehen? Leute auf der ganzen Welt sind auf den Straßen und spielen verrückt. Niemand weiß, was es mit den goldenen Wolken auf sich hat – a-aber man munkelt, die Regierung würde etwas geheim halten. Manche behaupten sogar, die Welt würde – untergehen.«

Ein lauter Schluchzer war zu hören. Jasmin wusste nicht recht, was sie darauf antworten sollte. In diesem Augenblick wünschte sie sich verzweifelt, bei ihrer Familie zu sein, und doch klaffte eine Distanz von zehntausend Kilometern zwischen ihnen.

»Mama, soweit ich weiß, sind es nur Sonnenflares, und die sind nicht gefährlich«, versuchte Jasmin ihre Mutter zu beruhigen, obwohl sie genau wusste, dass dem nicht so sein konnte.

»Jasmin, ich habe Angst. Papa ist vor fünf Minuten nach Hause gekommen –«

Es gab eine kurze Unterbrechung, dann war die Stimme ihres Vaters zu vernehmen: »Jasmin! Bist du in Sicherheit? Bist du mit deinem Freund zusammen?«

Jasmin hatte einen Kloß im Hals, und der Schweiß tropfte ihr von der Stirn. »Wir sind auf dem Fuji-san. Du weißt doch, der große heilige Berg von Japan.«

»Ihr beide müsst euch unbedingt vor den Strahlen schützen!«, sagte ihr Vater atemlos. »An der Uni ist das Gerücht im Umlauf, dass die goldenen Wolken das Ergebnis zweier fusionierender schwarzer Löcher sind.«

Es gab wieder eine Pause. Jasmins jüngerer Bruder, Simon, hatte seinem Vater offenbar das Mobiltelefon aus der Hand gerissen.

»Simon?«, vermutete Jasmin.

»Jepp, hallo Jasmin. Papa und Mama sind ganz komisch. Alle quasseln vom Weltuntergang, aber niemand weiß, was wirklich los ist. Naja, uns geht es gut. Jedenfalls, wenn du das nächste Mal nach Hause kommst, bringst du mir ein cooles Game mit, ja?«

Jasmins Augen wurden feucht. Sie wollte etwas sagen, doch dann erklang wieder die Stimme ihrer Mutter: »Wir gehen jetzt ... den Keller – und ... weiß nicht wie lange die Verbindung noch hält«, kam es aus dem Lautsprecher. Ihre Stimme war nur noch schwach und stockend zu vernehmen. »Ihr müsst euch Schutz suchen! Versprich mir ... wir uns wiedersehen. Jasmin, ich ...«

Dann brach die Verbindung ab. Jasmin konnte nichts sehen, außer gleißendes, weißgoldenes Licht. Masayuki stand vor ihr und hielt ihre andere Hand fest umschlossen.

»Komm.«

Masayuki führte sie weiter den unsichtbaren Bergpfad hinauf. Jasmin wusste nicht weiter und ließ sich willenlos von ihm leiten. Ein seltsames, unirdisches Summen begann, die Atmosphäre zu schwängern und wurde immer lauter. Es übertönte Jasmins Schluchzen, die Lautsprecher und selbst die Sirenen in der Ferne. Furchtbare Trauer drückte Jasmin auf den Magen. Sie wollte zu ihrer Familie ... Mama ... Papa ... Simon ...

In ihrem Kummer blieb sie ruckartig stehen, wobei ihre Hand Masas Griff entglitt. Er drehte sich zu ihr um und schloss sie so innig in seine Arme, wie er es noch nie zuvor getan hatte. Es fühlte sich an, als würden sie verschmelzen.

»Es ist alles gut, Jasmin. Ich bin bei dir. Ich liebe dich.«

Das Summen war zu einem ohrenbetäubenden Lärm angeschwollen. Der Boden begann unheilvoll zu beben. Man konnte weder etwas sehen noch etwas klar vernehmen. Jasmin schmiegte sich so fest es ging an Masayukis Körper an.

Es gab einen gewaltigen Ruck, der die Erde heftig erbeben ließ. In diesem Moment durchdrang die weißgoldene Substanz, die sich vom Firmament her auf sie zubewegt hatte, den Leib der Welt. Zwei Universen verschmolzen zu einem. Ein Gefühl des unendlichen Glücks und der Vollkommenheit durchflutete die Körper aller Lebewesen auf der Erde. Mit einem weiteren heftigen Ruck waren das Licht und der Lärm urplötzlich wie vom Erdboden verschluckt. Ein Erdbeben, wie es die Welt nie zuvor erlebt hatte, erschütterte das Land. Über ihnen grollte der Vulkan bedrohlich. Masayuki und Jasmin versuchten, sich zu ducken, doch der Tremor war so stark, dass sie aneinandergeklammert auf den harten Felsen geschmettert wurden. Auf den weiten Flächen Japans öffneten sich nun große Risse, die sich in alle Richtungen ausbreiteten. Die Klüfte dehnten sich aus und verschluckten ganze Wälder, Berge und Städte.

Auch am Himmelsdach ereignete sich ein seltsames Schauspiel. Die Atmosphäre wurde ganz allmählich in rote, blaue und grüne Farbtöne getränkt. Neben den goldenen Strahlen war auch das Abendrot, das noch vor wenigen Minuten den Himmel über dem Terrain im Westen erfüllt hatte, spurlos verschwunden. Drei gigantische, bunt brillierende Sphären verfärbten das Himmelsgewölbe und verliehen der Umgebung ein düsteres und mysteriöses Ambiente.

Jasmin und Masayuki lagen am Fuße einer Felsklippe. Fest

umschlungen und mit zusammengekniffenen Augen warteten sie, bis das Beben abgeklungen war.

»J-Jasmin – l-leben wir noch?«, stockte Masayuki von heilloser Ungläubigkeit gepackt.

Jasmin brauchte noch eine ganze Weile, bis sie wieder zu ihrer Stimme fand: »Ich weiß es nicht – was ist nur geschehen?«, stieß sie durch ihre klappernden Zähne hervor und sah langsam auf. Sie fürchtete sich vor dem, was sie als nächstes erblicken würde. Jasmin lockerte die Umarmung. Auch Masayuki hob vorsichtig den Kopf – beide erstarrten augenblicklich in einer paralysierenden Trance. Das Spektakel, das sich ihnen bot, war mit einem einzigen Blick wohl nicht zu erfassen. Beide Überlebenden starrten mit Entsetzen auf die drei gewaltigen Lichtscheiben am Himmel, die einen geheimnisvollen, buntschimmernden Mischmasch von Farbtönen auf ihre Gesichter zurückwarfen.

»Was sind … Sind das Planeten? W-was sind das für merkwürdige Farben überall?«, raunte Masayuki, ohne die Augen vom glühenden Firmament abzuwenden.

»Öhm – ich äh, habe echt keine Ahnung – träumen wir?«, stotterte Jasmin, die drei kreisrunden Scheiben, die zusammen fast den ganzen Himmel abdeckten, fixierend.

Masayuki senkte langsam seinen Kopf und stupste Jasmin mit dem Ellbogen an. »Sieh mal«, sagte er gleichermaßen erstaunt wie entsetzt. Er zeigte zum Horizont, der sich kaum merklich auf und ab zu bewegen schien.

Jasmin erkannte nicht auf Anhieb, was sich vor ihren Augen abspielte. »Was ist das? Ist das etwa – eine Welle? Ein – ein Tsunami?« Sie hatte eine böse Vorahnung.

Masayuki blinzelte. In der pulsierenden Atmosphäre, in der

sich die Farben überschlugen, konnte man nicht allzu viel erkennen. »Rein geographisch gesehen müsste eine Flutwelle aus dieser Perspektive und Entfernung ungefähr drei bis vier Kilometer hoch sein«, erklärte er langsam und berechnend.

Sie sahen der sich ausbreitenden Linie zu, wie sie näherkam und alles um sie herum verschluckte. Als die Wand das Festland erreicht hatte, erkannten sie, dass es sich in der Tat um einen Tsunami handelte – und was für einen! Die gigantische Wassermauer kam aus dem Pazifischen Ozean auf den heiligen Berg zu gekrochen und begann, ihn resolut zu umringen. Der Wasserspiegel stieg über eine Zeitspanne von einer Viertelstunde bedrohlich an. Jasmin und Masayuki waren zu verstört, um noch irgendetwas zu tun, außer dem Treiben der Naturkräfte zuzusehen. Etwa einen halben Höhenkilometer unter ihnen verlangsamte sich der Anstieg der im bunten Farbenspiel schimmernden Wasseroberfläche. Alles um sie herum hatte sich in einen Regenbogenozean verwandelt. Es war ein schlichtweg unfassbarer Anblick. Wie es aussah, hatte die Welle ein paar hundert Meter unter ihnen ihren Höhepunkt erreicht.

»Das müssen mindestens drei Kilometer über dem Meeresspiegel sein«, bemerkte Masayuki tonlos.

Jasmin sah mit fassungsloser Miene den Horizont entlang, bis sie hinter sich plötzlich eine gewaltige Lichtröhre entdeckte, die sich über den Felsspitzen des Vulkankraters gegen den Himmel erhob. Sie spürte, wie Masayuki sie energisch am Arm antippte. Ihr Blick richtete sich deshalb wieder gegen Osten, wo mehrere gewaltige, goldene Lichtsäulen aus dem Ozean empor- und dem glimmenden Himmel entgegenragten. Der Wasserpegel nahm nun rasch wieder ab. Mehrere Strudel, groß wie ganze Städte, bildeten sich dort auf der Ozeanfläche, wo eben gerade die Lichtröhren aufgetaucht waren. Jasmin kam es vor, als ob jemand im Bad den Stöpsel gezogen hätte.

Eine Weile lang sah das entsetzte Paar auf die bunte Wasserfläche hinaus und beobachtete, wie der Wasserpegel nach und nach wieder sank. Dann, ohne Vorwarnung, stieg keine fünf Schritte von ihnen entfernt eine bekannte, bläulich flackernde Lichtsphäre empor, die gemächlich auf sie zu geglitten kam. Wie hypnotisiert legte Jasmin einladend ihre Handflächen aneinander, um darauf die raschelnde Kugel in Empfang zu nehmen. Einen Augenblick später erklang eine mächtige, durchdringende Stimme aus ihrem Innerem:

»ES IST VOLLBRACHT. DIE UNENDLICHKEIT IST HERBEIGEFÜHRT. MEINER HINTERLASSENSCHAFT SOLL ES NACH MEINEM WEGGANG NICHT AN LAND UND MITTELN FEHLEN. DENN DIEJENIGEN, DIE NUN DAS ZEITALTER DER UNENDLICHKEIT EINLÄUTEN WERDEN, SIND AB SOFORT IHRES EIGENEN LEBENS SCHMIED. DIE UNENDLICHKEIT, DIE ES ZU ERSCHAFFEN GILT, WENN EIN WESEN HÖHERER MÄCHTE SEINE IHR VERPFLICHTETE RAUMZEIT VERLÄSST, KENNT ZWEI RICHTUNGEN: DEN WEG DES LEBENSKOLLEKTIVS, WELCHER DIE HARMONIE ALLEN LEBENS VERKÖRPERT UND MIT DEM EIN EWIGES STREBEN NACH SYMPATHIE UND ZUSAMMENHALT EINHERGEHT – ODER ABER DEN WEG DER EWIGEN LEERE, WELCHE SICH IN TATEN UND BEGEHREN VERGÄNGLICHER NATUR ABZEICHNET. IHR HABT DIE WAHL. TRAGET DIESE BOTSCHAFT IN EURE MITTE. MEINE AUFGABE IN DIESER RAUMZEIT IST ER-

FÜLLT. ICH WERDE NUN IN DIE NÄCHSTHÖHERE BEWUSSTSEINSEBENE HINÜBERSCHREITEN, WIE ES MIR OBLIEGT. GEHABT EUCH WOHL UND GEDENKT MEINER WORTE: LIEBET EUREN NÄCHSTEN, DENN ZUSAMMEN SEID IHR EINS – *SARABA.*«

Jasmin und Masayuki erschraken nicht. Es war eine sympathische Stimme, die ihnen sehr vertraut schien. Obwohl Jasmin eben noch einem Nervenzusammenbruch nahe gewesen war, nahm die Präsenz dieser größeren Macht ihr ihre Angst augenblicklich von der Seele. Sie wusste nun, dass der Traum über ihre Familie Wirklichkeit geworden war, und es war gut so. Es war vorbei. Tiefer Frieden überkam ihren Geist.

Nach unbestimmter Zeit des selbstversunkenen Daseins fühlte Jasmin plötzlich, wie Masayuki ihre linke Hand ergriff und sie behutsam zu sich hinzog. Zuerst erkannte sie nicht, was er tat, doch dann gab er ihren Fingern einen kurzen, zärtlichen Kuss und führte sie langsam vor Jasmins Augen. An ihrem Ringfinger brillierte ein Diamantring, der geheimnisvolle Lichtmuster in die felsige Umgebung zeichnete.

Einvernehmlich sahen sie sich in die Augen und nickten in einträchtiger Stille.

# NEUES »ALTES SONNENLICHT«

Hildenberge war im Laternenwald unter anderem auch als »das Erfrorene Dorf« bekannt. Dieser ungewöhnliche Beiname stammte von einer viele Generationen zurückliegenden und verhängnisvollen Nacht her, in der die Siedlung von einem seltenen Wetterphänomen, einem Schneesturz, heimgesucht und dabei unter einer ewigen Schnee- und Eisdecke begraben wurde. Dies hatte zur Folge, dass die Gemeinde seither vor dem direkten Schein der himmlischen Scheiben verborgen blieb. Die Ortschaft bestand aus mehreren Dutzend uralter Holzbauten, die unter dem viele Meter dicken Gletschereis durch unzählige Eishöhlen und verschlungene Passagen miteinander verbunden waren.

Einst war das Bauerndorf von duftenden Wiesen und üppig bewaldeten Hügeln umsäumt gewesen, doch jene Zeit kannten die Einwohner Hildenberges nur noch aus den alten Sagen und Geschichten, die an besonders düsteren Abenden vom Familienältesten erzählt wurden. Es war eine alte Tradition, sich vor den wärmenden Kachelöfen in kuschelwarme Wolldecken einzuhüllen, an den geheimnisumwobenen Lippen des Familienoberhauptes zu hängen und in längst vergangenen Zeiten zu schwelgen. Auch war es Brauch, dem Knistern der emporsteigenden Funken zu lauschen, die im fast zwei Dutzend Meter langen Schornstein auftrieben und geheimnisvolle Melodien in den mächtigen Gletscher hinaustrugen.

Frierhütten wurden diese vom Eis verschlungenen Gebäude genannt, wobei jedes Haus über zwei Ein- und Ausgänge verfügte. Einerseits war es möglich, eine Frierhütte vom Dach aus über eine in den Gletscher eingelassene Treppe zu betreten und wieder zu verlassen. Dies allerdings nur, wenn das Bedürfnis bestand, sich an die Oberfläche der Eismassen hinaufzubegeben, was für die ältere Bevölkerung ein eher selteneres Unterfangen darstellte und mehr den Schneeballschlachten liebenden und leidenschaftlich Schneeburgen bauenden jungen Hildenberglern vorbehalten war. Andererseits, und viel häufiger, wurden die uralten, hölzernen Haustüren im Erdgeschoss benutzt, von denen aus man ganz gemütlich durch die Gletscherpassagen in die Dorfmitte gelangen konnte.

Da sich die Temperaturen im gesamten Laternenwald nicht nach Jahreszeiten änderten wie vor der Neuzeit, sondern diese durch den Höhengrad festgelegt waren, sah es im Erfrorenen Dorf das ganze Jahr über quasi gleich aus. Gleichwohl gab es Zeichen, die erkennen ließen, dass die Siedlung über den Wandel der Zeit nicht völlig erhaben war, denn die einst aus Buchenholz errichteten Frierhütten siechten seit vielen Generationen unter der Eisdecke dahin und bedurften einer niemals endenden Pflege und Instandhaltung durch ihre emsigen Bewohner. Auch gab es immer wieder Bürger, die ihr Schicksal herausforderten und ihr Glück in der Ferne suchten. Zuwanderer oder gar Touristen gab es wiederum kaum, dafür laufend lebhafte Feste in der Dorfmitte, an denen viel gegessen und getrunken wurde, und an denen sich die alteingesessenen Bürger mit viel Witz und Fantasie über die Zukunft der Gemeinde Gedanken machten.

Der Dorfälteste – ein uralter Mann mit langem Bart und täglich wechselnder Baskenmütze auf dem lichten Haupt – ermahnte die ansässigen Hildenbergler fortlaufend, sich der Folgen einer Umsiedlung des Dorfes bewusst zu werden. Er versicherte ihnen, es liege an einem geschützten Ort und könne sich auch bei politischen Spannungen zwischen den Präfekturen gut selbst versorgen, denn schließlich betrieb fast jede Familie einen eigenen beheizten Wintergarten, der auch bei den schlimmsten Wetter- und Wirtschaftsbedingungen genügend Nahrungsmittel abwarf. Eine endgültige Lösung fand man allerdings nie, und so vergingen die Jahre in Hildenberge mit schallendem Gehämmer, lebhaften Zusammenkünften und leidenschaftlichen Debatten – in fortwährendem Frieden.

Etwas mehr als ein Jahrtausend seit dem Beginn der Neuzeit war vergangen, als eines Tages der Wind besonders heftig über die Gletscherebene von Hildenberge fegte und dessen Einwohner und deren Frierhütten das erste Mal seit geraumer Zeit auf die Probe gestellt wurden. In einer einzigen Nacht fiel Schnee in unschätzbarer Menge, wobei die Schornsteine und Eistreppen an der Oberfläche komplett unter der weißen Pracht verschwanden. Unterhalb des Eises, das an den meisten Stellen nicht weniger als dreiundzwanzig Meter dick war, ließ sich nie gut erwägen, wie viel Neuschnee oben gefallen war. Doch an jenem Morgen war die Dunkelheit vollkommen, und die Dorfbewohner ahnten nichts Gutes, als sie aus ihren von Eis belagerten Fenstern emporspähten, um die Menge frischen Schnees einzuschätzen. Wie immer, nach einer niederschlagreichen Nacht, begannen die Bürger am folgenden Morgen, die unerwünschte Pulverwand von den Dachzugängen aus abzutragen, um sich mittels der Eistreppen wieder Zutritt an die Oberfläche zu verschaffen. An jenem Vormittag jedoch schien es aussichtslos. Soviel man auch nach oben grub, keine Familie schaffte es bis zum Mittag durch die verhängnisvolle

Schneedecke. Zur Mittagszeit versammelten sich die gesprächigeren Dorfbewohner im Gemeindehaus in der bunt beleuchteten Dorfmitte und spekulierten zu einer heißen Tasse Holunderwein, ob die Gemeinde über die lange Eisrutsche, die durch den Gletscher hindurch ins Tal hinunterführte, allenfalls evakuiert werden sollte. Doch der vom Dorfältesten spendierte Holunderwein belebte Geist und Körper der Versammelten zweckgemäß, und mit berauschten Gemütern wurden sie sich schließlich einig, dass eben zu härteren Mitteln gegriffen werden müsse. Jetzt ins Tal zu flüchten und die Schneeschaufeln stehen zu lassen, wäre das Eingeständnis einer Niederlage gewesen, eine Schande, die das Andenken an ihre hartgesottenen Vorfahren besudeln würde. Diese hatten es damals ja auch geschafft.

Durch diese vom Dorfältesten nochmals untermauerten Stellungnahmen wuchs der Tatendrang im Dorf so stark an, dass ein regelrechter Wettkampf in die Gänge kam, welches Haus es nun als Erstes an die Oberfläche schaffen würde. Es wurde gehämmert, geschmolzen, gesägt, und selbst mit Sprengen versuchte es der Bäcker nebenan. Beim Knall seiner selbstgebastelten Feuerwerkskörper schlug Loyd Lanthorn die Augen auf.

Loyd, ein schlanker junger Mann von 19 Jahren mit kurzem, schwarzem Haar und mit einem markant gezeichneten Gesicht, hatte bisher nichts mitbekommen von der verheerenden Nacht zuvor. Er drehte sich auf seinem bequemen Rundbett um, gähnte kurz genüsslich auf und schlief dann wieder ein.

Für ihn war es noch nicht Morgen oder gar Mittag, sondern noch immer mitten in der Nacht. Loyd war Student an der HHF, der weltberühmten Hochschule von Herbstfeld. Aber das tat momentan nichts zur Sache. Er hatte gerade Semesterferien und nie viel übrig fürs Aufwachen, wenn Kochen oder die Gemüseernte abseits des Dorfes auf der Tagesordnung standen. Wenn es aber darum ging, neue Weltabschnitte zu erkunden oder durch die geschwärzten Gassen Kaels zu ziehen, konnte er problemlos mehrere Tage ohne Schlaf auskommen. Loyd studierte Exploration: das Fach der Fächer, die Tugend der Neuzeit – das ultimative Abenteuer ... Loyd warf sich abermals auf die andere Bettseite und schmatzte laut. Es war kurzum die beste Zeit seines Lebens, denn er tat derzeit genau das, wovon er schon immer geträumt hatte. Man könnte den Schwerpunkt des Explorationstudiums kurz als das Erkunden des äußeren Laternen- und Sternenwalds beschreiben, jener Regionen außerhalb der viereinhalb Präfekturen, von denen man sagte, sie würden sich in alle Richtungen in die Unendlichkeit erstrecken.

Diesen abenteuerlichen und mysteriösen Aspekt mochte Loyd besonders an seiner namhaften Ausbildung. Oft träumte er davon, neue, unberührte Gebiete auszukundschaften, die unbekannten Wesen dort zu studieren und zu benennen, und vielleicht sogar irgendwann, falls sich das Schicksal zu seinen Gunsten wenden sollte, eine Lösung für das berüchtigte Unlicht zu finden. Loyd war, schon seit er klein war, an Artefakten der alten Welt interessiert gewesen und buddelte, seit er von seinem Onkel in Lichterloh einen Metalldetektor zu seinem fünfzehnten Geburtstag bekommen hatte, leidenschaftlich gerne nach metallischen Gegenständen wie antiken Münzen, Stromartefakten, und anderen historischen Altertümern. Ohne das ungestüme Engagement, das er seither in sein Hobby gesteckt hatte, hätte Loyd sich das Studium nie leisten können, denn seine Eltern waren einfache Bauern hier in Hildenberge, die kaum Lichtbit besaßen.

Doch dann änderte sich alles: Vor zwei Jahren wurde Loyd, nachdem er der archäologischen Abteilung der HHF seine wichtigsten, historischen Funde rund um Hildenberge vorgelegt hatte, vom Prorektor der Hochschule persönlich in einen Studiengang eingeladen. Damals konnte er sein Glück kaum fassen, als ihm im Aufnahmegespräch mitgeteilt wurde, ihm würde ein nahezu kostenfreies, vierjähriges Explorationsstudium offeriert werden. Mit viel Glück, Aufwand und Unterstützung seiner Eltern, hatte er die Hürden bis zum Studienantritt überwunden und war nun seit etwas mehr als zwei Jahren stolzer Student und Schaltträger der Explorationsakademie der HHF. Es konnte nicht mehr besser kommen …

Ein Poltern war zu hören, und diesmal schreckte Loyd gänzlich aus seinem selbstgefälligen Tagtraum hoch. Es klopfte abermals laut an der Zimmertür. Loyd hob den Kopf und spähte verärgert und mit zugekniffenen Augen durch den finsteren Raum. Wer konnte es wagen, ihn aus seinem wohlverdienten Schlummer zu reißen?

»Was ist denn los, ey?«, rief Loyd mit rauer Stimme in die schwarzblaue Atmosphäre hinein, die das schwache, gebrochene Licht durch das Eis vor den Fenstern versprühte.

Eine dumpfe Mädchenstimme antwortete: »Mach die Tür auf. Ich habe von einem Professor Ankerbelly eine Lichtmail bekommen, glaube aber, dass sie für dich ist. Und Mann, du wirst es nicht glauben – Schneesturzalarm! Wir sind komplett eingeschneit.«

Bei diesen Worten weiteten sich Loyds Augen schlagartig. Er sprang vom Bett, zog sich eine dicke Jacke über die Schultern und riss die Zimmertür auf. Vor ihm stand Keli, seine jüngere Schwester. Bis auf die Haarfarbe sahen sich die Geschwister nicht besonders ähnlich: Keli war einen Kopf kleiner, hatte buschiges, glänzend schwarzes Haar, ein rundliches Gesicht und große, dunkle, gutmütige Augen. Vor ein paar Tagen war sie dreizehn geworden. Sie strahlte Loyd an und streckte ihm ihre Handflächen entgegen. Eine eisblaue Lichtkugel schwebte darauf, von der ein Geräusch wie raschelnde Blätter ausging.

»Hey, was soll das? Warum hast du meine Nachricht empfangen? Gib sie sofort her«, fuhr Loyd seine Schwester an.

Loyd wedelte mit seiner vierfingrigen linken Hand über Kelis Handflächen, wobei die Sphäre auf die seinen überging und er sich die Botschaft ans Ohr hielt. Die besorgte Stimme von Professor Ankerbelly war zu vernehmen:

*»Hallo, ich bin's, Professor Ankerbelly von der Hochschule von Herbstfeld. Diese Nachricht ist streng geheim. Bitte erzähl niemandem davon. Ich bitte dich, unverzüglich zum Herbstfeld Campus zu kommen. Es geht um eine Expedition ins Geschwärzte Zentrum Kael und die Sicherheit des gesamten Laternenwalds. Wir haben auf den Überwachungsstrukturen im Zentrum etwas entdeckt, das wir dringend mit dir zusammen untersuchen müssen. Ich kann dir per Lichtmail nichts Genaueres mitteilen. Stiehl dich davon, wenn es nicht anders geht, aber komm so rasch wie möglich mit der Wasserbahn zur Uni, und erzähl niemandem davon! Ich warte im Büro B 100 im Hauptgebäude auf dich.«*

Als Loyd die Nachricht zu Ende gehört hatte, spurtete er sofort los. Er stürmte an seiner Schwester vorbei, die ihm: »Hey, was ist los? War die Lichtmail tatsächlich für dich?«, nachrief, doch Loyd war bereits die alten, knorrigen Holzstufen nach oben gepoltert und raste den hölzernen Korridor bis zum Dachsteig entlang. Am

Ende des Ganges, beim Übergang zur Eistreppe, entdeckte er seine Eltern.

»Morgen, Loyd«, grüßte ihn sein Vater amüsiert.

Er war ein kleiner, hagerer Mann, der seine allmählich ergrauenden Haare wie Loyd ganz kurz trug. Zudem hatte er eine knollige Nase und war, trotz seiner schmächtigen Statur, mit einer tiefen, fülligen Stimme gesegnet.

»Sorry Paps, keine Zeit. Ich habe eine eilige Nachricht von der Uni erhalten und muss sofort los. Es scheint um das Geschwärzte Zentrum zu gehen, und eine Probenexpedition ist, glaube ich, auch geplant. Was ist hier eigentlich passiert?«

»Schneesturz«, meldete sich Loyds Mutter mit verschränkten Armen. Sie war so groß wie Loyd und hatte langes, dunkelbraunes Haar.

»Das haben wir noch nie erlebt; so viel Schnee in einer Nacht. Wir haben nicht die leiseste Ahnung, wie viel da oben noch auf uns wartet. Der reinste Albtraum.«

»Arika, Liebes, wir kriegen das schon wieder hin. Stell dir nur vor, wie schwer unsere Ururgroßeltern es hatten, als das Dorf das erste Mal im Schnee begraben wurde«, sagte Toss, Loyds Vater, mit unterdrückter Freude.

Toss war ein Unwetterfanatiker und immer aus dem Häuschen, wenn das Wetter sich in irgendeiner Weise »wüst« verhielt. Dazu kam, dass er bei der Versammlung einer jener unerschrockenen Dorfbewohner gewesen war, die den Wettstreit gegen die Natur bei einer Tasse Holunderwein angenommen hatten.

»Verdammt, ich würde euch ja sofort helfen, aber ich muss dringend los!«, sagte Loyd mit sich überschlagender Stimme und biss sich dabei auf die Unterlippe.

»Ich bin mir nicht sicher, ob du mit der Rutsche zurzeit überhaupt ins Tal runterkommst. Die Talstation könnte auch zugedeckt sein«, bemerkte Toss nachdenklich.

»Was hast du eben gesagt?«, entfuhr es Loyds Mutter plötzlich, als hätte sie erst jetzt realisiert, was ihr Sohn eben von sich gegeben hatte. »Du gehst auf eine Abenteuerreise? *Heute*? Kommt gar nicht in Frage!«

»Aber –«, warf Loyd schnell ein, doch seine Mutter schnitt ihm das Wort ab.

»Erstens: Wir brauchen dich hier in deinen Ferien. Weißt du noch? Die Gemüseernte erledigt sich nicht von selbst, und mit unseren alten Knochen schaffen wir das auf die Dauer nicht mehr allein.«

»Ja, aber –«

»Wer hat behauptet, er würde die Kosten für das Zimmer im Studentenheim mit vollem Einsatz zurückzahlen? Dieser Doktor Ankerbelly oder wie dein hochverehrter Lehrer heißt, wird während den Semesterferien auch ohne dich auskommen. Es gibt schließlich genug Explorationsstudenten.«

»Nun ja, aber –«

»Und zweitens ist es zurzeit einfach zu gefährlich, überhaupt irgendwo hinzugehen, solange wir nicht wissen, wie viel Neuschnee der Schneesturz gebracht hat.«

Loyds Mutter sah ihn mit strenger Miene an. Einen Moment lang quoll eine Welle von Ärger in Loyd auf, dann schlug er mit der Faust gegen die Holzwand neben der Dachtreppe und sagte mit zusammengebissenen Zähnen: »Verdammt. Na gut. Ja – ich hab's versprochen. Aber wenn die Welt wegen euch untergeht, ist es nicht meine Schuld!« Er funkelte seine Eltern mürrisch an. »Ich gehe aber, sobald der Schnee geschmolzen und die Ernte erledigt ist, ok? Nun, lasst mich mal durch.«

Er schob seine Eltern beiseite und begab sich vorsichtig den Dachabsatz hinauf, bis er am Fuß der verstopften Eistreppe ankam. Er steckte die Hand in seine Hosentasche, zog einen kleinen schwarzen Beutel heraus, schüttelte sich einen hell leuchtenden Kristall auf die Hand und strich sich diesen über die Handfläche seiner Linken. Sofort begann heißer Dampf, von seinen Händen aufzusteigen. Diese setzte er an die blauglänzende Schneewand, wo bereits seine Eltern versucht hatten, die Stufen auf traditionelle Weise, per Schaufel, wieder freizumachen und begann mit der Schneeschmelze.

Überall im Dorf waren die Leute mit Schmelzen beschäftigt. Man traf sich auf mittlerem Wege in den Eispassagen oder auf dem Gemeindeplatz. Man lachte, man argwöhnte, und doch hörte man bis zum Abend von nirgends über den schwer erhofften Durchbruch. Auch am nächsten Tag und am Tag darauf gab es keine Erfolgsbekundungen. Dafür versammelten sich die Einwohner im Rathaus und verteilten heiße Suppe aus dem Tal, die per unterirdischer Eisrutsche heraufgebracht worden war.

Von der Zuversicht, dass man es in den kommenden Tagen endlich nach oben schaffen würde, war nicht mehr viel zu spüren. Skepsis breitete sich unter den Bürgern aus und das Thema, das Dorf doch lieber durch die Eisrutsche zu evakuieren, schlich sich langsam wieder in die nicht mehr ganz so gesprächigen Runden.

Dann geschah etwas, mit dem nicht einmal der Dorfälteste gerechnet hatte. Durch das Dauerschmelzen des Eises und Schnees, hatte sich am Grund der Siedlung ungewöhnlich viel Wasser angesammelt. Auf dem gesamten Gelände unterhalb des Gletschers drohte eine Überschwemmung, während über ihnen die Ein- und Ausgänge der Frierhütten nach wie vor verstopft waren. Der Dorfälteste ordnete deshalb am Abend des zweiten Tages nach dem Unwetter an, mit dem Schmelzen aufzuhören. Zu diesem Zeitpunkt war das Erdgeschoß der meisten Häuser bereits mit eisigem, knöcheltiefem Wasser durchflutet. Manche Familien brachten es zustande, das Wasser mit Altem Sonnenlicht, wie es Loyd besaß, von ihren Hauswänden abzuweisen. Doch trotz sofort eingeleiteter Maßnahmen stieg der Wasserpegel weiter an, bis der Dorfälteste am Ende des dritten Tages nach dem Schneesturz alle Familienoberhäupter zu einer erneuten Versammlung im Rathaus einberief.

Am Abend vor der Zusammenkunft, als Loyd, Keli und deren Eltern in der warmen Stube im ersten Stock ihrer großen Frierhütte saßen und versuchten, ihren alltäglichen Beschäftigungen nachzugehen, nahm das Leben der Familie Lanthorn einen unvorhergesehenen Lauf. Ein unheimliches Ächzen und Knarzen war von unter dem Fußboden, sowie über der Stubendecke zu vernehmen. Das Geräusch schien nicht aus unmittelbarer Nähe zu kommen, aber es ließ erahnen, dass es die umliegenden Gletscherschichten waren, die sich aneinander rieben. Selbst für die Einwohner Hildenberges, die an Geräusche aus dem Eis gewöhnt waren, stellten diese keine üblichen Laute dar. Loyd, der am Esszimmertisch über drei Lehrbüchern zugleich gebrütet hatte, hob den Kopf bei dem Lärm. Seine scharfen Augen fixierten zuerst die Holzdecke des Zimmers, an der ein warmes, rotes Licht brannte, dann sank sein Blick auf seine Mutter, die zeitgleich ihre Augen von der Decke abwandte, während ihr Mund halb offenstand. Loyds Vater, der gerade dabei gewesen war, das abgewaschene

Geschirr abzutrocknen, fand als erster zu seiner tiefen Stimme zurück, die nun sehr ernst klang: »Das hört sich gar nicht gut an. Ich glaube, das alte blaue Eis steht durch den vielen Neuschnee ziemlich unter Druck. Bin mir nicht sicher, ob es nicht besser wäre, zur Talstation hinunterzurutschen, die Bahn nach Lichterloh zu nehmen und nicht auf die morgige Versammlung zu warten.«

Arika war ans Fenster des Esszimmers getreten und spähte in die nachtblaue Eiswand hinein, die von den beleuchteten Fenstern der umliegenden Frierhütten erhellt wurde. Keli und Loyd standen beide auf und taten es ihr gleich. Das Poltern wurde lauter, dann wieder leiser – dann plötzlich fing der Boden an zu beben und das Ächzen schwoll zu einem ohrenbetäubenden Donnern an. Loyds Vater schob den Teller, den er eben abgetrocknet hatte, in den hölzernen Geschirrschrank neben dem Herd und rief, mit raschen Schritten zur Esszimmertür eilend: »Kommt, wir packen unsere Sachen. Wir haben keine Ahnung, was da oben vor sich geht. Es ist besser, wenn wir sofort aufbrechen. Ich schick eine Nachricht zu Onkel Nonpe. Wir holen noch unsere Eltern, dann brechen wir sofort auf. Los jetzt!«

Alle hasteten in ihre Zimmer und fingen an, ihre Habseligkeiten zusammenzuraffen. Loyd klemmte seine wichtigsten Bücher unter den Arm und stopfte diese, seinen Studentenschal, sämtliche Laborutensilien und den Metalldetektor in seine Schultertasche und begab sich daraufhin vor das Zimmer seiner Schwester nebenan. Währenddessen sprach er eine Lichtmail für Ankerbelly, in der er ihm flüchtig die Umstände in Hildenberge erläuterte. Seine Eltern waren noch immer oben in ihrem Schlafzimmer.

»Keli, bist du bereit? Lass das Blattspiel liegen! Das kannst du unmöglich mit nach Lichterloh nehmen.«

»Du verstehst das nicht«, erwiderte Keli knapp, wobei sie fieberhaft versuchte, hunderte Spielkarten, die überall auf dem Zimmerboden verteilt lagen, zu bündeln und in eine kleine Stofftasche zu stopfen. »Dafür habe ich mein ganzes Leben lang gespart.«

Plötzlich gab es einen markerschütternden Knall, und das ganze Haus erbebte bedrohlich.

»Ach du zwickendes Schmelzwasser!«, entfuhr es Loyd mit panischer Stimme.

Das Geräusch von zerberstendem Holz war zu hören, und Wasser fing an, durch Risse an der Decke zu strömen.

»MAM, PAPS, NEIN!«, brüllte Keli und stürmte Richtung Treppe los, die ins obere Geschoss führte. Doch Loyd war schneller. Im Bruchteil einer Sekunde signalisierte sein ausgeprägter Überlebensinstinkt, was zu tun war, und gerade noch rechtzeitig konnte er seine Schwester von hinten packen. Er umklammerte sie um die Hüfte und, obwohl Keli wie verrückt zappelte, hob Loyd sie auf und bugsierte sie grob die Treppe ins Erdgeschoß hinunter. Kelis halb gefüllter Rucksack und Loyds Unitasche waren im mittleren Stock liegen geblieben. Nun sprudelte auch schon eisiges Wasser durch alle möglichen Rinnen und Öffnungen ins Erdgeschoß hinunter. Loyd stieß mit dem Fuß die hölzerne Haustür auf, worauf eine eiskalte, kristallblaue Wasserwelle über sie hinwegbrandete. Nach der ersten Flut war der Wasserstand noch kniehoch. Vor ihnen erstreckte sich der altbekannte unförmige Eistunnel, der nach ein paar Metern nach links weg bog. Loyd warf Keli, die wild um sich schlug, vor sich ins Wasser. Keli sprang sofort wieder auf. Sie wollte zurück ins Haus jagen und rammte Loyd dabei in die Bauchgegend, woraufhin dieser ihr einen zünftigen Haken verpasste. Keli flog rücklings ins eisige Wasser.

*»Keli!«*, brüllte Loyd mit vor Furcht verzerrter Grimasse. *»Du Dummkopf, wir haben keine Zeit!* Das Eis bricht über uns zusammen. Mam und Paps können wir jetzt nicht helfen.«

Er watete zu Keli, strich sich rasch mit dem Lichtkristall über die linke Handfläche und machte dann eine einhüllende Bewegung über Kelis Profil. Anschließend tat er dasselbe bei sich. Unterdessen wurden große Stücke Eis und Holz durch die Haustür getrieben.

»Das sollte uns vor der Kälte bewahren, bis wir im Tal sind«, rief Loyd durch das anschwellende Tosen des Wassers, das aus Haustür und Fenstern sprudelte. Keli schien den Tränen nahe, wehrte sich aber nicht weiter und ließ sich Richtung Tunnelwindung fortbewegen. Als sie um die altbekannte Kurve des Tunnels bogen, war das Rathaus nicht mehr allzu weit entfernt. Von weither sahen sie, dass sich etwa zwei Dutzend Personen vor dem traditionell verzierten, hölzernen Gebäude versammelt hatten. Es war nahezu stockdunkel, doch konnten sie erkennen, wie rote Lichter über den Köpfen der Masse umherflogen. Loyd und Keli eilten, so schnell sie konnten, auf die Ansammlung zu.

»Diese Lichter. Was machen die Leute da?«, keuchte Keli angsterfüllt.

»Das sind Gravitationslichter. Wahrscheinlich wird Licht gebündelt, um das Eis vor dem Einbrechen zu bewahren«, rief Loyd, ohne sich umzudrehen.

Als sie der Menge und ihrem buntfarbenen Lichtspiel näherkamen, erkannten sie, dass einige Männer, darunter ihr Großvater, ihre gefalteten Hände mit verkrampften Gesichtern nach oben auf die donnernde Eisdecke gerichtet hatten. Sie schrien den Geschwistern entgegen: »Loyd, Keli! Flüchtet ins Tal! Das Eis bricht über uns zusammen. Wir wissen nicht, wie lange wir es noch aufhalten können.«

Loyd zögerte keinen Augenblick. Er griff Keli bei der Schulter und zusammen rannten sie an der Licht bündelnden Gruppe vorüber, am Rathaus vorbei, weiter in einen dunkelviolett funkelnden Gang, bis sie nach mehreren Windungen vor der Berg-Rutschstation ankamen. Das Tor des Gebäudes stand offen. Der Schalter, auf den man üblicherweise eine Hand hielt, um mit Altem Sonnenlicht zu bezahlen, war verlassen und schien nicht zu funktionieren. Sie gingen auf den Eingang der Rutsche zu, die sich von hier aus zirka zweieinhalb Kilometer in die Tiefe erstreckte. Loyd schob Keli vor den gewaltigen, rundlichen Schacht der Rutschanlage. Dann drehte er sie um, sodass sie sich Angesicht zu Angesicht gegenüberstanden.

»Keli, ich möchte, dass du ins Tal rutschst und bei der Haltestation der Wasserbahn nach Herbstfeld auf mich wartest.«

»Was soll das heißen? Kommst du nicht mit?«, fragte Keli in zittrig weinerlichem Ton.

»Ich werde den Leuten vor dem Rathaus helfen, die Eismassen zu bewältigen. Ich kann sie nicht ihrem Schicksal überlassen.«

»Aber, ich kann auch helfen –«

Doch schon hatte Loyd Keli einen Schubs gegeben. Keli landete rücklings im Schacht der Rutsche, wo sie mit wutentbranntem Gebrüll und immer schneller werdend in der Dunkelheit verschwand. Loyd watete schwer atmend, so schnell er konnte, durch das Wasser zur Tür der Station hinaus und war schon halbwegs durch den Tunnel zurück, als der Boden unter seinen durchtränkten Füßen abermals erzitterte. Das Krachen, das vom Eis ausging, war zu einem trommelfellzerfetzenden Donnern angeschwollen.

In der Ferne konnte er Leute schreien hören. Das Beben war so intensiv, dass er gezwungen war, ins Wasser zu knien. Dann, urplötzlich und zu Loyds blankem Entsetzen, kam eine blaue Wand eisklaren Wassers aus der Tunnelbiegung auf ihn zugeschossen. Loyd wurde von den Füßen gerissen und Richtung Station zurückgeschwemmt. Mit ungeheurer Kraft wurde er in die Rutschanlage hineingepresst, prallte mit dem Kopf gegen die Barrieren und wurde schließlich in das dicke Rohr der Eisrutsche hineingesogen, in das er noch vor einigen Augenblicken Keli gestoßen hatte. Alles um ihn herum versank in Finsternis.

Tanzende weißgoldene Lichtpunkte bewegten sich auf und ab. Es waren schöne Lichter, Farben, die Loyd nur von zwei Orten her kannte. Der eine Ort waren Lichtfabriken, die er während seines Studiums auf Exkursionen besucht hatte. Lichtfabriken waren Anlagen, die um Sonnenlöcher herum gebaut wurden und den Präfekturen als Energiequellen dienten. Der ungefilterte Teil des Alten Sonnenlichts flutete tagsüber aus jenen gewaltigen Röhren heraus, prallte an den himmlischen Scheiben ab und warf blaue, grüne, und rote Farbtöne auf die Fläche zurück, die man als »Laternenwald« bezeichnete. Abends erloschen die Strahlen, die aus den Sonnenlöchern drangen, bis sich die Schächte am Morgen darauf wieder mit Altem Sonnenlicht füllten. Die Zonen weiter außen, die außerhalb jenes Lichtkreises lagen, waren wiederum als »Sternenwald« bekannt, über dessen Regionen es grundsätzlich nur sogenannte Sternfäden gab, die sich kreuz und quer über den Himmel verrenkten und für eine düstere Atmosphäre sorgten. Da vor allem Menschenwesen und andere intelligente Wesensarten vom Licht der himmlischen Scheiben profitierten, bewohnten sie dieses vorteilhaft beleuchtete Gebiet schon seit dem Beginn der Neuzeit, obschon es weiter außen ebensolche Sonnenlöcher gab, die nur darauf warteten, von Explorationswissenschaftlern, wie Loyd einer war, gefunden und bewirtschaftet zu werden.

Loyd nahm einen tiefen Atemzug und begann augenblicklich zu husten. Dem Geruch nach zu urteilen, befand er sich wohl nicht in einer Lichtfabrik. Es roch stark nach Waldboden und Tannennadeln und ein bisschen nach Sumpf. Der einzige Ort, wo es sonst noch weißes Licht gab, lag im Laternenwald selbst. Tief in dessen weiten Waldflächen gab es Wesen, die selbst kleine Mengen weißes Licht erzeugen konnten. Loyds Augen gewöhnten sich allmählich an seine Umgebung. Sein Blick fiel auf kleine helle Lichtgeistchen, die weit oben im Astwerk tanzten und die Umgebung feierlich beleuchteten. Er musste tief im Laternenwald sein, denn in der Nähe von Menschenwesen waren diese Geschöpfe normalerweise nicht anzutreffen. Die Lichtgeistchen gehörten zur Familie der Lichtinsekten und Loyd wusste, dass sie den Menschenwesen oft als Lichtspender an abgeschiedenen Rastplätzen dienten und die Wegweiser auf langen Expeditionen in die Weiten der unerforschten Wälder verkörperten.

Loyd versuchte, seinen Kopf zu bewegen, um die Umgebung zu erkunden. Ein kleines Feuer flackerte nicht weit entfernt von der Holzbank, auf der er lag. Loyd fühlte sich schrecklich. Sämtliche Gliedmaßen schmerzten. Er konnte sich nicht erinnern, was passiert und warum er mitten im tiefsten Laternenwald aufgewacht war. Er versuchte, etwas zu sagen, brachte aber nur ein klägliches Stöhnen hervor. Etwas bewegte sich in der Nähe.

»Loyd!«, ertönte eine vertraute Mädchenstimme. »Du bist wach.«

Loyd hörte schnelle Schritte. Das besorgte Gesicht seiner Schwester tauchte vor seinen Augen auf und verdeckte seine Sicht auf die glitzernde Baumkrone.

»Loyd, kannst du mich hören?«, fragte Keli vorsichtig und neigte ein Ohr nahe an den Mund ihres Bruders. Loyd versuchte vorsichtig, seine Arme zu bewegen. Sie schienen nicht gebrochen zu sein. Es gelang ihm, eine Hand kurz anzuheben, er ließ sie dann aber kraftlos wieder sinken.

»Dem Himmel sei Dank. Ich dachte schon, du wärst tot«, flüsterte Keli mit bebender Stimme. »Als ich unten in der Tal-Rutschstation ankam, wurde auf einmal der ganze Berg zu einer Eislawine. Zum Glück hat mir die Kälte nichts ausgemacht, sonst wäre ich in der Sturzflut entweder erfroren oder ertrunken. Und dann plötzlich, als ich mich an einem Baum festklammerte, sah ich dich im überquellenden Flussbett vorbeitreiben. *Brühwarme Schneesuppe,* ich habe mir fast in die Hose gemacht.« Keli schluchzte; sie hatte Tränen in den Augen. Sie versuchte sich an einem mutigen Grinsen, das ihr aber merklich misslang.

»Wo sind wir?«, wollte Loyd leise stöhnend wissen.

»Im Laternenwald südöstlich der Tal-Rutschstation. Ich glaube, zu Fuß sind es ein paar Stunden bis nach Herbstfeld. Ich vermute, alles nördlich von hier und auch die Bahnlinien liegen unter Wasser und Eis begraben. Ich habe ein Feuer gemacht, um unsere Kleider zu trocknen.«

Keli legte umsichtig eine Hand auf Loyds Stirn.

»Du scheinst Fieber zu haben. Am besten ruhst du dich ein wenig aus. Ich werde in der Zwischenzeit auf dich aufpassen.«

Kelis zarte, warme Hand fühlte sich beruhigend an. Obwohl seine Schwester gerade mal dreizehn geworden war, wirkte sie –

wenn sie nicht gerade ihre pubertären Anfälle hatte – oft sehr erwachsen. Loyd wollte eigentlich noch fragen, was genau geschehen war, doch als er nur für einen Moment die Augen schloss, übermannte ihn der Schlaf und er ließ los.

Als Loyd das nächste Mal die Augen öffnete, fühlte er, dass es ihm viel besser ging. Er lag auf einem weichen Bett und spürte, wie eine frische Brise durch ein Fenster über seinem Kopf ins Zimmer strömte. Von draußen schien das Nachmittagsblau freundlich auf seine Bettdecke. Das unverkennbare Geräusch von Grillen war zu vernehmen, die mit ihrem Gesang gespannt den Abend begrüßten. Es gelang Loyd, den Kopf nach links zu wenden. Sein Blick fiel auf eine Reihe von Krankenbetten, auf denen mit Verbänden umwickelte Gestalten lagen. Sein Gedächtnis schien ebenfalls von einer dicken Binde umwoben zu sein und wollte ihm nicht beichten, was ihm widerfahren war. Er wollte sich gerade aufrichten, als die große Doppeltür des Krankensaals aufschlug.

»Loyd! Herr Ankerbelly, er ist wach!«

Herein kamen drei Leute: Keli, gefolgt vom maßlos dicken und graubärtigen Professor Ankerbelly und einem jungen, lockigen Krankenpfleger. Keli rannte an Loyds Seite und strich sich mit dem Ärmel ein paar Tränen aus dem Gesicht.

»Bist du okay? Wie fühlst du dich? Weißt du, wer ich bin?«, sprudelte es aus Keli hervor.

Ehe Loyd den Mund aufmachen konnte, trat Ankerbelly ans Bett, so gut dies ging, denn sein Bauch war so groß, dass er fast einen Meter vom Bett entfernt stehen bleiben musste.

»Alles mit der Zeit, Keli«, sagte Ankerbelly mit einem breiten, freundlichen Lächeln. Er sah, obwohl seine Mundwinkel nach oben zeigten, recht mitgenommen aus.

»Loyd, du und deine Schwester, ihr habt mir einen gehörigen Schrecken eingejagt. Zum Glück bin ich noch früh genug aufgebrochen, um nach dir zu sehen.«

»Was ist passiert?«, fragte Loyd, vorsichtig zu seiner Stimme findend. »Ich erinnere mich an fast gar nichts. Da waren goldene Lichter überall.« Seine Stimme klang leiser und rauer, als er beabsichtigt hatte.

»Nun, eins nach dem anderen«, sagte Ankerbelly gutmütig. »Zuerst mal müssen wir herausfinden, wie es dir geht.«

Der Krankenpfleger, der mit ihnen ins Zimmer gekommen war, maß gerade Loyds Blutdruck. Er sah gestresst aus, als hätte er seit Tagen nicht geschlafen. Er fragte, wie es Loyd gehe, ob er Schmerzen habe, und ob ihm sonst etwas fehle. Loyd verneinte die ersten beiden Fragen, doch bei der letzten musste er gestehen, dass er gewaltigen Hunger hatte. Der Pfleger brachte ihm ein einfaches Abendessen auf einem Tablett und hastete dann hinüber, um nach den anderen Patienten zu sehen.

Ankerbelly und Keli standen unterdessen ein wenig abseits vom Bett und schauten zu, wie Loyd vorsichtig ein paar Kichererbsen auf seinen Löffel häufte. Loyd unterbrach die Stille nach einer Weile und brummte: »Mir geht's gut. Schaut nicht drein, als wäre ich ein Geist.«

Keli und Ankerbelly, die nebeneinander wie Zwerg und Riese aussahen, traten mit betretenen Mienen wieder näher. Loyd musste dringend Fragen stellen. Er wollte wissen, was geschehen war und wie lange er schon hier gelegen hatte.

»Ich wäre euch zutiefst verbunden, wenn ihr mich über den neusten Stand der Dinge aufklären würdet.«

Er nahm einen gewaltigen Löffel Süßkartoffelbrei. Es schmeckte ausgezeichnet.

»Dann schießt mal los. Wo bin ich überhaupt?«

Ankerbelly erhob etwas zögernd die Stimme: »Das hier ist das Universitätsklinikum der HHF. Du weißt, wo das ist?«

Loyd stutzte. Sollte das ein Witz sein? Natürlich wusste er, wo das Krankenhaus seiner Hochschule lag.

»Anker, mit Verlaub, was soll das? Natürlich weiß ich es!«, raunzte er verärgert.

»Öh, tut mir leid. Ich dachte, du könntest dich nicht mehr erinnern, was passiert ist.«

»Kann ich auch nicht. Könntet ihr mir jetzt bitte endlich auf die Sprünge helfen?«

Anker und Keli tauschten einen beklommenen Blick, dann fuhr der Professor, dessen Gesicht sich unwillkürlich verfinsterte, fort: »Nun gut.« Anker seufzte tief. »Meine Kollegen und ich haben Keli und dich letzte Nacht im Laternenwald in der Nähe der südlichen Ausläufer der Hildenberge aufgefunden, nicht weit von der Tal-Rutschstation. Keli hat versucht, dich auf dem Rücken nach Herbstfeld zu tragen.« Nach einer kurzen Pause fuhr er fort: »Aus noch unbekannten Gründen ist der Gletscher über Hildenberge zusammengestürzt. Das Schmelzwasser, das von den Bergen ins Tal geflossen ist, hat in der letzten Nacht das Gebiet rund um die Bergkette weitläufig überschwemmt. Nun, wie soll ich es dir sagen, Loyd. Das Dorf Hildenberge – gibt es nicht mehr.«

Loyd ließ den Löffel sinken. Schlagartig öffneten sich alle verschlossenen Schublädchen in seinem Kopf: die bedrohlichen Geräusche aus dem Eis, das plötzliche Rinnen des Wassers aus der Decke ihrer Frierhütte, die Leute draußen, die versucht hatten, den Gletscher vor dem Einbrechen zu bewahren und die Welle, die ihn von den Füßen gerissen und in die Berg-Rutschstation hineingeschleudert hatte. Ein Gefühl von unendlicher Trauer überkam ihn. Hieß dies, dass seine Eltern – dass sie tot waren? Anker, der Loyds Gesichtsausdruck sofort zu entziffern vermochte, sagte rasch: »Die genaue Ursache des Unglücks können wir noch nicht wissenschaftlich untermauern. Wir glauben aber zu wissen, dass es einerseits einen Zusammenhang gibt mit den Veränderungen im Geschwärzten Zentrum und der Geburt eines neuen Sonnenlochs. Nachdem das Eis zusammengebrochen war und dessen Wassermassen die Täler rund um den Berg versenkt hatten, wurde über dem Höhenzug ein gewaltiges Licht ausgemacht, das hoch zu den himmlischen Scheiben emporscheinen soll. Selbst gesehen habe ich es nicht, aber laut Berichten von Bergungsleuten muss unter dem Dorf der Boden weggebrochen und ein bisher verborgenes Sonnenloch zum Vorschein gekommen sein. So unglaublich es klingen mag, das sind die Darlegungen vertraulicher Quellen.«

Loyd konnte sich auf diese Worte keinen Reim machen. Nichts machte Sinn. Ein Sonnenloch, das echtes Altes Sonnenlicht ausschütten sollte? Unter Hildenberge? Niemals. Aber wenn – wenn nur ein Funke Wahrheit an der Geschichte dran war, könnte das bedeuten, dass seine Eltern in das Loch hineingefallen waren? Nun war es Keli, die Loyds Gesichtsausdruck richtig deutete.

»Mam und Paps sind in die alte Welt hineingefallen«, sagte Keli düster vor sich hin, als wäre es eine Tatsache.

»Das bleibt abzuwarten«, meinte Anker ruhig. »Allerdings, du weißt aus meinen Vorlesungen, Loyd, dass bisher niemand und nichts, das je in einem Sonnenloch verschwand, wieder daraus zurückgekehrt ist. Jedenfalls sind keine Ereignisse bekannt, die wissenschaftlich belegbar wären. Die einzigen glaubwürdigen Hypothesen bezüglich der Sonnenlochinfiltration sind auf alten Schriftstücken beschrieben, festgehalten von unseren Ureltern; den einzigen Überlebenden der Vorzeit«, erklärte Anker den beiden.

Keli schien aufgewühlt. Sie blickte Loyd missmutig an. »Wir müssen Mam und Paps suchen gehen. Schließlich ist es deine Schuld, dass ihnen das passiert ist. Hätten wir ihnen geholfen, als wir unsere Sachen packten, wären sie jetzt noch da«, warf sie Loyd trocken vor.

Anker legte seine wurstfingrige Hand auf Kelis Schulter und sagte in beschwichtigendem Ton: »Auch wenn sie den Zusammensturz des Eises überlebt haben – was wir gegenwärtig weder bestätigen, noch ausschließen können – momentan ist es nicht möglich, das Gebiet zu betreten. Eine Überschwemmung unvorstellbaren Ausmaßes wird uns den Zugang in die Region für viele Wochen verwehren.«

Kelis Augen füllten sich wieder mit Tränen, die sie sich abermals mit dem Ellbogen aus dem Gesicht strich. Loyd sah die beiden nicht an. Er hatte nicht einmal die Kraft, Kelis kindische Beschuldigung zurückzuwerfen.

»Ich möchte euch beide nicht um das Schicksal eurer Eltern bringen. Das ist das Letzte, was mir im Sinn steht, glaubt mir. Aber der Grund, weshalb ich dich, Loyd, ursprünglich hierher bestellt habe, ist elementar und wahrscheinlich auch der Auslöser für das Chaos in Hildenberge. Ich werde dir alles im Detail schildern, sobald du wieder auf den Beinen bist. Was ich dir erzählen werde, ist von äußerster Wichtigkeit für den Fortbestand des Wesentums, des Laternenwalds und aller Existenz. Wenn du es verkraften kannst, mich und einen professionellen Expeditionstrupp ins Geschwärzte Zentrum zu begleiten, wäre ich sehr froh. Aber dazu später mehr. Du solltest dich jetzt zuerst einmal ausruhen und deine Gedanken sortieren.«

Loyds Mund war trocken geworden. Er war nicht imstande, darauf etwas zu erwidern.

»Keli, wollen wir etwas essen gehen?«, fragte Anker freundlich, aber bestimmt.

Keli beobachtete verunsichert Loyds eingefallene Miene. Er erwiderte ihren Blick nur ganz kurz, bevor er auf sein angefangenes Abendessen hinunterstarrte.

»Komm, Mädel, dein Bruder muss zu Kräften kommen und hat wohl eine Menge zu bedenken. Loyd, wenn du was brauchst, lass es mich wissen. Morgen um neun sind wir wieder da«, sagte Anker, während er Keli mit seinem dicken Bauch mit sanfter Gewalt zur Tür drängte.

# DAS WUNDERSAME UNLICHT

Anker und Keli durchquerten den Platz der Stille vor dem über und über mit gigantischen Bäumen und Sträuchern überwachsenen Hauptgebäude der Hochschule. Keli fühlte sich miserabel. Im Grunde genommen wollte sie so rasch wie möglich wieder nach Hildenberge zurückkehren, um nach ihren verschollenen Eltern zu suchen. Endlose Frustration und Kummer stauten sich in ihrem Inneren auf. Stunden hatte sie vor Loyds Krankensaal gewartet, während Anker weg gewesen war, um bei einer Pressekonferenz über das Katastrophengebiet zu berichten. Außer einer Handvoll jüngerer Kinder, die angesichts des einbrechenden Eises von ihren Eltern ins Tal geschickt worden waren, hatten nur Loyd und sie das Unglück überstanden. Die beiden hatten nur ein paar Kratzer abbekommen, doch für die Kinder war das Unglück nicht so glimpflich ausgegangen. Keli kannte zwar alle Verletzten im Krankensaal, hatte den Leuten des Ordnungsamts, die sie nach deren Eltern befragt hatten, aber nur wenig behilflich sein können. Obwohl es sich Keli nicht so richtig eingestehen wollte, konnte sie sich glücklich schätzen, dass Loyd sie mit Altem Sonnenlicht vorübergehend kälteresistent gemacht hatte – sonst wäre es ihr wohl gleich ergangen, wie den von Kopf bis Fuß in Verbände gewickelten und aufgrund von Erfrierungen um ihr Leben ringenden Kindern.

Keli folgte Anker durch eine Allee von wuchtigen Trauerweiden. Für einen Moment erwog sie, sich einfach wegzustehlen und auf eigene Faust ihren Eltern zur Rettung zu eilen. Doch dann lenkten sie moderne Musik und lautes Gebrabbel ab, welches aus unmittelbarer Nähe zu kommen schien. Keli blickte nach links und rechts, um den Ursprungsort des Lärms zu eruieren.

»Das da vorne ist die Lailac-Straße«, ertönte Ankers freundliche Stimme, der sich kurz umgedreht hatte, um nach Keli zu sehen. Keli folgte Ankers Blick und in der Ferne konnte sie erkennen, wie die Straße vor dem Haupttor der Hochschule belebt und hell erleuchtet war. Bevor sie jedoch dorthin gelangen konnten, mussten sie zwischen dem Unigelände und dem Eingang in die von bunten Häuserketten umgebene Straße an einem Wachhäuschen vorbei, an welchem von beiden Seiten her der hohe Schutzzaun rund um das Areal endete.

Keli trottete nun wieder mit ein wenig Abstand hinter Anker her wie ein kleiner Hund hinter seinem Herrchen. Als sie am Sicherheitsschalter vorbeikamen und Anker einem Wachmann seinen Professorenausweis vorlegte, blieb Keli abrupt stehen und verschwand aus Ankers Blickfeld. Der Professor drehte sich verwirrt um. Nach einigen Augenblicken entdeckte er Keli vor einem mit Zierblumen geschmückten und von Moos überwucherten Denkmal und ging schlurfend auf sie zu.

»Keli«, schnaufte Anker laut. »Was ist denn los? Ich kenne gleich in der Nähe eine leckere Strudelbude. Glaub mir, mich kennt man nur an den besten Adressen der Stadt.«

Er schlug sich grinsend mit beiden Händen hörbar auf den gewaltigen Wanst. Keli reagierte nicht auf seine Worte, denn sie war gerade damit beschäftigt, die überwucherten Zeilen am unteren Ende der Statue zu entziffern. Sie bewegte die Lippen und sprach die Wörter fast lautlos in die Luft:

»DIES IST DAS DENKMAL AN DR. LAILAC MONDSTEIN, DEN GRÜNDER DER HOCHSCHULE VON HERBSTFELD, ERFINDER DER SONNENLICHTRESORPTION UND BEWAHRER DES KAELISCHEN INDEXES.
27 V.N. – 29 A.N.
IM NORDEN LIEGT DIE TUGEND«

Anker, der neben Keli getreten war, ließ ein langes »Oh hooo« verlauten. »Du interessierst dich für Geschichte? Ich könnte dir wortwörtlich einen ganzen Vortrag über diesen Lailac halten. Obschon man sagen muss – die Sache mit dem Index ist nie bestätigt worden. Aber weil die Regierungsräte so stolz auf unser fortschrittliches Ausbildungssystem sind und seit jeher den anderen Präfekturen ein Vorbild sein wollen, tun sie immer so, als wäre die Legende eine fundierte Begebenheit.«

Keli verstand nur sehr wenig von dem, was Anker da redete. »Was heißt denn V.N. minus A.N.?«, erkundigte sich Keli ahnungslos.

»Hast du das noch nicht in der Schule gehabt? Es bedeutet ›Vor Neuzeit, Ab Neuzeit‹. Der liebe Lailac wurde dementsprechend nicht so alt; genauer gesagt, gerade mal 56. Wenn du willst, kannst du in der Bibliothek gerne mal die Geschichtsbücher der frühen Neuzeit studieren. Keine hübsche Geschichte, was mit Lailac, Mikael und Bao, dem Hundewesen passiert ist – wenn sie denn wahr ist.«

»Und der Kaelistische Index?«

»Kaelischer Index«, korrigierte sie Anker. »Das ist ein Artefakt, von dem niemand so genau weiß, ob es heute noch existiert oder jemals existiert hat. Man nennt ihn auch den ›Unlichtschlüssel von

Mikael‹, da die Legenden besagen, dass Urvater ›Mikael McLane‹ – wie er eigentlich richtig hieß – der Zeigefinger abfiel, als er das Unlicht anfassen wollte. Lailac hat Mikaels Finger dann geborgen und mit ihm das Unlicht gebändigt. Danach hat er ihn an einem geheimen Ort versteckt. Er ist bis heute verschollen – so die Legende.«

»Und was ist Unlicht?«

Anker knallte Keli seine große linke Pranke auf die Schulter und sagte geheimnistuerisch: »Das, Mädel, ist eine andere Geschichte. Lass uns jetzt was essen gehen. Ich verhungere noch!« Lachend und mit den Händen auf den Bauch trommelnd, ging Anker von dannen.

Keli schenkte dem Denkmal einen letzten, bewundernden Blick und folgte dem Professor zu den Sicherheitsschranken.

Als sie am Wachhäuschen vorbei waren – Keli brauchte keinen Ausweis, da sie mit einem Professor unterwegs war –, verdrängte die Aussicht auf die breite Straße vorerst Fragen und Missmut aus Kelis Kopf.

Die Lailac-Straße schlängelte sich vor ihren Augen durch zwei kunterbunte Häuserketten, wobei kein Haus dem anderen glich. Allein die Pflanzen und deren Wurzeln, die sich auf den Dächern der Gebäude in all ihrer Farbenpracht präsentierten, verliehen dem Ort eine sehr eigentümliche Aura. Nun wusste Keli auch, was Herbstfeld seinen Namen eingebracht hatte: Der Straßenboden war über und über mit heruntergefallenem Laub bedeckt, was dem Ort eine waldbodenartige Duftnote verlieh. Von allen Seiten waren raschelnde Schritte zu hören, die von den vielen exzentrisch gekleideten Passanten auf der Straße verursacht wurden. Keli machte große Augen beim Anblick der vielen unterschiedlichen Wesen, die durch das knöcheltiefe Laub wateten. In ihrer Heimat Hildenberge gab es nur ganz herkömmliche Menschenwesen: Frauen, Männer und Kinder. In dieser Straße jedoch konnte Keli in vielen Fällen nicht erraten, ob nun eine Frau, ein Mann oder etwas ganz anderes an ihr vorbeiging. Aber sie hatte zunehmend das Gefühl, dass es hier auch keine Rolle spielte. Alle Leute schienen sich *so* gut zu fühlen und akzeptiert zu sein, wie sie waren. Das lockerte Kelis Gemütszustand etwas auf.

Nach einer Weile raschelnden Marschierens verdeutlichten sich ihre ersten Eindrücke und ließen Keli immer mehr in Staunen geraten. Wie es aussah, war die Lailac-Straße der Mittelpunkt aller Studentenangelegenheiten. Es gab Cafés, Fastfood-Ketten und Kleiderläden, in denen unter anderem die neusten Akademieschals ausgestellt waren, welche die Lernenden stolz wie Umhänge trugen. Hinzu kamen gewaltige, vielstöckige Buchhandlungen und Wesen-Spas, in denen sich laut farbenfrohen Werbetafeln international gesinnte Studenten mit Wesen aus aller Welt in heißen Thermalbädern trafen, um über das Leben und seine Vielfältigkeit zu philosophieren. Und natürlich gab es Pubs, Bars und Clubs, welche für viele der Hauptgrund zu sein schienen, in dieser Gegend überhaupt zu verkehren.

Es war Abend geworden und Laternen in warmen Rot- und Blautönen beleuchteten die Schriftzüge an Restaurants und Bars, vor denen Leute an runden Stehtischen tranken, rauchten und heiter schwatzten. Keli schloss für einen Augenblick die Augen, sog die frische Abendluft ein, die wie in den unterirdischen Wintergärten Hildenberges würzig nach regennassem Erdboden roch und schlug die Augenlider wieder auf.

Sie fühlte sich auf einmal, als hätte sie nicht genug Augen und

Ohren, um all die interessanten Ereignisse um sich herum zu erfassen und zu verarbeiten. Nie war sie an einem solchen Ort gewesen. Zweimal in ihrem Leben war sie mit ihren Eltern nach Lichterloh gereist – der Hauptstadt der Präfektur, die ebenfalls Lichterloh hieß. Dazumal war sie aber nur von Hildenberge ins Tal gerutscht, hatte von dort die Wasserbahn nach Lichterloh-City genommen und war dann von Onkel Nonpe abgeholt worden. Viel hatte sie vom Stadtleben damals nicht mitbekommen und Lichterloh hatte sie auch viel zu geräumig in Erinnerung. Hier in Herbstfeld gefiel es ihr deutlich besser. Die farbenfrohe Atmosphäre mit dem heiteren Gesprächspegel und den verschiedenen, berauschenden Gerüchen in der Luft, denen unbedingt nachgegangen werden sollte, hier könnte sich Keli wohlfühlen – *wäre das Desaster in meiner Heimat nicht passiert*, dachte sie, plötzlich wieder von ihrem Kummer eingeholt. Sie schritten an einer Bar namens »Zur Lauten Stille« vorbei, wo gerade eine Party am Laufen war. Allerlei Wesen mit hohen Biergläsern in ihren Händen, Pfoten und Klauen feierten ausgelassen in und um den Laden herum. Neugierig warf Keli, während sie sich einen Weg durch die Feierwütigen bahnten, einen Blick auf eines der Gesöffe, das vor einer großen, kurzhaarigen Frau mit übergeworfenem purpurfarbenem Schal auf einem Stehtisch stand. Anker drängte sie mit seinem Kugelbauch weiter, wobei sich die Augen der Frau kurz mit denen von Keli trafen. Die Frau, sich von der Musik inspiriert leicht hin- und herwiegend, blinzelte ihr mit roten Wangen wohlgesinnt zu, und schon waren Zwerg und Riese im nächsten Wesenauflauf verschwunden.

»Siebbier«, verkündete Anker lässig. »Dafür bist du noch zu jung, aber das Zeug ist echt lecker. Muss ich zugeben.«

»Siebbier?«

»Jou. Du kippst irgendwelche Früchte oder Kräuter in ein hohes Glas und klemmst das Zeug mit einem kleinen Sieb unten im Glasboden fest. Dann schenkst du dir ein billiges Bier ein und *tada*: Schon hast du das beste und preiswerteste Studentengebräu aller Zeiten.«

»Oh, das klingt gut.«

Anker warf einen kurzen Seitenblick auf Keli.

»Deine Eltern würden es wahrscheinlich nicht gutheißen, wenn ich dir die Gaumenfreuden der Erwachsenenwelt schmackhaft machte.«

Keli schwieg. Nach einer Weile sagte Anker schließlich: »Es tut mir leid, Keli. Ich hätte deine Eltern nicht erwähnen sollen.«

»Nein, ist schon in Ordnung. Ich habe nur einen gewaltigen Hunger. Das ist alles.«

»Ach, wenn das so ist! Dann sind wir hier genau richtig«, dröhnte Anker fröhlich. Er schien sich wie Keli in dieser Straße beflügelt zu fühlen. Sie standen vor einer langen Warteschlange, die aus einer Imbissbude herausführte.

»Ich kann das nicht bezahlen«, gab Keli ein wenig beschämt zu bedenken.

»Ach was! Du bist natürlich mein Gast. Solange du und dein Bruder in meiner Obhut seid, seid ihr selbstverständlich herzlich von mir eingeladen.«

Keli fiel ein Stein vom Herzen, denn sie hatte begonnen, sich neben ihrem Kummer um ihre Eltern wegen einer Unterkunft und Verpflegung Sorgen zu machen. Anker schmunzelte einen Augenblick lang verstohlen zu Keli hinüber, dann schlug er mit seinem aufdringlichen Bauch eine breite Schneise in die Menge vor ihnen.

Er warf zwar lauthals mit Entschuldigungen um sich, doch er drängte sich immer weiter vor, Keli mit verdutzter Miene dicht hinter ihm.

»Du musst lernen, dass die Welt nur so lange fair ist, wie du sie so siehst. Um im Leben erfolgreich zu sein, musst du als allererstes die Welt für dich selbst zu einem fairen Ort machen«, erklärte Anker grinsend an Keli gewandt, so leise, dass es die Umstehenden nicht hören konnten. Nun war es Keli, die schmunzelte. Einen Mann wie Anker hatte sie freilich noch nie getroffen. Anker verdrängte noch ein paar weitere Studenten, die er von hinten mit seinem zudringlichen Ranzen anstieß, sodass diese sich zuerst empört umdrehten, ihm dann aber, als sie erblickten, wen und vor allem, was sie vor sich hatten, wissend lächelnd den Vortritt ließen.

»So, Keli. Worauf hast du denn Lust?«

Sie standen vor einer hohen Theke, hinter der mehrere uniformierte Leute hin und her flitzten und hungrige Kunden bedienten. Sie händigten einer Reihe wartender Wesen abseits der Theke schmale Kartonschachteln aus. Als Keli den Kopf hob, sah sie über den Angestellten verschiedene visuelle Darstellungen von Gebäcken.

»Was darf's denn sein?«, meldete sich ein junger Mann mit einem zurückgebundenen Pferdeschwanz und einer grünen Mütze obendrauf. Obwohl er freundlich wirkte, sah man ihm an, dass er unter Stress stand und wahrscheinlich mehr arbeitete, als gut für ihn war. Der ganze Oberkörper des Mannes, der in Kelis Blickfeld fiel, schien seltsam verschwommen und trüb. Keli, die vom Äußeren des Mannes abgelenkt war, erschrak, als Anker ihr die Hand auf die Schulter legte.

»Das ist eine Strudelbude«, verkündete er sichtlich glücklich. »Es gibt verschiedene Strudellängen und Inhalte, aus denen man wählen kann.«

Er richtete seinen Blick wieder auf den Mann mit dem gebundenen Haar.

»Ich, zum Beispiel, hätte gerne die volle Länge, mit den Abschnitten Wasabiforelle, Kreuzkümmelkäse, Teriyaki Chicken mit scharfer Mayonnaise, und der Dessertschicht Zimtapfel mit Haskap-Beerencreme.«

»Sehr gerne«, erwiderte der Mann.

Keli machte große Augen.

»Und Sie, werte Kundin?«

Das galt Keli, die hinter Ankers Hintern hervorlugte wie ein kleines Mädchen.

»Ähm, ja –« Sie las von den Tafeln ab: »Viertellänge mit Wasabiforelle.«

Anker wandte sich zu ihr hin. »Ist das alles?«, fragte er bestürzt.

»Ja, ich denke schon«, meinte Keli zögernd.

»Das macht 7.50 Lichtbit«, sagte der Mann am Tresen freundlich.

Anker klatschte seine korpulente Hand auf eine kleine Plattform über dem Tresen. Ein Piepton war zu vernehmen und damit war die Bezahlung abgeschlossen. Keli und Anker traten ein paar Schritte zur Seite, damit die Leute hinter ihnen ihre Bestellungen aufgeben konnten. Keli sah, wie neben dem trüb aussehenden Mann Strudelteige auf eine Abstellfläche geschmissen und quer aufgeschnitten wurden.

»Herr Ankerbelly«, begann Keli so leise, dass nur Anker sie

hören konnte. »Der Mann da; er sieht so komisch aus. Was ist mit ihm?«

»Wie bitte? – Ach sooo, du meinst die milde Schwärze? Das ist normal. Jeder, der das Licht in seinem Körper nutzt – und das ist in den Städten praktisch nicht zu umgehen – muss arbeiten, um wieder auf einen hellen Zweig zu kommen. In den Städten wird heute fast alles mit Altem Sonnenlicht, also der Währung ›Lichtbit‹, bezahlt, verstehst du? Von der Wohnungsmiete, über öffentliche Verkehrsmittel, bis hin zu den Strudeln in diesem Laden. Und Herbstfeld ist noch harmlos. In Lichterloh gibt es Quartiere, da sind die Leute kaum noch erkennbar, so trüb sind ihre Auren. Das heißt für dich übrigens, dass du im Notfall für Essen und Unterkunft sogar für eine Weile selbst aufkommen könntest. Ohne Lichtkonto könntest du dich danach allerdings nicht mehr aufladen. Darum bist du bei mir, bis auf Weiteres, sicher am besten aufgehoben.«

Anker zwinkerte Keli wohlwollend zu. Keli war nicht an die Präsenz von Menschenwesen, die eine solch negative Kraft ausstrahlten, gewöhnt. Die Aura, welche den Mann am Tresen umgab, ließ die Trübsal um ihre Eltern erneut aufwallen. Keli sah missmutig zu, wie Strudelteige aufgeschnitten, nach oben aufgeklappt, dann mit verschiedenen Zutaten beschichtet, zugeklappt, und schließlich in lange, glühende Öfen befördert wurden. Nach zirka zwei Minuten wurden diese wieder geöffnet und die golden gebräunten Gebäcke erneut auf der Abstellfläche abgelegt und anschließend in röhrenförmige Schachteln gepackt. Das alles geschah in atemberaubender Geschwindigkeit.

»Hier, bitte.« Eine junge Frau übergab ihnen die heißen Schachteln. Anker nahm die meterlange, aber nur wenige Zentimeter breite Papiertüte entgegen und wandte seinen Bauch in die Richtung, aus der sie zuvor gekommen waren.

»Komm, ich weiß einen guten Ort, wo wir uns die Dinger reinziehen können«, sagte Anker munter.

Für einen so dicken Mann war der Professor ungewöhnlich gut auf den Beinen, dachte Keli, als sie ihm im Laufschritt bis zurück vor das Hauptgebäude der Hochschule folgte. Als Anker stehen blieb, erklärte er theatralisch: »Hier unterrichte ich. Nun, eigentlich nur zwei Tage die Woche und auch nur dann, wenn ich nicht gerade auf einer Expedition bin – also eigentlich fast nie.« Anker gluckste amüsiert über seinen eigenen Scherz.

Keli, die noch keine Gelegenheit gefunden hatte, sich für das Abendessen zu bedanken, keuchte außer Atem: »Ich find's toll hier. Und vielen Dank für den Strudel.«

»Ach, nicht der Rede wert. Du kannst auch bei mir in meinem Haus übernachten, wenn du willst. Bei Loyd vor dem Krankenzimmer auf einem Stuhl zu schlafen, würde ich dir nicht empfehlen – nur wenn dir der Sinn nach einem verspannten Rücken steht.« Anker gluckste erneut, dann sagte er: »Komm, lass uns aufs Dach gehen.«

Er schritt voraus und ließ die automatisierten Türflügel vor ihnen nach beiden Seiten aufschnellen, indem er seinen Professorenausweis an eine Scanfläche neben dem Eingang hielt. Keli folgte ihm in die hohe Eingangshalle. Drinnen roch es nach Büro und Teppich. Mehrere Glasvitrinen mit ausgestellten Raritäten und Plakaten darin begrüßten sie. Obwohl es Keli interessiert hätte, was es da zu sehen gab, bog Ankers Bauch links in einen langen Gang ein, in dem es jeweils im Vier-Meter-Abstand Türen gab, von denen einige offenstanden. Weiter vorne verschwand

Anker hinter einer Biegung. Als Keli aufgeholt hatte, fanden sich die beiden vor einem Fahrstuhl wieder, der sich prompt öffnete. Der Aufzug beförderte sie fast lautlos und in wenigen Sekunden in das offene Dachgeschoß. Die Fahrstuhlschranken verzogen sich auf beide Seiten und Anker, der praktisch dessen ganzen Innenraum für sich allein beansprucht hatte, trat voran.

Draußen war es Nacht geworden. Als Keli an die frische, kräuterträchtige Luft trat, bot sich ihr ein erstaunliches Bild. Sie durchquerten eine kniehohe Wiese, in der alle möglichen Gräser und Blumen wuchsen. Keine Pflanze schien der anderen zu gleichen. Die Gewächse waren erhellt durch kleine Insekten, die auf den Pflanzen hockten und den Platz idyllisch erstrahlen ließen. Die bunt glühende Atmosphäre hatte etwas an sich, das Keli als »romantisch« gedeutet hätte. Die Wiese war nicht sehr groß, aber umsäumt von einem Ring aus Sträuchern und Bäumen. Anker drehte sich rasch nach hinten, um nachzusehen, ob Keli ihm folgte.

»Das hier sind alles Pflanzen, die wir von unseren Expeditionen mitgebracht haben«, erklärte er Keli. »Eine getrocknete Probe wird immer ins Archiv einsortiert und weitere Spezimen pflanzen wir hier oben oder in Wäldern um die Uni herum an, und zwar mit ihren ›Kunden‹ zusammen.«

Keli blieb vor dem wartenden Anker stehen, woraufhin sich dieser wieder umdrehte und auf den ersten einer Reihe von Setzsteinen mitten in der leuchtenden Wiese zusteuerte.

»Was meinen Sie mit Kunden?«, fragte Keli verwirrt, als Anker seine Erklärung nicht von sich aus vervollständigte.

»Jo, das ist eine bedeutende Frage«, sagte Anker, sich ein wenig tollpatschig über die Steine bewegend. »In der Lehre der Biodiversität werden Insekten, die man hier oben, aber auch sonst überall findet, als Kunden der Pflanzen bezeichnet. Aber nicht nur Insekten; alle Organismen sind Wirte und alle Wirte leben durch ihre Kunden, ähnlich wie bei unserer Wirtschaft. Ohne Kunden kann ein Unternehmen nicht bestehen, wie auch jedes Leben nur mit seinen natürlichen Kunden gedeihen kann, nicht? Darum sagt man ja auch, dass das erste Leben sich wohl nicht selbst erwirtschaftet haben kann – Interdependenz, verstehst du? Hoppla!« Anker stolperte und machte einen Schwenker links ins Gras. Einige funkelnde Insekten surrten dem Nachthimmel entgegen.

Keli hatte nur mit halbem Ohr zugehört. Sie hüpfte von einem unförmigen Setzstein zum nächsten, musste aber immer wieder warten, bis Anker sich auf die Steine zurückgehievt hatte. Jenseits der Wiese konnte Keli warme, rötliche und bläuliche Lichtstrahlen wahrnehmen, die von der Stadt her durch das Laubwerk hindurchbrachen. Als Keli ihren Blick über den Ring von Bäumen am Rand der Wiese schweifen ließ, hielt sie auf einmal den Atem an. Mit zugekniffenen Augen erspähte sie zwischen den Büschen einige verborgene Sitzbänke, auf denen sich im Schatten herabhängender Äste Studentenpärchen umarmten und küssten.

»Hier durch«, bedeutete ihr Anker unauffällig, machte eine auffordernde Handbewegung und verschwand zwischen ein paar dicken Wurzeln und Gestrüpp.

Keli hüpfte hastig auf den letzten Setzstein und stieß am Ende der Wiese durch das Buschwerk. Als sie den mit Blüten übersäten Zweig aus ihrem Sichtfeld wischte, klappte ihr jäh der Mund auf. Eine märchenhafte Aussicht bot sich ihnen. Sie hatten Ausblick auf die Lailac-Straße mit all ihren bunten Häusern, krummen Dächern und Kuppen. Dahinter wurden die Gebäude immer höher und gingen in einen strukturlosen Ring von Lichtquadraten aus beleuchteten Fenstern über, der hunderte Meter in die Nacht hineinragte. Die himmlischen Scheiben über ihnen wurden nun nicht mehr durch das Alte Sonnenlicht aus den umliegenden Sonnenlöchern erhellt, sondern durch den Schein der unzähligen Städte und Dörfer im Ring um die Urstadt Kael herum, welche tagsüber Licht gesammelt hatten und es nun auf die Scheiben zurückwarfen. Nur ganz schwach schimmerten die runden Sphären in Regenbogenfarben über der Stadt und ließen den Nachthimmel in schlichter Pracht erglimmen.

Auf den ersten Blick schien es Keli, als vermöge einzig die ferne Wolkenwand, die im Norden dort weilte, wo bei klarem Wetter vermutlich die Hildenberge zu sehen gewesen wären, der Herrlichkeit des Nachthimmels zu trotzen. Als Keli den Kopf nach Süden wandte, erkannte sie in der Ferne einen mächtigen schwarzen Schemen, der sich am Horizont in die Länge zog.

»Toll, nicht wahr?«, erriet Anker Kelis Impressionen und stapfte auf eine leere Sitzbank mit Sicht auf die Stadt zu. Er setzte sich mit einem Rums und begann mit seiner, für seinen massigen Kopf verhältnismäßig kleinen Nase, an der Papiertüte in seinen Händen zu schnuppern.

»Es ist – unglaublich«, stimmte Keli leise zu, ihre Augen fest auf die dunkle Struktur im Süden fixiert. »Herr Ankerbelly, ist das da drüben vielleicht der Schwarze Vorhang?«

»Oho! Gut erkannt. Aber bitte nenn mich doch einfach Anker oder bei meinem Vornamen Don, wie das alle tun, ja?«, bot Anker freundlich an. »Jo, der berühmte Schwarze Vorhang«, begann er nun wieder an der Papiertüte hantierend, »oder in akademischen Kreisen manchmal auch ›der unvollendete Unlichtwall der Urstadt Kael‹ genannt. Ich nehme jetzt mal an, du weißt, dass sich hinter den Gemäuern das Geschwärzte Zentrum von Kael befindet; ein Ort, der oft als das pure Grauen bezeichnet wird. Dabei muss ich gestehen, dass die Leute nicht ganz Unrecht haben. Anders als die Schwätzer allerdings, bin ich doch schon einige Male dort gewesen, um die Überschwärzung und das Unlicht zu studieren. Danach habe ich immer Wochen gebraucht, um mich von den Expeditionen zu erholen. Tja, und genau dorthin muss ich jetzt so schnell wie möglich, und zwar am besten zusammen mit deinem Bruder, Loyd. Er ist wirklich ein großartiger Forscher.«

»Ich habe die Mitteilung gehört, die Sie Loyd vor dem Unglück zugesandt haben. Sie hat in meinem Zimmer Halt gemacht, als hätte die Lichtmail sich verirrt. Ich habe sie empfangen und sofort Loyd weitergereicht, als ich hörte, von wem sie war. Sie sagten, Sie hätten irgendetwas Ungewöhnliches in Kael gefunden oder so.«

»Ganz die Schwester von Loyd«, sagte Anker anerkennend. »Jo, wir haben Daten aus den Forschungsstationen im Zentrum erhalten, die unbedingt verifiziert werden müssen.«

Ankers Stimme wurde dumpf, und Keli bemerkte ein Rascheln neben sich. Sie drehte ihren Kopf und sah, dass Anker eine Strudelbox aus der Papiertüte gezogen hatte. Keli setzte sich ans äußerste Ende der Bank, wo neben Anker noch ein paar Zentimeter Raum geblieben waren.

»So – hier. Jetzt kümmern wir uns erst einmal um die wichtigen Dinge im Leben. Lass es dir schmecken!«

Anker reichte Keli strahlend den bei weitem kürzeren Strudel. Die Verpackung ließ sich ganz einfach seitwärts aufklappen. Aus der Schachtel strömte Keli der himmlische Duft der frischen Backware entgegen. Urplötzlich wurde sie von dem herrlichen Geruch überwältigt und biss sogleich in das in ihren Händen nahezu schmelzende Blätterteiggebäck. Sie schloss die Augen und begann zu kauen. All ihr durch Kummer und Sorgen unterdrückter Appetit kehrte augenblicklich zurück.

Ob sie es nun wollte oder nicht, Kelis Geschmacksknospen feierten die Einweihungszeremonie in die kulinarischen Gaumenvergnügen Herbstfelds. Etwas so Gutes hatte sie wahrlich noch nie gekostet. Alles, was Keli kannte, waren saisonales Wintergartengemüse, Sauerteigbrot vom Dorfbäcker, Macadamianüsse, Haskap-Beeren, Holundersirup und flockiger Tofu. Wenn die Gemüseernte erfolgreich verlaufen war, erstanden ihre Eltern ein wenig muffeliges Siedfleisch, Kichererbsen und Süßkartoffeln vom Wochenmarkt, wo sie auch ihr überschüssiges Erntegut verkauften. Doch kombiniert mit der Aussicht hier oben, war dies mit Abstand das beste Mahl, das sie jemals zu sich genommen hatte.

Sonst war sie ja auch immer unter dieser zermürbenden Eisdecke begraben gewesen. Die Sicht in die von Rätseln und Mysterien erfüllte Ferne entfachte in Kelis Brust eine wachsende Flamme. Was hatte es mit den finsteren Mauern auf sich? Wie groß waren sie wirklich? Und was geschah gerade hinter deren streng bewachten Grenzen, das das Leben hier fernab vom Unheil der Vergangenheit so in Sorge zu versetzen vermochte?

»Und, schmeckt's?«, dröhnte Ankers passionierte Stimme undeutlich herüber. Er schmatzte geräuschvoll und lugte mit Händen und Strudel am Mund zu Keli hinüber.

»Ich habe noch nie etwas so Gutes probiert. Ich wünschte, sowas könnte ich jeden Tag essen«, antwortete Keli schüchtern.

Anker war schon fast am Ende seines Strudels angelangt. Er sog das Gebäck förmlich in sich hinein. Keli nahm einen weiteren

Bissen, musste aber sofort heftig husten und prusten. Etwas hatte ihre linke Schulter berührt. Mit tränenden Augen fuhr sie herum. Sie konnte nichts erkennen. Vielleicht war es ein Insekt gewesen? Anker blickte Keli leicht besorgt an, rieb sich dann aber mit dem Handrücken genüsslich den Mund. Ein gewaltiger Rülpser übertönte Kelis Ringen um Luft.

Keli, die Ankers plötzliche Körperausdünstung sonst vielleicht sogar lustig gefunden hätte, spähte noch immer mit banger Miene zu den von der Stadt her nur spärlich erhellten Bäumen. Einer der Stämme war so breit wie ihre Wohnstube in Hildenberge. Der Baum musste viele hundert Jahre alt sein. Einige Wurzeln waren so dick wie Anker selbst. Sie ragten etwas abseits von ihnen schwer und stark über das Gebäudedach hinaus. Es bewegte sich etwas in der Dunkelheit, was die bereits unter Hochspannung stehende Keli hochschrecken ließ. Ein armdicker Ast, übersät mit vielen kleinen ovalen Blättern, rückte langsam, aber deutlich in ihre Richtung.

»*Uaah!* Herr Ankerbelly. Der Baum da bewegt seine Äste.«

Von Angst gepackt fiel Keli rücklings über die Bank und ließ ihren halb verzehrten Strudel fallen.

»Ho-ho-ho. Kein Grund zur Sorge. Das ist nur Shidare, eine alte Hängekirsche. Sie ist einer der ältesten Bäume, die es überhaupt gibt; genauer gesagt, eintausend und acht Jahre alt. Und wenn ein Baum so alt wird, kann es durchaus mal vorkommen, dass er sich ein wenig die Beine vertreten möchte.«

Als sich Keli wieder aufgerappelt hatte, beobachtete sie ungläubig, wie der äußerste Wipfel eines Astes sich gemächlich an ihr Schulterblatt herantastete.

»Und was tue ich jetzt?«, fragte Keli verunsichert.

»Sie macht nichts, sie ist bloß ein bisschen neugierig, wie immer. Aber ich muss gestehen; ich sehe sie zum ersten Mal den Kontakt zu jemandem suchen, den sie nicht kennt.«

Der Ast strich Keli, die etwas überrumpelt dastand, langsam über den Nacken. Dann blieb die Spitze des Zweiges auf Höhe ihrer Brust hängen, als ob sie ihr die Hand geben wollte. Anker stand verwundert auf, um das Schauspiel zu verfolgen. Nach einem Augenblick des Zögerns hob Keli ihre linke Hand und hielt sie auf die Höhe des Zweigendes. Der blättrige Zweig strich behutsam über die Handfläche von Kelis vierfingriger, linker Hand und begann, diese sanft zu umwinden. Keli spürte ein angenehmes Kribbeln in der Magengegend. Sie merkte nicht, dass Ankers Kinnlade heruntergeklappt war. Eine undefinierbare Stimme, die tief aus Kelis Innerem zu kommen schien, sprach langsam und nachdrücklich:

*»Du, die sich des Spiegels erhaben wähnt – dies ist deine Prüfung. Du, die sich sowohl des Wohles aller dienlich zeigt als auch standhaft des Lasters ledig bleibt: Sollest du meiner Kinder habhaft werden und bedingungslos nach Frieden streben, dein soll sein, was mein einst war, was Gutes scheidet von Bösem klar. Vier Beeren es sind, so alt wie ich, Schnee, Stachel, Blau und Wein sie heißen schwesterlich. Doch sei gewarnt: Dein Scheitern wird das Scheitern aller sein, folge stets dem Lichte nur und bleibe des Herzens ewig rein.«*

»Keli! Deine Hand – dann ist es also doch …«, stammelte Anker aufgeregt.

Keli, die ihre Augen geschlossen gehalten hatte, während sie der Stimme gelauscht hatte, schien eben aus einem Trancezustand aufzuwachen. Sie blickte zuerst auf Ankers fassungslose Miene, dann hinab auf ihre immer noch umwickelte Hand; dann zurück zum Professor. Sie war mehr als nur verwirrt.

»Was – war das für eine Stimme?«, murmelte Keli mehr zu sich selbst, denn eigentlich war ihr klar, dass es der Baum gewesen sein musste. Zugleich schossen ihr tausend andere Fragen durch den Kopf. Von wem war diese Nachricht? War sie von dem Baum selbst, oder hatte sie jemand anders dort hinterlassen. Shidare war über eintausend Jahre alt. Wer würde ihretwegen vor so langer Zeit eine Botschaft hinterlassen haben? Vielleicht hatte der Baum einfach den falschen Empfänger erwischt – aber wie sollte sie ihn danach fragen?

Dafür war es nun ohnehin zu spät, denn der Zweig löste bereits seinen Griff und zog sich Richtung Baumkrone zurück. Endlich fand Anker wieder zu seiner Stimme: »Mann, oh, Mann! Warum habe ich es erst jetzt bemerkt: *Du* hast auch eine vierfingrige Hand, Keli! Weißt du, was das bedeutet?«

»Äh, nein«, erwiderte Keli wahrheitsgetreu und noch halb benommen.

»Dein Bruder hat auch nur vier Finger an der linken Hand. Ich meine, es bedeutet – *möglicherweise* –, dass Loyd und auch dir nicht per Zufall ein Finger an der linken Hand fehlt; dass ihr beide – *wahrscheinlich* – als einzige bekannte, noch lebende Menschenwesen in der Lage sein könntet, Unlicht zu berühren, ohne dass sich euer Gewebe dabei gleich auflöst. Es ist zwar eine unbestätigte Theorie, welche nur in alten Schriften der frühen Neuzeit beschrieben ist. Aber wenn sich mein Verdacht bewahrheiten sollte, dann könntet ihr – ja, ihr könntet den Laternenwald vielleicht dereinst vor einem fatalen Schicksal bewahren. Keli, ich begreife nicht, warum Loyd mir nie gesagt hat, dass seine Schwester auch nur vier Finger an der linken Hand hat. Gibt es in eurer Familie noch andere Verwandte, bei denen das so ist?«

Keli, die noch nicht gänzlich aus ihrem Dämmerzustand erwacht war, konnte Anker nicht ganz folgen. Nur, dass Loyd sie wieder einmal in den Schatten gestellt hatte, das hatte sie mitbekommen.

»Ich und Loyd sind, glaube ich, die Einzigen in der Familie, die nur vier Finger an einer Hand haben. Aber warum ist das wichtig?«

»Es ist wichtig, weil – laut der Legende von Mikael und Lailac können vierfingrige Menschenwesen, wenn sie in direkter Linie von Lailac abstammen, Unlicht anfassen, ohne, naja – dass sie dabei die Finger verlieren. Nur sind heute keine Menschenwesen, die diese Gabe besitzen, mehr bekannt.«

Keli nickte bedächtig, aber in Wahrheit interessierte sie fast mehr, was der Baum ihr eben mitgeteilt hatte. Ob Anker die Mitteilung wohl auch gehört hatte?

»Ok, du musst dir das so vorstellen«, fuhr Anker überschwänglich fort. Seine Professorenseite schien sich bemerkbar zu machen. »Du weißt, warum Kael, die Urstadt, auch ›das Geschwärzte Zentrum‹ genannt wird?«

»Hm«, machte Keli abwesend. »Ich glaube, weil es dort stockdunkel ist und keine Leute mehr darin wohnen können?«

»Korrekt. Der Grund dafür ist simpel: Die Wesen, die vor ungefähr sechshundert Jahren Kael bevölkerten, sogen dem Ort die letzten Reste Licht aus, sodass kaum mehr Leben darin gedeihen konnte. Auch das Licht, welches von den umliegenden Sonnenlöchern in die Stadt transportiert wurde, reichte nicht mehr aus, um die Wesen, Pflanzen und schließlich die Umgebung zu erhellen. Und nicht nur das, voller Verzweiflung sogen die Bewohner einander sogar gegenseitig die letzten Lichtreste aus den Leibern. Wesen wurden versklavt. Man begann, schlimme Dinge zu tun, nur um an ein bisschen Altes Sonnenlicht zu kommen. Irgendwann – und der gesamte historische Ablauf ist heutzutage leider nur wenigen bekannt – kam es in der Metropole zur ›Überschwärzung‹. Neben der tugendlosen Lebensweise, welche der Gesellschaft erheblichen Schaden zugefügt hatte, machte sich nun ein noch viel schlimmeres Problem bemerkbar: Zu einem umstrittenen Zeitpunkt wurde in den zentralen Regionen der Stadt, wo die Umgebung durch die Überschwärzung besonders gelitten hatte, eine Substanz entdeckt, die jegliche Materie rapide zu zersetzen vermochte.«

Anker sah Keli etwas verwirrt dreinschauen und versuchte es mit anderen Worten: »Um es einfacher auszudrücken, an den finstersten Orten der Stadt, wo die Überschwärzung am schlimmsten war, wurde ein unheimlicher Stoff vorgefunden, der seine Umgebung restlos in pure Energie auflösen konnte. Also, wenn man seine Hand in das Zeug reinsteckte, musste man damit rechnen, dass man nur noch einen Stummel wieder rauszog und das Gewebe zu Unlicht zerschmolz. Du kannst dir sicherlich vorstellen, dass dies damals ein ziemlicher Schock für die Einwohner Kaels war, als sie davon erfuhren.«

»Unlicht?«, vermutete Keli, die plötzlich Verdacht geschöpft hatte. Sie kannte den Begriff ›Unlicht‹ zwar nur aus Büchern, vom Hörensagen und vom Denkmal am Platz der Stille, aber etwas sagte ihr, dass das, was Anker eben beschrieben hatte, Unlicht sein musste. Wenn sie sich recht erinnerte, hatte ihr Loyd einmal erzählt, dass es im Innern des Zentrums »schwärzer als die Nacht« sei, aber nie hatte sie wirklich jemand über die Ursachen und Konsequenzen der Überschwärzung aufgeklärt. Ob ihre Eltern überhaupt davon gewusst hatten?

»Unlicht, genau! Das hast du jetzt aber schnell kapiert«, lobte Anker sie.

Keli sah etwas verlegen drein.

»Das Auftauchen des Unlichts hatte die Gesellschaft damals in Unruhe versetzt. Kannst du dir vorstellen, warum?«

Weil Keli nachdenklich in die Ferne blickte und nichts erwiderte, fuhr Anker fort: »Ganz einfach. Weil das Unlicht sehr ausführlich in religiösen Dokumenten der frühen Neuzeit beschrieben wird. Bei der Legende über Mikael und Lailac, von der ich dir beim Denkmal vorhin erzählt habe, geht es ja auch um das Unlicht. Laut dieser Urlegende haben die wenigen Überlebenden der universalen Fusion es in den ersten Wochen der Neuzeit doch tatsächlich fertiggebracht, bereits das erste Unlicht zu fabrizieren. Und wenn es einmal entstanden ist, wird es nie wieder ganz verschwinden. Lailac hat das entstandene Unlicht in sich aufgenommen und es bis kurz vor seinem Tod in sich getragen. Damit soll er inmitten des Laternenwalds vor rund eintausend Jahren diese Hochschule mitsamt Wohnanlagen erbaut haben, fernab aller Augen und Ohren der anderen Urväter und -mütter. Wie sein Freund Bao Wao, das Hundewesen, wollte er eine eigene Ausbildungsstätte aufbauen, um sein Wissen weiterzugeben. Es haben sich ihm auch einige der Überlebenden angeschlossen, mit dem Ziel gemeinsam herauszufinden, was der Laternenwald für ein Ort war und nach Antworten zur Fusion zu suchen. In der Nähe von Kael selbst, wo sich die meisten Überlebenden in der Obhut von Urvater Mikael niedergelassen hatten, errichtete Lailac bloß ein kleines Häuschen zu Unterrichtszwecken, welches die Bewohner Kaels regelmäßig frequentierten, um sich zu bilden, denn Lailac war in der Vorzeit ein begnadeter Naturwissenschaftler und Politiker gewesen und verfügte, neben Bao, wahrscheinlich über mehr Wissen, als alle anderen Überlebenden zusammen. Dieses kleine Unterrichtsgebäude, welches Lailac einmal pro Woche besuchte, um die Pilger aus Kael in verschiedenen Fächern zu unterweisen, heißt heute Mondstein-Sanktuarium. Drum herum wurde fünfhundert Jahre später die Hauptstadt Lichterloh aufgebaut. Das steht jedenfalls in den religiösen Schriften der Blausternengemeinschaft, einer Sekte, die auch heute noch aktiv ist. Freilich hielt man diese Geschichten allgemein für Humbug, da das Unlicht für lange Zeit nicht mehr gesichtet worden war – bis vor etwas mehr als sechshundert Jahren in den zentralen Regionen der Urstadt Kael erneut Fälle von Unlichtbildung bekannt wurden. Zuerst erkannte man gar nicht, dass es zwischen den heiligen Schriften und diesen mysteriösen, spiegelnden Pfützen im überschwärzten Kael eine Verbindung gab. Die Leute haben dann aber sehr schnell gemerkt, woher das Unlicht kam: Ab einem gewissen Grad der Schwärzung kommt es innerhalb eines biologischen Organismus zu einer Reaktion, die es nicht mehr zulässt, dass Körper und Geist sich von der Trübung erholen. Wenn man in diesem Zustand stirbt, kann es sein, dass das körperliche Gewebe zu Unlicht zerfällt. Ich habe das Zeug schon einige Male im Zentrum gesehen, und ich sage dir, es schaudert mich alleine beim Gedanken daran. Ich male mir dann immer aus, wie die Toten, die zu Unlicht zerfallen sind, mich aus dem Spiegel heraus beobachten. Du kannst dir das Unlicht wie einen flüssigen Spiegel vorstellen – vielleicht weißt du, wie Quecksilber aussieht? Hat gewisse Ähnlichkeiten.«

»Ich … Ich habe schon davon gelesen«, murmelte Keli benommen, der es von Ankers Erläuterung etwas übel geworden war. Anker quetschte seinen hervorquellenden Bauch gegen das Geländer des Dachringes und legte etwas umständlich seine klobigen Hände darauf ab. Ein kräftiger, kühler Luftzug, dessen Geruch Keli an Hildenberge erinnerte, ließ Ankers dünne, weiße Haarbüschel im Winde tanzen. Die dunkle Wolkenfront aus dem Norden war merklich in ihre Richtung herangezogen.

»Die Wahrscheinlichkeit dafür, dass du und dein Bruder zufällig beide mit einer vierfingrigen Hand geboren wurdet, ist sehr gering. Auch, weil ihr keine offensichtlichen Verwandten zu haben scheint, bei denen das auch so ist. Jedenfalls besteht die Möglichkeit, dass ihr beide entfernt von Lailac abstammt und demzufolge dem Unlicht gegenüber immun seid.«

Anker stieß sich vom Geländer ab und suchte Kelis Blick. Keli erwiderte ihn zaghaft.

»Ich habe – eine Bitte an dich. Wärst du bereit – uns auf die Expedition nach Kael zu begleiten? Es wäre sicher aufschlussreich, zu sehen, wie sich das Unlicht auf dich und deinen Bruder auswirkt. Ihr könntet ja mal ein Haar eintauchen, oder so«, fügte er rasch hinzu, als ihm Kelis entsetztes Gesicht auffiel.

»Ich war mit Loyd zweimal im Zentrum, und damals dachte ich natürlich nicht im Traum daran, ihn zu bitten, dem Zeug zu nahe zu treten. Aber jetzt, da einiges dafürspricht, wonach eine Immunität dem Unlicht gegenüber bestehen könnte, wäre es einen Versuch wert. Ich meine, nur, wenn du willst. Es wäre natürlich im Interesse der gesamten Akademie und sogar der Regierung, wenn sich herausstellen sollte, dass dein Bruder und du Unlicht anfassen könnt. Das wäre eine Sensation!«

Keli sagte nichts. Sie war nachdenklich geworden. Konnte es sein, dass tatsächlich etwas an dieser Geschichte dran war? Und was würde geschehen, wenn sie, genauso wie jener Mikael damals, ihre Hand in das Unlicht stecken und dann Blut in alle Himmelsrichtungen spritzen würde. Dieser Gedanke drehte ihr den Magen um. Vielleicht hatte der Baum ja Recht und sie sollte lieber dem Licht und nicht dem Unlicht folgen.

»Herr Ankerbelly«, begann Keli vorsichtig, »mir ist es vorgekommen, als hätte der Baum vorhin etwas – naja – geflüstert, oder so. Haben Sie das auch gehört?«

»Wie, was? Du meinst, Shidare hat gesprochen? Nein. Was hat sie denn gesagt?«, fragte Anker überrascht.

»Nein, ich meine – ich glaube, ich habe es mir nur eingebildet«, erwiderte Keli rasch. Anker blickte sie schweigend und mit undefinierbarer Miene an. »Es geschieht gerade etwas viel auf einmal. Ich weiß praktisch nichts über Kael und von Unlicht eigentlich nur das, was Sie mir eben erzählt haben. Interessieren würde mich Ihre Theorie ja schon, nur, es hört sich alles sehr gefährlich an.«

Dann tauchte plötzlich das Bild ihrer Eltern vor ihrem geistigen Auge auf. Sie alle saßen in ihrer gemütlichen Wohnstube und lachten heiter am hölzernen Spieletisch, wo sie jeden Abend Familienspiele miteinander gespielt hatten. War das nun alles Vergangenheit? Die Ungewissheit über ihre Eltern machte alle Erinnerungen zu schweren Steinen in ihrem Herzen.

»Meine Eltern … Ich weiß nicht, ob meine Eltern noch – da sind.« Kelis Stimme wurde unverständlicher. »Ich will nicht, dass sie – tot sind …«

Ein Schub von Trauer überschüttete sie. Ihre Augen füllten

sich mit Tränen, die sie aber sogleich mit dem Ärmel verdeckte.

Anker, der nachdenklich in die Ferne gestarrt hatte, sah Keli erst jetzt an. »Keli«, sagte er einfühlsam, als er bemerkte, dass sie weinte. Anker trat näher an sie heran und rieb ihr den Nacken. »Ist ja schon gut. Hör mir bitte zu. Was ich dir nun erzählen werde, ist sehr wichtig! Das Schicksal aller Wesen im Laternenwald steht auf dem Spiel. Seit Jahrhunderten suchen wir vergeblich nach einer Lösung für die Unlichtplage. So viele Wesen sind der Armut und Überschwärzung schon erlegen. *Ihr beide* könntet die Einzigen sein, die imstande sind, das Unlicht aufzuhalten. Und wenn es stimmt, dass deine Eltern in das Sonnenloch gefallen sind, besteht die Chance, dass sie noch leben.«

Keli blickte von ihren Ärmeln auf, mit denen sie sich das Gesicht abgewischt hatte.

»Ich habe schon mal irgendwo gelesen, wie man mit verarbeitetem Unlicht in ein Sonnenloch hineinkommt, um etwas daraus zu bergen. Frag mich nicht wo, aber mir ist das definitiv mal zu Ohren gekommen.«

»Ist – ist das wahr?«, fragte Keli stockend. Ihre unterdrückten Tränen waren in einen Schluckauf übergegangen.

»Jo. Du kannst dem alten Anker vertrauen. Wenn es um die Lektüre geht, bin ich der Fachmann schlechthin. Ich könnte nach der Rückkehr aus Kael ein wenig recherchieren, wie das mit der Sonnenlochinfiltration genau funktioniert. Wenn es eine Möglichkeit gibt, deine Eltern zu retten, dann werde ich alles in meiner Macht stehende unternehmen, um ihnen zu helfen. Nun, wie sieht es aus; ist das ein Deal?«

Keli dachte nach. Im Moment war es sowieso unmöglich, ins überschwemmte Gebiet unterhalb des Hildengebirges zu gelangen. Wenn sie in ein paar Tagen aus Kael zurück wären und dann mit Anker an der Seite eine Suchaktion starteten, würden die Chancen, ihre Eltern wieder zu sehen, deutlich höher ausfallen, als wenn sie jetzt allein und ohne Plan aufbrechen würde. Andererseits, die seltsame Begegnung mit Shidare eben hatte ihr zu denken gegeben. Sie fühlte tief in ihrem Inneren, dass sie sich deren Worte zu Herzen nehmen musste. Ob es vielleicht sogar Mikael oder Lailac persönlich gewesen war, der die Botschaft verfasst hatte? Vielleicht war sie ja so etwas wie die Auserwählte? Dieser Gedanke machte ihr Mut. Kelis eben erloschene Seelenkerze entzündete sich von neuem. Sie hatte einen Entschluss gefasst.

»Herr Ankerbelly – ich meine, Anker.«

Zusammengesunken saß Keli da. Mit vom Weinen geröteten Augen suchte sie seinen Blick. Anker erwiderte ihn respektvoll. »Ich bin einverstanden. Ich gehe mit dir und Loyd nach Kael«, drangen Kelis Worte von einem peinlich berührten Lächeln begleitet durch ihre verstopfte Nase.

Anker strahlte sie an.

»Mädel, fantastisch!«, ließ Anker mit schallender Stimme verlauten, während er hochgestimmt die geballte Faust hob. »Dann werde ich gleich morgen früh einen Diplomatenpass für dich organisieren, damit das ganze Team auch sicher über die Grenze kommt.«

»Vielen Dank«, nuschelte Keli, die sich ihrer labilen Verfassung wegen etwas schämte. »Ähm, kann ich dich noch etwas über das Unlicht fragen?«, erkundigte sich Keli nach ein paar stillen Sekunden Bedenkzeit.

»Klar. Es wird einiges geben, dass du dich fragen wirst. Nur raus damit, ich werde dir alles erklären«, offerierte Anker ihr gut gelaunt.

»Nun ja. Vielleicht ist es eine dumme Frage, aber ich habe mich eben gefragt, weshalb nichts getan wird, um die Überschwärzung zu stoppen und es gar nicht erst zur Entstehung von Unlicht kommen zu lassen. Deine Erklärung vorhin hat sich so angehört, als wäre Unlicht nur das – das Produkt des Problems.«

Anker knallte ihr abermals die Hand auf die Schulter.

»Mädel, du überraschst mich immer wieder. Wie alt bist du jetzt? Dreizehn?«

»Äh, ja. Gerade erst geworden. Vor ein paar Tagen.«

»Ts, ts, ts, ausgezeichnet«, begeisterte sich Anker. »Es stimmt genau, dass das Unlicht das Ergebnis und nicht die Wurzel der Überschwärzung ist, und auch, dass man eigentlich dementsprechend die Überschwärzung bekämpfen müsste und nicht das dadurch entstandene Unlicht. Der Haken an der Sache ist: Wenn das Unlicht einmal da ist, wird es nie wieder ganz verschwinden und nach und nach an Menge gewinnen. Solange sich das Unlicht in einer überschwärzten Umgebung befindet, wie es in Kael der Fall ist, wird es sich nicht so rasant ausbreiten, als wenn es hellem Raum ausgesetzt ist. Einmal aus dem Schwarzen Vorhang ausgebrochen, würde es sich rapide wie ein bösartiges Geschwür in seiner Umgebung ausbreiten. Du hast sicher schon die Lichtlehre studiert?«

Keli nickte halbherzig. Eigentlich hatte sie bis zu diesem Zeitpunkt nie viel fürs Lernen übriggehabt, und Anker schien diese Tatsache gänzlich aus ihrer Gestik herleiten zu können.

»Ok, ich glaub, ehe wir nach Kael aufbrechen, muss ich dir noch ein, zwei Dinge erklären. Fangen wir mit ein bisschen Hintergrundlektüre an, dann wird es dir leichter fallen, während der

Expedition die Zusammenhänge zu verstehen. Gut, zuerst mal zur universalen Fusion, von der du sicher schon einige Male gehört hast. Man sagt ja, dass dieses mysteriöse Ereignis uns vor etwas mehr als eintausend Jahren die Lichtsynthese ermöglicht hat. Unser Universum ist mit einem anderen kollidiert und zu einem Duoversum verschmolzen. Dies war offenbar möglich, da die beiden Universen sich von der dimensionalen Struktur her sehr ähnlich waren. Beide Kosmen zogen sich gegenseitig an; wie Mann und Frau. Wichtig hierbei ist, dass das andere Universum aus einer Dimension mehr zusammengesetzt war, und so war unser Kosmos nach der Fusion plötzlich durchtränkt von einer neuen, dimensionalen Komponente, der Lichtsynthese. Kannst du mir bis hierher folgen?«

Keli kannte diese Geschichte bereits halbwegs aus ihren trockenen Lehrbüchern der Lichtlehre und beantwortete die Frage mit einer bejahenden Kopfbewegung.

»Großartig. Dann weißt du natürlich auch, dass diese neue Dimension uns befähigt hat, Licht in unsere Körper aufzunehmen und es auf unser Umfeld anzuwenden. Urvater Lailac war einer der Überlebenden der Fusion und ist als das erste Wesen bekannt, dem es gelungen war, das Alte Sonnenlicht in sich zu speichern und damit andere Überlebende warm zu halten. Bald schon sogen sich die Überlebenden und deren Nachkommen mit Licht voll, welches aus den Sonnenlöchern strömte. Mit dieser neu erlangten Kraft begannen sie, Kael, die erste Stadt der Neuzeit, die nach dessen Gründer, Urvater Mikael McLane, benannt wurde, auf den Ruinen der Urstadt Tokio aufzubauen. Die verschiedenen Sprachen, die noch von den Urvätern und -müttern gesprochen wurden, verschmolzen rasch zu einer einzigen Hauptsprache, deren weiterentwickelte Form wir heute noch sprechen und als ›Kaelisch‹ kennen. Die Leute vermehrten sich rasch und führten die Lichtsynthese als allgemeines Hilfs- und Zahlungsmittel ein. In der Vorzeit benutzte man ›Geld‹ – Münzen und so weiter –, mit dem Handel getrieben wurde. Heute ist das Geld überflüssig, da das Licht in unseren Körpern als Währung wie auch Energieressource viel zweckmäßiger ist. Kael als blühende Gesellschaft verwahrte und kontrollierte das Sonnenlicht aus den umliegenden Sonnenlöchern und begann, es als Gegenleistung für Arbeit auszuzahlen – und so nahm das Geben und Nehmen, das schlussendlich zur Entstehung des Unlichts geführt hat, seinen Lauf. Jedes Mal, wenn jemand Licht verwendet, zum Beispiel, um etwas in einem Laden zu bezahlen, verliert der Anwender diese Menge Licht und muss sie von irgendwo anders wieder beziehen, um zu seinem Ursprungsniveau zurück zu gelangen. Das abgegebene Licht wird an ein anderes Medium übertragen und der Anwender wird dabei schwärzer. Je mehr Licht man weggibt, umso trüber wird der Körper. Je mehr Licht man bezieht, umso heller erstrahlt er. Das verstehst du, oder? Wie du beim Mann im Strudelladen gesehen hast, zeigt sich die Schwärze als eine trübe Aura um ein Wesen herum. Das hat also nichts mit deinem eigentlichen Äußeren zu tun, sondern verkörpert sich als neblige, negative Ausstrahlung. So – und im Zentrum vor ein paar hundert Jahren wurde schließlich mehr Licht verwendet, als zur Verfügung stand. Die Leute konnten sich nicht mehr aufladen und die Überschwärzung breitete sich auf die Umgebung aus, bis die ersten Unlichtfälle auftraten und anschließend das Unlicht sich in der geschwärzten Atmosphäre zu vermehren begann. Das alles hatte zur Folge, dass man anfing, immer größere, bewohnbare Ringe um den Mittelpunkt der Stadt zu bauen, um dem wachsenden Übel auszuweichen. Irgendwann war man dann soweit, dass es Unstimmigkeiten gab, wie man mit der Lage weiter umgehen sollte.

Urvater Mikael führte die Gruppe der Überlebenden nach der Fusion an und beabsichtigte, keine ideologischen Isolationen zuzulassen. So beschreibt es zumindest die Blausternenschrift. Man wollte ursprünglich zusammenbleiben, in Harmonie leben und aus den Fehlern der Wesen in der Zeit vor der Fusion lernen. Doch mit der sich ausbreitenden Überschwärzung und dem Unlicht überall war dies irgendwann nicht mehr möglich. Es entstanden zum ersten Mal seit dem Beginn der Neuzeit ›Parteien‹, deren Meinungsdifferenzen immer grösser wurden.

Die Fraktion, die später die Präfektur Lichterloh gründete, wollte dem unmoralischen Treiben der Gesellschaft ein Ende setzen. Sie wollten sich schon sehr früh vom Rest von Kael abspalten und nach ihren eigenen ethischen Maßstäben existieren; also weniger ressourcenreich leben, um der Schwärzung entgegenzuwirken. Sie zogen in den Norden von Kael, wo später auch viele Zweigstädte und Zweigdörfer von Lichterloh entstanden –«

»Wie Hildenberge?«, vermutete Keli.

»Genau. Herbstfeld ist eine Zweigstadt von Lichterloh und Hildenberge ein Zweigdorf von Herbstfeld. Obwohl es die Hochschule von Herbstfeld schon seit dem Beginn der Neuzeit gibt, wurde die Stadt selbst erst Jahrhunderte später als Zweigstadt Lichterlohs anerkannt. ›Atlas‹ wurde die Präfektur im Westen von Kael. Diese Gruppierung wollte stets zusammenhalten und legte alles daran, alle separierten Partien nach der ideologischen Teilung wieder zu vereinen. Im Osten wurde die Präfektur ›Solaspitz‹ gegründet und im Süden ›Wesenend‹, sowie ›das Fürstentum Nihilis‹, welches sich abermals durch ideologische Differenzen von Wesenend distanziert hatte. Es wurde ein viele Kilometer hoher und hunderte Meter breiter Wall um Kael herum gebaut: der Schwarze Vorhang. Nur wenige Leute blieben im Zentrum zurück. Heute können nur noch die wenigsten Wesen, die sich der überschwärzten Umgebung angepasst haben, dort bestehen. Da allgemein angenommen wird, die universale Fusion habe die Masse der Erde in einer Art und Weise gekrümmt, sodass deren Oberfläche sich heute ins Unendliche erstreckt, war die Evakuierung des Zentrums für die beiden Präfekturen Atlas und Solaspitz nicht weiter schlimm gewesen. ›Die Höhere Macht hat uns ja schließlich unendlich viel Spielraum verschafft‹, so der erste Präsident von Atlas. Er und seine Gefolgsleute interpretierten das Unlicht als eine Art ›göttliche Herausforderung‹ und meinten, eine immerzu in die Weite wachsende Ringstadt um Kael herum sei die Lösung für das Problem, und so könnten alle Leute auf der Welt in einer Gemeinschaft leben. Wir in Lichterloh waren vom Streben nach Tugend und Wahrheit geleitet und setzten alles daran, das Unlicht zu studieren und zu eliminieren. Statt wie die Atlassen Weltpolizei zu spielen, versuchten wir den Ursprung von all dem Unheil zu ergründen. Es bildete sich eine Forschungsallianz aller größerer Hochschulen der Präfekturen, die unter transnationalem Gesetz das Unlicht studieren dürfen. Tja – und trotz intensiver Forschung ist es uns bis heute nicht gelungen, eine Lösung für Kael und die Unlichtplage zu finden. Lichterloh investiert, seit seiner offiziellen Gründung im Jahr 502 ab Neuzeit, Unmengen an Zeit und Licht in die Erforschung des Laternenwalds. Seit etwa dreihundert Jahren haben wir unser Forschungsgebiet bis weit in den Sternenwald ausgeweitet. Bis heute gibt es allein

254 durch Lichterloh unterhaltene Forschungsstationen, die vom Zentrum Kaels über tausende Kilometer des Laternenwalds, bis weit in den Sternenwald hinein verteilt sind. In Lichterloh überwiegt im Volksglauben die Idee, dass die Antworten auf all unsere Fragen vielleicht irgendwo da draußen auf uns warten und von uns entdeckt werden müssen. Darum habe ich mich in meinen jungen Jahren entschieden, Exploration zu studieren und bin dann auch auf diesem Gebiet geblieben. Die Frage nach Wahrheit und Existenz hat mich bis hierher geführt, und ich werde niemals aufgeben, nach Antworten zu suchen.«

Anker stieß einen tiefen Seufzer aus. Seine Stimme war während seiner Rede immer leiser geworden – oder war es der Wind, der lauter geworden war? Ein großer Regentropfen zerbarst auf Kelis Nase. Sie hob den Kopf. Es war düster geworden, und hie und da konnte man das Aufklatschen schwerer Tropfen vernehmen. Anker schwankte geistesabwesend von einem Fuß auf den anderen.

»Und nun – zum Schluss noch etwas ganz Wichtiges und gleichzeitig philosophisch Tiefgründiges. Also mach dir nichts draus, wenn du es nicht auf Anhieb verstehst. Danach gehen wir zu meinem Haus. Dort kannst du eine Nacht darüber schlafen. Meine Gürkchen sind sicher schon am Verhungern. Ich hoffe, du bist noch nicht zu müde, um dem spannendsten Teil meines Vortrags zu lauschen, denn jetzt kommt nämlich deine Hand ins Spiel.

Man weiß, dass es nach der Universalen Fusion immer wieder mal vierfingrige Personen gegeben hat, und auch, dass das Phänomen der Vierfingrigkeit von Generation zu Generation immer seltener wurde. Doch Beachtung fand die Gabe erst Jahrhunderte später, als sich das Unlicht in Kael zu vermehren begann und bekannt wurde, dass die Vierfingrigen das Unlicht wegschaffen konnten. Bald schon schlossen sie sich zu einem Bündnis zusammen und nannten sich: ›die Unlichtbändiger‹. Wenn in Kael jemand der Überschwärzung erlegen war, wurden sie gerufen, um das Unlicht aus den Siedlungsgebieten zu transportieren und es an einen sicheren Ort zu bringen. Anders als Lailac konnten sie das Unlicht aber nicht in sich aufnehmen, es formen und wieder auf die Umwelt anwenden. Dazu hätten sie gemäß Blausternenschrift nämlich den Kaelischen Index gebraucht, den sie zwar auch rigoros suchten, ihn aber nie fanden. Du siehst das Problem: Auch damals konnten die Unlichtbändiger das Unlicht nur an einen anderen, für die Bevölkerung weniger gefährlichen Ort befördern. Dort vermehrte es sich aber trotzdem weiter. Es wäre also zwingend gewesen, den Unlichtschlüssel zu finden. So wäre es wenigstens vorübergehend im Körper eines Unlichtbändigers gefangen gewesen. Ab hier treten die Präfektur Wesenend und die Halbpräfektur Nihilis auf den Plan. Sie sind die Fraktionen, die in Unlicht von jeher etwas ganz anderes sahen als die übrigen Nationen. In beiden Staaten wird am Glaubenssatz festgehalten, das Unlicht verkörpere die ›Nichtexistenz‹. Jetzt wird es richtig kompliziert, aber ich versuche, es in einfache Worte zu fassen: Der Unterschied zwischen den Ansichten von Wesenend und Nihilis, der die beiden Gruppen einst sogar in den Krieg geführt hat, besteht darin, dass in Wesenend geglaubt wird, das materielle Universum sei eigentlich nur eine Zwischenform der Existenz und irgendwann würde alles zu Unlicht zerfallen. Für Wesenend ist die Ausbreitung des Unlichts ein natürlicher Prozess; das ist ganz wichtig. Das Fürstentum Nihilis hingegen glaubt an das ›Garnichts‹.«

Anker prustete, als er Kelis immer länger werdendes Gesicht

sah.

»Jaja, so komplex ist die Welt heutzutage, und glaub mir, das ist noch lange nicht alles. Kurzum, was du dir für jetzt merken solltest, ist: Wesenends Doktrin besagt, alles wird irgendwann zu Unlicht, und dagegen kann man nichts machen. Im Fürstentum ist man noch eine Spur extremer und glaubt einerseits, Existenz habe keinerlei Bedeutung und andererseits, die Unlichtbildung müsse vorangetrieben werden, damit alles zu nichts werde – so abstrus es auch klingen mag. Bei denen ist sozusagen bereits Hopfen und Malz verloren. Und hier kommt der springende Punkt: Das Fürstentum sah es damals gar nicht gerne, dass die Vierfingrigen das Unlicht einzäunen konnten. Als dann noch rauskam, dass die Unlichtbändiger den Kaelischen Index suchten, ließ Nihilis die Mitglieder der Gruppe von einer Bande Auftragsmörder ausfindig machen und meucheln. Der versprochene Schutz der Unlichtbändiger von Lichterloh kam zu spät und man dachte lange Zeit, Nihilis hätte sie alle erwischt. Doch wie es aussieht, könnte man sich getäuscht haben.« Anker blickte unruhig umher. *»Bei allen zuckenden Landgurken.* Wenn das rauskommt«, raunte er leise. »Wir müssen Loyd und dich unbedingt schützen, falls sich herausstellen sollte, dass ihr tatsächlich Unlicht berühren könnt. Ich muss Loyd gleich morgen darauf hinweisen, sich bis auf Weiteres von Wesenend und dem Fürstentum fernzuhalten.«

Beide hatten die Zeit und das aufziehende Unwetter vergessen. Es begann in Strömen zu regnen.

»Keli, ich denke, es ist genug für heute. Meine Güte, es ist ja auch schon elf Uhr! Komm, ich habe ein tolles Gästezimmer, das für dich bereitsteht. Meine Haustiere werden auch begeistert sein, Besuch zu haben. Falls Loyd morgen schon wieder auf den Beinen ist, geht es auf nach Lichterloh, wo wir uns mit dem Rest des Expeditionsteams treffen werden.«

Keli nickte mit einem erschöpften Lächeln. In Wirklichkeit war sie todmüde. Auch wenn sie angestrengt versucht hatte, Ankers Lektionen zu folgen, war kaum die Hälfte davon bei ihr hängen geblieben. Anker, aus dessen großem, grauem Bart ein kleiner Wasserfall hervorgequollen kam, verschwand hinter den knorrigen Wurzeln Shidares. Das Plätschern des Regens schwoll zu einem Tosen an. Blitze zuckten und Donner gellte bedrohlich über die Dächer. Keli schnappte sich Ankers Papiertüte, die vergessen auf der Sitzbank lag. Sie hielt sie sich über den Kopf und folgte Anker in Richtung Aufzug. Als sie an der Hängekirsche vorbeischritt, schien es Keli, als ob sie noch einmal die Stimme des Baumes hören würde: »Folge nur dem Licht«, glaubte sie zu hören, doch es konnte auch das Echo des sich zurückziehenden Stadtlebens unten an der Lailac-Straße gewesen sein. Keli gab sich einen Ruck und trat auf die nassen Setzsteine in der Wiese. Ihr halbverzehrter Strudel lag vergessen vor der Bank und begann allmählich, im Regen zu zerfallen.

# DIE DREI BOTSCHAFTER VON LICHTERLOH

Keli schlief in dieser Nacht sehr unruhig und wälzte sich von einer Seite auf die andere. Als es draußen noch stockdunkel war und der Regen kräftig an die Fenster peitschte, wachte sie kurz auf, da sie meinte, eine Tür aufgehen zu hören, doch dann schlief sie wieder ein, bis am nächsten Morgen die ersten Strahlen bunten Lichts auf ihren buschigen, schwarzen Haarschopf fielen. Sie konnte fühlen, dass etwas angenehm Weiches über ihre Nase wischte. War dies das Kitzeln der ersten Lichtstrahlen des Tages, das oft so schön in Büchern beschrieben war? Sonst wachte sie immer in blauglimmender Düsternis auf. Ja … so musste es sich wohl anfühlen, wenn man morgens von Licht begrüßt wurde.

Als sie die Augen aufschlug, schrie Keli vor Schreck laut auf. Drei oder vier oberarmgroße, madenartige Kreaturen mit kreisrunden Öffnungen als Mäuler hatten ihr das Gesicht von oben bis unten vollgesabbert. In Panik sprang sie vom Bett, wobei die seltsamen Wesen mit einem ekelerregenden Aufquietschen von ihrem Brustkorb herunterkullerten. Keli befand sich in einem modern eingerichteten Raum, in dem den Wänden entlang mehrere gut gefüllte Bücherregale aufgereiht standen. Außerdem befanden sich zwei Topfpflanzen in den Ecken des Zimmers, an denen große, magentafarbene Blüten prangten, die ausziehbare Couch, auf der sie geschlafen hatte und ein kleines, gläsernes Tischchen. Keli dröhnte der Kopf. Es war das erste Mal in zwei Tagen, dass sie Schlaf gefunden hatte. All die schauerlichen Dinge, die in den letzten achtundvierzig Stunden geschehen waren – sie erschienen ihr wie ein schlechter Traum. Keli rieb sich mit dem Ellbogen die glitschige Nase ab und sah böse auf die Viecher hinunter, die wie Raupen Richtung Ausgang davonrobbten. Die Tür des Zimmers, die einen Spaltbreit offenstand, ging auf und Anker platzte herein.

»Was ist denn … Oho! Guten Morgen Keli.« Anker stand bereits angezogen im Türrahmen. Er sah aus, als wäre er schon wieder seit einiger Zeit auf den Beinen.

»Pitt, Pott, Patty und Putt. Was habt ihr im Gästezimmer verloren?«, sagte Anker ermahnend. Diese Worte waren an die vier gurkenähnlichen Geschöpfe gerichtet, die gerade Hals über Kopf und mit schrillem Gequietsche über die Türschwelle krochen.

»*Das ist ›pfui‹*«, rief er ihnen mit erhobenem Zeigefinger hinterher.

»Keli, bitte entschuldige. Das sind meine Haustiere. Ich hoffe, sie haben dich nicht belästigt«, sagte Anker munter.

»Nein, ist schon in Ordnung. Ich habe mich nur erschreckt. Was sind denn das für Wesen?«, erkundigte sich Keli halb verärgert, halb belustigt.

»Landgurken werden sie im Volksmund genannt und es gibt sie nahezu überall. Es sind bereits 42 Arten entdeckt worden, und durch die Erforschung des äußeren Sternenwalds kommen stets neue dazu.«

»Oh – verstehe«, grummelte Keli, die ihre glitschigen Ärmel beäugte.

»In der Regel sind sie ganz lieb und den Menschenwesen gegenüber wohlgesinnt«, fügte Anker hinzu, während er sich vor dem gläsernen Tischchen in einen Sessel fallen ließ. »Wenn Loyd schon wieder auf den Beinen ist, können wir uns vielleicht heute Nachmittag schon mit Naomi in Lichterloh treffen. Sie ist eine gute Kollegin von mir und absolviert derzeit ihr Zweitstudium im Fach Biodiversität – öh, das heißt so viel wie das Erforschen von verschiedenen Wesen- und Pflanzenarten«, fügte Anker rasch hinzu, als er Keli die Stirn runzeln sah. »Naomi ist auch ganz angetan von den Gürklein. Ich bin übrigens der Leiter des Gurkenclubs, einer gemeinnützigen Organisation, die das Verständnis für die tollen Wesen fördert. Die Gürkchen sind zutiefst missverstandene Geschöpfe und verdienen unsere Aufmerksamkeit. Sind sie nicht putzig?«

Keli blickte argwöhnisch zur Tür, wo Pitt, Pott, Patty und Putt hinter dem Türrahmen lauerten und mit ihren kleinen, schwarzen Knopfaugen verstohlen ins Zimmer linsten. Keli wusste noch nicht genau, was sie von den Kreaturen halten sollte. Irgendwie fand sie sie zwar witzig, aber ein bisschen widerlich sahen sie ja schon aus. Von den Landgurken abgelenkt, hatte Keli nicht bemerkt, wie Anker seine Hand in die Innentasche seiner Jacke gesteckt und auf der Oberfläche des Tischchens einen handflächengroßen Umschlag abgelegt hatte.

»Was fressen diese Gurken denn? Sie scheinen Hunger zu haben«, wollte Keli wissen, die das Verhalten der Gurken an Haustiere erinnerte, die am Morgen ihre Herrchen wachleckten.

»Öh – nun. Die Landgurken gehören zu den ›Koprophagen‹«, sagte Anker flüchtig.

Zum Glück wusste Keli nicht, was das bedeutete und ging nicht weiter auf das Thema ein. Ihr Blick war auf das Kuvert gefallen, das Anker mit einem dicken Zeigefinger auf der Glasplatte des Tischchens fixierte. Dann schob er dieses zu Keli hinüber.

»Das ist dein Diplomatenpass. Gratuliere – du bist jetzt offiziell Mitglied einer staatlich fundierten Expedition und akkreditierte Vertreterin der Nation.«

Keli schaute überrascht drein. Vertreterin der Nation – sie? Sie wusste nicht einmal recht, was das bedeutete. Anker sah mit Genugtuung, wie sich Kelis Miene ins Unfassbare verzog und fuhr dann mit ernstem Tonfall fort: »Der Ausweis ist ein überaus wichtiges Dokument und darf auf keinen Fall in die falschen Hände gelangen. Schütze ihn wie deinen Augapfel. Er gewährt dir diplomatische Immunität und Zugang zu allen Präfekturen des Laternenwalds und den meisten Zweigstädten der Provinzen. Ausgenommen sind einige Orte, denen wir nicht zu nahe kommen wollen; wie zum Beispiel das Fürstentum Nihilis, wo der Ausweis zwar vor 35 Jahren anerkannt wurde, trotzdem aber immer mal wieder Botschafter aus anderen Staaten festgenommen werden. Dieser Pass darf in keiner Weise weder missbraucht, noch vervielfältigt werden oder abhandenkommen. Nur ganz wenige hochrangige Individuen in Lichterloh sind im Besitz eines solchen Dokuments: die Direktoren der Lichtwirtschaft, einige bedeutende Politiker und dann noch eine Handvoll ausgesuchter Unlichtforscher und Fachwissenschaftler. Deinen Pass konnte ich allein deshalb beantragen, weil ich der Prorektor der HHF bin und die Hochschule und deren Studien im Regierungsrat vertrete.«

Keli hob den Umschlag ehrfurchtsvoll auf und zog ein kleines, nachtblaues Büchlein hervor, auf dem in goldenen Lettern »Diplomatenpass« geschrieben stand. Der Ausweis schien aus hochwertigem Material zu bestehen. Keli öffnete die erste Seite und sah sich selbst aus einem kleinen Foto zulächeln. Alle ihre persönlichen Daten waren korrekt aufgelistet; selbst die vier Fingerabdrücke ihrer linken Hand waren darauf zu sehen.

»Woher kommen denn all diese Angaben und das Foto?«

Anker grinste breit. »Es ist dir vielleicht nicht bekannt, aber in Lichterloh werden die persönlichen Informationen aller Staatsangehöriger regelmäßig eingefordert und ausgewertet. Auch die Bürger, die in Zweigdörfern der Zweigstädte von Lichterloh wohnen, sind dieser Meldepflicht unterstellt. Alle weiteren Zweiggemeinden oder Siedlungen sind von dieser Obliegenheit befreit und gehören nicht mehr offiziell zur Präfektur. Auch du und dein Bruder – da die Gemeinde Hildenberge ein Zweigdorf der Zweigstadt Herbstfeld ist – müsstet in den letzten Jahren einmal nach Lichterloh vorgeladen worden sein – oder etwa nicht?«

Nun fiel es Keli wieder ein: Das war es also, was sie damals in Lichterloh getan hatten und warum sie keine bedeutsamen Erinnerungen an den Besuch bei ihrem Onkel hatte.

»Stimmt, wir haben vor ein paar Jahren mal meinen Onkel in Lichterloh besucht. Aber mir war damals nicht klar, dass das Ziel der Reise die Abgabe von persönlichen Daten war. Ich weiß nur noch, wie wir mit Onkel Nonpe ein amtliches Gebäude besuchten, wo wir zuerst lange anstehen mussten. Ich kann mich aber noch erinnern, dass die Frau, die Loyds und meine Fingerabdrücke nahm, ganz aus dem Häuschen war, als sie bemerkte, dass uns beiden die Zeigefinger an der linken Hand fehlen. Und jetzt weiß ich auch warum«.

»Siehst du«, sagte Anker selbstzufrieden und stand mit einem Ruck aus dem ächzenden Sessel auf. »Das Ganze hat vor etwa vierzig Jahren angefangen. Bis dahin gab es dieses Überwachungsprogramm noch nicht. Ist dir ›die Schmelzfront‹ ein Begriff?«, fragte Anker, während er einen Arm auf der Lehne des

Sessels abstützte.

Keli hatte diesen Namen schon mal irgendwo gehört.

»Ich glaube, Loyd hat diese Leute einmal erwähnt. Sind das nicht Terroristen, die andere Wesen umbringen?«, spekulierte Keli, der es peinlich war, so wenig zu wissen, etwas steif.

»Mhm – ja, etwas in der Art. Die Schmelzfront ist eine extremistische Organisation mit Sitz in Atlas, deren Ziel es ist, mit Gewalt die physischen, wie auch geistigen Grenzen der Gesellschaft zu untergraben, um Kael als einen homogenen Staat, wieder aufblühen zu lassen. Der Name kommt von ›Front‹ – also Armee, und ›schmelzen‹. In diesem Fall: eine Milizarmee, die alle Gemeinden im Laternenwald wieder zu einem Volk verschmelzen will. Sie sind sozusagen diejenige Fraktion, die es satt hat, auf verbaler Basis eine Lösung auszufeilen. Sie greifen zu harten Mitteln, um ihren Zielen näher zu kommen«, erklärte Anker ganz diplomatisch.

»Ja, daran kann ich mich noch erinnern. Gerade als Loyd das erste Mal in Kael war, gab es damals einen Anschlag in Lichterloh. Ich glaube, diese Typen spinnen ziemlich.«

»Nun, wo Meinungen an Grenzen stoßen, folgt oft nur rohe Gewalt. Das zeigt uns auch unsere lange Menschheitsgeschichte mehr als nur einmal. Wenn die Gesetze, die falsches Verhalten einschränken sollen, zugleich auch den freien Willen der Bevölkerung unterbindet, dann greifen Minderheiten, die sich unterdrückt fühlen, bekanntlich schnell mal zu extremeren Maßnahmen, die Aufmerksamkeit erregen sollen – das ist nicht unverständlich.«

Keli wusste nicht, was sie darauf zur Antwort geben sollte und eine Diskussion mit einem der größten Professoren der Zeit zu starten, schien ihr so zwecklos wie töricht. Sie senkte den Blick wieder auf den edel glänzenden Diplomatenpass in ihren Händen.

»Keli, ich will dich keiner falschen Wahrheiten belehren, aber ich rate dir, Ethik und Tugend immer als relativ zu betrachten. Was für die einen richtig ist, mag für die anderen falsch sein. Ich sage meinen Studenten bei Kursbeginn immer: Alles, was ihr zu meinem Unterricht mitbringen müsst, ist der Wille, mich zu kritisieren und meinen Vortrag zu hinterfragen. Kritisches Denken ist die einzige wahre Fähigkeit, die du an der Uni brauchst. Und wenn ich mitbekomme, dass ein Professor nicht auf die Fragen und Kritik der Studenten eingehen kann, dann wird er von mir höchstpersönlich auf die Straße gestellt. Denn nicht die Vorlesung ist lehrreich, sondern die Diskussion zwischen denjenigen, die die Botschaft verschieden interpretiert haben. Einfach aus einem Buch vorlesen könntest nämlich sogar du. Ho-ho-ho.« Anker gluckste laut auf. »Wie dem auch sei«, fügte er schließlich an, als er Kelis große Augen bemerkte und gab ihr einen freundschaftlichen Klaps auf die Schulter.

Keli, von der Wucht des Schlages überrascht, fiel beinahe von der Couch. Sie fing sich aber rasch wieder und erwiderte Ankers intensive Geste mit einem matten Lächeln.

»Tja, und der Schmelzfront und unseren langjährigen, misslichen Beziehungen zu Atlas haben wir es zu verdanken, dass Lichterloh strenge Grenz- und Personenkontrollen verhängt hat. Um die Hauptstadt Lichterloh herum wurde eine hohe Grenzsperre errichtet, damit keine Schmelzfrontterroristen und andere unerwünschte Minderheiten ins Stadtzentrum reinkommen. Bei den anderen Präfekturen sieht die Lage ähnlich aus. Du wirst allerdings feststellen, dass der Diplomatenausweis uns das Leben beim Grenzübergang um einiges erleichtern wird. Ich zeige dir später, was ich damit meine«, sagte Anker nun breit grinsend, als würde er etwas aushecken. »Komm, du musst sicher einen gewaltigen Hunger haben. Jetzt essen wir zuerst mal einen Happen, und dann gehen wir ins Krankenhaus und sehen, ob unser guter Loyd schon wieder fit ist.«

Anker hielt Keli die Tür auf und zusammen betraten sie das Esszimmer.

Sie frühstückten an einem langen, gläsernen Tisch, der wie die Großform des Tischchens aussah, das im Gästezimmer stand. Obwohl Anker eine Menge interessanter Dinge aufgetischt hatte, begnügte sich Keli mit einer Schale weißen Reises, einem Mundvoll Fisch und fermentierten Bohnen. Das Trauma der letzten Tage verkrampfte ihr noch immer den Magen. Anker hatte Pitt, Pott, Patty und Putt in die Küche gesperrt, da sie versucht hatten, auf Kelis Schoss zu klettern, während sie aßen. Grelles Gejaule hinter der Küchentür machte verständlich, dass die Gurken mit dem Verlauf der Dinge nicht glücklich waren. Nachdem sie fertig gegessen hatten, ließ Anker sie wieder raus und die beiden machten sich, während die Gurken frohsinnig über jedes bekriechbare Etwas purzelten, bereit für die Abreise. Es war selbsterklärend, dass Keli nichts außer den Sachen, die sie gerade trug, einer Zahnbürste, die ihr Anker am Vorabend gegeben hatte und dem Diplomatenpass besaß. Deshalb stand Keli nach dem Frühstück vor dem Badezimmer nicht recht wissend, was sie ohne frische Kleider tun sollte. Vielleicht sollte sie Anker mitteilen, dass sie für die Expedition noch ein oder zwei Paar Socken brauchen würde, doch danach zu fragen, war ihr peinlich.

Anker war in den Keller verschwunden, doch seine sich nähernden, polternden Schritte kündigten bereits seine Rückkehr an.

Anker kam mit drei üppig bepackten, dunkelfarbenen Rucksäcken zurück. Einen davon streckte er Keli hin.

»Hast wohl geglaubt, du müsstest die nächsten Wochen mit derselben Unterhose verbringen?«, gluckste Anker, der sich über Kelis Unbeholfenheit amüsierte.

»Wow, vielen Dank. Wann hast du das denn alles vorbereitet?«

»Nicht der Rede wert. Das bisschen Zeit, das ich für den zusätzlichen Pass und Proviant einbüßen musste, ist es allemal wert, gut vorbereitet zu sein. Das Schlimmste auf einer Expedition ist es nämlich, nicht zu wenig Schlaf gehabt zu haben, sondern schlecht auf das vorbereitet zu sein, was möglicherweise schiefgehen könnte – und davon gibt es eine ganze Menge. In deinem Rucksack findest du ein kleines Zelt für zwei Personen, Kleider für eine Woche in einer universalen Größe – sodass jeder, der sie braucht, sie tragen kann –, Nahrungsmittel für eine Woche, eine gefüllte Wasserflasche, einen Regenmantel, ein paar Gummistiefel, allerlei Toiletten-Artikel, ein Allzweckmesser, ein Stahlstäbchen mit Flint – um Feuer zu machen –, Zunder, ein paar Meter Seil – ist immer gut –, und zuletzt noch ein Steinvoll gebündeltes Altes Sonnenlicht, um der Überschwärzung in Kael standhalten zu können, bis wir bei der Forschungsstation ankommen. Damit du im Notfall informiert bist: In meinem und Loyds Gepäck befindet sich das Gleiche nochmal.«

Keli wurde nun auf einmal ein wenig zappelig. Erst jetzt begriff sie so richtig, wofür sie sich da entschieden hatte. Sie würde zum berüchtigten Schwarzen Zentrum reisen, wo nur die allerwenigsten Wesen jemals einen Fuß hineinsetzen. Was sie dort wohl erwartete? Ein aufgeregtes Kribbeln irgendwo tief in ihrer Brust machte sich bemerkbar.

Ein wenig später trat Keli erfrischt und in ihrem neuen Outfit aus dem Badezimmer, gerade als die Türglocke klingelte. Anker warf sich die restlichen zwei Rucksäcke über die Schulter und schlurfte zur Eingangstür, die er prompt mit seinem Ranzen aufstieß. Eine ältere, aber gepflegt aussehende Frau trat herein. Sie hatte graues, gescheiteltes Haar und trug teuer aussehende Edelsteine in Form von Ringen an der Hand und als Kette um den Hals.

»Ah, Kanako, die Dirigentin! Schön, dich zu sehen«, sagte Anker, der seine Arme weit ausbreitete, die Frau umschlang und ihr einen saftigen Kuss auf die Wange drückte.

»Ganz meinerseits«, entgegnete Kanako vergnügt. Wo sind denn die süßen Viechlein? Puu–tzi, putzi, putz«, dudelte sie durch das Esszimmer.

Keli, die sich im selben Augenblick umschaute, bemerkte, dass die Landgurken verschwunden waren. Bevor es geklingelt hatte, waren sie noch quietschvergnügt auf dem Esszimmerboden herumgetollt.

»Keli, das ist meine Kollegin Kanako Hopkins, von Atlas, von Adelgrund. Sie ist eine Gastprofessorin aus der Hochschule von Adelgrund und ebenfalls leidenschaftliches Mitglied des Gurkenclubs. Sie wird während meiner Abwesenheit auf meine Babys aufpassen«, erklärte Anker, der sich nun Kanako zudrehte: »Kanako, das ist Keli von Lichterloh, von Herbstfeld, von Hildenberge. Sie ist die Schwester eines Explorationsstudenten von mir und interessiert sich ebenfalls für ein Studium an der HHF.«

Kanako ging auf Keli zu und streckte ihr die linke Hand hin, wie es in Lichterloh üblich war. Keli hob die ihre und streckte sie aus. Als sich Hand und Hand trafen, stahl sich Kanakos Blick für den Bruchteil einer Sekunde über Kelis Hand, an welcher der Zeigefinger fehlte, dann sah sie rasch wieder auf und meinte freundlich: »Es ist mir eine Freude, Sie kennen zu lernen. Das Schicksal Hildenberges betrübt mich zutiefst. Wenn es etwas gibt, womit ich Ihnen behilflich sein kann, dann lassen Sie es mich bitte wissen.«

Keli sah, wie Anker sich für einen Moment auf die Unterlippe biss.

»Ja, dann. Kanako, wir sind schon einige Tage im Rückstand und müssen aufbrechen. Hier ist der Schlüssel für das Haus. Das Futter für die Gürklein findest du auf dem Balkon, wie immer«, sagte Anker mit bemerkenswerten Schweißperlen auf der Stirn.

»Keine Sorge. Ich werde auf die Lieben aufpassen, genauso wie auf den ›überschwänglichen Verein‹, den ich zu leiten habe. Bald geht es los.« Kanako lächelte Anker zu und zwinkerte dabei. »Ich wünsche dir viel Erfolg in Kael und, dass du auch in einem Stück, und vielleicht ein paar Stückchen mehr, wieder zurückkommst. Sonst werden die Gürkchen nämlich zu mir umziehen müssen.«

Anker erwiderte ihr Zwinkern mit einem verschmitzten Nicken, dann öffnete er die Tür und trat in das frische, grünliche Morgenbunt hinaus. Keli, die nicht begriffen hatte, warum Anker so gestresst aussah, betrat nach ihm den gepflegten Garten, als ein ohrenbetäubendes Kreischen sie herumfahren ließ. Pitt, Pott, Patty und Putt sausten mit unwahrscheinlicher Geschwindigkeit aus der Küche auf die Eingangstür zu. Anker ließ die zwei Rucksäcke, die er trug, auf den Boden sinken, kniete nieder und hob alle vier Gürkchen behutsam vom Boden hoch. Sie wanden sich in seinen Armen, quietschten herz- und trommelfellzerreißend und besprühten Ankers Bauch mit glänzendem Sabber.

»Nicht doch, nicht doch. Ich bin doch bald wieder zurück. Seid brav und macht nichts Unanständiges, während ich weg bin.«

Er gab jeder einzelnen Gurke einen schallenden Schmatz über die kleinen Äuglein und übergab sie dann Kanako, die sie fest an sich pressen musste, damit sie nicht Reißaus nehmen konnten. Beim Gartentor drehten sich Anker und Keli nochmal um, um Kanako und den laut jaulenden Haustieren zum Abschied zu winken. Erst jetzt fiel Keli auf, wie riesig das Anwesen von Anker war, und das war gerade mal sein Zweithaus, in dem er lediglich ein paar Tage die Woche verweilte.

Bis zum Universitätsklinikum war es nicht weit. Sie passierten einige Seitenstraßen in einem Quartier, wo es nur prunkvolle Einfamilienhäuser mit stilvoll kultivierten Gärten gab. Auf dem Hinweg letzte Nacht hatte Keli von der Umgebung nicht viel mitbekommen, da es einerseits stockdunkel gewesen war, und sie andererseits wegen des Wolkenbruchs den ganzen Weg bis zum Haus hatten laufen müssen. Keli fragte sich gerade, wieviel Lichtbit Anker wohl auf der Bank angehäuft hatte. Er sah nicht aus, als würde er mit Licht um sich werfen, und viel davon schien er auch nie in seinem Körper bezogen zu haben. Jedenfalls erstrahlte er nicht grell, wie man sich jemanden vorstellte, der mit Altem Sonnenlicht bis unter die Fingernägel vollgesogen war. Es schien wirklich zu stimmen, dass er seine Lebensziele verfolgte und nicht, wie viele andere Leute, von denen Keli wusste, allein für Lichtbit arbeiteten, um danach alles wieder für irgendwelche überflüssigen Dinge auszugeben. Anker schien die Sorte Mensch zu sein, der einen Traum hegte und nicht aufgab, bis er dort war, wo er sich immer hingewünscht hatte. So eine Person wollte Keli auch werden: immerzu die unumstrittenen Tatsachen der Welt hinterfragend, nach Wahrheit suchend und fortwährend nach vorne blickend.

Unterdessen hatten sie die Lailac-Straße erreicht. Es waren längst nicht so viele Passanten unterwegs wie am Vorabend und auch die Rollläden vieler Geschäfte waren heruntergelassen. Als sie jedoch an der Strudelbude vorbeikamen, machte Keli große Augen. Eine Schlange von Wesen, länger noch als diejenige des Vortags, erstreckte sich aus dem Gebäude bis weit über den Bürgersteig hinaus.

»Ich sag doch, der Laden ist beliebt. Strubels Strudelbude; ziemlicher Zungenbrecher. Vor einem halben Jahr haben die sogar ihren ersten Shop im Bahnhof Wesenend aufgemacht, auf der gegenüberliegenden Seite von Kael«, ließ Anker beim Vorbeigehen nüchtern verlauten und schnupperte genüsslich in der vom Duft des aufgehenden Blätterteigs durchtränkten Luft. »So, und jetzt schauen wir mal, was unser lieber Loyd gerade treibt. Er hat mir heute Morgen schon zwei Lichtmails geschickt: Er sei fit wie ein Turnschuh, und dass wir sofort aufbrechen müssten, sonst gäbe es ein Unglück! Als ob ich das nicht selbst wüsste. Naomi und ich sind schließlich diejenigen, die schon seit Tagen am Warten sind. Ich hoffe stark, er hat keine Einwände, dass du dabei bist.«

Anker verlangsamte seine Schritte. Sie befanden sich nun unmittelbar vor dem Wachhäuschen des Hochschulareals. Der Professor feixte Keli für einen kurzen Moment spitzbübisch zu, dann verzog er sein Gesicht zu einer dümmlichen Grimasse. Keli musste lachen, als sie das sah, doch warum Anker sein klobiges Antlitz so lächerlich verunstaltete, wurde ihr erst im nächsten Augenblick bewusst. Anker stapfte erhobenen Hauptes auf das

Wachhäuschen zu. Diesmal zog er nicht den Professorenausweis hervor, sondern ein kleines, nachtblaues Büchlein.

»Botschafterin Lanthorn, könntet Ihr auch mal rasch Euren Pass hervorholen?«, schnaubte Anker übertrieben hochmütig durch die Nase.

Keli begriff sofort und zog gleichermaßen wichtigtuerisch den Diplomatenpass hervor und streckte diesen dem Wachmann vor das Gesicht. Der stämmige Aufseher nahm die zwei Pässe mit sichtlichem Entsetzen in Augenschein. Sofort erhob er sich, strich sich das fettige Haar aus dem Gesicht und kam eilig aus dem Häuschen herausgestolpert.

»Eure Exzellenzen – äh, ich meine ›erhabene Botschafter‹ – zu Euren Diensten. Sonpick ist mein Name. Vergebt mir meine unreine Erscheinung. Darf ich Euch zu Eurer Destination geleiten?«, stammelte der junge blonde Mann, dem das Gesicht puterrot angelaufen war.

»Das wird nicht nötig sein. Wir gehen nur kurz ins Hospital, um jemanden abzuholen, dann machen wir uns wieder auf den Weg«, meinte Anker hochnäsig seine Fingernägel betrachtend.

»Sehr wohl, werte Botschafter, sehr wohl«, sagte der schlaksige Mann und verbeugte sich tief, als Anker und Keli an ihm vorbeigingen. Keli fühlte sich ein bisschen verlegen, aber zugleich auch belustigt. Nie hatte ihr irgendjemand solchen Respekt entgegengebracht, und nun wurde sie plötzlich wie eine Prominente behandelt. Was würde noch alles auf sie zukommen?

Augenblicke später hatten sie das dunkle, mit langen Baumwurzeln überwucherte Klinikgebäude erreicht, das vor ihnen weit in die Höhe ragte. Anker trat durch die sich selbst öffnende Eingangstür. Keli folgte ihm zum Fahrstuhl, den sie auch schon verwendet hatten, als sie Loyd am Tag zuvor besuchten. Als sich der Fahrstuhl schloss, brach Anker in grölendes Gelächter aus.

»Entschuldige den Scherz eben. Wir wären natürlich auch mit dem Professorenausweis in den Campus reingekommen, aber ich wollte, dass du siehst, wie ein Diplomatenpass auf die Beamten wirkt. Einen solchen Effekt hat das meistens aber nur in gehobeneren Kreisen. Viele aus den unteren Schichten wissen nicht einmal, dass es ein solches Dokument überhaupt gibt. Hast du übrigens gehört, wie er sich anfangs verhaspelt hat? Er hat uns als ›Exzellenzen‹ angesprochen, obwohl man das nur bei Diplomaten aus anderen Staaten tut. Da wir Bürger von Lichterloh sind, sind wir ganz einfach ›Botschafter‹.«

»Alles klar. Ich werde es mir merken«, sagte Keli beherrscht, die sich die Gepflogenheiten der Hochrangigen so rasch wie möglich einprägen wollte.

Sie waren vor dem Krankensaal angelangt, in dem Loyd stationiert war. Als Anker die Doppeltür mit seinem Bauch aufstieß, war Loyd auf den ersten Blick nicht zu entdecken.

»Verflixt!«, brummte Anker resigniert lächelnd. »Wo treibt sich der Hecht wohl wieder rum?«

»Von wegen ›rumtreiben‹«, kam es aus der Ecke links neben der offenen Tür. Loyd saß im Schneidersitz auf einem Stuhl und ließ das massive Lehrbuch sinken, hinter dem sein Kopf versteckt gewesen war. Er hatte eine dicke Lesebrille aufgesetzt, die, wie Keli dachte, Loyd ziemlich affenartig aussehen ließ.

»Gewartet habe ich, und zwar die ganze Nacht. Wenn es nach mir gegangen wäre, hätten wir schon gestern Abend aufbrechen können«, sagte Loyd vorwurfsvoll.

»Loyd, eins nach dem anderen. Du hast körperlich und seelisch eine schwere Zeit hinter, sowie vor dir. Und überhaupt, ›aufbrechen‹? Wohin es geht und warum die Expedition überhaupt angeordnet wurde, weißt du ja noch nicht einmal«, stellte Anker in ernstem Ton klar und stapfte mit finster verengten Augen auf ihn zu. Ankers gigantischer Schwabbelbauch kam wenige Zentimeter vor Loyds Knien zur Ruhe. Er neigte seinen Kopf vor und blickte auf den dicken Wälzer hinunter, den Loyd noch immer offenhielt. Loyd verzog sein Gesicht gleichermaßen zu einer skurrilen Grimasse und sah böse zu ihm auf.

»Mhm, mhm, du bist jetzt erst an deinen Hausaufgaben? Die Ferien sind bald vorbei und unser lieber Loyd ist noch nicht einmal fertig mit seinen Arbeiten. Was soll ich denn davon halten? So geht das aber gar nicht. Ich glaube, ich muss aufhören, dir Vorträge zu halten und dir lieber mal die Leviten lesen!«, rüffelte Anker, dessen Stimme zunehmend lauter geworden war. Keli wusste nicht, was da vor sich ging, oder warum Anker auf einmal so wütend war. Würde die Lage eskalieren? Würden sie sich … würden sie sich etwa schlagen? Dann brachen beide, Loyd und Anker, in schallendes Gelächter aus. Loyd hüpfte auf die Beine und tauschte einen heftigen Handschlag mit Anker. Anschließend klopfte ihm Anker freundschaftlich auf den Rücken. Keli stand vollkommen baff da und verstand die Welt nicht mehr.

»Altes Haus. Ich habe echt gedacht, du würdest ohne mich losziehen, als ich nicht von Hildenberge wegkonnte«, sagte Loyd beschwingt.

»Unsinn! Als mich deine zweite Lichtmail aus Hildenberge erreichte, in der du die Geräusche aus dem Gletscher und das Erdbeben erwähntest, habe ich mich sofort mit einem Rettungstrupp auf die Socken gemacht, um nach deiner Familie und dem Rest des Dorfes zu sehen. Leider war es schon zu spät und die Lichtmails, denen wir dann als Wegweiser folgten, haben uns schließlich bis zum Laternenweiher gelotst, wo Keli versuchte, dich huckepack zu nehmen. Du hast wirklich eine intelligente und tapfere Schwester, und du solltest stolz auf sie sein.«

Loyd seufzte plötzlich tief und senkte den Blick entmutigt zu Boden. »Verdammtes Unglück. Ich kann noch immer nicht fassen, was passiert ist«, flüsterte er voller Kummer und ballte dabei die Hände zu Fäusten.

»Keli, komm her!«, winkte sie Anker zu sich. Keli trat zu den zweien hinzu, woraufhin Anker den Blick der trauernden Geschwister suchte. »Hört mal zu, ihr beiden. Es tut mir unendlich leid, was euch, euren Eltern und der Gemeinde Hildenberge widerfahren ist, aber man kann es nicht mehr ändern. Ich weiß, es ist hart, aber lasst uns gemeinsam nach vorne blicken, denn was man beeinflussen kann, ist einzig die Zukunft, *sonst nichts*. Wir alle haben eine schwierige Zeit vor uns und müssen unsere Kräfte bündeln und vereinen, um dem entgegenzutreten, was uns unseren gesamten Fokus abverlangen wird. Loyd, ich habe es gestern Keli schon mitgeteilt: *Eure Eltern sind vielleicht noch nicht verloren.* Wenn sie tatsächlich von einem Sonnenloch verschluckt wurden, besteht die Chance, dass sie noch leben.«

»Ich wusste es!«, jubelte Loyd urplötzlich und machte einen Luftsprung.

»Schhhhh!«, zischte Anker, als ein Krankenpfleger, der gerade mit dem Versorgen der bandagierten Kinder aus Hildenberge beschäftigt war, empörte Blicke zu ihnen herüberwarf.

»Ok. Von jetzt an wird nur noch geflüstert«, bedeutete Anker leise. »Also, die Sache ist die: Der Vorgang der Sonnenlochinfiltration ist tatsächlich in einem Schriftstück der frühen Neuzeit beschrieben und ich weiß, dass ich schon mal über diesen Mechanismus gelesen habe. Nur, das Dokument wird, so vermute ich, irgendwo in der Sonderabteilung der Universitätsbibliothek des Lichterloh-Campus verwahrt. Einerseits müssen wir es zuerst suchen und andererseits werden wir wegen der Überschwemmung für einige Wochen nicht in die Nähe von Hildenberge gelangen können. Lasst uns diese Angelegenheit, sobald wir aus Kael zurück sind, in Angriff nehmen. Bis dahin sollten die Bergungsleute den Weg wieder freibekommen haben. Loyd, nun zu dir«, sagte Anker kurz angebunden und fixierte ihn scharf. »Ich habe dich gestern Abend über meinen Entscheid, Keli ins Zentrum mitzunehmen, per Lichtmail unterrichtet und ich denke, die Botschaft ist auch angekommen. Hast du dagegen etwas einzuwenden?«

Loyd sah nachdenklich drein. Gerade eben war er noch strikt dagegen gewesen, dass Keli mitkam und hatte Anker eigentlich von seinem risikoreichen Vorhaben abbringen wollen. Keli war noch viel zu jung und unbesonnen, um dem Schrecken im Geschwärzten Zentrum standhalten zu können. Doch mit der neu erlangten Aussicht darauf, dass ihre Eltern vielleicht noch lebten, änderte sich natürlich eine Menge. Diese positive Aussicht könnte als Motivationsspender in den finsteren Gassen Kaels dienen, sodass Keli fähig wäre, sich auf dem Weg dorthin emotional über Wasser zu halten. Und es machte zugegebenermaßen auch Sinn, falls Ankers Theorie über die Vierfingrigen stimmte, dass Keli am besten bei ihm und Anker aufgehoben war.

Viel einwenden konnte er ohnehin nicht; er sprach immerhin mit einem der respektabelsten Professoren im ganzen Laternenwald.

»Tja, wenn es nicht anders geht …«, wisperte Loyd geringschätzig. Er schaute Keli nicht an, und diese wiederrum war aufgrund von Loyds Haltung ein wenig irritiert.

Wieso sprach Loyd so, als wäre sie ein fünftes Rad am Wagen? Schon wollte Keli den Mund öffnen, um Loyd zu vermitteln, es sei genau genommen seine Schuld, dass ihre Eltern heute nicht unter ihnen weilten, doch Anker war schneller: »Dann wäre das also geklärt. Du stimmst zu. Das Expeditionsteam trägt die Verantwortung für Keli.«

»Jaja, es wird wohl das Beste sein.«

»Gut, dann wäre das Thema hiermit abgeschlossen. Und nun zum Wesentlichen. Wie ihr wisst, habe ich Keli – äh, ich meine natürlich dich, Loyd – vor einigen Tagen für eine dringende Expedition nach Herbstfeld bestellt.« Anker fasste sich ans Genick und fing hektisch an, dieses zu reiben, als litte er an einem steifen Nacken. »Professor Simimund, der in der Forschungsstation 1 den Zustand der Überschwärzung und des Unlichts überwacht, berichtete mir in einer Lichtmail, das Unlicht würde sich seit wenigen Tagen in exponentieller Geschwindigkeit vermehren und könnte ohne Gegenmaßnahmen in wenigen Wochen bis zu den inneren Mauern des Schwarzen Vorhangs vordringen. Selbst der hunderte Meter dicke Wall kann das Unlicht nur temporär aufhalten. Wenn es durch die Grotten des Vorhangs nach draußen gelangt, haben wir ein mächtiges Problem. Deshalb müssen wir so schnell wie möglich herausfinden, was der Grund für die plötzliche Unlichtzunahme ist und unsere Erkenntnisse anschließend allen Regierungssitzen des Laternenwalds präsentieren. Nur so können wir alle Präfekturen dazu animieren, gemeinsam gegen das Problem vorzugehen. Ich selbst glaube, dass das seltsame

Wetter in Hildenberge und der Einbruch des Bodens unter dem Dorf mit dem sich ausbreitenden Unlicht in Verbindung steht. Die Annahme stütze ich auf ein Ereignis, das euch sicherlich wohlbekannt ist: der erste Schneesturz, der dem Erfrorenen Dorf damals seinen Spitznamen einbrachte. Das geschah vor 160 Jahren, im Jahr 875 ab Neuzeit; und warum ich mich ausgerechnet an diese ungewöhnliche Jahreszahl erinnere, hat damit zu tun, dass eben auch in diesem Jahr das Unlicht außer Kontrolle geraten war.«

»Ah, ›Die Schwarze Krise‹, darüber hast du mal im Unterricht gesprochen«, ergänzte Loyd, nachdenklich sein Kinn in die Hand stützend.

»Jo. Wichtig ist hierbei, dass sich die Krise und der Schneesturz des Erfrorenen Dorfs zeitgleich zutrugen. Damals steckte das Fürstentum Nihilis dahinter, dessen Leute im Zentrum illegale Experimente durchführten, um das Unlicht zu vervielfältigen – nicht unbedingt das, was wir hier in Lichterloh als sehr klug bezeichnen würden, stimmt`s? Jedenfalls hat man die Übeltäter erwischt und dem Fürstentum als Sanktion den Zutritt nach Kael bis auf Weiteres verboten. Damals spielte das Wetter im ganzen Laternenwald verrückt. Was wir aus dem damaligen Vorfall herleiten können, ist, dass es zwischen der Ausbreitung des Unlichts und dem jüngsten Schneesturz in Hildenberge einen Zusammenhang geben könnte. Gut. Das wäre einer der offenen Punkte, für den wir auf der Expedition ins Zentrum eine Antwort suchen werden.«

Loyd zog unverzüglich ein kleines Notizbüchlein hervor und begann, zu kritzeln. *Mit der Streberbrille sieht er urkomisch aus,* dachte Keli, die sich ein Grinsen nicht verkneifen konnte. So eifrig hatte sie ihren Bruder noch nie gesehen.

»Dann noch ein paar Formalitäten«, fuhr Anker fort. »Auf unserer Mission geht es diesmal in der Theorie darum, herauszufinden, warum sich das Unlicht so rapide vermehrt und in welchem Ausmaß es sich verbreitet – demzufolge auch, welche Konsequenzen dies für Lichterloh und die anderen Präfekturen haben könnte. In der Praxis ist es aber unser Ziel, herauszufinden, ob Lichterloh sich die Hände schmutzig machen und mit den anderen Präfekturen zusammen eine Lösung erarbeiten muss. Das ist der Zweck der Expedition und der Grund, weshalb sie überhaupt vom Staat verfügt wurde und finanziell unterstützt wird.«

»Oder, ob Nihilis, falls es erneut die Finger im Spiel hat, wieder einmal eingeheizt werden muss«, fügte Loyd verwegen hinzu.

»Du hast es erfasst«, sagte Anker anerkennend, einen wurstähnlichen Zeigefinger in Loyds Richtung schwenkend. »Am Ende der Mission werden wir alle Daten zusammentragen und einen idiotensicheren Rapport für den Regierungsrat erstellen, damit die Lümmel in der Behörde auch verstehen, welch komplizierte Sachverhalte die Welt da draußen zu verdauen verlangt.«

Loyd und Keli schmunzelten beide etwas träge in die Runde.

»Und schließlich«, Anker sprach so leise, dass die beiden die Ohren spitzen mussten, »werden wir herausfinden, ob ihr zwei nun Nachkommen von Lailac seid oder nicht. Hier ist dein Diplomatenpass, ab heute sechs Monate gültig, und der übliche Proviant.«

Keli sah Loyds Augen aufflackern, als er den Umschlag und den Rucksack entgegennahm.

Nachdem Loyd seinem zuständigen Arzt mehrmals beteuert hatte, er sei kerngesund und bei dessen aufkeimender Skepsis noch anfing, mit seinem frisch ergatterten Diplomatenpass herumzufuchteln, musste das Krankenhaus ihn wohl oder übel entlassen. Draußen strahlte das Mittagsgrün grell auf die üppigen Walddächer der Hochschule. Die drei Botschafter waren auf dem Weg zur Wasserbahn, einem Transportmittel, welches die Strömung von Wasser als Energiequelle nutzte, und mit dem man schnell und sicher durch die Städte und Dörfer Lichterlohs pendeln konnte. Lichterloh interessierte sich schon lange für Alternativenergie und versuchte, mit Mitteln, die kein oder nur wenig Licht verbrauchten, die täglichen Bedürfnisse der Bürger zu regeln.

Am Bahnhof Herbstfeld angekommen, stapfte Anker vor den Ticketschalter und beschaffte allen dreien einen Fahrschein nach ›Lichterloh-Hauptbahnhof‹. Eigentlich war es möglich, vom Hauptbahnhof aus die Untergrund-Wasserbahn zum Lichterloh-Campus der HHF zu nehmen, doch auf diesen Fahrschein – wie Loyd bemerkte – hatte Anker verzichtet.

Sie durchschritten eine Untergrundpassage des Bahnhofs und tauchten neben dem wartenden Zug wieder auf. Keli war sehr aufgeregt. Das letzte Mal, als sie mit diesem Zug gefahren war, war sie zehn gewesen. Damals hatte sie höllische Angst gehabt, als sich das Gefährt in Bewegung gesetzt hatte. Der Zug war unzählige Abteile lang, was auch kein Wunder war, denn tausende Wesen waren täglich auf dieses Transportmittel angewiesen. Da es Feuertag war – Dienstag auf Kaelisch – und später Morgen noch dazu, war der Bahnhof gut passierbar und nur wenige Fußgänger waren unterwegs. Loyd war sogar der Auffassung, dass er noch nie so wenig Volk auf den Plattformen neben den mit Wasser gefüllten Schächten gesehen hätte. Tatsächlich stiegen nur ein älteres Pärchen und ein paar Studenten, die wahrscheinlich zum Campus in die Hauptstadt fuhren, mit ihnen ein. Wie immer in der Wasserbahn war es ein seltsames Gefühl, das Abteil zu betreten und sich durch die Sitzreihen zu bewegen. Je nachdem, wieviel Gewicht links und rechts im Zug verteilt war, schaukelte der Wagon hin und her wie ein kleines Boot.

Dann war Anker mit Einsteigen an der Reihe. Loyd und Keli, die bereits die Stufen ins Abteil bestiegen hatten, mussten sich an den Sitzlehnen vor ihnen festhalten, damit sie nicht hinfielen. Das alte Pärchen, das gerade dabei war, die Taschen in die Ablageflächen über ihren Köpfen zu verstauen, wurde unfreiwillig, aber zielrichtig in den Sitz katapultiert. Anker selbst hatte keine Mühe mit dem Gleichgewicht. Vielmehr stellte sich die Frage, wie er durch die Sitzreihen kommen sollte. Zum Glück waren die Sessel um die Achse schwenkbar. Umständlich drehte Anker die erste Sitzreihe Richtung Passiergang und ließ sich schwerfällig darauf nieder. Loyd und Keli nahmen in der Reihe vor ihm Platz. Die drei Rucksäcke verstauten sie auf der Gepäckablage über ihren Köpfen.

Die Fahrt ging los und die städtische Aussicht vor den Zugfenstern begann sich rasch zu verändern. Am Anfang waren die Gebäude noch turmhoch und waldbewachsen, dann nahm die Größe der Häuser allmählich ab, woraufhin sich dichte Sträucher und wuchtige Laubbäume im weiten Terrain breitmachten. Jetzt, da Keli zum ersten Mal so richtig bewusst wurde, wo sie sich befand, musste sie angesichts des vielen Waldes einfach staunen. In all den Ebenen zwischen Herbstfeld und Lichterloh schien die Natur praktisch unberührt. Vor drei Jahren noch war ihr der Dschungel jenseits der Fensterscheiben völlig egal gewesen; sie hatte sich damals die ganze Fahrt hindurch in ein Blattspiel vertieft. Doch nun konnte sie nicht anders, als das Fenster neben sich zu öffnen, um den üppigen Laubwald mit seinen gigantischen, moosbewachsenen Bäumen davor zu bewundern. Die Baumspitzen waren kaum erkennbar, als Keli den Kopf aus dem Fenster hinausreckte, so dicht war das Astwerk und so gewaltig die Stämme.

Der kühle Wind, wie auch die plötzlich in ihr aufkeimende Freude an der unmittelbaren Nähe zur Natur trieben ihr jähe Tränen in die Augen. Die vorbeirauschende Luft roch herrlich nach Kräutern und Pilzen. Eine Klangwelt von paradiesischen Lauten, die Keli nie zuvor gehört hatte, drang an ihre begierigen Ohren. Der Zug strömte an, von dichtem Moos und glitzernden Blumen umwachsenen Weihern vorbei, an denen sich kleine, farbenfrohe Kreaturen tummelten und ihr Leben augenscheinlich genossen.

*Diese Welt da draußen, sie ist einfach nur traumhaft schön*, dachte Keli berauscht. Was hatte sie in Hildenberge bloß alles versäumt? Was sie in diesem Augenblick vor sich sehen, hören, riechen und spüren konnte, dies war die grüne Welt; eine sich stetig bewegende Welt, die unbedingt von ihr entdeckt werden wollte.

Loyd stupste Keli an, in deren Augen er ein aufgeregtes Funkeln zu erkennen vermochte.

»Wahnsinn, nicht wahr? Als ich das erste Mal allein in diesem Zug nach Lichterloh saß, ging es mir genauso. Und das ist gerade mal ein klitzekleiner Teil des Laternenwalds. Auch die Flora und Fauna, also die Pflanzenwelt und die Wesen, die ein Gebiet bevölkern, sind an anderen Orten wieder ganz verschieden von diesen hier«, erklärte Loyd an Keli gewandt.

Keli sah Loyd erstaunt an. »Ich wusste gar nicht, dass der Laternenwald so interessant ist. Ich meine, was sind das alles für Wesen da draußen? Wie groß ist der Wald überhaupt?«

»Genau das versuchen wir in der ›Exploration‹ herauszufinden, weißt du? ›Explorieren‹ ist ein sehr altes Wort und hat seine Wurzeln in der Ursprache ›Englisch‹, in der es ›auskundschaften‹ bedeutete.«

Dann hob Loyd die Hand und begann, an den Fingern aufzuzählen, mit welchen Disziplinen das Studium zu tun hatte: »Hauptsächlich geht es bei der Exploration darum, herauszufinden, wie groß die Flächen des Laternen- und Sternenwalds sind, was dort lebt und wächst, wie viele Sonnenlöcher es gibt, ob es noch andere Menschenwesen und Urwesen gibt, welche die Universale Fusion überlebt haben, ob die neu entdeckten Gebiete bewohnbar sind, was für Gefahren dort draußen lauern und natürlich, ob sich eine Lösung für die Unlichtplage finden lässt. Von Unlicht hast du schon mal gehört, oder?«

»Ja, Anker hat mir davon erzählt.«

»›Anker‹?«, zischte Loyd aufgebracht. »Für dich heißt das ›Professor Ankerbelly‹.«

»Schon gut, Loyd. Ich habe ihr erlaubt, mich so zu nennen«, hallte Ankers Stimme von hinten zu ihnen herüber.

»Ach so – verstehe. Alles klar«, antwortete Loyd, sich albern vorkommend, weil er seine Schwester so angefahren hatte.

Natürlich hatte Anker Keli erlaubt, ihn so zu nennen. Sie war ja nun ebenfalls ein Mitglied des Teams. Aber er – er musste wieder ausrasten, und nun hatte er den ersten anständigen Dialog mit seiner Schwester seit dem Unglück in Hildenberge verdorben. Eigentlich wollte er sich für das Ereignis in der Berg-Rutschstation entschuldigen, als er Keli ohne Vorwarnung in den Schacht gestoßen hatte. Über sich selbst verärgert, neigte Loyd sich nach vorn, legte die Stirn auf seine geballte Faust und schloss die Augen.
Keli war bei Loyds Anfall zusammengezuckt und bestürzt dar-

über, dass er keine Anstalten machte, sich zu entschuldigen. Das war eine Seite an ihrem Bruder, die Keli nicht schätzte. Älterer Bruder hin oder her, man sollte sich entschuldigen, auch wenn der Fehler unbeabsichtigt gewesen war.

Loyd stand abrupt auf, ging zwischen den Sitzreihen hindurch und verschwand anschließend im Klo am Ende des Abteils. Loyd blieb eine ganze Weile weg, und Keli fragte sich schon, was er so lange trieb, als die Klotür wieder aufging und er durch die Reihen zurückgetorkelt kam. *Er sieht alles andere als frisch aus,* fand Keli. Loyd setzte sich wieder hin, verschränkte die Arme und schloss die Augen. Die Art und Weise, wie Loyd mit der Situation umging, war Keli zuwider. Auch sie verschränkte die Arme und stierte betrübt aus dem Fenster. *So ein Idiot*, dachte Keli wütend. Sie hatte rein gar nichts verbrochen. Was sollte dieses herablassende Getue? Vielleicht sollte sie ihn auf sein Verhalten ansprechen und ihm mal ihre Meinung geigen.

Doch dann schwappte Ankers Stimme erneut über die Sitzstützen: »Übrigens wurde Vigilanz-Stufe 5 ausgesprochen. Es ist höchste Vorsicht angesagt in Lichterloh. Unser Geheimdienst hat verlauten lassen, dass sie Informationen über einen möglichen Anschlag erhalten haben. Die Schmelzfront könnte schon wieder etwas aushecken, und darum sollten wir nicht ausgerechnet jetzt zu lange im Stadtzentrum herumlungern. Wir meiden auch die U-Wasserbahn und gehen zu Fuß zum Campus, das ist sicherer.«

»Das denke ich auch. Am besten begeben wir uns direkt zur Bibliothek, wo Naomi auf uns wartet«, erwiderte Loyd seitwärts um den Sitz herum.

»Diese Typen, die Schmelzfrontler«, begann Keli, die Ankers Mitteilung in diesem Moment doch mehr bekümmerte als Loyds

Blasiertheit. »Wenn doch Lichterloh einen Wall um die Stadt gebaut hat und alle Leute, die ein- und ausgehen, kontrolliert werden, wie können sie dann in Lichterloh einen Anschlag verüben? Die kommen doch aus Atlas, oder etwa nicht?«

Loyd, der Kelis Frage als Zeichen der Versöhnung verstand, sagte nun wieder etwas heiterer: »Meine Theorie ist, dass die Terroristen ihre Spione schon längst in Lichterloh eingeschleust haben und so von innen ihre Attentate planen. In Lichterloh wird oft gemunkelt, dass die Schmelzfront insgeheim eine durch Atlas' Regierung gestützte Geheimorganisation wäre, die das extremistische Verhalten der Attentäter nur als Vorwand nutzte, um sich während eines Anschlags im unweigerlich folgenden Chaos Zutritt zu gesicherten Gebäuden zu verschaffen. Es heißt, Atlas schicke diese Leute, um in Bunkern und Tresorräumen nach Artefakten wie dem Kaelischen Index oder der Lichterlohenen Weinbeere zu suchen.«

Der Ausdruck ›Lichterlohene Weinbeere‹ hatte eine seltsame Auswirkung auf Kelis Gedächtnis, den sie nicht so richtig einordnen konnte. Sie wollte sich gerade erkundigen, was es mit dieser interessanten Frucht auf sich hatte, als die Abteiltür aufging und ein Kontrolleur, gefolgt von einer uniformierten Stadtwache, hereingetreten kam. Keli erkannte sofort das geschwärzte Holzschwert, das die Wache trug. Davon hatte sie schon gelesen und fand es aufregend, eines aus nächster Nähe bestaunen zu können. Wenn sie sich richtig erinnerte, diente die negative Ladung dazu, einen Widersacher mit einem Treffer per Lichtentzug kampfunfähig zu machen.

Der Kontrolleur prüfte gerade die Fahrkarten und die Reisepässe des alten Pärchens, das einige Reihen vor ihnen saß.

»Zückt eure Tickets und Pässe«, forderte Anker das Lanthorn Geschwisterpaar auf.

Sie brauchten nicht lange, bis die wohlumsorgten Ausweise in ihren Händen parat lagen. Als Kontrolleur und Wache nähertraten, winkte Ankers Diplomatenpass über die Lehnen und seine Stimme gellte abermals durch das Abteil: »Herr Kontrolleur – hier rüber bitte.«

Der untersetzte Mann kam mit zusammengekniffenen Augen näher.

»Ausweis- und Fahrkartenkontrolle«, ließ er offiziell verlauten.

»Jaja, schon gut«, sagte Anker abschätzig. »Letztendlich bräuchten wir ja nicht einmal ein Ticket.«

Der Kontrolleur verstand nicht, was Anker meinte und sah nur flüchtig auf die drei Fahrscheine, als alle Farbe aus seinem Gesicht wich.

»Donnerwetter. Salbo, komm … komm schnell her!«, stammelte er.

»Soso, haben wir die blinden Passagiere wieder einmal auf frischer Tat ertappt?«

»Nein, Salbo. Keine b-blinden Passagiere. Bo-Bo-Botschafter«, stotterte der Kontrolleur.

»Oh, tatsächlich? Moment, ich komme«, sagte Salbo überrascht und trat auf die Sitzreihe zu, wo Loyd und Keli mit verdatterten Gesichtern saßen.

Die restlichen Leute im Wagon hatten die Bemerkung des Kontrolleurs nicht überhört und steckten nun neugierig die Köpfe in den Passiergang, um einen Blick auf die Prominenten zu erhaschen. Loyd und Keli schauten verlegen drein und wussten nicht recht, was sie sagen sollten.

»Dürfte ich mal sehen?«, bat Salbo Loyd höflich.

»Ja, natürlich.«

»Mooooment.« Ankers Hand fuchtelte wieder in der Luft umher. »Bitte, kommen Sie hierher, zu mir. Sofort!«

Salbo ging ohne Widerrede am Kontrolleur vorbei und begab sich vor Ankers aus der Reihe quellenden Bauchspeck.

»Wir wollen einfach nur unsere Ruhe haben – verstehen Sie?«, sagte Anker mit schneidender Stimme. »Veranstalten Sie hier kein Theater, wenn ich bitten darf. Wir sind Abgesandte des Staates und wollen nicht gestört werden. Damit sollte alles geklärt sein.«

»Verzeiht unser unwürdiges Auftreten, Herr Botschafter«, sagte Salbo respektvoll, doch nicht eingeschüchtert wie der Kontrolleur neben ihm. »Wir werden uns selbstverständlich unverzüglich zurückziehen, doch erlaubt uns, im Abteil nebenan zu verweilen, bis wir in Lichterloh angekommen sind, um Eure Sicherheit zu gewährleisten. Die Vigilanz-Stufe ist zurzeit erhöht, und wir sind angewiesen, für den Schutz aller Gäste zu sorgen, besonders, wenn es sich um VIP-Kundschaft handelt.«

»Sie scheinen Ihre Arbeit zu verstehen. Ich verlasse mich auf Sie«, versetzte Anker brüsk.

Salbo verbeugte sich tief und gab dem erstarrten Kontrolleur nebenan einen Klaps, der sich, etwas verspätet aus seiner Starre erwachend, ebenfalls übertrieben tief verneigte. Dann verschwanden sie hinter der Tür, die zwei Wagonabteile miteinander verband und die wenigen Leute, die noch immer ihre Köpfe reckten, zogen diese tuschelnd wieder ein. Eine Durchsage ließ verstehen, dass sie in einer halben Stunde in Lichterloh-City ankommen würden.

»Schon krass, wie die alle reagieren, wenn man so einen Pass besitzt«, bemerkte Keli und gluckste leise vor sich hin.

»Jetzt weiß natürlich der ganze Zug, dass Zielscheiben der Schmelzfront nach Lichterloh fahren. Wirklich toll!«, murrte Loyd verärgert.

Anders als Keli wirkte Loyd wieder genervt. Er konnte es nicht leiden, wenn Anker seine diplomatische Überlegenheit demonstrierte. Für ihn war es einfach falsch, Autorität auf diese Weise auszuüben, wenn sie doch für einen ganz anderen Zweck gedacht war. Je mehr Macht man besaß, umso weniger sollte man sie zeigen. Das hatte er bei anderen Dozenten wie Professor Tottoy zu schätzen gelernt. Dazu kam, dass Anker Keli ein falsches Bild von der akademischen Welt vermittelte. Ehe sie nach Kael aufbrechen würden, musste er unbedingt mit Keli noch einmal unter vier Augen sprechen, um sie über die Gefahren und grundlegenden Verhaltensweisen eines staatsvertretenden Wissenschaftlers aufzuklären. Im Hotel heute Abend würde er sie darauf ansprechen.

Sie machten gerade Halt am ersten Bahnhof seit dem Verlassen von Herbstfeld. »Kunterbunt«, konnte Keli auf einer digitalen Tafel über der Tür am Ende des Abteils lesen. Als ihr Loyds finsterer Gesichtsausdruck auffiel, sank ihr Herz wieder in die Hose. *Was ist ihm nun wieder über die Leber gekrochen?*, dachte Keli verdrießlich. Wieso um Himmels Willen war ihr Bruder in letzter Zeit immer so schlecht gelaunt? Hatte er vielleicht doch etwas dagegen, dass sie auf der Mission mit dabei war? Oder war er etwa eifersüchtig auf ihre gute Beziehung zu Anker? Von Loyds Trübsinn angesteckt und über hundert möglichen Gründen brütend, warum Loyd eine missgestimmte Grimasse zog, sagte Keli bis zum Ende der Fahrt kein Wort mehr.

Die Aussicht draußen veränderte sich abermals von Hütten und Bauernhöfen zu Einfamilienhäusern, dann zu breiten Straßen, auf denen einzelne Gefährte und Wesen hin- und herstreiften, bis die Gebäude so riesig wurden, dass man deren Dächer vom Zugfenster aus gar nicht mehr erkennen konnte. Einzig die langen Äste und Wurzeln, die man an den Fassaden der Hochbauten herunterhängen sah, deuteten darauf hin, dass die Gebäude nicht unendlich hoch waren. Ein Werbeplakat nach dem anderen zog an Kelis Augen vorbei: »Willkommen in Lichterloh, in der Stadt der grünen Tugend« … »Greenhill Luxury-Resort, 2 Minuten zu Fuss« … »CloudX – das naturtrübe Siebbier – jetzt auch mit Rosinengeschmack«. Keli zuckte für einen Augenblick auf.

»Siebbier« – das war das Zeug, das die Leute in der Lailac-Straße getrunken hatten. Was würde sie geben, um jetzt schon sechzehn zu sein. Sie wollte alles probieren, was die Welt zu offerieren hatte, jetzt, wo das Schicksal ihr den Weg in den Laternenwald eröffnet hatte. Ursprünglich war es – im Gegensatz zu Loyd – Kelis Absicht gewesen, für immer in Hildenberge zu bleiben und die Arbeit ihrer Familie fortzuführen, doch der Ausblick auf die Vielfalt und schiere Größe des Laternenwalds ließen diesen Lebensweg das erste Mal in ihrem Leben in Vergessenheit geraten. Sie würde alles versuchen, von allem kosten, die Zeit als Prominente bis zum Äußersten ausschöpfen, und Siebbier gehörte ab sofort ganz oben auf ihre Prioritätenliste. Und Loyd würde ihr ihre neuen Vorsätze mit seiner schlechten Laune nicht verderben.

Der Zug begann, langsamer zu werden. Die Lautsprecher ertönten erneut: »Endstation – Lichterloh-Hauptbahnhof. Willkommen in der Stadt der grünen Tugend. Wir wünschen Ihnen einen angenehmen Aufenthalt. Bitte achten Sie darauf, kein Gepäck im

Zug zurückzulassen. Wir bedanken uns, dass Sie heute mit der Intercity-Wasserbahn gefahren sind und freuen uns, Sie bald wieder begrüßen zu dürfen.«

Kelis Herz begann, schneller zu pochen. Sie waren in Lichterloh angekommen, in der Stadt, von der aus das Abenteuer seinen Lauf nehmen würde.

# TIEFSCHWARZER ABGRUND

Die himmlischen Scheiben schütteten ein angenehmes, dunkles Mittagsrot auf die Stadt. Die Zweige der vielen Bäume an Straßenecken und Alleen tanzten glitzernd im kühlen Wind. Es war ruhig in Lichterloh – viel ruhiger als sonst, bemerkte Loyd, als die Gruppe die Rolltreppen hinauf in die Hauptetage des Hauptbahnhofs nahm, auf der es zwischen den hunderten von Läden normalerweise nur so von Touristen und Businessleuten wimmelte. Auch die breiten Boulevards, die sich vom Bahnhof in alle Himmelsrichtungen erstreckten und auf denen sonst fast kein Durchkommen war, offenbarten sich den dreien fast leer. Der Raum zwischen den prächtigen, mehrere Jahrhunderte alten Hochhäusern der Altstadt kam einem an diesem Tag viel zu geräumig vor; weit und ausgestorben. Hier und dort waren Grüppchen von Stadtwachen mit ihren geschwärzten Holzschwertern und dunkelblauen Filzhüten, an denen je nach Rang eine größere und buntere Feder steckte, unterwegs.

Das noch unvollständige Expeditionsteam traf kurz darauf am Greenhill Luxury-Resort ein, wo sie diese Nacht zu verbringen beabsichtigten. Anker verschwand rasch im Eingangsbereich des Hotels, um sich zu erkundigen, ob sie ihr Gepäck schon auf die Zimmer bringen konnten. Es stellte sich jedoch heraus, dass die Gäste vom Vorabend – wahrscheinlich wegen der erhöhten Vigilanz-Stufe – noch nicht abgereist waren. Da es Anker als zu riskant einstufte, ihre Habseligkeiten an der Rezeption zu deponieren, mussten sie ihre schweren Rucksäcke wohl oder übel auf ihren Schultern mitschleppen, bis sie mit Naomi später zurückkehren würden.

Kaum hatten sie Kurs auf den Lichterloh-Campus genommen – Anker hatte die beiden Geschwister zuvor wiederholt darauf hingewiesen, die Augen nach verdächtigen Personen und Objekten offen zu halten –, als aus einer Nebenstraße eine einzelne Stadtwache gebogen kam.

»Hey, ihr da! *Stehen geblieben!*«, bellte die grau uniformierte Wache ihnen rau entgegen. Dem jungen Mann stand eine große, gelbe, schwarz gepunktete Feder vom Hut ab.

»Was soll das? Haben wir etwas verbrochen?«, warf Anker zurück, wobei er verwirrt umherblickte.

»Sie wissen, dass den Bürgern Lichterlohs geraten wurde, zu Hause zu bleiben. Ihre Ausweise bitte, *zack-zack*«, befahl die Wache heiser.

»Wer glauben Sie eigentlich, wer wir sind!«, entrüstete sich Anker mit zunehmend zorniger Stimme. »Wir sind Professor und Studenten der HHF und Gäste in diesem Hotel. Sollte daran etwas verboten sein?«

Der Groll in Ankers Stimme ließ Keli und Loyd hinter ihm kleiner werden. Der Wachmann hob die Augenbrauen und seine Gesichtszüge schienen sich zu versteinern.

»Ich bin Prorektor der HHF, erhabener Vorsprecher des Regierungsrats und Gründer, sowie Leiter des Gurkenclubs: Don Loglovski Ankerbelly von Lichterloh, von Morimura! Und das«, er wies mit der offenen Hand auf Loyd und Keli, »sind meine werten Botschafterkollegen. Wenn Sie darauf bestehen, jetzt noch unsere Pässe einzusehen, dann fühle ich mich gezwungen, nach Ihrem Namen, Ihrer Einheitsnummer und dem Namen Ihres Kommandanten zu fragen.«

»Schon gut, gehen Sie weiter«, sagte der Mann in gedämpftem Ton. Ein eisiges Grinsen machte sich auf seinem Gesicht bemerkbar, dann schritt er mit gesenktem Kopf an ihnen vorbei und verschwand in einer Gasse hinter dem Hotel.

Die drei sahen ihm verblüfft hinterher, bis er aus ihren Augenwinkeln verschwunden war. Außer Hörweite zog Anker über die Wache her: »Das ist mir ja noch nie untergekommen. Was glauben diese Kerle eigentlich, wer sie sind? Zuerst belästigen sie uns auf dem Intercity und jetzt auch noch inmitten der Hauptstadt – und dann noch frech grinsen. Also wirklich«, dröhnte Ankers Stimme empört durch die leere Straße.

Während die Gruppe ihren Marsch Richtung Lichterloh-Campus fortsetzte und Anker seiner Missstimmung weiterhin Luft machte, blickte Loyd immer wieder wachsam über die Schulter. Nach einer Weile schwächte sich Ankers schmähender Monolog endlich ab, bis man nur noch hie und da Bemerkungen wie »diese respektlosen Hohlköpfe« und »Wenn mir dieser Kerl noch einmal unter die Augen tritt, dann setzt es was«, vernahm.

Loyd ärgerte sich darüber, dass Anker so unvorsichtig war und mit seinem unbeherrschten Wutausbruch einige Aufmerksamkeit auf sich gezogen hatte. Glücklicherweise kamen sie zehn Minuten später ohne weitere Zwischenfälle am Wachhäuschen des Lichterloh-Campus der Hochschule von Herbstfeld an. Wie in Herbstfeld selbst, war eine massive stählerne Einfriedung um das Areal herum angelegt. Anker schien vorübergehend seinen Spaß mit dem Diplomatenausweis verloren zu haben und zeigte dem Beamten an den Schranken lediglich sein Professorenkärtchen. Anker winkte die beiden Lanthorn Geschwister, die vor dem

Häuschen warteten, in seine Richtung. Zusammen betraten sie jenen Stadtteil Lichterlohs, dessen Zugang nur autorisierten Personen der Universität vorbehalten war.

Die Gebäude ringsum erinnerten an jene des Hauptcampus in Herbstfeld, mit dem Unterschied, dass die Bauten hier einerseits viel neuer und gepflegter erschienen und sich andererseits zwischen den Gebäudefassaden im Luftraum kreuz und quer von Kletterpflanzen umwachsene Glasübergänge erstreckten.

Keli musste zweimal hinblicken, um die eigentümliche Architektur der Anlage zu erfassen. Manche Glaspassagen waren gerade ausgelegt, manche hatten schon eine gewisse Steigung und schienen ein Stockwerk des einen Gebäudes mit demjenigen eines anderen zu verbinden. Abermals andere Luftbrücken enthielten offensichtlich steile Rolltreppen, mit denen die extreme Steigung überwunden werden konnte. Keli staunte nicht schlecht, als sie vor der präfekturalen Bibliothek angekommen waren. Sie hatte sich unter der größten Bücherei Lichterlohs etwas anderes vorgestellt. Das Gebäude, oder vielmehr das strukturlose ›Gebilde‹, ähnelte eher einem mächtigen, hölzernen Iglu, aus dessen Fassade kleine Oasen von Wildblumen herauswuchsen, was Keli an Ankers recht lückenreichen Schädel erinnerte.

Die Botschafter durchschritten die auf Hochglanz polierte, automatisierte Glastür und betraten die Eingangshalle der Bücherei. Drinnen, so schien es Keli, war es sogar noch ruhiger als auf den leeren Straßen draußen. Keli trottete hinter Loyd her, der wiederum hinter Anker herschritt. In einer kleinen Karawane zogen sie an einer langen Theke vorbei, wo die kleine Besuchergruppe von mehreren Rezeptionisten mit einer tiefen, tonlosen Verbeugung begrüßt wurde. Als sie an den Regalen, in welchen die aktuellste

Lektüre ausgestellt wurde, vorbei waren, betraten sie durch ein mächtiges Holztor die eigentliche Bibliothek.

Keli fielen schier die Augen aus dem Kopf, so überwältigend war der Anblick: Hunderte Bücherregalreihen aus dunklem Holz türmten sich terrassenförmig von allen Seiten des Saales bis zur gewölbten Decke hinauf. In der Mitte der Halle waren rund drei Dutzend Holztische aufgestellt, an denen Leute lasen, auf ihren Lichttafeln schrieben oder ihren Kopf umarmend auf den Tischflächen vor sich hindösten. Anker drehte sich vor einer mit weinrotem Teppich ausgelegten Treppe um und wartete, bis Loyd und Keli nahe genug waren, um leise mit ihnen sprechen zu können.

»Ich sehe, die Bibliothek gefällt dir«, sagte Anker leise, weil er Keli ihre Begeisterung vom Gesicht ablesen konnte.

»Sie ist fantastisch. Ich wusste nicht, dass es sooo viele Bücher gibt. Ich wünschte, ich könnte sie alle lesen«, flüsterte Keli, die seit kurzem einen zunehmenden Drang verspürte, sich neues Wissen anzueignen. In Ankers Gegenwart erschien auch alles viel interessanter, da er einfach auf jede Frage eine lehrreiche Antwort wusste. Vor einer Woche noch hätte sie nicht im Traum daran gedacht, bei der Aussicht auf ein Meer von Büchern so berührt zu sein. Auch die Anwesenheit von all den in den Wissensschatz der Vergangenheit versunkenen Lernenden ließ ihre Seelenkerze weiter aufflammen. Was sie wohl alle studierten und welche Weltanschauungen sie wohl vertraten? Irgendwann würde sie hierher zurückkommen und dieser Frage auf den Grund gehen.

»Ich freue mich, dass du solchen Gefallen am Bewusstsein der Welt findest. Wisst ihr, es gab nicht immer so viele Bücher in der Neuzeit. Lange brauchte man Licht, um Informationen zu lagern, was ebenfalls zur Überschwärzung von Kael beigetragen hat – erst seit sich Lichterloh seine Unabhängigkeit erstritten hat, wurde man in dieser Präfektur dazu angehalten, Wissen wieder vermehrt auf Buchseiten festzuhalten und es durch lesen zu erlangen. Dieser Ort, Keli, ist der wahre Schatz von Lichterloh«, flüsterte Anker nun wieder gut gelaunt wie eh und je.

»Das sehe ich auch so«, pflichtete ihm Keli bei, die mit vor Staunen offenem Mund und funkelnden Augen dastand. Sie blickte der hohen, mit detaillierten Schnitzereien verzierten Holzdecke entgegen und drehte sich dabei leicht im Kreis.

»Keli, wenn wir aus unserer Mission erfolgreich zurückgekehrt sind«, sagte Anker plötzlich etwas lauter, »werde ich persönlich dafür sorgen, dass du an der HHF einen Studienplatz deiner Wahl bekommst.«

Keli strahlte über das ganze Gesicht und Loyd, dem die Bemerkung keineswegs entgangen war, zog eine beleidigte Schnute.

»Gut. Als nächstes ist ›Naomi suchen‹ angesagt. Sie muss hier irgendwo sein. Wer sie zuerst findet, kriegt von mir am Abend ein Siebbier spendiert«, ließ Anker schelmisch verlauten.

Beide Lanthorn Geschwister stürmten sofort los: Keli, weil sie sich die Gelegenheit nicht entgehen lassen wollte, ein Siebbier zu probieren, und Loyd weil er nicht zulassen konnte, dass Keli mit ihren dreizehn Jahren in den Genuss von Alkohol kam. Eigentlich hatte Loyd Ankers wettkämpferische Ansage verbal anfechten wollen, doch hatte er es sich in der Gegenwart von den hunderten konzentriert arbeitenden Studenten ringsum anders überlegt und lief in Kelis entgegengesetzte Richtung los. Dann fiel ihm ein, dass Keli ja gar nicht wissen konnte, wie Naomi aussah. Loyd verlangsamte seinen Schritt und durchstreifte die erste Hochebene der Bibliothek. Wie konnte Anker Keli mir nichts dir nichts einen Studienplatz versprechen – und dann noch »nach ihrer Wahl«. Was sollte dieses karitative Getue?

Er beobachtete, wie Keli auf der anderen Seite der Ebene durch die Sitzbänke und Regalblöcke sauste. Ob Anker Keli vielleicht irgendeinen Hinweis zu Naomis Erscheinung gegeben hatte? Loyd ließ seinen Blick über die Fläche schweifen und nahm auch alle Personen, die an den vielen Tischen ganz unten arbeiteten, ins Visier, dann stapfte er die nächste Treppe hinauf. Er war gerade an der zweitobersten Hochebene angekommen, als er auf der anderen Seite der Halle Keli aufgeregt mit den Armen herumfuchteln sah. Loyd traute seinen Augen nicht. Als er bei Keli ankam, erkannte er einen Schemen bei einer Tischreihe, der ihm bekannt vorkam. Der halbe Oberkörper der Person war unter mehreren Stapeln Bücher begraben und ihr Kopf war erst gar nicht zu sehen. Anscheinend hatte sie sich auf der Tischfläche ein kleines Zimmer aus Büchern geschaffen, in welches sie ihren Kopf gebettet hatte. Warum Loyd Naomi überhaupt erkennen konnte, war zum einen, weil sie wie immer barfuß unterwegs war, und zum anderen wegen des größten Buchs im Umkreis, das neben ihr auf dem Teppichboden stand und an die Tischkante angelehnt war. »Die Artenfibel« war eines jener Mysterien des Biodiversitätsstudiums. Jeder Student in jener Akademie trug eines dieser Dinger umher, so klobig und schwer sie auch sein mochten.

»Du ewige Schlaubergerin. Woher hast du gewusst, dass das hier Naomi ist?«, fragte Loyd gegen seinen Willen beeindruckt.

»Ich habe nach der Person gesucht, die ich mir als Naomi vorgestellt habe«, antwortete Keli lässig. »Und die Bücher über Landgurken haben sie auch verraten. Anker hat mir nämlich erzählt, dass sie auch ein Fan dieser Wesen ist.«

Ehe Loyd dazu etwas erwidern konnte, öffnete sich neben ihnen ein Fahrstuhl und Anker kam herausgeschlurft.

»Gut gemacht, Keli. Jetzt muss ich mir ernsthaft überlegen, was ich deinen Eltern sagen werde, wenn wir sie aus dem Sonnenloch geborgen haben. Am besten bleibt das mit dem Siebbier unser kleines Geheimnis, nicht?«

Loyd sah bestürzt drein. Wie konnte Anker seine kleine Schwester zu gesetzeswidrigen Handlungen verführen?

»Loyd, mach kein solches Gesicht. Keli ist die klare Siegerin und daran gibt's nichts zu meckern.« Loyd verspürte einen schmerzhaften Stich in seinem inneren Selbst. Verloren? Er? Moment mal – darum ging es doch gar nicht! Er wollte bloß verhindern, dass Keli einer strafbaren Situation ausgesetzt würde. Oder trog ihn sein Gewissen etwa? Konnte es sein, dass er eifersüchtig auf seine Schwester war?

Anker war unterdessen vor Naomi getreten und stupste sie, während Loyd etwas abseits noch mit seinem Gewissen haderte, am Rücken an, der von ihrem langen, kastanienroten Haar fast komplett verdeckt war. Sie rührte sich nicht; nur ihr Oberkörper bewegte sich im gleichen Rhythmus kaum merklich auf und ab.

»Es sieht so aus, als müssten wir wohl andere Saiten aufziehen«, sagte Anker vergnügt. Er neigte sich vor und streckte seine Hand nach der Artenfibel aus, als ein erstickter Schnarcher zu hören war und Naomis Hand blitzschnell Ankers Handgelenk ergriff. Keli sah dem Geschehen mit angehaltenem Atem zu.

»Was soll das, du Schuft?«, kam es dumpf aus dem Bücherhaufen.

Anker grinste verwegen. »Das Band der Bücher«, erklärte er an Keli gewandt. »Diese Biodiversitätsstudenten sind so mit ihren

Fibeln verheiratet, dass man sie ihnen nicht einmal, während sie schlafen, abluchsen könnte.«

»Anker, bist du das?«, schmatzte Naomi schlaftrunken.

Sie richtete sich auf, wobei einige Bücher vom Tisch rutschten, und begann müde blinzelnd mit der Hand, ihr zerzaustes, mahagonibraunes, fast hüftlanges Haar zu kämmen. Sie hatte ein gutmütiges Gesicht und trug eine grasgrüne Brille mit dicken Rändern, die ihr, wie Keli fand, ziemlich gut stand. Naomi sah in die Runde, wobei ihr Blick an Keli hängen blieb und sich ihre Augen weiteten.

»Nanu, wer bist denn du?«, fragte sie verwirrt lächelnd.

»Das ist Keli, von Herbstfeld, Hildenberge«, erklärte Anker mit der Hand auf Kelis Schulter. »Sie ist Loyds Schwester, von der ich dir im Lichtmail erzählt habe, und wird uns auf die Expedition begleiten.«

Naomi tippte sich an die Schläfe. »Natürlich, jetzt fällt es mir wieder ein. Freut mich, Keli, Naomi ist mein Name. Naomi Gildenhof von Solaspitz.«

Sie streckte ihr die linke Hand hin und Keli tat es ihr gleich, wenn auch mit einigen Sekunden Verzögerung.

»Naomi ist unsere Spezialistin im Bereich Biodiversität. Sie ist auf unserer Mission zuständig dafür, die Wesen und Pflanzen im Zentrum zu untersuchen und auffällige Veränderungen in der Biosphäre zu dokumentieren.

»Freut mich auch«, stammelte Keli auf Naomis tiefschwarze Augen fixiert. Der Glanz in ihren Augen erinnerte Keli an das dunkle Gletschereis in Hildenberge und hatte etwas undefinierbar Trauriges an sich. Dann spürte Keli, wie Naomi ihre Hand unvermittelt zu sich hinzog.

»Mensch! Das gibt's doch nicht. Du hast tatsächlich auch nur vier Finger an der Hand«, flüsterte sie aufgeregt in die Runde.

»Warum hast du uns das nie erzählt?«, zischte sie Loyd zu, der ebenfalls nähergetreten war.

»Mir wurde immer gesagt, wir hätten einen Geburtsfehler – darum«, gab Loyd säuerlich zurück.

»Wahnsinn!«, sagte Naomi, Kelis Hand von allen Seiten bestaunend.

Keli starrte ein bisschen weggetreten in die Ferne. Die warmen, zarten Hände, welche die ihren umschlangen, fühlten sich seltsam benebelnd an.

»Reiß ihr mal nicht die Hand ab, Naomi. Wenn sie ein Erbe Lailacs ist, sollten wir das lieber unterlassen, nicht?«, sagte Anker und grinste noch breiter.

Naomi lockerte ihren Griff und Keli zog ihre Hand ernüchtert wieder zurück.

»Jetzt sind wir ja schon zu viert«, sagte Anker leise, aber mit heraushörbarem Enthusiasmus. Ich habe zwei große Suiten im Greenhill reserviert – die besten, die ich kriegen konnte. Naomi, ich hoffe, es macht dir nichts aus, mit Keli heute Abend die Räumlichkeiten zu teilen. Es ist eine Ambassador-Suite mit zwei separaten Schlafzimmern – daher denke ich nicht, dass ihr euch gegenseitig stören werdet.«

Naomi deutete mit einem freundlichen Nicken an, dass sie nichts einzuwenden hatte und lächelte Keli fürsorglich zu. Keli jedoch, in deren Brust sich gerade ein anschwellender Ballon breitmachte, hatte keiner gefragt. Sie sollte mit dieser jungen Frau, mit der sie gerade erst Bekanntschaft geschlossen hatte, in denselben vier Wänden schlafen?

Ohne Kelis fassungsloser Gebärde Beachtung zu schenken, fuhr Anker fort: »Ich schlage vor, wir kehren jetzt mal alle ins Hotel zurück, um unser Gepäck abzulegen, machen uns frisch und gehen dann im Abendlokal in der obersten Etage des Hotels schön dick Abendessen. Dort können wir unseren Schlachtplan für die kommenden Wochen besprechen, und ich kann Keli ihren Preis zukommen lassen.«

Anker, der Kelis fiebrigen Zustand als Zeichen der Vorfreude auf das Siebbier interpretierte, zwinkerte ihr ermunternd zu.

Loyd hatte bislang geschwiegen. Es gab einiges, womit er nicht einverstanden war, aber er wollte diplomatisch bleiben. Er konnte dem Team nicht andauernd in den Rücken fallen, doch musste er dringend mit Keli über ihre Einstellung sprechen. Das war zwingend.

»Morgen, in aller Frühe, treffen wir uns mit der Expeditionsgarde, die uns auf unserer Mission auf Schritt und Tritt schützen wird. Dieselben netten Leute, die uns schon auf der letzten Expedition in den Sternenwald begleitet haben«, meinte Anker vielversprechend, doch Naomis wohlwollende Miene verfinsterte sich schlagartig.

»Nein, Anker. Bitte sag mir nicht, dass Sumire wieder mitkommt. Du weißt doch, was dabei rauskommt, wenn sie wegen der Insekten rumnörgelt.«

Loyd, der bis jetzt all seinen Ärger hinuntergeschluckt hatte, konnte bei dieser Bemerkung nicht mehr anders, als ebenfalls seinen Senf dazuzugeben: »Jetzt hör aber auf. Sowas wie das perfekte Team gibt es schließlich nicht. Wenn ihr euch wieder über Kram wie: ›Ist das Zerquetschen einer Fliege eine Todsünde oder nicht?‹ streitet, dann werdet ihr mir ein paar Ohrenschützer kaufen müssen, bevor wir aufbrechen. Ich habe in den letzten Tagen genug …«

Loyd brach mitten im Satz ab. Der Boden erbebte und ein greller Lichtblitz durchflutete den Saal. Reflexartig warfen sich alle vier auf den Boden. Knapp drei Sekunden später gab es einen gewaltigen Knall, der einige der Fenster der Halle in Scherben zersplittern ließ. Durch die zerborstenen Fenster waren Panikschreie zu hören. Auch unter den Studierenden in der Bibliothek erhob sich ein angespanntes Summen. Nach einigen Augenblicken des furchtsamen Schweigens sprach eine Frauenstimme aus mehreren Lautsprechern über ihnen: »Bitte bewahren Sie Ruhe und bleiben Sie auf ihren Plätzen. Verlassen Sie auf keinen Fall das Gebäude. Wir versuchen, die Situation zu klären und melden uns, sobald wir mehr wissen. Ich wiederhole: Bleiben Sie ruhig und warten Sie auf ihren Plätzen.«

Loyd half Anker, der Mühe hatte, selbst wieder aufzustehen, auf die Beine.

»Da-danke«, sagte Anker zu seiner Stimme findend. »Kommt. Wir gehen nachsehen, was los ist.«

Anker stapfte voran, Keli, Loyd und Naomi zögernd hinterher. Naomi warf sich die Artenfibel mit einem daran befestigten Band über die Schultern und buckelte darüber noch einen gigantischen, grünen Rucksack. In einer Reihe – das Schlusslicht machte Naomi – schritten sie treppab.

Keli sah links und rechts Studenten unter den Tischen kauern. Am Fuß des untersten Treppenabschnitts kam ihnen eine kreideweiße Bibliotheksangestellte entgegen.

»Wir sagten doch, man soll auf den Plätzen warten … oh, Anker, du bist es«, sagte sie am ganzen Leib schlotternd.

»Hallo, Tanja. Was ist denn da draußen los?«, erkundigte sich Anker, der die Frau anscheinend gut kannte und ihr brüderlich die Hand auf den Nacken legte.

»I-ich habe eben eine Lichtmail von einem Freund erhalten, der in der Nähe des Stadtzentrums arbeitet, und er meint, es habe vor dem Greenhill Hotel eine Explosion gegeben und Terroristen hätten die Stadtwachen angegriffen. Er riet mir zu flüchten, da eine ganze Armee auf den Straßen sein soll«, sagte Tanja angsterfüllt, während sie sich die Magengegend massierte, als wäre ihr übel.

»Mist. Ausgerechnet jetzt!«, fluchte Anker und begann unruhig, seinen struppigen Bart zu befingern.«

Er wandte sich abrupt zu Naomi und den Lanthorn Geschwistern um. »Hört zu. Dies ist ein Zeitpunkt, an dem wir flexibel denken und rasche Entscheidungen treffen müssen. Die Zukunft des Laternenwalds hängt womöglich vom Erfolg unserer Mission ab. Deshalb schlage ich vor, wir verstecken uns vor den Angreifern, bis die Stadtwachen die Lage unter Kontrolle gebracht haben und wir sicher aufbrechen können. Als Botschafter sind wir besonders gefährdet. Am besten verstecken wir uns in den Tresorräumen unter dem Forschungszentrum nebenan. Mit meiner Professorenkarte kommen wir dort rein und drinnen sollten wir bis auf weiteres sicher sein. Los, los, auf zu den Übergängen«, keuchte Anker und setzte den Trupp in Bewegung.

Tanja blieb zuerst stehen, senkte ihren Blick auf die raschelnde Lichtkugel auf ihrer Hand, welche die Botschaft ihres Freundes trug, dann folgte sie der Gruppe über die Fläche mit den vielen Tischen.

Sie begaben sich, so schnell es ging, auf die erste Hochebene der Bibliothek, von wo es zur Linken eine Passage ins Erdgeschoß des Forschungszentrums gab und zur Rechten eine mit Rolltreppe ins fünfte Stockwerk hinauf, wo sich laut Wegweiser das »Abteil B2« der Professorenbüros befand. Anker stand bereits schwer atmend vor den Verweistafeln und wartete ungeduldig auf die Ankunft der anderen. Überall waren um die Fenster herum Glasscherben auf dem Teppichboden verstreut. Die Gefechtsgeräusche von draußen wurden immer lauter. Besonders dem jüngsten Mitglied der Gruppe, Keli, die an die Stille und den Frieden von Hildenberge gewohnt war, machte der Tumult Angst. Keli zitterte am ganzen Körper und atmete viel zu schnell. Naomi, die hinter Keli her schritt, bemerkte, wie sie zu hyperventilieren begann.

»Keli, ruhig atmen«, sagte sie und rieb ihr beruhigend den Rücken, als sie bei Anker angekommen waren. »Wir sind für brenzlige Situationen ausgebildet. Mit uns wird dir nichts geschehen.«

»Ok, sind alle da? Tanja, du kommst mit uns?«, sagte Anker knapp, der Tanja hinter Loyd entdeckt hatte. Es war mehr eine Feststellung, als eine Frage.

»Mh – geht das für euch in Ordnung?«, nuschelte sie kaum hörbar.

»Ich persönlich würde es nicht wagen, mich in so einer Situation meiner Pflicht als Aufsichtsperson der Bibliothek zu entziehen, aber das musst du für dich selbst entscheiden«, sagte Anker kühl und wandte sich von ihr ab. Als er sich versichert hatte, dass sie vollzählig waren, sagte er: »Also, weiter geht's.«

Er wollte eben in die Glaspassage einbiegen, die hinunter ins Erdgeschoß des benachbarten Forschungszentrums führte, wo sich der Eingang in die Tresorräume befand, als vom Ende des Übergangs Schreie zu ihnen hochhallten. Loyd sprang vor, an Anker vorbei, strich sich mit einem kleinen Stein über die linke Handfläche und wurde augenblicklich von der umliegenden Atmosphäre verschluckt. Nur Loyds Stimme gellte noch durch die Passage zu ihnen empor: »Fahrt hinauf zu den Büros und steigt dann die Feuertreppen runter. Ich komme gleich nach.«

»Dieser Idiot. Was macht er jetzt wieder?«, fauchte Naomi schroff.

»Er wird schon wissen, was er tut. Folgt mir«, raunte Anker ernst und begab sich auf die Rolltreppe.

»Was hat er gemacht? Wieso ist er verschwunden?«, wandte sich Keli aufgewühlt an Naomi, während sie sich von den automatisierten Stufen nach oben befördern ließen.

»Das nennt man ›Lichtschatten‹«, erklärte ihr Naomi im Flüsterton. »Diese Lichttechnik ist vor allem in der Exploration ganz wichtig, wenn man gefährliche Gebiete erforscht, in denen unberechenbare Wesen lauern könnten. Das Licht, das von dir an die Umgebung abgegeben wird, wird in einem kleinen Kristall gefangen und gebündelt, was bewirkt, dass dein Körper sich hinter der sichtbaren Umwelt versteckt. Wenn du ein bisschen übst, kannst du diese Technik vielleicht bis zum Ende der Expedition erlernen.« Hiermit drückte sie Keli einen kleinen, glühenden Stein in die Hand und schenkte ihr ein aufmunterndes Lächeln.

»Still jetzt«, ermahnte sie Anker leise mit dem Zeigefinger auf den Lippen.

Auf der fünften Etage war es gespenstisch ruhig. Weder Lehrpersonal, Studenten, noch Angreifer waren zu sehen. Sie huschten in leisem Laufschritt an den Bürotüren vorbei bis ans Ende des Ganges, wo sich eine kleine gläserne Notfall-Tür befand, die jederzeit von innen geöffnet werden konnte. Als Anker die Tür am Griff öffnete, schwappte von draußen der Gestank von verbrannten Chemikalien in den Korridor herein. Anker hatte wegen seines Umfangs ein wenig Mühe, durch die schmale Türöffnung zu kommen, schaffte es aber mit der vereinten Hilfe seiner Begleiter, die ihm mit Stoßen und Ziehen halfen. Als Tanja hindurch war – sie hatte sich nun doch entschieden, mitzukommen –, überprüfte Anker noch einmal den langen, soeben passierten Durchgang hinter dem Türbogen. Niemand war zu entdecken.

Sie befanden sich nun in einem Treppenhaus aus Metallgittern zwischen dem Forschungszentrum und einem Studentenwohnungskomplex. Beide Gebäude waren durch drei Glaspassagen miteinander verbunden. Unmittelbar links neben den Bauten befand sich der hohe Schutzzaun, hinter dem einige bewaldete Hausdächer hervorlugten, und rechts von ihnen hatten sie Ausblick auf die Stadt, über deren Waldkrone dicke, schwarze Rauchwolken aufstiegen.

Der Gestank in der Luft erinnerte Keli an Schießpulver, ähnlich wie der Geruch, der entstand, wenn der benachbarte Bäcker in Hildenberge mit seinen selbstgebastelten Feuerwerken seine Eistreppe aufgesprengt hatte. Keli konnte erkennen, wie Leute aufgeregt durch die gläsernen Übergänge hin- und herhasteten.

»Zum Glück habe ich nicht auch noch Höhenangst«, schnaubte Anker die sich mehrmals windende Treppe hinunterblickend. »Wenn ich nur nicht so gut gebaut wäre …«

»Gut gebaut« empfand Keli, die hinter Anker die Treppen hinunterstieg und daneben wie ein Streichholz aussah, als leicht untertrieben. Anker führte die Gruppe nach wie vor an, dicht gefolgt von Keli, hinter der die schwerbepackte Naomi wachsam hin und her blickte. Das Schlusslicht machte Tanja, die mit einigem Abstand tollpatschig und breitbeinig eine Stufe nach der anderen nahm. In jedem Stockwerk linste Anker durch die transparente Notfall-Tür, um festzustellen, ob die Luft im Gang dahinter rein war. Sie kamen gut voran, bis Tanja plötzlich Hals über Kopf und mit lautem Aufschrei die Stufen hinuntergestürzt kam. Glücklicherweise federte Naomis gepolsterter Rucksack das Gröbste ab, doch riss der Aufprall alle anderen ebenfalls von den Füßen. Der Haufen landete auf dem Zwischenboden der ersten Etage und lag da wie umgeworfene Bowlingkegel.

»Was ist denn hier los?«, war Loyds Stimme über ihnen zu hören.

Er kam die Treppen heruntergesaust und blieb vor der sich mühsam aufrappelnden Meute stehen.

»Tut mir leid, ich bin ausgerutscht. Habt ihr euch was getan? I-ich bin wirklich untröstlich«, entschuldigte sich Tanja unaufhörlich.

»Schhhh! Bitte, seid leise«, zischte Anker, nachdem Loyd ihm wieder auf die Beine geholfen hatte.

»Hat uns jemand gehört?«, fragte Anker panisch und überprüfte das Gelände ringsum.

»Ich denke nicht«, brummte Loyd nach einer Weile, wobei er die Augen hin- und herschweifen ließ.

»Was hast du unten im Erdgeschoß gesehen? Waren es Schmelzfrontler?«, erkundigte sich Anker besorgt.

»Ich bin nur ganz kurz unten gewesen. Es war ein einziges Kommen und Gehen. Etwa zwanzig als Stadtwachen getarnte Schmelzköpfe gingen durch die Eingangstür ein und aus. Sie gröl-ten wie eine Horde balzender Affen und ließen überall ihre Nusskopfknaller los. Näher heran getraut habe ich mich nicht, aber ich denke, aus ›in die Tresorräume schleichen‹ wird wohl nichts.«

Anker strich sich energisch den Schweiß von der Stirn. »Verdammt noch mal. Wo kommen die denn plötzlich alle her? Wir müssen uns schleunigst etwas anderes einfallen lassen. Hierbleiben ist jedenfalls keine Option. Es muss nur mal einer dieser Knallköpfe aus dem Fenster schauen oder durch eine Glasbrücke da drüben gehen, dann sind wir erledigt. Wir müssen es irgendwie wieder ins Innere schaffen, dann können wir uns in einem Zimmer verbarrikadieren«, schlug Anker vor.

»Wie haben die es so schnell zum Campus geschafft? Was machen wir jetzt bloß? Ich will nicht sterben!«, jammerte Tanja und sank weinend in sich zusammen.

Kelis Angst schwoll wieder an, diesmal um einiges mehr als zuvor. Sterben? Hier und jetzt? Das durfte nicht geschehen! Sie hatte doch gerade erst erkannt, was sie mit ihrer Zukunft anstellen wollte – war es schon an der Zeit, diese neu entdeckte, faszinierende Welt zu verlassen? Sie hatte doch noch nicht einmal Siebbier probiert …

Loyd schob sich durch das Gerangel und blickte mit wachsamen Augen umher.

»Tanja, oder wie du heißt, würdest du bitte aufhören mit dem Geflenne?«, fuhr Loyd sie grob an. »Du machst den anderen Angst, und Angst ist genau das, was einen in so einer Situation ins Verderben reiten kann. *Also hör auf damit.*«

Tanja schob ihren Oberarm vor das Gesicht und schluchzte leise weiter. Naomi blickte Loyd vorwurfsvoll an, sagte aber nichts.

Ein Splittern erklang und feine Glasfragmente regneten auf die fünf Schutzsuchenden herab. Tanjas Wimmern wurde lauter.

»Anker, darf ich etwas vorschlagen?«, fragte Loyd ungehalten.

»Jo, nur zu. Ich bin im Moment etwas ratlos.«

»Ok. Hört mal alle her – du auch, Tanja.«

Naomi legte tröstend ihren Arm um Tanjas Schultern und zusammen stellten sie sich vor den hochgewachsenen Loyd.

»Ich kenne das Areal hier ziemlich gut. Eine der ersten Aufgaben überhaupt, die ich zu Beginn des Explorationsstudiums bewältigen musste, war, jeden Campus der HHF gründlich zu durchforsten. Ich weiß noch, dass es hinter dem Forschungszentrum, gleich da drüben, zwischen der Rückseite des Gebäudes und des Schutzzauns, einen engen Pfad gibt, wo der Müll deponiert wird. Schaut!« Loyd zeigte zuerst hinunter zum Treppenabsatz, dann wanderte sein Finger die Hausmauer entlang, wo hinter deren Ecke die Einmündung in den beschriebenen Durchgang zu sehen war.

»Dort können wir uns verstecken, bis wir uns was Besseres überlegt haben. Seid ihr einverstanden? Ich brauche euer Einverständnis, sonst klappt das nicht.«

Alle nickten halbherzig, auch Tanja, die angesichts der Tatsache, dass wenigstens einer einen Plan hatte, ein wenig Mut schöpfte.

»Na, dann los!«, ermutigte Loyd sie und schlich als Erster den letzten Abschnitt der Treppe hinab. Er spähte durch die Notfall-Tür des Erdgeschoßes. Als sich drinnen nichts rührte, winkte er die anderen herbei. Einer nach dem anderen zog geduckt an der Wand des Forschungszentrums entlang, an mehreren Fenstern vorbei und verschwand dann links hinter der Gebäudeecke. Loyd, der gewartet hatte, bis alle den Pfad sicher erreicht hatten, drehte sich noch einmal um und überprüfte die Umgebung auf Verfolger, dann schlüpfte er ebenfalls in die schattige Passage hinein, wo sich die Abfallsäcke türmten.

In der Gasse war es sehr eng und es stank nach verdorbenen Essensresten. Keli und Naomi konnten sogar beinahe nebeneinander passieren, jedoch galten für Anker generell andere Maßstäbe. Er musste seinen Bauch unangenehm einziehen, damit er in den Gang hineinpasste, und nicht einmal so war der Weg breit genug für ihn, um reibungslos hindurch zu kommen. Glücklicherweise war Anker als Erster eingebogen und arbeitete sich bis zum Ende der Passage voran, wo er verharrte. Keli, Naomi und Tanja blieben auf halbem Wege stehen und lehnten sich an die kühlen Stahlstäbe des Schutzzauns. Loyd übernahm den Überwachungsposten am Anfang des Durchgangs.

Keli atmete tief durch, um ihrer Angst entgegenzuwirken. In was war sie da bloß hineingeraten? Sie starrte gedankenverloren auf die gigantische Mauer des Forschungszentrums vor sich. Ob sie alle diesen Schlamassel heil überstehen würden? Sie begann zu bezweifeln, dass sie ihre Eltern je wiedersehen würde. Wenn sie schon jetzt solche Mühe hatten, überhaupt aus der Stadt rauszukommen, wie sollten sie dann in Kael bestehen?

Unbewusst auf die Wand vor sich stierend, wurde Kelis Aufmerksamkeit plötzlich auf eine Unebenheit vor ihr gezogen. Ihr Blick schärfte sich und sie konnte wahrnehmen, wie ein gutes Viertel der Gemäuer links von ihr grob und steinig wirkte. Der große Rest weiter rechts, wo Anker verweilte, erschien hingegen glatt, sauber und modern. Erst jetzt fiel Keli auf, dass es auf der Rückwand des gesamten Forschungszentrums lediglich ein einziges, kleines Fensterchen gab. Die uralt aussehende Luke befand sich auf ihrer Höhe und in jenem Teil der Mauer, der alt und rau erschien. Anscheinend hatte Anker der Öffnung in der Wand beim Vorbeizwängen keine Beachtung geschenkt, doch jetzt, wo Keli sie bewusst wahrnahm, erkannte sie, dass von dort schwache Lichtstrahlen auf den schmalen Pfad fielen. Loyd war offenbar wieder in Lichtschatten gehüllt und nicht zu sehen, daher war es wohl am besten, wenn sie selbst die Sache kurz untersuchte, entschied Keli beherzt.

Sie schlich näher an die Luke heran, bis sie unmittelbar davorstand. Naomi, die sich um die zerknitterte Tanja kümmerte, bemerkte nicht, wie Keli sich näher an die Vertiefung in der Wand herantastete, während Anker und sein Bauch vorsichtig am Ende des Pfades um die Gebäudeecke lugten. Keli schob ihren Kopf sachte vor das Glas. Die Scheibe war ungewöhnlich dick und eine Dreckschicht trübte den Blick hinein. Mit angehaltenem Atem erkannte Keli ein in ihre Richtung geklapptes Stehpult, flankiert von zwei uniformierten Typen, deren Blicke auf eine Tür auf der gegenüberliegenden Seite des Raumes gerichtet waren. Keli zog ihren Kopf hastig wieder ein. Das mussten Schmelzfrontler sein, dachte sie ängstlich. Zum Glück standen sie mit dem Rücken zu ihr, sonst hätten sie sie wahrscheinlich entdeckt. Sie musste Anker unbedingt mitteilen, was sie eben gesehen hatte, doch wollte sie auf keinen Fall am Fensterchen vorbeigehen.

»*Anker … Anker!*«, hauchte Keli so leise sie konnte.

Anker, der sich nicht umdrehen konnte, kam rückwärts mit schürfendem Geräusch auf Keli zu.

»Keli, was ist los? Sind wir entdeckt worden?«, fragte er dumpf.

»Nein, aber da ist etwas, das du dir ansehen solltest. Komm bitte hierher. Ich habe eben durch die Luke da geguckt. Ich glaube, da sind Schmelzfrontler drinnen.«

Anker schob sich umständlich an der Vertiefung vorbei, um einen Blick in den Raum erhaschen zu können. Allmählich wurden auch die anderen der Gruppe auf das Geschehen aufmerksam. Loyd kam nun wieder sichtbar auf das Gedränge zugeschritten.

»Was macht ihr da?«, fragte er sofort, doch er erhielt keine Antwort.

Anker reckte seinen klobigen Kopf vor die trübe Glasscheibe; fast im selben Augenblick zog er ihn wieder ein. »Mist, ich befürchte, sie haben mich gesehen«, quiekte er mit seltsam hoher Stimme.

»Was zur Hölle? Wer hat uns entdeckt? *Wie*?«, keuchte Loyd fassungslos, doch Anker machte der Truppe bereits Beine: »Rennt! Die werden gleich hier sein!«

Anker zwängte sich, so schnell er konnte, wieder vorwärts durch die schmale Gasse, Keli, Naomi und Tanja dicht dahinter. Loyd begriff erst jetzt, als die anderen vor ihm am Fensterchen vorbeigezogen waren, dass darin Licht brannte. Er begab sich vor das trübe Glas und blinzelte hinein. Eine böse Fratze lachte ihm entgegen. Der Mann hinter der Scheibe machte mit der Hand eine halsabschneidende Geste, die Loyd allerdings unbeeindruckt an sich vorbeiziehen ließ. Loyd strich erneut Stein über Hand und verschmolz augenblicklich wieder mit der Umgebung. Das Lachen auf dem Gesicht des Mannes erlosch unweigerlich.

Kaum war Anker am Ende der Passage angelangt, kamen schon die ersten Schmelzfrontler mit erhobenen Holzschwertern in die Einmündung des Durchgangs hinter ihnen gestürmt.

»Da vorne sind sie – *zack-zack!*«

Mit Gebrüll preschten die Angreifer den Frauen am Ende des Weges hinterher – weit kamen sie allerdings nicht. Kaum waren die ersten der uniformierten Schwertträger an der kleinen Luke in der Wand vorbei, fielen sie auch schon kopfüber auf einen Haufen, der immer grösser wurde. Loyd hatte vorgesorgt und einen transparenten Faden auf Knöchelhöhe quer durch die Gasse gespannt – eine Methode, Fallen zu stellen, die er im Explorationsunterricht gelernt hatte und auch schon zwei, drei Mal in freier Wildbahn angewandt hatte. Holzschwerter wirbelten durch die Gegend und Filzhüte purzelten den Weg entlang. Keiner wusste so recht, wie ihm geschehen war. Doch rafften sich die Leidtragenden rasch wieder auf und trabten ein wenig umsichtiger weiter, bis das nächste Hindernis sich ihnen in den Weg stellte. Eines der abhandengekommenen Holzschwerter hatte sich selbstständig gemacht und sauste nun lebensgefährlich vor den Angreifern hin und her.

An von selbst schwingende Waffen waren sie zwar nicht gewöhnt, dennoch waren sie eine starke, weltberüchtigte Truppe, die ob dieser seltsamen Begegnung nicht einfach den Rückzug antrat. Als die verwunschene Klinge nichts weiter zu tun schien, als unbekömmlich herumzufuchteln, erwogen die Mutigsten der Meute, es mit der Teufelei aufzunehmen.

Ein besonders hünenhafter Kerl mit blutunterlaufenen Augen und verfilztem Bart trat vor und begann, auf die hölzerne Klinge einzudreschen. Doch schon bevor er das Schwert auch nur berührt hatte, fiel es rasselnd zu Boden und machte keinen Mucks mehr. Der Riese drehte sich zu seinen Kumpanen um und meinte mit verschlagener Miene: »Ich habe es besiegt. Habt ihr das gesehen? Meine Fresse, ich habe ein fliegendes Schwert bezwungen …«

Die Herde wieherte laut, klatschte anerkennend und begann dann allmählich, wieder vorzurücken.

Loyd hatte es nicht riskieren wollen, von einem wild um sich schmetternden Troll abgemurkst zu werden und hatte Reißaus genommen. Er hoffte, dass sich die anderen unterdessen irgendwo in Sicherheit gebracht hatten. Als er um die Ecke des Forschungszentrums am Ende der Wand stob, wurde seine Zuversicht jedoch zunichte gemacht. Keli, Anker und Naomi waren alle um Tanja versammelt, die auf dem Boden saß und ihr Bein umklammert hielt.

»Verdammt noch mal. Wieso seid ihr noch nicht weiter? Schnell weg hier. Die Schmelzköpfe kommen jeden Augenblick durch die Gasse!«

»Sie hat sich vorhin beim Fall von der Treppe den Fuß verletzt und wir können uns nicht ausreichend konzentrieren, um Licht zu bündeln. Kannst du sie tragen?«, sagte Naomi mit atemlos bebender Stimme.

»Ich tue, was ich kann. Bringt euch in Sicherheit, schnell! Versucht es doch mit den Tresorräumen.«

Loyd scheuchte sie mit einer wilden Handbewegung weiter, trat eilends vor Tanja hin und kniete mit dem Rücken zu ihr nieder. Von Loyds Worten angetrieben wetzten Anker, Keli und Naomi um den Block herum, unter den gläsernen Übergängen, die das Gebäude mit der Bibliothek verbanden, hindurch, in Richtung Zentrumseingang.

Tanja wollte gerade nach Loyds Nacken greifen, als die ersten Schmelzfrontler um die Ecke gehastet kamen. Für einen Moment erwog sie, auf Loyds Rücken zu steigen und umklammerte bereits seinen Hals – dann lockerte sie ihren Griff.

»Tanja, *nicht!* Was machst du denn? Halt dich an mir fest!«

Doch Tanja hörte nicht auf Loyd. Er bemerkte, wie sie begann, das Licht aus ihrem Körper in einem Stein in ihrer Hand zu bündeln, woraufhin ihre geschlossene Faust glutrot zu glimmen begann.

»Loyd, bitte geh! Pass auf dich auf und sag Anker ... sag ihm, dass es mir leidtut.«

Eine einzelne Träne rann über Tanjas Wange, dann stand sie abrupt auf. Ihr Gesicht von Entschlossenheit geprägt, humpelte sie unerschrocken auf das sich nähernde, laut johlende Heer von Schmelzfrontlern zu. Loyd wollte gerade gegen ihren Entscheid protestieren, als er von der Kraft des Lichts, das vom Stein in Tanjas Hand ausging, zurückgeworfen wurde. Die Atmosphäre war derart von aufwallender Energie geladen, dass Tanjas Äußeres kaum noch zu erkennen war.

Als die Angreifer Tanja erblickten, die entschlossen auf sie zutrat, lachten diese sie zuerst aus und machten abfällige Bemerkungen über sie.

»Schaut euch diesen Glühwurm an. Dich machen wir fertig!«, grölte die Schar.

Tanja schleppte sich unbeirrt weiter an die dichter werdende Angriffslinie der Schmelzfrontsoldaten heran, die unterdessen einen obszönen Schlachtgesang angestimmt hatten. Dann hoben die törichtesten der Gangster ihre Holzschwerter und stürzten sich lauthals auf sie.

»TANJA – TU DAS NIIICHT!«

Loyd konnte nichts mehr ausrichten. Etwa fünf der Angreifer prallten zugleich mit Tanja zusammen. Es gab einen grellen Lichtblitz und einen gewaltigen Donnerschlag. Tanjas gebündeltes

Licht und die negative Schwärzung des Holzes reagierten Knochenmark erschütternd miteinander. Die Wucht der Schockwelle riss Loyd vom Boden und ließ ihn mehrere Meter durch die Luft fliegen. Er landete auf der Grasfläche unter den Luftbrücken zur Bibliothek, wo die Wiese und Loyds Rucksack seinen Aufprall abdämpften. Aufgrund seiner antrainierten Reflexe in Gefechtssituationen – Kampfsport war Teil der Explorationsausbildung – versuchte Loyd augenblicklich, wieder auf die Beine zu kommen.

In kniender Haltung musste er einen Moment lang ausharren, damit sich seine Augen wieder einigermaßen an die Umgebung gewöhnen konnten. Außerdem dröhnte ihm furchtbar der Kopf. Einen Moment lang wusste er nicht, was mit ihm geschehen war und er fühlte sich, als müsste er sich übergeben.

Er blickte dorthin, wo das Unglück eben stattgefunden hatte. Niemand stand mehr dort. Ein feiner roter Nebel, der das Schlachtfeld in einen unheimlichen Schatten tauchte, hing in der Luft. Bei der Detonation war ein beträchtliches Stück der Gebäudeecke abgesprengt worden.

Loyd richtete sich langsam auf. Sein Gehör schien nicht richtig zu funktionieren. Allerdings konnte er aus der Mündung der Gasse bereits wieder Umrisse von Personen erkennen, die sich ihm näherten. Gebückt torkelnd bewegte er sich Richtung Eingangsbereich des Forschungszentrums fort. Ihm war inzwischen speiübel. Seitlich des Eingangs versuchte er, sich in Lichtschatten zu hüllen, doch seine psychische Verfassung ließ es nicht zu. Außerdem hatte er heute schon einiges Licht an die Umgebung abgegeben und war durch die Schwärzung geschwächt.

Er betrat den aus blauem Granit geschaffenen Eingangsbereich des Zentrums, wo einige dunkel angelaufene Wesen regungslos auf dem Boden lagen. Ziemlich sicher hatten sie einen Schlag mit einem geschwärzten Schwert abgekriegt, jedoch sah Loyd nicht genauer hin, denn er befürchtete, seine Knie würden bei dem Anblick nachgeben.

Dank seiner Erforschungstouren wusste er genau, wo sich die Tresoranlage befand und er schlich geduckt in den mit Plakaten geschmückten Korridor, der ihn vor die mehrfach gesicherte Stahltür der Tresorräume führte. Von Keli und den anderen fehlte allerdings jede Spur. Loyd hoffte, dass sie es in die Hochsicherheitsabteilung geschafft hatten. Als er vor dem massiven Portal ankam, erkannte er, dass die Pforte ins Innere der eigentlich abgesicherten Einrichtung einen Spalt breit offenstand. Er hielt vor der Stahltür inne und lauschte. Gedämpft konnte er höhnende Stimmen hören, die in einem fremden Dialekt sprachen. Die Stimmen näherten sich und Loyd war gezwungen, in den Gang rechts neben der Stahltür auszuweichen. Er schritt den langen Korridor entlang, der zuerst der eben durchquerten Passage ähnelte – weiß und makellos –, dann wurden die Wände dunkler und rauer Stein begann, sich an den Mauern entlang zu zeigen. Auch die Türen hier machten einen uralten Eindruck. In diesem Bereich des Zentrums waren sie aus antikem, dunklem Holz, mit ausgearbeiteten Schnitzmustern verziert und mit großen, elegant geschwungenen Türklinken bestückt. Hier war Loyd noch nie gewesen, nicht einmal auf seinen Uni-Streifzügen. Bald kam er am Ende des Ganges an. Es war eine Sackgasse. Hinter ihm konnte er aufgeregte Stimmen vernehmen. Loyd schaute sich um und entdeckte eine Tür; die letzte auf der linken Seite des Korridors. Er schob sie am Griff vorsichtig auf und war bereit, sich, wenn nötig zu verteidigen – zu seiner Überraschung jedoch fand er Anker, Keli und Naomi um eine breite, rundliche Öffnung im Fußboden versammelt, die sich ungefähr in der Mitte des Zimmers befand.

»*Loyd*, meine Güte, hast du mich erschreckt!«, stieß Naomi hervor, beide Handflächen abwehrend auf Loyd gerichtet, als er den Raum betrat. »Wo ist Tanja?«

Loyd ließ sich einen Moment Zeit und holte tief Luft, ehe er antwortete. »Sie hat ihr Licht gebündelt und ist in die Bibliothek zurückgekehrt«, log Loyd mit düsterer, ausgezehrter Miene.

»Und was war das für eine Explosion? Das ganze Gebäude hat gebebt«, erkundigte sich Anker noch immer mit etwas höherer Stimme als sonst.

»Keine Ahnung. Die Schmelzköpfe werden wieder irgendetwas in die Luft gejagt haben. Aber das tut jetzt nichts zur Sache. Wo sind wir, und was ist das für ein Ort?«, fragte Loyd, ohne weiter auf die Fragen seiner Gefährten einzugehen, wobei er auf das nach vorne geklappte Rednerpult, welches zuvor offensichtlich die Öffnung im Boden verdeckt hatte, zeigte.

»Wir waren gerade dabei, das herauszufinden. Das ist der Raum, den wir von draußen durch die Luke sehen konnten. Wir befinden uns im Mondstein Sanktuarium, dem ältesten Teil dieses Campus. Dies war einst lediglich ein kleiner Unterrichtsraum, wo Lailac, der Gründer der Hochschule von Herbstfeld, die ersten Gastvorlesungen hielt. Um dieses Gebäude herum wurde dann der Lichterloh-Campus der Hochschule von Herbstfeld errichtet und weiter ausgebaut. Das Sanktuarium steht heute unter Denkmalschutz und ist eigentlich nicht öffentlich zugänglich. Um hier hereinzukommen, bräuchte man einen Schlüssel, den der Rektor, Professor Lohenhertz, höchstpersönlich aufbewahrt«, klärte Anker auf und hob vorsichtig den Kopf über das Loch, in das eine schlichte Metallleiter eingearbeitet war, die sich im finsteren Abgrund verlor.

»Oder die Tür wurde von innen geöffnet«, argwöhnte Naomi und deutete auf einen Hebel unter der Türklinke, der es offenbar erlaubte, die Türe von innen ohne Schlüssel auf- und zuzuschließen.

Loyd kniete nun vor der dunklen Grube nieder und versuchte, etwas darin zu erkennen. Geisterhafte Nebelschwaden, die Loyd die Nackenhaare zu Berge stehen ließen, stiegen aus dem Schacht empor. Weiter unten nahm er eine schwache Lichtquelle wahr, doch ansonsten war weder etwas zu erkennen, noch zu erlauschen.

»Könnte es sein, dass die Schmelzfrontler einen unterirdischen Tunnel gegraben haben und hier nach oben gekommen sind?«, meldete sich Keli vorsichtig.

»Durchaus denkbar«, antwortete Loyd trocken.

»Unmöglich!«, entfuhr es Anker, wobei er mit den Knöcheln das dreibeinige Ende des detailliert ausgearbeiteten, hölzernen Katheders abklopfte. »Dieses Pult ist zig hundert Jahre alt. Somit werden die ganze Vorrichtung und das Loch hier ebenso alt sein. Schaut, wie der Sockel des Pultschafts sauber in den Boden eingearbeitet ist. Den Tunnel da unten muss es schon zu Zeiten Lailacs gegeben haben, wenn ich mich nicht sehr täusche. Das ist eine fabelhafte Entdeckung.«

»Das heißt aber nicht, dass die Schmelzfrontler die Vorrichtung nicht zumindest benutzt haben«, bemerkte Naomi mit misstrauisch zusammengekniffenen Augen.

»Genau. Ich habe gesehen, wie zwei der Terroristen neben diesem Loch standen, als ich vor ein paar Minuten durch die Scheibe guckte. Es sah so aus, als würden sie es bewachen, und sie haben dabei unablässig auf die Tür gestarrt«, erklärte Keli den anderen, wobei alle gleichzeitig auf den Einlass im Boden und anschließend zum Zimmereingang hinüberblickten.

In diesem Moment gab es einen lauten Knall, dem ein Splittern folgte, dann johlendes Gebrüll: »Kommt raus, ihr Würmer! Wo seid ihr? Wir werden euch finden und in Stücke reißen!« Gelächter und randalierende Geräusche drangen durch die geschlossene Zimmertür herein.

»Verflucht. Die sprengen jede Tür auf, bis sie uns gefunden haben. Was sollen wir bloß tun?«, fragte Naomi angespannt. »Sollen wir uns ergeben?«

»Das werden wir nicht tun«, sagten Anker und Loyd wie aus einem Munde.

Ankers Stimme wurde nun sehr ernst. »Wir werden diese Mission nicht abbrechen, ehe wir damit überhaupt begonnen haben. Ich werde es nicht zulassen, dass Lichterloh zugrunde geht, nur weil wir uns von einer solchen Affenbande aufhalten ließen. Wir steigen jetzt da runter. Mal sehen, wo der Tunnel uns hinführt«, sagte Anker bestimmt. »Los, Naomi, du gehst zuerst, gefolgt von Keli und mir. Zuletzt Loyd, der die Tür bewacht«, gebot Anker und setzte seinen Rucksack ab.

Sie schmissen alle Gepäckstücke die Leiter hinunter, da sie sonst nicht hindurchkommen würden. Die Artenfibel trug Naomi dennoch auf dem Rücken, während sie, so schnell es die spröden Sprossen zuließen, eine nach der anderen nahm und in dem tiefschwarzen Abgrund verschwand. Keli folgte ihr schaudernd in den kühlen Schacht hinein. Eine weitere Explosion war zu hören, diesmal schon deutlich näher. Wahrscheinlich hatten sie die Zimmertür von nebenan weggesprengt. Offenbar waren die Schmelzfrontler der Auffassung, sie alle würden sich überall sonst, nur nicht in diesem Raum aufhalten, da hier eigentlich Wachen postiert sein sollten.

Nun war Anker an der Reihe. Mit letztem, bangem Blick zur Tür, wo Loyd gerade am Schlüsselloch lauschte, zwängte er sich in den Schacht – den er auch mühelos auszufüllen vermochte.

»Loyd!«, quakte Anker mit unheilschwangerer, hoher Stimme. »Bei allen Riesengurken auf Erden – *ich stecke fest!*«

Loyd schritt sofort auf Anker zu, wusste aber nicht recht, wie er helfen sollte. Vielleicht würde es etwas bringen, wenn er ihn an den Schultern hinunterstieß? Ehe Loyd ihn jedoch überhaupt berührt hatte, rutschte Anker ruckartig in das Loch hinein, als ob ihn jemand hinuntergezogen hätte.

»Herrje, herrje, wenn wir hier je heil wieder rauskommen, werde ich mir definitiv ein Fitness-Abo in einem Wesenspa einlösen«, meinte Anker heiser, während seine letzten Haarbüschel in der Finsternis versanken.

»Danke euch fürs Ziehen, ihr beiden«, war Ankers erleichterte Stimme aus dem Schacht zu vernehmen.

Als sein Kopf verschwunden war, begab Loyd sich auf die ersten Stufen der rostigen Leiter und versuchte, das Loch mit dem Fußstück des Katheders über sich zu schließen, so dass die Angreifer ihnen nicht sofort folgen konnten – doch es bewegte sich keinen Zentimeter.

»Loyd, was machst du da oben so lange – komm endlich runter!«, zischte Naomi die Sprossen hinauf.

Loyd antwortete nicht, stattdessen hüpfte er behände wieder aus dem Schacht an die Oberfläche. Er würde versuchen, die Vorrichtung mit sich in die Tiefe zu ziehen. Er hatte den Schaft des Pults gerade berührt, als im selben Augenblick die Zimmertür aufkrachte und mehrere Schmelzfrontler hereingestürmt kamen.

Loyd, vom plötzlichen Überfall überrascht, strich Stein über Hand und streckte den Angreifenden flink seine neun Finger entgegen. Im selben Moment wurde es im Zimmer stockdunkel. Während unter den Schmelzfrontlern im Raum allgemeine Verwirrung herrschte, machte Loyd einen blinden Hüpfer dorthin, wo er die Öffnung im Boden vor seinem geistigen Auge sah. Er schlüpfte gerade noch rechtzeitig hindurch und arbeitete sich blindlings die kalten Sprossen hinunter.

»Macht das Licht aus«, fauchte Loyd den anderen entgegen, die am Fuß der Leiter auf ihn warteten. »Ich habe oben eine Schattenwand erzeugt und das restliche Licht der Umgebung vorübergehend entzogen. Wenn sie das Licht hier unten entdecken, dann …«

Naomi ließ die Lichtkugel auf ihren Handflächen erlöschen. Von oben drang höhnendes Gebrüll zu ihnen herab: »Ihr elenden Studentenschweine, wir werden euch erwischen! Mit so einem billigen Trick entkommt ihr uns nicht, hört ihr?«, grölten sie in Rage.

Loyd, Keli, Naomi und Anker erstarrten und spähten wie versteinert die unsichtbare Leiter empor.

Einige Augenblicke verstrichen, bis Keli hörbar verängstigt wimmerte: »Lasst uns gehen. Ich denke, wir sollten dem Licht da drüben folgen.«

Im selben Moment, in dem sie diese Worte aussprach, fiel ihr wieder ein, was ihr die Hängekirsche auf dem Dach in Herbstfeld mitgeteilt hatte: »Folge nur dem Licht.«

Gestärkt durch ihre Erinnerung begann sie mit ausgebreiteten

Armen, den zu Tode geängstigten Rest der Gruppe in Bewegung zu setzen.

»Ja … ich denke, das wird wohl das Beste sein«, raunte Anker mit einem Kloß im Hals und ließ sich wie Loyd und Naomi von Kelis Geste in Richtung Licht steuern.

# GILBERT, DER SERAU

Die zermürbende, finstere Atmosphäre machte Loyd zu schaffen. Allmählich keimten Zweifel in ihm auf: Bestand überhaupt noch eine Chance, ihre Mission heil zu überstehen? Ihre Lage schien aussichtslos; doch zu viel stand auf dem Spiel. Der Fortbestand des Laternenwalds, das Wohl seiner Schwester und die Rettung seiner Eltern; alles hing von ihrem Erfolg ab. Wenn sie jetzt geschnappt würden, wäre alles aus. Sein Lebensziel, einst in Ankers Fußstapfen zu treten und der größte Explorations-Wissenschaftler aller Zeiten zu werden, konnte er dann auch vergessen.

In Loyds Kopf machte sich ein hämmernder Schmerz bemerkbar. Außerdem rang er noch immer mit der aufwallenden Übelkeit. Seit heute Morgen im Krankenhaus hatte er nichts mehr gegessen. Auch Tanjas Tod, von dem nur er wusste, lastete schwer auf ihm. Warum nur musste sie sich opfern?

Loyd stand abwesend da, sein Haupt emporgerichtet und den abscheulichen Drohungen der Terroristen lauschend, bis er spürte, dass ihn jemand berührte. Es war Naomi, die sich von Keli die Richtung weisen ließ und sich zu Loyds Schultern hin tastete. Das Bewegen seiner Gliedmaßen holte ihn zurück in die Gegenwart. Er musste sich konzentrieren. Auf keinen Fall durfte er jetzt den Kopf verlieren. Er würde kämpfen.

Loyd blickte umher. Nicht allzu weit entfernt entdeckte er die Lichtquelle, welche Keli anstrebte. Loyd gab sich einen geistigen Ruck, atmete einmal tief ein und aus, und übernahm dann die Führung. Er tastete sich vorsichtig am kalten, nassen Stein die

Tunnelwand entlang und trat, so rasch es ging, auf die grünlich flackernden Strahlen zu. Seine Gefährten schlossen dicht zusammengedrängt und mit etwas Abstand zu ihm auf. Es roch feucht und moderig. Hie und da konnte man das Aufklatschen von Wassertropfen hören. Kleine Steinchen unter ihren Schuhsohlen knirschten verräterisch. Der Gang wand sich steil nach rechts.

Als Loyd sich um die Windung schlich, entdeckte er die Quelle der smaragdgrünen Lichtstrahlen. Es war eine in die Höhlenwand eingearbeitete Laterne. Tiefer im Tunnelinneren konnte er eine weitere erkennen.

»Kommt, mir nach«, flüsterte er und winkte den anderen im schwachen Laternenschein zu.

Das Expeditionsteam tastete sich weiter vorsichtig an den unebenen Tunnelwänden voran. Als alle vier um die Kurve gebogen waren, hallte von hinten ein Echo wutentbrannten Gebrülls zu ihnen heran: »Ihr kleinen Maden, der Sakraltunnel sollte um jeden Preis geheim bleiben! Wie konntet ihr sie entwischen lassen? Verschwindet mir aus den Augen und wagt es ja nicht, ohne ihre Häupter zurückzukehren. Sofort!«

Ein Rums war zu hören, dann ein zweiter, gefolgt von einem dritten. *Die Schmelzköpfe springen die Leiter hinunter – oder werden sie etwa in den Tunnelschacht hinuntergestoßen?,* schoss es Loyd entsetzt durch den Kopf.

Die vier Flüchtenden bewegten sich angesichts ihres Todesurteils immer schneller. So furchteinflößend klang das Geschehen hinter ihnen, dass aus dem vorsichtigen Vorantasten ein zügiger Laufschritt wurde. Als die Schmelzfrontler lauthals zu kreischen und brüllen anfingen, ging das Tempo in einen rasanten Spurt über. Eine Laterne nach der anderen zog an ihnen vorüber. Immer weiter in das Innere des grünlich funkelnden Gewölbes drangen sie vor, bis der Durchgang auf einmal an Höhe und Breite gewann. Loyd stachen sofort die gewaltigen Mosaikwerke ins Auge, die sich an Wänden, Decke und Boden entlangzogen und unterschiedliche Landschaften und Wesen darstellten. Nach fünf weiteren schweißtreibenden Minuten stieg die Höhlendecke weiter steil an und die Gruppe fand sich plötzlich keuchend und schweißgebadet in einem unterirdischen Saal wieder, welcher von geheimnisvoll schimmernden Mosaikmustern durchzogen war. Seltsam gluckernde Geräusche gingen von den Abbildungen an den Wänden aus. Die Decke der Halle war nach oben gewölbt und sah aus wie die Kuppe einer Kathedrale.

»Wo sind wir hier gelandet? Was sollen wir jetzt tun?«, warf Naomi schwer atmend in die Runde. Ihre Artenfibel und der riesige Rucksack bereiteten ihr sichtlich Mühe.

»Diese Illustrationen an den Wänden – das sind historische Darstellungen der frühen Neuzeit«, erklärte Anker stockend und wischte sich den Schweiß vom Gesicht. »Dieses Tunnelnetz – ich glaube, ich habe schon einmal davon gelesen. Von einem ›Sakraltunnel‹ ist zum Beispiel im zweiten Band des ›Ersten Lichtmahls‹ von Jasmin Karadeglija-Takemoto die Rede.«

»Dafür haben wir jetzt keine Zeit. Wir müssen sofort weiter. Schaut! Da vorne gibt es eine Verzweigung«, japste Loyd, während er sich die Schweißperlen von der Stirn wischte und zeigte auf zwei große, rundliche und mit Mosaiken verzierte Portale. »Los, los!«

Loyd entschied sich mehr intuitiv als rational für den Durchgang zu seiner Linken. Auch hier waren im Abstand von fünfzig Metern grünlich funkelnde Laternen angebracht und faszinierende Mosaike bedeckten jeden Quadratzentimeter an Decke, Wand und Boden. Nach einigen weiteren Lichtspendern offenbarten sich ihnen nun links und rechts Abzweiger, die in entgegengesetzte Richtungen fortführten. Loyd versuchte, die Zahl der möglichen Gänge im Kopf zu behalten, doch es waren einfach zu viele und von hinten war die tobende und brüllende Meute schon deutlich näher zu vernehmen: »Ich glaub, sie sind da lang gegangen.«

»Nee, ich glaub eher da.«

»Na gut, dann trennen wir uns eben. Komm, Zingy, wir gehen hier lang.«

»Jahahaha, *zack-zack*, die kriegen wir!«

Das Echo ihres Fußgetrappels drang beängstigend bis an die Ohren des Expeditionsteams. Hals über Kopf spurteten sie weiter, den Gang entlang, bis sich auf einmal eine gewaltige Mauer vor ihnen breitmachte. Sie waren am Ende einer Sackgasse angelangt. Ein unheimlich naturgetreues Mosaikbild von einer augenscheinlich toten jungen Frau, die von einer Schar Wesen in kniend-lamentierender Haltung umringt war, enthüllte sich ihnen, als sie näherkamen. Über der Darstellung war in Steinplättchen der Schriftzug: »Kaori Yamaguchi, verstorben am 15. September, 1 A.N. – Aus der Verzweiflung lernen wir« abgebildet. Auch von diesem Kunstwerk ging ein mysteriöses Gluckern aus.

»Ach, du dicker Gurkenpopel. Und jetzt?«, presste Anker hervor und schnappte nach Luft.

Loyd ging ein paar Schritte zurück und faltete seine Hände über die letzte Laterne des Ganges. Er entzog ihr das Licht und sie erlosch. Er hob die Handflächen in die Richtung, aus welcher die Angreifer kommen würden und augenblicklich versank die Umgebung in wallende Dunkelheit. Dann zog sich Loyd zu seinen

Verbündeten zurück.

»Wenn sie näher herankommen, starte ich eine Gegenoffensive. Ihr bleibt hier und helft nur, falls nötig«, flüsterte er angespannt.

Schon waren sich nähernde Schritte zu hören. Eine ferne Laterne zeichnete in ihrem spärlichen Licht die näherrückenden Umrisse von zwei Gestalten in die Dunkelheit. Sie kamen mit ausgestreckten, geschwärzten Holzschwertern auf die von Loyd verdunkelte Stelle zu.

»Hey, Zingy, siehst du das da vorne? Ist das nicht dasselbe Zeug, dass das Studentenschwein vorhin benutzt hat, um uns auszutricksen?«, knurrte eine schleppende, abwertende Frauenstimme.

»Ja, du hast recht. Und schau, der Faden da am Boden. Das ist dieselbe Falle wie eben in der Drecksgasse hinterm Sanktuari-Dingsbums. Hah! *Zack-zack,* schon bin ich drüber hinweg«, spottete Zingy, der mit einem lächerlichen Tanz über Loyds Falle stöckelte. »Hast du das gesehen? Diese Narren werden uns kein zweites Mal zum äh … Narren halten. Ahaha … äh, ich hoffe die Studentenschweine ergeben sich bald, oder ich muss ihnen mit meiner Klinge doch noch den Kopf abschlagen, *zack-zack!*«, höhnte Zingy und fuchtelte dabei stumpfsinnig mit dem Schwert umher. Dann drehte er sich Anerkennung heischend zur Frau um, die gerade unnötig tief in die Knie gegangen war, um über den wenige Zentimeter über dem Boden angebrachten Stolperfaden zu springen.

In diesem Augenblick traf Zingy von hinten ein Stoß ins Kreuz und ließ ihn über Loyds Falle straucheln. Die Frau konnte gerade noch ausweichen, um den mit den Armen rotierenden Zingy, dem keine Möglichkeit blieb, den Sturz abzufangen, auf die Nase fallen zu sehen. Der Filzhut mit der gelben, schwarz gepunkteten Feder lag zerknittert im Schein der Laterne auf dem Boden, und das geschwärzte Holzschwert, das für eine Sekunde neben Zingy gelegen hatte, begann plötzlich und zum Entsetzen des Paares, eigenständig in die Höhe zu schweben.

»Es passiert wieder! Hilfe, ein Geisterschwert greift uns an«, kreischte Zingy spitz.

Dann geschah etwas, das Loyd nicht voraussehen konnte. Sein Lichtschatten begann zu schwinden und sein bislang unsichtbarer Körper kam allmählich wieder zum Vorschein. Er hatte heute zu viel Licht verbraucht und seine Reserven waren offenbar ausgeschöpft. Glücklicherweise war die Schattenwand hinter ihm noch intakt.

»Zingy, schau. Es ist der Kerl von vorhin aus dem Zimmer«, schnaubte die Frau mit bösem, angewidertem Gesichtsausdruck. »Du kleine Studentenratte, dich machen wir platt!«, keifte sie und spuckte Loyd in hohem Bogen entgegen. Loyd versuchte nicht auszuweichen, weshalb der Speicheltropfen ihn an der Schulter traf. Er schielte kurz auf die besudelte Stelle an der Schulter, drehte sich daraufhin auf dem Absatz um, und verschwand, ohne mit der Wimper zu zucken, im düsteren Schleier der Schattenwand.

Das Gangster-Paar brauchte einige Sekunden, um zu begreifen, dass Loyd mir nichts, dir nichts entschwunden war und ihre Provokationen keinerlei Wirkung gezeigt hatten.

»Hey, du hirnlose Kreatur, gib mir sofort meine Schepperklinge zurück!«, forderte Zingy in quengelndem Tonfall und machte dabei wüste Gesten auf die schwarze Blockade hin. Als das auch nichts brachte, wandte er sich sichtlich ratlos seiner Begleiterin zu. »Weißt du was, Magreet? Am besten, ich gehe die anderen holen. Du wartest hier und passt auf, dass sie nicht *zack-zack* verduften«, nuschelte Zingy Magreet zu.

»Moment mal! Du bist doch der starke Mann, der allen Monstern der Welt überlegen ist. Du bleibst. Hier ist meine Schepperklinge. *Ich* hole die Gang«, keifte sie arrogant, drückte ihm das Holzschwert in die Finger und lief den Weg zurück, ohne Zingy eine Widerrede zu gewähren.

Er stammelte ihr noch einige unverständliche Worte hinterher, doch sie war bereits im matten Laternenschein verschwunden.

Zingy fuhr herum und starrte nun mit angstvoll entstellter Visage, das Schwert mit beiden Händen umklammernd, wieder der dunklen, rauchigen Barriere entgegen.

»We-wenn du es wagst, jetzt rauszukommen, dann – dann schlag ich dich mit einem Hieb tot. Ich, ähm, bin vom Hochherzogsvorstand von Adelgrund. Ich habe schon mal eine Riesengurke erledigt.«

»Ha! Wohl kaum. Riesengurken leben nur im Sternenwald, und zwar auf lichterlohenem Forschungsgebiet«, meldete sich Ankers Stimme plötzlich aus der finsteren Mauer heraus.

»Genau da habe ich sie schließlich erlegt. U-und wer bist du, wenn ich fragen darf?«, stotterte Zingy heiser.

»Ich bin Don Loglovski Ankerbelly, Prorektor der Hochschule von Herbstfeld und erhabener Vorsprecher des Lichterlohenen Regierungsrats –«

»Schhhh«, machte Loyd und versuchte Anker dadurch vom Reden abzuhalten. Doch dieser gab ihm einen Klaps auf den Rücken und flüsterte: »Lass mich mal machen. Ich habe einen Plan.«

»Prorektor? Das klingt nach einem Professorenschwein. Was für Humbug verbreitest du denn?«

Anker räusperte sich kurz, dann sprach er mit beschwichtigender Stimme: »Ich unterrichte Exploration. Ich bin unter anderem auch der Gründer des lichterlohenen Gurkenclubs und kenne Riesengurken und deren wesenfressende Eigenschaften besser als jeder andere auf dieser Welt.«

»Was du nicht sagst – dann weißt du ja fast so viel wie ich«, sagte Zingy verunsichert.

»Jou, kann man so sagen. Hast du gewusst, dass es noch einen anderen Ort gibt, wo wesenfressende Riesengurken bekanntlich ihre Nester bauen? Im Sakraltunnel, hier unten, wo wir uns gerade befinden«, flunkerte Anker gewagt. »Und sie suchen sich, wie du ja sicherlich weißt, vorzugsweise Opfer aus, die allein unterwegs sind. Und da wir es ziemlich eilig haben, machen wir uns dann mal wieder auf den Weg. Ich hoffe für dich, dass deine Kollegin bald zurück sein wird.«

Anker begann laut mit den Füßen zu stapfen. Die anderen begriffen und machten es ihm nach. Langsam dämpften sie die Schrittlaute, bis nur noch ein leises Tapsen zu hören war.

»Ihr elenden Ratten! Wo geht ihr hin – kommt sofort zurück!«, kreischte Zingy wie ein kleines Mädchen, das allein in einem dunkeln Wald ausgesetzt worden war. Das in die Enge getriebene Forscherteam beobachtete durch den finsteren Vorhang hindurch, wie Zingy sich den Schweiß von der Schläfe wischte und hektisch umherblickte. Breitbeinig und einen Katzenbuckel machend, hielt er das Holzschwert wie einen Baseballschläger mit beiden Händen umklammert. Er sah einfach nur erbärmlich aus.

Dann, aus heiterem Himmel begann Anker zu brüllen: »Zingy,

hinter dir: *Eine Riesengurke!*«

Zingy fuhr mit schreckerfülltem Gesicht herum und streckte das Schwert weit vor.

»Jetzt«, zischte Anker und gab Loyd einen Schubs. Loyd sprang aus seinem Versteck und ehe sich Zingy versah, hatte er seine eigene Schepperklinge von hinten auf den Kopf gekriegt. Ein kurzes, elektrisches Knistern erfüllte die Luft und Zingys Aura trübte sich jäh. Das Schwert, das Loyd noch immer hielt, lief mahagonibraun an, wie ein ganz normales Holzschwert. Zingy sank zu Boden und im gleichen Augenblick lichtete sich auch die Schattenwand, welche durch die Entladung der geschwärzten Klinge aufgelöst wurde. Loyd entwand die Schepperklinge aus Zingys Griff und hob sie auf.

»Von wegen Hochherzogsvorstand«, sagte Loyd kalt und spuckte Zingy als Racheakt ins Gesicht.

»Loyd!«, zischte Naomi ihm zu. »Das wäre nicht nötig gewesen.«

»Er hat es verdient, dieses elende Hirnwäscheopfer. Hä – kannst du mich hören, du dreckiger Nachläufer? Sag deinem Hochherzog, dass wir ihm liebe Grüße ausrichten«, schmähte Loyd hasserfüllt und machte Anstalten, Zingy mit einem Fußtritt zu traktieren, doch Anker hielt ihn an der Schulter zurück.

»Hör auf damit«, befahl Anker in ruhigem Ton. »Es gibt andere Wege, um Tanja zu rächen.«

»Was meinst du damit?«, fragte Loyd entnervt, dessen Äußeres unterdessen fast genauso trüb erschien wie jenes von Zingy.

»Die Explosion draußen vor dem Forschungszentrum – das war Tanja, nicht wahr?«

»Woher weißt du –«

»Ich habe es vermutet. Ich kann und möchte es dir hier und jetzt nicht erklären; ist eine längere Geschichte«, sagte Anker trocken.

»Hast du sie nicht beschützt? Warum hast du sie nicht auf den Rücken genommen?«, warf Keli mit zittriger Stimme ein. »Ist … sie tot?«

»Verdammt noch mal! Ich weiß es nicht. Sie hat ihr Licht gebündelt und ist auf die Angreifer zugegangen. Dann gab es einen Knall, und ich wurde durch die Luft geschleudert.«

»*Lügner*«, entfuhr es Keli, die nun im Schein der Laternen wieder sichtbar geworden war. Tränen glitzerten auf ihren Wangen im flackernden Lichtkegel. »Ich glaube dir kein Wort mehr. Warum hast du sie nicht zurückgehalten?«

»Keli, dafür ist nicht der richtige Zeitpunkt«, meldete sich nun Naomi in forschem Ton. »Wir müssen von hier verschwinden, und zwar sofort! Am besten, wir gehen zurück und nehmen einen der Abzweiger. *Kommt!*«

Naomi scheuchte sie weiter. Sie musste Keli am Arm ergreifen, damit sie sich bewegte. Loyd klemmte sich das Holzschwert zwischen Rücken und Rucksack und ging mit grimmiger Miene voraus. Die anderen stiegen über den bewusstlosen Zingy hinweg und folgten ihm. Bis zur ersten Gabelung war es nicht weit. Kaum war die Gruppe in den nächsten Gang rechts von ihnen hineingeschlüpft, waren auch schon wieder eilige Schritte und sich näherndes, anschwellendes Geflüster zu hören. Die vier Verfolgten legten schleunigst einen Zacken zu.

Der neue Tunnel sah den anderen abermals sehr ähnlich, nur bestanden die Mosaike hier hauptsächlich aus grünen Farbtönen. Hier und dort bogen sie in eine weitere Passage ein, doch sie begegneten weder Angreifern noch sonstigen Wesen. Jedoch beobachtete Keli mit Schrecken, während sie sich im Laufschritt die Tränen aus dem Gesicht wischte, wie sich in den Mosaikwerken etwas zu bewegen begann. Die gurgelnden, blubbernden Laute, die aus den uralten Gemäuern zu kommen schienen, wurden zunehmend lauter.

Keli konnte beim Vorbeiziehen flüchtig erkennen, wie in den feinen Zwischenräumen der Mosaikplättchen eine Flüssigkeit versickerte; wahrscheinlich Wasser. Von der Decke bis zum Tunnelboden schlängelten sich die nassen Linien durch jeden Zentimeter der farbenreichen Flächen hindurch. Je weiter das Forscherteam in die Untiefen der Erde vordrang, umso unheimlicher wurden die Klänge. Eine widerhallende Kakophonie von brodelnden, hüpfenden Tönen, die Keli sich nicht einmal in ihren befremdlichsten Träumen hätte vorstellen können, verfolgte sie auf ihrer albtraumhaften Hetzjagd.

Dann endlich, nach etlichen Stunden zügigen Marschierens, so kam es Keli vor, gewann der fleckenweise von dichtem Moos besiedelte Durchgang abermals an Höhe und Breite.

»Wow, wo sind wir denn hier gelandet?«, wunderte sich Naomi erschöpft schnaufend, als sie als Letzte den unterirdischen Raum betrat. Noch immer wurden sie von der mysteriösen Musik begleitet, die den Räumlichkeiten eine rätselhafte Aura verlieh und ihnen das Gefühl gab, dass dies kein Ort für Menschenwesen war.

Das kleine Grüppchen fand sich in einem spärlich beleuchteten Saal wieder, in dem in einem dunklen Blauton pulsierende Laternen an der Decke leuchteten und an den Wänden uralte, vor sich hin modernde Holzregale aufgereiht waren. Keli fiel sofort auf, wie vor den vielen Gestellen seltsame braunschwarze Häufchen auf dem Boden verteilt lagen. Rechts im Raum floss ein kleiner Bach aus einer mosaikbestückten Mauer und verschwand ein wenig abseits wieder in einer anderen. Der Grund des klaren Wasserlaufs wies ebenfalls eine detaillierte geflieste Darstellung auf, die ein wenig an einen aufrechtgehenden Hund erinnerte, der offenbar am ganzen Körper blutete. Über dem Bach stand in schwarzen Mosaiklettern geschrieben:

*»Bao Wao, der unbeirrte Diplomat. Ohne Vorurteile werden wir geboren, wie auch ohne wir zu sterben dürsten«.*

»Scheint erneut eine Sackgasse zu sein«, bemerkte Loyd missgelaunt. »Am besten kehren wir um.«

»Wartet. Wir machen hier eine Verschnaufpause«, sagte Anker und warf seinen Rucksack ab. Sein Rücken war klitschnass vom Schweiß. »Lasst uns unser Wasser trinken und die Flaschen am Wasserlauf wieder auffüllen. Ohne genügend Flüssigkeit im Körper sind wir morgen nicht mehr fähig, normal zu funktionieren.«

»Ist es eine gute Idee, aus dieser Brühe zu trinken?«, fragte Loyd skeptisch.

»Das sieht mir nach normalem Quellwasser aus. Wird wohl kein Problem sein und sonst stelle ich mich als Vorkoster zur Verfügung«, antwortete Anker gleichgültig.

Sie tranken ihre Wasserflaschen in zwei, drei Zügen leer und füllten sie am Bach wieder auf. Anker demonstrierte zudem noch mit einem Mundvoll davon, dass es ungefährlich war. Zuerst roch er daran, dann schmierte er sich das kühle Nass an die Lippen und schlussendlich ließ er ein paar Tropfen über seine Zunge wandern.

»Ausgezeichnet. Das Wasser ist klarer, als ich dachte«, erklärte Anker und schloss den Deckel seines Wasserbehälters. »Und jetzt nehmen wir diesen Raum mal unter die Lupe.«

Anker warf sich den Rucksack wieder über und humpelte zu den Bücherregalen hinüber. Er machte vor einem der Häufchen am Boden Halt. Plötzlich schrie er auf: »*Nein*. Das darf doch nicht wahr sein. Diese elenden Schurken!«

Bei Ankers Aufschrei kamen alle herbeigeeilt.

»Was ist denn los?«, japste Naomi erschrocken.

»Schaut euch das an. Diese Wissensbanausen haben die alten Werke verbrannt. Wie konnten sie das tun? In diesen Büchern gab es vielleicht wichtige Hinweise zur Bekämpfung des Unlichts oder Texte über die Vorzeit.«

Tatsächlich stellten sich die kleinen Hügel auf dem fein verzierten Boden als Asche und Überreste von Buchbänden heraus, als Anker darin zu wühlen begann. Jedoch waren die Dokumente so verkohlt und zersetzt, dass kaum mehr ein Wort zu erkennen war.

»Anker, es hat keinen Sinn. Das Wissen ist verloren. Wir sollten uns lieber Gedanken machen, wie wir weiter vorgehen. Die Schmelzfrontler könnten jeden Augenblick in den Raum gestürzt kommen«, mutmaßte Naomi mit gesenkter Stimme.

Anker fiel auf die Knie und legte seine Stirn mühsam auf die Asche nieder, als wollte er beten.

Keli beobachtete den Professor stumm. Sie war so aufgewühlt wegen der letzten Ereignisse, dass sie keinen klaren Gedanken mehr bündeln konnte. Erst jetzt, als sie Anker kniend vor dem verbrannten Haufen Bücher sah, begann der seelische Stress, der unablässig in ihr geherrscht hatte, ein bisschen nachzulassen. Sie musterte Anker andächtig, wie dieser sein Haupt vorneigte und die Asche auf dem Boden küsste. Nur ganz kurz berührten seine Lippen das erloschene Gedankengut, dann machte er Anstalten, wieder aufzustehen. Naomi half ihm auf die Beine, wobei Anker eine flüchtige, wegwischende Handbewegung über sein Gesicht machte.

»Da-danke, Naomi. Kommt, gehen wir weiter. Suchen wir einen Weg an die Oberfläche. Später werden wir noch genügend Zeit haben, dieses Tunnelnetz zu erforschen«, brummte Anker mit belegter Stimme und wandte sich ab.

Keli sah Anker voller Mitgefühl nach. Sie wusste unterdessen, wie sehr er Bücher mochte und wie sehr es ihm am Herzen lag, nach Wegen zu suchen, die Welt vor dem Untergang zu bewahren. Aber dass er solche Gefühle für das geistige Erbe anderer Wesen hegte, berührte Keli tief. Ohne Loyd eines Blickes zu würdigen, folgte sie Anker zum Torbogen.

Loyd sagte nichts. Er war durch den ständigen Lichtverbrauch völlig ausgezehrt. Er brauchte etwas zu essen, Schlaf und eine Lichtquelle, um sich wieder zu regenerieren. Naomi kam auf Loyd zugeschritten.

»Bist du ok? Kannst du weitergehen?«, fragte sie und legte ihre Hand fürsorglich auf seinen Rücken, doch Loyd erwiderte ihre Frage nicht. Er war zu ausgebrannt. Er starrte unentwegt auf den Haufen Asche vor seinen Füßen.

»Kommt ihr?«, fragte Anker im Torbogen stehend.

»Könnt ihr kurz warten? Loyd geht es nicht gut«, antwortete Naomi besorgt.

Ihm fehle nichts, wollte Loyd eigentlich beteuern, doch er brachte noch immer kein Wort heraus. Stattdessen torkelte er langsam die Regale entlang, bis er vor der Einmündung des Beckens stand, wo das Wasser still aus einer kleinen Öffnung in der Mauer sickerte. Naomi folgte ihm bedächtig.

Mitfühlend trat sie näher zu ihm hin, doch mitten in der Bewegung hielt sie überrascht inne. »Seht mal – da ist ein Abdruck an der Wand.«

Loyd wandte sich um und folgte Naomis Blick. Hinter einem der Büchergestelle, durch die leeren Regalschienen hindurch, konnte er einen bläulich glühenden Pfotenabdruck ausmachen, der zirka doppelt so groß war wie Loyds Hand und vier Kralleneinbuchtungen aufwies. Anker und Keli kamen herbeigeeilt.

»Was das wohl sein mag?«, wisperte Naomi, als Anker sich neben sie stellte und die Wand hinter dem Regal begutachtete.

»Ich kann euch sagen, was das ist«, erhob Anker die Stimme. »Es ist das antike Zeichen eines Wächters. Diese wurden von den Unlichtbändigern der frühen bis mittleren Neuzeit angeheuert, um Räume zu schützen, in denen sie Unlicht oder auch Wertgegenstände aufbewahrten. Das Symbol hieß damals etwa so viel wie ›keinen Schritt weiter, wenn dir dein Leben lieb ist‹. Ich habe solche Abdrücke schon einige Male in Katakomben unter dem geschwärzten Zentrum Kaels gesehen. Bislang ist es noch keinem Forscher gelungen, geschlossene Kammern wieder zu öffnen.«

»Also sollten wir dieses Ding lieber in Ruhe lassen und das Weite suchen«, schlug Loyd kränklich vor.

»Keineswegs. Hinter den Kammern, die nicht versiegelt waren, wurden unbezahlbare Artefakte und Schriftstücke entdeckt. Jetzt überlegt mal. Wenn dieses Tunnelnetz vor vielen hundert Jahren von Unlichtbändigern gebaut worden ist; was es hier drin für Schätze geben könnte. Ich frage mich, ob es hier irgendwo einen versteckten Eingang gibt«, schwärmte Anker begeistert, dessen Schwermut so plötzlich verflogen schien, wie sie gekommen war.

»Ich weiß nicht recht«, sagte Naomi bedächtig. »Kann es nicht sein, dass der Raum schon von den Schmelzfrontlern untersucht worden ist?«

»Ich schätze nicht, da sonst keine Regale davorstehen würden«, erwiderte Anker und streckte seine Hand nach dem Abdruck aus.

Naomi, Keli und Loyd sahen mit angehaltenem Atem zu, wie er die Struktur an der Wand berührte und dann seine ganze Hand darauf ablegte. Loyd machte sich trotz seiner miserablen Verfassung erneut auf einen Kampf bereit. Er setzte seinen Rucksack ab und dachte schon an Lichtschatten und Schattenwand und zog das Holzschwert hervor, welches er zuvor Zingy abgeknöpft hatte – doch nichts geschah.

»Hm … das war wohl nichts«, sagte Anker nachdenklich und wandte sich den beiden Lanthorn Geschwistern zu. »Vielleicht sollte es mal einer von euch Vierfingrigen probieren?«

Loyd verdrehte die Augen. »Lassen wir es lieber bleiben. Wir sollten nun wirklich weiter …«

»Schhhh!«, machte Anker plötzlich und hielt den Zeigefinger vor den Mund.

Loyd verstummte sofort. Anker versinnbildlichte mit einer Geste, dass er etwas gehört hatte und zeigte zum Torbogen, durch den sie den Raum vor etwa einer Viertelstunde betreten hatten. Sie lauschten angespannt und beobachteten den flackernden Schein der in dunklem Grün glühenden Laternen im Tunneleingang. Keli fiel auf einmal auf, dass das Gluckern, das von den Mosaikwänden ausgegangen war, unbemerkt erstorben war. Nur das Wasser des kleinen Baches, neben dem sie standen, rann nun mit einem kaum merklichen Flüstern an ihnen vorbei – ansonsten war es totenstill. Der Strom der Zeit schien sich immer mehr zu verlangsamen, genauso wie ihre Atemzüge und Herzschläge.

Dann, nach Sekunden stummen, angstvollen Abwartens, machte sich ein unheimliches, unregelmäßiges Geräusch bemerkbar: »Tapp, tapp, tapp ...« Das Geräusch kam aus der Wand, an welche die Regale gereiht waren. Anker fuhr entsetzt herum und starrte auf die mosaikverzierte Mauer, auf welcher sich der Pfotenabdruck abzeichnete. Im selben Augenblick waren Stimmen und Fussgetrappel jenseits des Torbogens zu hören, die sich rasch näherten. Verwirrt drehte sich Anker wieder dem Eingang des kleinen Saals zu. Zum Schrecken aller kam ein ganzer Trupp Schmelzfrontler in den Raum gestürmt, der mit der Absicht, die vier Gejagten zu umzingeln, sofort in großem Bogen um sie herum ausschwärmte. Sie trugen noch immer die Uniformen der Stadtwachen Lichterlohs.

»Haben wir euch, ihr fiesen Mistkröten. Jetzt werdet ihr für Zingy und die anderen bezahlen!«, keifte die Frau namens Magreet, die Zingy im Tunnel zuvor im Stich gelassen hatte, hysterisch.

Loyd versuchte angestrengt, die Umgebung in Schatten zu hüllen, aber es gelang ihm nicht mehr. Hätte er doch den großen gebündelten Lichtstein in seinem Rucksack benutzen können, dann hätte er wenigstens für einen weiteren Angriff Energie gehabt. Er streckte Naomi Zingys Schepperklinge hin.

»Wenn wir schon sterben müssen, dann kämpfend und in Ehre«, knurrte Loyd finster und ballte die Fäuste um zwei winzige

Lichtkristalle, die er immer in seinen Hosentaschen bei sich trug.

»Ghahahaha! ›In Ehre sterben‹, dass ich nicht lache. Wir zerfetzen euch und verstreuen eure Überreste auf den Straßen von Lichterklo. Nichts daran wird ehrenhaft sein, ihr kleinen Studentenschweine«, gackerte Magreet wie eine Verrückte.

Die Angreifer begannen, den Halbkreis zu schließen, während sich die vier in die Enge getriebenen Teamgenossen aneinandergepresst und in der Ecke zwischen Bücherregal und Bachbecken für ein letztes, verheerendes Gefecht bereitmachten.

»AANGRIIIIFF!«, kreischte Magreet und der Ring aus fuchtelnden Holzschwertern verengte sich rasch.

In diesem Augenblick drehte sich Keli um, streckte ihre vierfingrige Hand aus und presste sie instinktgetrieben auf den viergliedrigen Abdruck an der Wand. Ein Klickgeräusch ertönte, der Boden erbebte leicht und die Wand hinter den Regalen schwenkte langsam nach links weg. Keli konnte hinter der zur Seite gleitenden Mauer erkennen, wie sich der Wasserlauf schlängelnd in einem weiteren Raum dahinter verlor.

Die heranpreschende Horde war stehen geblieben. Schlagartig trat Ruhe ein. Ganz vorsichtig zogen sich die Gangster Schritt für Schritt zurück und der Kreis löste sich allmählich auf. Loyd, der seine glühenden Fäuste, in denen er die beiden kleinen Kristalle umklammert hielt, den Angreifern noch immer bedrohlich entgegenhielt, dachte zuerst, die Entladung einer geschwärzten Klinge hätte den Tremor ausgelöst. Doch plötzlich fegte ein ohrenbetäubendes Brüllen über seinen Kopf hinweg.

Mit Grauen fuhr er herum und blickte in die ungeheure Fratze eines Monstrums, das unmittelbar hinter ihm stand. Das Wesen – halb Ziege, halb Wildschwein – hatte dunkel schimmerndes Fell, war etwa zweimal so groß wie er selbst und an die fünf Meter lang. Es stierte durch seine bizarren, senkrechtliegenden Pupillen böse an ihm vorbei und strahlte eine todbringende Aura aus.

Loyd und seine Verbündeten waren durch dessen jähes Erscheinen so geschockt, dass sie nichts tun konnten, als wie vom Donner gerührt da zu stehen. Auf einmal sprang die Kreatur mit einem gewaltigen Satz über die Verfolgten hinweg und mitten in den sich nun schnell lichtenden Ring der Schmelzfrontler, die schreiend den Rückzug antraten. Die Echos ihres schrillen Gebrülls hallten hundertfach in die Tiefen des Tunnelnetzes hinein.

»Rennt um euer Leben, ihr Bastarde!«, rief Magreet, die den Expeditionsmitgliedern eben noch mit dem Tod gedroht hatte. Die Angreifer wurden nun selbst zu Verfolgten und stürmten allesamt auf den Torbogen zu, vor dem sich mittlerweile eine wirre Soldatentraube gebildet hatte. Das Monster hatte leichtes Spiel. In ungezügelter Raserei fegte es hier und da Schmelzfrontler von den Füßen, schüttelte sie in der Luft und schmetterte sie gegen die Mauern, bis die einen erfolgreich geflüchtet waren und diejenigen, die weniger Glück gehabt hatten, bewusstlos auf dem Boden lagen.

Als sich im Raum nichts mehr rührte, drehte sich das Wesen um und starrte den wie angewurzelt dastehenden Rucksackträgern entgegen. Dann stapfte es mit donnernden Hufen langsam auf sie zu.

»Sollen wir rennen?«, zischte Loyd, doch eine grollende, furchteinflößende Stimme unterbrach ihn: »UND WER SEID IHR?«

Abermals Stille – dann fand Anker als Erster zu seiner Stimme: »W-wir sind Professor und Studenten a-auf dem Weg nach Kael.

Wir wurden bis hierher gejagt und sind nicht freiwillig hier.«

»UND WER WAREN DIE RAUFBOLDE?«, knurrte das Wesen in einem kuriosen Dialekt.

»Die haben uns verfolgt, ist eine lange Geschichte, aber ich versichere Ihnen, wir sind keine Raufbolde«, stammelte Anker in erhöhter Tonlage.

»DESSEN BIN ICH MIR IM KLAREN«, donnerte das Ungetüm und machte weitere Schritte auf die vier Gefährten zu. Zur Verblüffung aller, machte es plötzlich einen Knicks mit seinen Vorderbeinen, der wie eine Verbeugung aussah und grummelte dann langsam: »ICH HEISSE EUCH WILLKOMMEN, GEEHRTER UNLICHTBÄNDIGER. IHR KÖNNT EUCH NICHT VORSTELLEN, WIE LANGE ICH AUF DIESEN MOMENT GEWARTET HABE.«

Anker glotzte die Erscheinung ungläubig an. Sein Mund stand sperrangelweit offen. »Verzeihen Sie, aber was meinen Sie damit?«, erkundigte sich Anker vorsichtig.

»WENN ICH RICHTIG GEZÄHLT HABE, KOMME ICH DAS ERSTE MAL SEIT 647 JAHREN AUS DIESER VERMALEDEITEN KAMMER HERAUS. IST DAS VERSTÄNDLICH GENUG?«

»Oh«, machte Anker überrascht. »Das ist aber eine bedenklich lange Zeit für einen … äh …«

»Serau«, vollendete Naomi Ankers Satz.

»Serau? *Das* ist ein Serau? Ich dachte, die wären längst ausgestorben«, bemerkte Anker fassungslos.

»ALLERDINGS, DAS BIN ICH WOHL. WÄCHTER DER SONNENKAMMER, GILBERT, DER SERAU. UND MIT WEM HABE ICH DIE EHRE? ES ÜBERRASCHT MICH, DASS ES ÜBERHAUPT NOCH LEBEN DA DRAUSSEN GIBT.«

Anker stellte sich sowie seine drei Begleiter vor. »Alle drei sind Studenten bei mir«, merkte er nicht ganz wahrheitsgetreu an.

Der Serau legte sich vor den Zweibeinern nieder, wie ein Hund, der Platz macht, wobei sein mächtiger, gehörnter Kopf nun auf Augenhöhe mit der Gruppe verweilte.

»Wie kommt es, entschuldigt die anstößige Frage, dass Euch ein so langes Leben zuteilwurde? Und wer ist oder war Euer Auftraggeber?«, erkundigte sich Anker gewagt.

»ICH WEISS NICHT, WIEVIEL IHR ÜBER DIE LICHTRESORPTION WISST, ABER IN DER KAMMER, DIE ICH BIS ZUM HEUTIGEN TAGE BEWACHTE, GIBT ES GENÜGEND LICHTVORRÄTE, UM FÜR EINE GUTE EWIGKEIT FORTZUBESTEHEN. ICH KANN NICHT VERENDEN, SOLANGE DAS LICHT MICH NÄHRT. DIE ZWEITE FRAGE KANN ICH EUCH NICHT BEANTWORTEN, DA ICH DER VERSCHWIEGENHEIT UNTERLIEGE, UND DER PAKT MIT MEINEM AUFTRAGGEBER DARF NIEMALS GEBROCHEN WERDEN. NUN HABE AUCH ICH EINE FRAGE: »SEID IHR – WIRKLICH EIN WAHRER BÄNDIGER?«

»Bändiger?«, wiederholte Loyd, welcher der Einzige war, bei dem es nicht klingelte.

»Das solltest du eigentlich wissen«, wurde er sogleich von Anker getadelt. »›Unlichtbändiger‹ – die kleine Gruppe von vierfingrigen Nachkommen Lailacs aus der frühen bis mittleren Neuzeit, die versucht hat, das Unlicht an, für die Bevölkerung ungefährliche Orte zu transportieren, und schließlich von nihilischen Auftragsmördern ausgelöscht wurde«, erklärte er knapp.

»SO IST ES«, knurrte Gilbert traurig. »KURZ, BEVOR MICH MEIN AUFTRAGGEBER DAS LETZTE MAL BESUCHT HATTE,

WARNTE ER MICH DAVOR, DASS ER WOMÖGLICH NICHT ZURÜCKKEHREN WÜRDE; WAS ER AUCH NIE GETAN HAT. ER WIES MICH AN, ZU WARTEN, BIS EIN EBENBÜRTIGER KÄME UND MICH SOLANGE VON SEINEM LICHT ZU NÄHREN. NUN, ICH BIN ÜBERRASCHT, NACH BALD SIEBEN JAHRHUNDERTEN SOLCH EINEN JEMAND ANZUTREFFEN. ICH ERWARTETE EIGENTLICH, DURCH DEN NIEDERGANG DER BÄNDIGER WÜRDE DAS UNLICHT DEREINST OBERHAND GEWINNEN UND MICH IRGENDWANN VON MEINEM LEIDEN ERLÖSEN, DOCH WIE ES AUSSIEHT, HABE ICH FALSCH GELEGEN. WIE HABT IHR VON DIESER KAMMER ERFAHREN?«

»Wir sind nur durch Zufall hier vorbeigekommen und waren äußerst erstaunt, als die Wand hinter uns plötzlich aufging«, fing Anker rasch zu erklären an.

»Ähm, Anker – das stimmt nicht ganz«, meldete sich Keli nun kleinlaut. »Als die Terroristen uns bedrohten, habe ich meine Hand auf das Zeichen an der Wand gelegt. Dann begann sich die Mauer zu verschieben. Ich dachte, vielleicht, weil der Abdruck nur vier Krallen hat, könnte meine linke Hand etwas bewirken.«

»ALSO SEID IHR DIEJENIGE, DIE MICH AUS MEINEM VERLIES BEFREIT HAT. IHR SEID ABER EINE JUNGE BÄNDIGERIN«, staunte Gilbert und ließ seine Ohren flattern.

»Herr Gilbert«, sagte Keli zaghaft. »Sie nennen mich Bändigerin. Was meinen Sie damit genau?«

Der Serau ließ sich einen Moment Zeit, ehe er antwortete: »IHR WERDET WOHL ÜBER DIE GABE VERFÜGEN, DAS UNLICHT ZU BERÜHREN UND ZU TRANSPORTIEREN. WAS IHR MIT DER GABE MACHT, STEHT EUCH FREI. MEIN AUFTRAGGE-

BER HAT DAZUMAL VERSUCHT, DAS UNLICHT ZU SAMMELN UND SICHER ZU VERWAHREN, UND ZWAR IN EINER VERBORGENEN KAMMER UNTER KAEL. ICH GLAUBE, ›PAINITENKAMMER‹ HATTEN DIE BÄNDIGER SIE DAMALS GENANNT. WENN ICH MICH NICHT TÄUSCHE, KONNTE MAN DIESEN ORT DAMALS SOGAR MITTELS EINES UNTERIRDISCHEN GANGES VON HIER AUS ERREICHEN. ABER FRAGT MICH NICHT, WIE DIE WELT DA DRAUSSEN HEUTE AUSSIEHT. DAS MÜSSTET *IHR* EIGENTLICH WISSEN.«

»Also stammt ihr beiden doch von Lailac ab!«, posaunte Anker plötzlich heraus und wies mit der offenen Hand auf Loyd. »Seht, hier haben wir noch einen.«

»Schhh!«, machte Loyd. »Man könnte uns hören. Wenn solche Gerüchte verbreitet werden, sind wir tot, bevor wir es bestätigen können. Ich bleibe skeptisch, bis ich das Unlicht in meinen Händen trage.«

Anker schnappte sich Loyds linke Hand und hob sie in die Höhe. Gilbert kniff die Augen zusammen und reckte seinen Kopf vor.

»ZWEI VIERFINGRIGE?«, brummte der Serau schleppend. »SEID IHR AUS DEMSELBEN WURF?«

»Jaja, sie sind Geschwister«, bestätigte Anker Gilberts Frage energisch mit dem Kopf nickend.

»WIE DEM AUCH SEI. ICH BIN NUR EIN EINFACHER WÄCHTER, DER DEN WILLEN SEINES AUFTRAGGEBERS ERFÜLLT HAT. ALLES, WAS ICH WISSEN MUSSTE, WAR, OB EIN WAHRHAFTIGER BÄNDIGER DEN RAUM GEÖFFNET HAT. IHR KÖNNT EUCH DER KOSTBARKEITEN HIER DRIN BEDIENEN. EUCH STEHT FREI, ZU NEHMEN, WAS EUCH BELIEBT.

WENN IHR WOLLT, KÖNNT IHR EUCH HIER AUCH ZUR RUHE LEGEN. ICH WERDE EUCH NICHT WEITER BEHELLIGEN, DOCH BITTE LASST MICH EINE LETZTE FRAGE STELLEN.«

Die vier Gefährten tauschten erleichterte Blicke und nickten Gilbert befreit zu.

»Selbstverständlich, was möchten Sie wissen?«, entgegnete Anker so freundlich wie seine Verfassung es zuließ.

»WURDE DER KAELISCHE INDEX JE GEFUNDEN?«

Ankers Augen huschten einen Moment lang über Gilberts mächtiges, ziegenartiges Antlitz, dann senkte er seinen Blick rasch wieder. »Leider konnte er nie aufgespürt werden. Er ist verschollen, seid Dr. Lailac ihn, gemäß der Legende, irgendwo im nördlichen Laternenwald versteckt haben soll.«

Der Serau schwieg für eine ganze Weile, bis er seinen massigen Körper erhob und sich allmählich von ihnen abwandte.

»EINE LEGENDE ...«, knurrte Gilbert bedrohlich. »SO EIN UNSINN. WIE GLAUBT IHR, HAT GROSSMEISTER LAILAC DAMALS DIE SAKRALTUNNEL ERSCHAFFEN? WENN IHR WÜSSTET, WIE WEIT SICH DAS UNTERGRUNDNETZ ÜBER DIE WELT ERSTRECKT, WÜRDET IHR DIE MÜNDER NICHT MEHR ZUKRIEGEN. NUR EIN BÄNDIGER, DER DEN KAELISCHEN INDEX TRÄGT, KANN DAS UNLICHT IN SICH AUFNEHMEN UND ES WIEDER AUF DIE UMWELT ANWENDEN. SO HAT GROSSMEISTER LAILAC DAMALS DIESES UNTERIRDISCHE REISENETZ ERBAUT.«

Tatsächlich war Ankers Kinnlade heruntergefallen. »Also gibt es den Unlichtschlüssel wirklich? Bis wohin erstrecken sich denn die Tunnel? Haben Sie Dr. Lailac vielleicht sogar persönlich gekannt?«, sprudelte es wirr aus Anker hervor.

»GROSSMEISTER LAILAC STARB 29 AB NEUZEIT UND ICH WURDE IM JAHR 327 AB NEUZEIT GEBOREN. DAS BEANTWORTET HOFFENTLICH EINE EURER FRAGEN. ES IST MIR UNTERSAGT, AUSKUNFT ÜBER DIE SAKRALTUNNEL ZU GEBEN. WIE WÄRE ES, WENN IHR EUCH NUN EIN WENIG ZUR RUHE LEGEN WÜRDET?«, empfahl Gilbert und stampfte gemächlich an ihnen vorüber.

Die Gliedmaßen der vier Kameraden entspannten sich augenblicklich. Naomi ließ einen langen, durchdringenden Seufzer ertönen und sank in sich zusammen. Sie reichte Loyd das Schwert zurück. Dieser ließ sich ebenfalls auf seinen Hintern fallen, wobei er die Schepperklinge in eine Ecke schleuderte, wo ein bewusstloser Schmelzfrontler lag. Loyd dachte für eine Sekunde, er hätte gesehen, wie die Augenlider des ohnmächtigen Mannes kurz gezuckt hätten, doch dann begann Anker wieder zu sprechen und Loyd wandte sich ihm zu.

»Und Sie? Was machen Sie nun?«, wollte Anker, der den Serau noch immer scharf im Auge behielt, von Gilbert wissen.

»ICH WERDE DIESES UNGEZIEFER HIER HINAUSRÄUMEN«, erwiderte Gilbert, nahm einen der herumliegenden Schmelzfrontler in die ziegenhafte Schnauze und warf ihn sich über den Rücken.

»Und später, wenn wir uns wieder auf den Weg gemacht haben?«, hakte Anker nach.

»ICH HABE MEINE AUFGABE ERFÜLLT. ICH WERDE DIE VERGÄNGLICHKEIT SUCHEN, DENN *SIE* HAT MICH BIS HEUTE NICHT GEFUNDEN. IRGENDWO UNTER DEM ABENDBUNT DER HIMMLISCHEN SCHEIBEN WERDE ICH IN

RUHE AN EINEM IDYLLISCHEN PLÄTZCHEN VERWEILEN, BIS WIR UNS AUF MITTLEREM WEGE TREFFEN. AUF DIESEN MOMENT HABE ICH JAHRHUNDERTE LANG GEWARTET. ENDLICH – STERBEN«, seufzte Gilbert melancholisch.

Anker zog es daraufhin vor zu schweigen und sah mit leerem Blick zu, wie Keli einige Schlucke aus ihrer Wasserflasche trank. Gilbert warf sich einen bewusstlosen Gangster nach dem anderen auf den Rücken und verschwand dann im Torbogen.

In der Mitte des erweiterten Raumes, jenseits der Bücherregale, gab es eine uralte, in den Boden eingelassene Feuerstelle, umringt von mehrfarbigen Kreismustern aus feinen Mosaikplättchen. Es war bereits elf Uhr abends, als die Gruppe sich um ein kleines Feuer setzte, das Loyd mit Stahlstäbchen und Flint in kürzester Zeit entfacht hatte. Über dem Feuerplatz gab es einen kleinen Schacht, der den Rauch zügig aufsog. Das Futter des Feuers bestand aus etwa zwei Dutzend Holzschwertern, die die Schmelzfrontler unfreiwillig zurückgelassen hatten.

Gilbert war noch nicht wieder zurückgekehrt. Womöglich genoss er gerade seinen ersten Spaziergang an der frischen Luft seit vielen hundert Jahren, stellte sich Keli vor. Das Forscherteam saß in einem Kreis um die knisternden Flammen, jeder in einer anderen Haltung. Loyd lag auf dem Rücken und hatte ein Bein über das angewinkelte Knie des anderen gelegt. Er hatte einen leicht muffigen Filzhut, den er aufgelesen hatte, aufgesetzt und tief ins Gesicht gezogen. Anker starrte unentwegt in die tanzenden Feuerzungen und stützte den Rücken an seinem Rucksack ab. Naomi saß im Schneidersitz und zeichnete im Feuerschein eine Skizze des Seraus in die Artenfibel, und Keli sah sich, den Oberkörper mit ihren Armen rücklings abstützend, im Raum um.

Die Flammen ließen die Mosaikwerke ringsum lebendig werden. Sie schienen nicht mehr einfache Abbildungen zu sein, sondern erweckten nun den Eindruck, als würden die Grashalme auf den dargestellten Landschaften im Winde tanzen und die Wesen zwischen den Gebäuden miteinander agieren. Die vielen rhythmischen und unrhythmischen Klänge, verursacht vom versickernden Wasser in den Furchen der Mosaikplättchen, drangen nun allmählich wieder in den Vordergrund. Weiter im Innern des Raumes, wo Keli die Schätze vermutete, von denen Gilbert gesprochen hatte, konnte sie die Schemen weiterer Regalblöcke erkennen, auf denen es glitzerte und funkelte.

Es war ein seltsames Gefühl, sich an einem Ort aufzuhalten, wo, außer jenem rätselhaften Gilbert, schon seit vielen Jahrhunderten keine Wesenseele mehr gewesen war. Abgesehen vom gurgelnden Geräusch des Wassers in den antiken Mauern glaubte Keli außerdem, ein schauervolles Flüstern wahrzunehmen, dessen Quelle sie jedoch nirgends zu entdecken vermochte.

Es war unheimlich hier unten. Allein wollte Keli ganz bestimmt nie an so einem Ort feststecken. Sie war sich fast sicher, dass in diesen uralten Stollen unter anderem auch Geister ihr Unwesen trieben. Keli blickte hinüber zu Loyd, dessen Gesicht unter dem Hut nicht zu erkennen war. Was wohl in seinem Kopf vorging? Mit welcher Arroganz und Gleichgültigkeit er sie über Tanjas Schicksal belogen hatte. Keli konnte nicht fassen, dass ihr Bruder sich, seit er mit seiner Ausbildung an der HHF begonnen hatte, zu solch einem Waschlappen entwickelt hatte.

Früher hatten sie es immer lustig gehabt, bevor er zum allwissenden Studenten geworden war. Sie hatten oft in den Eistunneln von Hildenberge Verstecken gespielt und waren an der Oberfläche rodeln gegangen oder hatten massive Schneeburgen gebaut, auf denen sie sich epische Schlachten geliefert hatten. Als Loyd vor zwei Jahren sein Explorationsstudium angetreten und sich in einem Studentenheim in Herbstfeld niedergelassen hatte, hatte sich auf einmal alles verändert. Loyd hatte oft die schlichte Lebensweise seiner Eltern kritisiert und war wochenlang, manchmal sogar monatelang nicht nach Hause gekommen. Natürlich hatte Keli gewusst, dass ihr Bruder sich auf wichtige Expeditionen im Laternen- und Sternenwald begeben hatte, doch wann immer er auch nach Hause gekommen war, war er missgelaunt gewesen und hatte seine Ruhe haben wollen. Und dann, als das Unglück geschah – es kam Keli so vor, als wäre schon viel mehr Zeit verstrichen, als nur ein paar Tage – hatte Loyd ihre Eltern in ihrer größten Not im Stich gelassen, ohne mit der Wimper zu zucken. Es war allein Loyds Schuld, dass Mam und Paps und auch Tanja ein schreckliches Schicksal widerfahren war. Hätte Loyd wirklich gewollt, hätte er sie alle beschützen können – oder hätte bei dem Versuch, sie aus ihrer verzweifelten Lage zu befreien, sterben sollen. Das wäre die Haltung eines echten Helden gewesen …

»Herrschaften«, trötete Anker, der seine allwährende Heiterkeit schon fast wieder zurückgewonnen hatte, auf einmal gut gelaunt. »Schmeißen wir ein paar Würste ins Feuer.«

Naomi rümpfte die Nase.

»Aasfresser«, beanstandete sie aus heiterem Himmel pikiert.

»Ach, komm schon. Wir akzeptieren deinen ewigen Fleischstreik doch auch. Und das ist ja ohnehin nur für den ersten Abend. Ab morgen bis zur Ankunft in der Station 2 wird nur noch ekliges Tubenfutter geschlürft. Vorausgesetzt, uns gelingt kein Abstecher zum Gasthof ›Zum Alten Grenzhaus‹, wo wir uns an atlassischen

Spezialitäten gütlich tun könnten«, gluckste Anker verschlagen.

Naomi schnaubte laut, wenngleich ihre Gesichtszüge nicht unfreundlich wirkten. Man sah ihr an, dass sie trotz allem froh war, in Sicherheit zu sein. Anker zog ein Paar Würste aus dem Rucksack, schnitt mit einem Messer jeweils vier Ritzen hinein, platzierte sie auf einem Fetzen Metallfolie und legte sie schließlich an den äußersten Rand der Glut. Keli, die von unglaublichem Hunger geplagt wurde, öffnete die Schnallen ihres Rucksacks und fand darin ihre Portion »Bobis extrawürzige Bärlauch-Knacker«. Sie legte sie wie Anker zur Glut und beobachtete, wie sie an Farbe gewannen, während ihr das Wasser im Mund zusammenlief. »Was isst du denn eigentlich?«, erkundigte sich Keli an Naomi gewandt, da sie noch nie von jemandem gehört hatte, der kein Fleisch zu sich nahm.

Statt Keli zu antworten, öffnete Naomi die Schnallen ihres gigantischen Rucksacks und zog einen kleinen Beutel mit Nüssen und zwei lange Lauchstangen hervor.

»*Das* ist echte Nahrung«, erklärte sie und zwinkerte Keli zu.

Sie legte die Lauchstangen unbehandelt in den Gluthaufen und begann, die Nüsse aus dem Beutel zu knabbern.

»Wieso isst du denn kein Fleisch?«, versuchte es Keli, die Fleisch bislang durchaus als Nahrungsmittel betrachtet hatte, etwas deutlicher.

»Frag sie sowas nicht, sonst wird sie dir einen dreitägigen Vortrag halten«, lachte Anker und stocherte mit dem Messer in einer der Würste herum, um zu prüfen, ob sie schon gar war.

»Keli, das ist eine wichtige Frage, die du da stellst«, billigte Naomi Kelis Neugier und blitzte ärgerlich zu Anker hinüber. »Aber statt dir einen ›dreitägigen Vortrag‹ halten zu müssen, wäre es mir lieber, du würdest selbst mal über einen möglichen Grund nachdenken.«

»Bist du krank und kannst deshalb kein Fleisch essen? Gibt es eine solche Krankheit?«, überlegte sich Keli arglos.

Anker lachte laut auf. »*Das* ist eine ›wichtige Frage‹«, prustete er und spießte mit dem Messer eine Wurst auf.

Naomi warf Anker einen beleidigten Blick zu und verkündete schnippisch: »Wer keine Moral kennt, wird auch dem Weg des Lebens und Lebenlassens nicht folgen.«

Keli begriff abermals nicht, aber stellte angesichts Naomis giftiger Miene keine weiteren Fragen.

»Keli, ich möchte dir nichts aufschwatzen. Ich bin überzeugt, wenn du älter bist, wirst du es verstehen. Ich bin mir ziemlich sicher, dass du jemand bist, der den *richtigen Pfad* auch ohne nachzuhelfen, finden und begehen wird.

»Jaja, irgendwann vielleicht, aber sicher nicht heute. Iss, sonst wirst du nämlich selbst zum Futter«, riet Anker Keli und biss mit sichtlichem Appetit und ungemein geräuschvoll in den aufgespießten Bärlauch-Knacker.

Keli war angesichts der Diskussion ein wenig verunsichert, doch hatte sie solchen Hunger, dass sie ihre Portion Würste in der Glut schließlich vorsichtig zu sich heranzog.

»So ist es gut«, schmatzte Anker lässig und stopfte sich den Rest der ersten Wurst gänzlich in den Mund.

Naomi stand abrupt auf und schlenderte ins Innere des weiten Raumes, wo die verschiedenen Gestelle, Schränke und Truhen verborgen waren.

»*Hey*. Haben wir uns nicht geeinigt, die Sachen später gemeinsam anzusehen?«, knurrte Loyd unter dem Filzhut hervor.

»Du kannst dich bei Anker bedanken, dass ich mich gezwungen fühle, etwas Abstand vom Aasgestank zu suchen«, stänkerte sie blasiert, während sie mit verschränkten Armen hinter dem Rücken die uralte Lagerungseinrichtung begutachtete.

Loyd richtete sich auf. Er sah sehr ausgezehrt aus. Sein ganzer Körper war trüb und vor Schwärzung kaum zu erkennen. Seine sonst strahlenden grauen Augen waren blutunterlaufen.

»Loyd, nimm dir das Licht aus dem Stein in deinem Rucksack. Wir werden im Tal des Ewigen Regens sicherlich irgendwo auf Lichtgeistchen stoßen, die uns etwas spenden können«, riet ihm Anker mit vollem Mund.

»Oder wir bedienen uns des Lichtes, das hier unten in rauen Mengen vorhanden ist. Oh, wow!«, seufzte Naomi fassungslos. »Kommt schnell her. Das müsst ihr euch ansehen.«

Mühsam ächzend erhoben sich Loyd, Keli und Anker und begaben sich an Naomis Seite. Die Ablageflächen waren alle mit einer dicken Staub- und Fellschicht übersät, doch unter dem jahrhundertealten Schmutz war deutlich zu erkennen, wie Steine in allen Größen und Formen auf den Platten aufgereiht lagen. Naomi hielt ein grünlich transparentes Mineral zwischen Zeigefinger und Daumen, durch dessen Inneres sich das Licht des Feuers brach und das Farbenspiel strukturlose, grün funkelnde Muster an die Wände warf.

»Meine Gurkenfresse. Wisst ihr, was das ist?«, brach es aus Anker heraus. Die anderen schüttelten die Köpfe. Selbst Loyd, der sich mit geologischen Funden recht gut auskannte, hatte ein solches Gestein noch nie zu Gesicht bekommen.

»Das ist ein Smaragd, ein Edelstein aus der Vorzeit. Vor der dimensionalen Fusion waren diese Dinger schon Unmengen wert, doch heute sind sie unbezahlbar. Ihr wisst ja alle, dass weißes Licht, also Altes Sonnenlicht aus den Sonnenlöchern, in Kristallen gebündelt und bei Bedarf im Körper aufgenommen werden kann. Hiermit, zum Beispiel«, Anker hob den brillierenden Smaragd demonstrierend über sein Haupt, »wäre es möglich, das grüne Spektrum des Alten Sonnenlichts zu synthetisieren. Damit könnte man kaum erforschte Lichttechniken ausführen, denn nur ganz wenige dieser Steine wurden nach der Verwüstung der Erde je gefunden. Leider werden die meisten dieser Juwelen heutzutage von den Mächtigsten jeder Präfektur gut verwahrt. Zierzon, der Präsident von Atlas, ist wohl der berühmteste von ihnen. Der soll ja bekanntlich eine mehrstöckige Tresorhalle voll von diesen Dingern besitzen und hat schon etliche Sachbücher über deren Vielfalt und Kräfte veröffentlicht. Und – ich werd' verrückt.« Anker hob einen weiteren kleinen Gegenstand auf und blies den Staub darauf weg. Er machte ein Gesicht, als hätte er gerade in der Lotterie gewonnen. »Das ist ein Aquamarin, wenn ich mich nicht täusche: der Stein des Mutes und des Friedens. Sowas habe ich noch nie gesehen, geschweige denn in meinen Händen gehalten.« Das brillierende bergquellwasserblaue Juwel ließ den ganzen Raum in gleißenden Lichtwellen erstrahlen. »Wenn wir zurück in Lichterloh sind, müssen wir unbedingt ihre Kräfte in der »Enzyklopädie der Edelmineralien und deren lichttechnische Eigenschaften« von Dr. Colmyros Zierzon nachschlagen.«

Anker reichte den Aquamarin ehrfurchtsvoll an Loyd weiter, der ihn genau beäugte.

»Kommt mal hier rüber. Hier gibt's eine Menge alter Bücher«, rief Naomi erregt und winkte die Truppe herbei.

Naomi zog einen der schweren Schmöker aus dem Schaft, wobei sie alle mit einer Staubdusche berieselte. Sie schlug ihn auf, doch zu ihrer Enttäuschung war kaum etwas zu erkennen. Das Buch war so alt und dauerhaft ungepflegt gewesen, dass die Schrift kaum leserlich war und viele Seiten zu Staub zerfielen, als Naomi sie nur berührte.

»Naomi, lass das bitte. Vielleicht kann man den Inhalt der Bücher noch retten, wenn wir sie professionell gereinigt und restauriert haben. Auf unserem Weg zurück aus Kael kommen wir hier noch einmal vorbei und nehmen die Bücher und die Edelsteine mit.«

Keli war ein wenig abseits hinter die Gestelle getreten. »Schaut mal her«, meldete sie sich plötzlich. »Hier gibt es Holzschwerter und einen goldenen Tisch.«

Anker, Naomi und Loyd traten raschen Schrittes auf Keli zu.

Anker pfiff laut durch die Zähne beim Anblick der geschwärzten Schwerter.

»Sunuke«, erklärte er kennerhaft, als er eines beim Griff packte. »Diese Holzschwerter, oder auch ›Bokuto‹ genannt, wurden noch in der Vorzeit gefertigt. Sunuke ist eines der Urhölzer, das vor mehr als tausend Jahren noch in dieser Region gewachsen war. Der Baum, ein Zaubernussgewächs, gehörte zu den ältesten und härtesten Gehölzen überhaupt. Deshalb hat man damals Schwerter aus diesem dunklen Holz gefertigt; für den Kampfsport. Das Zeichen hier«, Anker zeigte auf ein kleines Symbol am Schaft des Schwertes, »zeigt den Qualitätsgrad und wurde erst in der frühen Neuzeit eingraviert. Es ist ein ›九‹, ein ›Kyuu‹, das in der Ursprache ›Japanisch‹ die Zahl ›Neun‹ verkörpert und auch heute noch den höchsten Qualitätswert überhaupt angibt. Wenn ich mich nicht täusche, laden sich die Dinger bei diesem Qualitätsgrad binnen Sekunden wieder mit Schwärze auf, also könnte man damit einen Gegner nach dem andern aus dem Weg räumen. Diese Raritäten sind heute ein Vermögen wert, das kann ich euch sagen.«

Keli folgte Ankers Beispiel und hob ebenfalls ehrerbietig eines der Bokutos aus dem Ständer, in dem es horizontal liegend ausgestellt war.

»Ich denke, Gilbert wird nichts dagegen haben, wenn wir uns ein paar davon ausleihen«, schmunzelte Anker mit leuchtenden Augen.

»Und was ist das hier?«, fragte Naomi, die nicht ganz so begeistert von den Waffen schien wie der Rest der Gruppe und zeigte auf einen goldenen Altar.

»Das, meine Liebe, ist ein antiker Lichtträger, möglicherweise sogar ein Prototyp seiner Art. Heute gibt es natürlich bessere Transportmittel, aber früher wurden direkt an der Quelle der Sonnenlöcher große Mengen an Altem Sonnenlicht in diesen Gefäßen gesammelt und nach Kael transportiert. Kein Wunder, dass Gilbert so lange ausgeharrt hat.« Anker fing an, am dreibeinigen, goldenen Behälter zu hantieren. »Wenn ich mich nicht irre, ist das sogar ein Lichtaltar der Blausternengemeinschaft; einer der ersten, die überhaupt gebaut wurden.«

»Ah, ist das so«, murmelte Naomi freudlos und wandte sich ab.

»Wie geht es eigentlich deinem Vater? Habt ihr einander getroffen?«, erkundigte sich Anker ein wenig befangen.

Loyd, der gerade dabei war, eine Sammlung antiker Münzen zu untersuchen und das Gespräch mit halbem Ohr mitgehört hatte, wusste natürlich, worauf Anker hinauswollte. Naomis Mutter war vor einiger Zeit verschwunden und hatte sich, gemäß Naomis Vater, offenbar kurz vor Ihrem Untertauchen einem religiösen Kult angeschlossen.

Naomi zögerte einen Augenblick, bevor sie antwortete: »Ich habe ihn vor einer Woche zum ersten Mal, seit *sie* verschwunden ist, wiedergesehen und ihm mitgeteilt, dass ich für längere Zeit auf einer heiklen Expedition sein werde. Aber er wollte oder konnte mir auch nicht mehr über die angebliche Anhängerschaft meiner Mutter bei der Blausternengemeinschaft erzählen.«

»Und, habt ihr euch versöhnt?«, ermunterte Anker sie zum Weitersprechen.

»Anker, bitte, ich will nicht darüber reden. Aber danke für die Zuwendung.«

Anker nickte nur stumm, griff in ein faustgroßes Loch im Altar und zog einen in weißem Licht erstrahlenden Stein hervor. In diesem Augenblick bemerkte Naomi die dicken Rauchschwaden, die über dem Feuer hochstiegen.

»Unser Essen!«, kreischte sie und stürzte auf die Feuerstelle zu, um ihren Lauch zu retten. Doch es war zu spät. Auch die anderen kamen herbeigeeilt. Keli und Naomi zogen beide mit tiefer Bestürzung ihre verkohlten Überreste aus der Glut.

»Tja. Wer sich über Futter streitet, wird am Ende ohne einen Happen dastehen«, spottete Anker, der sich ein Grinsen nicht verkneifen konnte und Loyd den grell leuchtenden Kristall zuwarf.

»Sagt genau der Richtige, der sein Essen hinunterschlingt, bevor es überhaupt richtig gar ist«, höhnte Loyd, der den Stein zwischen den Handflächen positionierte und die Augen schloss. Man konnte gut erkennen, wie Loyds finstere Aura, die seinen Körper umhüllte, sich auf seine geschlossenen Hände zubewegte und sein

Äußeres allmählich wieder in den ursprünglichen Farben zum Vorschein kam. Er grinste zufrieden und warf den Stein, der sich pechschwarz vollgesogen hatte, auf seinen Rucksack.

»Wer will eine Wurst?«, fragte Loyd so sonnig und wolkenlos in die Runde, dass die Umstehenden zweimal hinblicken mussten, um zu erkennen, wer vor ihnen stand. Loyd schien wie neugeboren. Nachdem er seine Bärlauch-Knacker gebraten und Keli einen davon abgegeben hatte, schärfte sich das Gesprächsthema wieder auf die Zukunft. Einen Bissen von der Wurst nehmend, dann an einem Brötchen aus dem Rucksack kauend, verfolgte Keli die Debatte mit gespannter Miene. Ihren neu erlangten Schatz, das antike Sunukeschwert, hatte sie stolz auf ihren Oberschenkeln positioniert.

»Am besten fragen wir Gilbert, wenn er zurück ist, ob er uns unterirdisch nach Kael begleiten kann oder uns wenigstens den Weg dorthin zeigt«, schlug Naomi vor, die bedächtig nur eine Nuss auf einmal aus dem Beutel zog und sich in den Mund schob.

»Das ist, meiner Meinung nach, keine gute Idee«, erwiderte Loyd brüsk. »Einerseits werden die Schmelzfrontler mit Sicherheit bald mit Verstärkung zurück sein, und andererseits …«, er senkte seine Stimme zu einem kaum hörbaren Wispern. »Wer sagt eigentlich, dass wir diesem Ziegendings überhaupt trauen können. Wir wissen nichts über das Monster.«

»Serau, es ist ein Serau«, wurde Loyd von Naomi berichtigt. »Das sind Herbivore und sie ernähren sich ausschließlich von Pflanzen, falls es dich interessiert.«

»Tut es aber nicht.« Loyds Stimme schwoll wieder an: »Der einzige Weg, den wir kennen und auf dem wir sicher ins Zentrum gelangen können, ist jener an der Oberfläche. Nach der heutigen

Hetzjagd müssten wir uns doch bereits in der Nähe des Taders befinden.« Loyds rechter Zeigefinger zeigte auf die landschaftlichen Darstellungen an den Wänden. »Darum, denke ich, versickert auch so viel Wasser in den Gemäuern.

»Was bedeutet Tader?«, warf Keli flugs ein.

Anker, der eigentlich Loyd Antwort geben wollte, wandte sich rasch an Keli. »Das ist die Abkürzung für ›Tal des Ewigen Regens‹.« Dann richtete er den Blick wieder auf Loyd, der diesen grimmig erwiderte. »Loyd, wir wissen nicht, was da oben los ist. Die Schmelzfront könnte unterdessen den lichterlohenen Regierungssitz belagern. Wenn das bereits geschehen ist, könnten sie als nächsten Schritt sämtliche politischen Außenposten Lichterlohs besetzen. Das würde bedeuten, dass wir Gefahr liefen, am Grenzgebäude vor dem Schwarzen Vorhang von Schmelzfrontlern überrumpelt zu werden. Jetzt überleg mal, wenn wir dort auftauchen und uns eine Schar von diesen Idioten abpasst, ist es vorbei mit uns.«

»Aber wenn die unterirdischen Gänge Richtung Kael von Unlicht durchflutet sind oder noch mehr Schmelzfrontler in die Tunnel heruntersteigen, um uns zu finden, was dann?«, entgegnete Loyd aufgebracht.

»Loyd, wieso bist du immer so negativ?«, fiel nun Keli wieder ins Gespräch ein.

Ehe Loyd antworten konnte, tat es Anker an seiner Stelle, dem ein Familienstreit nicht gelegen kam: »Keli, dein Bruder ist keineswegs ›negativ‹. Das nennt man ›kritisch‹. Ich habe dir schon einmal erklärt: ›Kritisches Denken‹ gehört zu den wichtigsten akademischen Disziplinen überhaupt. Die Debatte, die wir führen, dient dazu, verschiedene Optionen aufzudecken, diese wahrzunehmen und uns auf die beste davon zu fokussieren, mit der wir alle einverstanden sind. Das hat nichts mit Negativität zu tun.«

Anker zwinkerte Keli wohlwollend zu, doch diese fühlte sich wie ein kleines, dummes Kind, dem man beizubringen versuchte, dass Addieren und Subtrahieren zweierlei war.

»Na gut, dann möchte ich auch etwas vorschlagen«, räumte Keli ungehalten ein.

»Nur zu. Deine Meinung zählt hier genauso viel wie die unsere«, ermunterte sie Anker zuvorkommend.

»Warum trennen wir uns nicht einfach? Wenn Loyd nach oben gehen möchte, dann kann er doch allein gehen. Ich denke, wir hätten eine größere Chance, nach Kael zu kommen, wenn wir versuchen würden, getrennt dorthin zu gelangen.«

»Das kommt auf keinen Fall in Frage. Wir sind von der Regierung aus klaren Vorschriften unterstellt, die eingehalten werden müssen. Diese schreiben uns deutlich vor, dass wir, während wir uns außerhalb von geschützten Räumlichkeiten befinden, zusammenbleiben müssen, was auch immer passiert.«

Tapp – tapp – tapp. Die vier Augenpaare des Teams huschten zum Tunneleingang. Gilberts gewaltiger Ziegenkopf tauchte im gebogenen Rahmen auf, danach kamen seine Hufe, sein mächtiger Brustkasten und schließlich seine schleppenden Hinterbeine und der kurze, graue Schwanz zum Vorschein. Im bläulichen Flackern der Laternen und der schwindenden Glut sah der Serau einfach nur furchteinflößend aus.

»LASST EUCH NICHT VON MIR STÖREN«, dröhnte Gilbert langsam, aber eindringlich und blieb vor den rastenden Teamgenossen stehen. »ICH WERDE MICH JETZT HINLEGEN. BIS MORGEN SOLLTEN WIR HIER SICHER SEIN. ICH HABE

KEINE WEITEREN ANGREIFER MEHR GESICHTET, ABER SEHT EUCH VOR DEN DUHNKNIRPSEN IN DEN SCHATTEN VOR, DIE MÖGEN FREMDE. ICH WÜNSCHE EUCH ERHOLSAMEN SCHLAF.«

Die vier Rastenden hatten noch immer großen Respekt vor dem Wesen und erwiderten seine Worte allesamt mit kleinlauten Gute-Nacht-Wünschen. Der Serau zog an ihnen vorüber, begab sich in den hinteren Abschnitt des erweiterten Gewölbes und legte sich neben dem säuselnden Bach nieder.

»Ich denke, es ist Zeit, dass wir auch ein oder zwei Augen zu tun, um wieder zu Kräften zu kommen. Morgen sehen wir weiter«, schlug Anker vor und gähnte herzhaft. »Meine Gurkenfresse, bin ich müde. Zum Glück haben deine Instinkte so gut mitgespielt, als wir umzingelt waren, sonst weilten wir jetzt womöglich nicht mehr unter den Lebenden«, lobte er Keli und legte sich auf dem ausgebreiteten Schlafsack auf den Rücken.

Die Gruppe machte keine Anstalten mehr, sich die Zähne zu putzen. Ihre Notdurft verrichteten sie in der versteckten Ecke, wo der Wasserlauf in die Zimmerwand einmündete. Sie waren todmüde und breiteten nur noch kurz ihre Schlafsäcke aus, in die sie sich einhüllten. Es war bedenklich kühl im Saal, doch die Glut des Feuers wärmte den Boden unter ihnen.

Keli sah noch lange in die glimmenden Überreste des Feuers, die langsam an Farbe verloren und ein helles Grau annahmen. »Folge nur dem Licht« erklang die Stimme Shidares, der Hängekirsche, in ihrem geistigen Ohr. Was die Worte wohl zu bedeuten hatten, und wie standen sie in Bezug auf das Hier und Jetzt? Was wäre der nächste Schritt, mit dem sie dem »Licht« näherkommen konnte? War sie überhaupt auf dem richtigen Weg, oder bezog sich die Botschaft auf etwas ganz anderes? Vielleicht hieß »Licht« ja gar nicht Licht im wortwörtlichen Sinne, sondern hatte eine übertragbare Bedeutung?

Schatten zogen an Keli vorbei. Große, fliegende Schwerter glitten kreuz und quer über den Himmel. Die Klingen begannen, sich gegenseitig zu zerstückeln und die kleinen Holzsplitter verteilten sich überall auf dem Boden, wo winzige Leute sie auffingen und sich genüsslich in den Mund steckten. Die mickrigen Menschenwesen hoben die Hände für mehr, doch nur noch ein einziges Schwert blieb übrig, das sich nicht selbst zerkleinern konnte. Es flog davon, immer in dieselbe Richtung bis in die Weiten der Unendlichkeit, während ihm die Menschenwesen mit verzweifelten Gesten folgten …

Ein Raunen ließ Keli die Augen aufschlagen. Sie hatte geträumt – aber dieses Flüstern gerade eben. War es auch Teil ihres skurrilen Traums gewesen? Sie getraute sich nicht, den Kopf zu heben. Das Feuer vor ihren Augen war endgültig erloschen und nur das dumpfe Flackern der Laternen erhellte den Aschehügel.

»Ja, ich kann sie sehen. Aber was sind das für Viecher?«

»Wo?«

»Die, die da am Boden rumflitzen. Uhrg, das ist unheimlich.«

»Was erzählst du da für einen Stuss. Also ich sehe nichts.«

»Dann bist du eben zu blöd dafür.«

»Au! Hau mich nicht.«

»Verdammt, nicht so laut.«

»Scheiße, ich glaube, sie haben uns gehört.«

»*Kommandoeinheit 28 – ANGRIFF! Marsch, marsch!*«

Auf diese Worte brach ein wildes Chaos los. Keli schlüpfte aus dem Schlafsack und wollte Loyd wachrütteln, doch der war gar nicht da. Keli griff nach dem Sunukeschwert und richtete sich blitzschnell auf. In diesem Augenblick sprang etwas Riesiges über sie hinweg. Es war Gilbert, der auf den Tunneleingang zustürmte. Die Angreifer rasten mit Gebrüll in den Raum und fuchtelten wild mit ihren geschwärzten Schepperklingen umher. Als die ersten Widersacher durch den Torrahmen geplatzt kamen, gab es einen Knall und ein in den Ohren schmerzendes Knistern durchdrang die Atmosphäre. Ein Gangster nach dem anderen bekam einen Schlag auf den Kopf und sank trübe gefärbt über einem bewusstlosen Haufen zusammen.

Bald begriffen die nachziehenden Schmelzfrontler, dass über dem Torbogen jemand lauern musste, der den Soldatensalat anrichtete. Sie stürmten deshalb in Zweiergruppen in den Raum, so dass Loyd, der unsichtbar über dem Portal hing, jedes Mal nur noch einen Einzelnen treffen und der andere in den Saal hineingelangen konnte. Dann war Gilbert an der Reihe. In ungeheurer Rage schnappte er einen Angreifer nach dem anderen, schüttelte ihn über seinem Haupt und warf ihn durch die Luft.

Es regnete förmlich Holzschwerter, Filzhüte und uniformierte Widersacher, doch der Ansturm schien nicht abzuschwellen. Im Gegenteil, im Saal herrschte solch ein Durcheinander, dass Loyd völlig den Überblick verlor. Im Gewirr wurde er von einem durch die Luft wirbelnden Holzschwert getroffen und fiel zwei Meter in die Tiefe, wobei er wieder sichtbar wurde.

»Loyd!«, schrien Keli und Naomi wie aus einem Munde.

Gilbert, der gerade mit seiner Riesenpfote zwei Schmelzfrontler auf einmal von den Füßen fegte, fuhr hastig herum. Er erblickte Loyd, der zappelnd vor dem Tor auf dem Soldatenhaufen lag, dessen stolzer Urheber er war.

»GEHT! AM ENDE DES BACHS IST EIN WEITERES WÄCHTERMAL«, röhrte Gilbert durch das Chaos hindurch.

Keli verstand sofort. Sie schnappte sich ihren und Loyds Rucksack und zusammen mit Naomi rannte sie zu den Regalen ganz hinten im Raum, wo Anker sich mit zwei Bokuto in den Händen versteckt hielt.

»Hier irgendwo muss ein Abdruck sein«, keuchte Keli aufgebracht und untersuchte hastig das in die Mauer mündende Becken. Und tatsächlich, dort wo die Quelle zu sein schien und das Wasser hervorsprudelte, offenbarte sich ein weiterer, bläulich leuchtender Abdruck, der von wildbunten Mosaikkreisen umrahmt war. Keli legte ihre Hand auf den viergliedrigen Schemen und sofort zog sich vor ihnen die Wand nach links weg.

Zum Vorschein kam ein kleiner Durchgang, der nur wenige Meter lang war. Am Ende der kurzen Passage befand sich eine schlichte Steinmauer, an welcher dieselbe Gattung Sprossen angebracht war, wie jene, auf denen sie anfangs in das Tunnelnetz hinuntergestiegen waren. Weit oben über der Leiter entdeckte Keli eine Art runde Klappenvorrichtung, die möglicherweise aufwärts weggestoßen werden konnte.

Hinter ihnen war die Hölle los. In Gilbert schien nun das wahre Monster entfacht worden zu sein: Er stellte sich auf zwei Beine und stampfte mit unheimlicher Wucht auf den Boden. Eine Schockwelle durchdrang den Raum und zwang jeden einzelnen der Angreifer in die Knie. Dann warf er sich den ohnmächtigen Loyd über den Rücken und galoppierte den drei Flüchtenden hinterher. Naomi war vorangegangen und bereits am oberen Ende der Leiter angelangt. Mit aller Kraft drückte sie gegen die Pforte, doch die Vorrichtung machte keine Anstalten, ihnen Durchlass zu gewähren.

»LASST MICH RAN, SCHNELL!«, dröhnte Gilberts Stimme durch die Passage.

Naomi kletterte mit ihrem gewaltigen Rucksack und der Artenfibel wieder herunter, als Gilbert vor sie trat und Loyd mit der Schnauze behutsam vor sie auf den nassen Boden legte. Dann machte er einen gewaltigen Satz und arbeitete sich ungelenk bis zur kreisrunden Pforte vor. Währenddessen hatten sich die Schmelzfrontler zum Torbogen zurückgezogen, um sich neu zu formieren. Anker kramte in seinen Taschen und zog einen Lichtkristall hervor, den er Loyd in die Hände drückte. Sofort verflüchtigte sich die trübe Aura um Loyd herum und strömte aus seinen Fingern, wobei sich der Stein in finsterer Schwärze zu färben begann. Loyd blinzelte zwar etwas orientierungslos, aber wieder wach, in die Runde. Ein Donnern war zu hören. Alle blickten den Schacht empor, wo Gilbert mit seinem gehörnten Kopf ausholte und ihn gegen die massive Steinblockade wuchtete. Er stieß mit aller Kraft gegen das widerspenstige Portal, bis jäh blassbläuliche Lichtstrahlen auf sein Fell fielen.

Der Felsen war verschwunden und anscheinend führte die Leiter nicht in einen weiteren Tunnel über ihnen, sondern ins Freie. Dicke Regentropfen klatschten durch die Öffnung auf den Tunnelboden herunter. Doch nun hatten sie ein anderes Problem. Die Schmelzfrontler hatten sich neu gesammelt und kamen nun scharenweise auf sie zugestürmt. Gilbert sprang von der Leiter, wobei es beim Aufprall alle Expeditionsmitglieder glatt von den Füßen warf.

»GEHT. JETZT!«, donnerte Gilbert und rammte eine Schneise

in die heranpreschende Soldatenwand.

Loyd sprang wankend auf die Füße und nahm den Rucksack entgegen, den Keli noch immer für ihn trug. Naomi ging zuerst. Nur mit Mühe schaffte sie es mit all ihrem Gepäck die nun nassen und glitschigen Sprossen hoch. Als sie schon fast draußen war und nach dem nassen Gras ringsum griff, rutschte sie auf dem schlüpfrigen Schachtrand aus und verlor dabei das Gleichgewicht. Zu ihrem Glück war ihr Keli dicht auf den Fersen, wobei ihr Kopf Naomis Füßen Halt bot. Keli, die weniger Mühe mit dem Klettern hatte, drückte mit der gesamten Kraft, die sie aufbringen konnte, gegen Naomis zappelnde Füße und half ihr so zur Oberfläche hinauf. Als sie sich aufgerichtet hatte, warf Naomi ihr Gepäck zur Seite, kniete an der Öffnung nieder und half Keli heraus. Unterdessen war Gilbert unten wild am Toben. Er hatte da und dort einen schwärzenden Schwerthieb abbekommen, doch richtete er weit mehr Schaden an, als er einsteckte. Er rammte, biss, schüttelte und stampfte, dass den Angreifenden Sehen und Hören verging.

»Los, als Nächstes gehst du, Anker. Ich mach' den Schluss. Gib mir deinen Rucksack«, sagte Loyd bestimmt.

Anker ließ sich das nicht zweimal sagen und fing an, sich schwerfällig die Leiter hochzuarbeiten. Loyd hatte erwartet, dass Anker sich schwertun würde, und als er dann noch im Loch oben feststeckte, musste Loyd wohl oder übel nachhelfen. Er kletterte beladen mit zwei schweren Rucksäcken umständlich die Sprossen hinauf und drückte mit seinen Schultern gegen Ankers korpulentes Gesäß. Zeitgleich zogen Naomi und Keli wie verrückt an der Oberfläche. Mit einem schwabbeligen »Flutsch« war er schließlich hindurch.

*Zum Glück regnet es, sonst hätten wir es wahrscheinlich nicht ge-*

*schafft*, dachte Loyd von der Ironie der Szene gepackt, gequält lächelnd und hüpfte aus der Öffnung an die frische Luft.

Das Toben des Seraus war nur noch als Echo zu hören. Hin und wieder erzitterte noch das Terrain um den geheimen Durchschlupf herum, dann trat auf einmal Stille ein.

»Was machen wir jetzt? Den Ausgang versperren?«, stiess Loyd atemlos hervor.

»Schieben wir das Loch zu«, keuchte Anker kreideweiß im Gesicht und mit krächzender Stimme.

»Wartet!«, schrie Keli plötzlich.

Loyd, Naomi und Anker fixierten sie mit den Augen. Dann, als niemand etwas sagte, wollte Loyd schon unterstreichen, dass dies der falsche Zeitpunkt für Nächstenliebe war, als Gilberts von Schmerzen verzerrte Schnauze aus der Öffnung geschossen kam. Er grunzte erschöpft und versuchte sich, ausgelaugt wie er war und mit blutenden Platzwunden am ganzen Körper, an der felsenartigen Klappe ins Freie zu ziehen. Doch dann gaben die Gliedmaßen des Seraus nach und er zog das Gewicht des schweren Felsblocks mit sich in die Tiefe. Die Umstehenden machten noch Anstalten, ihm zu Hilfe zu hechten, doch es war bereits zu spät. Nur für einen kurzen Augenblick waren die schauerlichen Klagelaute der Schmelzfrontler aus dem Abgrund zu vernehmen und verstummten jäh, als das entsetzte Antlitz Gilberts im Schacht verschwand und sich der Felsen mit einem gewaltigen »Rums« wieder fest mit dem Erdboden paarte.

# DAS TAL DES EWIGEN REGENS

Keli stieß einen tiefen, erbitterten Seufzer aus. Sie saß in abgekämpfter Haltung auf dem vom Regen durchtränkten Sumpfboden. Ihre Kleider waren inzwischen völlig durchnässt. Mit vereinten Kräften hatten sie versucht, den mächtigen Felsblock zu bewegen, jedoch ohne Erfolg. Was nun mit Gilbert geschehen würde – Keli wollte es sich nicht ausmalen. Sie hoffte, der Serau würde noch genügend Kraft aufbringen können, um den Terroristen zu entfliehen.

Keli sah sich um. Erst jetzt, da die Gefahr vorübergehend gebannt schien, wurde sie sich ihrer Umgebung bewusst. Ihr Blick lieferte ihr zu ihrer Verblüffung nach allen Seiten ein und dieselbe Aussicht. Unnatürlich hochgewachsene Wiesenblumen, kräuterartige Gewächse und Schilfhalme türmten sich dicht aneinandergeschmiegt um einen kahlen Kreis, in dem sich das Forscherteam gegenwärtig aufhielt. Ein einzelner Felsbrocken ruhte schwer und einsam in der Mitte der Wiesenlichtung: das Tor zur Unterwelt, aus dem sie eben gekrochen waren.

Keli hob den Kopf. Der Regen fegte unaufhörlich über die verharrende Gruppe hinweg und drohte, sie bis auf die Knochen zu durchtränken. Finstere Sturmwolken, durch die ein düsteres Nachmittagsblau sickerte, hingen tief über dem Gelände und bewegten sich zügig in dieselbe Himmelsrichtung. Dementsprechend war es auch windig. Die gilberthohe Wand aus Blüten, Blättern und Stängeln, die sie umgab, wiegte sich in den würzig riechenden Böen hin und her.

»Ziehen wir die Regenmäntel an, bevor wir bis auf die Haut nass sind«, unterbrach Anker das erschlagene Schweigen in gefasstem Ton. »Hier sollten wir vorerst in Sicherheit sein. Seid ihr alle wohlauf?«

Allgemeines, schwächliches Kopfnicken beantwortete seine Frage.

»Das ist die Hauptsache. Sehr gut. Nun müssen wir uns zuerst einmal neu orientieren. Weiß einer, wo wir sind?«,

»Im Tal des ewigen Regens, wo denn sonst!«, versetzte Loyd schroff und schlug sich demonstrativ einen nassen Ärmel in den Schoß.

»Das dürfte stimmen«, bestätigte Anker. »Die Frage ist: wo genau? Wie finden wir das in dieser Gegend heraus?«

»Ich weiß, ich weiß – wir müssen uns an den Wirbelstürmen orientieren«, ließ Loyd desinteressiert verlauten.

Anscheinend war Ankers Frage eine jener, die Loyd, der Student, auf dem Weg nach Kael schon mehrmals hatte beantworten müssen.

»Wirbelstürme?«, horchte Keli erstaunt auf.

»In der Tat«, sagte Anker und schnippte mit den Fingern. »Es gibt zwei davon, und sie toben immer, oder meistens, an denselben Orten. Wenn man von Lichterloh aus nach Kael reist, muss man sich an diesen wirbelnden Windmachern orientieren. Die Wiesen in den Windschneisen wachsen so rasch wieder nach, dass es hier draußen keine permanenten Wege gibt. Und nun, sieht jemand einen der Zwillinge?«

Keli ließ den Blick über den Fetzen Himmel schweifen, der kreisrund über dem Wiesendach zu erkennen war, doch konnte sie weder wirbelnde Windsäulen noch schwarze Gemäuer ausmachen. Der Wall aus Pflanzen war einfach zu hoch. Loyd war der erste, der einen Einfall hatte und den Felsen bestieg, doch brachte die Erhöhung ihm nur einen beschränkten Sichtbonus.

»Ich glaube, ich kann einen der Stürme sehen«, verkündete Loyd zur Überraschung der anderen, während ihm der vom Wind herangetragene Regen unfreundlich ins Gesicht klatschte. »Ich kann aber nicht beurteilen, welcher es ist.«

»Soso«, stichelte Anker stimmungsvoll. »Ist unser guter Loyd der Laienarbeit nicht gewachsen.«

Anker wollte Loyd sicherlich nur aufziehen, aber Loyd war nicht in der Stimmung für Späßchen.

»Dann mach's doch selbst, wenn du kannst«, maulte er und hüpfte genervt vom glitschigen Stein hinunter.

»Loyd«, mischte sich nun Naomi ein. »Das war doch als Scherz gemeint. Warum gleich so zynisch?«

»Verdammt noch mal. Wir haben momentan weder Zeit noch Spielraum für Scherze«, schnauzte er Naomi an.

»Nein, Loyd. Wir haben keinen Raum für Aggressionen und Respektlosigkeit! Das trifft es wohl eher«, fauchte sie zurück.

Keli sah mit Genugtuung zu, wie Naomi Loyd in die Schranken wies. Jemand musste endlich mal etwas gegen die Dreistigkeit ihres Bruders tun.

Dann meldete sich Anker wieder: »Naomi, ist schon gut. Loyd hat recht. Es war taktlos von mir und wir müssen uns wirklich beeilen.« Anker sprach in mildem Ton, musterte Loyd aber leicht gereizt. »Hört her. Wir sind aus dieser Richtung gekommen.«

Anker schwenkte seine Hand dorthin, wo Loyd einen der Wirbelstürme vermutete.

»Leider werden wir die übliche Route von Lichterloh aus nicht begehen können, was uns den Fußmarsch nochmals um einiges erschweren wird. Erstens wissen wir nicht, wo die Marschstrecke sich von hier aus befindet und zweitens könnten Schmelzfrontler auf dem Weg lauern. Deshalb werden wir auf die Suche nach der Hauptroute verzichten und uns an den beiden Windhosen orientieren, wie das unsere Vorfahren schon getan haben. ›Davian‹ ist ja bekanntlich etwa zwanzig Kilometer von Lichterloh entfernt und der zweite Sturm, ›Tylpe‹, der in derselben Talsenke wie das Grenzhaus wütet, rund fünfunddreißig Kilometer. Wir haben gestern sicherlich an die zwanzig Kilometer hinter uns gebracht. Also sind wir hier mit ziemlicher Sicherheit knapp am ersten Sturm vorbei. Nun, was denkt ihr?«

Loyd kam sich dumm vor. Soweit hätte er die Puzzleteile auch selbst zusammenfügen können.

»Von mir aus. Ich gebe mich geschlagen«, gestand Loyd und machte eine geschwollene Verbeugung.

»Loyd«, ermahnte ihn Naomi, doch Anker fuhr fort und tat so, als hätte er Loyds alberne Geste nicht gesehen: »Ich schlage vor, wir gehen in diese Richtung weiter.«

Anker zeigte mit der Hand in die entgegengesetzte Richtung von Davian.

»Wenn wir uns beeilen, könnten wir bis heute Abend das Grenzgebäude zum Schwarzen Vorhang erreichen, wo sich die lichterlohene und die atlassische Grenze zu Kael treffen. Dort können wir übernachten, und zwar in einem richtigen Bett. Die haben auch ein kleines Restaurant mit Biergarten, wo sie atlassische Spezialitäten servieren: Leutengründische Krabbenburger zum Beispiel und riesige Weißbierstiefel. Ohoho …«, informierte Anker seine Gefolgschaft nun wieder um einiges besser gelaunt als noch vor wenigen Augenblicken. »Nun denn, gibt es Einwände? Habt ihr euren Regenschutz und die Gummistiefel an?«

Da kein Einspruch erhoben wurde, zogen die Mitglieder des Teams allesamt die fast hüfthohen Watstiefel an, die sie bis zu diesem Zeitpunkt in ihren Rucksäcken verwahrt hatten. Anker wies außerdem darauf hin, auch trockene Socken anzuziehen, wobei er vor einer Krankheit namens »Immersionsfuß« warnte, welche die Füße bei zu langem Kontakt mit verunreinigtem Wasser verwesen lassen würde. Keli wollte sich dies lieber nicht vorstellen, aber sie begriff schnell, dass Ankers Anweisungen nicht von ungefähr kamen. Als sich die Truppe nämlich in Bewegung setzte, sanken ihre Beine teils bis über die Schienbeine hinweg in den sumpfigen und matschigen Morast ein. Keli fragte sich schon bald, ob es nicht vielleicht ein wenig optimistisch von Anker war, es schon am Abend fünfzehn Kilometer durch diese widerspenstige Moorlandschaft geschafft zu haben, doch sie behielt ihre Vorahnung für sich.

Loyd stapfte trotzig voraus und walzte die Wiesenwand mit einem der Bokutos, welches sie aus Gilberts Kammer hatten mitgehen lassen, nach vorne nieder. Jeder einzelne Schritt war eine Qual. Zuerst fand Keli den Wald aus Gräsern und Blumen zwar noch recht spannend, denn die vielen unterschiedlichen Arten von Blüten und Kräutern waren interessant und der frische Wind, der sämtliche Duftnoten der Pflanzen ringsum mit sich trug, war schlichtweg ein Genuss für den Geruchsinn. Jedoch änderte sich ihr Gemütsbild schon nach wenigen Minuten, und sie konnte nur noch an das unangenehme Gefühl der klebrigen Kleidung an ihrem Körper und die auslaugende Anstrengung denken. Auch das andauernde Heraushieven ihrer Füße aus dem Schlamm zerrte an ihren Energiereserven. Es folgten zwar Abschnitte, wo die von

Loyd umgeknickten Halme eine begehbare Brücke bildeten, meistens aber gab die nasse Erde darunter nach und ließ einen fast knietief im Dreck einsacken. Keli bemerkte bald, dass sie selbst wohl am meisten Mühe hatte, mitzuhalten, denn die anderen zogen ohne ein Wort der Klage weiter und weiter. Sie waren schließlich auch schon mehrere Male im Zentrum gewesen.

*Das ist in gewisser Hinsicht unfair*, dachte Keli missgelaunt. Bald waren sie umgeben vom lauten Gesurre Hunderter, wenn nicht Tausender blutsaugender Mücken, die sich gierig auf jeden Millimeter Haut stürzten, den sie auf den Armen und Gesichtern ihrer Beute finden konnten.

Keli atmete unter den negativen Einflüssen ihres psychischen sowie physischen Zustandes immer schneller ein und aus. Ihr Rachen begann fürchterlich zu brennen. Sie ruderte energisch mit den Armen, um den aufdringlichen Moskitoschwarm zu vertreiben, der ihr den Marsch unerträglich gestaltete und ihr allmählich Tränen in die Augen trieb. Sie wollte sich eigentlich erkundigen, ob sie mal eine Pause einlegen konnten, aber der richtige Zeitpunkt schien sich nie zu offenbaren. Nach etlichen Stunden, so kam es Keli vor, war ihr der ununterbrochene Fußmarsch endgültig verleidet. Überall sah es gleich aus und keiner hörte ihren stummen Aufschrei der Erschöpfung. Sie konnte nicht mehr und blieb stehen.

»Keli, was ist los? Brauchst du eine Pause?«, keuchte Naomi schwer.

»Ich – ja. Mir tut alles weh«, krächzte sie ausgezehrt und den Tränen nahe. Ihr Rachen war unterdessen zugeschwollen. Ihr sonst buschiges, schwarzes Haar klebte ihr unangenehm auf der Stirn und es fühlte sich an, als stünde sie in einer mit Schmelzwasser gefüllten Badewanne.

Anker drehte sich ungeschickt um. »Puh, ich könnte auch einen Schluck Wasser vertragen – Loyd, wir machen kurz Halt«, dröhnte Anker durch den Sumpf, dorthin, wo Loyd unermüdlich eine Schneise in die Wiese drückte.

»Ich gehe schon mal vor. Ihr könnt ja nachkommen«, rief Loyd zurück.

»Das gefällt mir nicht. Wir sollten zusammenbleiben. In diesen Sümpfen hat sich schon so mancher verirrt und ist nie wieder zurückgekehrt. Und Viecher gibt es hier; das willst du dir gar nicht vorstellen«, wandte sich Anker an Keli, während er den Deckel seiner Wasserflasche aufschraubte.

»Loyd, bleib stehen!«, schrie Keli in Loyds Richtung, doch dieser beachtete ihre Worte nicht. Verbissen kämpfte er sich weiter und machte den Weg für seine Gefährten frei.

»Ich geh' und rede mit ihm«, bot Naomi an, deren Atem sich ein wenig beruhigt hatte.

Just in jenem Moment, als Naomi ihre Gummistiefel schmatzend aus dem Schlamm zog, hallte Loyds Stimme zu ihnen herüber: »Hey Leute, ich kann Tylpe und das Grenzgebäude sehen.«

Die drei Zurückgebliebenen traten mit klatschenden Schritten auf Loyd zu. Keli, die ihren Bruder eigentlich mit der Frage konfrontieren wollte, warum er sich so miserabel benahm, schluckte ihren Ärger hinunter, als sich vor ihr der Ausblick auf eine weite, hügelreiche Wiesenlandschaft auftat, in deren Senke sich unzählige kleine Seen spiegelten. Das Nachmittagsblau hatte sich langsam in einen giftigen Gelbton verwandelt. Überall krochen schwarze Nebelfetzen wie Greifarme aus der ungewöhnlich tiefliegenden Wolkendecke. Was Keli aber angesichts dieses Panoramas sofort ins Auge stach und ihr den Atem verschlug, war eine riesige, gekrümmte, dunkelgraue Windsäule, die im Westen die Sturmwolken mit der Erdoberfläche verband. Zeitweilig konnte Keli erkennen, wie der Wirbelsturm sich um die eigene Achse drehte, ansonsten jedoch erweckte es den Anschein, als stünde die Säule still. Es war ein beunruhigender Anblick, musste sich Keli mit Unbehagen in der Brust eingestehen, als sie die Augen für zwei Sekunden schloss und sie dann wieder öffnete, um sich zu vergewissern, dass das Schauspiel vor ihren Pupillen kein Streich ihres Sehsinns war.

Die finsteren Wolken über dem Tal wurden von Minute zu Minute dunkler und drohten, zu einem heftigen Gewittersturm heranzuwachsen. Ob dieser noch mehr von dem ohnehin permanent fallenden Regen mit sich bringen würde? Dies war nicht dieselbe Art von Niederschlag, die man auch einige Male im Jahr in Hildenberge erleben konnte, nein, dies waren traubengroße Tropfen, die einem schmerzhaft auf den Oberkörper schlugen.

»Das sieht gar nicht gut aus. Seht mal, da«, sagte Anker, der endlich zur Gruppe aufgeschlossen hatte.

Kelis Aufmerksamkeit war derart von der Windhose über dem westlichen Terrain absorbiert gewesen, dass sie die aufsteigenden Rauchwolken im Osten des Tals gar nicht bemerkt hatte. Nur ganz schwach, durch den zunehmenden Regenschauer hindurch, konnte Keli in der Ferne ein Gebäude ausmachen, über dem sich aufsteigende schwarze Rauchsäulen mit den ausgreifenden Nebelklauen wie zum Gruß verbanden. Auch hatte sie das Gefühl, von weither Hilferufe hören zu können, doch sicher war sie sich nicht dabei.

»Ich fass' es einfach nicht. Das ist das Werk der Schmelzfront, oder etwa nicht?«, zürnte Naomi aufgebracht.

»Wird es wohl sein. Ich frage mich, wie es in Lichterloh gerade zu- und hergeht. Es sieht so aus, als hätte man die Lage noch nicht wieder unter Kontrolle gebracht«, argwöhnte Loyd mürrisch.

»Für unsere Mission noch viel wichtiger ist, wie es um das Zentrum von Kael steht«, fügte Anker dem Wortwechsel ernst bei. »Wenn die Schmelzfrontler unsere Forschungsstationen überfallen, dann haben wir die Bescherung und können uns gleich ins Unlicht werfen.«

»Wird bei den beiden wohl nichts nützen«, spottete Naomi, die sich etwas vom ersten Schock erholt hatte und wies mit der offenen Hand auf die Geschwister Lanthorn.

»So sicher bin ich mir da noch nicht. Bevor wir das Unlicht nicht umherschmeißen wie Schneebälle bei einer Schneeballschlacht, glaub ich gar nichts«, erwiderte Loyd ungefällig.

»Jungs und Mädels, nehmt einen Schluck Wasser, dann marschieren wir weiter. Wir müssen ohnehin zum Grenzgebäude, um einen Schlüssel für die Deixelgrotten zu ergattern. Das ist der Durchgang durch den Schwarzen Vorhang, den man nur mit einem speziellen Schlüssel passieren kann«, erklärte Anker Keli zugewandt und zwinkerte ihr dabei freundschaftlich zu.

Jetzt, wo Anker ihn erwähnte – wo waren eigentlich die kilometerhohen Mauern des Schwarzen Vorhangs abgeblieben? Da das Grenzhaus bereits in Sicht war, konnte ja auch der gigantische Wall, der Kael umgab, nicht mehr weit sein. Keli kam zum Schluss, dass er sich wohl hinter der dichten Wand aus Wolken und Regen verstecken musste.

»Anker, wie weit ist es eigentlich noch bis zum Schwarzen Vorhang?«, erkundigte sich Keli.

»Jo, es sind vielleicht noch drei, vier Kilometer nach dem Grenzhaus da vorne, siehst du? Dahinter ist die Wand – so hoch.« Anker zeigte beinahe senkrecht zum Himmel auf. »Zum Glück gibt es einen Schlüssel, mit dem wir in einer halben Stunde durch die Mauern hindurch sind. Darum begeben wir uns jetzt zum Grenzhaus und schauen, was dort los ist. Hast du schon aus deiner Flasche getrunken?«

»Ich habe keinen Durst«, gab Keli zu.

»Wenn man lange unterwegs ist, muss man bewusst Wasser zu sich nehmen, um Krankheiten vorzubeugen; das ist ganz wichtig. Auch wenn du keinen Durst hast, trink jede Stunde ungefähr ein Glas voll. Du wirst sehen, deine Energie wird viel länger reichen.«

Keli tat, wie ihr geheißen und nahm ein paar tiefe Schlucke vom Quellwasser aus Gilberts Kammer. Wie um Ankers Worte zu bestätigen, merkte sie umgehend, wie ihr Kopf leichter wurde.

Loyd trat wieder voraus. Seine miese Stimmung hatte sich angesichts des Grenzgebäudes ein wenig gelichtet. Vielleicht war es die Aussicht auf ein warmes Bett und eine bekömmliche Mahlzeit im rustikalen Gasthof ›Zum Alten Grenzhaus‹, die den Sinneswandel bewirkte; womöglich war es aber auch die Erschöpfung, die ihm die Kraft nahm, sich weiter mit seinem Verdruss herumzuschlagen – Loyd konnte es selbst nicht sagen. Was es auch immer war, er stapfte nun guter Dinge voran und machte den Weg für den Rest der Gruppe begehbar.

»Schaut mal her«, verkündete er bald darauf und winkte die anderen hinter sich herbei. »Da ist wohl jemand oder etwas in den letzten paar Minuten durchgekommen.«

Loyd deutete mit der Hand auf den geplätteten Pfad, der sich quer vor ihnen durch die Wiese zog.

»Hm …«, machte Naomi. »Ich sehe keine Fußspuren im Matsch. Ich denke, es könnte ein RRA gewesen sein.«

»Das könnte sein«, bestätigte Anker, seinen nassen Bart nachdenklich mit der Hand glättend.

»Was sind denn RRAs? Etwa Schmelzfrontler?«, wandte sich Keli ahnungslos an Naomi.

»Nein, mhm«, schmunzelte diese. »Klingt aber fast so; wie Rangnamen bei der Stadtwache, nicht wahr? RRAs sind hier endemische, also einheimische Wesen. RRA steht für ›Rollender Riesenapfel‹. Du weißt, wie ein Apfel aussieht? Jetzt stell dir einen vor, so groß wie Loyd, der hier im hohen Gras wild umherkullert, und dann noch mit erheblicher Geschwindigkeit.«

»Sowas gibt es? Wirklich?«, fragte Keli ungläubig, da sie den Verdacht hegte, Naomi wolle sie auf den Arm nehmen.

»Im Ernst. Viele Wesen, die heutzutage die Welt bevölkern, haben sich erst in der Neuzeit durch den Einfluss der Lichtsynthese ein Bewusstsein erarbeitet. RRAs gab es zum Beispiel in der Vorzeit noch nicht, nur ganz gewöhnliche, essbare kleine Äpfel, ganz ohne Gedächtnis und Verstand.« Naomi schenkte Keli ein erschöpftes Lächeln, als sie deren feine fragende Runzeln auf der Stirn entdeckte. Jedoch machte Naomi auf einmal den Eindruck, als hätte endlich jemand genau das Thema angeschnitten, auf das sie schon seit einer Ewigkeit gewartet hatte. »Durch die jahrhundertelange Lichtresorption, die uns die Lichtsynthese ermöglichte, hat diese Art Frucht sich offenbar ihren eigenen Willen erstritten. Faszinierende Geschöpfe – ich wünschte, ich könnte mal welche sehen. Wie ihr ja sicherlich wisst, besagt das erste Gesetz der Biodiversitätslehre: Jedes Lebewesen ersucht stets den Aufstieg in die nächsthöhere Bewusstseinsebene. Warum sollten Äpfel also kein Bewusstsein ihrer Umgebung erlangen wollen …«

»Naomi, könnten wir den Vortrag auf später verschieben? Was, wenn wir hier überrollt werden?«, befürchtete Loyd, seinen Blick misstrauisch hin und her schweifen lassend. »Die Dinger sind mir nicht geheuer. Manchmal rollen sie mit einem Affenzahn durch die Felder hier und verletzen andere Wesen. Es soll sogar schon zu Todesfällen gekommen sein. Darum rate ich, wir gehen schleunigst weiter, und zwar nicht auf diesem Pfad hier.« Loyd deutete auf die querliegende Bahn vor ihnen, deren Schöpfer nach wie vor nirgends zu entdecken war.

Als sich rechts und links nichts tat, spurteten sie kurzerhand über den niedergewalzten Weg und verschwanden im klitschnassen Wiesenwall gegenüber. Loyd setzte umgehend zum Versuch an, die widerspenstige Wand aus meterhohen Gräsern und Sträuchern zu plätten, verhedderte sich aber, da sich die vier Gefährten zu dicht aufeinander drängten. Loyd stakste unbeholfen vorwärts, verlor das Gleichgewicht und, »PLATSCH«, versank er bauchtief in einem Tümpel.

»Loyd! Bist du in Ordnung?«, keuchte Naomi entsetzt, die sich unmittelbar hinter ihm aufgehalten hatte.

»Verfluchter Sumpf!«, schimpfte Loyd laut.

Keli trat an Naomis Seite und zusammen zogen sie Loyd aus dem Teich, auf dem weinrote Seerosen blühten und über dessen Oberfläche winzige, hell glühende Wesen tanzten.

Loyd wischte sich den Schlamm von den Hüften und war nun wieder so griesgrämig wie eh und je. Leise Schmähungen ausstoßend, schüttelte er seinen Regenschutz aus, wobei Dreck in alle Richtungen spritzte.

Anker, der Loyds Ausrutscher recht gleichgültig zur Kenntnis nahm, rief nun enthusiastisch aufs Wasser hinauszeigend: »Das ist ja ein Laternenweiher. Schaut mal, da gibt es Lichtgeistchen. Jetzt kann Loyd seinen geschwärzten Kristall wieder mit Altem Sonnenlicht füllen. Das nenne ich mal Glück.« Anker stiefelte ungelenk bis zu einer kleinen steinernen Plattform am Teichufer, die frei von Gewächsen war.

Keli erinnerte der ›Laternenweiher‹, wie Anker ihn nannte, an jenen kleinen Rastplatz neben dem Tümpel im Wald nahe den Ausläufern der Hildenberge, wo sie ihren bewusstlosen Bruder vor einigen Tagen am Feuer auf einer Sitzbank gewärmt hatte. Anscheinend waren solche versteckten, idyllischen Plätzchen im ganzen Laternenwald zu finden. Sie fragte sich, wer sich wohl die Mühe machte, inmitten eines undurchdringlichen Sumpfes solche Zufluchtsorte zu errichten.

Sie setzte sich auf einer einladenden Holzbank nieder und blickte gebannt auf den wild brillierenden Luftraum über dem Teich hinaus. Bei genauerem Hinsehen entdeckte Keli kleine Flügelchen an den Lichtgeistchen, mit denen sie mit atemberaubender Geschwindigkeit auf und ab wedelten und damit ein leuchtendes Glitzern verursachten. Schon beim bloßen Anblick der funkelnden Geschöpfe verspürte sie, wie sich die Kraft in ihrem Inneren neu sammelte. Einmal von den lichtspendenden Insekten in den Bann gezogen, konnte sie ihren Blick nicht mehr von ihnen abwenden. Anker ging es anscheinend ähnlich, denn er starrte unentwegt auf die tanzenden Lichtpünktchen über der Wasseroberfläche.

»Oh, edelmütige Geister des Lichtes«, begann Anker plötzlich mit übertriebener Ehrerbietung. »Wir bitten euch um eure Hilfe.

Wir haben einen beschwerlichen Weg hinter sowie vor uns und wären unendlich dankbar, wenn ihr uns ein wenig von eurem Licht spenden könntet – Loyd«, zischte Anker plötzlich und winkte ihn herbei, »dein Stein.«

Dieser stapfte noch immer sauer und zähneknirschend wegen seines tollpatschigen Fehltritts auf Anker zu. Nachdem Loyd ihm den geschwärzten Kristall in seine große Pranke geknallt hatte, streckte Anker beide Handflächen in darbietender Haltung über dem Wasserspiegel empor. Zuerst tat sich nichts, doch nach einer Weile schienen die Lichtgeistchen auf den Stein aufmerksam zu werden. Surrend kamen sie näher und begannen allmählich, Ankers Hände zu umschwärmen.

Immer schneller und schneller umschwirrten die winzigen Wesen den geschwärzten Kristall, bis er gemächlich von Ankers Händen abhob.

Etwa einen Meter über Ankers ehrfürchtigem Antlitz machte der Ballen aus Lichtgeistchen halt. Es waren so viele, dass der Stein selbst gar nicht mehr zu erkennen war. Dann, nach und nach, senkte sich der Schwarm wieder und das erregte Surren schwoll wieder ab. Die Lichtinsekten lösten den Kreis und glitten zurück über den Teich, wo sie ihren rastlosen Tanz fortsetzten. Der Kristall leuchtete nun hell auf Ankers Handflächen, fast genauso glänzend und klar, wie die Lichtgeistchen selbst.

»Wir stehen in eurer Schuld. Habt Dank und habt auch Erbarmen mit unseren Nächsten.«

Damit war das Ritual abgeschlossen. Anker warf den glitzernden Stein hinüber zu Loyd, der ihn staunend auffing und ihn in seinem vor Dreck triefenden Rucksack verstaute.

»Ich sollte mal meine Kleider wechseln«, brummte Loyd von

sich selbst angewidert, nachdem sich sein Blick von den davonschwirrenden Lichtgeistchen gelöst hatte. Obwohl er sich den gröbsten Matsch vom Körper gewischt hatte, sah er noch immer aus, als hätte er sich gerade in einem Misthaufen gewälzt.

»Bis zum Grenzhaus ist es nicht mehr weit. Bis dahin musst du dich wohl oder übel gedulden«, bemerkte Anker gut gelaunt bei Loyds Anblick.

Als die Gruppe wieder aufbrach, bedankte sich Anker noch einmal bei den Lichtgeistchen und verbeugte sich kurz. Naomi, Keli und Loyd beteiligten sich an der Dankesgeste, wobei die Geschöpfe wild zu surren anfingen, was wohl ein Zeichen der Anerkennung war.

»Am besten, wir lassen das Grasbrechen, bis wir beim Grenzhaus sind. Wir sollten keinen auffälligen Pfad hinterlassen, denn, wenn hier wirklich Schmelzfrontler rumgeistern, könnte das fatale Folgen haben«, richtete Anker das Wort an Loyd, der bereits wieder das dunkle Sunukeschwert hervorgeholt hatte.

»Na gut, wie du meinst, dann lassen wir es eben«, murrte Loyd eingeschnappt und steckte sich das Schwert wieder zwischen Rücken und Rucksack.

Obwohl es Ankers Vorschlag gewesen war, sich direkt und ohne Hilfsmittel durch die wiederstrebende Gewächswand zu zwängen, hatte er von allen vieren die größte Mühe dabei. Mit seinem fassartigen Umfang kam er kaum voran, obschon Naomi, Keli und Loyd vorausgingen und begünstigende Gehschneisen in den dichten Wald von Halmen formten. Andauernd blieb Anker stecken, woraufhin sein Gefolge ihn mühselig aus der Klemme ziehen oder stoßen musste. Einmal saß er so aussichtslos fest, dass kein Rütteln oder Schütteln mehr half. Je mehr sie versuchten, Anker aus seiner misslichen Lage zu befreien, desto mehr schien er in der braunen Brühe zu versinken.

»*So helft mir doch*. Bei den schleimigsten aller Gurken – zieht fester!«, quiekte Anker mit der hohen Stimme, die ihn immer dann heimsuchte, wenn Gefahr anstand.

Loyd sah keinen anderen Weg, als Licht zu bündeln und Anker mit mehr Kraft, als seine Muskeln aufbieten konnten, aus der Patsche zu helfen. Er faltete die Hände flüchtig über dem eben erst entschwärzten Kristall zusammen, dann zog er mit aller Kraft, die das Licht in seinem Körper entfalten konnte. Mit einem Ruck und den vereinten Kräften Naomis und Kelis, beförderten sie Anker auf die plattgedrückte Wiese. Als der Schlamassel vorüber war, ließen sich alle erschöpft neben Anker nieder und rangen nach Luft. Naomi musterte Anker keuchend, der nun durch und durch mit Schlamm überzogen war und lachte plötzlich auf, als sie Loyd und Anker nebeneinander beäugte.

»Ihr könntet als Zwillinge durchgehen – natürlich nur farblich gesehen«, ließ Naomi mit hochrotem Gesicht und Schweißperlen auf der Stirn verlauten.

»Sehr witzig«, schmollte Loyd unwirsch und funkelte Naomi böse an. »Ich finde, du könntest auch mal ein wenig von deinem Licht entbehren, um in brenzligen Situationen auszuhelfen.«

»Ja, das könnte ich in der Tat, nur hast du dich ja auf eigene Faust, und ohne uns zu unterrichten, für das letztere Mittel entschieden«, giftete sie zurück. »Du musst lernen, die anderen über dein Vorhaben zu informieren, bevor du dich im Namen des Teams für eine Option entscheidest. Du kannst nicht einfach blind handeln und davon ausgehen, dass die Umstehenden deine Gedanken lesen können – denn das nennt man inkompetentes Führungsverhalten.«

»Ach, hör doch auf. Ich habe dir schon mal gesagt, dass –«

»Seid still – alle beide!«, schnaubte Anker, während er sich den zähen Schlamm mit einem klatschenden Geräusch von den Beinen strich. »Wir sind hier nicht im Kindergarten. Hier geht es ums nackte Überleben und um die Zukunft unserer Existenz. Ihr seid Botschafter von Lichterloh und Solaspitz, die respektabelsten Leute der Gegenwart, also benehmt euch auch so.«

Loyd und Naomi wandten sich grimmig voneinander ab und Keli stieß einen ratlosen Seufzer aus. Nicht nur ihr Äußeres sah verdächtig ähnlich aus, auch ihren Gemütszustand teilten Anker und Loyd nun geschwisterhaft, als die Truppe sich wieder in Bewegung setzte, doch diesen Gedanken behielt Keli lieber für sich. Stumm und mit gesenkten Mundwinkeln stapften Loyd und Anker breitbeinig und mit unnötig wuchtigen Schritten durch den Morast, als wollten sie sich für dessen Unmenschlichkeit rächen.

Nach einer Weile des fortlaufenden Kampfes gegen Regen, Dickicht und fiese Mücken, rümpfte Keli plötzlich besonnen die Nase. Sie konnte etwas riechen. Es war nicht der Gestank des verwesenden Sumpfterrains und auch nicht Loyd oder Anker, deren Schweißgeruch sich mit dem Schmutz an ihren Körpern gepaart hatte. Es war Rauch. Keli stupste Naomi, die vor ihr ging, sachte von hinten an. Sie drehte sich sofort um, während Loyd und Anker, von ihrem Unwillen getrieben, selbstvergessen weiterstiefelten.

»Keli, was hast du?«, fragte Naomi leise.

»Kannst du das riechen? Ist das nicht Rauch?«

»Du hast recht«, bestätigte sie Kelis Verdacht und sah sich eilends nach den beiden schmollenden Männern um. »Hey! Loyd,

Anker, bleibt mal stehen!«, zischte sie ihnen hinterher, woraufhin diese sofort anhielten und auf dem Absatz kehrt machten.

In diesem Augenblick zogen dichte, dunkle Rauchstränge in die Bahnen, die Anker und Loyd in das hohe Gras gezeichnet hatten. Der Anblick hatte eine Art traumatisierende Wirkung auf Keli, die an Ort und Stelle erstarrte, als sie die hervorkriechenden Schwaden bemerkte. Die beiden Männer kamen, so schnell der peinigende Sog unter ihren Stiefeln es erlaubte, zu Naomi und Keli zurückgestelzt.

»Wir müssen schon ziemlich nah dran sein«, mutmaßte Anker leise, der nun ebenfalls die Nase rümpfte. »Der Rauch kommt von da drüben. Ich schlage vor, wir folgen ihm.«

»Was machen wir eigentlich, wenn Schmelzfrontler das Grenzhaus überfallen haben und es belagern?«, erkundigte sich Naomi verunsichert.

»Wenn es nur ein paar sind, werde ich sie mir vorknöpfen«, spielte Loyd sich draufgängerisch auf.

»Und wenn es mehr als nur ein paar sind, Herr Maulheld?«, stichelte Naomi, über Loyds Torheit verärgert.

»Dann müssen wir halt den Umständen entsprechend agieren«, erwiderte Loyd geringschätzig.

»Naomi, auch spontane Handlungsfähigkeit ist ein wichtiges Element in einer Überlebenssituation – diese Denkweise unterrichte ich in der Exploration, weißt du?«, raunte Anker Naomi hinterher, die sich von Loyd abgewandt hatte und sich nun ungehalten auf die Quelle des Rauchs zubewegte. »Kommt, folgen wir den Schwaden. Vielleicht haben sie ja auch eine ganz andere Ursache und es sind weit und breit keine Schmelzfrontler unterwegs, wer weiß?«, flüsterte Anker dem Lanthorn Geschwisterpaar zu und wälzte mit seinem Bauch die hohe Wiese vor sich um.

Nun war es Naomi, die schmollte. Dass Anker Loyds törichtes Verhalten auch noch billigte, konnte sie weder verstehen, noch würde sie es akzeptieren. Sie ging voraus und gab Loyd keine Chance, seine machohaften Ideen auszukosten. Schlank und gewandt, wie sie war, zog sie durch das dichte Grün und ließ die anderen hinter sich zurück. Immer weiter ging sie voraus. Die anderen würden ihren Spuren ja folgen können. Schließlich waren sie doch begnadete ›Überlebensexperten‹, und Spurenlesen gehörte ja bekanntlich zu den einfachsten aller Explorationsdisziplinen. Eigentlich mochte sie Loyd ja sehr, aber im Moment trieb er es einfach zu weit mit seinem draufgängerischen Gehabe. Genervt stapfte sie weiter, bis …

Gegen ihren Willen blieb sie abrupt stehen. Sie hatte etwas gehört. Der Rauch begann, in ihren Augen zu brennen, sodass sie diese kaum noch offenhalten konnte. Ihr Ärger flaute so jäh ab, wie er gekommen war. Sie konnte johlende Stimmen vernehmen: *Schmelzfrontler*, dachte sie und unterdrückte den Hustenreiz. Sie duckte sich. Auch sie hatte Explorationskurse absolviert. Da Rauch durch die Hitze nach oben stieg, hoffte sie, ihm nahe am Boden zu entrinnen. Auf allen vieren kroch sie vorsichtig weiter. Ihre Hosenbeine sogen sich mit stinkender Brühe voll, doch die sich zuspitzende Lage ließ keinen Spielraum für Eitelkeit. Ein Splittern war zu hören, dann wieder grölendes Gelächter: »Guter Wurf, Dude. Ich kann das aber tausend Mal besser als du, sieh mal her.«

Ein weiteres Bersten von Glas ließ Naomi erneut zusammenzucken.

»Ahahaha, voll der Loser. Ich hol mir noch n' Bierstiefel.«

»Ja, Alter. Heute saufen wir uns ein Sonnenloch in den Ranzen!«

Die Stimmen erstarben. Es war nun wieder allgemeiner dumpfer Lärm zu vernehmen. Sollte sie sich getrauen, weiterzugehen, oder sollte sie lieber auf die anderen warten? Sie entschied, sich noch ein Stück weit näher ans Geschehen heranzuwagen. Mit vorsichtigen Bewegungen pirschte sie sich weiter unter dem Rauch hindurch, bis die hohe Wiese sich lichtete und vor ihr das Grenzhaus in Sicht kam.

Ein Teil des Gebäudes stand in Flammen. Dicker, schwarzer Rauch qualmte über dem Ziegeldach in die Höhe und wurde vom Wind in Naomis Richtung getragen. Zwischen ihr und der Gebäudewand gegenüber befanden sich eine gemähte Grasfläche und einige Setzsteine. Naomi wusste theoretisch, wo sich der Schlüsselschalter befand, bei dem sie auf früheren Expeditionen nach Kael ihre Schlüsselkarten erhalten hatten. Ohne Loyd und Anker jedoch wollte sie keinen Schritt weiter gehen. Sobald sie aufgeschlossen hätten, würde sie sich für ihr plötzliches Verschwinden entschuldigen und gemeinsam mit ihnen einen Plan aushecken, wie sie an die Schlüssel herankommen sollten, ehe das Haus zusammenstürzte.

Naomi beobachtete die Fenster des ersten Stocks, die augenscheinlich soeben von den Schmelzfrontlern eingeschlagen worden waren. Deren Verhalten ekelte sie an: Diese Schlägertypen waren definitiv nicht politisch motiviert, das stand fest. Sie waren die kläglichen Marionetten einer größeren Macht; die Schachfiguren des berüchtigten Sonnenrats von Atlas. Naomi konnte Atlas, »die Stadt der ewigen Union«, nicht ausstehen. Als Austauschstudentin war sie einmal dort gewesen, aber nur für ein paar Wochen.

Sie erinnerte sich noch gut, wie die Metropole aufgebaut war: Nach ihrer Ankunft mit der Wasserbahn, welche zwischen Lichterloh-City und Atlas-City hin- und herpendelte, war ihr als Allererstes aufgefallen, wie der Hauptbahnhof in Leutengrund in mehrere Teile gegliedert war, wo alle drei Gesellschaftsschichten ihn voneinander abgegrenzt nutzten. Sie selbst, mit ihrem Studentenvisum, war zwar durch den Sektor der Mehrbesseren geschleust worden, damit sie die Bahn hinunter nach Adelgrund nehmen konnte, doch waren ihr bei der Hinfahrt die weiten Slums und das Elend an der Oberfläche der Stadt keineswegs entgangen. Die vielen Stadtwachen in den besseren Zonen des Bahnhofs hatten ihr das klare Bild vermittelt, dass die weniger begünstigten Bevölkerungsschichten hier nichts verloren hatten.

Atlas war nach der ideologischen Trennung der viereinhalb Präfekturen um ein gewaltiges Sonnenloch herum errichtet worden. An der Oberfläche der Stadt lebte der größte Teil des atlassischen Volkes in kläglicher Armut rund um den dunklen, offenen Schacht des ersten atlassischen Sonnenlochs. Viele Schmelzfrontler stammten aus jener Gegend, die als »Leutengrund« bekannt war. Die exklusive und vermögende Mittelschicht, bevölkerte mehrere an das Sonnenloch angegliederte Stockwerke unterhalb von Leutengrund, eine Gegend namens Adelgrund, die auf der ganzen Welt gerühmt wurde. Hier befand sich auch die Universität von Adelgrund, in welcher Naomi für einige Wochen an einem Austauschprogramm teilnahm, um sich dem Studium der atlassischen Biosphäre zu widmen. Adelgrund war der Ort, wo die Reichen und die Mächtigen ihr Unwesen trieben. Sie beanspruchten den restlichen Teil des Alten Sonnenlichts, den der Sonnenrat übrigließ. Eine weitere Etage unter Adelgrund befand sich jener berüchtigte Sonnenrats-Sitz, der von einer Handvoll lichtgieriger Individuen besetzt war, welche die gesamte Lichtpolitik im Staat überwachten. Zierzon, der Diktator, oder auch Präsident – wie er sich von seiner Gefolgschaft gerne nennen ließ – war der Kopf des Sonnenrats und lud die einflussreichsten Persönlichkeiten der Präfektur regelmäßig in seine Privatgemächer ein, wo sie angeblich Pläne schmiedeten, um den Laternenwald wieder zu vereinen. Laut Anker schob der Sonnenrat, um dieses Bestreben umzusetzen, immer wieder den anderen Präfekturen die Schuld für die Armut in Leutengrund zu, was Gruppen wie die Schmelzfront dazu veranlasste, in den Hauptstädten anderer Staaten Anschläge zu verüben.

Naomi war sich allerdings ziemlich sicher, dass dies nur die halbe Wahrheit war und die Schmelzfront vom Sonnenrat bewusst angestachelt wurde, um während des Durcheinanders, das ein Anschlag zwangsweise verursachte, in gesicherte Anlagen eindringen zu können. Auch beim jüngsten Überfall auf Lichterloh hatten sie sich gezielt Zutritt zu den Universitätsgebäuden verschafft, und diesmal waren sie sogar bis ins Innere der Tresorräume vorgedrungen. Ob sie wohl gefunden hatten, wonach sie gesucht hatten?

»Naomi«, war ein flüsternder Hauch hinter ihr zu hören.

Voller Panik fuhr sie herum, denn sie dachte, die Stimme ihrer verschollenen Mutter vernommen zu haben.

»Naomi, zwickendes Schmelzwasser, hier steckst du!«, fauchte Loyd halb verärgert, halb erleichtert, sie zu sehen. Warum bist du einfach abgehauen? Mach das bloß nie wieder, verstanden?«

Naomi sah sich verwirrt um und erblickte Loyd, gefolgt von Anker und Keli, in der hohen Wiese kauern. Sie erwiderte Loyds

Blick mit erleichterter Miene. »Ist ja schon gut. Tut mir leid, dass ich einfach verschwunden bin. Es wäre aber nett, wenn auch ihr beide euch mal für eure Fehltritte entschuldigen würdet«, warf sie den beiden Männern im Flüsterton vor.« Loyd wollte darauf schon etwas erwidern, als Naomi rasch fortfuhr: »Das Grenzgebäude ist von den Schmelzfrontlern überfallen worden. Ich habe vor ein paar Minuten gehört, wie mehrere Personen im oberen Stockwerk randalierten. Anscheinend stehen sie unter ziemlichem Alkoholeinfluss.«

»Besser für uns. Dann haben wir ihnen gegenüber einen Vorteil, wenn es zum Kampf kommen sollte«, entgegnete Loyd ernst dreinblickend. »Ich nehme an, sie haben das Restaurant besetzt und saufen sich jetzt die Birnen voll.«

Anker konnte sich wegen seiner Statur nicht richtig hinknien und bekam die volle Ladung Rauch ins Gesicht. Er hustete unentwegt, während Keli hinter ihm unbeholfen im Schlamm feststeckte und einen ziemlich erschöpften Eindruck machte.

»Anker, Keli, am besten, ihr wartet etwas abseits. Naomi und ich schleichen uns zu zweit in die Büros und versuchen, einen Schlüssel für den Vorhang zu ergattern.«

»Bin ... ganz deiner Meinung, Loyd ... wir ziehen uns zum Laternenweiher zurück und warten dort auf euch«, hustete Anker, der sich die Tränen von den Wangen wischte.

Loyd und Naomi übergaben den Zurückbleibenden ihr gesamtes Gepäck, dann waren sie zum Aufbruch bereit.

»Los geht's«, flüsterte Loyd tollkühn.

Da auch Loyd schon einige Male hier gewesen war, hatte er den Geländeplan ungefähr im Kopf.

»Kannst du dich in Schatten hüllen?«, wollte Loyd, der die

Ecken des Gebäudes beobachtete, von Naomi wissen.

»Kann ich, ja, aber er löst sich manchmal in brenzligen Situationen auf. Am besten gehst du voraus.«

Loyd strich Stein über Hand und wurde augenblicklich von der Umgebung verschluckt.

»Und wie soll ich dir folgen, wenn ich dich nicht sehen kann?«, fragte Naomi nervös.

»Hier.« Loyds unsichtbare Hand ergriff die Naomis. Er drückte ihr etwas in die Finger.

»Das ist ein Seil. Wir binden es uns an beiden Enden an einer Gürtelschlaufe fest.«

»Wart mal!«, zischte Naomi überrumpelt, die gerade dabei war, sich in Lichtschatten zu hüllen. Kaum hatte sie sich das unsichtbare Seilende hektisch am Bund ihrer vom Licht nun verborgenen Hose festgebunden, schlichen sie los.

Knackende Geräusche im Mauerwerk des Gebäudes ließen nichts Gutes erahnen. Ab und an war röhrendes Gelächter zu hören. Loyd führte sie rechts um die glatte Hausfassade herum, wo er den Eingangsbereich in Erinnerung hatte.

Gerade als sie um die Ecke bogen, erkannten sie einen Steinwurf entfernt eine Horde Schmelzfrontler, die in der Gartenterrasse des Gasthofes eine Sauforgie veranstaltete. Leere Bier- und Schnapsflaschen lagen zerbrochen auf Tisch, Stuhl und Boden. Rund zwanzig der Vandalen torkelten umher, brüllten dem Nachthimmel wüste Kraftausdrücke und Verwünschungen entgegen und schmissen mit Gläsern und Flaschen um sich. Naomi fasste sich bei dem Anblick mit ihrer unsichtbaren Hand an die Lippen. Loyd wiederum schlich unbeeindruckt weiter, doch Naomi war nicht ganz so abgehärtet, wenn es um betrunkene

Männer ging.

Eine leere Flasche traf das Seil zwischen Loyd und Naomi und blieb mit einem beeindruckenden Klirren, aber ohne zu zerbrechen, auf dem Boden liegen.

»Gahahaha, Zingy, du halber Volllöffel, kannst nicht mal ne Flasche zerschmettern! *So* macht man das!« brüllte ein weiterer Vandale und warf seinen halbvollen Weißbierstiefel mit voller Wucht Richtung Loyd und Naomi. Haarscharf flog das Gefäß an Naomis Nase vorbei und traf ein Fenster über ihr, das mit einem Knall zerbarst und Tausende kleine Glassplitter auf das unsichtbare Paar niederregnen ließ. Naomi entfuhr ein kleiner Aufschrei, der aber glücklicherweise vom feierlichen Applaus der sturzbetrunkenen Meute übertönt wurde. Loyd zog Naomi weiter und zu ihrem schieren Glück konnten sie gerade rechtzeitig durch die offene Eingangstür des Grenzhauses schlüpfen, bevor weitere Splittergeräusche ertönten. Genau in diesem Augenblick, als sie über die Fußschwelle traten, flog Naomis Deckung auf und ihr Körper kam wieder zum Vorschein.

»Diese elenden Barbaren«, fluchte Naomi leise. »Die sind ja komplett durchgedreht! Haben die denn nichts Besseres zu tun, als sich zu besaufen und Leute zu verprügeln?«

»Das ist bei denen normal. Außer Party machen, randalieren und Drogen haben die nichts im Kopf«, knurrte Loyd mit gesenkter Stimme.

Naomi versuchte, sich wieder in Lichtschatten zu hüllen, aber es gelang ihr kein weiteres Mal.

»Dann müssen wir eben ohne weiter. Kommt jetzt auch nicht mehr drauf an«, beschwichtigte Loyd, der ebenfalls wieder Gestalt annahm und das Seil von seiner Hose löste.

Wie es aussah, hatte sich das Feuer im Erdgeschoß noch nicht ausgebreitet, nur riechen konnten sie es deutlich. Der Gestank kratzte unangenehm im Rachen. Loyd und Naomi huschten auf Zehenspitzen voran. Es war düster in den verunstalteten Räumen und überall lagen zerbrochene Gegenstände und zerfetzte Dokumente auf dem Boden. Sie kamen an einem Tresen vorbei, über dem in alten Lettern »Einfuhrzoll« geschrieben stand. Dieser stammte wohl noch aus jener Zeit, als in Kael noch jemand gelebt hatte.

»Ein Zimmer weiter«, flüsterte Loyd knapp und schlich am Zollschalter vorüber; Naomi dicht auf seinen Fersen.

Sie schlichen durch eine Tür in den nächsten dunklen Raum. Rechts befand sich ein weiterer Schalter, der einmal mit einer Glaswand abgedichtet gewesen war, doch diese lag in kleine Teilchen zerschmettert um die Theke herum verstreut.

»Verdammt!«, fluchte Loyd entrüstet. »Ich hoffe, die haben nicht sämtliche Schlüssel mitgehen lassen.«

Loyd sprang über die lange Oberfläche des Tresens hinweg und untersuchte die Schubladen, aus denen er bei früheren Besuchen die Beamten des Schalters die Schlüsselkarten herausnehmen gesehen hatte. Doch wie das Schicksal es wollte, waren die Fächer allesamt ausgeräumt worden.

»Diese verdorbenen Lichtopfer«, schimpfte Loyd laut.

»Loyd, sei still!«, zischte Naomi ihm über die Tresenfläche hinweg zu.

»Aber sie haben die Schlüssel geklaut! Was tun wir denn jetzt?«

Ihre Lage wurde immer hoffnungsloser. Just in diesem Moment waren die dumpfen Hilferufe einer Frau zu hören. Sie kamen ohne Zweifel aus den oberen Etagen.

»Hörst du das? Da ruft jemand um Hilfe«, bemerkte Naomi mit stockendem Atem.

»Ja, kann sein, aber wir können ihr nicht helfen. Es ist zu gefährlich, nach oben zu gehen«, maulte Loyd, angesichts der ohnehin schon zum Scheitern verurteilten Mission sichtlich zermürbt.

»Was soll die jämmerliche Aussage? Wenn wir schon hier sind und nicht weiterwissen, können wir genauso gut dieser Frau in Not helfen. Wir sollten es wenigstens versuchen.«

Naomi lief zurück zur Treppe, von wo aus nun dicker Qualm nach unten drang.

»Hilfe, wir verbrennen, so helft uns doch!«, kam es dumpf die Treppe herunter.

Durch die offene Eingangstür konnten sie die Schmelzfrontler noch immer Gläser und Flaschen an die Wände schmeißen hören.

»Haltet die Klappe und krepiert endlich da oben, ihr Lichterkloschweine!«, brüllten sie, begleitet von irrem Gelächter.

Naomi nahm all ihren Mut zusammen. Sie zog sich ihr nasses Hemd aus und sah sich um. Loyd tauchte hinter ihr auf und erkannte sofort, was sie vorhatte.

»Wenn du unsere Leben jetzt schon riskieren willst, bevor wir sie im Zentrum auf die Probe gestellt haben, dann bitte.« Er zog sein schlammdurchtränktes Hemd aus. Zuerst rieben sie sich ihre Arme und ihre Oberkörper damit ein, daraufhin banden sie sich die Hemden um ihre Gesichter, sodass die Luft, die sie einatmeten, durch die feuchte Stoffwand gefiltert wurde.

»Los – bringen wir es hinter uns«, sagte Naomi mit zittriger Stimme.

Vermummt schritten sie auf die Treppe zu. Decken und

Wände des Gebäudes waren durch den Rauch unterdessen pechschwarz gefärbt. Beide drückten sich den Stofffilter dicht an den Mund und stiegen geduckt die Stufen empor. Im oberen Korridor war der Qualm unerträglich dicht und kroch rasch durch die Gänge und in die Zimmer, deren Türen offenstanden.

»Ich glaube, das Feuer kommt von ganz oben. Wir müssen aufpassen, dass uns die Decke nicht auf den Kopf kracht. Wo steckt die Frau?«, hustete Loyd erstickt durch das Hemd.

Die beiden verharrten für einen Augenblick und lauschten. Durch das Knacken und Prasseln des im obersten Stockwerk wütenden Feuers hörten sie es wieder: Hysterisches Weinen und klagende Hilferufe – diesmal von einem Mann – drangen undeutlich vom Ende des Ganges zu ihnen.

»Da lang«, bedeutete Naomi, ließ sich auf die Knie fallen und kroch geduckt in den dicken Rauchwall hinein. Loyd blieb ihr dicht auf den Fersen, während sie sich fast blind an der Wand entlang arbeiteten. Zu ihrer Rechten gab sich schwächlich eine weitere Treppe zu erkennen, von wo finsterer, heißer Qualm wellenartig herunterwaberte.

»Da oben ist das Feuer«, krächzte Naomi und rieb sich ihre tränenden Augen. Sie begann keuchend zu husten.

Ein lautes Krachen in der Nähe deutete darauf hin, dass ein Teil des Hauses dem Einsturz nahe war.

»Schnell! Wo sind sie? Uns bleibt nur wenig Zeit, dann sind auch wir vom Rauch bewusstlos oder werden unter Trümmern begraben!«, presste Loyd besorgt hervor. Er fing unheilvoll an zu röcheln.

»*Hilfe – irgendjemand – so helft uns doch*«, flehte die Frauenstimme erneut.

Die Hilferufe schienen aus einem Zimmer unmittelbar jenseits des Treppenabsatzes zu kommen. Naomi schleppte sich auf allen vieren an der fauchenden Treppe vorbei. Ein Poltern war zu hören. Anscheinend versuchten die Leute, die Zimmertür von innen aufzubrechen. Naomi erspähte den Türrahmen, aus dessen Innerem das Gehämmer und die Klagelaute drangen.

»Da muss es sein«, würgte Naomi hervor.

»Ok, und wie weiter?«, fragte Loyd immer heftiger um Luft ringend.

Das war die Frage, dachte Naomi fiebrig – was nun? Sie waren vor der verhängnisvollen Tür angelangt, doch einen Plan hatte sie nicht. Allerdings schwappten von irgendwo aus ihrem Gedächtnis die Worte Ankers und Loyds in ihren Kopf: »… den Umständen entsprechend agieren … spontane Handlungsfähigkeit ist ein wichtiges Element in einer Überlebenssituation.« Warum wusste Loyd jetzt nicht weiter? Er war doch für unerwartete Situationen wie diese hier ausgebildet, aber es half nichts, sich jetzt über seine leeren Worte aufzuregen. Sie musste selbst einen Weg finden, die Tür aufzukriegen. Loyd atmete immer heftiger. Ein Strom von Schweiß rann ihm in die brennenden Augen. Er begann, mit dem Gleichgewicht zu kämpfen.

»Loyd – nein-nein-nein!«

Doch es war zu spät: Loyds Gliedmaßen erschlafften und er kippte kopfüber auf den einst dunkelgrünen Teppichbelag.

»Was soll ich denn jetzt bloß machen – was nur …«

»Hey – ist da jemand? Ist da wer vor der Tür?«, ertönte eine dumpfe Männerstimme durch das angeschwärzte Holz.

»Ja – ich … ich wollte Sie befreien, aber ich weiß nicht wie.« Naomi begann zu röcheln. Tränen rannen ihr in Strömen über das

Gesicht. »Ein Freund von mir ist vor der Tür ohnmächtig geworden – ich weiß nicht, was ich tun soll – was soll ich machen?«, wimmerte sie völlig aufgelöst.

»Hach, dem Himmel sei Dank!«, kam es durch die Tür. »Hören Sie mir zu! Die Tür wurde von außen versperrt, aber ich habe einen Kartenschlüssel. Vielleicht können Sie das Schloss von außen entriegeln. Ich schiebe Ihnen den Schlüssel unter der Tür hindurch. Sehen Sie ihn?«

Naomi raffte ihre letzten Kraftreserven zusammen. Sie war so aufgeregt, dass »Licht bündeln« außer Frage stand. Sie tastete mit geschlossenen Augen und heftig hustend am Boden umher. Es war ein Wunder, dass sie noch nicht bewusstlos geworden war. Einzig ihr Wille, sich gegen das Schwinden ihres Geistes zu stemmen, hielt sie noch in den Dimensionen der Gegenwart fest. Eine Karte konnte sie nicht erspüren, dafür verharrten ihre Hände auf einem geschmeidigen Etwas, das sich wie ein Pfannengriff anfühlte. Mit allerletzter Anstrengung zog sie an der Vorrichtung, welche offenbar unter der Tür festgeklemmt zu sein schien. Mit einem Ruck war sie auf und Licht fiel auf ein geschwärztes Holzschwert in Naomis Händen, welches die Schmelzfrontler offenbar als Blockade mit der Spitze voran unter die Tür geschoben und an der hinteren Korridorwand verkeilt hatten. Sie riss sich das Hemd vom Kopf und schnappte keuchend nach Luft. Als ihre Lungen es wieder zuließen, Sauerstoff zu empfangen, drehte sie sich auf allen vieren um. Drei Personen zogen Loyd ins Zimmer hinein. Es waren zwei Männer und eine Frau, welche die Uniformen des Zollamtes trugen. Einer der Männer, der eine schwarze Brille trug, nahm Loyd huckepack. Der andere, ein junger Mann mit braunen Locken und einem Dreitagebart, kniete vor Naomi nieder.

»Kannst du dich aufsetzen? Ich trage dich runter. Vertrau mir.«

Naomi legte ihre Hände um den Hals des Mannes und ließ sich ohne Widerrede hochheben.

»Benutz mein Hemd, um dein Gesicht zu verdecken, bis wir im Freien sind«, bot der Mann an und drückte ihr einen Kleiderballen in die Hand.

»Los jetzt«, sagte der Mann, der Loyd trug und passierte mit zügigen Schritten den Türrahmen.

Naomi presste sich das Hemd an den Mund und versuchte, ihren Atem zu stabilisieren. Sie schloss ihre Augen, als sie in den schwarzen Qualm eintauchten. Seltsamerweise war ihre Angst wie vom Erdboden verschluckt. Das Kleidungsstück, in das sie ihr Gesicht drückte, roch blumig und rein, wie frisch gewaschen. Der Duft besänftigte ihr zerschlagenes Gemüt. Sie ließ sich fallen. Es war gut – alles war gut.

Als Naomi die Augen wieder öffnete, sah sie den riesigen, bunt glimmenden Lichtscheiben am Nachthimmel entgegen, die in den Augenwinkeln in einen finsteren Wolkenring übergingen. Es war ein bezaubernder Anblick. So schön waren die Sphären am Himmel sonst nie in der Stadt. Das war einer der Gründe, warum sie die Natur so liebte. Alles war viel klarer hier draußen: der Himmel, die Luft, das Wasser – aber auch ihr Verstand und ihre Lebensziele kristallisierten sich im Freien in ein klareres Bild. Was nicht klar war: Wo war sie überhaupt, und wie kam sie hierher? Sie regte ihren Kopf. Ihr Nacken schmerzte heftig und mit der ersten Bewegung wurde ihr auch gleich übel.

»Ah. Sie sind wach. Dem Himmel sei Dank. Wie geht es

Ihnen?«, sagte eine Frauenstimme, die Naomi bekannt vorkam.

Es war die Frau aus dem Zimmer im brennenden Haus. Naomi erinnerte sich schlagartig, was geschehen war. »Mir ist schlecht«, stöhnte Naomi, der wirklich mies zumute war. »Wo ist Loyd? Lebt er noch?«

»Der Mann, der mit Ihnen zusammen war? Er scheint putzmunter zu sein. Nachdem wir ihn aus dem Haus getragen hatten, wachte er auf und machte sich sofort davon. Er murmelte etwas von wegen: ›Er müsse den anderen Bescheid geben‹.«

»Dieser Nichtsnutz«, keuchte Naomi schwächlich. »Jetzt springt er umher wie ein junger Hase, nachdem wir fast krepiert wären, wirklich toll.«

Die Frau wusste wohl nicht recht, was sie darauf antworten sollte und schwieg.

»Wer sind denn ›die anderen‹«, wollte der Mann mit Brille wissen.

»Wir sind ein Forscherteam auf dem Weg ins Zentrum.«

»Ach, so ist das. Da habt ihr aber genau den schlechtesten Zeitpunkt erwischt.«

»Kann man wohl sagen«, entgegnete Naomi und versuchte, die Übelkeit mit einem Gähnen zu unterdrücken. »Ich hätte nicht erwartet, dass die Schmelzfrontler sogar das Grenzhaus überfallen würden.«

»Ich weiß nicht, ob ihr schon auf dem neusten Stand der Dinge seid, aber Lichterloh ist unter die Kontrolle der Schmelzfront gefallen. Ich habe gestern die Nachricht aus der Zollverwaltung in Lichterloh erhalten, ab sofort herrsche der Ausnahmezustand und fortan können alle Lichtmails auf lichterlohenem Territorium durch die Schmelzfront abgehört werden. Übrigens, wir drei sind

Zollbeamte aus dem Grenzhaus. Viele der Angestellten, auch die vom Gasthof, konnten fliehen, als die Schmelzfrontler ihren Angriff starteten. Wir hatten Glück im Unglück und wurden in das Zimmer gesperrt. Wenn ihr uns nicht gefunden hättet – wir hätten es nicht geschafft.« Der Mann erschauderte bei diesen Worten.

»Und was ist mit den Schmelzfrontlern geschehen, die im Garten randaliert haben?«, wollte Naomi zugleich wissen.

»Sind abgezogen, Richtung Schwarzer Vorhang. Ich könnte mir vorstellen, dass sie auf dem Weg zu den Forschungsstationen sind. Was sie dort genau suchen ist mir allerdings schleierhaft«, rätselte der Mann.

Jetzt erst bemerkte Naomi den gewaltigen Schemen hinter dem Mann, welcher den halben Nachthimmel verdeckte. Es waren gar keine Wolken, die sie aus den Augenwinkeln wahrgenommen hatte, es war der uralte Schwarze Vorhang, der über Jahrhunderte hinweg um das Geschwärzte Zentrum Kael herum erbaut worden war.

»Die Wolken, der Wirbelsturm, der Regen, warum ist alles verschwunden?«, fragte Naomi bestürzt, denn schließlich war dies das berühmte Tal des Ewigen Regens, wo es bekanntlich ununterbrochen bewölkt war und regnete.

»Das haben wir uns auch schon gefragt«, entgegnete nun der Mann mit den braunen Locken. Er hatte eine tiefe, sympathische Stimme. »Einmal in ungefähr zehn Jahren lichten sich die Stürme und der Schwarze Vorhang wird sichtbar. Das letzte Mal, als das geschah, arbeitete ich noch nicht hier. Ist ein Wahnsinnsanblick, muss ich zugeben.«

»Kann es denn Zufall sein, dass es ausgerechnet jetzt passiert?«, fragte die Zollbeamtin, die mit verschränkten Armen dastand.

»Zufälle gibt es immer, nicht wahr?«, meinte der lockenhaarige Mann mit einem Zwinkern.

»Naomi!«, ertönte eine vertraute Stimme. Es war Anker, gefolgt von Keli und Loyd. »Ich habe mir solche Sorgen gemacht. Wie geht es dir?«, entfuhr es Anker aufgewühlt.

»Ich bin in Ordnung. Wir konnten diese Leute hier mit viel Glück aus dem Feuer retten«, antwortete Naomi, musste dann aber dem Wunsch ihrer Lunge nachkommen, die eingeatmete Asche so rasch wie möglich wieder aus ihrem Körper zu beseitigen. Sie hustete aus Leibeskräften. Wenigstens war der Brechreiz ein wenig abgeklungen.

»Zum Glück ist euch nichts passiert. Ihr hättet dabei draufgehen können. Mit einer Rauchvergiftung ist nicht zu spaßen! Und was ist mit dem Grottenschlüssel?« Anker legte behutsam eine Pranke auf Naomis Schulter.

»Die Schmelzfrontler haben sie alle mitgenommen«, knurrte Loyd düster. Auch er ergab sich nun dem Hustenzwang.

»Das darf doch nicht wahr sein! Mindestens einer müsste doch noch –«

»Also, wenn Sie die Schlüssel für die Deixelgrotten meinen, dann habe ich hier noch einen bei mir«, wurde Anker vom brillentragenden Mann unterbrochen. »Wir können ohnehin nichts mehr damit anfangen, Sie können ihn haben.«

Der Mann übergab Anker ein kleines Lederetui, in dem das Schlüsselkärtchen steckte.

»Sie können damit nichts mehr anfangen? Was meinen Sie damit?«, erkundigte sich Anker eilends, dessen Gesicht für einen Augenblick erlöst aufgeblitzt war und gleich darauf wieder tiefe Falten auf der Stirn aufwies.

»Alles, was wir wissen ist, dass die Hauptstadt Lichterloh von der Schmelzfront besetzt wurde. Verrückterweise hat Lichterloh Atlas deshalb nicht einmal den Krieg erklärt, da die Schmelzfront ja im Allgemeinen als isolierte Terrororganisation gilt und nicht als vom Staat gestützte Gruppe betrachtet wird. Völlig übergeschnappt, die Leute aus der Regierung«, ereiferte sich der Mann mit Brille.

»Ja, Anker, und angeblich sind die Schmelzfrontler auf dem Weg ins Zentrum. Wahrscheinlich werden sie die Forschungsstationen angreifen«, ergänzte Naomi kreideweiß im Gesicht.

»Simimund … Wir müssen ihn warnen!«, stieß Anker entsetzt hervor.

»Wenn Sie an Lichtmails denken, muss ich Sie warnen. Gemäß einem Kollegen in der Zollverwaltung besetzt die Schmelzfront den Überwachungsturm in Lichterloh, womit sie theoretisch jede Lichtmail im Umkreis von gut hundert Kilometern orten und aus der Ferne abhören könnten. Keine Ahnung allerdings, was sie damit bezwecken. Aber es kommen hier schon einige Tage lang Grüppchen von Schmelzfrontlern durch. Es ist also etwas Größeres im Gange.«

»Auch das noch«, stöhnte Anker deprimiert. »Was muss denn sonst noch alles schiefgehen?«

»Anker, wenigstens haben wir einen Schlüssel für den Vorhang. Wenn wir im Otamon-Distrikt ankommen, schauen wir, was die Schmelzköpfe machen. Falls sie die Forschungsstation 2 überfallen haben, umgehen wir diese und rücken bis ins Zentrum zur Station 1 vor und nehmen dort die Proben«, schlug Loyd vor.

»Du weißt genau, dass wir in Kael nicht so lange im Freien

bleiben können, auch mit unseren Lichtkristallen nicht. Ohne einmal Licht zu tanken, wird die Überschwärzung uns fertigmachen, bevor wir überhaupt in die Nähe der Station 1 gelangt sind«, kritisierte Naomi Loyds Leichtsinn.

»Naja dann – falls sie die Station 2 wirklich überfallen haben sollten, verschaffen wir uns eben über die Notfalltür Zutritt zur Station, machen im Lagerraum eine Pause und nehmen uns von dort die Tagesexkursion zur Station 1 vor«, überarbeitete Loyd seine Idee.

»Leider lässt sich die Notfalltür nur mit einem Kartenschlüssel der Station von außen öffnen«, durchkreuzte als nächster Anker seinen Plan. »Aber das spielt jetzt keine Rolle. Die werden nicht gleich alle Forschungsstationen gleichzeitig besetzen. Wahrscheinlich wird es wie hier sein und sie ziehen nach den Randalen weiter. Sobald wir aufbrechen, sende ich Simimund eine kurze Nachricht, damit er in den beiden Stationen Alarm schlagen kann. Wenn wir den Schmelzfrontlern mit genügend Abstand folgen und uns unauffällig bewegen, sollten wir eigentlich sicher sein – zumindest hoffe ich das.«

»Ihr müsst es selber wissen. Ich habe euch gewarnt«, sagte der Mann mit den Locken und dem Bart und zuckte die Achseln.

»Ihr seid Beamte aus dem Grenzhaus, nicht wahr?«, wandte sich Anker dem Mann zu.

»Korrekt«, antwortete dieser.

»Was habt ihr vor, jetzt, wo Lichterloh belagert wird? Viele Optionen habt ihr nicht.«

»Viele nicht, nein – doch die, die wir haben, kennen wir ausgezeichnet«, meinte der Mann sarkastisch. »Ich denke, wir wandern um den Vorhang herum und suchen in Solaspitz Unterschlupf, bis sich die Lage beruhigt hat. Laut internationalem Gesetz müssen sie uns in Konfliktsituationen Asyl gewähren.«

»Stimmt so nicht ganz«, erwiderte Anker skeptisch. »Das gilt nur, wenn der Konflikt vom Gaststaat offiziell als Krieg anerkannt wird und bei Solaspitz, ho, ho, könntet ihr auf Granit beißen.«

»Es scheint mir trotzdem die beste Entscheidung zu sein. Nach Lichterloh zurückzukehren wäre lebensmüde, und in Atlas würden sie uns wahrscheinlich mit offenen Armen empfangen, um uns gleich mit der Hirnwäsche: ›Jetzt ist der richtige Zeitpunkt für die Wiedervereinigung‹ zu umnebeln. Nein, danke.« Die anderen zwei Grenzwächter stimmten ihm murmelnd zu.

»Na, dann trennen sich unsere Wege hier wohl«, sagte Anker bestimmt. Darf ich noch nach Ihren Namen fragen?«

»Das ist Clary Komatsu von Lichterloh, von Birnendorf«, er wies mit der ausgestreckten Hand auf die Frau, »Kunst Vorderhand von Lichterloh«, er wies auf den Mann mit Brille und anschließend auf sich selbst, »und ich bin Chalid Ziver, von Lichterloh, von Herbstfeld, von Siebensiegel.«

»Hey, Siebensiegel ist doch ein Dorf in der Nähe von Hildenberge, *da* kommen wir zwei nämlich her«, meldete sich Keli plötzlich, die das Gespräch aufmerksam verfolgt hatte und nun auf Loyd und sich selbst zeigte.

»Oh, wirklich? Es tut mir sehr leid, was mit Hildenberge geschehen ist. Ich habe gehört, das Dorf sei in ein Sonnenloch eingebrochen. Wirklich eine unglaubliche Geschichte.«

»Das tut uns allen leid. Nun müssen wir zusehen, dass wir weiterkommen. Ich wünsche Ihnen eine sichere Reise nach Solaspitz«, schloss Anker, der den Eindruck machte, als hätte er es auf einmal sehr eilig.

»Was wollen Sie denn im Zentrum? Sind Sie Unlichtforscher?«

»Wir sind auf einer streng geheimen Mission. Ich bin untröstlich, aber ich kann Ihnen leider nichts Genaueres schildern«, versetzte Anker wichtigtuerisch.

»Nun denn. Ich bedanke mich noch einmal für Ihre Rettungsaktion. Ohne Sie wären wir nicht mehr hier. Darf ich Ihren Namen erfahren?«, fragte Chalid, und machte einen Schritt auf Naomi zu, die gekrümmt und sich den Magen massierend dastand.

»Naomi Gildenhof von Solaspitz«, sagte Naomi heiser.

Sie streckte ihm eine grasgrüne Visitenkarte hin. »Hier drauf steht die Adresse meines Vaters. Er lebt in Solaspitz. Sagen Sie den Leuten an der Grenze, dass Sie Freunde von mir sind, die von mir wegen des Konflikts zu ihm geschickt wurden. Ich werde ihn bei Gelegenheit über Ihre Ankunft informieren.«

»Wie kann ich Ihnen nur danken?« Chalid wirkte gerührt.

Sie schauten sich tief in die Augen, dann schenkte er ihr eine kurze, aber liebevolle Umarmung.

»Vielleicht sehen wir uns irgendwann wieder«, sagte Chalid zum Abschied und ging auf seine Kollegen zu.

Kunst, der als Einziger einen Rucksack dabeihatte, warf ihn sich über die Schulter. »Das wäre wirklich nicht nötig gewesen«, tadelte er Chalid, während die drei Zollbeamten ihren langen Marsch in Angriff nahmen.

»Lass ihn doch. Typisch Chalid eben«, scherzte Clary.

»Ja, aber dann noch so übertrieben rumsäuseln: ›Vielleicht sehen wir uns ja irgendwann wieder‹«, äffte Kunst Chalid nach und imitierte Knutschgeräusche. Alle drei lachten. Als sie kaum noch zu sehen waren, wandte sich Chalid noch einmal um und ruderte zum Abschied heftig mit den Armen: »Ich danke Ihnen allen.

Seien Sie vorsichtig im Zentrum!«

Dann wurden die drei Schemen von den hohen Wiesen verschluckt.

»So ein Idiot«, schnaubte Loyd verächtlich. »Kaum ist er den Schmelzköpfen entronnen, schon winkt er sie wieder herbei. Kommt, wir brechen ebenfalls auf, bevor wir wegen denen noch entdeckt werden.«

Auch nachdem das Trio längst verschwunden war und ihre eigenen Weggefährten sich zum Gehen gewandt hatten, blieb Naomi noch für eine ganze Weile lang stehen.

Nicht nur der viele eingeatmete Rauch, sondern auch Chalids Umarmung hatte ihr ein wenig den Kopf vernebelt. Ihr fiebriger Zustand ließ Loyd innehalten. Behutsam trat er auf sie zu, dann fragte er, sie von oben bis unten musternd: »Alles klar mit dir? Soll ich dich stützen?«

Das Grenzhaus war unterdessen in sich zusammengestürzt, wobei dessen Überreste wie mit Sprit begossen brannten. Keli stierte unablässig in das Inferno und hielt sich dabei den Ärmel vor die Nase. Sie war aufgebracht und ihre Miene flackerte bekümmert im Schein des Feuers. Nicht nur das brennende Grenzhaus drückte ihr auf den Magen. Da war noch etwas anderes: ein Stich in der Herzgegend, den sie nicht richtig zuordnen konnte. Es war eben geschehen, als dieser Chalid Naomi plötzlich umschlossen hatte. Wie konnte ein Wildfremder es wagen, Naomi ohne ihre Erlaubnis anzufassen?

»Keli, kommst du?«, unterband Ankers Stimme ihren Gedankenstrom.

Keli wandte sich mit finsterem Gesicht stumm nickend von

den brennenden Trümmern des ehemals stolzen Gebäudes ab und trottete hinter Anker her.

Loyd, der anscheinend von seinem Ohnmachtsanfall schon fast wieder genesen war, half Naomi beim Gehen und trug ihren Rucksack. Sie bestand allerdings darauf, die Artenfibel selbst zu schultern. Die Truppe nahm denselben Weg, den offensichtlich die Schmelzfrontler zuvor genommen hatten, denn auf dem zertretenen Wiesenpfad Richtung Schwarzer Vorhang waren noch überall die Überbleibsel ihres fortwährenden Alkoholkonsums zu sehen.

»Wir wollen nicht zu rasch aufschließen. Die könnten hier irgendwo ein Lager aufgeschlagen haben. Darum schlage ich vor, wir übernachten heute im Freien und benutzen unsere Zelte«, ließ Anker leise, aber deutlich verlauten.

»Wie weit wollen wir dann noch gehen? Warum nicht hier?«, schnaufte Loyd unter Naomis Gewicht.

Keli hatte Zweifel, dass sie inmitten eines Moors ein Zelt aufstellen sollten – oder konnten.

»Meinetwegen. Einen Steinwurf vom Weg entfernt sollten wir sicher sein. Folgt mir«, bestimmte Anker und bog in die hohe, nicht ganz so matschige Wiese ab. Nach fünf raschelnden, angespannten Minuten blieb er stehen.

»Hier bleiben wir für die Nacht. Gras anhäufen ist angesagt. Machen wir zwei Haufen«, ordnete Anker von seinen eigenen Worten entgeistert an.

Keli begriff Ankers Vorhaben sofort. Sie mussten die Wiese abtragen, um einen Grasteppich zu bauen, auf dem sie anschließend die Zelte aufstellen konnten.

»Zum Glück regnet es nicht mehr. Findet ihr es nicht auch faszinierend, dass wir just an einem Tag hier auftauchen, an dem der Himmel sich offenbart?«, bemerkte Anker und tat so, als würde er Gräser abrupfen.

Die wesentliche Arbeit allerdings erledigten die Lanthorn Geschwister. Sie streiften umher und brachten haufenweise Grasballen zurück, die sie an zwei nebeneinander liegenden Stellen deponierten. Keli bemerkte, während sie büschelweise die langen Halme abtrug, wie ringsum die gesamte Wiese vom Schwarzen Vorhang her schräg in ein und dieselbe Richtung abfiel, aber sie war zu müde, um diesem merkwürdigen Phänomen groß Beachtung zu schenken.

Naomi sah dem Geschwisterpaar nur missbilligend zu, denn sie konnte es nicht ausstehen, wenn man Pflanzen ausriss. Sie sagte jedoch nichts und bereitete indessen die Zelte für den Aufbau vor.

Nach einer guten halben Stunde hatten sie genug Material zusammengetragen, um die Zelte darauf aufzubauen; dies ging ruckzuck. Als die Kunststoffkuppen standen, stellte sich die Frage, wer mit wem im gleichen Zelt schlafen würde, doch Anker beantwortete die Frage prompt: »Keli und Naomi übernachten zusammen in einem Zelt und wir zwei erwachsenen Männer werden uns ein Zelt teilen. Wir essen in den jeweiligen Zelten zu Abend. Morgen früh, vor dem ersten Morgenbunt, machen wir uns wieder auf den Weg. Meldet euch umgehend, wenn was ist«, riet Anker den anderen und drehte sich dem Zelt zu seiner Rechten zu. »Na dann – gute Nacht.«

Anker schleppte sich schwerfällig durch den überhängenden Eingang und ließ sich auf den wasserdichten Zeltboden plumpsen. Keli hatte eine gewisse Vorahnung, dass Anker den ganzen

Zeltinhalt für sich selbst beanspruchen würde. Sie beneidete Loyd in keiner Hinsicht, als dieser den Kopf in den Zelteingang steckte und ihn sofort grimmig wieder herauszog. Naomi hatte bereits den Reißverschluss des Zelteingangs aufgezogen und kroch hinein. Keli folgte ihr, nachdem sie hinter dem zweigliedrigen Vorhang verschwunden war. Im Innern roch es stark nach Kunststoff. Es war genug Platz vorhanden, so dass Naomi und Keli bequem darin sitzen und liegen konnten. Naomi war bereits dabei, ihren Schlafsack auszubreiten.

»Keli, im Rucksack findest du Essrationen in Beuteln und einen Löffel. Wenn etwas ist, dann rüttle mich wach. Ich bin so erledigt, ich gehe schlafen«, gähnte sie und kroch mitsamt ihren Kleidern in den wärmenden Bettersatz.

Keli machte sich daran, ihr schweres Reisegepäck zu durchsuchen, zog müde den Schlafsack daraus hervor und rollte ihn aus. Dann griff sie erneut in die tiefe Taschenöffnung und hob einen Beutel heraus, auf dem »Survival Food von Outdoom – Käsemakkaronen mit Bohnensalat« geschrieben stand. Das klang eigentlich gar nicht schlecht. Sie riss den Beutel auf und begann, sich große Löffel voll in den Mund zu schieben.

Was für ein Tag – was für eine Woche. Wie es wohl mit ihnen weitergehen würde? Bis zum Schwarzen Vorhang, den Keli heute zum ersten Mal aus der Nähe gesehen hatte, war es nicht mehr weit. Aber je näher sie dem berüchtigten Geschwärzten Zentrum kamen, umso gefährlicher schien ihr Unterfangen zu werden. Und sie waren noch nicht einmal in Kael angelangt. Ob die Schmelzfrontler wohl die Forschungsstationen angreifen würden? Was ging in den Köpfen dieser gewalttätigen Menschenwesen vor? Keli konnte es sich nichtvorstellen. Unter welchen Umständen konnte man sich zu solchen Ungeheuern entwickeln?

Der Beutel war leer. Eigentlich hatte der Inhalt ganz gut geschmeckt, doch war es ein bisschen wenig gewesen, fand Keli und schleckte die Reste vom Löffel. Ehe sie schlafen würde, musste sie noch aufs Klo. Keli wollte Naomi eigentlich noch fragen, was sie tun sollte, wenn sie mal musste, doch Naomi gab bereits tiefe, langgezogene Schnarchgeräusche von sich. Keli überwand sich dazu, sich kurz allein nach draußen zu begeben, um ihre Notdurft zu verrichten. Sie nahm ein paar Taschentücher zur Hand und kroch durch den Eingangsvorhang. Dann trat sie ein paar Schritte neben die Zelte, öffnete ihre Hose und kauerte sich ins umgetretene Gras.

Es war ein befreiendes Gefühl, hier draußen an der frischen Wiesenluft sein Geschäft zu verrichten. Bald mischte sich diesen wohltuenden Geräuschen ein ähnlicher Unterton bei: Ganz sanft begann es, wieder zu regnen. Keli hatte nicht bemerkt, wie sich der Himmel allmählich wieder verfinsterte. Auch der Wind setzte langsam aber sicher wieder ein. Große, schwere Tropfen klatschten ungemütlich auf Kelis buschigen Schopf. Sie zog sich die Hose wieder hoch und kehrte rasch ins Zelt zurück.

*Nun kann es regnen und stürmen, wie es will, hier drinnen bin ich sicher*, dachte Keli und hüllte sich mit einem erleichterten Seufzer in den nicht unbequemen Schlafsack ein. Sie konnte nicht wissen, wie sehr sie sich täuschte …

# IN DER DUNKELSTEN SCHWÄRZE

Kaum hatte Keli die Augen geschlossen, so schien es ihr, schlug sie sie wieder auf. Hatte sie geschlafen? Wie lange war sie weggetreten gewesen?

Hämmernder Regen ergoss sich sintflutartig auf das Zelt, während der tosende Wind dessen Seitenwände bedrohlich in der Dunkelheit flattern ließ.

»Keli, was ist los? Wie spät ist es?«, konnte sie Naomis Stimme schwach durch das Brausen des Windes hindurch vernehmen.

»Ich weiß es nicht. Ich bin auch soeben erst aufgewacht. Ist das ein Gewitter?«

Ehe Naomi etwas darauf erwidern konnte, riss jemand den Reißverschluss am Zelteingang auf. Es war Loyd.

»Raus hier, schnell!«, brüllte er ins Zeltinnere. »Der Wirbelsturm – Tylpe ist wieder da!«

Naomi und Keli schlüpften mit Entsetzen aus ihren Schlafsäcken und sprangen auf die Beine. Hals über Kopf warfen sie sich ihr Gepäck über und krochen ins Freie; die Schlafsäcke ließen sie liegen. Keli fiel sogleich auf den Hintern angesichts dessen, was sie nun erblickte.

Eine mächtige, schwarze Windsäule türmte sich grauenerregend hinter ihrer Schlafstätte in die Höhe. Als Naomi ihren Fuß vor den Zelteingang setzte, wurde dieses mit einem heftigen Ruck gegen den Wirbelsturm gerissen und augenblicklich von ihm verschlungen. Vom Zelt, in dem Loyd und Anker genächtigt hatten, fehlte bereits jede Spur. Anker hatte offenbar bereits die Flucht ergriffen und einen breiten Pfad durch die abfallende Wiese Richtung Schwarzer Vorhang gezogen.

»Schnell, da lang, schnell-schnell-schnell!«, spornte Loyd die beiden an.

Zu dritt stiefelten sie mit schreckgeweiteten Augen vom Sog des Windwirbels weg, der unaufhörlich stärker wurde und drohte, sie alle zu verschlingen. Immer wieder blieb einer der drei mit den Füßen im Morast stecken, woraufhin eine unsichtbare Hand den Verunglückten zu ergreifen und auf den einatmenden Strudel zuzuziehen schien. Panikerfüllt rissen sie sich gegenseitig immer wieder aus den Klauen des Sturms, bis sie nach geschlagenen zwanzig Minuten so weit von Tylpe entfernt waren, dass sie nicht mehr um ihr Leben fürchten mussten. Anker befand sich noch ein paar Schritte weiter und saß völlig verdreckt und erledigt im Matsch.

»Das waren meine Ersatzhosen«, jammerte er mit gequälter Stimme und weinerlichem Gesicht. »Was muss denn sonst noch alles schiefgehen? Wir wollen doch nur ins Zentrum – an den ohnehin schon gefährlichsten Ort der Welt. Warum muss uns andauernd solcher Kram passieren?«

Die anderen schlossen keuchend zu ihm auf. Loyd räusperte sich und spuckte auf den Boden.

»Was zur Hölle …«, stieß er hervor und stützte seine Hände an seinen durchgestreckten Beinen ab. »Wie konnten wir fünfzig Meter von Tylpe entfernt unser Lager aufschlagen?«

»War ja schließlich deine Idee«, warf Keli ihm vor und setzte ihren Rucksack ab. »Du wolltest ja unbedingt hier übernachten.«

»Keli, er hat mich den ganzen Weg gestützt und meinen Rucksack für mich getragen. Und weiter vorzurücken hätten wir uns wegen der Schmelzfrontler sowieso nicht getraut«, versuchte Naomi zu schlichten und nahm die Artenfibel zur Hand, um zu sehen, ob sie noch heil war.

»Ja, die Schmelzfrontler«, krächzte Anker mit trockener Kehle, »die sind wohl nicht so stumpfsinnig gewesen und haben hier draußen kampiert. Meine Landgurkenpopos – das hätte echt ins Auge gehen können.

Sie tauschten ernste Blicke.

»Gut, wir leben noch, das ist die Hauptsache. Zwei Zelte und vier Schlafsäcke weniger hin oder her. Unser Leben und unsere Mission sind wichtiger. Ist jemand verletzt?«, fragte Anker nun wieder in vertraut sachlichem Ton. Die anderen schüttelten den Kopf. »Dann können wir ja gleich loslegen. Es ist jetzt«, Anker blickte auf seinen Handrücken, »halb sechs. Ich denke, ihr habt nichts dagegen, wenn wir ein bisschen früher aufbrechen als geplant?«

Erneutes Kopfschütteln.

»Na dann – Abmarsch. Beim Eingangsportal in den Schwarzen Vorhang machen wir Halt und essen einen Happen.«

Wer noch musste, verrichtete seine Notdurft im hohen Gras. Keli gehörte jedenfalls nicht dazu und wartete, bis die anderen zurück waren. Sie nahmen alle noch ein paar Schlucke Wasser, dann setzten sie ihren ermüdenden Streifzug fort.

Wenigstens war die Wiese hier nicht mehr allzu hoch, vielleicht noch ein klein wenig höher als Loyd. Keli überlegte sich, woran das liegen mochte. Vielleicht hatte der Wirbelsturm etwas damit zu tun? Nach einer guten Marschstunde und ohne viele Worte zu wechseln, beantwortete Naomi schließlich ihre Frage: »Ich bin echt froh, dass wir bald am Eingang ins Zentrum ankommen. Zum Glück können die Pflanzen in dieser Umgebung wegen der verminderten Lichteinstrahlung nicht so hoch wachsen.«

»So ist es. Das Tader könnte mir echt gestohlen bleiben«, grunzte Anker schwer atmend.

Loyd hatte den Weg zu Beginn wieder mit Gilberts Sunukeschwert vom übermannshohen Grün befreit, hatte dann die Arbeit aber aufgrund der erleichterten Gehverhältnisse eingestellt. Sie kamen gut voran. Obwohl es noch kräftig regnete, war der Boden nicht mehr ganz so aufgeweicht, wie noch beim Grenzgebäude.

Keli blickte immer wieder die gewaltige, fast rabenschwarze Steinfassade des Schwarzen Vorhangs empor, die sich in ungreifbaren Höhen in den finsteren Wolken verlor, und bemerkte bei genauerem Hinsehen viele Ecken und Wölbungen, Ritzen und Löcher in den uralten Gemäuern.

»Drei Kilometer hoch, im Schnitt«, erklärte Anker, der neben Keli her stapfte, als die Wiesenpflanzen nur noch kniehoch waren. »Kannst du dir das vorstellen? Die höchste Stelle ragt sogar fast fünf Kilometer über den Grund hinaus. Als ich das erste Mal hier war, konnte ich mir das gar nicht bildlich vorstellen, so gigantisch ist das Teil.«

Der Eingang in den Irrgarten des Vorhangs kam allmählich in Sicht. Die torartige Absperrung war von einer weiten, aber kurzhalmigen Grasfläche umsäumt, auf der sich Vögel und andere kleinere Wesen tummelten. Hier und dort waren auch kleine grüne Laubbäume auszumachen. Schon von weither konnte Keli erkennen, wie ein mächtiges Fallgitter den Weg in die Tunnel dahinter versperrte. Über dem Torbogen entdeckte sie mehrere furchteinflößende, elfenbeinweiße Köpfe von dämonischen Fabelwesen, die in den Stein gemeißelt waren und finster auf sie herunterblickten. Irgendwie hatte sie das widernatürliche Gefühl, dass deren weiße, leere Augen ihnen folgten. Im Gegensatz zum Rest der dunklen Gemäuer vermittelte der aus hellem Marmor geschaffene Eingang in den Schwarzen Vorhang einen äußerst abschreckenden Eindruck, so als ob man sich besser von diesem Ort fernhielte, wenn man nicht von schauderhaften Monstern heimgesucht werden wollte. Trotz Kelis Instinkt, der beim Nähertreten in ihrem Inneren Alarm schlug, trottete sie hinter den drei Gelehrten her und versuchte, ihre Angst mit ein paar Schlucken Wasser aus ihrer Flasche hinunterzuspülen. Wovor sie sich von all den Bedrohungen am meisten fürchtete, konnte und wollte sie in diesem Moment nicht definieren.

»So, da wären wir«, zeigte sich Anker erleichtert und schaute sich um. »Weit und breit keine Wesenseele zu sehen.«

Es regnete nur leicht, als sie sich unter das massive Vordach des Marmorsteintors begaben, wo sie ihre Überlebensrationen auspackten. Anker hockte sich auf den beigen, glatten Steinboden und riss einen seiner Outdoom-Beutel auf.

»Wo wohl der Torhüter abgeblieben ist?«, schmatzte Anker unverdrossen.

Keli war immer wieder amüsiert darüber, wie Anker sich in wichtigen Situationen dermaßen aufspielen konnte, wenn er jedoch aß, geriet ihm sein Verhalten offenbar komplett in Vergessenheit.

»Der wird wohl Reißaus genommen haben, oder die Schmelzköpfe haben ihn verprügelt und den Grottenwächtern zum Fraß vorgeworfen. Eins von beidem wird es wohl sein«, sagte Loyd zynisch, hielt sich einen Outdoom-Beutel an den Mund und begann geräuschvoll daraus zu schlürfen.

»Wie kannst du nur so unverfroren über das Leben anderer sprechen. Der Torwächter ist oder war ein Wesen aus Fleisch und Blut, der Familie und vielleicht Kinder hatte. Und«, Naomi sah Loyd angewidert an, »könntest du bitte deinen Löffel benutzen, wenn du isst? Du ekelst mich an.«

Sie hatte sich von der gestrigen Rettungsaktion wieder einigermaßen erholt. Loyd senkte seinen Beutel und konterte Naomis Vorwurf mit vollem Mund: »Was soll der Mist, ey? Diese Dinger sind dazu gedacht, dass man sie aus dem Beutel frisst.«

»Isst, Loyd – isst«, belehrte Anker ihn belustigt durch seinen ebenfalls überfüllten Schlund.

»Genau, ›essen‹ ist das Zauberwort. Ich stimme Anker zu. Und Loyd, was du sagst, gilt nur, wenn man keinen Löffel zur Hand hat«, tadelte ihn Naomi erneut und blickte böse auf den Beutel, dessen Inhalt Loyd sich gerade von weit oben in den Rachen plätschern ließ.

Loyd machte eine dämliche Grimasse und entblößte ihnen den Inhalt seines Mundes.

Jetzt war er zu weit gegangen! Keli war schon bereit, einzuschreiten, und wollte Loyds elendem Verhalten endgültig einen Riegel vorschieben, als zu ihrer Verblüffung – einmal mehr – Naomi, Anker und ihr Quälgeist von einem Bruder ohne jegliche Vorwarnung in schallendes Gelächter ausbrachen. Keli verstand die Welt nicht mehr. Was war in sie gefahren? Verhielten sich akademische Titelträger so? Keli war die Einzige, die nicht lachte und starrte die drei Erwachsenen nur ungläubig an. Sie riss den Essbeutel auf, den sie selbst in der Hand hielt und fing mit bärbeißigem Gesicht an, sich gehäufte Löffel in den Mund zu stecken. Oder war etwas im Essen, das ihnen nicht guttat? Das konnte natürlich sein. Doch Keli bemerkte an sich selbst keinerlei Anzeichen von akuter psychischer Verwirrtheit oder pathologischen Lachanfällen; auch fünf Minuten später nicht, nachdem sie den Beutel leergegessen hatte. Das jähe Versagen des rationalen Empfindungsvermögens ihrer Gefährten musste also eine andere Ursache haben. War es die Umgebung? War das die Art und Weise, wie die Erwachsenen mit ihrer Angst umgingen? Waren sie etwa genauso in Sorge wie sie selbst und versuchten, die Realität vor ihren Augen mit Gelächter zu übertünchen? *Das* war es wahrscheinlich …

»Keli, du bist so ruhig. Ist mit dir alles in Ordnung?«, erkundigte sich Naomi, die Keli seit ein paar Minuten immer wieder aus den Augenwinkeln beobachtet hatte.

»Ja, es geht schon. Ich habe ein wenig nachgedacht«, erwiderte Keli beiläufig.

»Worüber denn? Sag schon – es interessiert mich, was du denkst«, forderte Naomi sie freundlich auf, ihre Gedanken mit ihr zu teilen und schenkte ihr ein Lächeln.

*Naomi sieht auf jeden Fall nicht so aus, als würde sie sich vor Angst gleich in die Hose machen*, dachte Keli und erhob sich verwundert aus ihrem Schneidersitz. Die Bande hatte sich aufgerafft und Anker hatte schon wieder den Aufbruch angekündigt.

»Ich habe mich nur gefragt«, fing Keli an und hievte sich den Rucksack auf die Schultern, »wie ihr über Loyds albernes Getue lachen könnt«, beendete sie den Satz im Flüsterton.

»›Loyds albernes Getue …‹«, wiederholte Naomi ihre Worte nachdenklich.

Zuerst begriff sie nicht, was Keli damit meinte, doch dann begann es, hinter Ihren Augen zu dämmern.

»Aah – du meinst Loyds Art, Witze zu machen? Sein Humor, wie eben, als er so unappetitlich gegessen hat?«

»Richtig«, gab Keli zu, die erstaunt darüber war, dass sie ihre Klage nicht eher verstanden hatte.

Sie trödelten mit etwas Abstand hinter Anker und Loyd her, die sich auf das massive Fallgitter zubewegten.

»Keli, du kennst doch deinen Bruder, besser als ich selbst sogar. Das macht er doch immer. Er ist draufgängerisch, etwas bekloppt, oft mürrisch, aber dann auch wieder heiter und strahlend munter wie das Morgenbunt. Ab und an hat er mal einen maskulinen Ausbruch, aber ansonsten ist er doch ein toller Kerl – und er ist der beste Explorationsstudent, den ich je getroffen habe. Er ist als Einziger der Explorationsakademie für diese bedeutsame Mission auserkoren worden. Keiner beherrscht die exploralen Lichttechniken so gut wie er. Das will was heißen. Naja, manchmal hat er so seine Macken, aber im Großen und Ganzen verteidigt er seinen Ruf ziemlich gut.«

Keli war über Naomis Darstellung von Loyds Charakterzügen völlig überrascht.

»Redet ihr über mich?«, warf Anker, der sich vor den Gitterstäben umgewandt hatte, in lässigem Ton ein.

»Nein. Tun wir nicht«, fauchte Naomi genervt darüber, dass Anker immer alles wissen wollte. »Und, lässt sich das Gitter nun öffnen oder sollen wir hier Wurzeln schlagen?«

»Loyd ist oben im Turm und versucht, es für uns mit dem Schlüssel aufzubekommen.«

Kaum hatte Anker seinen Satz beendet, fing die massive Eisenschranke an, sich mit einem metallischen Poltern Zentimeter für Zentimeter zu heben. Hinter der Absperrung öffnete sich eine hohe, dunkle Pforte, hinter welcher grünlich flackernde Laternen von der Decke hingen. Aus dem Innern der Grotte konnte Keli das Heulen des Windes ausmachen. Der Sog der Luft zog gespenstisch an ihren Kleidern. Ein plötzlicher, dumpfer Aufschlag in der Nähe ließ die drei Wartenden aufschrecken. Loyd war von den oberen Treppen des Wachturms heruntergesprungen.

»Loyd, du Dummkopf! Erschreck uns nicht so«, zischte Naomi ihn an.

Dieser wischte sich nur ungerührt ein paar Staubkörner von den Knien und stapfte, ohne ein Wort zu sagen, auf den düsteren Grotteneingang zu. Keli, die ebenfalls zusammengefahren war, blickte ihrem Bruder wütend hinterher. Loyd kam im Torbogen zum Stehen und streckte die Arme in die Höhe. »Es kann losgehen!«, erklang seine unverzagte Stimme im weitläufigen Inneren des Ganges und verlor sich als groteskes Echo in der kriechenden Finsternis.

Loyd schritt voran. Anker sah sich kurz um und meinte dann etwas zaudernd: »Jo, dann – ab hier gibt es kein Zurück mehr. Ihr seid euch dessen hoffentlich bewusst. Wir wissen nicht, was uns im Zentrum erwartet, ob wir auf Schmelzfrontler stoßen werden, und/oder ob das Unlicht uns verschlucken wird. Alles ist möglich. Loyd«, hallte Ankers Stimme tief in die Grotten hinein. »Ab hier sind wir auf dein Können angewiesen.«

Loyd, der sich bereits einige Meter in die dunkle Grube hineinbegeben hatte, hob anerkennend die geballte Faust und drehte sich schwungvoll um.

»Die Luft ist rein. Wir können gehen«, verkündete er triumphierend.

Schon beim ersten Schritt in die düstere Passage wurde es Keli angst und bange. Sie hatte es getan. Sie hatte den berüchtigten Schwarzen Vorhang betreten. Sie war nun auf dem Weg nach Kael, dem Ort des Grauens und der Furcht, der Urstadt der Finsternis und des Verderbens. Eigentlich konnte sie sich Kael gar nicht richtig vorstellen. Wie düster war es im Zentrum wirklich? Wenn Ankers Worte stimmten, würde sie in einer halben Stunde erblicken und erfahren, was die alten Legenden predigten, und wovor sie mahnten. Sie konnte es immer noch nicht fassen. *Sie*. Warum sie? Wie um Himmels Willen war sie in diese verstrickte Situation geraten? Weshalb hatte sie ihr Schicksal bloß hierhergeführt …

Unheimliche Schatten zogen sich an den unebenen Wänden entlang. Ungleich des pompösen Tunneleingangs waren die Mauern im Innern der Grotten unstrukturiert geformt und mit grobem Moos bewachsen. Die Abstände zwischen den Laternen waren unterschiedlich, Höhe und Breite des Ganges veränderten sich ständig.

»Weißt du, wie man diesen Ort nennt?«, fragte Anker ermunternd, als er sich hinter Naomi zurückfallen ließ, um mit Keli zu sprechen.

»Ich weiß nur, dass wir jetzt im Innern des Schwarzen Vorhangs sind. Das ist alles.« Ein leichtes Zittern in der Stimme ließ erahnen, wie Keli sich fühlte.

»Jau. Allerdings hat dieser Tunnel einen Namen. Wir befinden uns gerade in den berüchtigten Deixelgrotten. Schon unglaublich, sich vorzustellen, dass diese Decke über uns viele Kilometer in die Höhe ragt. Es gibt noch zwei andere bekannte direkte Passagen durch den Vorhang, die nach Kael führen. Das Kamaloch im Südosten Kaels zum Beispiel wird unter einem transnationalen Abkommen für die Versorgung sämtlicher Forschungsstationen im Zentrum verwendet. Die Lebensmittel, mit denen unsere Stationen beliefert werden, kommen also allesamt aus Wesenend. Dafür zahlen wir der Präfektur aber auch einen beträchtlichen Batzen Licht. Der Name dieser Grotte hier kommt aus der Zeit, als die Mauern vor sechshundert Jahren errichtet wurden. Man munkelt, der Teufel persönlich hätte sich den Bauarbeitern in den Weg gestellt und hätte Ungeheuer aus der Hölle auf die Leute losgelassen, um den Aufbau zu vereiteln. Viele Arbeitende verschwanden spurlos. Als der Vorhang zu wachsen begann und die meisten Einwohner aus Kael geflüchtet waren, fing die Überwachungsphase des Zentrums an. Um zu verhindern, dass Leute nach Belieben ein- und ausgingen und so die Schwärze in die Agglomeration verschleppten, wurden die Grotten mit zusätzlichen Sicherheitsvorrichtungen ausgestattet. Nur jemand, der einen offiziellen Schlüssel besaß, konnte die Zugänge passieren. Die Deixelgrotten sind berühmt dafür, dass man sie einst zum Labyrinth – auch bekannt als Deixelgrottenlabyrinth – ausgebaut hat. Früher einmal gab es von dieser Seite her nur einen einzigen Gang durch den Vorhang, doch wie du siehst, gibt es heute unzählige Ebenen, Passagen, Rutschen und Fallen. Wenn du dich in einem der Gänge verirrst, ist es aus. Da ich unter anderem auch für die Regierung arbeite, sind mir folgende Insiderinformationen bekannt: An gewissen Stellen im Vorhang sollen heimtückische Kreaturen lauern, die seit hunderten von Jahren auf verirrte Seelen warten, um ihnen das Licht auszusaugen.«

Keli schauderte. Sie wollte sich das lieber nicht ausmalen. Auf keinen Fall wollte sie je einem dieser Geschöpfe begegnen, schon gar nicht ganz allein in dieser düsteren, unheimlichen Gruft.

Doch wie um Kelis Angst zu verspotten, witzelte Naomi plötzlich: »Ach, ich würde so gern wissen, was das für Wesen sind. Können wir uns nicht ein bisschen verirren? Kommt schon. Nur für ein paar Minuten.«

Anker grinste breit. »Typisch Biodiversitätsstudenten. Die können nie genug kriegen, wenn es um seltene und gefährliche Viecher geht«, schmunzelte er zu Keli gewandt. »Man sagt allerdings auch, dass es hier spukt und Geister ihr Unwesen treiben. Gerüchte besagen nämlich, es wären die Skelette von den verschollenen Bauarbeitern in den Mauern gefunden worden, als man die Grotte umbaute. Wie sie da reingekommen sein sollen – *kann dir nur der Teufel sagen.«* Anker lachte laut auf.

»Alles Humbug«, ereiferte sich Naomi und drehte sich erneut zu ihnen um. »Keli, bitte glaub Anker kein Wort. Er will dir nur einen Bären aufbinden. Soweit ich mich informiert habe, sind das alles althergebrachte Märchen. Wenn man wirklich biologische Überreste in den Mauern gefunden hätte, wäre das ausführlich dokumentiert worden. Sie wären versteinert gewesen und deshalb hätten solche Funde die Jahrhunderte bis heute überdauert. Es gibt hier weder Monster, noch Geister, noch haust der Teufel im Schwarzen Vorhang.«

Keli war die Diskussion inzwischen egal. Eigentlich wollte sie gar nichts darüber hören. Warum, zum zwickenden Schmelzwasser, wollten sie sich an diesem Ort über solche Dinge unterhalten? Keli fröstelte. Die Angst, der flüsternde Wind und die finstere Aura, die dieser Ort ausstrahlte, lagen ihr wie kalte, schwere Steine auf der Seele.

Loyd kam gerade von einer seiner Spähtouren zurück. »Naomi«, unterbrach er ihre lebhafte Professor-Studentendebatte.

»Blauwurz«, sagte Loyd nur.

Naomi schien zu verstehen und folgte ihm vor ein violett glühendes Etwas, das in einer Nische aus dem Grottenboden ragte.

»Das sind die Wurzeln von überschwärzten Pflanzen«, erklärte Naomi, als Keli mit angehaltenem Atem nähertrat. Naomi kratzte mit einem kleinen Werkzeug an der Oberfläche des glimmenden Gebildes. Sie hob das stäbchenartige Instrument hoch und schüttelte die kleinen Wurzelpartikel von dessen Spitze in einen winzigen Kunststoffbehälter, den sie anschließend versiegelte und in ihrem Rucksack verstaute.

»Die Proben sind ganz wichtig«, belehrte sie Keli. »Je nachdem, wie weit die Wurzeln sich in die Mauern gefressen haben und wie überschwärzt sie sind, können wir feststellen, inwiefern sich das Unlicht schon vermehrt hat und seine Kraft auf die Umwelt abfärbt. Pflanzen sind sehr zäh und lassen sich nicht so schnell unterkriegen. Darum sind ihre biologischen Strukturen exzellente Indikatoren, um maligne Prozesse in den Ökosystemen aufzuspüren, die man mit bloßem Auge nicht erkennen kann.«

Loyd wartete geduldig, bis Naomi mit der Probenentnahme fertig war. Er wusste, welche Bedeutsamkeit die Untersuchung hatte und sagte kein Wort, bis sie ihren Rucksack und die Artenfibel wieder aufgeworfen hatte. Dann ging die Reise weiter.

Sie kamen an etlichen Abzweigern vorbei, aus denen der Wind anders fiepte. Keli fand die Geräusche sehr unheimlich. Wenn sich die Windströme an den Tunnelkreuzungen trafen, erzeugte der Zusammenprall furchteinflößende, aufheulende Töne. Manchmal glaubte sie, auch ein Knurren oder Grollen aus dem Sausen des Windes herauszuhören und fuhr jedes Mal ängstlich herum. Naomi und Anker waren unterdessen ruhig geworden. Auch ihnen war die Anspannung allmählich anzumerken, wohingegen Loyd andauernd mit schnellen Schritten vorauspreschte, um sich umzuschauen. Wenn eine Kreuzung vor ihnen lag, spähte er um die Ecken, kam dann zurück und tat kund, dass keine Gefahr bestand und sie weitergehen konnten. Anker und Naomi schienen daran nichts auszusetzen zu haben, doch Keli störte dieses Verhalten sehr. Für sie sah es so aus, als würde Loyd sich aufspielen. Es kam Keli lächerlich vor, wie ihr Bruder sich vorpirschte und wieder zu ihnen zurückhüpfte, nur um »alles klar«, oder »niemand zu sehen« verlauten zu lassen.

*Wer könnte das nicht? Selbst ich wäre dieser Aufgabe gewachsen, wenn ich schon ein-, zweimal hier vorbeigekommen wäre und den Weg kennen würde,* dachte sie unbeeindruckt.

Obschon sich die Beschaffenheit der Grotte stets veränderte, blieb die Richtung immerzu dieselbe. Ab und zu waren auch Treppen, die in untere oder obere Ebenen führten, sowie Leitern und Rutschvorrichtungen auszumachen. Keli ging absichtlich mit großem Bogen um die Eingänge der vermeintlich tödlichen Irrwege herum. Die Gruppe passierte gerade einen Raum, in dem es mehrere Altäre gab und lange, gezähnte Objekte von der Decke hingen, die wie Keli glaubte, mit der religiösen Natur des Gewölbes zusammenhingen, als Anker sie aufforderte, anzuhalten.

»Das ist ein ehemaliger Altarraum der Blausternengemeinschaft«, erklärte er in die Runde, obwohl Loyd und Naomi hier zuvor schon mehrere Male durchgekommen waren. »Von hier aus sind es noch zwei, drei Minuten bis zum Portal nach Otamon. Ich möchte, dass ihr euch noch einmal geistig auf die bevorstehenden Stunden bis zur Forschungsstation 2 vorbereitet. Wenn wir hindurch sind, Keli, wird die Überschwärzung sich sehr unangenehm auf unsere körperliche und mentale Verfassung auswirken. Wir werden, ohne es zu wollen, in unseren Körpern gespeichertes Altes Sonnenlicht an die Umgebung abgeben. Bis zur Station 2 haben wir je einen Lichtstein zur Verfügung, der unbedingt reichen muss. Die Station liegt etwa an der Grenzlinie des Otamon- und des Central-Distrikts. Dort werden wir eine Nacht verbringen, Licht schöpfen und uns Verpflegung für die Hauptexpedition zur Forschungsstation 1 einpacken. Wie ihr wisst, ist die Station 1 nur temporär bemannt, da die Überschwärzung selbst die stark belichteten Räume darin zu verdunkeln vermag. Wir sind also jeweils nur für zwei Tage in der Station 1 und kehren danach wieder zurück zur Station 2, um uns dort zu erholen. Das machen wir, bis wir die Lage im Zentrum des Zentrums gründlich analysiert und dokumentiert haben. Ich hoffe, in der Station 1 Professor Simimund, den Leiter der Physik-Akademie, anzutreffen. Er ist der Einzige, der die Station 1 während der Untersuchungsphase permanent bewohnt und wird uns hoffentlich über den Stand der Unlichtausbreitung aufklären können. Gestern Abend habe ich ihn per Lichtmail über unsere verspätete Ankunft in Kenntnis gesetzt und ihn vor einem potentiellen Überfall auf die Stationen durch die Schmelzfront gewarnt. Keli«, richtete sich Anker ans jüngste Expeditionsmitglied und legte ihr, wie er es des Öfteren tat, die Hand auf die Schulter. »Es wird sehr hart für dich werden. Ich schlage vor, du verweilst in der Station 2, während wir an den ersten beiden Tagen auf Untersuchungstour gehen. Wenn alles glatt verläuft, kannst du uns auf die folgende Tour zur Station 1 begleiten. In der Station 2 gibt es eine kleine Bibliothek, eine Mensa mit Snack- und Getränkeautomaten, ein kleines Unterhaltungszimmer, eine schweißtreibende Spa und jede Menge interessante

Leute. Langweilig wird es dir bestimmt nicht werden.«

Anker zwinkerte Keli zu, allerdings war diese nicht restlos von seinem Vorschlag überzeugt. Doch was sollte sie entgegnen? Dass sie nicht einverstanden war? Das konnte sie nicht. Stattdessen nickte sie befangen.

»Hervorragend. Gibt es noch Fragen?«

Loyd massierte sich seinen kurzrasierten Kopf. »Was tun wir, wenn wir auf Schmelzköpfe treffen oder sie sogar die Forschungsstationen überfallen haben. Umkehren?«, erkundigte er sich angespannt.

»Das habe ich mir auch schon überlegt. Wie ich euch immer wieder versuche einzuschärfen, lautet die allgemeine Expeditionsregel: Mit unerwarteten Umständen setzen wir uns spontan, aber zielgerichtet auseinander. In brenzligen Situationen werden wir rasche und zugleich vernunftgesteuerte Entscheidungen treffen müssen; das wird immer so sein. Schutz und Sicherheit haben höchste Priorität. Wenn wir draufgehen, ist es nämlich aus mit uns, nicht wahr?«

Loyd sah nicht zufrieden aus, unterließ es aber, Ankers Einstellung zu kritisieren.

»Und du, Naomi, Fragen? Stell sie jetzt. In Kael werden wir keine überschüssige Energie dafür haben, bis wir die Station 2 erreichen.«

»Eigentlich hätte ich hundert Fragen, aber da wir sowieso immer nur dieselbe Antwort aufgetischt bekommen: ›wir sollen spontane Entscheidungen treffen‹, werde ich ganz einfach diesem aufschlussreichen Rat folgen, danke«, antwortete Naomi schnippisch.

»Na gut. Ich sehe, ihr habt alle den vollen Durchblick und

strotzt so richtig vor Motivation – es kann losgehen.«

»Anker, da wäre noch was«, meldete sich Keli kleinlaut.

»Nur zu, mein Mädel. Schieß los«, gab sich Anker väterlich.

»Was soll ich tun, falls etwas passiert, während ich in der Station 2 warte? Ich meine, was, wenn die Schmelzfrontler auftauchen, oder wenn etwas mit dem Unlicht geschieht. Was dann?«

»Gut, dass du fragst. Auch für dich gilt dieselbe Regel. In einer solchen Situation solltest du auf dein Bauchgefühl hören. Wenn die Leute in der Station Reißaus nehmen, dann bitte flüchte mit ihnen. Sie wissen, wie sie sich in Sicherheit bringen können. Ist das so in Ordnung für dich?«

»N … ja«, antwortete Keli. Ihr war äußerst unwohl. Eigentlich war gar nichts klar, aber wie Loyd und Naomi mochte auch sie nicht mit Anker diskutieren. Anker hatte ohnehin immer das letzte Wort und seine Ratschläge ähnelten sich je länger sie unterwegs waren, umso mehr.

»Ok, dann legen wir los«, schloss Anker ernst und die Gruppe setzte sich wieder in Bewegung.

Sie schritten unter seltsamen Aufhängern hindurch, die aus dunklem Metall bestanden und durch den Windzug verschiedene heulende Laute von sich gaben. Der Ort war Keli ganz und gar nicht geheuer. Bei genauerem Hinsehen meinte sie, unförmige Knochen zu entdecken, die auf den Altären oder in den Ecken der kleinen Halle verstreut lagen, was der furchterregenden Atmosphäre zusätzlich Gewicht verlieh. Sie betraten erneut eine fast stockdunkle Passage, die rasch an Höhe gewann und in einen hohen, marmornen Saal überging. Rundum starrten die weißlichen Steinfratzen unheimlicher Biester von hohen Sockeln majestätisch auf sie herab. An den Wänden prangten abstrakte Figuren aus

Gold, die mit vielen Details ins Mauerwerk eingearbeitet worden waren. Auch hier hingen verschiedenste seltsame Hohlkörper an langen Seilen von der hohen Decke, die allerdings keine Töne von sich gaben. Anscheinend strömte kein Wind durch diesen Raum. Von dem kaum sichtbaren Boden aus wucherten an einigen Stellen dicke, violett glimmende Wurzelarme empor und tauchten die Halle in mysteriöses Dämmerlicht.

»Seltsam«, flüsterte Naomi und deutete auf die Skulpturen. »Ich würde eine Seite aus meiner Artenfibel darauf verwetten, dass die Schmelzfrontler sich sofort an das Gold rangemacht hätten.«

»Jetzt, wo du es sagst«, bemerkte Loyd nachdenklich. »Es gibt auch sonst keine Anzeichen dafür, dass die Schmelzköpfe hier durchgekommen wären. Keine zerdepperten Bierflaschen, weder Abfall noch Fäkalien. Wirklich merkwürdig ...«

Anker ließ sich von den Feststellungen seiner Studenten nicht beirren und stapfte weiter auf das riesige Tor zu, das Keli in diesem Augenblick erst entdeckte, denn es war so groß, dass man es auf den ersten Blick gar nicht als Durchgangsmöglichkeit erkannte. Es war doppelflügelig, aus dunklem, von Gold durchzogenem Marmor gefertigt und glomm edel, wie frisch poliert. Wie um alles in der Welt würden sie so eine gewaltige Pforte aufbekommen, überkam es Keli verwundert.

»Jedenfalls sind die Schmelzfrontler nicht hier und das ist die Hauptsache«, wandte sich Anker an Loyd. »Könntest du bitte ...«

Loyd begriff sofort und verschwand in einer engen Wendeltreppe links im Saal, wo eine anmutige Frauenskulptur ganz aus Gold auf den Knien meditierte. Nach einigen Sekunden erklang ein markerschütternder Gongschlag und der Wind begann, sich wieder bemerkbar zu machen. Vom mächtigen Portal her waren klackende und scharrende Geräusche zu vernehmen, bis ein pechschwarzer Schlitz in der Mitte der Torflügel zum Vorschein kam, der langsam breiter wurde. Keli schluckte. Durch den daraus dringenden Luftzug begannen die seltsamen Gebilde an der Decke, zu baumeln und dabei dämonische Klänge auszustoßen.

Die Schwärze, die nun langsam wie verwunschener Nebel in den Raum gekrochen kam, war von einer solch finsteren Natur, dass sie einen starken Kontrast zur eigentlich sonst schon düsteren Umgebung erzeugte. In wenigen Sekunden würde Keli Kael erblicken. In wenigen Momenten würde sie von der Dunkelheit verschluckt werden. In wenigen Augenblicken würde sie in die verheerende Vergangenheit eintauchen, die ihre Vorfahren in Grauen zurückgelassen hatten und die heutige Gesellschaft so verzweifelt zu vergessen suchte.

»Ich weiß genau, wieso sich die Schmelzfrontler so alkoholisiert haben. Ich wünschte jedes Mal, ich hätte eine Flasche Tümpelkreis-Whisky dabei, wenn sich dieses Tor öffnet«, gestand Anker, dem das Unbehagen an der Stimme anzuhören war und legte Keli behutsam die Hand auf die Schulter. »Und jedes Mal vergesse ich, eine mitzubringen.«

Ein lautes Poltern rechts und links von Keli ließ erkennen, dass das Tor nun offenstand. Keli spürte, wie sie das kalte Grauen packte und es ihr dabei eiskalt den Rücken hinunterlief. Ungläubig, ja entsetzt starrte sie auf die Stelle, wo eben noch eine dunkelblaue, von Gold durchzogene Wand gewesen war. Wie versteinert verharrte sie auf demselben Fleck, Augen und Mund weit aufgesperrt, die Sinne wie eingefroren. Vor ihr, und nun auch in ihrem Inneren, erstreckte sich die unendliche Finsternis.

Keli konnte so gut wie nichts sehen. Das einzige Licht spendeten die vielen violetten, stellenweise auch giftgrün und orange leuchtenden Wurzeladern und Pilze in der Peripherie. Sie erkannte die Konturen einer Ebene, auf der durch das spärliche Glühen Umrisse von Bäumen auszumachen waren. Auch drangen die Stimmen von vermutlich eher kleinen Wesen an ihre Ohren. »Kyuuu-kyu-kyu-kyu«, kam es aus dem östlichen Terrain jenseits des Portals und »Zilp-zalp, Zilp-zalp – Za-za-zilp-zalp«, aus dem Westen. Waren es Insekten oder Vögel, oder vielleicht auch etwas ganz anderes? Keli konnte es nicht sagen, aber da draußen gab es eindeutig Leben – finsteres Leben. *Die Existenz des Schattens*, dachte sie zähneklappernd. Ihr war ganz eigenartig zumute. Ihr Gespür für die Umwelt war verzerrt, ihr Verlangen nach Wärme und Geborgenheit erloschen.

»Und, wie fühlt es sich an, von der Schwärze ausgesaugt zu werden?«, konnte Keli Ankers Stimme in der Nähe sarkastisch sagen hören.

»Es … Ich kann es nicht beschreiben. Aushöhlend?«, versuchte Keli das Gefühl zu erörtern.

»Ja, das ist ziemlich treffend. So würde ich das auch beschreiben«, pflichtete Naomi ausdruckslos bei. »Aushöhlend, zermürbend, sinntötend …«

Das Geräusch von Loyds tapsenden Schritten kam von der Treppe her auf sie zu. Keli überkam eine Gänsehaut angesichts des Unvermögens, genau erkennen zu können, was um sie herum geschah und wer oder was sich ihr näherte.

»Gut, dann Steine raus!«, forderte Anker die Gruppe auf, die nun wieder komplett war.

Alle kramten in ihren Rucksäcken nach ihren gefüllten Lichtsteinen.

»Am besten tragen wir sie in unseren Hosentaschen und nehmen sie nur bei Bedarf zur Hand. So füllen sie sich nicht so rasch mit der Schwärze.«

»Keli, alles in Ordnung mit dir?«, wollte Loyd zu Kelis großer Überraschung wissen.

»Äh – ja. Es geht schon«, antwortete Keli ein wenig verlegen.

»Wenn was ist, melde es sofort. Wenn du dich schwindlig fühlst, oder wenn du eine Pause brauchst, versuche nicht, deine Bedürfnisse zu unterdrücken. Im Zentrum ist die Kommunikation extrem wichtig. Während des Studiums habe ich gelernt, dass man in geschwärzten Gegenden seinen eigenen Gemütszustand immer wieder in Worten ausdrücken soll, damit man selbst erkennt, wie es einem geht. Nur so können dein Umfeld und du selbst einer anstehenden Depression mit positiven Ansätzen entgegenwirken.«

»Guter Student. Das habe ich dir beigebracht«, gab Anker an. »Es ist wahr, Keli, sei immer ehrlich mit dir selbst und sprich deine Gefühle stets aus. Und nun – ich denke, wir sollten keine Zeit und auch kein Licht verschwenden.«

Anker stapfte hörbar voran, als Loyd sich nicht rührte. Naomi folgte den Gehlauten.

»Keli«, wandte sich Loyd noch einmal leise an seine Schwester. »Bist du auch wirklich okay?«

»Ja, ich denke schon. Aber«, Keli stutzte für einen Moment, »weshalb interessiert dich das plötzlich?«

»Was soll das heißen?« Loyds Stimme schwoll an. »Habe ich jemals gesagt, du würdest mir nichts bedeuten?«

»N-nein, ich meine … ach, egal«, gab Keli klein bei.

»Nein, ist es nicht.« Loyd fuhr abermals mit gedämpfter Stimme fort: »Ich möchte vor allem, dass du vorsichtig bist, nicht nur, was die Umgebung oder die Schmelzfrontler betrifft, sondern auch in Hinsicht auf, naja, *die anderen*. Lass dir keine falschen Wahrheiten aufschwatzen von … ich meine, behalte deine eigene Meinung und versuche, für dich selbst zu entscheiden, was richtig für dich ist.«

Keli starrte stumm und mit verdutzter Miene dorthin, wo sie Loyds Antlitz vermutete. Wenn sie nicht gewusst hätte, dass dies die Stimme ihres Bruders war, hätte sie glatt gedacht, ein Fremder würde zu ihr sprechen. Was war plötzlich in Loyd gefahren? Das Geschwisterpaar verharrte einen weiteren Moment reglos und stumm, bis Ankers Stimme durch die Dunkelheit drang: »Loyd, Keli, kommt ihr?«

Und so begann die so gut wie blinde Reise durch den geschwärzten Wald von Otamon. Keli und Loyd traten aus dem Saal ins finstere Freie. Augenblicklich konnte Keli die drückenden Schatten auf ihrem Körper spüren. Die Überschwärzung nagte an ihrer Seele, als wäre sie ein kleines Stückchen Brot, um das sich hundert hungrige Mäuse rißen, während ihr Gedankengut sich schleichend mit negativen Vorsätzen belagerte. Keli hatte sich noch kaum vom ersten Schock, der sie beim Eintauchen in die unheilvolle Schwärze übermannt hatte, erholt, schon musste sie sich über ein neues Problem den Kopf zermartern.

Sie hatte es nicht verstanden. Was hatte Loyd mit »die anderen« gemeint? Wer sollte das sein? Anker und Naomi? Oder etwa die Leute in den Forschungsstationen? Oder vielleicht auch jemand ganz spezifisch? Was sollte das eigentlich? Freilich würde sie sich in Acht nehmen, und zwar vor ihrem eigenen Bruder.

Loyd hatte seine eigene Familie im Stich gelassen und Tanja, die Bibliotheksangestellte, hilflos den Terroristen ausgeliefert. Sie konnte ihm nicht verzeihen, auch wenn Loyd sich bemühte, auf einmal nett zu ihr zu sein. Es war ihr nach den Ereignissen der letzten Woche schlicht unmöglich, ihm mir nichts, dir nichts zu vergeben …

»Alle mal herhören! Wir müssen zusammenbleiben. Hier geht's lang«, war Ankers eindringliche Stimme zu vernehmen.

Er musste sich wohl fragen, was die beiden Lanthorn Geschwister, die etwas hinter Naomi und ihm zurückgeblieben waren, miteinander zu tuscheln hatten, denn als die beiden aufgeschlossen hatten, schickte er Loyd an die Spitze der kleinen Truppe, dicht gefolgt von sich selbst. Dahinter sollte sich Keli einreihen und Naomi die Nachhut bilden. An jedem Rucksack war eine längere Schlaufe angebracht, die von den Rucksackböden hinunterhing. Keli hatte sich schon gefragt, wozu diese dienen würden. Anker forderte die Gruppe auf, die »Greifreihe« zu bilden. Jeder griff sich die Schlaufe des nächsten und so begaben sie sich zwischen die ersten Bäume des nahezu unsichtbaren Waldes.

Keli stellte überrascht fest, dass sich ihre Augen nicht wie im herkömmlichen Dunkeln, das sie von ihrem Zimmer in Hildenberge kannte, mit der Zeit an die neuen Lichtverhältnisse gewöhnten. Auch nach zehn Minuten fast blinden Wanderns waren die einzigen Lichtquellen und Anhaltspunkte für den Weg die rötlich violett schimmernden Wurzeln, die hin und wieder aus dem üppigen Unterholz ragten. Die vier Teamgenossen drängten sich nahe aneinander und passten ihre Schrittlänge den kollektiven Gegebenheiten an, um zu vermeiden, dass sie sich ständig gegenseitig über die Füße stolperten.

»Da vorne ist der Waldpfad«, flüsterte Anker aufgeregt.

Woran Anker feststellen konnte, wo sie waren und wohin sie gingen, war Keli ein Rätsel. Von Zeit zu Zeit bemerkte sie ein unheimliches oranges Aufleuchten in der Ferne, das sofort wieder verschwand. Auch war sich Keli nicht im Klaren, ob ihre Augen ihr nun einen Streich spielten, oder ob die kleinen bunten Flächen, die in der Ferne glitzerten, Gegenstand der Wirklichkeit waren.

»Nicht zu glauben! Wenn wir dich nicht hätten, Anker«, sagte Loyd mit Bewunderung in der Stimme. »Ich habe das mit den vier Windungen immer noch nicht kapiert, obwohl ich jetzt schon zum dritten Mal hier bin.«

»Du musst die Wurzeln zählen – das ist der Trick«, erwiderte Anker geschmeichelt.

»Ich weiß, aber ich habe es irgendwie schon wieder verpatzt.«

Keli war überrascht, dass nun Anker das Zepter übernommen hatte. Loyd war also doch nicht so ein oberschlauer Schüler, wie er immer tat.

»Loyd, mach dir nichts draus. Neben mir und Professor Simimund gibt es nur eine Handvoll Leute, die den Weg auf Anhieb finden können. Irgendwann wirst auch du es hinkriegen – vorausgesetzt natürlich, wir schaffen es, das Unlicht aufzuhalten.«

Keli konnte unterdessen klar die Duftnoten von Nadelbäumen und Pilzen ausmachen. Auch roch es leicht nach regengetränkter Erde. Nach einiger Zeit begann es, wieder zu nieseln. Keli empfand das Geräusch fallender Tropfen viel intensiver als noch zuvor im Tal des Ewigen Regens. Auch der frische Geruch, der vom Waldboden aufstieg, duftete nun immer stärker nach Kräutern und Moos. Trotz der elenden Dunkelheit gediehen hier, im tiefen

Schatten vor sämtlichen Augen der Welt verborgen, Pflanzen und andere Geschöpfe, die auf ihre wundervolle und mysteriöse Art fortbestanden.

Es war eine seltsame Erleuchtung, die in Keli aufging, als würde sie den Ort mit dieser Erkenntnis gar nicht mehr so schlimm finden. Sie empfand ihren abwesenden Sehsinn sogar als zunehmend überflüssig, je länger sie mit ihren übrigen Sinnen die Umwelt wahrnahm. Vor allem ihre Ohren schärften sich zunehmend und nahmen gierig jedes noch so unscheinbare Geräusch aus den verborgenen Winkeln der Waldflächen auf. Bis das Tröpfeln des Regens zu einem an Stärke gewinnenden Rauschen anschwoll und außer dem tosenden Niederschlag nichts anderes mehr zu hören war. Massige Tropfen, die sich im Astwerk sammelten, fielen wie aus Kübeln auf sie nieder.

»Ich denke, es wäre zu gefährlich, hier im Dickicht bei diesen Wetterverhältnissen unsere Regenmäntel auszupacken. Wir könnten uns verlieren. Wir gehen weiter, wie gehabt«, ordnete Anker an, wobei der Großteil seiner Worte im tobenden Wolkenbruch unterging.

»Was?«, kam es von Naomi hinter Keli hervor.

»Wir gehen ohne Regenschutz weiter«, durchdrang Ankers Stimme nun dröhnend das Getöse.

»Okay«, sagte Naomi und prallte mit Keli zusammen, die ihrerseits in Anker hineingelaufen war, als dieser Halt gemacht hatte, um die Nachricht zu wiederholen.

Für eine Weile war außer dem anschwellenden Unwetter nichts anderes zu erlauschen. Dann, ein schwacher Blitz und ein kurz darauffolgendes, lautes Donnergrollen. Die ganze Gruppe fuhr erschrocken zusammen. Der Blitz erschien wie in Zeitlupe, zeichnete feine orange Linien an den Himmel und erhellte die Umgebung für wenige Augenblicke kaum merklich. Doch es war hell genug, um zu erkennen, dass hinter einem Gestrüpp, nur einen Steinwurf von ihnen entfernt, mehrere vermummte Gestalten mit tief in ihre Gesichter hängenden Kapuzen lauerten.

Mehrere Angstschreie waren zu hören, gefolgt von allgemeiner Panik. Anker fiel rückwärts, riss dabei die schmächtige Keli von den Füßen und begrub sie unter sich. Loyd zückte das hölzerne Bokuto und begann, wild damit zu fuchteln, traf aber nur einen Baum, der mit einem schmerzhaften Aufheulen erbebte und alle vier in Panik geratenen Menschenwesen unter einer Sintflut von Wassertropfen begrub. Es blitzte erneut. Das Forscherteam hielt den Atem an und verharrte an Ort und Stelle. Die geisterhaften Erscheinungen waren verschwunden. Waren sie geflüchtet, oder hatten sie sich irgendwo versteckt, um ihnen aufzulauern? Anker brachte es ausnahmsweise mal fertig, sich ohne Hilfe aufzurichten. Keli war vom stürzenden Professor buchstäblich in den Dreck geworfen worden. Als sich Anker endlich von ihr hinunter gewälzt hatte, spuckte Keli einen Mund voll Schlamm aus. Mit pochenden Herzen und angehaltenem Atem versuchten sie, ein Anzeichen von Bewegung aus dem Regen herauszuhören. Ein weiterer Blitz malte erneut feine, federartige Linien über den Baldachin des Waldes, doch keine Spur von, was auch immer sie eben gesehen hatten. Nach den fünf unheimlichsten und ungemütlichsten Minuten, die Keli je erlebt hatte, sagte Anker schließlich: »Ich denke, wir sollten versuchen, weiterzugehen. Seid ihr alle wohlauf? Keli, tut mir leid wegen des Ausrutschers.«

Die Gruppe raffte sich auf. Als Anker sich versichert hatte, dass alle da waren, forderte er die Lanthorn Geschwister auf, die antiken Bokutos, die sie aus Gilberts Kammer mitgenommen hatten, hervorzunehmen und bereitzuhalten. Keli umklammerte angstschlotternd den Griff des Schwertes, musste aber aufpassen, dass sie damit Anker nicht in den Hintern pikste.

»Ich schlage vor, wir holen alle zusammen gleichzeitig unsere Lichtsteine hervor und beleuchten damit die Umgebung, solange wir im Wald sind. Wenn ich bis drei gezählt habe, nehmen wir sie in die Hand und spurten den Pfad entlang. Alles klar?«, rief Anker, der sich erstaunlich schnell von seinem Schreck erholt zu haben schien, durch die hetzenden Gewitterböen und wartete einen Moment. Als niemand etwas einzuwenden hatte, begann er laut zu zählen: »Eins – zwei – drei!«

In der Tat geschahen drei Dinge genau im selben Augenblick: Vier Hände, die zeitgleich die Lichtsteine hervorholten und damit der Umgebung ein vages Gesicht verliehen, Blitz und Donner, was die Umgebung abermals in fahles Licht tauchte und – eine jähe Bewegung, die sich nur ein paar Schritte von ihnen entfernt abspielte. Hinter mehreren großen Farnblättern waren raschelnde, sich entfernende Laute zu hören.

Panik kroch in die Glieder der Gruppe. Sie begannen, hektisch zu laufen. Durch das bisschen Licht, welches die Steine in ihren Händen spendeten, konnten sie Gebüsch und Wurzeln ausweichen, doch sahen sie kaum einen Meter weit in die Ferne, so erdrückend war die Finsternis, wobei der unablässig fallende und sturmgepeitschte Starkregen sein Übriges dazu beitrug. So schnell ihre Beine sie durch das Unterholz trugen, folgten sie dem schmalen, überwucherten Weg, der sich im Schein der Kristalle als Trampelpfad durch hohes Moos und modernde Baumstämme entpuppte. Immer wieder fuhren sie in panischem Schrecken herum, um nachzusehen, ob sie verfolgt wurden. Am schlimmsten war es für Naomi, da sie nach wie vor das Ende der Reihe bildete und bis auf ihre schwere Artenfibel keinen als Waffe brauchbaren Gegenstand bei sich trug. Sie blickte dauernd über ihre Schultern in der Furcht, etwas könnte sie aus der Dunkelheit packen und ins Dickicht ziehen.

Keli fielen während der Hetzjagd immer wieder zwergenhafte Wesen mit merkwürdigen Objekten auf den Köpfen ins Auge, die am Wegrand auf moosüberwachsenen Felsbrocken und Baumstrünken hockten, denen die andern der Gruppe beim Vorbeistreifen allerdings keine Aufmerksamkeit schenkten. Nach etwa einer halben Stunde zog Anker an Loyds Rucksackschlaufe, um ihn zum Stehenbleiben zu bewegen.

»Stopp – Stooooppl«, japste Anker hustend und prustend.

Die Gruppe sammelte sich. Alle keuchten und stützten sich entweder an umliegenden Bäumen oder an ihren Knien ab. Es hatte aufgehört zu regnen. Nach einer Weile unterbrach Anker die Stille: »Seid ihr in Ordnung? Keli, Naomi, Loyd? Alles klar mit euch?«, fragte er in die Runde und schnappte nach Luft.

Ein allumfassendes, schwächliches »ja«, vermittelte Anker die Verfassung der Truppe.

»Wer oder was zum Teufel war das?«, wollte Loyd wissen, doch Anker hatte andere Sorgen: »Wir verlieren unser Licht. Schaut her.« Anker hielt seinen Lichtstein in die Mitte. Der einst grell leuchtende Kristall in seiner großen Pranke flackerte kraftlos, wobei die Lichtreserven der anderen auch nicht mehr hergaben. »Ich hoffe, dass wir nicht verfolgt werden. Habt ihr in den letzten paar Minuten irgendetwas gehört oder gesehen, das euch verdächtig vorkam?«, befragte Anker die Umstehenden und wischte sich über das schweißüberströmte Gesicht. Er öffnete seine Wasserflasche und nahm ein paar tiefe Züge daraus.

»Mir ist nichts aufgefallen«, beteuerte Loyd und spähte in Naomis Richtung, wo die Umrisse ihres Gesichts nur ganz schwach zu erkennen waren.

Sie schüttelte den Kopf. Ihr schien es die Sprache verschlagen zu haben, und sie zitterte am ganzen Leib.

»Und du, Keli?«, fragte Anker.

»Da-da waren überall kleine W-wesen.« Kelis Stimme bebte.

»Du meinst die handgroßen Männchen mit den Nüssen und Blättern auf den Schädeln?« Keli nickte im Halbdunkeln. Unterdessen erleuchtete nur noch der Schein eines bläulich glühenden Hexenkreises aus Pilzen in der Nähe die Konturen ihrer Körper. »Keine Bange. Das sind nur Nuss- und Kräuterköpfe; harmlose Nachzieher der Vorzeit. Verstecklinge werden sie auch genannt, weil sie sich bis zum Beginn der Neuzeit erfolgreich vor den Augen der Menschenwesen versteckt hatten und völlig unentdeckt blieben. Interessante kleine Kerlchen, die seit jeher das Dunkle mögen. Nun denn«, schnaufte Anker und blickte auf den Stein in seiner Hand, der nun gänzlich erloschen war. »Lasst uns wieder aufbrechen. Ohne Licht wird uns die Schwärze in ein paar Stunden zu Grunde richten. Zum Glück befinden wir uns bereits in der Nähe des Waldrandes; wir sind also noch auf dem richtigen Weg. Vor uns liegen nun die alten, vorstädtischen Regionen. Wenn wir uns beeilen, erreichen wir die Station 2 in knapp eineinhalb Stunden.«

Es war erleichternd zu hören, dass diese kleinen Geschöpfe, die sich auf den fluoreszierenden Baumstämmen, Wurzeln und Pilzhüten tummelten, keine bösen Monster waren. Jetzt, wo Keli sich besann, kamen ihr die Geschöpfe auch nicht mehr ganz so bedrohlich vor. Im Gegenteil: Eines von ihnen, mit einem rundlichen Etwas auf dem Kopf, saß gerade auf einem der leuchtenden Pilze und ließ seine kleinen Füßchen daran herabbaumeln. Es sah sogar so aus, als würde es ihnen fröhlich zuwinken. Aus irgendeinem Grund war Kelis Angst schlagartig verflogen. Auf einmal verspürte sie den Drang, die Nähe zu jenem Wesen zu suchen und sich mit ihm zu befassen. Woher kam es? Was tat es hier, und wieso konnte die Überschwärzung diesen interessanten Geschöpfen nichts anhaben? Doch dafür war keine Zeit. Der Professor hetzte sie weiter.

Anker, der erkannt hatte, dass Naomi sehr mitgenommen wirkte, wollte mit ihr den Platz tauschen und ließ keine Widerrede gelten, als sie sich kleinlaut dagegen aussprach.

»Ich bestehe darauf. Bitte, bleib direkt hinter Loyd. Ich komme zuhinterst gut zurecht, keine Sorge. Los, Loyd, von hier aus kennst du den Weg«, setzte er seine Studenten nun wieder in Trab. Somit zogen Naomi und Anker an Keli vorbei und nahmen ihre neuen Positionen ein. Keli ergriff die Schlaufe an Naomis Rucksack, und es ging weiter.

Obwohl sie es nicht sehen konnte, merkte Keli bald, dass der Wald sich lichtete, denn es roch anders. Nach nassem Gestein und auch die hie und da noch von den Ästen fallenden Regentropfen klangen jetzt beim Küssen der Erde viel heller, als ob sie auf Felsen aufschlagen würden. Was das im Wald wohl für unheimliche Kapuzengestalten gewesen waren? Waren es etwa Geister? Echte, spukende, fürchterliche Gespenster? Hier wäre es möglich, dachte Keli ängstlich. Sie traute es diesem Ort zu, wo doch so viele Wesen wegen der Schwärze und dem Unlicht zugrunde gingen …

In Gedanken verloren stolperte Keli plötzlich und zog etwas kräftiger an Naomis Rucksack. Sie war sich nicht sicher, ob Naomi vielleicht dachte, sie hätte es aus Angst getan, doch prompt tasteten sich Naomis Finger an der Schlaufe vorbei und umschlossen Kelis Hand. Genau in diesem Augenblick, als Hand und Hand sich verbanden, stieg ein unbeschreibliches Gefühl von Wärme und Zuneigung in Kelis Körper hoch, das wohlig in ihrer Brust kitzelte, wie damals, als Shidare ihre linke Hand umrankt hatte. Die Umgebung begann an Tiefe zu gewinnen und sich wie durch eine erleuchtende Brille darzustellen. Sie sah Naomi vor sich gehen, mit ihrem großen grasgrünen Rucksack und der abgenutzten Artenfibel auf dem Rücken, so klar, als wäre es helllichter Tag – oder sogar noch viel deutlicher, sofern das überhaupt möglich war. War dies das Licht, von dem die alte Hängekirsche auf dem bewaldeten Dach in Herbstfeld gesprochen hatte? Es musste so sein, denn so erfüllt hatte Keli sich noch nie im Leben gefühlt. Sie erwiderte Naomis Händedruck und Hand in Hand schritten sie durch die alten, waldüberwachsenen Gassen und Straßen von Otamon. Obschon dies der düsterste Ort war, an dem sich Keli je aufgehalten hatte, war es zugleich eines der schönsten Erlebnisse, das ihr seit ihrer Geburt widerfahren war. Ein einfacher Händedruck jener Person, die sie innig mochte.

Eine gute Stunde waren sie so unterwegs, bis der Gang der Truppe sich verlangsamte und sie schließlich zum Stillstand kamen. Naomi ließ Kelis Hand los und augenblicklich sank ihr Verstand wieder in die finstere Realität zurück. Glimmende Wurzeln hoch über ihren Köpfen verteilt deuteten darauf hin, dass es hier hohe, pflanzenüberwachsene Gebäude geben musste. Hin und wieder waren undefinierbare Klickgeräusche zu vernehmen und ein kurioses Bellen eines Wesens hallte aus der trüben Suppe wider.

»Hey Leute, seht mal«, war nun Loyds deutlich befreite Stimme zu hören. »Wir haben es geschafft. Ich kann Licht sehen.«

Das Forscherteam stand offenbar auf einer Erhebung und hatte Ausblick hinunter auf einen abfallenden Hang. Und tatsächlich: Weiter unten in der Talsenke waren kleine Lichtquadrate zu erkennen, wie eine einladende Anhäufung von Sternen am ansonsten pechschwarzen Firmament. Anker stapfte erleichtert aufatmend an Loyds Seite.

»Bei den goldigsten aller Gurkenpopos. Ich dachte, wir schaffen es heute nicht mehr. Noch eine Stunde und ich hätte den Löffel abgegeben, das sag ich euch. *So* – jetzt gehen wir uns so richtig den Bauch vollschlagen. Das haben wir uns verdient«, ließ Anker mit wachsender Begeisterung verlauten.«Meine Güte, bin ich froh ... *ein warmes Bettchen für die Nacht und einen vollen Magen vor der Schlacht, find ich durchaus angebracht*.«

Es klang so, als würde Anker vor Freude halb weinen und halb singen. Loyd schloss sich der unweigerlich aus ihnen herausbrechenden Hochstimmung an. Er fiel auf die Knie, zog sein Hemd aus und streckte triumphierend die geballten Fäuste in die Höhe, als hätte er gerade bei einem Sportturnier gewonnen.

Natürlich konnte Loyds Siegesgeste und Ankers Freudentanz niemand sehen, aber das war ihnen auch völlig egal – sie hatten es geschafft. Die erste Hürde der Mission war überwunden, wenn auch mit unvorhergesehenen Anlaufschwierigkeiten. Keli hingegen war immer noch etwas enttäuscht darüber, dass Naomi ihre Hand losgelassen hatte. Und erneut nach ihr zu tasten, getraute sie sich nicht; schon allein, weil sie sich nicht einmal sicher war, ob

Naomi das Gleiche für sie empfand …

»Keli, du hast dich wacker geschlagen«, wurde sie von Naomi unter den Jubelrufen der beiden euphorischen Männer gelobt. »Ich bin stolz auf dich. Jetzt ist es an der Zeit, uns auszuruhen und uns auf die kommenden Tage vorzubereiten.« Sie legte Keli anerkennend die Hand auf den Nacken. Keli merkte, wie es in ihrem Innern zu glühen begann, als ob man zu viel Zunderschwamm in einen Frierhüttenofen geworfen hätte, was ihr spürbar die Schamesröte ins Gesicht trieb. Zum Glück konnte es niemand sehen.

*Ich werde mit diesem neuen Gefühl der Zuneigung umgehen lernen müssen,* dachte Keli beklommen und genoss insgeheim Naomis neuerliche Nähe. Währenddessen verstärkte sich das Triumphgeschrei von Anker und Loyd.

»*Wir haben es vollbracht – die Musik kann beginnen,*

*durch Wälder, Felder, Grotten – unsre Ängste stets bezwingend, haben wir gefunden – unsern tiefsten Seelenwunsch, heute Abend wir dick feiern – mit ein, zwei Apfelpunsch.*«

Obwohl sich Ankers Reime etwas unrhythmisch und unmelodisch anhörten, brach Loyd in lärmenden Beifall aus.

»Hey! Ihr beiden, könntet ihr bitte etwas leiser sein? Es könnten sich schließlich durchaus Schmelzfrontler in der Gegend befinden«, fauchte Naomi erzürnt.

»Ja, oder die Gestalten im Wald von vorhin«, fügte Keli kleinlaut hinzu, doch Anker und Loyd kümmerten die Rügen nicht. Alles, was für sie im Moment zählte, war eine heiße Dusche, eine üppige, warme Mahlzeit, ein paar entspannende Drinks und ein weiches, einladendes Rundbett. Die Gruppe setzte sich in Bewegung. Sie trotteten vorsichtig den unsichtbaren Grashang hinunter, bis sie bei den quadratischen Lichtern, die auf skurrile Weise in der Schwärze schwebten, ankamen. Dort, wo der Umriss – aus dem ein Faden Helligkeit sickerte – eine Tür andeutete, klopfte Anker an die Wand. Zu ihrer Erleichterung wurde diese sogleich vom Sicherheitsbeamten der Forschungsstation 2 geöffnet. Licht überflutete sie – wunderschöne, helle, gedeihliche Strahlen. Es war ein übersinnliches Gefühl, nach Stunden in der Finsternis wieder vom betörenden Spektrum des Lichts umschmeichelt zu werden …

Die vier Botschafter streckten dem Sicherheitsbeamten müde, aber zufrieden ihre Diplomatenpässe entgegen und mit einem gefälligen Kopfnicken seinerseits wurden sie in die von Lichterloh geführte Forscheranlage eingelassen.

# GENIUS LOCI: DIE MAGIE EINES ORTES

Die Forschungsstation 2 stellte sich als überraschend angenehme Raststätte heraus. Keli hatte bislang angenommen, die Anlage wäre ein langweiliger Zementklotz, in dem es, außer ein paar Räumen mit Mikroskopen und unseriösen Professoren, nicht viel anderes zu entdecken geben würde. Doch dem war ganz und gar nicht so. Die Einrichtung war eigentlich ein gewaltiger Einbaukomplex, den man vor rund einem Jahrhundert in ein altes Bauwerk der ehemaligen Kaelischen Universität eingearbeitet hatte. Lichterloh hatte sich vor langer Zeit die Rechte erkauft, die Räumlichkeiten der heute nicht mehr betriebenen Kaelischen Hochschule zu renovieren und in einen wahren Forschertraum umzubauen. Wider Erwarten herrschte eine entspannte Atmosphäre und allgemeine Heiterkeit unter den Forschern, Sicherheitsbeamten, Reinigungsleuten und den Angestellten der Cafeteria vor, was Keli sehr verwunderte. Angesichts der ungewissen Lage in Lichterloh und der unmittelbaren Bedrohung durch das Unlicht, das draußen lauerte, hätte Keli erwartet, die Stimmung würde viel gedrückter ausfallen. Doch die Leute grüßten sie herzlich, lachten und plauderten in den vielen Gängen und machten den Eindruck, als befänden sie sich geradezu in paradiesischem Urlaub.

Anker kannten alle. Mehrmals begegneten sie auf dem Weg zur Cafeteria Leuten, die Bemerkungen wie »die Legende persönlich«, oder »Jetzt kann sich das Unlicht gleich selbst auffressen –

keine Chance!« fallen ließen. Nachdem Anker seine tratschlustigen Kollegen abgewimmelt hatte, kamen die vier Teamgenossen am Ende eines quadratischen Korridors vor der Cafeteria an.

»Meine Gurkenmutter, jetzt könnte ich eine halbe himmlische Scheibe verspeisen«, ließ Anker glückselig verlauten, wobei seine Nasenflügel lüstern bebten.

»Komm, Anker, zuerst gehen wir rauf und belegen die Zimmer. Eine Dusche muss sein«, drängte Loyd ihn grinsend weiter. Er hatte natürlich vollkommen Recht. Sie sahen aus und rochen, als hätten sie sich tagelang in einem stinkenden Sumpf gewälzt – was ja auch ungefähr zutraf.

Vom Wachmann hatten sie vier Kartenschlüssel erhalten. Loyd und Keli teilten sich ein Zimmer, Naomi hatte eines für sich, und Anker bezog seinen exklusiven Wohnbereich mit Ankleide und Büro, der ganz allein für ihn zur Verfügung stand.

In der oberen Etage angekommen blieben sie vor den Wegweisern stehen, die in drei Richtungen zeigten.

»Wir treffen uns in einer Stunde unten in der Cafeteria«, sagte Anker gut gelaunt, winkte seinen Weggefährten zu und verschwand links im Korridor.

Keli las auf den Wegweisern: »Unterhaltungsraum, Bar, Spa & Sauna, Kinosaal, Massagesalon, Gastzimmer 200 ~ 215, 230 ~ 245.

Kelis Herz machte einen Hüpfer, als sie die Überschrift »Bar« bemerkte. Würde sie dort vielleicht die Chance kriegen, nun endlich ein Siebbier zu probieren? Sie und Naomi folgten Loyd, der sich hier anscheinend schon ziemlich gut auskannte, in den mit modernen Bildern geschmückten Gang zu ihrer Rechten. Der Teppich im ersten Stock war aus hellem Orange und gleichmäßig in allen Gängen und Passagen verlegt. Sie machten vor dem Gästezimmer »241« Halt. Loyd hielt den Kartenschlüssel unter die Türklinke und mit einem feinen »Klack« war sie entriegelt.

»Bis später«, sagte Naomi, rieb kurz aufmunternd Kelis Schulter, und schritt dann weiter den Korridor entlang.

Das Zimmer war schlicht eingerichtet: Zwei gemütlich zurechtgemachte Rundbetten, zwei kleine Schreibtische aus vertrautem, dunklem Fels, eine Topfpflanze in der Ecke und ein schlichtes Steintischchen in der Raummitte offenbarten sich ihnen.

Loyd legte die beiden Schlüsselkarten auf der unebenen Tischplatte ab und warf seinen Rucksack und das Holzschwert auf eines der ovalen Betten. Eine weitere Tür rechts im Raum stellte sich als das Badezimmer heraus, welches ebenfalls einfach eingerichtet war, doch konnte man sich nicht beschweren. Es war mehr als genug, wenn man bedachte, dass sie sich inmitten des Geschwärzten Zentrums befanden. Im Zimmer gab es außerdem ein großes quadratisches Fenster und wie bei allen, die Keli hier bisher gesehen hatte, war das Glas sehr dick und konnte nicht geöffnet werden. Jenseits der Glasscheibe war es schwärzer als die Nacht. Keli trat für einen Moment davor. Als sie aber nichts Interessantes entdecken konnte außer ein paar schimmernder Tümpel in der Ferne, wandte sie sich ab und setzte sich im Schneidersitz auf ein Kissen vor dem Tischchen. Loyd war im Badezimmer verschwunden und hatte die Tür ins Schloss geworfen. Auf der dunklen Platte vor Keli lag der »Notfallplan«. Sie blickte geistesabwesend darauf und wunderte sich, weshalb es überhaupt ein solches Dokument gab, wenn doch alle Fenster im Gebäude versiegelt waren.

Keli seufzte. *Was Naomi wohl gerade tut?*, fragte sie sich, legte ihre verschränkten Arme auf dem eingefassten Papier ab und bettete ihren Kopf darauf. Aus dem Badezimmer drang das plätschernde Geräusch der Dusche. Keli drehte den Kopf auf die andere Seite. Es war ein komisches Gefühl, in dieser Lichtoase zu verweilen, während es viele Kilometer um sie herum nichts als Schatten gab. Was würden wohl ihre Eltern sagen, wenn sie sie jetzt sehen könnten; unterwegs auf einer halsbrecherischen Abenteuerreise, auf der sie schon einiges erlebt hatte: der ungewöhnliche Schneesturz in ihrer Heimat, die Begegnung mit Shidare, der Hängekirsche, der Anschlag auf Lichterloh, die Auseinandersetzung mit den Terroristen in Gilberts Kammer, die Flucht vor einem ungeheuren Wirbelsturm und schließlich die haarsträubende Einreise nach Kael, bei der sie in Furcht und Panik vor waschechten Geistern geflüchtet waren.

Ob ihre Eltern wohl stolz auf sie wären? Keli vermisste sie – gleichwohl musste sie sich eingestehen, dass sie nicht ganz so oft an sie gedacht hatte, wie sie vorerst vermutet hatte. Viel Zeit dazu hatte sie ja auch nicht gehabt, und vielleicht war es gar nicht schlecht, wenn sie sich nicht andauernd innerlich mit vergangenen Schicksalsschlägen abkämpfte, die sie nicht ändern konnte. Sie musste zugeben, dass ihr das Forschungszentrum auf den ersten Blick ganz gut gefiel. Die Atmosphäre hier fühlte sich an, als ob man in eine andere Welt und Zeit eingetaucht wäre, abgeschottet vom Rest der Zivilisation, weit weg von Trauer und Kummer, welche sie auf dem Weg hierher noch verspürt hatte. Seit sie die Station betreten hatte, fühlte Keli dieses erregende Prickeln in der Brust. Naomi – ob sie wohl auch am Duschen war? Keli wollte sich diese Szene nicht vorstellen – oder etwa doch?

Dann kam ihr plötzlich etwas ganz anderes in den Sinn. Was war eigentlich mit den Terroristen geschehen, von denen Loyd und Naomi beim Grenzgebäude gesprochen hatten, die angeblich zum Schwarzen Vorhang vorgerückt waren? Ob sie sich darin verirrt hatten? Aber laut Loyd hatten sie doch sämtliche Schlüssel für die Deixelgrotten dabeigehabt. Wie konnten sie sich dann darin verirren, wenn sie doch den offiziellen Weg durch die Grotten passiert hatten? Das war merkwürdig. Was war da vorgefallen – oder bestätigte sich hiermit etwa Ankers Darlegung, dass im düsteren Gewölbe Leute von Geistern heimgesucht wurden und einfach spurlos verschwanden? Handelte es sich bei den Gestalten im Wald etwa um jene Geister, die auch die Terroristen verschleppt hatten? Das könnte natürlich sein. In diesem Fall konnten sie sich selbst glücklich schätzen, dass sie den Erscheinungen heil entronnen waren.

Die Badezimmertür schlug auf und Loyd kam mit einem Handtuch um die Hüften geschlungen herausgetreten. Er kramte in seinem Rucksack nach frischer Unterwäsche, wobei er den Inhalt der Tasche um sich herum auf dem Boden verteilte.

»Und, wie geht's?«, fragte er, ohne Keli eines Blickes zu würdigen.

»Gut«, entgegnete Keli Gleichgültigkeit vortäuschend.

»Wirklich?«

»Was kümmert es dich schon?«, erwiderte Keli giftig.

Loyd sah auf.

»Jetzt hör aber mal auf. Du schmollst schon seit Tagen herum und hast andauernd schlechte Laune.«

»Was. Ich?«, zürnte Keli aufgebracht. »Ich soll schlechte Laune haben? Du bist doch derjenige, der die ganze Zeit eine Schnute zieht, als hätte man dir kurz vor dem Ende auf ein dreistündiges Blattspiel gepinkelt.«

»Was erzählst du da für einen Unsinn? Ich meine, wenn ich

gestresst wirke, dann nur, weil ich auf dieser Mission gefährliche Aufgaben zu bewältigen habe – verstehst du das nicht?«, konterte Loyd, der versuchte, seine Stimme im Zaum zu halten.

»Wenn du das Rumgehüpfe im Schwarzen Vorhang meinst, oder, dass du die Bibliotheksangestellte den Terroristen überlassen hast – dann, wirklich sehr gute Arbeit«, erboste sich Keli mit erhobener Stimme.

Loyd sprang auf die Beine. Er hielt eine Unterhose in der wütend geballten Faust. Er machte einen Schritt auf seine Schwester zu, die wiederum Anstalten machte, aufzustehen und sich ihrem Bruder zu stellen, doch dann wandte sich Loyd mit zugekniffenen Augen und einer unverständlichen Kopfbewegung von Keli ab und verschwand leise fluchend wieder im Badezimmer. Das heftige Zuschlagen der Tür machte verständlich, dass mit Loyd gerade nicht zu spaßen war. Keli, die beim Knall zusammengeschreckt war, ließ sich wieder zurück in den Schneidersitz sinken und schlug mit der Faust wutentbrannt auf die Tischplatte.

*Keli, dieses naive, dumme Schaf. Was ist nur in sie gefahren?*, dachte Loyd wütend, während er versuchte, energisch in seine Boxershorts zu schlüpfen. Dabei verhakte er sich, verlor das Gleichgewicht und stieß sich prompt das Knie an der Badewanne an. Er fluchte. Als er sich wieder aufgerappelt hatte und die Shorts dort waren, wo sie hingehörten, erblickte Loyd sein eigenes, mürrisches Gesicht im runden Spiegel über dem Waschbecken. Ohne seine Augen abzuwenden, taxierte er sein gegenüberliegendes »Ich« mit einem wütenden Blick. Zehn Sekunden vergingen … zwanzig Sekunden … dreißig Sekunden. Dann, ganz langsam, schien es ihm zu dämmern: Wie ging es ihm eigentlich? Mittelmäßig – schlecht – miserabel? Er erinnerte sich an seine eigenen Worte: »Man soll in Kael stets seinen Gemütszustand in Worten ausdrücken, damit man selbst versteht, wie es einem geht.«

»Ziemlich mies … und ich habe Angst«, vertraute er seinem Spiegelbild an. »Was ist nur los mit dieser Welt … alles läuft schief – alles.«

Weder seinen Eltern, noch Tanja hatte er helfen können. Was hätte er denn bitte tun sollen, als das Eis begann, über ihrer Frierhütte zusammenzubrechen? Etwa mit Keli hinauf ins Dachgeschoß jagen? Sekunden später hatte das ganze Haus unter Wasser gestanden und Minuten später war der Boden unter ganz Hildenberge weggebrochen. Verstand Keli nicht, dass es die einzig richtige Entscheidung gewesen war und er ihnen beiden damit das Leben gerettet hatte? Und was in aller Welt war in diese Schmelzköpfe gefahren? Könnte das vielleicht alles einen Zusammenhang haben – das neue Sonnenloch unter Hildenberge, der Angriff auf Lichterloh und der akute ökologische Wandel in Kael? Was, um Himmels Willen, sollte er tun? Wie sollte er dieses Chaos je überstehen?

Er ließ sein vor Trauer und Elend verzerrtes Antlitz über das Spülbecken hängen. Er wollte und konnte es nicht mehr länger unterdrücken. Er musste seinen Gefühlen freien Lauf lassen … Mehrere Tränen rannen über seine hübschen, markanten Wangen. Er ließ sie einfach laufen – lautlos, ohne ein Schluchzen oder Schniefen. Dennoch war es befreiend. Es fühlte sich an, als würde ein mächtiger Felsbrocken von seiner belagerten Seele rollen. Nach ein paar Sekunden öffnete Loyd den Hahn des Beckens und spritzte sich Wasser ins Gesicht.

»So, genug jetzt mit dem Unsinn«, rügte er sich selbst und rieb seinen Kopf forsch mit dem Handtuch trocken. Er musste Struktur in seinen Verstand bringen. Ohne eine klare Vision würde er nichts erreichen und kläglich versagen, da war er sich sicher. Das Wichtigste war, dass sie herausfanden, was es mit der Ausbreitung des Unlichts auf sich hatte und was man dagegen tun konnte. Sie mussten ihre Mission erfolgreich abschließen. Nur so war der Fortbestand von Lichterloh und des gesamten Laternenwalds zu gewährleisten, und nur so könnten sie bald nach Herbstfeld zurückkehren, um den Versuch zu starten, ihre Eltern aus dem Sonnenloch zu bergen. Viel Hoffnung auf Erfolg hatte er dabei zwar nicht, aber er würde kämpfen bis zum Schluss. Zunächst mal war es wichtig, wieder zu Kräften zu kommen und das hieß, dass sie genug essen, trinken und schlafen mussten, ehe sie zur Station 1 aufbrachen. Loyd blickte erneut in den Spiegel. Er versuchte ein Lächeln – das ihm auch gelang.

»So ist es besser«, sagte eine Stimme tief in seinem Inneren. Er würde sich bei Keli wegen seines Verhaltens entschuldigen. Er würde versuchen, ihr zu erklären, warum er sie in die Eisrutsche gestoßen hatte; warum das mit ihren Eltern und Tanja geschehen war, auch wenn Keli heute ziemlich sicher noch nicht imstande war, die moralischen Beweggründe seines Vorgehens nachzuvollziehen – aber irgendwann würde sie verstehen. Das war zumindest seine Hoffnung. Loyd wandte sich zur Tür und öffnete sie vorsichtig, bereit, Keli zu konfrontieren, doch von seiner Schwester fehlte jede Spur. Sie hatte den Raum offenbar verlassen.

»Verdammt – nicht das noch«, knurrte Loyd frustriert, schlüpfte in eine Hose und stülpte sich ein T-Shirt über. Kelis Rucksack und das Holzschwert lagen zwar noch da, die zweite Schlüsselkarte war jedoch verschwunden. Loyd verließ mit schnellen Schritten das Zimmer. Zügig marschierte er den Korridor entlang, an der Treppe vorbei, an offenen und geschlossenen Zimmertüren von Forscherkollegen vorüber, doch nirgends offenbarte sich ein Anzeichen, dass Keli hier vorbeigekommen war. Am Ende des Ganges befanden sich Ankers private Räumlichkeiten. Loyd lauschte für einen Moment an seiner Tür. Vielleicht hatte Keli ja bei ihm Zuflucht gesucht. Er konnte Ankers Stimme nur ganz dumpf durch die dicke Holztür vernehmen: »… mir egal, ob ihnen das Licht ausgeht. Morgen früh brechen wir auf; bis dann müssen sie ausharren …«

Den Satzfragmenten nach war Anker wohl gerade dabei, eine Lichtmail für Professor Simimund zu verfassen. Jedenfalls hörte es sich nicht so an, als ob Keli in seiner Obhut wäre. Loyd wandte sich ab und bog in den gegenüberliegenden Gang ein, an welchen das Unterhaltungszimmer, die Bar und die Badeanlage angegliedert waren. Er machte einen Rundgang und zog an der schlicht beleuchteten Bartheke vorbei, an der mehrere brillentragende Wesen an kleinen Gläschen nippten. Im Unterhaltungszimmer war es dunkel, also zog Loyd weiter und kam schließlich beim dunstvernebelten Eingang des »Spa & Sauna«-Bereichs wieder zum Stehen, vor dem ein Schuhregal mit Dutzenden offener Fächer stand. Auf einer der Ablagen entdeckte Loyd die Wanderschuhe, die Keli vor dem Eintritt nach Kael angezogen hatte.

Erleichtert und betreten zugleich fuhr er sich mit der Hand über den Kopf und ging weiter. Er hatte sich wieder einmal mehr Sorgen gemacht, als nötig gewesen wäre. Aber es war gut so. Sollte Keli doch ihr Leben selbst in die Hand nehmen und unter die Leute kommen; das konnte ihr nur guttun.

Zurück im Gästezimmer vertrieb sich Loyd, bis die volle

Stunde um war, die Zeit damit, seine schmutzigen Kleider für die Wäsche zu sortieren und seinen Rucksack zu säubern.

Da Keli entweder noch nicht zurückgekehrt war oder sich direkt hinunter in die Cafeteria begeben hatte, trat Loyd, als die Zeit um war, abermals in den Korridor hinaus, ließ die Tür ins Schloss fallen und eilte nach unten zum Eingang der Kantine. Er erblickte Anker und Naomi, die an einem der langen Tische saßen und anscheinend auf seine Ankunft warteten. Es war schon recht spät. Nur noch vereinzelt saßen und aßen Leute an den vielen Tischen. Als Loyd sich auf Anker und Naomi zubewegte, merkte er, wie ihm die Blicke einiger Anwesender folgten. Das war immer so, wenn er mit mit dem Professor zusammen unterwegs war. Wo auch immer Anker auftauchte, brachte man ihm charmante Worte und respektvolle Blicke entgegen. Alle Augen waren stets auf den größten aller Unlichtforscher und sein Gefolge gerichtet.

»Wo ist Keli?«, erkundigte sich Naomi verwundert und blickte stutzig zum Eingang der Halle. Dann taxierte sie ihn mit einem misstrauischen Blick.

»Wenn sie nicht hier ist, wird sie noch im Mineralbad sein«, antwortete Loyd und ließ sich neben Anker auf einen Stuhl nieder.

»Was meinst du damit? Weshalb wart ihr im Wellnessbereich? Das hättet ihr doch auch nach dem Essen noch tun können«, sagte Naomi leicht verärgert.

»Als ich im Zimmer geduscht habe, ist sie abgehauen, um sich im Spa zu vergnügen.«

»Entschuldige, aber das glaub ich nicht. Das passt nicht zu Keli. Ihr habt euch gestritten, oder?«

»Kann man so nicht sagen. Wir haben uns unterhalten; dann gab es ein paar Missverständnisse.«

»Also doch«, stieß Naomi gereizt hervor und stand auf.

Sie wollte schon Richtung Ausgang aufbrechen, als Keli im viel zu langen Trainer und mit einem Handtuch um die Schultern in die Cafeteria getrudelt kam. Ihr glänzend schwarzes Haar war noch nass und stand ihr nach allen Seiten vom Kopf ab. Als sie die stehende Naomi erblickte, kam sie rasch auf den Tisch zugeschritten und strich sich das schulterlange Haar hinter die Ohren.

»Entschuldigt, dass ich zu spät komme.«

»Ach was«, sagte Naomi und wies ihr den Stuhl neben sich zu. »Loyd hat gesagt, ihr hättet euch gestritten.«

»Habe ich nicht –«, warf Loyd ein, doch Naomi schnitt ihm das Wort ab: »Wenn du willst, kannst du es uns erzählen. In einem Team wie unserem sollten Probleme gemeinsam angegangen werden.«

Anker saß nur stumm da, massierte sich mit einer Hand den Hängebauch und blinzelte immer wieder verstohlen zur Speisetheke hinüber.

»Es war nicht … ähm, wir haben uns nicht wirklich gezankt. Es ist schon in Ordnung.« Keli wollte auf Naomis Verdacht nicht weiter eingehen, da der Grund für die Auseinandersetzung, Kelis Meinung nach, keiner war, der mit »Reden« hätte bereinigt werden können. Zudem hatte sie einen gewaltigen Hunger und wollte die anderen und sich selbst nicht noch unnötig vom wohlverdienten Abendessen abhalten. Als Anker Kelis beschwichtigende Worte hörte, stand er abrupt auf.

»Naomi, lass sie doch. Sie sind Geschwister und balgen sich eben von Zeit zu Zeit, das ist ganz normal. Kommt, schnappen wir uns ein Tablett.«

Anker schlurfte unbeirrt auf die Speisetheke zu und nahm sich ein Tablett vom Stapel. Naomi wollte Loyd eigentlich zur Rede stellen, denn sie hatte schon länger das ungute Gefühl, dass zwischen den Geschwistern etwas nicht stimmte, aber sie ließ es für den Moment dabei bewenden. Loyd folgte Ankers Beispiel ohne ein weiteres Wort. Naomis und Kelis Blicke trafen sich für eine Sekunde, dann forderte sie Keli lächelnd mit einer Geste auf, voraus zu gehen.

Keli war egal, was Loyd dachte. Hauptsache, Naomi war in ihrer Nähe und sie bekam etwas in ihren vor Hunger rumorenden Magen. Keli nahm sich ebenfalls ein Tablett und reihte sich hinter ihrem Bruder ein. Das Gitter vor dem Buffet begann, sich quietschend und metallisch ratternd von der Decke her auf die Anrichte zuzubewegen. Anker und Loyd standen fassungslos da, während ihre entsetzten Blicke der sinkenden Schranke folgten.

»K-kein … Essen?«, stammelte Anker in sichtlichem Schock.

Eine Angestellte der Cafeteria in weinroter Schürze und einem Kopftuch umgebunden kam zu ihnen herüber. Sie erinnerte Keli auf den ersten Blick ein wenig an ihre Mutter.

»Wenn Sie noch was essen wollen, können Sie am Schalter dort drüben einzelne Menüs bestellen – aber nur bis neun Uhr, dann muss ich schließen. Die Öffnungszeiten sind wegen der Belagerung in Lichterloh zurzeit eingeschränkt. Nach neun Uhr gibt es nur noch die Snackautomaten da drüben oder kleinere Happen in der Greenlight Bar oben«, erklärte sie müde und fing an, mit einem Lappen die Tische abzuwischen.

»Den Schöpfern aller Köstlichkeiten sei Dank.« Anker weinte fast vor Verbundenheit, als er abermals den Bauch massierend zum Schalter in der hölzernen Wand hinüberwatschelte. Seine Nachhut folgte ihm schmunzelnd. Die Angestellte verschwand für einen Augenblick in einer Tür und kam hinter der Bestellluke wieder zum Vorschein. »Was darf's denn sein?«

Keli las gemeinsam mit den anderen die mit Blümchen umrahmten Menüs von einer mit Kreide beschriebenen dunklen Schiefertafel ab.

Es gab das Tagesmenü: Omoorice, gebratenen Ketchup-Reis mit einem massigen Omelett obendrauf; ein Klassiker, der in allen Präfekturen des Laternenwalds gerne gegessen wurde. Dann gab es mit Brotkrumen panierte Austern mit Kümmel-Weißkohlsalat und Reis, ein scharfes Bärlauchknacker-Curry mit Fladenbrot und eingelegter Ananas und eine vegetarische Pastinaken-Lasagne. Anker wollte zuerst mal wissen, wie groß die Portionen waren, bevor er seine Bestellung aufgab. Schlussendlich konnte er sich nicht entscheiden und orderte schlichtweg von jedem Menü eine Portion. Loyd kam als nächstes und sagte entschieden: »Ich nehme das Curry – extragroße Portion, bitte.« Keli entschied sich für die Austern und Naomi erkundigte sich zuerst, ob sie das Curry auch ohne Würstchen bekommen könne, doch als ihre Frage verneint wurde, entschied sie sich schließlich für die Lasagne. Unterdessen waren sie die Einzigen im Saal. Nachdem Anker für alle bezahlt hatte, setzten sie sich wieder hin und beobachteten, wie die Frau jenseits des Schalters allein begann, sieben Menüs zuzubereiten.

Die Frau tat Keli leid. Was sie wohl allein an so einem düsteren Ort machte – wie es sich anfühlen musste, in einer ewigen Lichtoase arbeiten zu müssen und jeden Morgen von der klaffenden Finsternis vor den Fenstern begrüßt zu werden. Freilich musste sich Keli eingestehen, dass sie unter ähnlichen Umständen aufgewachsen war. In ihrer Frierhütte in Hildenberge hatte es Tage gegeben, an denen es unter dem Eis praktisch durchs Band weg stockfinster gewesen war. Nur, wenn der Himmel an der Oberfläche nicht bewölkt und der Schnee auf dem Gletscher geschmolzen war, hatten sie darunter genügend blaues Gletscherlicht gehabt, um mal ohne Lichtspender ein Kartenspiel oder Verstecken zu spielen. Dennoch glaubte Keli, die Frau auch irgendwie zu verstehen, denn sie mochte Hildenberge trotz seiner düsteren Natur sehr. Die Geborgenheit unter dem Eis war unvergleichlich und unersetzlich für einen wahren Hildenbergler. Jetzt, wo sie es sich überlegte – eigentlich war dieser Ort gar nicht so anders. Auch diese Unterkunft vermittelte das erbauliche Gefühl von Geborgenheit und Nostalgie, ähnlich wie Hildenberge es hervorgerufen hatte. Draußen die vollkommene Dunkelheit, wo das Böse lauerte, und hier drinnen gedieh das Licht: frohe Stimmung, angenehme Hintergrundmusik und jede Menge verlockende Dinge, die man tun konnte. Einen größeren Kontrast gab es nicht. Kelis Gedanken fügten sich zu einem Schluss zusammen: Vielleicht war es ganz einfach die Eigenart, die Magie dieses Ortes, die das Herz der Frau in den Bann gezogen hatte. Keli konnte sich vorstellen, dass dies ein vorzüglicher Ort wäre, um für eine Weile über das Leben und seine zahlreichen Geheimnisse nachzugrübeln …

»Keli – Keli?«

»Äh, ja?«, fuhr sie erschrocken herum.

»Dein Essen ist bereit. Du musst es beim Schalter da drüben holen«, wies sie Naomi an und zeigte zum Bestellfensterchen.

Es kam nicht zum ersten Mal vor, dass Keli bei längerem Warten vom Geschehen um sich herum abschweifte und ihren Gedanken nachhing. Manchmal erschrak sie über sich selbst, wenn sie wieder aus ihren Geisteswanderungen gerüttelt wurde. Da sie alle ihre Menüs zu unterschiedlichen Zeiten erhielten, fingen die ersten sofort an, zu essen. Kelis panierte Austern schmeckten ausgezeichnet. Nach Tagen der Beutelnahrung fand sie das Essen sogar rekordverdächtig gut. Einen Nachtisch würde sie aber bleiben lassen – falls es überhaupt einen gab –, denn die Austern, obschon sehr lecker, setzten ihr mengenmäßig erheblich zu. Während das gesamte Team anlässlich des Festschmauses innerlich Freudentränen vergoss, wurde am Tisch erörtert, was vor ein paar Stunden im Wald vorgefallen war.

»Diese Gestalten im Dickicht, waren das die Schmelzfrontler?«, argwöhnte Loyd mit vollem Mund.

»Nee«, dröhnte Ankers Stimme über seine vielen Teller hinweg, wobei er mehrere Wursträdchen gleichzeitig auf seine Gabel spießte. »Die tiefen Kapuzen hatten eher etwas Religiöses an sich.«

»Ich dachte, es wären Geister«, gab Keli schaudernd zu, denn das furchterregende Erlebnis spielte sich vor ihrem geistigen Auge immer wieder ab.

»Ich stimme Anker zu«, warf Naomi ein. »Ich meine, mich zu erinnern, dass ich Leute mit solchen Kapuzengewändern schon einmal gesehen habe, und zwar in den unteren Ebenen von Sola. Ich glaube, die gehören irgendeinem Kult an, aber fragt mich nicht, was sie in einem überschwärzten Wald inmitten von Kael zu suchen haben.«

Die Diskussion wurde von einem peinlichen Rülpser unterbrochen, der Anker zuzurechnen war. Obwohl Anker eindeutig am meisten zu essen hatte, stand sein Appetit dem der anderen auch nach seinem zweiten Teller in nichts nach. Im Gegenteil, als das letzte Menü ankam, der Omoorice, hob er diesen, während er zum Tisch zurückgeschlurft kam, an die Lippen und schlürfte das Gericht mit drei geräuschvollen Zügen vom Teller. Keli, die Ankers

Art und Weise zu speisen immer zum Brüllen komisch fand, sah dem Schauspiel ungläubig zu. Sie begann zu lachen und ihre Augen tränten, als Anker freudestrahlend: »Was denn?«, sagte.

Allerdings fand dieses Benehmen offenbar nur Keli lustig und auch nur, weil es Anker war, der sich gehen ließ. Ausnahmsweise verzichtete Loyd darauf, Ankers unschicklichen Tischmanieren nachzueifern, und Naomi blickte sich peinlich berührt um, ob jemand zusah. In der Tat hatten sich nun wieder mehrere Individuen, die es anscheinend vorzogen, dann zu Abend zu essen, wenn die meisten Grüppchen verschwunden waren, auf die langen Tische verteilt.

»Ausgezeichnet«, schwärmte Anker begeistert, »einfach ausgezeichnet.« Nach einer Weile stand er wieder auf und schlurfte erneut zum Schalter hinüber. Keli fragte sich belustigt, ob er jetzt wohl noch vier Portionen Nachtisch verdrücken würde, doch zu ihrer Überraschung sprach Anker der Frau hinter dem Schalter, die nun wieder am Kochen war, ein wohlwollendes Lob aus: »Sie sind wirklich eine hervorragende Köchin. Das musste ich Ihnen jetzt einfach sagen. Superlecker hat's geschmeckt. Ich bedanke mich im Namen des Teams für den Festschmaus.«

Er verneigte sich mit einer in Lichterloh typischen, knappen Verbeugung.

»Nicht der Rede wert. Aber herzlichen Dank für das Kompliment. Ich bin täglich für den Nachtdienst zuständig«, sagte sie engagiert, wobei sich ein Hauch Rosa auf ihren Wangen bemerkbar machte.

Es war Zeit zu gehen. Die Gruppe erhob sich und deponierte das Geschirr im großen Spültrog neben dem Ausgang. Sie waren gerade bei der Doppeltür angelangt, als Anker begann, sich vielversprechend auf seinen Bauch zu trommeln.

»Sooo – und nun ist es Zeit, abzuschalten und zurückzulehnen. Wer hat Lust auf einen Drink?«, fragte er vergnügt. Die Anspannung des vergangenen Tages war ihm nicht mehr anzumerken.

Keiner antwortete: Keli nicht, weil sie nicht wusste, wie die anderen darauf reagieren würden, wenn sie zustimmte; Naomi nicht, weil sie ganz einfach todmüde war; und auch Loyd gab keinen Ton von sich, da er nicht wollte, dass Anker Keli zum Trinken verführte. Der Professor blieb stehen und drehte sich um.

»Was – niemand? Oh, da fällt mir ein: Ich bin dir noch ein Siebbier schuldig«, wandte sich Anker an Keli.

»Was soll das heißen?«, erkundigte sich Naomi ahnungslos.

Loyd wollte gerade den Mund aufmachen, doch Anker war schneller: »Die beiden haben einen kleinen Wettstreit abgehalten und Keli hat gewonnen. Damals, vor ein paar Tagen, als wir dich in der Bibliothek suchten, hat Keli dich zuerst gefunden.«

Anker legte Keli väterlich die Hand auf die Schulter.

»Aber Anker, du weißt, es ist nicht unbedingt gesetzeskonform, wenn –«

»Unsinn«, unterbrach er Naomi. »Keli ist im Besitz eines Diplomatenpasses. Damit kann sie tun und lassen, was sie will. Darüber hinaus ist es auch ein bisschen deine Schuld, dass wir dich suchen mussten. Ich habe dir nämlich eine Lichtmail zugesandt, bevor wir ankamen, aber du warst tief und fest am –«

»Hach, ist ja schon gut«, ergab sich Naomi.

Loyd, der für einen Augenblick gehofft hatte, Naomi könne Anker seine unsittlichen Flausen austreiben, ließ bestürzt die Kinnlade herunterfallen.

»Also, bist du dabei?«, fragte Anker an Naomi gerichtet.

»Wenn es sein muss«, maulte sie und machte den Eindruck, als wäre sie weit entfernt von einverstanden.

»Und du, Loyd, wie steht es mit dir?«

Loyd suchte Naomis Blick. Sie blitzte ganz kurz zu ihm hinüber, schien aber genauso ratlos zu sein wie er.

»Entschuldigt, ich habe keine Lust, bin müde und muss noch meine Sachen für morgen packen.«

»Spielverderber«, warf Anker Loyd feixend vor, aber er versuchte nicht, ihn umzustimmen. »Na dann. Morgen um halb sieben beim Haupteingang. Den morgigen Tagesverlauf besprechen wir dann auf dem Weg. Gute Nacht.«

Anker ging voraus und nahm die erste Stufe der Treppe. Keli folgte ihm zufrieden und voller Erwartung. Endlich war der Augenblick gekommen, und es war ihr absolut egal, dass Loyd nicht dabei war – umso besser.

Loyd und Naomi warteten, bis sie ein wenig Abstand zu den anderen hatten, dann tuschelten sie:

»Wieso hast du zugestimmt?«

»Warum hast du denn nichts gesagt? Du bist doch ihr Bruder!«

»Ich habe es schon mehrmals versucht, aber Anker hört mir nicht zu.«

»Was will er damit bezwecken?«

»Keine Ahnung ...«

»Dann überlass das mir. Ich passe schon auf Keli auf.«

Oben angekommen bogen Anker, Keli und Naomi nach links ab und Loyd trat, ohne einen Gute-Nacht-Wunsch auszusprechen, in den Korridor zu seiner Rechten und begab sich zu seinem Gästezimmer. Er war einmal mehr verärgert über Ankers selbstgefälliges Gehabe. Ja, Naomi hatte recht: Was wollte er damit bezwecken? Er kannte Anker zwar auch als den spendablen, großherzigen Gönner, der sich stets für das Wohl der Leute – aus denen er einen Nutzen ziehen konnte – einsetzte. Aber welchen Gegenwert hatte Keli für Anker? Ging es um ihre vierfingrige Hand? Aber eine solche hatte er doch auch …

Loyd stritt nicht ab, dass es im Nachhinein das Beste gewesen war, Keli auf die Expedition mitzunehmen, sonst wäre sie womöglich von den Schmelzköpfen aufgegriffen worden – und dennoch … Warum hatte Anker sie von Anfang an dabeihaben wollen? Anker hatte ja gar nicht wissen können, dass Lichterloh von den Schmelzfrontlern überfallen werden würde. War es, um zu testen, ob – falls sie denn wirklich das Unlicht berühren konnten – sie beide dazu fähig waren?

Loyd warf sich müde und lustlos auf die runde Matratze. Es war nicht kalt, daher machte er sich nicht einmal die Mühe, sich die Decke überzuziehen. Er lag einfach da und stellte sich vor, wie Keli ihr erstes Siebbier genoss und alle drei an der Bar Witze reißend über ihn herzogen.

Keli hielt den Kartenschlüssel unter die Türklinke. Es war ein feines Klacken zu hören und Keli trat in das stockdunkle Zimmer. Nur ein schmaler Streifen Licht fiel vom Korridor her ins Zimmer und ließ sie erkennen, dass Loyd auf seinem Bett lag. Keli wollte ihn nicht stören. Sie schloss die Zimmertür hinter sich, tappte im Dunkeln über den Teppichboden und verschwand im Bad. Nachdem sie sich zum Schlafen bereitgemacht hatte, öffnete sie abermals vorsichtig die Tür, sodass nur ein kleiner Spaltbreit rubinrotes Licht ins Schlafzimmer strömte und visierte ihren Schlafplatz an. Sie schlich blind zu ihrem Rundbett und schlüpfte, so leise es ging, unter die Decke.

»Und, hat es Spaß gemacht?«, hallte Loyds Stimme plötzlich rau durch die Dunkelheit.

Keli erschrak. Dass Loyd noch wach war, hätte sie nicht erwartet. Sie zögerte, bevor sie Antwort gab: »Ich habe auf das Siebbier verzichtet.«

»Ah, ja? Warum das? Du hast dich doch so darauf gefreut.«

»Ich dachte, es wäre nicht richtig, wenn du nicht dabei bist. Wenn, dann mit dir zusammen.«

»Hat Naomi dir das eingeredet?«

*Was soll das jetzt wieder?*, überlegte Keli beleidigt. *Was eingeredet?* »Das war meine Entscheidung. Naomi hat es auch nur bei einer Tasse Tee belassen. Anker hat sie auf dem Weg in die Bar wütend gemacht. Es war irgendwie seltsam, und ich dachte, es wäre nicht der richtige Augenblick, um das Siebbier zu probieren.«

»Und das hätte euch beiden nicht früher einfallen können? Danke, dass ihr mir den Abend ruiniert habt«, murmelte Loyd vorwurfsvoll und gerade laut genug, dass Keli es hören konnte.

Daraufhin schwieg Keli. Jäh schoss der Spiegel der Entrüstung in ihrem Inneren wieder in die Höhe. Das brachte das Fass zum Überlaufen. Nun hatte sie es endgültig satt. Mit diesem Vollöffel würde sie nie wieder ein Wort wechseln – nie wieder!

Am nächsten Morgen wachte Keli mit einem flauen Gefühl in der Magengrube auf. Sie lag nur halb zugedeckt und mit dem Kopf am Fussende des Bettes. Sie hatte schlecht geträumt und musste sich wohl in der Nacht umgewälzt haben. Keli wusste nicht, wie spät es war. Die gleichbleibende Finsternis vor dem Fenster ließ keine Rückschlüsse zu. Sie tastete nach dem Lichtschalter an der

Wand. Schwerer Regen trommelte an die Fensterscheibe. Sie schaute sich um. Loyd und die anderen waren anscheinend gegangen.

Mit grimmiger Miene setzte sich Keli auf. Mit diesem arroganten Holzkopf würde sie nie mehr ein Wort sprechen. Zwei knisternde, eisblaue Lichtkugeln schwebten über dem steinernen Tischchen in der Mitte des Zimmers. Keli fächerte sich die erste zu, woraufhin Loyds Stimme aus deren Innerem zu sprechen begann: »Wir sind aufgebrochen. Bitte tu mir den Gefallen und bleib in der Station. Mit dieser Nachricht möchte ich dir einige Dinge ...« – *KLATSCH!* Keli zermalmte Loyds Mitteilung mit beiden Handflächen wie eine lästige Mücke. Wutentbrannt nahm sie die zweite Lichtmail entgegen und vernahm nun Ankers bedächtige Stimme: »Guten Morgen, Keli. Wir werden voraussichtlich morgen Abend von der Station 1 zurück sein. Falls etwas Unerwartetes geschehen sollte, versteck dich unbedingt im Lagerraum. Du findest ihn auf dem Notfallplan. Bis dann, Anker.«

Das war alles. Keli stand da und hatte keine Ahnung, was sie nun tun sollte. Die anderen waren fort. Sie wusste nicht, ob sie jemals zurückkehren würden. Wie Anker am Vorabend in der Bar kundgetan hatte, war dies die wichtigste und zugleich gefährlichste Mission in den letzten zweihundert Jahren, was ihm die gestern angetroffenen Forscherkollegen auch mit Nachdruck bestätigt hatten. Ihre Wut auf Loyd, ihr Kummer um ihre Eltern und die Furcht davor, sie und auch Naomi womöglich nie wieder zu sehen, all diese Gefühle waren so überwältigend und niederschmetternd, dass es Keli innerlich zerreißen würde, wenn sie nicht bald etwas unternahm.

Sie starrte auf den rauen, dunklen Tisch. Erst jetzt nahm sie den Notfallplan genauer wahr. Im Gebäude gab es gemäß dieser Karte offenbar nur zwei Ein- und Ausgänge: den Haupteingang, durch den sie die Station betreten hatten und den Notausgang im Lagerraum des Erdgeschoßes. Keli wollte mit ihrer miesen Laune weder hier im Zimmer herumsitzen, noch in der Cafeteria allein frühstücken. Loyd hatte sie gebeten, das Gebäude nicht zu verlassen, aber ganz ehrlich – das war ihr jetzt schnurzpiepegal. Sie würde sich ein wenig die Beine vertreten. Was interessierte es Loyd? Der kam unter Umständen ohnehin nie wieder zurück.

Mit blasierter Miene schob Keli den Kartenschlüssel in die Hosentasche und verließ den Schlafraum. Im Korridor war keine Wesenseele zu sehen. Keli tappte nahezu lautlos über den kürbisfarbenen Teppichboden. Aus einem der anderen Gästezimmer konnte sie ein durchdringendes Schnarchen vernehmen, ansonsten war nur das leise Summen einer heiteren Melodie aus einem der Lautsprecher an der Decke zu hören. Sie schlich weiter die Treppe hinunter ins Erdgeschoß. Gemäß Notfallplan musste sie danach beim Haupteingang nach links in den Gang einbiegen, wo sich die Labore befanden, und dann abermals nach links. Anschließend befand sich der Lagerraum am Ende des Durchgangs auf der rechten Seite. Als sie unten angekommen war und den ersten Korridor, der von der Cafeteria wegführte, passiert hatte, bemerkte sie zu ihrem Glück, dass der Wachmann an der Rezeption eingenickt war. Keli hatte keine Mühe, sich unbemerkt in die Passage zum Lagerraum zu stehlen. Eine der Bürotüren stand offen, doch ein darauf angebrachtes Schildchen verwies darauf, dass die hier tätigen Forscher gerade ein Päuschen einlegten und nicht vor Ort waren. Keli beschleunigte ihren Schritt. Am Ende der Passage bog sie nach links ab und erkannte den Eingang in den Lagerraum ganz vorne rechts sofort. Sie zog zügig und geräuschlos an den letzten Laborräumen vorüber, zückte ihren Kartenschlüssel und hielt ihn unter die Türklinke.

Beim ersten Anlauf dachte sie enttäuscht, es würde nicht funktionieren, doch beim zweiten Versuch ertönte das altbekannte Klack und das Schloss war entriegelt. Mit pochendem Herzen warf Keli einen flüchtigen Blick über die Schulter. Als sie nichts Außergewöhnliches feststellen konnte, schlüpfte sie in den engen Abstellraum hinein. Sie ertastete den Lichtschalter an der Wand und zog die Tür hinter sich ins Schloss.

Drinnen war es kühl, und es roch muffig nach Keller. Konservenbehälter, Getreidesäcke, Getränkeflaschen und etliche Hygiene-Utensilien türmten sich hier feinsäuberlich gestapelt in mehreren Reihen. Außerdem waren einige Tiefkühltruhen an den Wänden aufgereiht. Umsichtig umrundete Keli die abgepackten Lebensmittel und blickte sich um. Sie fand rasch, wonach sie suchte: Die Notfall-Tür lag am anderen Ende des Raumes und war fast quadratisch in ihrer Form. Keli trat näher, legte zögernd die Finger auf die Türklinke, dann drückte sie diese hinunter. Ein weiteres Mal ertönte das Geräusch des Entriegelungsmechanismus – vorsichtig stieß sie die Tür am Griff auf. Blitzartig legten sich Schatten um Kelis Körper, die augenblicklich begannen, an ihren Lichtreserven zu nagen. Sie hatte in der trügerischen Geborgenheit der Station bereits vergessen, wie zermürbend sich die Überschwärzung anfühlte.

Ihr Unwille, dem Rat ihres Bruders Folge zu leisten, flaute für einen Moment ab, doch sogleich widersetzte er sich ihren Instinkten wieder. So leicht würde sie nicht klein beigeben; sie würde ihr Vorhaben durchziehen. Das war die Rache für Loyds unerträgliche Arroganz. Keli machte den ersten Schritt in die Ungewissheit. Die Tür hinter sich ließ sie offenstehen.

*Ha!*, dachte sie selbstzufrieden. Sie hatte es getan: Sie war allein und gegen den Willen ihres eingebildeten Bruders in die berüchtigte Schwärze eingetaucht. Sie sah sich um. Sich selbst konnte sie nicht mehr erkennen. Alles, was sie noch ausmachen konnte, war der trübe Lichtrahmen der Notfall-Tür hinter sich. Ein kühler Regenschauer machte sich auf Kelis Gliedmaßen bemerkbar. Sie richtete den Blick wieder der Finsternis zu.

Da war etwas vor ihr – keine dreißig Schritte entfernt: ein Glitzern und Glänzen, eine Oase in der Wüste, die der Schwärze jäh und rebellisch zu trotzen vermochte. Unschlüssig und doch von ihrer Neugier getrieben, machte Keli vorsichtig einen Schritt nach dem anderen auf das mysteriöse Phänomen zu. Als sie nur noch einen Steinwurf davon entfernt war und auf einmal den mit dunklen Wolken bedeckten Himmel in der reflektierenden Fläche erkannte, rastete die Antwort schlagartig in ihrem Verstand ein: Es war Unlicht. Sie wusste es einfach.

Sie näherte sich der spiegelglatten Lache noch ein paar zaghafte Schritte und blieb dann fasziniert stehen. Etwas Derartiges hatte Keli noch nie gesehen. Das Unlicht war von unvergleichlicher Schönheit, jenseits von allem, was sie sich auch mit der blühendsten Fantasie hätte ausmalen können. Es war schlicht und einfach perfekt.

Anker hatte es wie einen Spiegel beschrieben, aber es war glatter als Spiegelglas und vollkommen makellos. Die Lache war nur zirka drei, vier Schritte breit im Durchmesser. Ein kleiner Unlichtfaden schlängelte sich von der Ansammlung weg und verlor sich in der Schwärze – oder war es umgekehrt? Kam es aus der Ferne und sammelte sich hier an? Ein Rinnen war nicht zu erkennen. Das Unlicht war schlichtweg zu perfekt, um die Textur von Unebenheiten oder Wellen erkennen zu lassen.

Wollte sie es wagen – wollte sie es riskieren? Was würde geschehen, wenn sie es berührte? Was würde geschehen, wenn sie es hochheben konnte? Langsam dämmerte es ihr: Sie würde berühmt werden! Gemäß Anker wäre sie als einziges lebendes Wesen – abgesehen vielleicht von ihrem verachtenswerten Bruder – imstande, das Unlicht zu berühren und zu transportieren. Sie wäre eine wahre Unlichtbändigerin; die Heldin der Neuzeit schlechthin. Was aber, wenn sie beim Versuch, das Unlicht anzufassen, ihre Finger verlor wie jener berühmte Mikael in grauen Vorzeiten? Was sollte sie tun …?

Von weither konnte Keli johlende Stimmen hören. Schon unglaublich, was die Forscher schon in aller Früh tranken, dachte Keli, den Blick nicht vom Unlicht abwendend. Nach einer Minute des Zauderns siegte Neugier über Verstand. Sie würde das Unlicht nur mit dem Fingernagel antippen, nur ganz kurz und nur ganz sachte. Sie machte noch zwei zögerliche Schritte auf die spiegelnde Fläche zu und ging davor in die Hocke. Erschrocken wich sie zurück. Kurz hatte sie jemanden gesehen – einen älteren, spindeldürren Mann mit großer Brille und gescheitelten grauen Haaren, der mit leeren, toten Augen aus dem Unlicht heraus in ihre Richtung blickte. Keli wollte schreien, sie wollte Hals über Kopf davonrennen, doch stattdessen atmete sie tief ein.

»Einbildung – Einbildung«, wisperte sie und schlug die Augen wieder auf. Vorsichtig beugte sie sich noch einmal vor. Ganz langsam – ihr perfektes Spiegelbild tauchte allmählich unter ihr auf. Obwohl sie sich selbst in der Dunkelheit nicht sehen konnte, war sie in der Reflektion des Unlichts vollumfänglich abgebildet. Hinter ihrem Spiegelbild türmten sich Gewitterwolken bedrohlich am Himmel auf.

*Wie unheimlich,* dachte Keli, die zu schwitzen begann. Vom Mann, den sie eben erblickt zu haben glaubte, fehlte jede Spur. Es gab absolut kein Licht hier draußen, wie kam es dann, dass sie sich im Unlicht sehen konnte? Auch waren kleine Büschel Gras und einige bunte Blumen, die sie noch nie zuvor gesehen hatte, am Rand der spiegelglatten Fläche erkennbar. Skeptisch streckte sie den Mittelfinger ihrer linken Hand aus – ihr perfektes Ebenbild tat dasselbe. Einen Zentimeter vor dem Unlicht hielten die beiden Kelis kurz inne, dann gaben sie sich einen Ruck und tippten mit ihren Fingerspitzen auf die Oberfläche ihres Gegenübers. Nichts geschah. Weder schlug das Unlicht Wellen, wie man es etwa bei Wasser erwartet hätte, noch waren die Fingernägel der beiden Kelis verschwunden, als sie ihre Finger wieder zu sich zogen.

*Habe ich es überhaupt berührt?,* fragte sich Keli und streckte den Finger erneut aus. Abermals berührten sich die Fingerenden der Zwillinge. Diesmal tauchten sie sie tiefer ein, bis die ganzen Hände in der seltsamen Masse versunken waren. Behutsam hoben die beiden Kelis ihre Finger wieder vor ihre Gesichter und beäugten das Ergebnis. Nichts – weder fehlte die Hand, noch hafteten Reste des Unlichts daran. Keli konnte nicht fassen, was sie eben entdeckt hatte. War es … war es Wirklichkeit oder träumte sie? Von einer plötzlichen Welle der Euphorie gepackt tauchten Keli und ihre Doppelgängerin beide Händepaare in die Lache und hoben diese einen Moment später unversehrt wieder mit Unlicht gefüllt heraus. Es fühlte sich weder warm noch kalt an, noch schien das Unlicht Gewicht zu haben. Keli war sich nicht einmal sicher, ob es überhaupt Masse besaß.

Ihre Gedanken begannen, wild durcheinander zu wirbeln, als ihr die ganze Tragweite ihrer Entdeckung bewusst wurde. Sie hielt den Schlüssel zu unendlichem Ruhm und Ehre in den Händen. Sie – war – eine Unlichtbändigerin!

*WAAAAM!*

Eine markerschütternde Explosion durchbohrte die Stille. Die Druckwelle warf Keli zu Boden. Als sie entsetzt herumfuhr, sah sie über der Silhouette der Forschungsstation kaum sichtbare, bläuliche Flammen aufsteigen. Keli war sofort klar, was die Explosion ausgelöst hatte, denn der Chor einer grölenden Armee schwappte über das Gebäude zu ihr herüber. Sie wusste, dass sie nicht hier draußen bleiben konnte. Wie Anker wiederholt erwähnt hatte, würde man der Überschwärzung ohne Lichtstein binnen Stunden anheimfallen.

In Kelis Kopf überschlugen sich die Gedanken. Sie rappelte sich mit zitternden Knien auf. Dabei fiel ihr Blick auf das kleine Häufchen Unlicht, das sie in der Panik losgelassen hatte. Es schwebte in Form von Kelis Handflächen an Ort und Stelle. Wie gerne hätte sie das faszinierende Phänomen genauer untersucht, doch blieb dafür keine Zeit. Sie musste sich in Sicherheit bringen. Vorsichtig tappte sie Richtung Lichtrahmen zurück zum Lagerraum. Sie konnte die Schmelzfrontler zwar nicht sehen, aber dafür umso besser hören. Zu dieser Seite der Anlage waren, wenn sie ihren Ohren Glauben schenken konnte, noch keine Terroristen durchgekommen. Keli lugte argwöhnisch durch das noch immer offenstehende Notfallportal in der Wand. Wie es aussah, war die

Luft vorerst rein. Sie schlüpfte durch den Spalt und schloss die Tür hinter sich. Mithilfe ihres linken Schuhs, den sie für einen gezielten Wurf zweckentfremdete, machte Keli das Licht, das an der Decke brannte, unbrauchbar.

Falls die Tür vom Laborkorridor aus aufgehen sollte, würde sie wohl oder übel durch die Notfall-Tür ins Freie flüchten. Das war ihre einzige Chance. Sie fragte sich im Stillen, ob die Terroristen wohl Lichtsteine bei sich trugen. Keli dachte sich panisch hundert mögliche Szenarien aus, wie dieser Schlamassel, vor dem sie sich schon seit der Einreise nach Kael gefürchtet hatte, ausgehen könnte. Schlotternd vor Angst und mit anschwellenden Bauchschmerzen tastete sie sich bis zur Türklinke des Notfallausgangs und ließ ihre Hand darauf verweilen.

»Schneller – schneller!«, drängte Loyd die anderen, wobei sie bereits im Laufschritt und fast blind den mühsam hinter sich gebrachten Weg zurückhasteten.

Sie hatten eine Explosion gehört sowie ein leichtes Beben gespürt und ahnten, was geschehen war. Anker hatte sich kurzerhand entschlossen, die Expedition zur Station 1 abzublasen und zu Nummer 2 zurückzukehren. Glücklicherweise hatte Anker den rund zweieinhalbstündigen Fußmarsch langsam angehen lassen, um Unfälle mit dem Unlicht zu vermeiden, denn der finstere Ozean um sie herum war unterdessen über und über mit trügerisch glitzernden Flecken geziert, die dem Muster eines Dalmatinerrückens ähnelten.

*Keli ist in Gefahr – nein-nein-nein – Keli, bitte sei unverletzt*, schoss es Loyd immer wieder durch den Kopf. Sie hatten ihre gestern aufgefüllten Lichtsteine hervorgenommen und rannten über kaum sichtbare Trampelpfade durch das pflanzenüberwachsene und von Wesen inzwischen nicht mehr bewohnte Stadtmeer des Central-Distrikts.

Endlich, nach einer gefühlten Stunde angstvollen Hetzens, kamen in der düsteren Senke vor ihnen trübe, bläuliche Flammenzungen zum Vorschein, die auf makabre Weise in der Schwärze tanzten.

»Da ist die Station«, presste Anker leise und nach Luft ringend hervor.

»Ich kann das Feuer riechen. Anscheinend ist die Lichtzufuhr im Innern unterbrochen«, bemerkte Naomi, die keine Lichtrahmen erkennen konnte, welche auf Fenster hingedeutet hätten.

»Kommt, wir schauen uns die Sache aus der Nähe an«, sagte Loyd ernst und nahm das Sunukeschwert hervor.

Anker hustete unentwegt und schien kaum Luft zu bekommen. Die ständigen Hetzjagden setzten ihm deutlich zu. Als die drei sich dem Gebäude mit den Lichtsteinen in den Hosentaschen näherten, stöhnte Anker plötzlich: »Ich warte hier. Ich – ich fühle mich nicht gut.«

»Wie du meinst. Wir gehen um das Gebäude herum zum Haupteingang und sehen, was los ist. Bleib einfach hier; wir sind gleich zurück«, flüsterte Loyd und tippte Naomi am Arm an.

»Ja, geht nur. Ich warte solange hier, bei der Notfall-Tür«, raunte Anker heiser und lehnte sich nach Luft schnappend an die Wand.

Loyds und Naomis Schrittgeräusche verschwanden hinter der unsichtbaren Kante des Gebäudes. Anker fegte sich den Schweiß vom Gesicht und nahm einen tiefen Schluck aus seiner Wasserflasche. Gleichzeitig betastete er die Mauer, an die er sich angelehnt hatte und fand nach kurzem Herumfummeln die Türklinke der Notfall-Tür. Er drückte vorsichtig die Klinke hinunter und zog. Prompt öffnete sich die Tür. Drinnen war es genauso stockdunkel wie draußen, also nahm Anker seinen lichtspendenden Kristall hervor und schob ihn vorsichtig durch den Spalt. Eine jähe Bewegung; Anker schreckte zurück. Er ließ den Stein fallen und fiel rücklings auf den Rucksack.

»Anker?«, kam eine leise Stimme aus dem Inneren des Raumes.

»K-Keli, bist du das?«

»Ja«, kam die willkommene Antwort durch die Öffnung.

Anker raffte sich auf, schnappte sich den Stein vom Boden und leuchtete damit in den Raum hinein. Der Umriss einer kleinen Person, die sich ihm bedächtig näherte, kam zum Vorschein.

»Ihr seid zurück?«

Anker sah erleichtert aus, als Keli vor ihm Gestalt annahm. »Wir sind zurückgekommen, weil wir eine Explosion gehört haben. Geht es dir gut? Loyd und Naomi sind auf dem Weg zur Vorderseite der Station, um die Lage abzuklären. Komm, wir gehen ihnen nach.«

»Mir geht es gut. Aber weißt du was?«

»Nein, was gibt es denn?«

»Ich ... ich habe das Unlicht angefasst. Nicht weit von hier gibt es einen Tümpel«, platzte es nach anfänglichem Zögern aus Keli heraus.

Es dauerte einige Sekunden, bis Anker – der gerade dabei war, um die Ecke der Anlage zu spähen – Kelis Geständnis gehört und verarbeitet hatte, denn als die Botschaft endlich eingerastet war, drehte er sich blitzschnell zu ihr um und besprühte sie mit Spucke:

»Keli, das ist ja fabelhaft! Und dir ist nichts passiert?« Anker zog Keli am Ärmel und zusammen schlichen sie zur nächsten Gebäudeecke.

»Nein. Ich habe es hochgehoben und es bei der Explosion vor Schreck wieder losgelassen und es ist an Ort und Stelle schweben geblieben.«

»Tatsächlich!«, zischte Anker erstaunt und linste um die Ecke. Dann wandte er sich wieder Keli zu. »Du weißt hoffentlich, was das bedeutet. Es scheint ganz, als wärst du tatsächlich eine Erbin Lailacs und eine wahre Unlichtbändigerin noch dazu. Vielleicht gibt es ja doch noch einen Funken Hoffnung und wir finden einen Weg, den Laternenwald vor einer Katastrophe zu bewahren.«

Doch dann ging Keli ein irritierender Gedanke durch den Kopf: Wieso fraß das Unlicht eigentlich kein Loch durch den Boden hier im Zentrum? Wenn es keine Erde auflösen konnte, weshalb sollte es dann ihre Hände zersetzen können? Anker war noch immer damit beschäftigt, den Eingang der Station zu beobachten, als Keli ihm diese Frage stellte. Anker zog seinen Kopf wieder ein, wandte sich zu Keli um und legte ihr väterlich beide Hände auf die Schultern, während er leise sprach: »Ich weiß, es ist alles etwas viel zurzeit, aber ich möchte, da wir nun wissen, dass du in der Tat eine Unlichtbändigerin bist, dass du die Zusammenhänge dahinter verstehst. Hör gut zu.« Anker spähte abermals kurz um die Ecke dorthin, wo er den Eingang vermutete, dann sprach er gedämpft, aber zügig weiter: »Das Unlicht sammelt sich hier im Zentrum Kaels auf dem festen Grund an. Wieso? Weil die Erde, auf der wir stehen, sich im Stadium vor der Transformation zu Unlicht befindet. Da ist kein Funken Licht mehr darin zu finden. Abgesehen von den wenigen Lebewesen hier im Zentrum – wie die Pflanzen und Tiere, die noch ein wenig Licht in sich gebündelt halten – ist sonst alle Materie ›hypergeschwärzt‹ und wird vom Unlicht deshalb nur ganz langsam abgetragen. Gelangt das Unlicht jedoch in einen wenig bis gar nicht geschwärzten Raum – oder umgekehrt, würde ein lichtgetränktes Menschenwesen, wie ich es zum Beispiel bin, in das Unlicht hier hüpfen – würde es seine wahre, zerstörerische Kraft entfalten und mich kurzerhand zersetzen. Unlicht ist die Gegenmaterie des Alten Sonnenlichts, verstehst du das? Sind die beiden Energien einander ausgesetzt, reagieren sie vehement und heftig. Also glaub mir, du hättest es deutlich gespürt, wenn du keine Bändigerin wärst.«

Keli dachte schaudernd, sie hätte Ankers Augen kurz aufblitzen sehen, doch das konnte nicht sein – es war stockfinster. In diesem Augenblick erinnerte sie sich wieder an das Phantom, das sie im Unlicht gesehen zu haben glaubte.

»Da ist noch etwas«, flüsterte Keli, der bei dem Gedanken angst und bange wurde, mit bebender Stimme. »Im Unlicht – ich glaube, darin ist ein alter Mann zu sehen gewesen. Er war groß, sehr mager, trug eine schwarze Brille und hatte graues Haar. Er hat mich mit Augen angesehen – als ob das Leben dahinter erloschen wäre.« Keli schluchzte plötzlich.

Ein würgendes Geräusch war von Anker zu hören.

»Keli, bist du dir sicher?«

»Er war da – ganz bestimmt.«

Anker zog Keli näher an sich heran und rieb ihr väterlich den Rücken.

»Hab keine Angst. Wen du gesehen hast, war wohl Professor Simimund.« Anker schluckte und seufzte dann tief. »Er sieht in etwa so aus, wie du ihn beschrieben hast. Wahrscheinlich ist in der

Forschungsstation 1 etwas vorgefallen, woraufhin er hierher geflohen ist. Er muss dabei umgekommen sein. Vermutlich hat die Schmelzfront ihn auf dem Gewissen. Wir können ihm jedenfalls nicht mehr helfen. Er ist tot. Ach, verdammt. Da es so aussieht, als wäre auch die Station 1 überfallen worden, müssen wir uns neu orientieren. Bist du in Ordnung, Keli?«, fragte Anker fürsorglich.

Keli, die versuchte, ihr aufgewühltes Gemüt wieder unter Kontrolle zu bringen, sagte stockend: »Ja, ich denke schon.«

»Gut. Wir müssen uns jetzt zusammenreißen. Zuerst einmal hat es Priorität, dass wir uns in Sicherheit bringen. Bitte folge mir, so leise es geht.«

Gemeinsam schlichen sie Richtung Eingang der Station 2. Nur das Flackern und Zischen des Feuers ringsum war zu hören. Die Luft stank nach unbekömmlichen Giftstoffen und brannte in Augen und Nase. Anker zog seinen Lichtstein wieder aus der Hosentasche und leuchtete gegen das Eingangsportal. Dieses war weggesprengt worden, und rundum waren die Konturen von losen Steinbrocken erkennbar.

»Komm, ich weiß, wo wir uns verstecken können«, erklärte Anker und zusammen bewegten sie sich rasch auf den langen Korridor zu, der sie zur Cafeteria und zur Treppe ins Obergeschoss führte. Von rechts her kamen Gefechtslaute aus dem Gang, in den Keli vor zirka einer Stunde geschlichen war, um zum Lagerraum zu gelangen. Die beiden spurteten den langen Gang entlang, dann ging es rechts die Stufen hoch und schließlich bogen sie vor den Wegweisern im ersten Stock nach rechts ab. Sie kamen an Kelis Zimmer vorbei. Feine Rauchschleier waberten im schwächlichen Licht von Ankers Kristall wie Gespenster die Korridordecke entlang.

»Hol deine Sachen«, forderte Anker Keli auf.

Keli folgte seinem Gebot und stieß behutsam die Tür auf. Ihr Rucksack und das Sunukeschwert lagen noch genauso da, wie sie sie am Vorabend abgelegt hatte. Keli warf sich den Rucksack auf den Rücken und schob das Schwert dazwischen. Für einen Augenblick verharrten ihre Augen auf Loyds ungehörter Lichtmail, die noch immer beharrlich über dem kleinen Steintischchen schwebte, doch dann wandte sie ihren Blick ab und verließ den Raum.

»Gut, jetzt komm«, flüsterte Anker ihr zu und ging nach rechts weiter den Korridor entlang. Keli blieb ihm dicht auf den Fersen, bis sie schließlich am Ende des Ganges ankamen. Im Schein von Ankers Lichtstein konnte Keli erkennen, dass rechts von ihnen eine alte, knorrige Doppeltür aus dunklem Holz in die Wand eingelassen war. Darauf stand in großen, roten Lettern: »UNBEFUGTE KEIN ZUTRITT!«.

Anker stellte sich vor die verschlossene Pforte, setzte den Rucksack ab und fing an, darin zu wühlen. Er fand schnell, wonach er suchte, denn keine fünf Sekunden später hatte er einen klobigen Schlüsselbund mit unzähligen, verschieden großen Schlüsseln daran in der Hand. Es gab ein lautes Klicken und Klacken und schon wurden die Türflügel von Ankers Bauch verdrängt.

»Mir nach«, befahl er und winkte Keli herbei. Anker verschloss den Zugang hinter sich und blieb lauschend stehen. In diesem Teil der Station 2 war nichts von dem, was draußen vorging, zu vernehmen. Einen Augenblick lang durchbrach nur Ankers pfeifender Atem die unheimliche Stille, die sie nun verschluckt hatte. »Wir sind auf der Brückenpassage zur Kaelischen Bibliothek«, klärte Anker sie auf, während sie einen langen, schmalen Durchgang entlangliefen. »Hier müssten wir sicher sein, bis die Schmelzfrontler weitergezogen sind.«

»Aber was ist mit den anderen?«, fragte Keli beklommen und trottete Anker hinterher, bis sie abermals auf eine Doppeltür stießen. Sogleich warf der Professor die Türflügel auf.

»Die werden schon zurechtkommen – schließlich haben sie einander.«

Diese Aussage versetzte Keli einen schmerzhaften Stich in der Brust. Was mit Loyd geschah, war ihr momentan egal – er konnte für sich selbst sorgen – aber, dass Loyd und Naomi »einander hätten« – das gefiel Keli überhaupt nicht. Sie folgte Anker mehrere uralte Holztreppen in die Tiefe und zusammen durchschritten sie etliche steinerne Passagen mit leeren Regalen links und rechts an den Wänden. Das Licht in Ankers Hand flackerte und wurde allmählich schwächer.

»Gib mir deinen Stein, bitte«, verlangte Anker, woraufhin Keli ihren Lichtkristall aus dem Rucksack holte und ihn Anker überreichte. Anker blieb stehen und hob die Lichtquelle hoch über sein Haupt, um die Umgebung auszuleuchten, dann setzten sie ihren Marsch fort. Keli hatte nicht den Ansatz einer Ahnung, wo es hinging. Sie befanden sich anscheinend in einem riesigen Saal, denn selbst die Echos ihres Geflüsters und ihrer Schritte überfielen sie nun von allen Seiten. Überall lag eine dicke Staubschicht, die sie bei ihrem Streifzug durch die verlassene Stätte aufwirbelten. Keli musste sich mehrmals an die Nase fassen, um den Niesreiz zu unterdrücken. Sie schienen in der Bibliothekshalle angekommen zu sein, da sie nun eine weite Fläche mit vielen alten, in den Boden eingearbeiteten Holztischen durchstreiften.

»Das hier, Keli, ist ein faszinierender Ort«, sagte Anker im

Flüsterton. »Vier Jahrhunderte lang wurde hier Wissen in Form von Lichtspeichern gesammelt und aufbewahrt. Aber auch diese nach der HHF zweitälteste Hochschule im Laternenwald, musste aufgrund der Überschwärzung irgendwann aufgegeben werden. Der Wissensschatz wurde unter den vier Präfekturen aufgeteilt. Das hat allerdings auch sein Gutes, denn so waren die jeweiligen präfekturalen Hochschulen darauf angewiesen, untereinander Bündnisse zu schließen und Wissen sowie neue wissenschaftliche Erkenntnisse auszutauschen.«

Keli hörte nicht richtig zu. Sie schlotterte unterdessen am ganzen Leib, und ihr schien es, als würden sich die wiederkehrenden Echos allmählich verzerren und immer mehr wie gespenstisches Gelächter klingen.

»Noch diese Stufen hinunter«, bemerkte Anker auf einmal in erleichtertem Ton. Der Schein des Steins in seiner Hand erleuchtete den Eingang zu einem von oben bis unten mit Mosaikmustern verzierten Treppenlauf. Im Flimmern der kargen Lichtstrahlen erwachten die Bilder zum Leben. Es sah so aus, als würden verschiedene kleine Kreaturen an den Wänden umherwandern, als sie die glatten, abgenutzten Steinstufen hinunterstiegen. Eine Abbildung, die aussah wie eine goldene Lichtscheibe – wie jene, die am Himmel über dem Laternenwald blau, grün und rot schienen –, bewegte sich langsam über die wandelnden Gestalten an den Mauern hinweg. Als die goldene Scheibe hinter einem grünen Hügelzug verschwunden war, kam eine seltsam halbierte silberblau glänzende Sphäre zum Vorschein. Kleine glitzernde Pünktchen zogen mit dem Halbmond über die Leute hinweg, die sich in eine Art Hochhaus zurückgezogen hatten. Auch die sichelförmige Scheibe verschwand schließlich hinter den Hügeln.

Unten angekommen tappten Anker und Keli einen weiteren modrigen Tunnel entlang. Unter und über ihnen, rechts und links von ihnen leuchteten schier unglaubliche Mosaikwerke in vergessenem Glanz. Sie kamen an mehreren Abzweigern vorbei. Plötzlich blieb Anker stehen und zeigte auf ein in die Jahre gekommenes und bis ins Detail mit Schnitzereien verziertes Holztor. Wie viele Meter sie wohl unter der Erde waren? Dreißig – fünfzig – hundert Meter?

Keli wusste nicht, was sie von Ankers Vorhaben halten sollte, denn bislang hatte sie angenommen, unter Kael würde sich das Unlicht anstauen. Naja – zumindest hätte Keli nichts zu befürchten, wenn sie plötzlich von einer Unlichtwelle überflutet werden sollten, denn ihr konnte es, wie sie nun wusste, nichts anhaben. Doch dem Anschein nach wusste Anker, was er tat, also würde Keli ihn nicht stören. Der Professor zog abermals den Schlüsselbund hervor und steckte einen massiven, türkis angelaufenen Schlüssel in das bronzefarbene Schloss des alten Holztors. Anker musste all seine Kraft aufwenden, um die Pforte aufzubekommen.

Ein Hauch abgestandener, feuchter Luft kam ihnen entgegen. Anker leuchtete bedächtig mit dem Stein in den Raum hinein. Als die ersten Lichtstrahlen ins Innere des Gewölbes fanden, fing es darin auf einmal an, in allen erdenklichen Farben zu glitzern und zu funkeln. Überwältigt von dem Schauspiel folgte Keli Anker mit offenem Mund und ließ ihren Blick hin- und herschweifen. Die Wände im kleinen Raum waren übersät von Mosaiken, die aus Edelsteinen gefertigt waren. Rote, grüne, weiße, hellblaue … Keli traute ihren Augen nicht.

Sie traten langsam bis ans Ende der tunnelförmigen Kammer, wo sich ihnen eine massive, unebene Mauer in den Weg stellte.

Durch den trüben Schein des Lichtkristalls konnte Keli ein bläulich glimmendes Muster auf dem Felsen erkennen: Es war der unverkennbare, viergliedrige Abdruck eines Wächters.

# LUX

»Hier entlang, schnell!«, keuchte Loyd der ihm dicht auf den Fersen folgenden Naomi in rasender Panik zu, während sie den Weg zwischen Forschungsstation 2 und 1 zum dritten Mal an diesem Tag entlangeilten.

Als sie in der Station 2 nach Keli gesucht hatten, sie aber nirgends ausfindig hatten machen können, waren sie von Lichtsteine tragenden Schmelzfrontlern entdeckt worden. Zuerst hatten sie sich einen erbitterten Kampf in der Düsternis geliefert, dann waren es immer mehr geworden, bis der gesamte Gang mit stehenden und bewusstlosen Angreifern überhäuft gewesen war. Glücklicherweise hatte Loyd Gilberts Bokuto dabeigehabt, das sich nach einem Hieb augenblicklich wieder mit Schwärze füllte, und hatte es einem Schmelzfrontler nach dem anderen um die Ohren gehauen. Vielleicht war es auch die Finsternis an diesem Ort, an welcher die Klinge einen Narren gefressen hatte. Nach etwa zehn Terroristen, die Naomi und er erfolgreich gefechtsunfähig gemacht hatten, waren ihre Kräfte allerdings endgültig am Ende gewesen. Sie waren im Korridor zurückgewichen, bis es kein Entkommen mehr gegeben hatte. Die wild gewordenen Gangster hatten gegackert und gegrölt wie verrückt, als sie ihre Beute in die Enge getrieben hatten. Loyd war schon bereit gewesen, eines raschen Todes zu sterben und hatte das Holzschwert für einen letzten, verzweifelten Gegenangriff gehoben, als er von Naomi ohne Vorwarnung am Ärmel gepackt und in einen pechschwarzen Raum gezerrt worden war.

Es war der Lagerraum gewesen, in dem sich die abgepackten Lebensmittel häuften. Zu ihrem unverschämten Glück hatte die Notfall-Tür offengestanden, sonst wären sie beim Versuch, den Ausgang zu entriegeln, wahrscheinlich von den Terroristen massakriert worden.

Der Wahnsinnsdusel im Unglück hatte neuen Mut in Loyd und Naomi aufwallen lassen. Durch den Adrenalinschub getrieben, hetzten sie nun, wie von einem aufgescheuchten Hornissenschwarm gejagt, den Pfad zur Station 1 entlang, den sie mit ihren Lichtsteinen in kürzester Zeit wiedergefunden hatten. Irres Gebrüll verfolgte sie durch die unsichtbare Waldstadt. Die beiden Flüchtenden orientierten sich hauptsächlich an den grün und orange glühenden Wurzeladern, die ihnen hin und wieder ein wenig Licht spendeten. Mehrfach stolperten sie über verborgene Hindernisse, verhedderten sich in stacheligem Buschwerk oder traten mit einem unangenehmen Aufklatschen in gefüllte Regenpfützen.

Das Gegröle der Schmelzfrontler ließ nicht nach. Anscheinend hatten sie sich gesammelt und sich nun ebenfalls auf den Weg zur Station 1 begeben.

Loyd hatte das Gefühl, dass die Zahl ihrer Feinde nun um einiges größer war als noch zuvor beim Grenzhaus. Hatten sie sich etwa auf mittlerem Wege mit anderen Gruppen zusammengeschlossen? Doch es blieb keine Zeit, darüber nachzudenken. Das hektische Nachtwandeln verlangte ihm all seine restliche Konzentration ab.

»Loyd, schau!«, japste Naomi plötzlich.

Bereits am Morgen, kurz nach ihrem Aufbruch zur Station 1, waren ihnen die spiegelnden Seen aufgefallen. Sie wussten natürlich, worum es sich dabei handelte. Erstaunlich bei dem Anblick waren allerdings die Ausmaße, welche die weiten, verhängnisvollen Spiegelflächen unterdessen angenommen hatten. Naomi und Loyd hatten bald die Stelle passiert, an der sie vor einer Stunde umgekehrt waren. Je weiter sie vorankamen, umso weniger Raum war zum Gehen vorhanden. Die Proportionen der Landschaft kippten allmählich ins Gegenteil, wobei die Unlichtseen so breit wurden, dass bald kein Durchkommen mehr sein würde.

»Unglaublich, wie sich das Unlicht ausgebreitet hat. Ich weiß nicht, ob wir noch weitergehen sollten«, bemerkte Naomi mit stockendem Atem.

Loyd blieb irritiert und unschlüssig stehen, als seine Gefährtin an seiner Rucksackschlaufe zog, um ihn zum Stehenbleiben zu bewegen.

»Was sollen wir jetzt tun? Wo die anderen wohl sind? Ob die Schmelzköpfe sie geschnappt haben?«, presste Loyd besorgt hervor.

»Anker wartete doch vor dieser Notfalltür auf uns«, erinnerte sie ihn. »Als wir vorhin durch eben diese Tür aus der Station flüchteten, stand sie offen. Das hieße ja eigentlich, dass er es hineingeschafft hat.«

»Oder dass jemand rausgekommen ist«, fügte Loyd Naomis Schlussfolgerung hinzu.

Beide standen da und ließen ihre Blicke schwer atmend über das Meer von reflektierendem Unlicht schweifen.

»Vielleicht hat Anker Keli gefunden, und sie sind zusammen entkommen?«, argwöhnte Naomi schließlich. »Ich denke, wenn sie gemeinsam geflüchtet sind, dann versuchen sie sicher, sich zur Station 1 zu Professor Simimund durchzuschlagen.«

»Soll ich Anker eine Lichtmail schicken?«, schlug Loyd verzweifelt vor.

»Nicht hier, sonst sehen die Schmelzfrontler sofort, woher sie kommt. Die Lichtmails sind in der Schwärze sichtbar. Komm, wir suchen uns einen Weg durchs Unlicht und versuchen, zur Station 1 durchzukommen. Unsere Lichtsteine sind auch bald wieder am Ende.«

»Dann los«, sagte Loyd ernst und zusammen bahnten sie sich einen Weg durch die potentiell tödlichen Spiegelflächen, die immer weniger Spielraum boten.

Die Schlachtrufe der Schmelzfrontler kamen zwar noch eine Zeit lang näher, doch hörten sie sich nicht mehr ganz so impulsiv und durchgedreht an. Offenbar flößte ihnen die gefährlichste aller Materien genauso Respekt ein wie den beiden vor ihnen Flüchtenden.

Bis zur Station 1 war es nicht mehr weit. Naomi und Loyd fanden einen mehrere Meter breiten Durchgang, der sie schlängelnd, aber zielgemäß ins innerste Zentrum führte. Loyd kannte diese Gegend als den »Überschwärzten Hochhausring«, wo früher mal die Regierung von Kael ihr Hauptquartier gehabt hatte. Als er das erste Mal hier vorbeigekommen war, hatte er bloß die Silhouetten der alten Hochbauten, die teils viele hundert Meter über den Boden aufragten, im Glühen der darauf wachsenden Baumwurzeln wahrnehmen können. Im sich ausbreitenden, spiegelnden Unlicht jedoch konnte er die Umgebung mit all ihren Pflanzen und Gebäuden erkennen.

Es sah so aus, als würde sich ihnen im Unlicht eine längst vergessene, geheimnisumwobene Stadt in all ihrer früheren Farbenpracht enthüllen. Dies war das Seltsamste und zugleich Fesselndste, was Loyd je gesehen hatte. Die Lichtsteine waren unterdessen völlig überflüssig geworden. Durch das paradiesische und zugleich befremdliche Spiegelmeer konnten sie sich selbst in der Gegenwart ihres Gegenübers wandeln sehen. Einzig die sich zusehends verengende Passage, auf der sie geduckt einherschritten, zog sich unverändert pechschwarz durch das mystische Abbild der Realität.

»Hey, Loyd«, zischte Naomi erneut. »Ist das da vorne nicht die Station?«

Loyd hatte das Gebäude ebenfalls rechts vom schwarzen Pfad entdeckt. Im reflektierenden Unlicht sah es ganz anders aus, als Loyd es in Erinnerung hatte. Es war schneeweiß und hatte ein rotes Ziegeldach, das er bislang nie bemerkt hatte. Hinter den schwächlich erhellten Fenstern der Anlage, die nicht einmal halb so groß war wie die Forschungsstation 2, waren Schemen von Personen zu erkennen, die hin- und herhasteten.

»Ich dachte, Professor Simimund wäre allein hier und würde auf uns warten«, bemerkte Loyd misstrauisch.

Als die beiden Studenten nähertraten, fielen ihre Blicke auf eine Schar Fremder jenseits der trüben Fensterscheiben, die in weiße Forscherkittel gewandet waren und den Eindruck machten, als wären sie in größter Eile. Sie sahen zwar aus wie Forscher, doch hatte Loyd diese Leute noch nie zuvor gesehen. Was ging hier vor? Von hinten schwoll der tobende Chor der Schmelzfrontler wieder an. Offenbar hatten sie den Weg durch das Unlicht ebenfalls gefunden und ihr Übermut war neu erwacht.

»Ich traue der Sache nicht. Wer sind diese Typen? Hast du eine Ahnung?«, bemerkte Loyd mit deutlicher Skepsis in der Stimme.

»Ich habe ehrlich gesagt keinen blassen Schimmer. Uns hat

auch in Nummer 2 niemand etwas von Zuwachs gesagt. Aber wenn es Leute von uns sind, dann müssen wir sie vor den Schmelzfrontlern warnen, und zwar schnell«, stieß Naomi verunsichert hervor.

Eine rasche Entscheidung musste her. Zeit, um Professor Simimund eine Nachricht zu verfassen, blieb nicht. Da die Chance bestand, dass die Personen in der Station gar nicht zu ihnen gehörten und es auch keine Anzeichen gab, dass Anker und Keli hier vorbeigekommen waren, entschieden sich die beiden, sich hinter das Gebäude zu schleichen und dort auf die Ankunft der Schmelzfrontler zu warten. Wenn die Lage eskalieren sollte, würden sie den Forschern in der Station zu Hilfe eilen und die Terroristen aus dem Hinterhalt angreifen. Glücklicherweise war nur die Vorderseite der Anlage im Unlichtspiegel sichtbar. Dahinter eröffnete sich ihnen eine kleine geschwärzte Fläche, die Loyd und Naomi nun anstrebten.

Sie versteckten sich zwischen ein paar unsichtbaren, stacheligen Büschen, die hinter der Rückwand des Gebäudes wuchsen. Verärgerte Grillenstimmen entfernten sich von ihnen, als sie im Gestrüpp in die Hocke gingen.

Die Schlachtrufe der Schmelzfront kamen rasch näher. Rechts von Loyd und Naomi knackte Holz. Vor der Anlage ging quietschend die Eingangstür auf. Die Insekten, die eben noch heiter in der Düsternis gezirpt hatten, verstummten. Mit pochenden Herzen hörten sie, wie jemand oder mehrere Leute aus dem Haus traten. Rechts von ihnen raschelten Blätter im Wind. Oder – war da noch etwas anderes?

Loyd lief es – angesichts der vielen Bedrohungen, die auf ihn einwirkten – eiskalt den Rücken hinunter. Der röhrende Tumult der Schmelzfrontler war nun unmittelbar vor der Station angelangt.

»Verdammt noch mal! Müsst ihr kleinen Gurkensöhne solch einen Aufstand machen?«, gellte eine unbekannte Frauenstimme in die Finsternis hinaus.

»Seid still. Kommandoeinheit 29 – Ruhe!«, rief ein Mann und die aufgedrehte Meute verstummte augenblicklich.

»Ihr hattet doch klare Anweisungen, euch unbemerkt und wie eine Armee von Schatten bis hierher zu begeben. Seid ihr euch bewusst, was der Sonnenrat mit Pack wie euch macht, wenn Befehle missachtet werden?«, keifte die kalte Frauenstimme.

»Verzeiht, O Dirigentin des Adelgrunds. Wir verfolgten eine Gruppe von Verbrechern, die uns bei unserem letzten Ziel entwischt sind und …«

»Schweigt!«, befahl die Frau mit gebieterischer Stimme. »Ihr habt Zeugen laufen lassen? Ihr habt es mit einem Trupp von sechzig Soldaten nicht fertiggebracht, ein paar hilflose Nerds zu erledigen? Ihr habt versagt; ist es das, was Ihr mir erzählen wollt?«

»Nein – ich meine – wir haben …«

»*Sei still; sei still* – halt dein zuchtloses Maul!«

In diesem Augenblick war erneut ein verdächtiges Rascheln aus dem Dunklen zu vernehmen, etwa zehn Schritte von Loyd und Naomi entfernt. Loyd nahm all seinen Mut zusammen und sprach leise in die Schwärze hinein: »Hallo? Anker, Keli – seid ihr das?«

Es hätte ja sein können, dass die beiden sich beim Anblick der unbekannten Leute im Innern der Anlage ebenfalls hier hinten versteckt hatten. Doch keine Antwort kam zurück. Das verdächtige Rascheln verstummte etwas abseits der Gebäuderückwand, nahe des Unlichts. Loyd und Naomi lauschten fieberhaft, ob sich etwas oder jemand an sie heranschlich. Die Zeit schien für einen Augenblick still zu stehen. Urplötzlich erhob sich eine schmale Säule aus dem Unlichtpool. Kaum hatte sie sich gänzlich aus der spiegelnden Masse gelöst, schon richtete sich deren Spitze in ihre Richtung.

»Ein – Schwert?«, stammelte Loyd, der das unheimliche Schauspiel ungläubig verfolgte.

Zu ihrem Schrecken bewegte sich die in Unlicht getauchte Klinge geradewegs auf sie zu. Loyd hob panisch sein Sunukeschwert in die Höhe.

»Loyd, sei vorsichtig. Wir sollten besser rennen«, zischte Naomi mit zittriger Stimme, doch Loyd wollte davon nichts wissen.

Die Unlichtklinge war nun unmittelbar vor ihnen angelangt. Ohne Vorwarnung holte das Schwert aus und begann in ihre Richtung zu sausen. Loyd richtete sein unsichtbares Holzschwert blitzschnell empor, um die Hiebe der Unlichtklinge abzublocken, aber er hatte keine Chance. Er fühlte, wie das antike Bokuto glatt in zwei Hälften gespalten wurde. Naomi schrie auf. Loyd versuchte zurückzuweichen und stieß sie dabei mit seinem Rucksack um. Er wusste, wenn das Unlicht ihn traf, war es aus – und gerade als er das dachte, schnellte die Klinge erneut zum finsteren Himmel empor und flog mit einem schneidenden Zischen auf ihn herab. Loyd konnte den Hieb nur noch mit dem Vorderarm abwehren. Der Aufprall schmerzte grauenhaft, wobei ihm ein durchdringender Schmerzensschrei entfuhr. In der Finsternis konnte er nicht erkennen, ob sein Arm, wie zuvor das Holzschwert schon, halbiert worden war. Doch es war ihm auch egal. Ein letzter unbändiger Lebenswille loderte jäh und heiß in Loyds Innerem auf und bewegte ihn dazu, noch irgendetwas in dieser vermaledeiten Welt zu bewirken. Er griff mit der anderen Hand nach der schwebenden Klinge, die für einen Augenblick zurückgewichen war. Mit Erfolg umschloss er sie und zog dann mit aller Kraft daran. Loyd konnte Widerstand am Schwertende spüren und hatte mit dem Ruck anscheinend dessen Führer aus dem Gleichgewicht gebracht. Im spiegelnden Unlicht am Boden kam nun der Schemen einer kleinen Gestalt zum Vorschein, die offenbar gestrauchelt war und Zentimeter vor dem tödlichen Spiegel liegen blieb. Im Unlicht konnte Loyd erkennen, dass das Etwas, das ihn angegriffen hatte, ein Menschenwesen sein musste: augenscheinlich ein junger Mann mit einer gestrickten Schirmmütze auf dem Kopf.

Um sie herum war es totenstill geworden. Auch die schroffe Frauenstimme, welche die Schmelzfrontarmee zusammengestaucht hatte, war verstummt. Anschwellendes Gemurmel auf der gegenüberliegenden Seite des Gebäudes machte die Situation, in der sie steckten, noch eine Dimension ungemütlicher. Loyd packte das erbeutete Schwert am Griff und stapfte todesmutig auf die Gestalt vor dem Unlicht zu, die sich nun jämmerlich zusammengesunken auf ihre Hände stützte. Der kleine Kerl sah nicht wie ein Schmelzfrontler aus und schon gar nicht wie ein Forscher – auf den ersten Blick viel eher wie einer jener frechen Bengel auf den Straßen Herbstfelds, die nichts Besseres zu tun hatten, als herumzulungern und Dummheiten anzustellen. Aber das kümmerte Loyd in diesem Moment nicht; er würde dieses Leben auslöschen, wie sein klägliches Gegenüber ihn hatte ausradieren wollen. Loyds Ebenbild holte im Unlichtspiegel mit dem Schwert aus. Die glänzende Klinge türmte sich bedrohlich auf und war bereit, die

Hinrichtung zu vollbringen. Loyds Muskeln strafften sich und wollten dem erbarmungslosen Treiben ein Ende setzen, doch ein fester Handgriff hielt ihn davon ab, die Bluttat zu vollenden. Naomi hatte seinen erhobenen Arm gepackt.

Erst jetzt kehrte Loyds Seele in seinen Leib zurück; erst jetzt sah er hinab auf sein vermeintliches Opfer, das im Abbild der Spiegelfläche mutlos den Kopf gesenkt hielt. Unter dem gestrickten Schirm der Mütze konnte Loyd die feinen Konturen eines Gesichts erkennen. Unablässig kullerten Tränen über dessen Wangen, tropften auf das Unlicht und wurden augenblicklich davon verschluckt.

»Loyd … nicht«, beschwichtigte Naomi ihn in bangem Ton.

Im Schein von Naomis Lichtstein, den sie im Durcheinander des Gefechts hervorgeholt hatte, sahen sie, wie der Junge niedergeschlagen auf den Schienbeinen kniete und die Füße hinter sich leicht auf beide Seiten abgespreizt hatte. Er rührte sich nicht, als hätte er sich mit seinem anstehenden Tod bereits abgefunden. Die Unruhe vor der Station begann, in einen Tumult überzugehen. Die Schmelzfrontler wären vermutlich sofort losgestürmt, wäre da nicht die gebieterische Dirigentin gewesen, der gegenüber sie sich unterwürfig zeigten.

»Was war das – woher kamen die Schreie?«, entrüstete sich die barsche Frauenstimme.

»O Dirigentin, wir können für Euch nachsehen. Vielleicht sind es die entkommenen Nerds?«

»Dann geht, ihr elenden Gurkensöhne – und kommt mir nicht mit leeren Händen zurück!«, herrschte sie die Meute an und sogleich begannen sie wieder, in voller Lautstärke zu johlen und zu brüllen. Die überdrehte Stimmung der Gangster war zurückgekehrt.

»Was machen wir jetzt? Loyd, wohin flüchten wir?«, bangte Naomi verängstigt.

»Ihr – ihr gehört nicht zu denen?«, krächzte der Junge mit markantem, südkaelischem Akzent und einer viel helleren Stimme, als Loyd erwartet hätte.

»Die Frage möchte ich dir stellen«, entgegnete Loyd schroff.

»Ich komme aus – aus dem Süden. Ich bin hierhergekommen, um mich der Schmelzfront zu stellen … um mich an diesen Barbaren zu rächen«, murmelte der Junge betrübt.

Das Gejaule der Terroristen näherte sich schnell. Anscheinend waren sie dabei, das Gebäude ringsum mit ihren Lichtsteinen auszuleuchten. Gleichzeitig fuchtelten sie hörbar wild mit den geschwärzten Schepperklingen herum.

»Wir sind Forscher von der Hochschule von Herbstfeld in Lichterloh und wurden von diesen Typen überfallen. Wir kamen hierher, um die plötzliche Ausbreitung des Unlichts zu untersuchen«, erklärte Loyd leise, als Naomi ihn abermals am Arm fasste.

»Wir müssen fliehen. *Jetzt* – die Schmelzfrontler werden gleich hier sein.« Naomis Stimme überschlug sich vor Angst.

»Ich … kommt – ich bin von da drüben gekommen. Da gibt es einen schmalen Weg durch das Unlicht.«

Naomi und Loyd sahen sich gezwungen, dem Jungen zu vertrauen. Der Bursche richtete sich auf, wobei Loyd im Abbild des Unlichts bemerkte, dass an seinem Hinterkopf zusammengebundenes, bräunliches Haar unter der Kopfbedeckung hervorlugte. Sein Gesicht konnte er aber nicht erkennen. Loyd warf das mit Unlicht benetzte Schwert auf den Boden. Er wollte nicht riskieren, dass es in die Nähe von Naomi geriet.

»Nimm meine Hand«, sagte der Junge.

Loyd zögerte einen Augenblick, dann schnappte er sich die ausgestreckte Hand, die sich überraschend sanft anfühlte. Er musste gar den Griff lockern, damit er sie nicht zerquetschte. Geduckt und so leise es ging, schlichen sie durch das kniehohe Gras am Unlicht entlang, bis sich ihnen zwei kleine, schwarze Pfade durch die Spiegelmasse darboten. Sie begingen die Strecke zu ihrer Linken – gerade noch rechtzeitig, denn im nächsten Augenblick kam das spärliche Licht, das von den Schmelzfrontlern ausging, in Sicht. Es kam Loyd so vor, als ob ihnen hundert tanzende Lichtgeistchen durch die Finsternis folgen würden.

»Da vorne sind sie!«, bellte einer der Gangster.

Dass der schmale Pfad sich eng durch das Unlicht zog, wurde schnell zum Verhängnis, denn so konnte man anhand ihres Spiegelbilds genau feststellen, wo sie sich aufhielten. Hals über Kopf hasteten die drei Verfolgten den Durchgang entlang, der sich wie ein einsamer schwarzer Faden durch einen Ozean aus Quecksilber zog. Ein falscher Fußtritt, und es wäre aus mit ihnen. Im Unlicht konnte Loyd eine Vielzahl von Blumen und Gräsern erkennen, die er noch nie zuvor gesehen hatte, doch blieb ihm keine Zeit, auch nur einen Gedanken daran zu verschwenden. Die Höhe der Gebäude ringsum nahm allmählich ab. Alte, von mächtigen Wurzeln überwachsene, mehrstöckige Bauten standen verkehrt herum auf der weiten Unlichtebene verteilt.

Die Schmelzfrontler waren ihnen dicht auf den Fersen und holten langsam auf. Zum Glück der Verfolgten wurde der schwarze Pfad bald breiter und vor ihnen taten sich auch immer mehr Gabelungen auf. Die Schnellsten unter den Angreifern waren noch knapp zehn Meter hinter ihnen, als der Kanal sich jäh in die Breite ausweitete und sich das bisher dominierende Unlicht in dünnen, glitzernden Adern verlor. Der Junge, der Loyd und Naomi anführte, wich nach rechts aus. Die beiden Studenten folgten seinem Kurs und machten ebenfalls eine steile Rechtskurve. Als der Junge ruckartig anhielt, stürzte Loyd kopfüber an ihm vorbei, riss Naomi mit sich, und zusammen purzelten sie über eine unsichtbare Grasdecke. Unterdessen waren sie wieder in undurchdringliche Finsternis getaucht.

Wären die Schmelzfrontler ruhig gewesen, wie die Frau vor der Station es ihnen angeordnet hatte, hätten sie ihre Beute womöglich entdeckt. Durch das überdrehte Schlachtgebrüll jedoch blieb ihr Schwenker unentdeckt und die ganze Horde preschte ziemlich knapp an ihrem Ziel vorbei, weiter in die befremdliche Düsternis hinein. Loyd, Naomi und der junge Fremde blieben in der unsichtbaren Wiese liegen, während die etwas Bequemeren der Armee noch dabei waren, an ihnen vorbeizutrudeln. Einer der letzten Gangster fiel kaum drei Schritte von ihnen entfernt hörbar auf die Nase, stand dann aber sofort wieder auf und spurtete unter jauchzendem Frohsinn weiter. Für lange fünf Minuten hockten die drei Entflohenen auf der süßlich duftenden Wiesenfläche und gaben keinen Ton von sich. In der allwährenden Dunkelheit, die nun langsam in sie eindrang, fragte sich Loyd, ob sie überhaupt noch lebten. Er war der Erste, der den Mut fand, leise zu sprechen: »Die Schmelzköpfe – sie sind weg, oder?«

»Ja«, befürworteten zwei Stimmen seine Vermutung genauso zaghaft.

Er selbst war noch nicht ganz überzeugt, aber länger abzuwarten war keine Option. Loyd konnte deutlich fühlen, dass sich sein Körper bereits stark mit Schwärze vollgesogen hatte. All die zermürbenden Ereignisse der letzten paar Stunden schienen den Schwärzungsprozess sogar noch beschleunigt zu haben. Er fühlte sich unglaublich geschwächt und miserabel. Die Stelle, wo der Junge ihn mit der Unlicht benetzten Klinge getroffen hatte, brannte höllisch, aber immerhin war der Arm noch ganz. Offenbar hatte es sich um ein geschwärztes Holzschwert gehandelt.

»Was jetzt?«, wollte Naomi im Flüsterton wissen.

»Ich habe nicht die leiseste Ahnung«, gab Loyd zu und strich sich verbissen mit der Hand über sein kurzes Haar, mit der anderen hielt er die Hand des Jungen immer noch fest umschlossen.

»Wir müssen Keli und Anker finden«, sagte Naomi verzweifelt.

»Das können wir vergessen. Wir überleben in dieser tödlichen Atmosphäre keine weitere Stunde ohne Altes Sonnenlicht. Zudem wissen wir nicht einmal, wo wir selbst sind«, erwiderte Loyd tonlos.

Zwei weitere, noch länger erscheinende Minuten verstrichen, bevor eine ungewohnte, bedächtige Stimme das Wort ergriff: »Wenn ihr wollt, bringe ich euch zum Kamaloch; der südlichen Grotte. Sie liegt nicht allzu weit von hier entfernt. Von dort gelangt ihr in einer Stunde nach Wesenend-City. Der Haken ist: Ihr bräuchtet, um in die Präfektur hineinzukommen, ein Studentenvisum oder etwas Ähnliches.«

»Das mit dem Ausweis sollte kein Problem sein. Wir sind beide im Besitz eines Diplomatenpasses. Aber wenn wir uns jetzt von Kael entfernen, wird es schwierig, im Nachhinein nach unseren Kollegen zu suchen, verstehen Sie?«, gab Naomi vorsichtig zu bedenken.

»Ich bin Lux. Nennt mich einfach Lux«, stellte sich der Junge mit einer Stimme vor, die Loyds Meinung nach gar nicht nach einem Jungen klang. Vielleicht lag es auch am starken Akzent, den Loyd nie zuvor gehört hatte.

»Loyd Lanthorn, aus Lichterloh, Herbstfeld, Hildenberge; sie ist Naomi Gildenhof aus Solaspitz«, grummelte Loyd in Richtung der Jungenstimme.

»Freut mich – echt. Ich habe noch nie jemanden aus Lichterloh kennengelernt, geschweige denn einen Botschafter. Ihr habt schon einen witzigen Akzent«, sagte Lux anscheinend hocherfreut und drückte Loyds Hand etwas fester.

*Sagt gerade der Richtige,* dachte Loyd verstimmt, behielt seine Gedanken aber für sich. Oberste Priorität hatte momentan die Entscheidung, wie sie weiter vorgehen sollten, denn ihnen rannte die Zeit davon. Loyd atmete tief ein und fällte dann einen Entschluss: »Es bleibt uns wohl nichts anderes übrig, als einen kurzen Abstecher nach Wesenend zu machen, um Licht zu tanken. Auf dem Weg informieren wir Anker und Keli per Lichtmail darüber, dass wir so rasch wie möglich zurückkehren werden. Wie siehst du das, Naomi?«

»Es scheint, als hätten wir keine andere Wahl. Dann ab nach Wesenend«, willigte sie ein. »Wäre es dir möglich, uns bis zum Ausgang des Kamalochs zu begleiten, Lux?«

»Ist mir eine Ehre. Folgt mir«, wies Lux sie begeistert an. »Entschuldigt bitte, dass ich euch vorhin aus dem Hinterhalt attackiert habe.«

Ohne eine Antwort abzuwarten, zog Lux an Loyds Hand und führte ihn weiter. Naomi gliederte sich – den Griff fest um Loyds Rucksackschlaufe geschlossen – hinter ihrem Gefährten ein.

Die beiden Studenten waren noch nie so weit in den südlichen

Regionen von Kael gewesen. Loyd wusste, dass bis auf Nihilis alle Präfekturen ihre eigenen Forschungsanlagen führten. Auch Wesenend betrieb angeblich ein Forschungsprojekt – ob dieser Lux wohl etwas damit zu tun hatte? Weshalb wollte er eigentlich Vergeltung an den Schmelzfrontlern üben? Was hatten sie ihm getan? Oder war dies bloß eine eiskalte Lüge und er hatte in Wahrheit vor, sie in einen Hinterhalt zu locken? Doch in der gegebenen Situation mussten sie ihm wohl oder übel vertrauen. Ohne seine Hilfe würden Naomi und er der Überschwärzung binnen Stunden erliegen.

Was den Weg betraf, schien sich Lux seiner Sache sicher zu sein, allerdings war er sich offenbar nicht im Klaren darüber, dass seine Begleiter schwerwiegende Sorgen und schon allzu viel durchgemacht hatten. Munter plapperte er in die Dunkelheit hinaus: »Ist es wahr, dass Siebbier in Lichterloh erfunden wurde? Wisst ihr, ich habe es schon einige Male in internationalen Bierpubs in Wesenend probiert. Ich bin jedes Mal hin und weg von dem Zeug. Es ist eine Schande, dass die Beziehungen zwischen den Präfekturen nicht besser sind, sonst könntet ihr mal unseren Sparkling-Mead probieren; ist auch nicht schlecht. Persönlich mag ich Siebbier aber lieber. Es ist so erfrischend. Das Pfefferminzsieb finde ich besonders lecker. Was denkt ihr?«

Loyd und Naomi waren beide nicht in Plauderstimmung. »Lux, können wir das nicht auf später verschieben? Ich muss meinen Kollegen unbedingt eine Lichtmail zukommen lassen.«

»Aber natürlich – nur zu, nur zu«, antwortete Lux verdächtig gut gelaunt.

Loyd machte sich über den allzu gut aufgelegten Jungen Gedanken. Dieser Lux hatte doch gerade eben einen Angriff von einem Heer von Terroristen überlebt und die Absicht gehabt, sich angeblich an ihnen zu rächen. Wie konnte er so kurz danach über derart banale Dinge wie Siebbier reden?

Immer dieses Siebbier – auch Keli hatte ständig davon gesprochen, seit Anker ihr den Floh ins Ohr gesetzt hatte. Der Gedanke an Keli versetzte ihm einen Stich. Er musste so rasch wie möglich herausfinden, was mit Anker und seiner Schwester geschehen war.

»Hey, Lux. Könntest du mal kurz stehen bleiben, damit ich eine Blase sprechen kann?«, bat ihn Loyd, woraufhin dieser augenblicklich anhielt.

»Loyd, es ist keine gute Idee, hier und jetzt eine Nachricht zu versenden. Erstens können die Schmelzfrontler unseren und auch den Aufenthaltsort der Empfänger sehen und zweitens werden unsere Nachrichten möglicherweise immer noch von Lichterloh aus überwacht«, versuchte Naomi ihm beizubringen.

»Wir müssen mit ihnen Kontakt aufnehmen. Wir müssen …«

»Loyd, bitte. Lass uns wenigstens warten, bis wir die südlichen Grotten hinter uns gelassen haben«, versuchte sie, Loyd zu überzeugen.

»Was meint ihr mit ›unsere Nachrichten werden überwacht‹? Von wem ist die Rede?«, fragte Lux interessiert.

»Weiß man das nicht in … Woher kommst du eigentlich?«, erkundigte sich Loyd, dem gerade eingefallen war, dass er noch gar nicht genau wusste, woher Lux eigentlich stammte. Vielleicht hatte Naomi recht und sie sollten tatsächlich warten, bis sie sich auf Wesenender Territorium befanden.

»Ich – komme aus Wesenend. Da habe ich studiert – bis vor kurzem –, an der Hochschule von Wesenend. Was ist denn jetzt mit Lichterloh?«

»Lichterloh wurde von der Schmelzfront besetzt. Es geschah am Tag, ehe wir auf die Expedition nach Kael aufbrechen wollten. Seither verfolgen uns diese Typen. Wir haben keine Ahnung, wie die Lage dort momentan aussieht.«

»Das ist ja nicht zu fassen! Diese Barbaren – ich hasse sie! Sie widern mich an«, entfuhr es Lux wütend.

»Wieso? Was haben sie dir getan?«, wollte Loyd, hellhörig geworden, wissen.

»Euch kann ich es ja erzählen«, sagte Lux und seine Stimme verfinsterte sich schlagartig. »Sie haben Professor Sakoora ermordet. Sie war die größte Unlichtforscherin überhaupt. Sie wusste einfach alles. Wir gingen oft zusammen ins Zentrum, um Proben zu nehmen und das Unlicht zu untersuchen, bis sie … vor einer Woche …«

Obwohl er Lux nicht kannte, und er vor einer halben Stunde versucht hatte, sie beide mit einem in Unlicht getränkten Schwert zu meucheln, empfand Loyd ein wenig Mitleid für ihn. Er wusste, wie schwer es war, jemanden zu verlieren, wie auch er selbst fast alle wichtigen Personen in seinem Leben verloren hatte. Aber für ihn bestand wenigstens noch der Funke einer Hoffnung, dass seine Eltern überlebt haben könnten. Wenn jemand tot war – wie jene Professorin, von der Lux sprach – kam diese Person nie wieder zurück. Das war die Härte der Realität.

»Weiß man, warum es passiert ist?«, fragte Naomi mit einfühlender Stimme, während die Truppe noch immer fast blind durch hohes Gras stapfte.

»Nein. Angeblich wurde sie in ihrem Haus in Wesenend tot aufgefunden.«

Lux' raue, belegte Stimme klang plötzlich, als würde er eine Wand von Trauer und Unmut zurückstemmen.

»Und darum bist du auf eigene Faust bis ins tiefste Zentrum vorgedrungen und wolltest Rache an den Typen nehmen?«, erkundigte sich Loyd skeptisch.

»So ist es. Ich weiß, es klingt bescheuert, und das ist es auch, jetzt wo ich beinahe im Unlicht ersoffen und von der Schmelzfront plattgemacht worden wäre …«

»Wahnsinn«, stieß Loyd bewundernd hervor. Seine Stimme veränderte sich jäh. »Das nenn ich mal Mumm. Es gibt nicht viele Leute, die sich allein nach Kael trauen würden, geschweige denn, sich einer ganzen Armee von lebensmüden Gangstern zu stellen. Respekt.«

»Naja, ich kenne das Gebiet hier ziemlich gut. Schon als ich jünger war, kam ich auf Exkursionen immer mal wieder hier vorbei.«

»Auf Exkursionen? Wesenend macht Exkursionen nach Kael? Und da können Kinder mitgehen?«, wollte Naomi ungläubig und wissbegierig zugleich wissen.

»Nun, nicht direkt. Wisst ihr, in Wesenend und in der Umgebung sieht man den Leuten nicht so auf die Finger. Aber egal – da vorne ist der Eingang zum Kamaloch. Wir sind gleich da«, bemerkte Lux und machte den Eindruck, als wollte er so schnell wie möglich vom Thema abkommen.

Loyd war sich noch immer nicht gänzlich sicher, ob Lux die Wahrheit sprach. Er machte nicht den Eindruck, als ob er das Herz am falschen Fleck hätte, trotzdem hatte Loyd das Gefühl, dass Lux ihnen nicht die ganze Wahrheit offenbarte.

Um sie herum leuchteten pulsierende blautönige Wurzeladern. Die Atmosphäre schien hier anders als vor den Deixelgrotten im Nordwesten Kaels. Einige neugierige, funkelnde Augenpaare von kleinen Wesen verfolgten die drei Wanderer aus ihren Verstecken heraus. Geheimnisvolle Schuhu-Rufe verkündeten, dass sie nun wieder eine bewaldete Zone betraten. Sie konnten sogar einiges von ihrer Umgebung erkennen. Das Glühen der Wurzeladern hier und dort ermöglichte es Loyd, den Umriss von Lux vor sich wahrzunehmen. Er war sehr schmal und auch nicht sehr groß für einen Mann und es kam Loyd vor, als würde er nach irgendwas Blumigem riechen. Ob alle Leute in Wesenend wohl so dufteten?

Sie standen einmal mehr vor dem Schwarzen Vorhang, nur diesmal auf der gegenüberliegenden Seite der Urstadt Kael. Loyd hätte sich nie träumen lassen, einmal durch diese Grotten zu schreiten. Sein Fachgebiet war das Erforschen des Sternenwalds weit, weit oben, im Norden von Lichterloh, dort wo die Natur unberührt war und alles neu, was man erblickte. Noch vor kurzem hatte er sich erhofft, bald wieder zur neusten und entferntesten Forschungsstation Lichterlohs zurückkehren zu können, wo er noch vor den letzten Semesterferien mit Anker zusammen unbekannte und unberührte Weltabschnitte erkundet hatte.

Er war nie einer jener gewesen, die gerne im Rampenlicht standen und vor einem Saal voller Studenten große Reden schwangen. Er war ein praktischer Zeitgenosse, der vom »Tun« lebte, von seinen Interessen gesteuert war und momentan nichts für eine diplomatische Karriere übrighatte, wo viel geschwafelt und davon nur sehr wenig umgesetzt wurde. Er war immer einer gewesen, der sich vor dem Austausch mit Studenten aus anderen Kulturen gedrückt hatte und war lieber allein durch die Gassen Herbstfelds gezogen.

Doch hier war er nun, weit weg von seinen ursprünglichen Absichten und einst angestrebten Zielen. Ein Botschafter, der keinerlei Erfahrungen im internationalen Kontext mitbrachte, auf dem Weg in das Land der »endlichen Harmonie«, wo die Einwohner – wie er aus Ankers Vorträgen wusste – an die »Nichtexistenz« glaubten. Was genau das bedeuten sollte, verstand er zwar nicht ganz, aber es hörte sich für ihn nach einer merkwürdigen und vielleicht sogar gefährlichen Kultur und Mentalität an.

Wie würden die Leute in Wesenend auf sie reagieren? Würden sie gar nicht bemerken, dass sie aus Lichterloh und Solaspitz kamen, oder wäre es sogar möglich, dass sie ihnen gegenüber feindselig gestimmt waren? Mit solchen Fragen hatte er sich bislang noch nie auseinandersetzen müssen. Lux machte keinen feindlichen Eindruck. Vielleicht waren die Wesenender den Lichterlohen gegenüber viel besser gesinnt, als er bislang angenommen hatte.

Sie hörten das metallisch scheppernde Tor der südlichen Grotten aufgehen. Lux war mit Loyd und Naomi im Schlepptau an die moosbewachsenen Mauern des Vorhangs getreten und hatte mit einem Schlüssel das Schloss zum Eingang ins Kamaloch entriegelt. Lux ließ seinen Begleitern den Vortritt und schlüpfte als letzter durch den leicht angerosteten Torbogen. Loyd war verblüfft, als er sich umsah. Anders als in den Deixelgrotten war der Durchgang hier schlicht, sauber und angenehm zu begehen. Obschon die Überschwärzung auch hier merklich auf die Lichtquellen an der Decke drückte, erschien die Passage nicht allzu dunkel. Der Gang war fast quadratisch und zog sich elegant in die Ferne. Die Wände waren geplättelt und wiesen ein gleichförmiges Zackenmuster auf. Auf dem Boden waren mehrere, uralt aussehende

Gleisrillen eingelassen, wohl für ein Gefährt, das dazu diente, Waren nach Kael herein- und hinauszutransportieren. Ob damit wohl auch die Lebensmittel für dir Stationen 1 und 2 ins Zentrum verfrachtet wurden?

»Willkommen auf Wesenender Boden«, erklärte Lux feierlich und ging voraus. Loyd stutzte. Der Schein hatte ihn nicht getäuscht: Lux sah tatsächlich etwas feminin gebaut aus. Er hatte zwar noch keinen klaren Blick auf Lux' Gesicht erhaschen können, aber der Umriss seines Körpers sprach für sich.

»Wenn wir beim Grottenausgang ankommen, gibt es eine Ausweiskontrolle, also bitte haltet eure Pässe bereit.« Loyd und Naomi kramten beide in ihren Taschen. Lux drehte sich kein einziges Mal zu ihnen um, selbst dann nicht, wenn er sprach.

»Gibt es sonst etwas, das wir in Wesenend beachten müssen? Traditionen oder kulturelle Formalitäten und Etikette; Dinge, die man auf keinen Fall tun darf?«, erkundigte sich Naomi angespannt.

»Davon gibt's eigentlich sehr wenig. Ich weiß ja nicht, was man in Lichterloh und Solaspitz für Manieren kennt, aber wenn ihr bei einer Sache Zweifel habt, dann macht es mir einfach nach, ja?«, antwortete Lux amüsiert.

Auch Loyd war ein wenig verunsichert. In Lichterloh hieß es immer, Wesenend hätte sehr strikte Gesetze – oder war das Solaspitz gewesen? Loyd fragte sich, weshalb er Naomi nie nach dem Leben in ihrer Heimat befragt hatte. Sie müsste eigentlich mehr über Wesenend wissen als er, denn sie war in der Nachbarpräfektur von Wesenend aufgewachsen.

Die Pforte am Ende des Ganges kam in Sicht. Der Spaziergang durch das Kamaloch war einfach – ja, fast erfrischend gewesen und es tat gut, wieder buntes Licht auf der Haut zu spüren. Nirgends gab es verwirrende Abzweiger oder verdächtige Treppen, die einen in die Klauen von grausamen Monstern gespielt hätten und kein Wind, der einem jammernd um die Ohren pfiff. Sie waren bereits am Tor nach Wesenend angelangt. Lux steckte einen Schlüssel aus rotem Metall in ein simples Schlüsselloch, betätigte einen großen Hebel und zog die Tür auf. Dann wandte er sich um und machte eine Vortritt gewährende Geste.

Sein Gesicht war freundlich, seine Augen groß und von einem tiefen Blau, seine Gesichtszüge süß und lieblich. Loyd schluckte. Das konnte kein Mann sein – auf keinen Fall. Das war so offensichtlich ein Mädchen wie *er* ein Mann war. Aber der Moment brachte keine Gelegenheit, der Beobachtung auf den Grund zu gehen. Etwas steif ging Loyd an Lux vorbei und verschwand mit Naomi im offenen Rahmen. Prompt wurden sie angesprochen.

»Halt, Passkontrolle!«, befahl eine strenge Stimme neben ihnen. Loyd wunderte sich, dass sich die Grenze hier direkt am Schwarzen Vorhang befand. Bei ihnen war das Grenzhaus zur Sicherheit ein Stück weit vom Eingang zum Vorhang entfernt.

»Ist ja schon gut, Kooske. Ich bin es«, sagte Lux beiläufig und knallte einem Wesen mit langem Rüssel und zottigem, braunem Fell ein Büchlein auf die Theke. »Du weißt, woher ich komme – also könnten wir die Sache bitte schnell hinter uns bringen?«

Loyd bekam den goldenen Pass von Lux nur ganz kurz zu sehen. Wenn er sich nicht täuschte, war darauf ein Büschel Trauben abgebildet.

»Ist der aus echtem Gold?«, fragte Loyd aus lauter Neugier.

Das Wesen hinter dem Tresen gluckste tief. »Da, wo die herkommen, ist alles aus Gold«, trompetete Kooske lautstark durch die Gegend.

»Danke für die aufschlussreichen Worte, Kooske, aber wir haben es wirklich eilig«, wandte Lux schnell ein.

»Mit dem scheint alles in Ordnung zu sein«, brummte der Rüssel-Koloss heiter und schob Lux' Pass glucksend wieder über die Theke.

»Was du nicht sagst. Ist ja nur etwa das zehntausendste Mal, dass ich hier vorbeikomme«, scherzte Lux ironisch.

»Eure Pässe, bitte«, verlangte Kooske und machte mit der Tatze, an der nur kurze, fleischige Stoppel anstelle von Fingern zu erkennen waren, eine in Loyds Richtung weisende Bewegung. Ohne zu zögern legten Naomi und Loyd ihre Diplomatenpässe auf die Theke.

»Ui-ui-ui, Botschafter. Aus Lichterloh und Solaspitz? Sowas kommt nicht alle Tage vor. Habt Dank, Eure Exzellenzen. Ihr dürft passieren.«

»Das ging ja wie am Schnürchen«, sagte Lux grinsend, als sie außer Hörweite waren.

»Ich hätte auch erwartet, es würden mehr Fragen gestellt werden«, stimmte Naomi zu. »Es hat wohl mit den Diplomatenpässen zu tun, denn mit einem einfachen Studentenvisum wäre es wahrscheinlich nicht so rund gelaufen; zumal wir aus Kael eingereist sind.«

Loyd sagte nichts. Er sah erstaunt umher. Ganz anders als im Tal des Ewigen Regens war der Abschnitt zwischen dem Schwarzen Vorhang und der Hauptstadt Wesenend nicht in unablässig niedergehende Regenschauer gehüllt und von einer haushohen Graswand war weit und breit nichts zu sehen. Es war ein freudestrahlender Tag und die Landschaft war von herrlichen, blumenüberwachsenen Hügeln, auf denen vereinzelt Laubbäume sonnenbadeten, geprägt. Die Blumenwiesen waren nicht einmal kniehoch und angenehm zu durchqueren.

»Lux, wie alt bist du eigentlich?«, hörte Loyd Naomis Stimme hinter sich vorsichtig fragen.

Loyd wollte nun, da sie vorübergehend außer Gefahr zu sein schienen, endlich die Nachrichten für Keli und Anker verfassen, doch bei Naomis Frage befreiten sich seine Gedanken von seiner Absicht.

»Ich bin siebzehn. Und du?«, sagte Lux und errötete kaum merklich.

»Ich bin vierundzwanzig und im erweiterten Biodiversitätsstudium. Aber – siebzehn? Bist du denn noch im ersten Jahr?«, fragte Naomi verwirrt.

»Sagen wir's mal so: Ich wurde der Hochschule unter speziellen Umständen zugewiesen. Ich war vierzehn, als ich mit dem Studium anfing. Es ist nicht so, als wäre ich hochbegabt oder dergleichen, aber durch mein Wissen über Kael, das ich auf Exkursionen sammeln konnte, wurde ich vor etwas mehr als drei Jahren in einen Studiengang eingeladen. Ich habe mit Professor Sakoora hauptsächlich den äußeren Sternenwald unterhalb von Wesenend erforscht und gelegentlich den Zustand im Süden von Kael überprüft – Exploration nennen wir das hier.«

»Unglaublich, das ist auch mein Studiengebiet!«, warf Loyd erstaunt ein.

»Das ist ja der Hammer! Dann sind wir ja ein internationales Forscherteam«, frohlockte Lux und sah ihn freudestrahlend an. Loyd erwiderte Lux' Blick nur für einen kurzen Moment mit einem matten Lächeln. Er konnte ihn einfach nicht ansehen, ohne dass sich ein gewisses Gefühl der Zuneigung in ihm breitmachte. Die etwas überdrehte, burschikose Art, der harsche Akzent mit jener milden Stimme intoniert und sein hübsches Gesicht machten Lux einfach einzigartig.

Aber, was war bloß in ihn gefahren? Er hatte keine Zeit für solchen Unsinn, und er stand zudem auch nicht auf das gleiche Geschlecht, da war er sich eigentlich ziemlich sicher …

»Ich werde nun kurz die zwei Nachrichten verfassen. Ich hoffe, wir kriegen eine Antwort«, teilte Loyd seinen Gefährten mit und kramte in seinen Taschen nach dem Lichtkristall. Als er ihn gefunden hatte, beäugte er ihn auf der offenen Handfläche. Er flackerte schwach. Loyd war sich bewusst, dass nicht mehr genügend Licht vorhanden war, um zwei Botschaften zu versenden, daher musste er wohl oder übel die letzten Lichtreste aus seinem Körper beisteuern.

Er schloss den Griff um den Stein und strich mit der Faust über die Handfläche der anderen Hand. »An Don Loglovski Ankerbelly und Keli Lanthorn: Ich bin es, Loyd. Wo seid ihr? Seid ihr in Sicherheit? Wir wurden von der – äh – von den Typen überrumpelt und sind nach Wesenend eingereist. Ich kann euch per Nachricht nicht mehr sagen. Bitte antwortet unverzüglich, damit wir uns auf mittlerem Wege treffen können.«

Er hob die zwei kristallblauen Lichtsphären hoch und beförderte sie schwungvoll dem Himmel entgegen, der von den farbenprächtigen Himmelsscheiben und den Mauern des Schwarzen Vorhangs in zwei gleiche Teile halbiert war. Die Lichtmails zogen rasch in die Höhe, bis sie nach einigen Minuten als kleine Pünktchen über der gewaltigen Vorhangkrone verschwanden. Keli und Anker mussten also noch in Kael sein. Das beunruhigte Loyd sehr.

Außerdem hatte er wieder Licht gebündelt, das er nicht einmal wirklich besaß. Er fühlte sich nunmehr ausgesogen und erschöpft.

»Ich hoffe, dass ihr eure Kollegen bald wiederfindet. Ich weiß, wie wichtig gute Freunde sind«, meinte Lux bedrückt.

Loyd nickte nur bedächtig, während er unentwegt auf die Stelle starrte, wo die Lichtkugeln verschwunden waren.

»Komm, wir müssen weiter.« Naomi stieß ihn leicht von hinten an.

Stumm setzten sie ihren Marsch fort. Sie durchwanderten bunte Hügel und Täler, überquerten prächtige Brücken und durchstreiften kleine Laubhaine mit Gewächsarten, die Loyd gänzlich fremd waren. Naomi jedoch war vollkommen in ihrem Element. Überall mussten sie kurz Halt machen, damit sie sich Notizen in die Artenfibel schreiben konnte, oder um eine – wie sie es nannte: »Sechzig-Sekunden-Skizze« von den Pflanzen und deren Merkmalen zu kritzeln. Je muffliger Loyd hinsichtlich Naomis Studiendrang wurde, umso mehr Heiterkeit schien Lux abzusondern. Gespannt sah er Naomi bei jeder Notiz oder Skizze zu und machte Bemerkungen wie »Ja, das könnte man sagen«, und »Wow, du zeichnest schöner als jeder, den ich kenne«.

Loyd war sich nicht sicher, ob diese Art, Komplimente zu machen, eine kulturelle Besonderheit in Wesenend war. Siebzehn war schon verdammt jung für die vielen Kael-Besuche, die Lux angeblich bereits auf dem Buckel hatte. Aber, dass man nach all den vielen Aufenthalten im Zentrum noch so munter und beflügelt sein konnte, verblüffte Loyd noch mehr. Wie nach den letzten zwei Exkursionen, die ihn nach Kael geführt hatten, fühlte er sich jetzt völlig schlapp, ausgelaugt und verloren. War er einfach zu sensibel? Oder war es eine Frage der Abhärtung? Würde er nach einer gewissen Anzahl von Besuchen ebenfalls unversehrt aus Kael rausspazieren können? Loyd zweifelte an seiner eigenen Hypothese. Da war etwas an diesem Lux – etwas sehr Eigenartiges.

Eine Ansammlung von kleinen Häuschen mit kunterbunten Dächern kam in Sicht.

»Die Endstation der Bahn. Von dort aus ist's noch eine halbe Stunde mit dem Zug«, erklärte ihnen Lux. Im Weiler gab es nicht viel zu sehen, außer, dass die Hausmauern und Dächer seltsam farbenfroh verziert und nicht wie in Lichterloh pflanzenüberwachsen waren. Außerdem lagen mehrere uralt wirkende Wesen in luxuriös aussehenden Liegestühlen vor ihren Häusern und genossen offenbar die warmen und zurzeit smaragdgrünen Lichtstrahlen, welche die himmlischen Scheiben über das kleine Dorf ausschütteten. Als die Fremden vorbeischritten, um zum Bahnsteig zu gelangen, schauten ihnen die Sonnenbrillen tragenden und Cocktails schlürfenden Wesen aufdringlich nach. Loyd fand die Gafferei unangenehm, obwohl die Wesen nichts anderes taten, als ihnen nachzublinzeln.

»Was machen die Leute da vor ihren Häusern?«, wollte Loyd leicht gereizt wissen, weil er nicht an faul herumfläzende Wesen gewöhnt war.

»Was wohl? Das Leben genießen und *an nichts* denken, natürlich. Das ist die Lebensdevise vieler Leute in Wesenend. Nichts denken und nichts tun zeichnet hier den höchsten Lebensstandard aus. Glaubt mir, diese Leute sitzen auf einem Haufen Licht. Je reicher man ist, umso mehr kann man sich von der Arbeit im Zentrum von Wesenend distanzieren und das Leben auf dem Land hier draußen genießen. Ist das denn in Lichterloh anders?«

»Allerdings«, gab Loyd zu. »Ich zum Beispiel komme aus einem Zweigdorf einer Zweigstadt von Lichterloh und dort gibt es rein gar nichts zu faulenzen. Alle, die so weit draußen leben, sind arme Schlucker, die von einfacher Landwirtschaft leben. Altes Sonnenlicht ist dort vielen ein Fremdwort. Wir haben gerade mal genug, um ins Tal runter und wieder hochzurutschen.«

»Wie bitte?«, entfuhr es Lux belustigt. »Verkehrte Welt! Bei uns wollen alle auf dem Land leben, aber nur die wenigsten können es sich leisten. Nicht zu fassen. Ich würde, glaube ich, nie wieder aus deinem Dorf weggehen wollen«, gestand Lux mit einem verwegenen Grinsen.

Loyd sah nicht hin. Er musste gegen den Drang ankämpfen, Lux ungefragt an sich zu drücken, wenn dieser ihn so anlächelte. So etwas hatte er noch nie erlebt. Weder bei einer Frau noch bei einem Mann. Vielleicht lag es ganz einfach daran, dass Loyd an extremer Überschwärzung litt und sein leidender Zustand nach seelischer Verbundenheit rief?

Der Zug stand bereits abfahrbereit auf den Gleisen. Anders als in Lichterloh benutzte man hier anscheinend noch durch Licht betriebene Reisezüge. Lux bezahlte freundlicherweise für die Fahrkarten und winkte bei jeder Beteuerung, es später zurückbezahlt zu bekommen, ab, denn schließlich hatten sie ihm ja in Kael sozusagen das Leben gerettet. Das Innere des Wagons war unerwartet modern gestaltet. Es gab nur zwei Sitze pro Reihe, und zwar je einen an den Fenstern auf beiden Seiten. Dementsprechend waren die Sitze auch riesig und gaben bequem nach, als sich die drei müden Passagiere hineinplumpsen ließen.

»Erste Klasse«, sagte Lux gewitzt und strahlte die beiden an. »In der zweiten Klasse gibt es keine Sitze, dort müssen die Leute stehen.«

»Lux, das können wir dir nie zurückzahlen. Das hätte nicht sein müssen«, sagte Naomi unsicher, wie sie mit Lux' Großzügigkeit umgehen sollte.

»Keine Sorge, ich habe genug Licht, um mir eine halbe himmlische Scheibe kaufen zu können.« Loyd und Naomi starrten ihn perplex an. »Das ist doch nur ein Scherz. Meine Güte, ihr Lichterlohen und Solaländer habt eine lange Leitung.«

Lux lachte, während Naomi und Loyd sich erleichtert zurück in die Sessel sinken ließen. Der Zug setzte sich in Bewegung.

*Keli … Wo bist du nur … Was ist bloß geschehen?* Ob Keli und Anker bei der Flucht in Berührung mit Unlicht gekommen waren, ob ein Unglück geschehen war? Jetzt fiel es Loyd wieder ein, er hatte die Unlicht getränkte Klinge von Lux auf den Arm gekriegt und mit der bloßen Hand berührt. Das müsste eigentlich heißen, dass er – und folglich wahrscheinlich auch seine Schwester – tatsächlich Unlichtbändiger waren. Diese Gabe kam ihm gerade recht, denn das Unlicht hatte sich wie eine Seuche ausgebreitet. Als er Kael vor einem halben Jahr das letzte Mal besucht hatte, waren an der Oberfläche nur hier und dort kleine Ansammlungen davon zu sehen gewesen. Wenn es sich weiter in dieser Geschwindigkeit ausbreitete, würde es bald den Schwarzen Vorhang erreichen, und dann – dann würde es die Präfekturen überfluten und sie den Sonnenlöchern gleichmachen.

Was hatte diesen plötzlichen Wandel ausgelöst? Hatten die Leute, welche die Station 1 eingenommen hatten, etwas damit zu tun? Hatten sie die Anlage übernommen, um das Unlicht mit irgendwelchen scheußlichen Mitteln zu vermehren? Aber sie waren doch Atlassen – Schmelzköpfe –, diejenigen, die alle Präfekturen wieder vereinen wollten. Warum sollten ausgerechnet sie das Wachstum des sonst schon verhängnisvollen Unlichts beschleunigen wollen? Loyd hatte einen Haufen Puzzleteile vor sich liegen und je mehr er versuchte, eines an das andere anzufügen, desto gravierender schienen sie sich in Form und Farbe zu unterscheiden. Wenn nur Keli oder Anker eine Nachricht zurückschicken würde. Normalerweise war Anker der große Denker im Team. Er konnte auch Zusammenhänge, zwischen denen weite Lücken klafften, problemlos miteinander in Verbindung bringen. Für jene sensible Veranlagung, logische Knoten zu schließen, wo keine offensichtlichen Schlaufen vorhanden waren, bewunderte er Anker sehr …

»Loyd? Alles in Ordnung?«, fragte Naomi warmherzig an ihn gewandt, während Lux eine Reihe vor ihnen saß und aus dem großen Fenster blickte.

»Hast du gesehen, wie sich das Unlicht ausgebreitet hat? Sogar an der Oberfläche sind regelrechte Seen entstanden. Jetzt, wo Chaos in Lichterloh herrscht – wer wird die Präfekturen vor einer Katastrophe warnen? Was, wenn wir morgen nach Kael zurückkehren und das Unlicht uns den Weg bis zu den Stationen verwehrt? Und wir haben nicht mal ein Fragment einer Ahnung, was die plötzliche Ausbreitung des Unlichts hervorgerufen hat.«

»Darum ist es wichtig, dass wir ganz schnell wieder mit Anker, Keli und Professor Simimund zusammenfinden und uns ein Gesamtbild durch die Augen aller spezialisierten Forscher machen. Ich denke, wir allein können das Problem nicht identifizieren, zumal es auch keine natürliche Ursache zu geben scheint«, sagte Naomi behutsam.

»Sie haben uns bis jetzt nicht geantwortet. Vielleicht wurden sie von den Schmelzköpfen entführt. Verdammt, was sollen wir bloß tun? Die Pfade, auf denen wir heute entkommen sind, gibt es morgen vielleicht nicht mehr. Was tun wir dann?«

Naomi wusste auf diese Feststellung auch nichts zu erwidern. Nach einer Weile seufzte sie tief und sagte dann: »Ich denke, es bleibt uns nicht viel anderes übrig, als abzuwarten. Vielleicht kommt im Verlauf des Abends eine Lichtmail an. Viel mehr, als uns zu gedulden, können wir nicht tun.«

Lux hörte dem Gespräch aufmerksam zu. »Ich habe mich auch ziemlich erschreckt, als ich heute Morgen den Central-Distrikt erreichte«, mischte sich Lux ein und faltete seine Beine auf dem Sessel zu einem Schneidersitz zusammen. »Seit dem Tod von Professor Sakoora bin ich nicht mehr dort gewesen. Das letzte Mal, vor etwas mehr als einer Woche, kundschaftete ich mit Professor Sakoora eine neuentdeckte Untergrundpassage aus. Zu diesem Zeitpunkt gab es im Süden unten noch kein Unlicht. Jetzt ist es bereits bis in die Nähe des Vorhangs vorgedrungen.«

»Hast du vor einer Woche irgendetwas Verdächtiges beobachtet?«, erkundigte sich Naomi erwartungsvoll.

»Bis auf die Tatsache, dass sich Schmelzfrontler im Zentrum aufhielten, eigentlich nicht.«

»Die Schmelzköpfe sind schon seit mindestens einer Woche im Zentrum?«, ereiferte sich Loyd argwöhnisch.

»Allerdings. Am Ende des Tunnels, den wir durchforscht haben, kamen wir in der Nähe von eurer Station 1 wieder raus und bekamen mit, wie sich diese Typen in euren Laboren rumtrieben. Wahrscheinlich wurden wir von ihnen entdeckt, was dazu führte, dass sie Professor Sakoora später um die Ecke brachten.«

»Was meinst du mit ›wahrscheinlich‹?«, hakte Naomi mit fragender Miene nach.

»Nun ja, als wir erkannten, was vor sich ging, kehrten wir durch denselben Tunnel wieder zurück. Eigentlich sprach nichts dafür, dass wir entdeckt worden waren.«

»Moment mal«, meldete sich Loyd nun wieder. »Aber was ist denn mit Professor Simimund? Anker hat doch behauptet, er hätte von ihm die Nachricht erhalten, dass wir uns mit ihm in der Station 1 treffen sollten. Mit wem hat Anker sich dann in seinem Privatabteil in der Station 2 ausgetauscht …«, murmelte er mehr zu sich selbst.

»Das ist allerdings sehr merkwürdig«, räumte Naomi nachdenklich ein. Für eine Weile machte sich eine grübelnde Stille im Abteil breit. Loyd hatte wieder ein Puzzleteil mehr vor sich liegen, das, in welche Position er es auch drehte und wendete, in Form und Farbe nicht zum Gesamtbild passte.

Lux, der anscheinend, wenn in Gesellschaft, ungern schwieg, unterbrach die Stille: »Wenn sich das Unlicht in dieser Geschwindigkeit weiter ausbreitet, werden bald alle Grotten durchflutet sein und damit hätten die Präfekturen ein ziemliches Problem. Ich kann euch allerdings erzählen, dass es für die Leute hier halb so schlimm wäre. Sie würden die Hände in die Höhe strecken und ›Der Tag der Prophezeiung ist gekommen!‹ rufen. Vor allen anderen aber die Einwohner von Nihilis; das sind die Bescheuertsten von allen.«

»Und was unternimmt die Regierung, wenn das Unlicht beginnt, Wesenend aufzufressen?«, fragte Loyd verständnislos.

»In Wesenend könnte ich mir vorstellen, dass der Bunte Rat versuchen würde, mit den Regierungen anderer Präfekturen eine Lösung zu suchen, da sie sich verpflichtet fühlen, auch den Nationen, die anders ticken, zu helfen. Wesenend hat sich ziemlich verändert, seit Nihilis versucht hat, die Welt mit dem Unlicht zu zerstören«, erklärte Lux den beiden.

»Und Nihilis?«

»Tja – Nihilis ist ein Spezialfall«, sagte Lux und seufzte. »Die meisten Leute dort warten auf den Tag, an dem das Unlicht die Welt verschluckt. Sie warten auf das Ende der Existenz. Und die Regierung«, Lux lachte jäh etwas verbittert auf, »ja, mit denen ist nicht gut Trauben essen, das kann ich euch sagen. Von Vernunft will insbesondere die Fürstin nichts wissen. Den Fürsten könnte man wohl dazu bewegen, etwas gegen eine drohende Katastrophe zu unternehmen, aber im Allgemeinen sehe ich schwarz für eine internationale Kooperation mit dem Hause Nihilis.«

»Woher weißt du das alles? Hast du das in deinem Studium gelernt?«, forschte Loyd nach.

»Ok – wenn ich ehrlich mit euch sein soll –, ich denke, euch kann ich es anvertrauen.« Lux kniete sich auf den Sessel und richtete sich über die Sitzlehne hinweg auf, um auf Loyd und Naomi hinunterblicken zu können. Er drehte sich nach allen Seiten, um zu kontrollieren, ob jemand mithörte. Loyd und Naomi waren gespannt, was nun kommen mochte. Lux machte eine einladende Handbewegung, woraufhin die drei geheimnistuerisch die Köpfe zusammensteckten.

»Ich – komme eigentlich aus Nihilis.« Lux blickte die beiden abwehrend an, als ob er erwarten würde, dass sie ihn schlagen wollten. Doch zu seiner Verblüffung wurde sein Bekenntnis weder mit einer physischen, noch einer verbalen Attacke beantwortet. Stattdessen wurde er mit zwei kugelrunden Augenpaaren gemustert.

»Wahnsinn! Studenten aus Wesenend haben wir eine ganze Menge an der HHF, aber jemanden aus Nihilis habe ich noch nie getroffen«, meinte Loyd verdutzt.

»Ich schon«, bemerkte Naomi, und klang dabei, als wäre die Begegnung kein Vergnügen gewesen. »Während meines Erststudiums in Solaturm habe ich zwei Nihilen kennengelernt. Waren zwar beide komische Käuze, aber du scheinst ja ganz in Ordnung zu sein«, gab Naomi etwas steif zu.

Lux fasste ihre Stellungnahme augenscheinlich als Kompliment auf und strahlte die beiden an. »Ich sage euch, es ist nicht einfach, Bürger von Nihilis zu sein. Ich hätte meine Nationalität schon längst sonst wohin gewechselt, aber meine Eltern würden das niemals zulassen. Es ist alles«, Lux seufzte, »sehr kompliziert.«

»Kann ich mir vorstellen«, sagte Loyd teilnahmsvoll. »Wie kommt es eigentlich, dass dich deine Eltern mit vierzehn in eine – naja – feindliche Universität gesteckt haben, wenn sie so traditionell eingestellt sind? Wesenend hat ja auch nicht gerade gute Beziehungen mit Nihilis, oder?«

»Nun, äh, da gibt es noch so eine Sache«, doch bevor Lux eine weitere Erklärung abgeben konnte, schwang die Abteiltür auf und ein sicher drei Meter großes und ein Meter breites Wesen kam hereingestampft und ließ den Wagon erzittern. Es hatte eine eingedrückte Schnauze wie eine Bulldogge, mit runden, glänzenden Knopfaugen und eine blaue Schürze mit großen Taschen daran übergeworfen. Kurz zog es den Hut vom Kopf und verbeugte sich umständlich schnaufend.

»Pass- und Fahrscheinkontrolle«, brummte es laut. Das Wesen schlurfte langsam auf die drei einzigen Passagiere im Abteil zu. Loyd hatte ziemlichen Respekt vor dem gigantischen Ungetüm.

Lux war wieder mit Schneidersitz in den Sessel zurückgerutscht und hatte die Mütze tief ins Gesicht gezogen.

»Aah – die Fürstentochter persönlich. Wer würde denn sonst erste Klasse fahren können?«, krächzte das Wesen mit einer Stimme, die eher zu einer heiseren Greisin gepasst hätte.

Fürstentochter? Loyd und Naomi sahen sich an. Ein oder sogar zwei Groschen waren gefallen. Obwohl Loyd hundsmüde war, wurden seine Augen immer grösser. Lux war ein Mädchen – und Tochter des Fürstengeschlechts Nihilis? Er reckte neugierig den Kopf aus seinem Sessel.

»Polar, du Dummkopf – musst du mich vor den Augen und Ohren anderer Leute bloßstellen?«

»Oh, verzeiht, Eure Hoheit. Das ist mir jetzt aber ganz und gar nicht recht«, knarzte das Wesen und gluckste in langsamen und zufriedenen Zügen. Lux hob nur flüchtig ihren goldenen Ausweis und schon zog das Monstrum eine Reihe weiter.

»Noch mehr Menschenwesen? Was ist denn das für ein Tag – ts-ts-ts. Eure Pässe und Fahrkarten, bitte.«

Loyd und Naomi zögerten keine Sekunde und streckten der massiven Pranke die Diplomatenausweise und Tickets hin.

»Oha – verzeiht die Unannehmlichkeiten, Eure Exzellenzen. Meine Wenigkeit wird sich unverzüglich wieder verflüchtigen.«

Die Stimme von Polar kam nun nicht mehr ganz so locker rüber, wie eben noch Lux gegenüber. Der Koloss gab ihnen ihre Pässe mit einer krummen Verbeugung zurück und entfernte sich dann durch dieselbe Abteiltür, aus der er gekommen war.

Ein ausgedehntes Schweigen machte sich breit. Die Zahnrädchen in Loyds Kopf rotierten nach wie vor auf Hochtouren. Fürsten … tochter? Er konnte es nicht fassen. Wie ging man mit einer solch adligen Persönlichkeit um? War sie unter Umständen gefährlich und im Auftrag ihrer Eltern im Zentrum gewesen? Was hatte sie hier zu suchen? Es war Bürgern aus Nihilis doch verboten, sich Kael zu nähern.

»Ich wollte euch eigentlich gerade selbst über meine Herkunft aufklären. Der Holzkopf von Polar ist mir zuvorgekommen. Bitte denkt jetzt nichts Schlechtes über mich. Ich habe mein ganzes Leben darunter gelitten, gebrandmarkt zu sein. Ich hasse meine Abstammung und mein Schicksal, gegen das ich mich Tag und Nacht stemme, wisst ihr?«

Lux saß in ihrem Sessel und ließ den Kopf hängen. Loyd war sich nicht sicher, ob sie weinte. Naomi stand auf einmal auf und setzte sich neben Lux auf den Sessel. Die Sitzfläche bot locker Platz für zwei bis drei Menschenwesen. Sie legte behutsam die Hand auf Lux' Nacken.

»Keine Sorge. Wir diskriminieren niemanden für seine Herkunft oder seine Lebensweise. Ich bin überzeugt, dass du eine harte Zeit hinter dir hast und du dich in einem schwierigen Lebensabschnitt befindest, aber irgendwie und irgendwo wird sich immer ein positiver Weg eröffnen. Ach, komm her«, sagte Naomi mütterlich und umschloss Lux mit den Armen, deren Trauer und Frust anscheinend seit langer Zeit wie Blasen angeschwollen und nun endgültig aufgeplatzt waren. Loyd waren seine eigenen Gedanken etwas peinlich, denn er wünschte sich, an Naomis Stelle bei Lux zu sitzen, sie an sich zu drücken und zu trösten.

»Ich habe meine Eltern schon seit drei Jahren nicht mehr gesehen. Sie haben mich nach Wesenend geschickt, um das Unlicht zu studieren und es für sie weiter anzufachen. Als Austauschstudent war es mir gestattet, nach Kael zu reisen, obwohl ich Bürger von

Nihilis bin. Ich wurde von meinen Eltern als Marionette nach Wesenend befohlen, wo ich zusammen mit Professor Sakoora die Überschwärzung und das Unlicht erforschte. Während meines Aufenthalts in Wesenend wurde mir aber klar, dass die Absichten meiner Eltern unethisch und todbringend sind. Es ist abscheulich, die Unlichtproduktion absichtlich zu fördern, um die Vernichtung unserer Existenz noch voranzutreiben. Ich habe mich von meinen Eltern distanziert und seither lebe ich entweder auf dem Campus der Hochschule oder verstecke mich in einem Haus am Rande der Stadt Nihilis – am Fuß des Urbergs. Bis dann – vor ein paar Tagen Professor Sakoora plötzlich …« Lux' Augen füllten sich wieder mit Tränen. Sie versuchte offensichtlich, ihren Kummer zu unterdrücken, aber es gelang ihr nicht. Zu viel Leid hatte ihr Herz erfüllt, zu viel Schmerz hatten ihr ihre Eltern und der plötzliche Tod ihrer Professorin und besten Freundin zugefügt. »In allen Nachrichten ist über Professor Sakooras Ermordung durch die Schmelzfront berichtet worden. Ich – wollte mich rächen – ich wollte – diejenigen, die Professor Sakoora – auf dem Gewissen haben, mit ins Grab nehmen – und ich wusste, wo ich sie finden würde …« Ein Strom von Tränen floss über Lux' Wangen.

»Ist ja schon gut«, versuchte Naomi, sie zu trösten und strich ihr mit der Hand behutsam über den Kopf. Lux' beige Strickmütze hatte Naomi auf der Abstellfläche vor dem Fenster abgelegt.

Eine Durchsage hallte durch die Abteile: »Wir werden in Kürze in Wesenend-Hauptbahnhof eintreffen. Vielen Dank für Ihre Geduld und möge das Licht mit Ihnen sein. Bitte beehren Sie uns bald wieder.«

Loyd fand den Gruß etwas seltsam, aber so war es nun einmal in anderen Kulturen: Ungewohntes kam unverhofft.

»Verdammt«, schluchzte Lux und wischte ihr Gesicht mit den Jackenärmeln ab. »Jetzt habe ich mich aber furchtbar gehen lassen. Tut mir leid.«

»Gar keine Sache. Es ist nur natürlich, zu trauern, wenn einem solche Dinge widerfahren sind«, sagte Naomi und legte kurz beide Hände auf ihren Schultern ab. Dann stand sie auf und ging zu ihrem Sitz, wo sie sich ihre Artenfibel und den Rucksack überwarf.

Das Bild draußen vor den Fenstern hatte sich drastisch verändert. Sie waren in einer Stadt – und in was für einer! Als Loyd, Naomi und Lux ausstiegen, waren die beiden Neuankömmlinge »wesentlich« überrumpelt. Keine Menschenwesenseele war in Sicht; in Wesenend gab es offenbar nur Wesen nicht menschlicher Abstammung. In allen Farben, Formen und Größen waren sie zu beobachten: in riesigen quietschbunten Kleiderboutiquen, vor gewaltigen Brezelständen, in denen Gebäcke, groß wie Loyds praller Rucksack an langen Metallstangen hingen, auf gigantischen busähnlichen Gefährten, die komplett ohne Dach fuhren, dafür mit gewaltigen bunten Sonnenschirmen darauf ausgestattet waren und selbst am Randstein musizierten sie mit dröhnenden Instrumenten. Aber kein einziges Menschenwesen weit und breit.

Dazu kam, dass die meisten Passanten hier riesig waren. Loyd fühlte sich unter den Kolossen wie ein schmächtiger Zwerg und musste aufpassen, nicht versehentlich angerempelt oder gar zerquetscht zu werden.

»Willkommen in der ›Stadt der endlichen Harmonie‹. Ich sag' zwar immer ›Stadt der entsetzlichen Ironie‹, aber das ist Geschmackssache«, witzelte Lux etwas munterer als eben noch. Ihre Stimme drang zwar immer noch durch die vom Weinen zugeschwollene Nase, aber sie schien sich wieder ein wenig beruhigt zu haben.

Loyd verstand nun, weshalb Lux eine Mütze trug. Überall, wo sie vorbeikamen, starrten ihnen die Leute nach. Offenbar waren Menschenwesen in dieser Stadt keine alltägliche Erscheinung.

»Ähm, Lux, wieso starren uns die Leute so an?«, wunderte sich Loyd, der die offenen Blicke der umstehenden Ungetüme unangenehm fand.

»Keine Sorge – das ist normal in Wesenend. Alles wird angegafft, was nur ein bisschen neben der Spur fährt. Die Menschenwesen – wie die Einwohner von Wesenend uns hier nennen – sind ihrer Auffassung nach alle Immigranten aus Nihilis und nur hier, um ihre Arbeit zu stehlen. Nihilis hat in dieser Region gar keinen guten Ruf, also immer schön lächeln und wenn es Zoff gibt, erklärt ihr ihnen, dass ihr aus dem Norden kommt – aus Lichterloh – dann werden sie euch mit offenen Armen empfangen und in den nächsten Weinpub einladen wollen. Lichterloh ist in Wesenend nämlich ein beliebtes Thema, vor allem, wenn es um die kulinarische Seite geht. Siebbier ist hier der letzte Schrei und Strudelbuden gibt es unterdessen wie Sand am Meer. Aber die Einheimischen sind natürlich auch stolz auf ihre eigene ›großartige‹ Küche, und würden Ausländer aus nördlich gelegenen Präfekturen sofort zu einem edlen Happen und Tropfen einladen, wenn ihnen welche über den Weg laufen.«

Diese Erläuterung empfand Loyd als nicht so beruhigend, wie sie wohl gemeint war, denn nun drehten sich grummelige Businesskolosse in ihren Anzügen und mit ihren Aktentaschen auf dem Absatz um, um zu prüfen, ob eben tatsächlich Menschenwesen an ihnen vorbeigeschritten waren.

»Kommt, immer schön der Nase nach und nicht allzu oft den Kopf wenden«, riet ihnen Lux und führte sie eine breite Straße entlang, die rechts und links von großen Gebäuden mit sehr steilen, spitzen Dächern gesäumt war.

»Da ist die Green International Bank«, bemerkte Lux und zeigte über die Straße hinweg. Tatsächlich konnte Loyd ein bekanntes Logo an einer Gebäudefassade erkennen. Es war eine Bank, die in Lichterloh ihren Sitz hatte. Die drei Reisenden überquerten eilends die Straße, in der dicke, stählerne Rillen eingelassen waren, und betraten die Filiale. Loyd war von der eigentümlichen Architektur der Wesenender Häuser überrascht. Obwohl man von außen betrachtet etwas anderes erwartet hätte, bestand das Gebäude aus nur einer einzigen Etage und war innen völlig hohl. Loyd merkte auch sofort, warum das so war: Hinter einem der Schalter stand nämlich kein Menschenwesen, wie Loyd es sich erhofft hatte, sondern ein hünenhaftes, gefiedertes Monstrum, dessen Körper hoch ins Dachwerk ragte. An einem vergleichsweise wiederum winzigen Schalter stand ein Wesen, das knapp halb so groß war wie Lux und ihnen freundlich zulächelte.

»Hierher, bitte«, rief sie jenes Wesen in quirligem Ton herbei. *In dieser Bank werden die Kunden nach ihrer Körpergröße bedient*, schoss es Loyd durch den Kopf. Das würde in Lichterloh als Diskriminierung gelten – in Wesenend war es offenbar die einzige plausible Lösung für die Größenunterschiede.

»Wie kann ich Ihnen behilflich sein?«, quiekte das Wesen, das am ehesten noch einem uniformierten Ameisenbären geähnelt hätte, und machte einen krummen Knicks, indem es seinen Rüssel kurz nach vorne streckte und wieder einzog.

»Es geht um diese zwei netten Leute hier«, erklärte Lux der

Bankangestellten. »Sie sind aus Lichterloh angereist und würden gerne von ihren Konten Licht beziehen.«

Das Lächeln auf der langen Schnauze des Wesens erlosch augenblicklich. »Ähähähä«, machte es nur in schrillem Ton und blickte hilfesuchend umher. »Einen kleinen Moment, bitte.« Es verschwand durch einen dachbalkenhohen Türrahmen.

»Hey, sollten wir nicht besser verschwinden?«, schlug Loyd im Flüsterton vor. »Mir ist die Sache nicht geheuer.«

Das gefiederte, vier Meter große Wesen in Anzug und Krawatte beobachtete sie aus den Augenwinkeln. Doch ehe Loyd sich mit den anderen absprechen konnte, kam das kleine Rüsselgeschöpf schon zurück, gefolgt von – welche Überraschung – einem Menschenwesen.

»Guten Tag. Ich bin der Leiter der Wesenend Filiale; Ipsen ist mein Name. Frau Kehlkop hat mich eben von Ihrem Anliegen unterrichtet.« Der Mann, wahrscheinlich in seinen frühen Fünfzigern, hatte eine mit glühend rotem Haar umwachsene Glatze und trug einen engen, grell grüngelb karierten Anzug, der seine korpulente Figur naturgetreu zum Ausdruck brachte. »Sie scheinen mir nicht auf dem neusten Stand der Dinge zu sein, denn Lichterloh und sein gesamtes Bankwesen wird zurzeit von der Schmelzfront belagert. Es herrscht seit Tagen schon Ausnahmezustand. Anscheinend wird nach etwas oder jemandem gesucht. Bis die Lage sich normalisiert hat, kann leider auf kein lichterlohenes Konto zugegriffen werden – tut mir aufrichtig leid. Ich schlage vor, Sie versuchen es in ein paar Tagen noch einmal.« Der Mann schenkte ihnen ein flüchtiges, gekünsteltes Lächeln und verschwand dann mit einem Kopfnicken zu Frau Kehlkop wieder in der gigantischen Tür. Frau Kehlkop verbeugte sich nur tief und wusste scheinbar nicht, was sie den Worten ihres Vorgesetzten noch anfügen sollte. Die drei geschwärzten Menschenwesen hatten keine andere Wahl, als die Bank mit leeren Händen zu verlassen.

»Was, um Himmels Willen, tun wir jetzt?«, platzte es verzweifelt aus Naomi heraus. »Dummerweise habe ich vor einem Jahr all meine Ersparnisse auf ein lichterlohenes Bankkonto überschrieben. Sonst hätten wir es noch bei einer solaländischen Bank versuchen können.«

Eine Art baumhohe Straßenbahn, in der die Wesen groß und klein aneinandergepresst standen und teils halbwegs aus den Fenstern hingen, fuhr an ihren leeren, in die Weite starrenden Augen vorbei.

»Ich weiß es nicht ... Ich weiß auch nicht mehr weiter. Alles geht drunter und drüber, und von Keli und Anker ist auch noch keine Antwort zurückgekommen«, antwortete Loyd mit zusammengebissenen Zähnen. Er fegte sich mit beiden Händen energisch über sein schwarzes Haar und ließ sich auf der Kante des Bürgersteigs nieder.

Ihn störten die aufdringlichen Blicke der Leute, die an ihnen vorbeizogen, nicht mehr. Nichts kümmerte ihn mehr, außer dem verdammten Unglück, das ihn seit Tagen immer wieder heimsuchte. Warum, zum zwickenden Schmelzwasser, geschahen alle diese Dinge, und warum gab es keine Antworten auf seine Fragen? Warum geriet er immer weiter von seinem geplanten Pfad ab? Warum bewegte er sich mit jedem Schritt, den er tat, weiter fort von seinen Zielen und Vorsätzen? Warum – warum – warum ...

Naomi kauerte neben Loyd nieder und legte ihm die Hand auf

den Rücken. Das Fußgetrappel von unzähligen Passanten strich an ihnen vorüber und eine weitere Straßenbahn hielt, nicht ganz so überladen wie die letzte, quietschend an einer Haltestation in der Nähe. Nach einer ganzen Weile allgemeiner Hoffnungslosigkeit war es Lux, die mit vorsichtiger Stimme das Wort ergriff: »Ich will mich nicht in eure Angelegenheiten einmischen – aber falls es euch helfen würde: Ich hätte in Nihilis Zugang zu einem Lichtkonto, und euch ein wenig davon für eure Reise zu spenden, würde mir rein gar nichts ausmachen.«

Loyd und Naomi blickten auf.

»Der Haken ist nur – ihr müsstet mit mir zusammen nach Nihilis fahren, damit ihr es für euch abheben könnt. Wisst ihr, obwohl es meine Eltern waren, die mich ursprünglich für ihre Zwecke nach Wesenend beordert haben, versuchen sie schon seit über einem Jahr, mich dazu zu bewegen, zu ihnen ins Fürstenhaus zurückzukehren. Bislang ohne Gewalt, doch seit dem Tod von Professor Sakoora haben sie überall ihre Späher vom Buntblut-Kommando ausgesandt, um mich zu finden und gewaltsam zurückzuholen. Darum müsstet ihr euch an meiner Stelle in die Bankfiliale vor dem Nihilis-Hauptbahnhof begeben, um das Licht mit meiner Vollmacht abzuheben.«

Loyd und Naomi tauschten gedankenvolle Blicke.

»Es gibt zurzeit nichts, das ich lieber tun möchte, als euch zu helfen, versteht ihr?«, erklärte Lux und strahlte die beiden an.

# UNERWARTETE FESTLICHKEITEN

Die Wagontür schwang auf und ein kleines, echsenartiges Wesen in einem rosaroten Schürzenkleid kam in das Abteil getreten. Sie schob einen ihr ums Dreifache an Größe überlegenen Snack- und Getränkewagen vor sich her. Loyd und Naomi staunten beide über diesen merkwürdigen Auftritt.

»Bento, Schokoladenriegel oder ein Bierchen gefällig?«, piepste das kleine Echsenwesen. Ein großes, bullenartiges Geschöpf grunzte tief. »Hier bitte, ein Bittermelonensalat mit Fleischkäsestückchen an Salbeisauce. Das macht dann zwei Lichtbit, fünfzig – herzlichen Dank.« Das Echsenwesen verbeugte sich und ihr Kunde, der einem gewaltigen Stier in Daunenjacke ähnlich sah, schnaubte zufrieden. Die Bedienung machte mit einem freundlichen Lächeln vor Naomi, Loyd und Lux Halt.

»Darf ich Ihnen etwas von unseren feinen Happen anbieten?«, fragte das Echsenwesen entzückt beim Anblick der Menschenwesen.

»Habt ihr Hunger?«, erkundigte sich Lux, die sich auf ihrem Sessel kniend über die Sitzlehne zu Loyd und Naomi nach hinten beugte, wo sich die beiden einen Doppelsitz teilten.

Die Antwort war ein klares »Ja«. Doch womit der Servierwagen beladen war, konnten Loyd und Naomi nicht einmal ansatzweise erraten. All die Verpackungen und Getränkeflaschen waren ihnen gänzlich fremd.

»Lux, kannst du uns etwas empfehlen? Ich esse kein Fleisch,

darum wäre es mir am liebsten, wenn es etwas Pflanzliches wäre.«

Ehe Lux antworten konnte, hüpfte das Echsenwesen auf die oberste der drei Ablageflächen, die am Wagen angebracht waren, und kramte in den Bento-Boxen.

»Hier habe ich zwei Sorten fleischlose Bentos: einmal mit Schwarzwurzeln und Kürbisscheiben und einmal mit Bittermelonen und Shiitakepilzen.«

Naomi entschied sich für die zweite Option.

»Sonst noch etwas?«

»Geben Sie mir irgendetwas mit Fleisch«, antwortete Loyd, dem der Magen vor Hunger schmerzte.

»Ist Menschenwesenkuttelsalat auch recht?«, piepste das Echsenwesen.

»*Was zum* … Ihr esst Menschenwesen? Das ist ja widerlich!«, entrüstete sich Loyd lautstark.

Wesen, groß und klein, hinter und vor ihnen, drehten ihre Häupter dorthin, woher der unbesonnene, in ihren Augen flegelhafte Ausruf eben gekommen war.

»Über Geschmack lässt sich streiten, werter Herr, aber ich versichere Ihnen, unsere Fleischprodukte stammen alle von natürlich verstorbenen Personen«, fiepte das Echsenwesen beleidigt.

Lux lachte grunzend durch die Nase, während sich Loyds Stirn mit Verdrießlichkeitsfalten überzog.

»Ich empfehle dir die Reisbällchen. Es gibt: Fisch, Geflügel und vielleicht noch irgendwas mit Gemüse. Wir nehmen zwei Fisch- und zwei Geflügel-Onigiri, bitte«, sagte Lux belustigt.

Die indignierten Wesen rundum, die den Anschein machten, als ob sie ganz und gar nicht der Meinung wären, Menschenwesenfleisch sei widerlich, wandten ihre Blicke allmählich wieder ab.

»Gerne. Haben Sie sonst noch einen Wunsch?«

Lux warf ihren aufgewühlten Reisegenossen einen raschen Blick zu, dann erwiderte sie, als niemand etwas einwarf: »Das ist alles. Wir bezahlen zusammen.«

Bevor Loyd und Naomi protestieren konnten, hatte Lux, die von den dreien am wenigsten geschwärzt war, bereits ihre Hand auf einer kleinen Tafel am oberen Wagenrand abgelegt und die Zahlung beendet.

»Vielen Dank, werte Gäste.« Das Echsenwesen verbeugte sich und händigte ihnen ihr Abendessen aus. Als es weitergezogen war, zischte Naomi Loyd mit zusammengekniffenen Augen zu: »Musst du denn so ein Theater machen? Wir haben schon genug Scherereien am Hals und müssen uns nicht noch mehr Ärger aufhalsen.«

»Das sagt gerade diejenige, die kein Fleisch isst und immer Spezialwünsche fordert. Aber ich meine: Menschenwesenfleisch – wie kann man nur?« Loyd schüttelte sich angeekelt.

»Jedes Kind weiß doch, dass in Wesenend und Nihilis zum Teil auch das Fleisch von Menschenwesen verspeist wird. Also wirklich«, beklagte sich Naomi und verdrehte dabei die Augen.

»Habe ich zum ersten Mal gehört. Tut mir leid, dass ich laut geworden bin«, brummte Loyd reumütig.

Lux sah den beiden amüsiert über die Sitzlehne hinweg zu, während sie genüsslich an einem »Onigiri«, einem Reisbällchen auf Kaelisch, kaute. »Natürlich ist es widerlich. Ich esse auch kein Menschenwesenfleisch, aber wie das Echsenmädel gerade erklärt hat, wird der Fleischkonsum in Wesenend und Nihilis so geregelt, dass nur natürlich verstorbene Wesen verarbeitet und als Fleisch verkauft und gegessen werden dürfen«, sagte sie mit vollem

Mund. »Darum gelten die meisten Fleischsorten in den beiden Staaten als teure Delikatessen. Die Leute essen vielleicht einmal im Monat einen Happen Fleisch – zumeist nach einem schweren Tag auf der Rückreise von der Arbeit – wie in diesem Zug hier.«

Unweigerlich bekam Loyd ein schlechtes Gewissen. All die Pendler um sie herum, die gerade dabei waren, ein Bröckchen Fleisch zu verzehren, taten dies mit bescheidener Genügsamkeit. Hoffentlich hatte er ihnen nicht den Abend verdorben.

Lux grinste nur noch breiter, als sie Loyds schuldvolle Miene bemerkte. »Auch ich besitze einen Freigabeausweis, also werde auch ich irgendwann wohl einmal in einer dieser Bento-Boxen landen. So wird garantiert, dass die von der Gesellschaft resorbierten Nährstoffe, in deren Kreisen fortbestehen und wiederverwertet werden«, belehrte sie Lux, als wäre es das Selbstverständlichste auf der Welt.

Loyd musste sich unweigerlich vorstellen, wie er eine der Essensboxen öffnete und darin eine abgetrennte Hand eines Menschenwesens vorfand. Sein in seinem Inneren schon seit Stunden rumorender Hunger machte dabei Anstalten, sich wieder zu verflüchtigen.

»Wenn wir das Fleisch unserer toten Mitwesen nicht essen, werden es stattdessen die Bakterien und Maden tun, und das wäre doch eine Verschwendung sondergleichen. Seid ihr da etwa anderer Meinung?«, wunderte sich Lux, die offenbar nicht nachvollziehen konnte, weshalb sich Loyds Gesicht bei ihren Worten zu einer kümmerlichen Grimasse verzog.

Loyd und Naomi bedankten sich peinlich lächelnd für das spendierte Mahl und verzichteten kurzerhand darauf, Lux' Feststellungen zu disputieren. Loyd stopfte sich rasch eines der

Onigiri in den Mund, um Lux damit sein Unvermögen zu demonstrieren, ihr Rede und Antwort zu stehen. Sein Appetit kehrte augenblicklich zurück – der leicht mit Sesamöl durchtränkte Reis war hauchzart und gänzlich von einer Schicht getrockneter Algen umhüllt. Es schmeckte schlichtweg ausgezeichnet.

Die Atmosphäre vor dem Zugfenster hatte sich in ein nächtliches Glimmen verwandelt. Die himmlischen Scheiben waren nur ganz schwach hinter einer bläulich schimmernden Nebeldecke zu erkennen. *Ziemlich sicher gibt es in dieser Gegend kaum Gebäude und Straßenlichter, welche die Umgebung abends erhellen,* dachte Loyd schmatzend, während er versuchte, etwas in der ihm fremden Nachtlandschaft auszumachen. Hier und dort schwebten kleine Ansammlungen von Lichtquadrätchen auf mysteriöse Weise in der nebulösen Dunkelheit, die auf kleine, heimelige Siedlungen schließen ließen. Das rhythmische Geratter der befahrenen Zugschienenabschnitte erfüllte das Abteil und hatte etwas Hypnotisierendes an sich. Loyds Augen folgten gedankenversunken den vereinzelten Lichtstrukturen in der weiten Peripherie. Er hatte sich noch nie Gedanken darüber gemacht, dass es verschiedene Ansichten über den Konsum von bestimmten Esswaren geben könnte. In Hildenberge wurde in der Regel einmal in der Woche Fleisch gegessen. Dies war bei ihnen zu Hause immer ein Highlight gewesen nach einer Woche harter Feldarbeit. Es gab aber auch Zeiten – zum Beispiel, wenn die Gemüseernten schlecht ausgefallen waren –, in denen ihnen schlichtweg das Licht gefehlt hatte, um Fleischwaren auf dem Wochenmarkt zu kaufen. Während diesen Monaten hatten sie es immer besonders schwer gehabt ohne eine reichhaltige Protein- und Eisenquelle. Damals kam ab und an Onkel Nonpe aus der Hauptstadt zu ihnen hoch ins

Dorf und brachte ihnen Lichterloh-Spezialitäten wie Bärlauchknacker und leckere Fleisch-Beutelchen, die man über eine Schale weißen Reises streuen konnte, aus der Stadt der grünen Tugend mit. *Das waren noch Zeiten*, dachte Loyd betrübt.

Lux war unterdessen wieder in ihren Sessel gesunken. Loyd war sich nicht sicher, ob sie eingeschlafen war. Naomi blickte auf ihrer Seite aus dem Fenster und machte ebenfalls einen äußerst erschöpften Eindruck. Sie waren auf dem Weg nach Nihilis. Loyd konnte es noch immer nicht fassen. Freiwillig wäre er niemals in den berüchtigten Intercity gestiegen, der zwischen Wesenend und Nihilis hin- und herpendelte. Er hatte schon Geschichten an der Uni gehört, wonach Touristen, die es gewagt hatten, sich in die Nähe des Fürstenhauses zu begeben, aufgegriffen und ohne Grund gegen ihren Willen eingesperrt worden waren.

Eigentlich wurde in Lichterloh davor gewarnt, das Fürstentum zu betreten. Der lichterlohene Diplomatenpass wurde erst vor einigen Jahrzehnten in Nihilis anerkannt. Für Abgeordnete, welche dem Fürstentum anlässlich einer klaren diplomatischen Mission einen Besuch abstatteten, mochte eine Reise zu den Existenzhassern vielleicht etwas Spannendes sein, aber sie beide waren per Zufall hier und niemand wusste von ihrem spontanen Aufenthalt. Sie könnten verschleppt oder sogar gemeuchelt werden, wie es früher einst Alltag gewesen war.

Loyds Muskeln waren verspannt. In seinem Inneren fand sich keine Ruhe. Er wusste, dass dies ihre einzige Chance war, nach Kael zurückzukehren und nach Keli und Anker zu suchen. Er vertraute Lux. Weshalb, konnte er nicht genau sagen, doch obwohl Lux die Tochter der verrufenen Nihilis-Fürsten war, fühlte er tief in seinem Innern, dass sie keine schlechten Absichten hegte. Loyd blickte wieder aus dem Fenster. Die Onigiri lagen ihm schwer im Magen. Feine Wasserlinien, die vor kurzem noch als Regentröpfchen auf der Fensterscheibe gelandet waren, zogen sich nun in einem unförmigen Netz über die Außenseite des Glases.

Loyd legte die Arme auf die Ablagefläche vor dem Fenster und bettete seinen Kopf darauf. Als sein Blick begann, glasig zu werden und dabei die Müdigkeit an seinem Bewusstsein nagte, tauchte wie aus dem Nichts eine unförmige Lichtsphäre vor der Scheibe auf, die sich von der Seite her in Loyds Augenwinkel schob. Die flackernde Kugel bewegte sich gleichmäßig mit dem Zug mit. Es war ein bläuliches Licht, das aussah wie: »Eine Lichtmail? Hey, Naomi, sieh mal. Sie muss von Anker oder Keli stammen.«

Plötzlich wieder hellwach sahen alle drei zu, wie sich die Lichtmail von außen immer näher zu Loyds Fenster hinbewegte, schließlich mit einem leisen »Flopp« durch das dicke Glas hüpfte und auf Loyds Handflächen Platz nahm.

Loyds Atem beschleunigte sich. Nun würden sie endlich erfahren, wo die beiden Verschollenen abgeblieben waren. *Wenigstens etwas, das funktioniert hat,* dachte Loyd erleichtert. Er hob sich die raschelnde Lichtkugel an die linke Ohrmuschel. Es war Keli, die sprach:

*»Professor Simimund ist tot. Er ist dem Unlicht zum Opfer gefallen. Wir sind in Sicherheit. Warnt die Regierungssitze aller Präfekturen persönlich vor der Ausbreitung des Unlichts und sucht nicht nach uns. Anker informiert Rektor Lohenhertz und den Regierungsrat von Lichterloh. Reist als Erstes nach Nihilis.«*

Das war alles. Loyd behielt die kribbelnde Kugel noch eine ganze

Weile am Ohr, in der Hoffnung, dass da noch mehr kommen würde, doch nichts rührte sich. Kein Anhaltspunkt, wo sich die beiden befanden oder was sie gerade taten – nichts. Was war da los – was war bloß mit den beiden geschehen? Waren sie entführt und gezwungen worden, diese Nachricht zu verfassen? Aber dann hätte die Botschaft doch sicherlich anders geklungen. »Warnt die Regierungssitze …« Das waren bestimmt Ankers Worte, aber warum hatte nicht Anker selbst die Nachricht verfasst? Das war schon ein starkes Stück. Ohne Anker war es so oder so ein nahezu unmögliches Unterfangen, mit den Regierungsoberhäuptern anderer Präfekturen Kontakt aufzunehmen – ob sie nun einen Diplomatenpass vorweisen konnten oder nicht. Als Studenten konnten sie es so gut wie vergessen, bei den berüchtigten Präsidenten und Diktatoren der Welt um eine Audienz zu ersuchen. Das wusste Anker genau.

Und Professor Simimund – tot. Auf ihn hatte Loyd seine gesamte Hoffnung gesetzt. Bestimmt hatte er als Einziger eine Ahnung davon gehabt, was in Kael vorging. Was für ein Desaster.

Naomi war ebenfalls sprachlos, als Loyd ihr die Lichtmail mit eingefallener, ausdrucksloser Miene übergab. Lux kniete erneut auf dem Sessel und sah beunruhigt über die Lehne zu ihnen herab.

»Loyd …«, fing Naomi an, doch sie schien auch nicht recht zu wissen, was sie überhaupt sagen wollte. Sie legte ihm behutsam die Hand auf den Oberarm. Loyd starrte mit leeren Augen auf die herunterhängenden Kordeln von Lux' Pullover, die im Schwanken des Zuges hin und her schlenkerten. Dann stand er abrupt auf. Er musste für sich sein. Nur für eine Weile. Er berührte Naomi kurz mutlos an der Schulter, dann schritt er den Passiergang zwischen den Sesseln entlang und verschwand hinter der Toilettentür am Ende des Abteils.

»›Sucht nicht nach uns‹? Das ist aber eine seltsame Botschaft. Ihr seid doch ein Forscherteam, oder etwa nicht?«, wollte Lux, die ihre Arme über ihrem Sitz verschränkt hatte und fragende Blicke auf Naomi hinunterwarf, wissen.

»Das Mädchen, das gesprochen hat, Keli, ist Loyds Schwester, weißt du? Ich bin mir nicht sicher, was da vorgeht. Es ist nicht typisch, dass Professor Ankerbelly, unser Teamleiter, die Mission geteilt fortsetzt. Er hat uns selbst klipp und klar immer wieder eingebläut, wie wichtig es ist, dass wir stets zusammenbleiben. Da ist ganz bestimmt irgendetwas faul«, sinnierte Naomi mit ernstem Gesicht.

»Was wollt ihr denn jetzt machen? Die Tyrannen der Welt zu einem Kaffeekränzchen einladen? Bei meinen Eltern wird das nicht fruchten, das kannst du mir glauben. Die sind so in ihr existenzverleumdendes Weltbild verliebt – ihr würdet nur eure Zeit verschwenden – und euer Leben riskieren noch dazu.«

Naomi ging nicht auf Lux' Äußerungen ein. Es schien ihr nicht klug, sich zu tief auf die familiären Ausschreitungen der gefürchtetsten Tyrannenfamilie der Gegenwart einzulassen. »Ich denke, was wir jetzt brauchen, ist eine Nacht lang Ruhe, Licht für Körper und Seele und ein bisschen Zeit, die vielen Ereignisse der letzten Tage zu verarbeiten. Kennst du vielleicht eine Unterkunft, in der wir übernachten könnten?«, fragte Naomi hoffnungsvoll.

»Ja, sicher. Ihr könnt die Nacht bei mir verbringen. Hotels im herkömmlichen Sinne gibt es in Nihilis nicht, da wir kaum Touristen haben.«

»Ich will nicht aufdringlich sein.«

»Keine Bange! Mein Versteck ist sauber und gemütlich, und es gibt darin genügend Platz für ein paar Leute. Es sind auch ein paar Bierchen im Kühlschrank, falls ihr eure Sorgen für eine Nacht lang darin ertränken möchtet. Klappt hervorragend.« Lux schenkte Naomi ein spitzbübisches und aufmunterndes Grinsen von unter ihrer Mütze hervor.

»Das ist wirklich sehr nett. Ich wüsste echt nicht, was wir ohne dich machen würden.«

In diesem Augenblick hallte eine Durchsage durch das Abteil: Sehr geehrte Fahrgäste. Vielen Dank, dass Sie heute mit dem Intercity reisen. Bitte schnallen Sie sich an. Wir werden in Kürze den Bergabschnitt Steilburgund befahren. Nächste Station: Yodoba. Danach: Endstation, Nihilis-City. Der Intercity fährt weiter als Fuji-Liner bis zur Endstation: Fürstenhaus Nihilis. Die Weiterreise ist nur für Fahrgäste mit einem gültigen Herzogspass oder höheren Ausweisen gestattet. Das unbefugte Benutzen der Fuji-Line ist strafbar und wird mit einer Gefängnisstrafe von bis zu zwei Jahren geahndet. Wir bitten Sie um Ihr Verständnis und wünschen Ihnen einen angenehmen Abend.

Die Toilettentür schlug auf und Loyd kam herausgeschlurft. Er sah fix und fertig aus. Naomi tauschte mit Lux einen raschen Blick.

»Lux, mir ist gerade aufgefallen, dass unsere Pässe und Fahrkarten gar nicht kontrolliert wurden«, bemerkte Naomi etwas verwundert.

»Ja, das ist immer so. Nach Nihilis reinkommen tut man schnell und problemlos. Das Rauskommen ist das Schwierige, weißt du?«, sagte Lux und wandte sich zu dem sich nähernden Loyd um.

Ohne jemanden anzublicken, wankte er auf die jungen Frauen

zu und ließ sich in den federnden Sitz neben Naomi fallen. Er sah ausgezehrter und geschwärzter aus denn je.

»Loyd?« Naomi stupste ihn vorsichtig an. Als Loyd sich nicht rührte, fuhr sie langsam fort: »Lux hat uns angeboten, die Nacht bei ihr zu verbringen. Ist das in Ordnung für dich?«

»Mhm – ja, klar.« Das war alles, was Loyd hervorbrachte. Er war nicht mehr imstande, einen anständigen Satz zu bilden. Er wusste nicht mehr weiter. Das ging schon seit Tagen so, aber mit der nicht nachvollziehbaren Nachricht von Keli eben hatte seine Schwermut einen neuen Tiefpunkt erreicht.

Der Zug setzte sich wieder in Bewegung und war dabei, den Vorort »Yodoba« hinter sich zu lassen. Lux und Naomi sagten nichts. Lux kaute geistesabwesend an einer der Pulloverkordeln und Naomi rieb sich ratlos die rechte Schläfe. Es gab einen Ruck. Man konnte deutlich spüren, wie sich der Wagon leicht in die Steigung legte und man in die Sitze gepresst wurde. Sie hatten offenbar die Ausläufer des Urbergs erreicht. Vor den Fenstern war es beinahe stockdunkel. Nur gelegentlich flackerten kleine, funkelnde Lichtpünktchen – wahrscheinlich Lichtinsekten – im dichten Unterholz auf.

Loyd nahm an, dass dies die sagenumwobenen Bergwälder des legendären Urbergs waren. Dies hier war die Vorderseite des gigantischen, ehemaligen Vulkans, welche gegen Wesenend und Kael gerichtet war. Auf der Rückseite des Massivs lag das Reich Nihilis, das über Jahrhunderte hinweg terrassenförmig in den Urberg Fuji eingearbeitet worden war. Auf der abgeflachten Spitze – so wurde gemunkelt – läge das Fürstenhaus Nihilis, dort, wo einst die berühmten Urmütter und Urväter die Neuzeit eingeläutet hatten. Um dorthin zu gelangen, musste man angeblich die Fuji-Line benutzen, die sich mehrmals um den Berg windend zum hoheitsvollen Gipfel erstreckte. Das war alles, was er noch aus dem Geschichtsunterricht des ersten Explorationsjahrs wusste. Der Zug verlangsamte sich nun merklich. Vor den quadratischen Glasscheiben zogen die farbenreich beleuchteten Fassaden von einzelnen Wohnhäusern vorbei. Nach und nach verdichteten sich die Gebäude und der Schemen einer bunt brillierenden Stadt wurde durch den trüben Niederschlag sichtbar.

»Endstation: Nihilis-City. Für Fahrgäste, die mit der Fuji-Line weiterreisen: Bitte bleiben Sie auf ihren Plätzen. Wir weisen Sie daraufhin, dass das Benutzen der Fuji-Line nur für Fahrgäste mit gültigem …«

»Loyd, bist du okay?«, erkundigte sich Naomi und stand auf. Sie fing an, sich den Rucksack und die Artenfibel auf den Rücken zu buckeln. Lux hatte bis auf eine kleine Schultertasche nichts dabei und hüpfte ebenfalls auf die Füße. Loyd brachte keinen Laut heraus. Er schwang sich müde auf die Beine und warf sich seinen Rucksack achtlos über die Schulter. Als er sich zwischen die Sitze begab und Naomi ihm besorgt gegenübertrat, murmelte er matt: »Es geht schon. Mach dir keine Sorgen um mich – bitte.«

Unvermittelt nahm Naomi ihren Rucksack wieder von der Schulter und ließ ihn zu Boden sinken. Auch ihre Artenfibel legte sie nochmals zurück auf den Sessel. Die Leute im Abteil fingen an, aufzustehen und ihr Gepäck hervorzukramen, doch das war Naomi jetzt egal. Loyd fragte sich nicht einmal, warum Naomi ihre Habseligkeiten abermals niedergelegt hatte. Ohne Vorwarnung nahm sie ihn in die Arme. Er ließ es zu. Solch eine Umarmung hatte er schon lange nicht mehr verspürt. Sie fühlte sich mütterlich und beruhigend an. Er wurde müde – sehr müde sogar.

Er hätte hier und auf der Stelle einschlafen können, doch empörtes Gemurmel beförderte ihn jäh zurück in die Gegenwart.

»Würdet ihr euer Liebesspiel bitte auf das Schlafgemach beschränken« ... »Das gehört sich nicht. Immer diese Menschenwesen« ... »Hey, ihr steht im Weg – lasst mich mal durch.«

Die Wesen im Abteil drängten sich schimpfend an Naomi und Loyd vorbei. Lux sah den beiden etwas verlegen und mit zusammengekniffenen Lippen zu. Als alle Passagiere außer ihnen ausgestiegen waren, ging die Abteiltür erneut auf und die Zugführerin in smaragdgrüner Uniform trat ein.

»Entschuldigen Sie, sind Sie Fahrgäste der Fuji-Line? Dürfte ich bitte Ihre Pässe sehen?« Die Frau trat raschen Schrittes auf sie zu.

»Wir steigen hier aus«, sagte Lux, die rasch den Kopf gesenkt hatte. Mit dem Mützenschirm, den sie tief ins Gesicht gezogen hatte, konnte man ihre Augen nicht erkennen.

»Darüber bin ich mir im Klaren. Dennoch möchte ich darauf bestehen, rasch Ihre Ausweise zu prüfen. Das ist eine Routinekontrolle.«

Lux blickte beklommen hinüber zu Naomi und Loyd, die sich unterdessen voneinander gelöst hatten und die uniformierte Beamtin verdutzt anstarrten. In Loyds Hinterkopf klingelte es. Seine Ausgezehrtheit wurde von einem Schub Adrenalin verdrängt, seine Augen öffneten sich schlagartig und nahmen Lux ins Visier, die ihn hilfesuchend anblickte. Loyd wusste, dass Lux sozusagen vor ihren Eltern davongelaufen war und zweifelsohne in ganz Nihilis gesucht wurde. In Wesenend mochte sie wohl unbemerkt mit ihrem Pass umherreisen können, aber hier würde sie bestimmt auf der Stelle auffliegen. Loyd zog seinen Diplomatenpass hervor und stupste Naomi mit dem Ellbogen an.

»Wir sind alle drei Botschafter aus Lichterloh und Solaspitz«, flunkerte Loyd gewagt und fuchtelte mit dem Diplomatenpass umher.

»Genau«, unterstützte ihn Naomi und versuchte, sich so gut es ging in die Brust zu werfen, was allerdings etwas seltsam rüberkam, da alle drei von einer ziemlich geschwärzten Aura eingehüllt waren. »Wir, äh, haben morgen eine wichtige Audienz bei den Hoheiten Nihilis.«

Das geht ein wenig zu weit, dachte Loyd besorgt. Die Frau kam unbeeindruckt auf ihn und Naomi zugeschritten und nahm ihre Pässe in Augenschein. Sie beäugte bloß jeweils die erste Seite der Ausweise, dann sagte sie langsam: »Das scheint in Ordnung zu sein. Und Ihr seid *alle drei* Botschafter – ist das richtig, Eure Exzellenzen?«

Die Zugführerin wandte sich an Lux, die intuitiv ihren Pass in der Hand hielt, und goldfarben wie er war, augenscheinlich gar nicht zu den anderen beiden Exemplaren passte. Lux blickte hinunter auf das edel glänzende Büchlein in ihrer Hand, und bevor sie sich versah, hatte es die Beamtin ihr auch schon aus der Hand genommen.

Sie öffnete den Ausweis und erstarrte. Ihre Augen weiteten sich zunächst vor Schreck und anschließend noch mehr, als ihr sichtlich bewusst wurde, welcher Ruhm ihr für die Erfassung der entflohenen Fürstentochter zuteilwerden würde. In diesem flüchtigen Augenblick der Unachtsamkeit fuhr Lux' Hand blitzschnell nach vorne und riss der Zugführerin den Pass aus den Händen, wobei diese fassungslos aufschrie: »*Ihr seid die vermisste Hoheit Luchiris Nihilis …*«

Ohne Vorwarnung fuhr Lux herum und stürmte durch den Passiergang auf die Abteiltür zu. Die Beamtin zögerte einen Moment, dann preschte sie Lux hinterher. Weit kam sie allerdings nicht. Loyd hatte vorgesorgt. Mit dem letzten Rest Licht, den sein Körper entbehren konnte, erschuf er eine Schattenwand, welche den ganzen Wagon in undurchdringliche Finsternis tauchte. Loyd nahm Naomi bei der Hand, und zusammen hasteten sie durch die Sitzreihen.

»Was soll das? Was ist das? Wo seid Ihr, Eure Hoheit Nihilis … *AAH!*«

Loyd und Naomi waren mit voller Wucht gegen die umhertastende Frau geprallt und hatten sie – nicht ganz ohne Absicht – über den Haufen gerempelt. Die Abteiltür öffnete sich automatisch. Sie flitzten hindurch und nahmen den Steg hinunter ins helle Freie, wo Lux mit ungeduldiger und starrer Miene auf sie wartete.

»Lux, deine Mütze«, bemerkte Naomi knapp. Auch Loyd war es aufgefallen: In dem ganzen Durcheinander musste Lux ihre Strickmütze verloren haben, denn ihr zu einem kurzen Rossschwanz zusammengebundenes Haar war nun vollumfänglich sichtbar. Lux fasste sich an ihren hellbraunen Haarschopf. Die Leute auf der Plattform hatten ihnen noch keine Aufmerksamkeit geschenkt. Es war schon später Abend und die dem Feierabend entgegenstrebenden Wesen auf dem weitläufigen Bahnsteig zogen mit schnellen Schritten an ihnen vorüber.

»Nein-nein-nein, das ist gar nicht gut«, stammelte Lux und versteckte schützend Mund und Nase hinter ihrer Ellenbeuge.

»Wir müssen sofort von hier verschwinden. Wo ist dein Versteck?«, raunte Loyd und funkelte jeden Passanten böse an, der es wagte, in ihre Richtung zu blicken.

»Hier entlang«, brummte Lux durch den Ärmel und begann auf einen der Durchgänge zuzulaufen, als ein ohrenbetäubendes Gebrüll durch die Halle gellte.

»Hilfe, ich bin überfallen worden! *Da* – das ist die verschollene Hoheit Luchiris Nihilis. *Irgendjemand, ergreift sie!*«

Das nun gebrandmarkte, geschwärzte Trio ließ keine wertvollen Sekunden verstreichen. Sie jagten die rund gewölbte Verbindungspassage entlang und erreichten bald einen der vielen Ausgänge aus dem Bahnhof. Eine breite, gepflasterte Straße eröffnete sich ihnen, von wo aus Lux sie nach links den Hang hinauflotste.

Anfangs meinte Loyd noch, hinter ihnen Fussgetrappel zu hören, aber als er auf dem steil ansteigenden Gehweg über die Schulter blickte, war niemand zu sehen. Er blieb, inzwischen beängstigend geschwärzt, mitten auf der Straße nach Atem ringend stehen und krächzte den zwei jungen Frauen nach, sie sollten stehen bleiben. Seine Gefährtinnen zügelten umgehend ihr Tempo.

»Mist, verdammter!«, fluchte Lux und trat gegen einen steinernen Zierbrunnen. »Morgen weiß die ganze Stadt, dass ich mich hier irgendwo verstecke.«

»Tut mir leid, Lux. Wir hätten uns im Zug beeilen sollen«, entschuldigte sich Naomi sofort.

Die Erschöpfung machte Loyd dermaßen zu schaffen, dass er sich von seinen Begleiterinnen stützen lassen musste. Zusammen schleppten sie sich die steile gepflasterte Bergstraße entlang, die durch ein Heer von grellbunten Häuserfassaden führte. Vor ihnen erhob sich das Bergmassiv des Urbergs weit über ihre Köpfe empor. Bereits auf dieser Höhe hatten sie Aussicht auf den untersten Teil der Stadt. Es sah wahrhaftig aus wie ein Meer von bunten Edelsteinen, die in idyllischem Glanz im sich allmählich lichtenden Nachtnebel glitzerten. Ein kühler, nach Blumenwiese riechender Windstoß ließ das Blattwerk der mächtigen Laubbäume in der Umgebung tanzen.

»Es muss euch nicht leidtun«, begann Lux und ballte ihre freie Hand zur Faust. »Die ganze Situation ist sowieso skurril, und es hätte gar nicht erst soweit kommen sollen, versteht ihr?«

Loyd, der nach der überwundenen Steigung nun wieder ohne Hilfe gehen wollte, schritt ein wenig gebückt und humpelnd vor den anderen einher. Die Gruppe bog rechts in einen geraden Fußweg ein, der durch eine Reihe von Wohnhäusern aus bläulich bemaltem Holz führte und zunehmend enger wurde. Ein großes, gehörntes Wesen auf einem fahrradartigen Gefährt trudelte Zickzacklinien fahrend an ihnen vorbei. Es grunzte ein unmelodisches Liedchen und verschwand in einer weiteren engen Gasse, nicht ohne eine stechende Alkoholfahne zu hinterlassen. Am Ende der Straße machten sie Halt. Lux blickte argwöhnisch umher. In der Ferne waren nun mehrere Sirenen zu hören.

»Die suchen jetzt sicher nach mir. Kommt, hier lang.«

Nachdem sich Lux vergewissert hatte, dass sie niemand beobachtete, schritt sie auf eines der Anwesen zu und schlüpfte lautlos durch das Gartentor. Sie hielt es auf, sodass Loyd und Naomi ebenfalls hindurchhuschen konnten. Statt jedoch auf die Eingangstür zuzugehen, schlichen sie gemeinsam im finsteren Garten um das Haus herum und hielten vor einem Haufen Brennholz an, welches neben der Hauswand in halbierten Klötzen aufgestapelt lag. Lux begann, die Holzstücke wegzuräumen. Loyd und Naomi halfen ihr, bis eine Luke in der Mauer zum Vorschein kam, deren Fenster Lux vorsichtig nach innen aufstieß. Sie stiegen ein wenig umständlich hindurch und zogen dann all ihr Gepäck hinter sich durch die Pforte. Drinnen roch es modrig. Lux schnippte mit den Fingern und sogleich tauchte ein Lichtspender an der Decke den Raum in saphirblaues Licht. »Das ist die Waschküche – also nichts Interessantes. Kommt, gehen wir nach oben in die gute Stube.«

Loyd und Naomi folgten ihr eine steinerne Treppe empor, durch eine schlichte Holztür hindurch, weiter einen knarrenden hölzernen Korridor entlang, um schließlich in das Wohnzimmer des Hauses einzubiegen. Lux schnippte abermals mit den Fingern und sofort blitzte ein halbes Dutzend mehrfarbiger Lichtquellen an der Decke und in den Ecken auf. Sie beleuchteten einen weiten rustikal eingerichteten Raum ganz aus hellem Holz, in dem rechts ein quadratischer Tisch mit Stühlen stand. Die Zimmerdecke war ungewöhnlich hoch angelegt. Links im weiten Raum lag die offene Küche mit einer kleinen Theke und drei Barhockern davor. Dem Zimmereingang gegenüber eröffnete sich eine breite, komplett in transparentem Glas eingefasste Balkonterrasse, welche ihnen die prächtige Sicht auf die abfallende Dachlandschaft von Nihilis präsentierte. Es roch ein wenig nach verbranntem Holz. In einer Ecke entdeckte Loyd einen modernen Kaminofen.

»Das ist meine gute Bude«, sagte Lux lässig. »Fühlt euch wie zu Hause – oder, wenn ihr wollt, noch viel besser. Äh, ich meine ...« Lux musterte die müden und getrübten Gesichter ihrer Gefährten. Beide trugen noch immer ihre massigen Rucksäcke auf den Schultern. Naomi knickten beinahe die Knie ein unter der zusätzlichen Last der schweren Artenfibel.

»Euer Gepäck könnt ihr entweder hier unten lassen oder zum Schlafzimmer hochbringen. Kommt, ich zeige euch, wo ihr schlafen könnt.« Nur Lux schien putzmunter zu sein, obwohl es auch für sie ein langer Tag gewesen war. Sie ging voraus. Ihre Gäste schleppten sich hinterher, eine weitere Holztreppe hinauf. Oben angelangt traten sie durch eine Tür und fanden sich in einem großräumigen Zimmer wieder, in dessen Raummitte ein mächtiges, kreisförmiges Rundbett thronte und an dessen hohen Wänden entlang mehrere Kleiderständer, Kommoden und ein gemütlich aussehendes Sofa verteilt standen.

Ein weiterer Türrahmen im Innern des Zimmers deutete auf ein Badezimmer hin. Loyd und Naomi ließen ihre Last auf den Fußboden sinken. Endlich durften sie schlafen – endlich war dieser lange, unheilvolle Tag vorbei. Es war der anstrengendste Tag, den Loyd und Naomi je durchlebt hatten.

»Wenn ihr Hunger habt, bedient euch einfach am Kühlschrank. Darin gibt es fertige Gerichte, die man in der Pfanne wärmen kann. Und wenn ihr einen Drink braucht – ist auch alles unten in der Küche«, erklärte Lux heiter. Sie machte den Eindruck, als wäre sie froh, endlich mit jemandem etwas teilen zu können. »Übrigens, in der Kommode da drüben befinden sich ein paar Lichtkristalle. Damit solltet ihr zumindest die gröbste Schwärze von euch abwerfen können.«

»Wirklich – vielen Dank, Lux. Wir stehen für immer in deiner Schuld«, sagte Naomi dankerfüllt und gähnte hinter hervorgehaltener Hand.

»Ja – danke«, murmelte Loyd und ließ sich auf das Sofa fallen. Obwohl er immer noch ausgelaugt wirkte und sich ein trüber, dunkler Schleier rund um seinen Körper bemerkbar machte, schien ihn der Vorfall mit der Zugführerin ein wenig von seiner Erschöpfung abgelenkt zu haben.

»Wie schlafen wir eigentlich?«, fragte Naomi und sah sich um.

»Es tut mir leid, dass das Haus nicht grösser ist. Ich habe nur das Bett und das Sofa hier. Unten müsste man auf dem kalten Boden schlafen. Wenn es euch nichts ausmacht, schlafe ich auf dem Sofa und ihr nehmt das Bett«, schlug Lux vor.

Doch Naomi schien mit dem Vorschlag nicht zufrieden zu sein, denn sie ließ sich prompt auf die runde Matratze des Bettes plumpsen und sagte dann mit ausgestreckten Armen und einem weiteren Gähner: »Loyd ist doch der Mann hier – soll er doch auf dem Sofa schlafen und wir zwei teilen uns das Bett. Das macht doch aus geschlechtlicher Sicht mehr Sinn.«

»Mir ist alles recht – dann ich auf dem Sofa«, erwiderte Loyd knapp. Er hatte keine Energie mehr übrig für die Diskussion von Banalitäten.

»Aber wisst ihr, eigentlich bin ich … Naja egal, wie ihr meint. Ich bin dann mal unten. Ich brauche was zum Entspannen«, sagte Lux etwas beschämt. »Ich wünsche euch eine gute Nacht.«

»Ja, gute Nacht.«

»Nacht, Lux.«

Am nächsten Morgen wachte Loyd als Erster auf. Schlaf wirkte auf ihn wie Magie. Obwohl er ganz genau fühlte, wie die Reste der in seinem Körper angesammelten Schwärze auf seine Seele drückten, fühlte er sich dennoch erfrischt und geistig wach. Alles, was am gestrigen Tag vorgefallen war, gehörte nun der Vergangenheit an. Es war an der Zeit, sich aufzuraffen und sich mit der neu errungenen Kraft gegen das missliche Schicksal, das sie ereilt hatte, zu stemmen. »Glauben« war jetzt das Schlüsselwort. Um einen klaren Gedanken fassen und gezielt handeln zu können, war es unerlässlich, seiner Furcht Einhalt zu gebieten, denn wie Loyd auf seinen früheren Missionen ins Geschwärzte Zentrum gelernt hatte, war die Angst der größte Feind des Geistes. Angst war ein sinnloser Instinkt für ein intelligentes Wesen. Klar, für ein Tierwesen in der Wildnis war die Angst ein wichtiger Schutzmechanismus, um Gefahren zu entrinnen. Aber primitive Tierwesen wussten in der Regel ja auch nicht, dass sie sterben konnten. Deshalb gab es die Angst: Weil ein instinktgesteuertes Wesen, das den Tod nicht kennt, ohne die Angst direkt in die Fangzähne seines Feindes laufen würde.

Aber Loyd, der sich seiner Sterblichkeit durchaus bewusst war, brauchte diesen Urinstinkt nicht. Denn wer sich seiner Vergänglichkeit bewusst war, hatte nichts zu verlieren, außer seinen Glauben – und der Glaube war das mächtigste Werkzeug eines denkenden Wesens. Loyd presste sich seine Handflächen auf das Gesicht, wie er es immer tat, wenn er versuchte, sich seiner Furcht zu entledigen, und dachte ganz fest daran, dass Keli in Sicherheit war und Anker auf sie aufpassen würde, wo auch immer sie sich gerade befanden. Er betete, dass die gestrige Lichtmail auch wirklich von Keli und Anker stammte und die Aufforderung, die Regierungssitze zu warnen, eine Anweisung Ankers war. Zudem würde er auf das Gute in Lux vertrauen und die Furcht vor einem Hinterhalt ablegen müssen.

Loyds Gedanken bündelten sich und wurden deutlicher. Nur, wenn er all diese Annahmen als richtig voraussetzte, konnte er auch sinnvolle Entscheidungen treffen. Er durfte nicht den Kopf verlieren. Die Vernunft rastete ein: Keli und Anker ging es gut. Naomi und ihm ging es gut. Lux war ihnen gegenüber wohlgesinnt. Sie konnten handeln. Nichts war verloren und Lux war ihre Rettung schlechthin.

Loyd richtete sich auf. Im Raum war es angenehm hell. Erst

jetzt fiel ihm auf, dass die Zimmerdecke recht ungewöhnlich aussah. Es war eine nach oben gewölbte Kuppel ganz aus Glas, wodurch die allmählich erwachenden Himmelsscheiben einen erfrischenden, waldgrünen Farbton ins Zimmer warfen. Loyd blickte unwillkürlich zum Bett hinüber. Was er sah, erstaunte ihn. Naomi und Lux schliefen zwar beide auf derselben Matratze, Naomi war jedoch in eine dicke Decke gehüllt, während Lux zusammengerollt und ohne Bettdecke daneben lag. Von Naomi war nur ein Arm zu sehen, auf ihrer Hand ruhte Lux' Kopf.

Loyd grinste. Lux' Gesicht war entspannt und bewegte sich kaum merklich beim Ein- und Ausatmen. Sie hatte nahezu perfekte Haut und immer rosa Wangen. Ob sie sich wohl schminkte? Er selbst hatte von den vielen Expeditionen im Freien eher dunkle, raue Haut, die auf der Reise hierher sogar noch mehr Farbe angenommen hatte; aber das störte ihn nicht. Im Gegenteil: Dunkel war in Lichterloh angesagt. Ihm selbst gefiel seine Hautfarbe, die auch gut zu seiner schnittigen Frisur und seinem markanten Gesicht passte. Wie wohl ihre Kinder aussehen würden, wenn Lux und er …

In diesem Augenblick war ein lautes Gähnen zu hören. Naomi war aufgewacht. Sie streckte ihre Arme hoch über die Decke, wobei Lux' Kopf auf die Matratze abrutschte.

»Nein, Professor, ich habe die Phiole nicht zerbrochen«, murmelte Lux vor sich hin und drehte sich auf die andere Seite. Loyd und Naomi schnaubten belustigt. Lux war offenbar eine begnadete Schlafrednerin. »Was ist denn los? Schon wieder Morgen, oder was?«, murmelte Lux schlaftrunken.

»Allerdings«, grinste Loyd und stand auf. »Ich bin mal unten im Wohnzimmer.« Er wollte die beiden Frauen nicht stören und begab sich mit seinem Rucksack an die Schulter gehängt ins Erdgeschoß hinunter. Dort blickte er sich neugierig um. Eigentlich sah es im Raum aus wie am Vorabend, mit dem einzigen Unterschied allerdings, dass mehrere leere Bierflaschen auf dem Tresen vor der Küche standen. Loyd blinzelte amüsiert. Hatte Lux die Flaschen alle allein leergetrunken? Oder hatte da noch jemand mitgeholfen? Das hätte er nicht erwartet. Andererseits mochte er Mädchen, die auch einmal tiefer ins Glas schauen konnten.

Loyd räumte die Glasflaschen von der Bar und öffnete den Kühlschrank. Er nahm alles hervor, was ihm in die Hände kam und brachte es hinüber zum Tisch. *Mit leerem Magen geht gar nichts* – das sagte er immer. Erstmal richtig essen und dann wichtige Entscheidungen treffen.

Die zwei Frauen kamen nach einigen Minuten die Treppe herunter und ins Wohnzimmer, wo Loyd den Tisch mit dem Inhalt des Kühlschranks beladen hatte. Während Lux ihre Gäste über die Frühstücksspezialitäten in Nihilis aufklärte und sie von allem etwas naschten, dachte Loyd nach. Die Nahrung stärkte ihn. Seine schwächlichen Bewusstseinspfützen flossen zu einem ausgewachsenen Gedankenstrom zusammen.

Sie mussten etwas unternehmen – und zwar schnell. Die Welt war in Gefahr. Obschon sie noch immer nicht wussten, was das Unlicht so extrem anzufachen vermocht hatte, ihre Aufgabe bestand nun darin, die Regierungsoberhäupter der Präfekturen vor einem möglichen Katastrophenszenario zu warnen. Weshalb Anker ihnen durch Keli mitteilen ließ, Nihilis zuerst aufzusuchen, war Loyd allerdings ein Rätsel. Vielleicht ging es ihm darum, herauszufinden, ob Nihilis ein weiteres Mal hinter der Unlichtkrise steckte, was ja durchaus sein konnte. Natürlich brachte ihnen die diplomatische Immunität einen gewissen Schutz, aber er wollte sich nicht ausmalen, was geschehen würde, wenn die Nihilis-Fürsten tatsächlich verantwortlich für die Machenschaften in Kael waren, und dann noch aufflog, dass er und Naomi dabei waren, ihnen auf die Schliche zu kommen.

Unter Umständen hatte Anker einen Plan und war gerade dabei, herauszufinden, wie man das Unlicht stoppen konnte, und deshalb mussten sie für ihn einspringen, um die Recherchen über Nihilis im Hintergrund zu erledigen. So musste es sein. Sicher war Anker einfach zu beschäftigt gewesen, selbst eine Lichtmail zu senden und hatte Keli, die ohnehin nicht gut auf Loyd zu sprechen war, beauftragt, ihm eine Nachricht zu senden. Womöglich erhoffte sich der Professor dadurch eine Versöhnung zwischen den beiden Geschwistern. Genau so musste es sein, ganz bestimmt. Loyd nickte, zufrieden mit seinen Schlussfolgerungen. Mehrere Puzzleteile schienen nun endlich ihre Gegenstücke gefunden zu haben.

»Das hier sind Laugenpasteten. Haben einen säuerlichen Geschmack, sind aber wunderbar zusammen mit dieser Quittenmarmelade – probiert mal«, schwärmte Lux und verteilte die Gebäcke auf ihren Tellern.

»Lux – kann ich dich mal etwas fragen?«, erkundigte sich Loyd bemüht, höflich zu klingen.

»Was gibt es denn?«

»Wie sieht es eigentlich mit deinen eigenen Plänen aus? Hast du bestimmte Ziele, die du beabsichtigst, in näherer Zukunft anzustreben? Gestern hast du erwähnt, die Beziehung zu deinen Eltern läge im Argen –«

»Worauf willst du hinaus?«, warf Naomi argwöhnisch ein.

»Du hast Recht. Die Lage ist wirklich ernst«, erwiderte Lux nachdenklich. »Ich frage mich, was meine Eltern mit mir anstellen würden, wenn ich gefasst würde. Ihr wisst vielleicht nicht, wozu das Fürstenhaus fähig ist, aber das ganze Regime kennt weder Gnade noch Moral. Mord und Folter stehen bei denen an der Tagesordnung; natürlich hinter verschlossenen Türen, versteckt vor den Augen und Ohren der Gesellschaft. Es geschehen schreckliche Dinge, die sich keiner auszumalen vermag. Das kommt davon, wenn man an *nichts* glaubt.«

»An was glaubst du denn, Lux?«, wollte Loyd, neugierig geworden, wissen.

»Ich – ich glaube, naja, ist vielleicht seltsam, als Nachkomme der Fürsten – ich denke, dass es da draußen mehr gibt, als wir mit unseren Sinnen wahrnehmen können. Wenn man an die Nichtexistenz glaubt, wie die meisten hier in Nihilis, dann hat das Leben keinerlei Bedeutung, versteht ihr?«, erklärte Lux und legte dabei versonnen ihren Kopf in den Nacken. »Ich mach mir tagein, tagaus Gedanken über diese Frage. Wie könnte ich an nichts glauben, wenn sich ja alles – die Realität selbst – direkt vor meinen Augen abspielt? Ich meine, all das Leben um uns herum, die Natur und der Wandel der Zeit *sind doch etwas Handfestes*, oder etwa nicht? Wie kann man denn einfach behaupten, dass alles, was uns umgibt, nichtig sei und ohne Belang wäre? Und wenn es wirklich so wäre, weshalb befähigt die Natur uns denkende Wesen denn überhaupt dazu, uns mit der eigenen Existenz auseinanderzusetzen und uns solche Fragen zu stellen? Wenn das ganze Universum doch bloß ein großer, praller Haufen bedeutungsloser Zufälle wäre, warum frage ich mich dann, weshalb ich existiere? Würde ein nihilistischer Determinismus es überhaupt zulassen, dass sich

Lebewesen entwickeln, die sich nach dem ›Wie und Warum‹ fragen?«

Loyd versuchte aufmerksam, Lux zu folgen, jedoch hatte er nicht mit einer solch philosophischen Auseinandersetzung gerechnet. Eigentlich begriff er recht wenig von dem, was Lux da eben von sich gegeben hatte. Doch offenbar hatte Naomi mehr verstanden: »Ich denke, es ist nicht gerechtfertigt, an ›nichts‹ zu glauben. Wie du sagst: Das Leben spielt sich um uns herum ab, und wir sind mittendrin. Dass wir uns die Frage nach dem Sinn des Lebens und dem ›Wie und Warum‹ stellen, zeigt doch meiner Meinung nach schon, dass die Existenz selbst etwas Greifbares ist und eine höhere Bedeutung hat. Aber noch viel wichtiger finde ich persönlich, dass alle Lebewesen respektvoll miteinander umgehen, egal welchen Glaubensansatz sie verfolgen. Ich kann dich gut verstehen, Lux, denn auch ich mache mir viele Gedanken über diese Fragen.«

Lux schmunzelte. »Wir müssen unbedingt einmal einen Philosophieabend veranstalten; nur wir drei zusammen. Ich stimme dir zu, Naomi. Schlussendlich läuft es darauf hinaus, dass man glauben darf, was man will, solange man Andersdenkende stets anständig behandelt«, sagte sie mit nachdenklicher Stimme. »Genau das Gegenteil tun meine Eltern. Sie sind Tyrannen, die versuchen, die Welt zu zerstören. Andere Weltbilder als ihr eigenes, fehlgeleitetes, tolerieren sie nicht – zumindest trifft dies auf meine Mutter zu. Ich verachte sie so sehr. Seit ich ganz klein war, hat sie mich mit ihrer kranken Ideologie terrorisiert. Ich war so glücklich, als ich damals an die Hochschule von Wesenend geschickt wurde. Erst nach und nach begannen sich die tiefen seelischen Wunden, die sie mir zugefügt hatte, oberflächlich zu schließen. Jetzt endlich, nach Jahren der Distanz zu ihr, kann ich zurückblicken und verstehen, dass nicht ich für ihre stetige Wut und Unzufriedenheit verantwortlich bin, sondern sie selbst. Heute weiß ich, dass sie sich in Wahrheit selbst hasst und diesen Groll auf ihr Umfeld projiziert. All die Jahre hindurch hat sie mich stellvertretend für sich selbst und ihren unbändigen Jähzorn drangsaliert, doch das ist jetzt vorbei. Mit dieser skrupellosen Person will ich nie wieder etwas zu tun haben.«

Lux' Stimme zitterte leicht. Es schien, als würde sie nicht oft über ihre Gefühle sprechen. Vielleicht befähigte die Eigentümlichkeit dieses speziellen Moments sie dazu, sich ihren Gefährten zu öffnen, da auch Loyd und Naomi in einer fatalen Situation steckten.

»Verstehe. Tut mir leid, Lux«, sagte Loyd verständnisvoll. »Philosophieabend klingt gut. Wenn der ganze Schlamassel vorüber ist, setzen wir drei uns mal für ein paar Stunden in einen Pub, damit wir uns in Ruhe über unsere Vergangenheit und Zukunftspläne austauschen können.« Er konnte gut nachempfinden, wie Lux sich fühlte, doch ihm war bewusst, dass sie zum Gelingen des von Anker erteilten Auftrages einen wichtigen Beitrag leisten könnte. Lux war vielleicht ihre einzige Chance, mit den Nihilis-Fürsten in Kontakt zu treten, und die würde er sich nicht entgehen lassen, sofern dies mit Lux' Sicherheit vereinbar war.

»Lux, ich hatte eigentlich gehofft, du könntest uns vielleicht zu deinen Eltern bringen, damit wir uns mit ihnen über die Entwicklung des Unlichts in Kael unterhalten können. Wie du ja mitbekommen hast, lautet unsere Anweisung, die einzelnen Regime – Nihilis eingeschlossen – über die Konsequenzen der Unlichtausbreitung aufzuklären. Möglicherweise hat das Fürstenhaus ja sogar etwas damit zu tun.«

»*Loyd* – das ist keine gute Idee«, mahnte Naomi sogleich und sah besorgt zu Lux hinüber, die auf der Laugenpastete auf ihrem Teller herumdrückte.

»Wenn Lux von sich aus zurückkehrte, dann läge eine Versöhnung mit ihren Eltern zumindest im Bereich des Möglichen. Ich glaube nicht, dass sie sich jetzt, da bekannt ist, dass sie sich in der Stadt aufhält, lange vor ihnen verstecken kann.«

»Loyd ...«, begann Naomi bestürzt, doch dann erhob Lux die Stimme: »Es stimmt, was Loyd sagt. Mich auf Dauer zu verstecken, bringt nichts, aber ich kann mir auch nicht vorstellen, meinen Eltern je wieder ins Antlitz zu blicken. Andererseits ist das vielleicht der einzige Weg, den Laternenwald vor dem Untergang zu retten – vielleicht ist es einen Versuch wert. Momentan könnte ich ohnehin keinen Fuß mehr nach draußen setzen. Die Straßen sind jetzt bestimmt voller Späher, die nach mir suchen. Besser sich selbst stellen, als geschnappt zu werden«, schloss sie nicht ganz überzeugt.

Naomi schüttelte missbilligend den Kopf. Loyd hingegen hieß diesen Sinneswandel gut. So könnten sie mehrere Fliegen mit einer Klappe schlagen: Sie würden einen Teil ihrer Mission erfüllen, Lux würde sich mit ihrer Familie versöhnen, und Loyd könnte sich mit Lux' Eltern gut stellen, falls er in ferner Zukunft einmal um ihre Hand anhalten wollte.

Ach Unsinn! Was war in ihn gefahren? Er musste sich weiter auf das Wesentliche konzentrieren. Zuerst einmal galt es, herauszufinden, wie sie unbemerkt zum Fürstenhaus hochkommen konnten. In diesem Moment stellte Naomi genau diese Frage: »Wie sollen wir denn eigentlich da hinaufkommen? Die Fuji-Line wird streng überwacht.«

»Das ist das kleinste Problem! Wenn wir diesen Weg wirklich einzuschlagen gedenken, werde ich meinen Eltern eine Lichtmail senden und sie bitten, uns abholen zu lassen.«

Loyd und Naomi stierten einander mit verengten Augen an. Naomi war überzeugt, dass Loyd keine Ahnung hatte, auf welche Strapazen sie sich da einließen, während Loyd angesichts der Tatsache, dass er in unerwarteter Kürze mit den Nihilis-Fürsten konfrontiert werden würde, ungemein überrascht war.

»Na dann«, seufzte Lux unruhig, »bringen wir es hinter uns.«

»Warte kurz«, sagte Naomi nachdenklich. »Was genau geschieht mit dir, wenn du dich ergibst und zu ihnen zurückkehrst?«

»Ich nehme an, sie werden mich in mein Zimmer werfen und mich für den Rest meines Lebens unter Hausarrest stellen.« Lux versuchte es mit einem Grinsen, das ihr aber sichtlich misslang. »Ich werde bestimmt einen Weg finden, ab und zu ein bisschen frische Luft zu schnuppern, und meine Eltern sind auch nicht mehr die Jüngsten. Also, dann mal los.«

Naomi und Loyd waren nun doch beide entsetzt über die drohenden Konsequenzen für Lux. Kaum hatte Lux die raschelnde Lichtkugel auf ihren Handflächen heraufbeschworen und begonnen, eine Nachricht für ihre Eltern hineinzusprechen, war sich Loyd plötzlich nicht mehr sicher, ob ihr Vorhaben nicht doch ein, zwei Haken hatte. In ihm stieg eine ungute Vorahnung auf. Gerade, als er Lux bitten wollte, mit dem Versenden der Botschaft noch einen Augenblick zu warten, schwebte die eisblau leuchtende Sphäre durch das weite Terrassenfenster und verschwand in Richtung Bergkrone.

Es war getan – nun gab es kein Zurück mehr. Plötzlich fielen

Loyd tausend Argumente ein, warum sie die Mitteilung noch nicht hätte abschicken sollen: »Wie verhält man sich angemessen vor den Fürsten? Und wie spricht man sie an? Was darf man, was nicht? Gibt es Themen, die man auf keinen Fall ansprechen sollte?« Eine Frage nach der anderen sprudelte aus Loyd hervor.

»Seid einfach ihr selbst. Meine Eltern sind Menschenwesen aus Fleisch und Blut – keine Sorge«, versuchte Lux sie zu beruhigen, obwohl ihr ganz offensichtlich selbst äußerst unbehaglich zumute war.

Fünf Minuten verstrichen – zehn Minuten. Dann, nach einer ewig langen Viertelstunde kam eine Lichtmail durch das Fenster geglitten. Mit zitternden Händen empfing Lux die glühende Botschaft.

*»Luchiris. Bist du es wahrhaftig? Bereits gestern Abend hat sich ein Flüstern aus den Abgründen der Provinz bis zu unseren hellen Ohren erhoben. Du seist in Begleitung von geschätzten Vertretern Lichterlohs, hieß es. Sei versichert, meine liebste Tochter, dass wir sie herzlich willkommen heißen werden. Ein Fest zugunsten dieser wertvollen internationalen Zusammenkunft soll in unserer Mitte stattfinden, noch heute Abend in der Ehrungshalle. Wir haben die fürstliche Garde geschickt, um euch abzuholen. Bitte verweilt am Orte, bis sie eintrifft. Deine dich liebende Mutter, Anadol Nihilis.«*

Loyd war zufrieden. Das klang viel besser, als er es sich erhofft hatte. Tyrannen hin oder her, Lux' Mutter hörte sich, Loyds Meinung nach, völlig in Ordnung an. Aber er würde natürlich Vorsicht walten lassen. Das war auch immer Ankers Priorität gewesen.

Nun war es an Naomi und ihm, das Ruder für diese Mission in die Hände zu nehmen. Lux hingegen sah unterdessen alles andere als glücklich aus. Die ganze Nachricht hindurch machte sie ein kümmerliches Gesicht. *Vielleicht, weil es nicht ihr Vater gewesen ist, der geantwortet hat,* spekulierte Loyd.

»Lux, wir sind bei dir«, ermutigte Naomi ihre neu gewonnene Kameradin und Loyd nickte zustimmend.

Die Türklingel wurde betätigt. Sie hoben ihr Gepäck hoch und traten gemeinsam in die Diele hinaus, wo sich an deren Ende eine hohe, weiße Eingangstür befand.

»Ich öffne die Tür«, sagte Lux resigniert und schob sich vor. Sie drückte den Schlossriegel zur Seite, legte die Hand auf die Klinke und zog die Tür zögernd auf. Etwa drei Dutzend Wesen, darunter auch Menschenwesen in silbern glänzenden Anzügen, tummelten sich im Garten und auf der Straße weiter vorne. Um die Aktion der Ordnungshüter vor neugierigen Blicken zu schützen, war das Gebiet um das Haus herum weiträumig mit leuchtend rotem Absperrband versehen worden. Vor der Tür standen zwei Menschenwesen, die Lux nur zu gut kannte. Es waren die Generäle Lorentz und Mei.

»Lange nicht gesehen, Eure Hoheit Nihilis.«

Der Mann und die Frau deuteten beide eine leichte Verbeugung an.

»Ihr seid gewachsen«, sagte Generalin Mei.

»Hi. Ja, kann sein«, erwiderte Lux bedrückt.

»Für Euch steht ein Atlan bereit. Ihr seid zu dritt – ist das richtig?«, fragte General Lorentz. Lux nickte nur. Die zwei Generäle machten Platz und wiesen mit den Händen zur Straße, wo sich eine Menge schaulustiger Leute jenseits der Absperrungen angesammelt hatten. Als Lux, Naomi und Loyd aus dem Hauseingang traten, machte sich ein aufgeregtes Getuschel breit.

Loyd fühlte ein unangenehmes Kribbeln im Bauch. Mit solch einem großen Auftritt hatte er nicht gerechnet. Viele Dutzend Augenpaare waren auf sie gerichtet, als sie über die Setzsteine im Garten auf die lichtbetriebene Karosse zuschritten.

Loyd war noch nie in einem Lichtmobil gesessen, freilich vor allem, weil die meisten in Lichterloh verboten waren. Der Atlan, eine Luxusmarke aus Atlas, wurde in Nihilis bekanntlich deshalb gefahren, weil die beiden Präfekturen gute wirtschaftliche Beziehungen zueinander pflegten. Die Fahrzeugtür wurde ihnen von einem nilpferdartigen Wesen in anthrazitfarbenem Anzug und einer schwarzgläsernen Sonnenbrille auf der tiefliegenden Nase geöffnet. Sie stiegen ein. Der Geruch von Leder hing in der Luft. Lux saß in der Mitte, flankiert von Naomi und Loyd. Die Tür schloss sich automatisch, und los ging die Fahrt. Der Chauffeur begrüßte seine Fahrgäste mit professioneller Bescheidenheit: »Guten Tag, werter Herr und edle Damen. Mein Name ist Eugoon. Wir fahren zum Hause Nihilis. Bitte schnallt Euch an. Habt Dank.«

Ein weiterer Geruch machte sich schleichend bemerkbar. Sie alle waren am Vorabend zu müde gewesen, um zu duschen und dementsprechend roch es auch etwas dumpf und säuerlich nach zu lange getragenen, verschwitzten Kleidern. Während der Hinfahrt sagte keiner ein Wort. Voraus fuhren zwei weitere Atlane und auch hinter ihnen begleiteten sie mehrere Fahrzeuge. Links und rechts winkten Leute, die vermutlich adlige Persönlichkeiten im Fahrzeuginnern vermuteten. *Solches Verhalten kennen wir in Lichterloh nicht,* dachte Loyd verwundert. Die Gesellschaft dort suchte stets die Gleichberechtigung und war bestrebt, eine aristokratische Hierarchie zu vermeiden. Hier schienen jedoch andere Sitten zu herrschen. Loyd blickte aus den verdunkelten Scheiben. Das Quartier beherbergte viele schöne, alte Anwesen, die aus verschiedengroßen und verschiedenfarbigen Blocksteinen errichtet waren. Die Straßen waren mit bunten Pflastersteinmosaiken übersät. Es sah so aus, als hätten die Steinsetzer kein Fleckchen der Eintönigkeit überlassen wollen.

Die Steigung, die die Lichtmobile überwinden mussten, wurde immer heftiger. Sie passierten einen großen Landschaftspark, an dessen Rand eine Seilbahnstation zu sehen war. Wie es schien, konnte man auch mit der Gondel einen Ausflug zu den oberen Regionen des Urbergs unternehmen, was bei schönem Wetter sicherlich ein imposantes Erlebnis war. Nach der Parkanlage durchquerten sie einen kurzen Waldabschnitt, den sie schon bald wieder hinter sich ließen. Danach kamen große, luxuriöse Herrenhäuser in Sicht.

*Hier oben lebt wohl das adlige Volk,* dachte Loyd, als sein Blick über die Prachtanlagen schweifte. Und dann, endlich, ragte das Fürstenhaus vor ihnen auf. Loyd erkannte es sofort. Ein »Haus« war das allerdings nicht. Mehr glich es einem Märchenschloss aus einer Gute-Nacht-Geschichte, die Loyds Mutter Keli und ihm einst vorgelesen hatte. Die Hochburg ragte steil in den Himmel und stützte viele spitze Zinnen und Türme. Die Mauern erschienen schwarzgrau und bestanden vermutlich aus demselben Gestein wie der Schwarze Vorhang.

Der Atlan-Konvoi hielt vor einem massiven Gittertor mit scharfkantigen Zähnen. Das Tor öffnete sich rasch und die Fahrzeugkolonne fuhr hindurch, weiter über eine Alleestraße, gesäumt von bilderbuchhaften Prunkgärten und schier unendlich weitläufigen Rebhängen, bis sie schließlich unmittelbar vor dem marmornen Hauptportal zum Halt kamen.

Loyds erster Eindruck von der Anlage verband sich unweigerlich mit dem Anblick des Eingangs der Deixelgrotten. Mehrere Butler standen bereit und öffneten Fahrzeugtüren und Kofferräume. Die Rucksäcke wurden den beiden Studenten abgenommen, doch bestand Naomi darauf, ihre Artenfibel bei sich zu behalten. Ein Mitglied der Fürstengarde durchsuchte das gigantische Buch offenbar auf Waffen und sah dann ihre Diplomatenpässe ein. Als die oberste Fürstenwache ihr »Okay« gab, wurden sie, von mehreren Garden umgeben, durch das hohe Steintor eskortiert, wo gut drei Gilberts übereinander durchgepasst hätten.

Loyds Hände waren verschwitzt. Auch auf seiner Stirn hatten sich Schweißperlen gebildet. Wie würden sie empfangen werden? War das alles vielleicht nur ein perfider Hinterhalt und sie würden womöglich augenblicklich in einen Kerker geworfen und hingerichtet werden?

*Alles kann geschehen, aber es ist nicht der richtige Zeitpunkt, um sich jetzt in die Hose zu machen,* versuchte Loyd, sich einzureden. Seine Miene erstarrte zu Stein und so andächtig, wie die äußeren Eindrücke, die auf ihn einwirkten, es zuließen, stelzte er durch die majestätische Eingangshalle.

»Hier entlang, bitte. Die erhabenen Fürsten erwarten Euch auf dem Sonnenturm«, tat Generalin Mei kund.

»Die wollen euch bloß mit der Aussicht imponieren«, zischte Lux ihren Leidensgenossen zu. »Sagt einfach nichts, wenn ihr nicht gefragt werdet. Das ist das Beste.«

»Habt Ihr ein Anliegen?«, erkundigte sich General Lorentz, der das Getuschel mitbekommen hatte und offensichtlich nicht guthieß.

»›Duschen würde ich gerne‹, habe ich gesagt.«

»Nach der Audienz mit den erhabenen Fürsten werdet Ihr Zeit haben, Euch auf das Fest am Abend vorzubereiten. Die Suiten sind bereits hergerichtet – auch Euer Gemach ist von der Fürstin neu eingerichtet worden. Ihr werdet es lieben.«

Loyd war von der gegenwärtigen Situation zu abgelenkt, als dass er den sarkastischen Unterton hätte aus der Bemerkung heraushören können. Lux zog unter Zähneknirschen eine Grimasse, die vor Abneigung nur so strotzte. Die unter Begleitschutz stehende Dreiergruppe wurde zu einem mit Steinen ummauerten Fahrstuhl begleitet, wo sie diesen bestiegen, als die zwei Türenhälften zur Seite wichen.

»Lorentz, du willst mir doch nicht weismachen, dass das Zimmer wieder – du weißt schon – in *jenem Stil* eingerichtet ist? Hat sie es denn noch immer nicht kapiert?«

Die Generäle hüstelten nur verlegen. Loyd und Naomi begriffen nicht, wovon die Rede war. Sie waren ohnehin viel zu aufgeregt, um auf Lux' Äußerungen einzugehen. Der Fahrstuhl öffnete sich und eine kühle Brise durchströmte dessen Inneres.

»Luchiris, Schatz! Du bist es wirklich«, drang eine helle, überdrehte Frauenstimme zu den Aussteigenden herüber.

Loyd war verblüfft. Sie befanden sich auf einer weiten Plattform, auf der mehrere hochwertige Gruppen von Tischen und Stühlen verteilt standen, während links in einem Türrahmen ein aufmerksam wirkendes Wesen mit einer hohen Kochmütze auf dem Haupt weilte. Das Panorama war unbeschreiblich. Die Aussicht von Hildenberge auf das Tal hinunter war ein Witz dagegen. Sie hatten über hunderte Kilometer hinweg Rundumsicht. Loyd fiel sofort der riesige schwarze Schemen hinter ihnen auf – der Schwarze Vorhang, mit dem sie höhenmäßig nun etwa gleichauf waren. Doch genauer konnte er die Umgebung nicht beäugen, denn schon kam die Fürstin auf die Gruppe zugestürmt und schloss ihre Tochter in die Arme. Auch der Fürst – ein kahlköpfiger Mann mit gepflegtem, dunkelbraunem Ducktailbart – kam würdevoll durch die Tischreihen geschritten.

Loyd bemerkte sogleich, dass Lux die innige Geste ihrer Mutter nicht erwiderte. Noch in der Umarmung löste die Fürstin ihr das zusammengebundene Haar und beschlagnahmte das Haarband. Ihre Hände streiften über Lux' Wangen und hielten diese schließlich in einem unnachgiebigen Griff fest, während sie das Gesicht ihrer Tochter von oben bis unten begutachtete. Dann glättete sie Lux' vom Kragen abstehendes Haar. Loyd sah die junge Frau zum ersten Mal mit offener, kaum schulterlanger Frisur, die ihr, wie er fand, ausgezeichnet stand.

Doch wie es schien, teilten sich bereits zu diesem Zeitpunkt die Meinungen auf dem Turm: »Du hast zugenommen. Und was hast du mit deinen Haaren gemacht? Und deine Kleidung – aber wir kriegen das schon wieder hin.« Sie selbst hatte braunglänzendes und welliges, hüftlanges Haar und einen hochmütigen Ausdruck auf dem üppig geschminkten Gesicht.

Lux sagte keinen Ton. Die Fürstin, die ein enges, olivfarbenes Kleid trug, welches ihre weiblichen Attribute deutlich zum Vorschein brachte, schob Lux bei den Schultern zur Seite und begab sich vor die von den Generälen flankierten Botschafter.

»Verzeiht das Auftreten meiner Tochter. Ihr habt sie gefunden und dazu veranlasst, zu uns zurückzukehren – ist das wahr? Ich stehe tief in Eurer Schuld. Wie kann ich Euch jemals danken?«

Der Fürst stellte sich an die Seite seiner Frau und sprach nicht wie die Fürstin in überheblichem Tonfall, sondern mit spürbar ungezwungener Herzlichkeit: »Habt Dank, geehrte Botschafter von Lichterloh und Solaspitz. Euch soll Lob zuteilwerden. Ich bin mir sicher, dass Ihr mit einem bestimmten Anliegen hierhergekommen seid, welchem wir uns gerne heute Abend zur Dämmerstunde, bei einem Festmahl annehmen möchten. Bitte seid für diesen erfreulichen Tag unsere Gäste. Um achtzehn Uhr erwarten wir Euch im Ehrungssaal, wo wir über die Hürden der Vergangenheit hinwegblicken und gemeinsames Trachten nach Glück und Frieden ins Auge fassen wollen.«

Der Fürst machte eine knappe Handbewegung in Richtung des Kellners, der daraufhin mit einem Tablett, auf dem vier edle kleine Kristallgläschen standen, herbeigeeilt kam.

»Branntwein von Trauben aus dem Schlossgarten. Lasst uns auf eine, unsere Länder verbindende Feier anstoßen!«

Der Kellner streckte Loyd und Naomi mit einer respektvollen Verbeugung das silberne Tablett hin. Sie nahmen je ein Gläschen, danach bedienten sich auch der Fürst und die Fürstin. Lux ging leer aus.

»Zum Wohl«, sagte der Fürst und tippte mit dem Fuß seines Gläschens zuerst gegen das von Naomi, dann gegen jenes von Loyd, wobei er beiden tief in die Augen blickte. Nachdem alle – außer Lux – angestoßen hatten, nippte Loyd am Gläschenrand. Er hatte noch nie Branntwein probiert, wusste aber, dass es sich um etwas Hochprozentiges handelte und es wahrscheinlich in der Kehle brennen würde. Doch zu seiner Überraschung tat es das nicht. Es schmeckte köstlich süß. Nach und nach breiteten sich verschiedenste, liebliche Geschmacksnoten wie reife Pfirsiche, Dörrfeigen und schwarze Schokolade auf seinem Gaumen aus. Es war unglaublich, was man aus einer einzigen Zutat herstellen konnte.

Loyd merkte, wie der Druck in seinem Kopf und die Spannung in der Brust nachließen. Eine wohlige Wärme breitete sich in seinem Inneren aus. Auch Naomi, die bekanntlich sonst keinen Alkohol trank, zeichnete der Edelbrand Frieden ins Gesicht.

Der Nachmittag war angebrochen. Zuerst war vorgesehen gewesen, dass Loyd und Naomi einzelne Suiten bezogen, doch als die beiden darauf bestanden, aus »persönlichen Gründen« die Räumlichkeiten zu teilen, hatte man ihnen die Herzogs-Suite mit zwei separaten Betten bereitgestellt. Der Gedanke hinter dem Protest war natürlich jener, dass, falls in der Nacht etwas Unvorhergesehenes geschehen sollte, sie gemeinsam handeln konnten. Es war eine Frage der Sicherheit, was sie natürlich nicht offen zugaben. Stattdessen taten sie so, als ob sie immer im selben Zimmer schliefen.

Lux bekamen sie an diesem Nachmittag nicht mehr zu Gesicht. Loyd fragte sich zwar, wo sie untergebracht worden war, herausfinden konnte er es allerdings nicht, denn vor ihrer eigenen Suitentür stand permanent mindestens eine Wache. Loyd und Naomi duschten und bereiteten sich auf den abendlichen Anlass vor. Es lagen zwei Lichtsteine auf einem kleinen, dreibeinigen Tischchen bereit, deren Altes Sonnenlicht sie mit Dankbarkeit aufnahmen. Da sie keine passenden Kleider dabeihatten, wurde ihnen eine Reihe von Anzügen und Abendkleidern zur Schau gestellt, aus denen sie sich etwas Geeignetes aussuchen durften.

»Die Fürsten scheinen ja ganz in Ordnung zu sein«, sagte Loyd befreit, während er sich ein veilchenblaues Hemd überzog.

»Sprich leise. Wir sollten hier nicht darüber reden – du weißt, was ich meine«, erwiderte Naomi und blickte misstrauisch umher. Sie trat näher zu Loyd, der nun mehr schlecht als recht versuchte, einen doppelten Krawattenknoten zu binden.

»Weißt du«, begann Naomi und senkte ihre Stimme, »ich finde es seltsam, wie Lux' Mutter sie behandelt hat: wie ein kleines, verzogenes Gör. Meine Güte, sie hat drei Jahre lang mit reputablen Explorationswissenschaftlern zusammengearbeitet und sich wahrscheinlich schon mehr Wissen über das Unlicht angeeignet als die meisten Forscher zusammen. Wir hätten sie eigentlich nach ihren Erkenntnissen befragen sollen. Vielleicht ist ihr im Zentrum sonst noch etwas Verdächtiges aufgefallen, das uns hätte weiterbringen können.«

»Dafür ist es leider zu spät. Ich denke, das Wichtigste ist es jetzt, den Fürsten klar zu machen, dass auch ihr Reich bedroht ist. Ich hoffe bloß, die veranstalten nicht gleich ein Freudenfest, wenn sie zu hören bekommen, dass das Unlicht in Kael neuerdings unkontrolliert vor sich hin wuchert«, sagte Loyd und öffnete den zum dritten Mal misslungenen Krawattenknoten.

»Ja, kann sein, dass es sie überhaupt nicht kümmern wird und sie nichts aus der Vergangenheit gelernt haben. Vielleicht zeigen sie sich aber auch erkenntlich und versuchen, uns zu helfen. Unsere Mission ist einfach: Wir müssen den Regenten der vier Staaten nur die Botschaft überbringen. Was sie daraus machen, ist danach nicht mehr unsere Angelegenheit«, meinte Naomi und strich sich mit einem Lippenstift, den sie in einer großzügig mit allerlei Pflegeprodukten bestückten Geschenkbox gefunden hatte, über ihre Lippen.

»Stimmt schon. Am besten, wir machen uns morgen bereits

auf den Weg nach Wesenend und versuchen, mit den Mitgliedern des Bunten Rats einen Besprechungstermin zu vereinbaren. Wenn wir Glück haben und den Ernst des Problems verständlich darlegen, könnten wir unter Umständen am selben Tag noch zu dem einen oder anderen Minister Kontakte knüpfen. Danach machen wir uns auf den Weg nach Solaspitz.«

»Das wird wohl das Beste sein«, stimmte Naomi zu. »Ich wünschte bloß, wir könnten Lux mitnehmen –«

»Schhh!« Nun war es Loyd, der Naomi zum Schweigen brachte.

»Wenn das jemand hört, werfen die uns wegen vorsätzlicher Entführung in den Kerker.«

»Weiß ich wohl. Du hast ja mit dem Thema angefangen«, zischte Naomi gereizt und wandte sich ab.

Die restliche Zeit verbrachten die beiden schweigend auf der weiten Außenterrasse der Suite. Die Aussicht war einfach spektakulär. Von hier aus zeigten sich die Ausläufer der Stadt Nihilis bis hin zu den unzähligen Zweigdörfern des Fürstentums in der Ferne. Weiter außen verschluckte der Laternenwald die letzten Weiler und ging in einen unendlichen Urwald über, der sich am purpurnen Horizont verlor. Zwei Sonnenlöcher waren von hier aus zu sehen. Loyd reimte sich zusammen, dass das eine – das nähere von beiden – die Hauptlichtquelle von Nihilis sein musste: »Kranenturm« hieß die Lichtfabrik, die Nihilis um die gewaltige Erdöffnung herum errichtet hatte, wenn Loyd sich nicht täuschte. Das Sonnenloch weiter draußen kannte er nicht. Er war sich nicht einmal sicher, ob es durch Nihilis oder durch Wesenend verwaltet wurde.

Gerne hätte er dorthin mal eine Expedition unternommen.

Sonnenlöcher waren einzigartige Kraftorte und zogen das Leben im Laternenwald magisch an. Man fand die seltensten und seltsamsten Wildwesen in der Nähe dieser Wunder der Natur. Loyd vermisste das Explorieren sehr. Vor einer Woche noch hatte er sich im Glauben an ein ihm wohlgesinntes Schicksal auf die nächste Expedition mit Anker vorbereitet und in der Stube seiner Frierhütte die Daten der jüngsten Sternenwald-Expeditionen ausgewertet. Nur eine Woche war es her, als er noch Stunde um Stunde, Minute um Minute nach einem weiteren Abenteuer unter den Sternfäden des finster glühenden Sternenwalds geschmachtet und sehnlichst auf das Ende seiner Semesterferien gewartet hatte. Dann war alles anders gekommen – Loyd atmete tief ein und hielt wehmütig den Atem an.

Die Luft auf dem Gipfel des Urbergs war sehr dünn, aber auch sehr frisch. Der Duft von gemähtem Gras und frischem Gebäck lag im sanften Wehen des Windes. Von unterhalb der Veranda konnten sie wirres Gebrabbel und metallenes Poltern hören. Anscheinend lag die Küche der Hochburg direkt unter ihnen und dem Rumoren zufolge herrschte dort Hochbetrieb.

Eine Viertelstunde später – die Uhr an der Wand der Suite zeigte Viertel vor sechs – klopfte es an der Tür. Loyd öffnete und sah sich mehreren Wachen gegenüber, die gekommen waren, um sie zur Festhalle zu geleiten.

»Eure Exzellenzen, bitte folgt uns. Wir werden Euch zur Ehrungshalle im Kellergeschoss führen.«

Weshalb die Zusammenkunft im Keller stattfinden würde, war Loyd zuerst schleierhaft, doch als sie die steinerne Wendeltreppe hinunterstiegen und frohgestimmte Kammermusik sie begrüßte, sah Loyd den Grund für die eigentümliche Ortswahl:

Der Saal war viel länger und höher, als er erwartet hatte und gänzlich in behagliches aquamarinblaues Licht getaucht. Die Decke war wie ein Zelt gebogen und aus hellen Steinen gemauert. Vier lange, auf Hochglanz polierte Holztische, von denen einer prunkvoll gedeckt war, zogen sich durch die Halle. Jenseits der Tafeln reihten sich den Mauern entlang etwa zwei Dutzend massive Weinfässer aneinander.

»*Willkommen im Weinkeller und Herzen des Fürstentums. Hier wird der beste Wein der Welt produziert*«, schmetterte ihnen der Fürst gutgelaunt entgegen. Lux und die Fürstin waren beide noch nicht da. »Bitte nehmt in der Mitte Platz. Meine Gattin und meine Tochter sollten jeden Augenblick eintreffen.«

Ein in Weiß gekleideter Kellner geleitete die beiden zu ihren Plätzen und reichte ihnen je eine Speise- und eine Getränkekarte.

»Wollen wir uns vorab ein Schlückchen genehmigen, hm?«, lockte der Fürst verwegen.

Loyd schielte zu Naomi hinüber und versuchte, ihren Blick zu lesen. Er wusste nicht, ob das eine Art Manierenfangfrage war, oder ob es ihr Gastgeber ernst meinte.

»Das überlassen wir Euch, Eure Hoheit, aber ich muss zugeben: Ihr habt hier eine Menge interessanter Tropfen zur Auswahl. Werden die Weine und Brände alle hier im Fürstenhaus gekeltert?«, antwortete Naomi zu Loyds Erleichterung überaus diplomatisch. Sie war der Frage gekonnt ausgewichen.

»Allesamt«, sagte der Fürst stolz. »Das hier«, er zeigte auf die vielen Fässer im Raum, »sind unsere Grand Crus; die Crème de la Crème. Der eigentliche Gärungssaal befindet sich an einem höchst geheimen Ort, der nur mit meinem Einverständnis betreten werden darf. Wir wollen doch nicht, dass unsere edlen Weine und deren Geheimnisse abhandenkommen.« Der Fürst kicherte vergnügt. »Nur keine Scheu. Ich habe keine Ahnung, wo die zwei Damen des Hauses stecken, aber ich empfehle Euch mal einen der besten Weine, die wir herstellen. *Louar*«, sagte der Fürst und wandte seinen Kopf dem Kellner zu. »Drei Gläser ›Donnertänzer‹, bitte.«

»Sofort, Eure Hoheit«, sagte Louar und verbeugte sich diensteifrig. Dann verschwand er eilends im Treppenaufgang.

»Lichterloh …«, begann der Fürst und nahm zwei Stühle neben Loyd Platz, wobei eine Wache mit hinter dem Rücken verschränkten Armen an seine Seite trat. »Meine Güte, bin ich dort schon lange nicht mehr gewesen. Ich mag die Stadt sehr, wisst Ihr? Auch das Siebbier, ui-ui-ui, ist das lecker. Bekommt man hier in der Provinz kaum. Ich persönlich finde es eine Schande, dass unsere Präfekturen keine besseren Beziehungen zueinander pflegen. Schon allein deswegen, weil wir unseren Wein auch gerne nach Lichterloh exportieren würden. Aber eben – die Jahrhunderte währenden Sanktionen gegen das Reich machen es bislang unmöglich.«

Der Kellner kam mit einem Tablett, auf dem drei zu einem Drittel gefüllte, edel brillierende Kristallgläser standen. Er reichte zuerst Naomi ein Glas, dann Loyd und zuletzt dem Fürsten.

»Ich schlage vor, wir beeilen uns. Vielleicht schaffen wir die erste Runde, noch bevor meine Gattin den Weg findet. Sie mag es nicht, wenn wir ohne sie anfangen. Also – *prost*, auf eine vorteilhafte, gemeinsame Zukunft.«

Sie stießen an und Loyd, der wusste, dass man guten Wein nicht gierig hinunterspülte, erschnupperte zuerst eine Faustbreite über dem Kelch das Bukett der Edelrebe. Ein Feuerwerk von fruchtigen Düften ging von der blutroten Flüssigkeit aus. Loyd schwenkte das Weinglas am Stiel kreisförmig in der Hand, wie es auch der Fürst gerade tat, dann nahm er einen bescheidenen Schluck und ließ den mundigen Tropfen über seine Zunge wandern. Er spielte eine Weile lang mit dem Wein im Mund, bis sich das Aroma auf seinen Geschmacksknospen verdeutlichte.

Loyd war im Allgemeinen schlecht darin, Dinge zu beschreiben, aber dieser Rotwein hatte eine klare Vanille-Note, das konnte sogar er bestimmen. Dann sprang ein Funken Honig auf seine Zungenspitze und zu guter Letzt zog beim Einatmen ein zarter Hauch von Zedernholz durch seine Mundhöhle.

»Der Wein ist fantastisch«, begeisterte sich Loyd.

»Ihr schmeichelt mir«, nickte der Fürst hoheitsvoll und leerte den Rest seines Glases mit einem Zug. »Und das ist gerade mal eine der neun Rebsorten, die wir hier oben kultivieren.« Der Fürst hob vielversprechend die Augenbrauen.

Lärm hallte die Treppe herunter. »Oh-oh, das müssten sie sein. Trinkt aus, schnell; *Louar* …«

Loyd und Naomi taten, wie ihnen geheißen und tranken den wertvollen Wein mit drei Schlucken leer. Sie stellten die Kristallgläser auf das vorgehaltene Tablett, und schon war der Kellner wieder verschwunden.

»Ich komm' ja schon. Zieh nicht an mir!«, erklang eine vertraute, aber zutiefst verbitterte Stimme von der Treppe her.

Die Fürstin kam als Erstes durch den steinernen Bogen geschritten. Sie trug ein elegantes weinrotes Abendkleid. Funkelnde Edelsteine zierten ihre Ohren, ihren Hals und ihre Hände. »Verzeiht das ungehobelte Auftreten meiner Tochter. Sie hat sich während der letzten Jahre kaum verändert. Also wirklich – es ist eine

Schande«, entrüstete sich die Fürstin und wandte ihren Kopf zum Treppenlauf. »Kommst du jetzt endlich!«, befahl sie in verärgertem Tonfall.

Der Zipfel eines azurblauen Kleides kam zum Vorschein, dann ein Paar königsblaue, glitzernde Ballerinas, und schließlich tauchte das selbst durch das dicke Makeup hindurch hochrot schimmernde und gedemütigte Gesicht von Lux im Bogen auf. Man sah ihr auf den ersten Blick an, dass sie sich in ihrem eigentlich sehr hübschen Outfit ganz und gar nicht wohl fühlte. Selbst auf ihrem Kopf prangte eine glänzende blaue Schleife, die ihr kurzes, nun welliges Haar auf graziöse Weise hervorhob.

Loyd musste sich insgeheim eingestehen, dass die Aufmachung erstens ziemlich übertrieben prinzessinnenhaft wirkte und zweitens eher zu einem neunjährigen Mädchen gepasst hätte, als zu der selbstbewussten, attraktiven jungen Frau, die er gestern kennengelernt hatte. Selbst Lux' Gesicht war ins Makellose geschminkt und ließ sie eher puppenhaft als menschlich erscheinen.

Loyd war sich nicht sicher, wie er mit der Lage umgehen sollte. Einerseits hatte er Lux ins Herz geschlossen und fühlte genau, dass hier etwas nicht stimmte, auf der anderen Seite hatten sie eine diplomatische Mission zu erfüllen, die von allerhöchster Dringlichkeit war.

»Lux – äh, ich meine: Eure Hoheit Nihilis – Ihr seht bezaubernd aus«, versuchte es Naomi auf lobende Art, was auch sicher keine Lüge war. Naomi fand das zierliche Kleid gewiss süß, aber sie schien ihrem mitleidig lächelnden Gesichtsausdruck zufolge ebenso der Meinung zu sein, die Aufmachung passe nicht zur Identität, die Lux ausstrahlte und verkörperte.

»Komm schon, Dummerchen. Setz dich«, befahl die Fürstin ihrer Tochter, sich neben Naomi niederzulassen. »Ich fürchte, selbst die Tischregeln muss ich dir von Grund auf neu einprägen. Dein Rücken gefällt mir nicht; Hände auf den Schoß!«

»Nun, es sind alle versammelt – ich denke, wir können anfangen«, unterbrach der Fürst den unaufhörlichen Tadel seiner Gattin.

»Natürlich«, billigte die Fürstin seinen Vorschlag und lächelte gebieterisch in die Runde. »Ich heiße Euch herzlich willkommen. Ihr seid Abgeordnete von Lichterloh und Solaspitz, wie ich vernommen habe. Ist das korrekt?«, ersuchte die Fürstin um eine Bestätigung und blickte Loyd und Naomi abwechselnd tief in die Augen.

»Das ist richtig, Eure Hoheit«, antwortete Naomi, während sie und Loyd sich erhoben. »Das hier ist Loyd Lanthorn, von Lichterloh, von Herbstfeld, von Hildenberge, und ich heiße Naomi Gildenhof von Solaspitz.«

Die Fürstin trat auf sie zu und streckte zum Gruß ihre Hand aus. »So macht man das im Norden, nicht wahr?«

Naomi schüttelte aufmerksam ihre Hand. »Ja, man grüßt generell mit der linken Hand«, bestätigte sie mit einem Lächeln.

»Hildenberge – der Name kommt mir bekannt vor«, sagte die Fürstin mit ahnungsloser Stimme und ohne weiter auf die Sitten Lichterlohs einzugehen.

»Hildenberge ist vor einigen Tagen in ein Sonnenloch eingebrochen, Eure Hoheit. Wahrscheinlich ist die Nachricht bereits bis zu Euch ins Fürstentum durchgedrungen«, erklärte Loyd und streckte ihr, ohne etwas dabei zu denken, die linke Hand hin.

Für den Bruchteil einer Sekunde huschte der Blick der Fürstin über die ungewöhnliche Fingerordnung, dann schüttelten sie sich die Hände und sie fügte rasch an: »Davon habe ich gehört. Natürlich ist es eine Tragödie für die Gemeinde – wiederum stellt ein neues Sonnenloch eine zusätzliche Anreicherung des Lichts und des Reichtums für die Präfektur dar. Ich frage mich, ob es sich tatsächlich um ein natürliches Phänomen handelt, oder ob es nicht irgendein verrücktes Projekt ist, das sich Lichterloh ausgedacht hat, um sich weiter zu profilieren.«

Loyd verspürte einen Anflug von Empörung in sich aufwallen, doch der Fürst mischte sich deeskalierend ein: »Wir sollten etwas essen und trinken und können uns während des Festschmauses weiter unterhalten.«

Die vier stehenden Bankettteilnehmer nahmen Platz. Es gab mehrere Menüs, aus denen man wählen konnte. Loyd entschied sich für das Menü 1 mit einem Schlossgartensalat als Vorspeise und einem mehrtägig geschmorten Sauerbraten an einer Rotweinsauce und frischen Croquetten als Hauptspeise. Als Dessert gab es dreifarbiges Schokoladenganache mit frischen Trauben aus den umliegenden Rebhängen. Naomi nahm das Menü 3 mit frittierten Bittermelonenhäppchen als Vorspeise und Schlossgartengemüseravioli als Hauptspeise. Die Nachspeise war dieselbe.

Zum Trinken gingen sie nach Empfehlung der Fürstin und nahmen je ein Glas »Sententia Tremenda« – ein Rosé des Hauses. Als Lux gefragt wurde, was sie denn gerne essen würde, gab sie keine Antwort und schaute stattdessen nur deprimiert auf ihre Füße hinunter.

Ihre Mutter gab dem Kellner die Bestellung auf und wandte sich wieder ihren Gästen zu: »Meine kleine Maus hat sich kein bisschen verändert. Zum Glück habt ihr sie gefunden, sonst wäre sie noch immer irgendwo da draußen – ein verlorenes Irrlicht in der Finsternis.«

Lux schwieg weiterhin, doch Loyd war sich sicher, dass sich in ihrem Inneren Emotionen anstauten, die ganz und gar nicht gesund waren. Er begann zu begreifen, was Lux gemeint hatte, als sie ihnen gegenüber eingeräumt hatte, sie würde ihre Mutter verachten.

»Wie und wo seid ihr überhaupt auf sie gestoßen?«

Naomi begann, der Fürstin zu erzählen, wie sie sich auf eine Forschungsmission nach Kael begeben hatten und sie im Begriff gewesen waren, das Unlicht zu untersuchen, als sie von Schmelzfrontlern überfallen worden und dabei auf Lux gestoßen waren. Den Teil, in dem Lux sie mit einem in Unlicht getränkten Schwert attackiert hatte, ließ sie bewusst aus.

»Nicht zu fassen, nicht zu fassen«, empörte sich die Fürstin künstlich und schüttelte den Kopf. »Es wäre mir nicht im Traum eingefallen, dass meine kleine Prinzessin an einem solchen Ort herumlungern würde. Gute Güte – zum Glück habt Ihr sie gefunden. Wir haben uns schreckliche Sorgen gemacht, als uns zugetragen wurde, die berühmte Professorin Kamaleo Sakoora sei umgekommen. Sie war die Lehrerin, zu der wir Luchiris geschickt haben, da sie einst ein hochbegabtes, kleines Mädchen war; ganz nach ihrer Mutter. Es schmerzt meine Seele zutiefst, dass aus ihr eine solche Herumtreiberin geworden ist. Bitte verzeiht ihr – und richtet stattdessen Eure tadelnden Gedanken gegen mich.« Sie fasste sich mit übertriebener Scham an den Kopf.

»Wie dem auch sei«, ließ sich nun der Fürst vernehmen und deutete mit der Hand auf die Weingläser, die vor ihnen standen. »Ich denke, die Wiedervereinigung mit unserer geliebten Tochter und die bedeutende Gesellschaft unserer Gäste ist Anlass genug, zu feiern. *Auf Eure teure Anwesenheit.*« Er hob das Glas.

»*Zum Wohl!*« Gläser klirrten und Trinkgrüße wurden ausgetauscht, nur Lux saß da und tat keinen Schluck. Vor ihr stand ein Glas Traubensaft. Für Loyd und Naomi war es der dritte Drink an diesem Nachmittag. Beide begannen, sich wohlig und gesprächig gestimmt zu fühlen und die Sprachhemmungen dem Fürstenpaar gegenüber schwanden allmählich.

»Eure Hoheiten, wir glauben, in einer unserer Forschungsstationen atlassische Forscher gesehen zu haben. Wir dachten, sie könnten vielleicht etwas mit der Ausbreitung des Unlichts zu tun haben«, tat Loyd seine Vermutung kund, während er seinen exquisit hergerichteten Gartensalat verzehrte.

»Tatsächlich?«, fragte der Fürst nachdenklich. »Und Ihr seid Euch sicher, dass es sich um Leute aus Atlas gehandelt hat; auf lichterlohenem Territorium?«

»Jemand wurde ausdrücklich mit dem Titel ›Dirigentin des Adelgrunds‹ angesprochen, was für mich eindeutig klang«, pflichtete Naomi bei, die unter den scharfen Augen der Fürstin kerzengerade auf dem Stuhl saß und ihre Gabelladungen peinlich genau abwog.

»Ich kann Euch jedenfalls versichern, dass das Fürstentum nichts damit zu tun hat«, unterstrich der Fürst in strengem Ton. »Wir haben aus unseren Fehlern vor langer Zeit gelernt und tragen noch heute die wirtschaftlichen Folgen der Maßnahmen, die gegen die Fehltritte unserer Ururgroßeltern verhängt worden sind. Aber ich werde Eure Aussagen ernstnehmen und eine Untersuchung unsererseits einleiten. Wenn es stimmt, dass atlassische Extremisten aus dem Adelgrund lichterlohene Forschungsstationen angegriffen und besetzt haben, dann werden wir uns mit

Lichterloh verbünden. Vielleicht kann man damit auch alte Animositäten begraben und interstaatliche Freundschaften ankurbeln. Es würde zum Wohl beider Präfekturen beitragen«, posaunte der Fürst durch den Wein beherzt durch die Halle.

Die Augen der Fürstin blitzten. Sie sah gar nicht danach aus, als würde sie internationale Bündnisse gutheißen und strafte stattdessen Lux, die weder ihren Traubensaft, noch ihre Vorspeise angerührt hatte, mit mürrischen Blicken. »Prinzesschen, warum isst du denn nichts? Wie lange willst du deine Mutter noch herabwürdigen? Wenn du so weitermachst, werde ich zu altbekannten Maßnahmen greifen müssen.«

»Anadol, sie ist doch erst seit ein paar Stunden zurück. Sie muss sich erst wieder an das Schlossleben gewöhnen«, versuchte der Fürst, die manische Aufregung seiner Gemahlin zu lindern.

Obwohl Loyd wohlig beschwipst war, verspürte er jähes Mitgefühl für Lux und wachsende Verachtung ihrer Mutter gegenüber.

»Die Ravioli sind wirklich köstlich«, probierte Naomi, die Aufmerksamkeit aller auf sich zu lenken.

»*Louar* – mehr Wein. Wie wäre es mit einer Runde Schaumwein zur Abwechslung?«, schlug der Fürst eilig vor und blickte mit geröteten Wangen in die Runde. Die Drinks kamen umgehend, woraufhin der Fürst hastig auf eine weitere Runde anstieß. »Ihr habt unsere volle Unterstützung – nur, dass Ihr das wisst«, versprach der Edelmann und hob das Glas in die Höhe. »Wenn ihr etwas braucht für Eure Mission, dann lasst es uns wissen.«

»Vielen herzlichen Dank, Eure Hoheit. Wir wissen Eure Güte zu schätzen.« Naomi hob ihr Weinglas als Zeichen der Anerkennung. Nachdem sie einen tiefen Schluck genommen hatte, sagte sie: »Ich habe eine Frage, die mir schon länger auf der Zunge liegt – vergebt mir, wenn sie ungebührlich klingen mag, aber – was gedenken Eure Hoheiten zu tun, wenn das Unlicht sich bis zum Fürstentum ausbreiten sollte?«, erkundigte sich Naomi, der man allmählich anmerkte, dass sie sich zusammenreißen musste, nicht angeheitert zu klingen.

Auf diese Worte hin wandte die Fürstin ihren Kopf mit unheilschwangerem Blick von Lux ab und nahm stattdessen Naomi ins Visier. »*Wir, das Volk des Fürstenreichs Nihilis, trachten nicht nach dem Leben und der Ewigkeit*. Wir existieren in der Gegenwart; im Hier und Jetzt! Wenn die Vergänglichkeit uns heimsucht, sei dem nichts entgegenzusetzen. Begrüßen wir sie mit offenen Armen und gleiten mit ihr auf dem Spiegel der Gezeiten in die Abgründe des Nichtseins. Das ist unsere Lebensweise – *unsere Philosophie*«, spie die Fürstin Naomi die Worte gehässig entgegen, dann erhob sie sich jäh. Unheilvoll glitt sie zu Lux hinüber und stützte ihre Hände auf deren Schultern ab. Ihre feuerroten Lippen kräuselten sich zu einem boshaften Lächeln.

»Anadol – bitte, setz dich wieder«, lallte der Fürst leicht benommen und keineswegs überzeugend.

Loyd und Naomi getrauten sich beide nicht, ihre Augen auf Lux und ihre Mutter zu richten. Die Fürstin schnüffelte hörbar an Lux' Haaren und führte ihre Hand an deren Kehle. Loyd versuchte, aus den Augenwinkeln zu erkennen, was geschah.

»Erzähl mir, mein Kind – erzähl uns, was dir nicht passt. Alle Ohren sind auf deine zarten Lippen gerichtet – sag schon. Raus mit der Sprache!«

Als Lux keine Antwort gab, schlug die Fürstin mit der offenen Hand auf den Tisch. Die Kammermusikanten spielten lauter und schneller und der Fürst murmelte durch die aufbrausenden Klänge: »Lass sie doch, Anadol, ich bitte dich. Wir haben wichtigere Dinge zu besprechen«, wobei seine Forderung nicht so klang, als wolle er sich ernsthaft gegen den Jähzorn seiner Gemahlin auflehnen.

»Fast drei Jahre habe ich auf deine Rückkehr gewartet, in der Hoffnung, du hättest dich geändert. Aber du bist noch immer dasselbe verzogene kleine Gör wie dazumal. Schande über dich. Ich schäme mich deinetwegen vor unseren Gästen!«

Lux blickte unablässig hinunter auf die glitzernden Schuhe, die ihre Mutter ihr aufgezwungen hatte. Sie machte nach wie vor keinen Mucks. Die Fürstin schien Anstalten zu machen, sich von Lux abzuwenden und drehte ihr für einen Moment den Rücken zu. Dann, ohne Vorwarnung fuhr sie herum und verpasste Lux eine schallende Ohrfeige. Loyd und der Fürst waren gleichzeitig auf den Beinen.

»Herr Lanthorn – bitte setzt Euch. Ich mache das schon«, bedeutete der Fürst, der im Nu ausgenüchtert zu sein schien und trat rasch auf seine Gattin zu. Loyd warf einen entrüsteten Blick zu Mutter und Tochter hinüber, setzte sich aber wieder. Von Lux war nach wie vor kein Ton zu hören. Nur das Funkeln der Tränen in ihren Augen wies auf das auflodernde Trauma hin, dessen oberflächlich verheilte Wunden der Vergangenheit sich nun von Neuem öffneten.

Loyd konnte ihren Schmerz tief in seiner Seele spüren, als wäre es sein eigener. Er wollte ihre Qualen teilen – ihren Schmerz von ihr nehmen – auch wenn er dabei zugrunde gehen sollte. Was war nur plötzlich los mit ihm?

»Willst du nicht hören, oder kannst du es nicht? Dumm

scheinst du ja nicht zu sein, aber eingebildet und geistig verwirrt«, begann die Fürstin erneut zu keifen.

»*Anadol* – ich denke, das genügt«, redete der Fürst auf seine tobende Frau ein und versuchte, sie von Lux abzubringen, doch diese steigerte sich weiter in ihre zügellose Obsession hinein.

»Ich will, dass du mir sagst, was du bist. Hast du verstanden, Mäuschen – sag es uns. Was bist du?«

Loyd fand die Frage seltsam. Was meinte sie damit? Sie war ein Menschenwesen – das war doch offensichtlich, oder hatte die Fürstin Probleme mit den Augen?

»Komm schon, raus mit der Sprache.« Die Fürstin packte Lux drohend an den Haaren und zog ihr den Kopf in den Nacken.

»Ein Junge«, flüsterte Lux mit tränenden Augen. *»Ich bin ein Junge«*, wiederholte sie schließlich – nun deutlich lauter.

*»NEEEEEIN!«*, kreischte die Fürstin wie von Sinnen. »Du bist verdammt nochmal ein Weib – du elende Verräterin. Du bist eine Frau mit Brüsten und Scheide. Wieso begreifst du das nicht? Du ziehst das Geschlecht Nihilis in den Dreck. *Du bist eine Beleidigung für das Volk!«*

Dicke Tränen rannen über Lux' Wangen, welche die feminine Maske, die ihre Mutter ihr aufgenötigt hatte, wegwuschen und den Kragen ihrer Verkleidung besudelten.

»Anadol – jetzt ist aber Schluss. Bitte lass Luchiris unverzüglich los!«

»Schön. Wenn du akzeptieren willst, dass unsere Tochter in ihrem Wahn glaubt, sie hätte ein männliches Glied zwischen den Beinen – wenn du das so hinnimmst, dann bist du der gleiche elende Verräter!« Sie wuchtete Lux' Kopf grob nach vorne und ließ ihr Haar los. Auf einmal richtete die Fürstin ihren Blick auf

Loyd und Naomi. Ihr Gebaren veränderte sich schlagartig und ein herablassendes Lächeln machte sich auf ihrem erbosten Gesicht bemerkbar. Loyd schluckte.

»Es ist zu spät, liebe Botschafter von Lichterloh und Solaspitz – es ist zu spät. Der Laternenwald ist im Begriff zu verenden und alles Leben und Land wird mit ihm zu Grunde gehen.« Die beiden blickten die Fürstin empört an. »Nein, wir haben nichts mit dem sich ausbreitenden Unlicht in Kael zu tun, aber ich erkenne die Zeichen. Wie vor genau 160 Jahren, als das edle Fürstenreich das Unlicht mit dem Abschaum unseres Volkes nährte, vermehrt es sich gewiss auch diesmal durch den Verzehr von Fleisch und Seele. Solch eine Zunahme an Unlicht kann nur durch die Zufuhr von großen Mengen an Gebein unseresgleichen hervorgebracht werden, welches systematisch dem Unlicht zugeführt wird. Ich bin demjenigen für diese ehrenvolle Tat zu unendlichem Dank verpflichtet.« Das Gesicht der Fürstin verzog sich zu einer gehässigen Fratze. »Allerdings glaube ich nicht, dass derjenige dieselben Ideale pflegt wie die unseren. Ich könnte mir noch einen einzigen anderen plausiblen Grund vorstellen, weshalb dieser Jemand versuchen sollte, die Unlichterzeugung voranzutreiben: Die Zeichen deuten allesamt darauf hin, dass der Kaelische Index nun endlich entdeckt worden ist, und dieser Jemand nun versucht, möglichst viel Unlicht zu fördern, um es später für seine Zwecke ernten zu können.« Mit diesen Worten schweiften ihre Augen zu Loyds linker Hand.

Loyd sah beklommen auf seine vier Finger hinunter und blickte dann entsetzt wieder auf.

»Wie auch immer«, fuhr die Fürstin mit hochmütiger Stimme fort. »Welches Bestreben unser Erlöser auch immer verfolgt, es wird mit der endgültigen Auslöschung unseres Daseins enden. Ohne Hand, kein Finger. Ich wünsche Euch – eine angenehme Nacht«, und mit diesen rätselhaften Worten und ohne noch jemanden eines Blickes zu würdigen,

stolzierte sie aus dem Saal.

Lux versank augenblicklich schluchzend unter dem Tisch.

»Ich mach das schon – überlasst das mir«, raunte der verdatterte Fürst heiser, der den Anschein machte, als hätte er keinen Schimmer, was zu tun sei.

»Louar, mehr Drinks. Hol ein paar Bier. Wir brauchen etwas für die Halbzeit.«

»Jawohl, Eure Hoheit.« Der Kellner, der dem Schauspiel mit ausdrucksloser Professionalität zugesehen hatte, verschwand im Steinbogen.

Loyd war einfach nur baff. Was war eben geschehen? Er musste aufpassen, dass er in seiner Trunkenheit nichts Unüberlegtes tat. Einerseits raste sein Herz vor unbändigem Zorn wegen der Art und Weise, wie die Fürstin Lux gedemütigt hatte, andererseits war er entsetzt über die Behauptung, jemand könnte das Unlicht mit lebenden Opfergaben nähren, um absichtlich noch mehr davon zu erzeugen.

Ein vager Verdacht nahm in seinem benebelten Kopf Gestalt an. Vor seinem geistigen Auge tauchte kurz das verschwommene Bild einer Person auf, die hinter solch einer Gräueltat stecken könnte – doch damit würde Loyd sich später befassen müssen. Zuerst einmal galt es, Lux wieder auf die Beine zu bringen. Wie konnte diese aufgeblasene Frau es wagen, Lux dermaßen auf die Pelle zu rücken? Sei es drum, Lux sah sich selbst als Junge. Das war ihre freie, alleinige Entscheidung. Aber sie deswegen so zu malträtieren – das konnte er nicht zulassen. Er stand abrupt auf und begann, mit schweren Schritten den Tisch zu umrunden.

»Loyd«, warnte ihn Naomi verängstigt. Die Leibwächter hatten bemerkt, dass Loyd etwas vorhatte und bewegten sich rasch in seine Richtung. Loyd marschierte zielstrebig auf den Fürsten zu, der einfach nur ratlos dastand und wiederholt »Luchiris …« stammelte.

Loyd ging neben dem Fürsten in die Hocke. Die Wachen ließen ihn gewähren. »Lux, komm her. Steh auf. Es ist vorbei«, sagte Loyd sanft, aber bestimmt und rieb ihr dabei vorsichtig über den Rücken. Lux hatte ihr Gesicht in den Händen vergraben und saß an die Stuhlbeine gelehnt unter dem Tisch. Der Fürst musterte Loyd angespannt. Dieser zog den Stuhl weg, an den Lux gelehnt war, dann legte er seine muskulösen Arme um Lux' Oberkörper und zog sie auf die Beine. Sofort vergrub sie ihr Gesicht an Loyds Brust, während er ihr ganz sachte das Haar tätschelte. Der Fürst beobachtete die Szene mit unverhohlenem Interesse.

»Das Bier, Eure Hoheit.« Das Geräusch von mehreren Flaschen, die auf Holz trafen, übertönte die Musik, deren Tempo und Lautstärke sich nun wieder normalisiert hatten.

»Danke, Louar – Nun«, sagte der Fürst und setzte sich mit einer großen grünen Bierflasche in der Hand wieder an seinen Platz, »ich denke, den Traubensaft kann man wegstellen. Wer hat Lust auf ein Bier? Lux – du?«

# ATTENTAT

Loyd traute seinen Ohren nicht. Was hatte der Fürst da eben von sich gegeben? Hatte er seine Tochter gerade mit »Lux« angesprochen und ihr – nein, *ihm* ein Bier offeriert? Oder war er selbst schon so betrunken und fing an, zu phantasieren?

»Lux, Herr Lanthorn – bitte setzt Euch. Wir haben nicht lange Zeit, um einiges zusammen zu erörtern. Louar, Garden – wir möchten allein sein«, und mit einer ausladenden Geste wies er seine Bediensteten aus der Halle. Die zwei Leibwächter und der Kellner verneigten sich knapp und verschwanden. Nur die Kammermusikanten blieben und spielten am Ende des langen Saals munter weiter. Lux hatte sich unterdessen ein wenig beruhigt. Er wischte sich das nasse Gesicht mit den Ärmeln ab, wobei sich Schminkfarbe auf dem ganzen Kleid verteilte und setzte sich unter Loyds führenden Händen zurück auf den Stuhl.

Naomi war die ganze Zeit über wie angewurzelt auf ihrem Platz sitzen geblieben. Sie wusste genau, dass ein falscher Atemzug in diesem Fürstenhaus zur Todesfalle werden konnte. Was Loyd soeben vor ihren Augen getan hatte, grenzte an schiere Torheit. Sie durften es auf keinen Fall riskieren, wegen weiterer emotionsgesteuerter Aktionen ihr Leben aufs Spiel zu setzen.

»Gut – ich bin erfreut, dass sich doch noch die Gelegenheit bietet, uns unter acht Ohren auszutauschen. Herr Lanthorn«, sagte der Fürst, öffnete eine Bierflasche und wandte dem jungen Botschafter den Kopf zu, »könntet Ihr mir einen Gefallen tun und Lux einschenken?« Er reichte Loyd, der noch immer wie ein Bodyguard an Lux' Seite stand, die offene Flasche.

Loyd fragte sich, ob das seine Art war, seine Tochter zurückzugewinnen – oder steckte mehr hinter der plötzlichen Aufgeschlossenheit des Fürsten? Loyd sah sich um und griff nach einem Bierkrug. Erst jetzt fielen ihm zwei graue Briefumschläge auf, die feinsäuberlich vor Lux auf der Tischplatte platziert worden waren. Erstaunt füllte er den Glaskrug und achtete, um Zeit zu schinden, darauf, eine schöne Haube hinzukriegen, während er die Kuverts mit großen Augen musterte. Er stellte den gefüllten gläsernen Humpen und die halbvolle Flasche vor Lux auf den Tisch und suchte seinen Blick, um sicherzugehen, dass es ihm inzwischen wieder besser ging. Ein verlegenes Augenzwinkern und ein leichtes Kopfnicken überzeugten Loyd davon, nicht länger gebraucht zu werden, sodass er sich beruhigt auf seinen Platz zurückzog. Auch Lux hatte die Umschläge entdeckt und blickte nun unentwegt auf deren beschriftete Oberflächen.

In der Zwischenzeit hatte der Fürst drei weitere Bierflaschen geöffnet und Naomi eingeschenkt. Daraufhin trat er neben Loyd und füllte auch dessen Bierkrug. Als er wieder an seinem Platz saß, sagte er schließlich: »Bitte hört her, auch du Lux, denn es betrifft Euch alle.« Seine Augen wanderten für einen Augenblick zum Steinbogen, dann zu den Musikanten hinüber. Schließlich fuhr er mit unterdrückter Lautstärke fort: »Ich habe eine Bitte an Euch.« Das Gesicht des Fürsten nahm nun schlagartig einen sehr ernsten und scharfsinnigen Ausdruck an, den Loyd von ihm bisher noch nicht kannte.

»Mein Anliegen wird Euch erschrecken, aber – ich möchte, dass Ihr Lux auf Eure Reise mitnehmt – nur bis zum Ende Eurer Mission, versteht sich.« Er blickte hoffnungsvoll in die Runde.

»Natürlich kann ich nicht darauf bestehen. Wenn es einen triftigen Grund gibt und Ihr mir deswegen meine Bitte abschlagen müsst, verstehe ich das vollkommen«, beeilte sich der Fürst zu sagen, als er die verstörten Gesichter erblickte.

»Nein, Eure Hoheit. Das ist es nicht«, erwiderte Naomi langsam und versuchte, sich einen Reim auf seine Worte zu machen. »Es wäre uns eine Ehre, von Lux begleitet zu werden. Schließlich ist er ein Unlicht-Experte und wäre eine unglaubliche Bereicherung für unser Team. Ich gebe nur zu bedenken: Er ist zum ersten Mal seit über drei Jahren zuhause und wir haben vor, morgen früh bereits wieder aufzubrechen.«

»Umso besser«, entgegnete der Fürst und stieß einen tiefen Seufzer aus. »So schwer es mir auch fällt – Lux muss von hier fort. Es schmerzt mein Herz, wenn ich an die Zeiten zurückdenke, als Lux noch hier mit uns lebte. Es war kein Leben, das man sich als Nachkomme einer Monarchenfamilie wünschen würde. Lux …«, begann der Fürst zögerlich und versuchte, ihm in die Augen zu sehen, aber es gelang ihm nicht. »Ich möchte, dass du weißt, dass *ich* dich damals nach Wesenend geschickt habe, damit du aus den Fängen deiner Mutter entfliehen konntest. Unter dem Vorwand, du seist hochbegabt, redete ich ihr ein, dass es strategisch sinnvoll sei, dich an der Hochschule von Wesenend studieren und in der Obhut meiner verschiedenen Freundin, Kamaleo Sakoora, als Spionin für uns fungieren zu lassen. Ich konnte nicht mehr zuschauen, wie sie dich Tag und Nacht drangsalierte. Vergib mir, Lux, dass ich dich nie offen in Schutz genommen habe. Ich konnte mich *ihr* nicht in den Weg stellen – sie drohte mir andauernd damit, dich und sich selbst umzubringen, jedes Mal, wenn ich einschreiten wollte.« Der Fürst schauderte ob seiner eigenen Worte.

Lux hatte keine Mühe, seinen Vater anzublicken. Seine geröteten Augen fixierten ihn eiskalt und seine Mundwinkel waren im Angesicht der schauderhaften Erinnerungen verbittert nach unten gerichtet.

»Ich weiß, ich kann nie mehr zusammenheften, was damals in deiner Seele zersprungen sein mag, aber bitte, lass mich wenigstens versuchen, deinen Schmerz zu lindern.«

Lux schien plötzlich verwundert. Seine großen Augen waren weit geöffnet und wanderten von seinem Vater zu Naomi, dann zu Loyd und wieder zurück zum Fürsten.

»Vor dir befinden sich zwei Umschläge. Du kannst denjenigen öffnen, der links vor dir liegt. Das andere Kuvert bewahre bitte gut auf und lies den Brief darin erst, wenn du dich gestärkt fühlst und ihr euch weit vom Fürstenland entfernt habt.«

Drei Augenpaare sahen gespannt zu, wie Lux den linken Umschlag in die Hand nahm und ihn öffnete. Er zog ein edel aussehendes, platingraues Büchlein hervor, auf dem das Symbol »Nihilis«, ein Büschel Trauben, abgebildet war. Loyd reckte den Hals, um die Aufschrift über dem Emblem zu entziffern. Auf der Frontseite stand in silbern glitzernden Lettern »Diplomatenpass« geschrieben. Lux hob den Ausweis ungläubig gegen das aquamarinblaue Licht an der Decke.

»Das ist ein Diplomatenpass. Ich bin mir sicher: Du weißt, wozu er dient.«

Lux nickte langsam, wobei sich seine Mundwinkel zusehends hoben.

Der Fürst wechselte unvermittelt von der förmlichen Anrede zur Umgangssprache: »Ich möchte euch alle drei zu nichts zwingen. Wenn ihr beide jedoch einverstanden wärt, Lux in eurer Mitte aufzunehmen und ihm die Welt außerhalb von Nihilis und Wesenend zu zeigen, stünde ich für immer in eurer Schuld. Kaum jemand in der Provinz hat je einen Fuß auf den Boden jenseits unserer Landesgrenzen gesetzt. Es wäre von großem Vorteil – falls Lux eines Tages die Rolle des Regenten über das Fürstenreich übernehmen sollte – dass er bis zu jenem Tage ausreichend Weltwissen sowie gesellschaftliche Erfahrungen in verschiedenen Kulturen gesammelt hat. Nun, wie sieht es aus – könnt ihr mir diesen väterlichen Wunsch von der Seele nehmen?«

Loyd, Naomi und Lux wandten einander freudetrunken ihre Häupter zu. *Natürlich ist das in Ordnung, was für eine Frage!*, dachte Loyd begeistert. »Es wäre fantastisch, wenn Lux mit uns kommen könnte, Eure Hoheit. Wir werden auch alles tun, um seinen Schutz zu gewährleisten«, beteuerte er ohne Umschweife.

»Ich denke, Lux kann gut auf sich selbst aufpassen; den Geschichten nach zu urteilen, die ich über seine Besuche in Kael gehört habe«, entgegnete der Fürst, dem sichtlich ein Stein vom Herzen gefallen war. »Dann wollen wir zu diesem Beschluss unsere Gläser erheben.«

Eine weitere Runde wurde angetrunken, und diesmal trank Lux mit. Obwohl seine Augen noch tief gerötet waren, das Kleid, das er trug, vor Make-up nur so strotzte und seine Ärmel nass waren von den vielen verschütteten Tränen, sah er aus wie ein ganz anderer Mensch. *Nun ist Lux er selbst*, dachte Loyd und beobachtete Lux amüsiert aus den Augenwinkeln, wie er seinen Bierkrug leerte und ihn mit einem lauten »Klonk« auf den Tisch stellte. *Oder, sie ist er – oder er ist sie – ach, wie auch immer*, dachte Loyd und grinste unwillkürlich. Lux war mit dabei, und das war alles, was zählte.

»*Eure Hoheit*«, ertönte nun Naomis leicht lallende Stimme. »Wie steht es eigentlich mit Eurer Gattin? Ich gehe davon aus, dass sie nichts von Euren Absichten weiß.« Der viele Wein und das Bier zu guter Letzt hatten auch ihre wohlbedachte Vorsicht etwas ermatten lassen.

»Nun ja – dieses Thema – es ist ein wenig kompliziert, wie ihr euch sicher vorstellen könnt. Im zweiten Umschlag befindet sich ein von mir persönlich verfasster Brief. Darin ist alles beschrieben, was ihr wissen müsst. Morgen früh lasse ich euch von euren Zimmern abholen. Meine vertrautesten Garden werden euch zur Endstation der Fuji-Line führen, von wo ihr mit dem Zug bis nach Wesenend fahren könnt. Und von da aus – ja, wo geht es eigentlich hin? Nach Lichterloh könnt ihr nicht zurückkehren, solange der Staatsapparat besetzt ist.«

»Das haben wir uns auch noch nicht richtig überlegt«, gab Loyd bierselig zu und füllte sich schon zum zweiten Mal »Fatalis-Bräu« nach. Das Bier war stark gehopft und entsprach genau Loyds Geschmack. »Aber da unser Auftrag lautet, persönlich alle Regime über die Unlichtkrise zu unterrichten, denke ich, wird es das Beste sein, zuerst dem Bunten Rat in Wesenend einen Besuch abzustatten. Der liegt von hier aus am nächsten«, ließ Loyd seinen Gedanken berauscht freien Lauf und nahm einen tiefen Schluck aus seinem Krug. »Danach reisen wir wahrscheinlich weiter nach Solaspitz und versuchen, ein Treffen mit Ministerpräsidentin Kawabata einzufädeln. Wie es mit Lichterloh weitergeht, wissen wir noch nicht, aber vielleicht ziehen die Rebellen in der Zwischenzeit ab.«

»*Hm …*«, machte der Fürst und nahm ebenfalls einen tiefen Schluck Bier, während sich alle Blicke auf ihn richteten. Er machte den Anschein, als ob ihm ein Ratschlag auf der Zunge läge und er gerade dabei wäre, diesen gedanklich korrekt zurechtzulegen. »Was, wenn ich mich mit dem Bunten Rat auseinandersetzen würde?«, schlug er hilfsbereit vor. »Wir pflegen stabile Beziehungen, und ich sehe den Beirat einmal im Monat für eine interstaatliche Sitzung. Ich könnte ihnen eure Beobachtungen schildern. Vielleicht haben sie eine Ahnung, was in Kael derzeit vor sich geht oder haben sogar den Ansatz einer Lösung für das Unlichtproblem. Das Gerede meiner Gattin könnt ihr wieder vergessen. Falls sich etwas ergibt oder der Beirat eine Mitteilung für euch haben sollte, kann ich euch diese per Lichtmail zukommen lassen.«

*Das ist gar keine üble Idee,* überlegte Loyd. Damit würden sie wahrscheinlich viel Zeit sparen, denn er erinnerte sich jäh, wie Anker sich einige Male darüber beklagt hatte, dass die Minister des Bunten Rats unzugänglich und äußerst stur seien. »Naomi, was denkst du?«, fragte Loyd und drehte seinen Oberkörper träge in ihre Richtung.

»Wenn es jemand anderer wäre, der uns dieses Angebot unterbreitete, hätte ich vorgeschlagen, den Bunten Rat selbst aufzusuchen, einfach um sicher zu gehen, dass die Botschaft ernstgenommen wird. Aber das Wort des Fürsten von Nihilis wird für sie mehr an Gewicht aufweisen als jenes von ein paar dahergelaufenen Studenten. Ich bin dafür«, sagte Naomi so ernst, wie es ihr angeheiterter Zustand zuließ.

»Es wäre eine große Entlastung für uns, Eure Hoheit«, fügte Loyd an und wandte sich wieder dem Fürsten zu.

»Ich nehme mich der Aufgabe gerne an. Die nächste binationale Sitzung findet übermorgen statt, was sich zeitlich als optimal erweist«, stellte der Fürst fest und trank seinen Humpen aus.

»Dann schlage ich vor, nun zu Bett zu gehen. Um halb sechs schicke ich die Garden, die euch zum Bahnsteig begleiten werden. Meine Gattin wird um diese Uhrzeit noch nicht aufgestanden sein. Habt ihr noch Fragen?«

Naomi, Lux und Loyd tauschten müde, aber vielsagende Blicke. Natürlich waren Fragen offen, sehr viele sogar, doch in ihrem derzeitigen Zustand fiel ihnen nichts Triftiges ein. Sie waren allesamt erschöpft vom langen Tag und reif fürs Bett.

»Dürfen wir per Lichtmail mit Euch in Kontakt bleiben?«, erkundigte sich Naomi zu guter Letzt.

»Natürlich. Zögert nicht, mich zu kontaktieren, wenn ihr Hilfe benötigt: bei Lichtproblemen oder Schwierigkeiten mit Dr. Zierzon, dem atlassischen Präsidenten zum Beispiel. Ich kenne ihn gut.« Der Fürst streckte zuerst Naomi die Hand hin, dann gab er Loyd einen kräftigen, brüderlichen Handschlag. Damit war der Adressenaustausch für die Lichtpost besiegelt.

»Habt Dank, Eure Hoheit – das ist viel mehr, als wir uns je erhofft hätten«, meinte Naomi und trat vor den Torbogen.

»Nun, wenn sonst nichts mehr offensteht, dann ist das Fest hiermit beendet. Die Garden werden euch zu euren Gemächern bringen.«

»Eure Hoheit …«, war Lux' unscheinbare Stimme erst zum dritten Mal an diesem Abend zu vernehmen. »Könnte ich … Ich würde gerne bei Herrn … ähm, bei Loyd und Naomi übernachten.«

Lux machte den Eindruck, als ob er nicht recht wüsste, ob er von der Gemeinsprache Gebrauch machen durfte. Der Fürst warf den beiden Betroffenen einen Blick zu, die prompt mit dem Kopf nickten: »Das ist völlig in Ordnung. Von nun an sind wir ohnehin ein Team, das Tag und Nacht zusammengeschweißt sein wird«, bekräftigte Loyd sofort und richtete seine Augen auf Naomi, die zustimmend nickte.

»Dann soll es so sein«, willigte der Fürst ein, stand etwas schwerfällig auf und begab sich zum Ausgang, wo er im Treppenlauf verschwand. Eine Minute später kam er mit den Garden, dem Kellner und einigen Gehilfen zurück. Mit einem Wink brachte der Fürst die Musikgruppe zum Verstummen. Er bedankte sich noch bei allen für ihren spätabendlichen Service, dann begannen die Bediensteten, den Tisch abzuräumen.

»Nun denn – ich wünsche euch allen eine gute Nacht und alles Glück der Welt auf eurer bedeutsamen Reise. Bleibt wachsam und passt bitte alle auf euch auf. Alles Gute euch dreien, alles Gute«, verabschiedete sich der Fürst auf eine melancholische Art und Weise, wie Loyd es von ihm nicht erwartet hätte. Offenbar ging ihm der Abschied sehr nahe, und er fragte sich allmählich, ob der Fürst wohl die Befürchtung hegte, Lux vielleicht nie wieder zu sehen.

Auch die beiden Botschafter bedankten sich nochmals für das ausgiebige Abendessen und für seine wertvolle Unterstützung und wünschten ihm eine gute Nacht.

Just als Lux auf gleicher Höhe mit dem Rest der Gruppe war, drehte er sich noch einmal befangen um und richtete das Wort an seinen Vater, der dastand und schwermütig dreinblickte: »Habt Dank, Eure Hoheit.« Er machte einen Knicks mit Blick zum Boden.

»Lux, ich …«, stammelte der Fürst und starrte mit gequälter Miene auf die blau glitzernden Damenschuhe, die Lux noch immer trug. »Du kannst mich von jetzt an ›Papa‹ nennen, wenn du willst.«

Lux machte bloß einen weiteren Knicks, drehte ihm den Rücken zu und folgte seinen künftigen Reisegefährten den steinernen Gang entlang. Loyd und Naomi hatten den kargen Wortwechsel von den Stufen aus mitgehört. Loyd hatte das Gefühl, dass Lux seinem Vater nicht so schnell vergeben würde. Aber vielleicht würde sich sein Empfinden ja irgendwann ändern, wenn er die Welt bereist hatte und seine Heimat und Familie für eine Weile aus einem anderen Blickwinkel hatte betrachten können.

Loyd musste unweigerlich an seine eigene Familie denken – wie er seine Eltern immer angebraust hatte, wenn sie ihn gebeten hatten, bei der Ernte oder der Hausarbeit zu helfen. Er hatte sie oft angeschnauzt und sie auch hin und wieder für ihre schlichte Lebensweise kritisiert. Jetzt, wo er sah, in welch komplizierte Verhältnisse adlige Kinder hineingeboren wurden, war er ganz froh, von einfachen Leuten abzustammen.

Er vermisste seine Eltern und auch Hildenberge, das blaue Eis, die familiäre Geborgenheit und die Ruhe, welche die Zeit viel langsamer verrinnen liess als sonst irgendwo und zum Nachdenken anregte. Und er vermisste Keli, mit der er jeden Tag durch die unzähligen Eistunnel geglitten war und auf dem alten Gletscher oben massive Schneeburgen gebaut hatte. Ja, die ausgelassenen Schneeballschlachten unter dem bunten Licht der Himmelsscheiben – die hatten Spaß gemacht. Ein einfaches Spiel und doch so vergnüglich …

Loyd schlug die Augen auf. Er lag auf einer Matratze, wusste aber nicht mehr, wie er hierhergekommen war. Er musste einen Aussetzer gehabt haben. Das war ihm schon einmal passiert, als er sich auf eine Trinkwette mit Anker eingelassen hatte. Es war damals geschehen, als sie zum letzten Mal gemeinsam auf einer Expedition in Kael gewesen waren und sie am Abend nichts Besseres zu tun gehabt hatten, als sich in der Greenlight Bar die Lampen zu füllen. Am nächsten Morgen war er im Eingangsbereich seines Gästezimmers auf dem Teppich liegend aufgewacht und hatte nicht gewusst, wie ihm geschehen war. Der Kater an jenem Morgen war grauenvoll gewesen, wobei er sich nicht mehr an die Begebenheiten der Nacht zuvor erinnern konnte. Er hatte sich damals geschworen, nie wieder so viel zu trinken.

Nun, er hatte sein Versprechen an sich selbst gebrochen und zahlte nun den Preis dafür. Sein Kopf dröhnte, als hätte ihm jemand mit voller Wucht eine Schepperklinge über die Rübe gehauen.

Es war fast stockdunkel. Die Vorhänge vor den Fenstern waren zugezogen. Nur ganz wenig buntes Licht drang durch die Lücke zwischen den Vorhängen und ließ die Beschaffenheit der Dinge im Zimmer erahnen. Als Loyd versuchte, sich aufzurichten, schlug seine Hand gegen etwas Hartes.

»Doch Professor, der Tugendzug ist auch ein Sternbild über dem nördlichen Sternenwald, hmhm …« Lux' wirre Schlafrede ging in ein Murmeln über und Loyd ließ sich erleichtert zurück ins Kissen fallen. Meine Güte, hatte sie ihn erschreckt. Warum lag sie mit ihm in einem Bett? Oder sollte er sie nun als einen Jungen betrachten? Dann würde es natürlich Sinn ergeben, dass er nicht in Naomis Bett schlief. Wie auch immer – was Loyd jetzt brauchte, war Wasser. Der Überschuss an Alkohol und das salzige Essen hatten seinen Körper komplett ausgetrocknet. Er raffte sich auf und bereute seine abrupte Bewegung sofort. Hinter seiner Stirn hämmerte eine Übelkeit erregende Keule gegen die Schädeldecke.

Sein Magen zog sich zusammen und jagte das halbverdaute Essen seine Gedärme hinunter. Verdammt, ging es ihm mies.

Er schob einen Fuß aus dem Bett und stellte ihn behutsam auf den steinernen Boden, danach folgte der andere. So ruhig, wie es seine Verfassung zuließ, hievte er sich hoch. Das Hämmern in seinem Kopf wurde schneller und stärker. Zwei kleine, leuchtende Uhrzeiger an der Wand taten ihm kund, dass er nur etwa drei Stunden geschlafen hatte. Wenn die Uhr stimmte, war es ungefähr zwanzig nach vier, und sie würden in etwas mehr als einer Stunde aufbrechen. Geduckt und seinen Magen massierend stolperte Loyd durch die Dunkelheit dorthin, wo er das Badezimmer in Erinnerung hatte. Im Bad leuchtete eine kleine Nachtlaterne, die gerade genug blaue Lichtstrahlen spendete, um nächtliche Geschäfte verrichten zu können. Zweifellos würde sein gereiztes Sehorgan sofort dafür büßen, wenn er jetzt den Lichtspender an der Decke anmachte, daher ließ er es bleiben.

Er stellte sich vor das Waschbecken, öffnete den Wasserhahn und setzte die Lippen an den Strahl. Das Wasser brachte zwar nicht die schnell erhoffte Genesung, aber zumindest konnte er spüren, wie es die beißende Säure in seinem Magen neutralisierte und den Brechreiz ein wenig linderte. Er strich sich mit dem Handrücken über den Mund und wandte sich um. Gerade als er wieder im Türrahmen stand, sah er einen Streifen Licht im Schlafzimmer, der sich langsam an den Vorhängen entlang zog und kaum merklich breiter wurde. Das verräterische Quietschen einer Tür war zu vernehmen. Blitzschnell hatte Loyd den Lichtstein zur Hand, den er zur Sicherheit immer und überall in einer Hosentasche bei sich trug und strich sich damit über die Hand. Er hüllte sich in Lichtschatten, was im Dunkeln zum Glück kaum Konzentration abverlangte.

Wer war das, und was wollte sie oder er inmitten der Nacht? Oder war es doch schon halb sechs und die Garden waren gekommen, um sie aufzuwecken? Aber die würden doch nicht einfach ins Zimmer hereinplatzen …

Loyd stockte der Atem. Die Zimmertür ging langsam auf und die Umrisse zweier Gestalten, die jeweils einen glühenden Dolch bei sich trugen, kamen durch den Türspalt geschlüpft. Loyd wurde schlagartig bewusst, worum es sich bei den Gegenständen handeln musste. Während seines ersten Studienjahrs hatte er mehrere Male gehört und gelesen, dass das Fürstentum früher einmal über eine Bande trainierter Meuchelmörder verfügt hatte, die Kristallsplitter als Mordwaffen benutzten. Diese berüchtigten Klingen, die aus demselben Material wie auch die Lichtkristalle bestanden, konnten mit einer Überdosis Schwärze geladen und mit einem Stich im Körper des Opfers entladen werden. Angeblich war dies eine Erfindung der ersten Nihilis-Fürsten und eine der tödlichsten Waffen überhaupt.

*Verdammt – ob die Fürstin sie wohl geschickt hat?*, schoss es Loyd durch seinen benommenen Kopf, während er sich auf die Unterlippe biss. Doch es blieb keine Zeit, sich darüber Gedanken zu machen, denn die beiden Gestalten bewegten sich lautlos und mit athletischer Gewandtheit durch das Zimmer. Loyd fiel in diesem Augenblick nur eine einzige Maßnahme ein, die Auftragsmörder aufzuhalten und gleichzeitig Naomi und Lux auf die Gefahr aufmerksam zu machen: Lärm und Verwirrung mussten her.

Loyd strich mit dem Lichtstein erneut über seine unsichtbare Hand und tauchte den sonst schon düsteren Raum in totale Finsternis. Dann begann er, wie am Spieß zu schreien, hob einen Stuhl hoch, der links am hölzernen Tisch gestanden hatte und schleuderte diesen durch die Luft. Offenbar war sein Schuss ein Treffer gewesen, denn ein schmerzhafter Aufschrei, sowie ein darauffolgendes Poltern waren zu hören. Loyd tastete nach einem weiteren Stuhl und beförderte diesen ein Stück Richtung Betten. Dann strich er sich erneut ungelenk über die Hand und ließ die Schattenwand verrauchen. Er schnippte mit dem Finger, um den Lichtspender an der Decke zu entfachen; er selbst blieb im Lichtschatten versteckt.

Augenblicklich kamen die zwei vermummten Angreifer zum Vorschein. Einer der beiden lag auf dem Boden, der Kristallsplitter etwa eine Stuhlbreite von ihm entfernt, der andere war in seiner Verwirrung zu den Vorhängen ausgewichen. Lux und Naomi waren sofort hellwach. Naomi kreischte, packte ihre Artenfibel und hob sie schützend hoch. Der Angreifer vor den Fenstern machte einen Satz auf sie zu, als ihm ein Stuhl von hinten auf den Kopf krachte. *Geschieht dir recht, du mieser Hund. Jetzt fühlst du, wie es mir gerade geht*, dachte Loyd in Rage. Er verpasste dem Eindringling einen weiteren heftigen Hieb, woraufhin dieser bewusstlos zusammenklappte. Loyd schnappte sich den glühenden Kristalldolch aus der Hand seines Widersachers und richtete ihn auf den zweiten Maskierten, der sich gerade wieder auf die Beine schwang und im Begriff war, nach seinem entglittenen Kristallsplitter zu hechten. Er war gefährlich nahe am Bett, auf dem Lux panikerfüllt kniete und das Geschehen entsetzt verfolgte.

Das Prinzessinnenkostüm, in welches er am Abend zuvor noch gekleidet gewesen war, war verschwunden. Nun trug er eine Sporthose und einen flauschigen Kapuzenpullover. Vor lauter Verblüffung schien Lux keinen Plan zu haben, wie er sich dem

Eindringling entgegenstellen sollte. Der Vermummte richtete sich auf und stürmte mit erhobenem Dolch auf Lux zu. Loyd war kein Mörder und er hatte auch nicht vorgehabt, je einer zu werden, doch die Situation, die sich nun vor seinen Augen abspielte, ließ ihm keine Wahl.

Er hechtete dem Angreifer hinterher und stach zu, bevor dieser Lux etwas antun konnte. Die unebene, aber rasiermesserscharfe Kristallklinge glitt ohne großen Widerstand in den Nacken seines Opfers. Loyd ließ los. In diesem Moment gaben seine Kräfte nach und Loyds Körper wurde wieder sichtbar. Der in ein schwarzes Gewand gehüllte Attentäter verharrte noch für einige Sekunden am Bettrand, bevor er schließlich in die Knie ging. *Von der Statur her muss es eine Frau sein*, fiel es Loyd plötzlich wie Schuppen von den Augen, der vor Panik und Erschöpfung schnelle, tiefe Atemzüge ausstieß. Es hörte sich so an, als würde die Sterbende ihnen noch etwas mitteilen wollen, doch sie brachte nur noch ein bebendes Röcheln heraus, ehe ihr Äußeres eine pechschwarze Schattierung annahm und sie tot auf dem Steinboden zusammenbrach.

Die Aura um die Gestalt herum verdunkelte sich rasch, bis keine Konturen mehr erkennbar waren und nichts weiter als ein finsterer Haufen übrigblieb. Loyd, Naomi und Lux standen fassungslos da und sahen zu, wie sich der Leichnam allmählich zu verfärben begann. Ein spiegelklares und unverkennbares Glitzern machte sich nach und nach auf dem finsteren Schemen bemerkbar. Er wurde zu Unlicht.

»Leute, wir müssen sofort von hier verschwinden«, keuchte Loyd, dessen Stimme dumpf und heiser klang.

Fußgetrappel und wirres Gebrabbel waren zu hören. Alle drei

Augenpaare schnellten zum Zimmereingang. Loyd machte einen Hechtsprung, schlug die Tür mit einer Hand zu und verriegelte das Schloss, Augenblicke, bevor geklopft wurde.

»Hoheit Luchiris Nihilis, seid ihr da drin? Exzellenzen Lanthorn und Gildenhof, bitte, öffnet die Tür.«

Loyd wollte kein weiteres Risiko mehr eingehen und schnappte sich seinen Rucksack. »Wir flüchten über den Balkon – *kommt.*«

Naomi und Lux waren zu verstört, um überhaupt irgendetwas zu sagen. Hals über Kopf rafften sie ihr Reisegepäck zusammen. Ein Glück, dass sie sich vor dem Schlafengehen noch umgezogen hatten. Loyd riss die Vorhänge auf und öffnete die Glastür zur weiten Terrassenfläche. Draußen zog eisige Bergluft, die an die Gletscheroberfläche Hildenberges erinnerte, frisch über den Schlossgarten. Die Dämmerung hatte eingesetzt. Das Leuchten der Himmelsscheiben begann, an Stärke zu gewinnen und warf einen kühlen Grünton auf das weite Parkgelände ringsum. Der Ausblick in diesem herrlichen Morgenbunt wäre sicherlich ein eindrucksvolles Erlebnis gewesen, doch war ihr Leben einmal mehr dabei, völlig auf den Kopf gestellt zu werden. Glücklicherweise war der Balkon nicht besonders hoch. Sie traten an die steinerne Balustrade heran, woraufhin Lux sich als Erster zum Sprung bereit machte.

»Ich gehe vor und fange eure Sachen auf«, schlug er vor und hievte sich auf die Brüstung. Hinter ihnen polterte es. Den Lauten nach zu urteilen, versuchten die Garden gerade, die Suitentür aufzubrechen. Vor ihnen lag der steil abfallende Schlosspark, dessen westlichen Bereich sie gestern bei ihrer Ankunft durchquert hatten. Unter ihnen befand sich ein Blumenbeet, das ihren Aufprall hoffentlich ein wenig dämpfen würde. Lux ließ sich mit den Händen vom Geländer baumeln und löste seinen Griff.

Wie erwartet landete er inmitten der bunten Gewächse, die unter seiner Last in den Boden gestampft wurden. Rasch ließ er seinen Blick über die Grasebene schweifen. Der rauchige Wohlgeruch von frisch gebackenem Brot begleitete den unruhigen Wind. Hinter Lux waren die Fenster der Schlossküche auszumachen, in denen bereits Licht brannte. Er blickte auf. Loyds Rucksack hing in der Luft, bereit zum Fall.

»Ich lass ihn jetzt los.«

Lux breitete unten die Arme aus, doch der übergroße Rucksack war schlichtweg zu schwer, als dass er ihn allein hätte auffangen können. Er rutschte ihm durch die Hände und prallte dumpf im Blumenbeet auf. In der nächsten Sekunde sauste Loyd mit einem gewagten Satz über das Geländer. Er flog etwas weiter als Lux und verfehlte das Beet knapp. Er musste sich gar abrollen, um den Aufprall auf dem kurzen Rasen abzufedern. Von oben war ein Splittern zu hören. Naomi fuhr entsetzt herum. Ein Bruchstück der Zimmertür lag auf dem polierten Boden vor dem Eingang, aber die Luke bot noch nicht genügend Platz für die Garden, um hindurch zu steigen. Naomi drehte sich wieder dem Geländer zu und ließ die Artenfibel darüber hinwegbaumeln.

»Der Rucksack ist mir egal, aber bitte fangt die Fibel auf«, flehte sie, die Augen fest auf Loyd fixiert.

Loyd wusste natürlich, dass ihr halbes Leben in dem Werk steckte, aber die Lage war lebensbedrohlich, und wenn er sich zwischen dem einen und dem anderen entscheiden musste, hatten ihre Leben Vorrang und nicht die Verfassung des Buches. Naomi ließ los und der Wälzer gewann sogleich an Tempo. Loyd und Lux hoben beide die Hände nach oben. Mit vereinten Kräften gelang es ihnen, zu verhindern, dass das schwere Buch auf dem Boden aufschlug und dabei Schaden nahm. Alle drei atmeten einen Moment lang auf. Dann zischte Naomis Rucksack unglücklich über die Köpfe der Untenstehenden hinweg, landete mit einem »Rums« auf dem steilen Rasen und rollte schließlich kläglich die perfekt geschnittene, hohe Hecke entlang, bis er vor einem prachtvollen Springbrunnen zum Stillstand kam. Naomi war schon dabei, über das Geländer zu steigen und sich daran hinunterhängen zu lassen, als die Wachen durch die eingetretene Zimmertür in die Suite hereingeplatzt kamen. Sie bemerkten noch, wie Naomis rotbrauner Haarschopf durch die Luft wehte und im nächsten Augenblick hinter der Balkonumrandung verschwand. Eigentlich wäre es schlau gewesen, sich einfach unter dem Vorbau entlang zu arbeiten, um den Blicken ihrer Verfolger zu entgehen, doch Naomis Rucksack lag weit draußen im Schlossgarten und musste geborgen werden.

»Mist – warum habe ich den Rucksack bloß so weit hinausgeschmissen?«, fluchte Naomi über sich selbst verärgert.

»Sie müssen zum Bahnsteig gelaufen sein – *schnell*«, schwappte es von oben zu den Entflohenen herab.

Offenbar wagten es die Garden nicht, über die Brüstung zu springen, oder sie dachten, über den Haupteingang wären sie schneller. Jedenfalls verrieten Laufgeräusche, dass sie sich ins Zimmer zurückzogen.

»Der Bahnsteig liegt westlich von hier. Folgt mir«, sagte Lux in sich überschlagendem Tonfall.

In diesem Moment stürmte Loyd los. »Geht schon mal vor; ich bin gleich bei euch«, rief er den anderen zu, während er in Lichtschatten gehüllt über den Rasen spurtete. Er rannte eine schick geformte Mauer aus Buchenhecken entlang, bis er vor dem majestätischen Marmorbrunnen ankam. Dort schnappte er sich das Gepäckstück, das sich selbständig gemacht hatte, wendete abrupt, und schon kam der grüne Rucksack auf Naomi und Lux zugeschossen.

Zusammen hasteten sie bis ans Ende des Gebäudes, dann weiter durch einen hübschen Rosengarten, in dem uralte Trauerweiden groß wie Herrenhäuser thronten, kämpften sich durch ein wirres Staudenlabyrinth; jagten anschließend über eine kleine gewölbte Brücke, die sich über einen von braunen Enten und Koi-Karpfen bewohnten Teich erstreckte, hinein in eine tiefliegende Höhle mitten in einer dichten Thuja-Hecke. Sie krochen in die unscheinbare Aushöhlung im Gestrüpp und fanden sich unmittelbar vor dem hohen Stahlzaun des Schlossareals wieder. Nur einen Steinwurf entfernt lag das Haupttor, durch das sie gestern chauffiert worden waren. Stetig lauter werdendes Gebrüll ertönte unweit von ihnen: »Ihr geht da lang und kontrolliert die Gärten – ihr seht oben auf der Aussichtsplattform nach – und ihr kommt mit mir zu den Gleisen. Los-los-los!«

Loyd erkannte nicht sofort, dass mit der dicken Stahlumfriedung hinter den feinen, immergrünen Ästchen der Lebensbäume etwas nicht stimmte. Ein würziger, nicht unangenehmer Geruch drang ihm in die Nase, während er mit schweißüberströmtem Gesicht beobachtete, wie Lux auf allen vieren an den Zaunstäben zu hantieren begann. Rasch wurde klar, dass vor einiger Zeit jemand, wahrscheinlich Lux selbst, eine Öffnung in die Barrikade gearbeitet hatte. Wie, war ihm allerdings schleierhaft, denn das Sperrwerk war sogar noch dicker und massiver als jene der Hochschulgelände in Lichterloh und Herbstfeld.

»Hier durch«, wies Lux sie an und schlüpfte als Erster durch die Öffnung in einen benachbarten Busch jenseits der Absperrung.

»Ist hier in den letzten fünf Minuten jemand vorbeigekommen?«, hörten sie eine gehetzte Stimme etwas abseits von ihnen fragen. Es mussten die Garden sein, die auf dem Weg zum Bahnsteig waren und das Sicherheitspersonal am Eingangstor befragten.

»Wen meinen Sie?«, wollte einer der Beamten gelangweilt gähnend wissen. »Etliche Leute haben das Tor heute schon passiert. Dieselben, die immer mit der Viertel-Vor-Fünf-Bahn ankommen: Köche, Zimmerreinigungskräfte, sogar die Briefträgerin war unter ihnen – sie hat mal nicht verschlafen …«

Der gesprächige Wachmann verschaffte den drei Gesuchten ein wenig Zeit, während sie durch die Öffnung krochen und sich im Buschwerk auf der gegenüberliegenden Seite des Zauns versammelten.

»Ich glaube, es ist jetzt ungefähr fünf vor fünf. Wenn wir uns sputen, schaffen wir es vielleicht auf den ersten Zug um Punkt fünf Uhr.«

Vor ihnen lagen mehrere luxuriöse Anwesen wohlhabender Nihilis-Bürger. Lux sah Loyd und Naomi in die Augen. »Seid ihr bereit? Bei ›drei‹ rennen wir geduckt durch die Gärten da vorne. Von den Häusern bis zur Bahn ist es nicht mehr weit.«

»Okay«, willigten die beiden ein. Loyd nahm einen tiefen Atemzug. Sein rumorender Kater wurde von der Adrenalinzufuhr komplett überschattet. Naomi rieb sich das Genick und ging in Startposition wie ein professioneller Sprinter vor dem Startschuss.

»Eins – zwei –«, Lux holte noch einmal tief Luft, »drei!«

Sie stoben leise aus dem Gebüsch, geradewegs auf einen der Gärten der vielen Villen zu, wo ihnen einige hochgewachsene Haselnusssträucher Sichtschutz boten. Sie sprangen über mehrere Blumenbeete, jagten an einem prächtigen, überdachten Grillplatz vorbei und tauchten kurz darauf in den Schatten eines pompösen Anwesens ein. Niemand war zu sehen. Anscheinend schlief das reiche Quartier noch. Lux spähte um die Ecke des Wohnhauses.

In der Nähe konnten sie einen Tumult wahrnehmen. Das Echo von wütenden Stimmen hallte durch die hohen Mauern der Prunkbauten. Warum gestritten wurde, konnte Loyd nicht ergründen, aber das war jetzt auch nicht von Bedeutung.

»Da drüben ist der Bahnsteig – der Zug ist noch da – die Luft ist rein; gehen wir«, flüsterte Lux und gab den anderen mit der Hand ein Zeichen. Sie begannen, zu rennen, was auf der knöchelhohen Rasendecke gar nicht so einfach war. So schnell sie ihre Beine trugen, wetzten sie dem offenen Bahnsteig entgegen. *Nun müssten wir uns eigentlich im Blickfeld des Wachpostens am Eingangstor bewegen,* wurde es Loyd schlagartig bewusst, als sie das letzte Gebäude hinter sich gelassen hatten. Schon waren sie bei der kleinen, aber gepflegten Bahnanlage angelangt und dabei, die Rampe zu den Gleisen emporzueilen, als ein empörter Aufschrei Loyds Verdacht bestätigte.

»Was zum … *Da drüben sind sie doch, Sie infantiler Volllöffel!* Los – ergreift sie!«, brüllte das uniformierte Löwenwesen aus Leibeskräften.

Ein Gong ertönte auf der Plattform und die Zugeinstiege begannen, sich zu schließen. Das verfolgte Trio preschte mit atemberaubender Geschwindigkeit das Gleis entlang. In der letzten Sekunde streckte Lux noch seine Hand zwischen die sich zusammenziehenden Türflügel des hintersten Wagons. Das Portal öffnete sich widerwillig, woraufhin die Flüchtenden am Ende ihrer Kraft hineinkletterten.

Der Zugführer reckte den Kopf aus dem Fenster des Führerstands und inspizierte die kurze Plattform neben dem Bahnsteig. Als er nichts entdecken konnte, das die Schließverzögerung ausgelöst haben könnte, zog er sein Haupt wieder ein und setzte den Zug mit einem Ruck in Bewegung. Erst als sich der Fuji-Liner in die erste Windung legte, kam der Haufen von Garden und Sicherheitspersonal auf die Plattform geschossen – doch es war zu spät. Die Zugschnauze war in einen steilen Waldabschnitt eingebogen. Nur Loyd, Lux und Naomi, die sich im hintersten Abteil aufhielten, konnten die schreienden und wild mit den Armen herumfuchtelnden Leute durch das Fensterchen in der Zugtür verschwinden sehen.

»Ach, du zwickendes Schmelzwasser, haben wir jetzt einen Dusel gehabt«, keuchte Loyd und wandte sich vom Fenster ab.

Naomi hatte ihre Hände auf die Knie gestützt und atmete schwer. Sie hatte nach wie vor die größte Last zu tragen. »Kommt, wir setzen uns. Es scheint niemand hier drinnen zu sein«, meinte Lux und steuerte eine Vierergruppe Sitze an. Tatsächlich war das Abteil völlig leer. Erschöpft warfen sie sich in die weichen Sessel.

»Was, wenn die vom Schloss die Lichtmailadresse des Zugführers kennen und ihm befehlen, sofort anzuhalten?«, sprach Loyd seine nächsten Sorgen aus.

»Das wird wohl kaum der Fall sein. Die von der Bahn wechseln ständig das Personal und wenn der Zug plötzlich anhalten sollte, springen wir einfach aus dem Fenster«, schlug Lux in vollem Ernst vor.

»Lux – das im Zimmer waren Meuchelmörder des Fürstenhauses, nicht wahr?«, wechselte Naomi unvermittelt das Thema.

Lux seufzte. »Jepp, das waren bestimmt Leute von der Nihilischen Spezialeinheit ›Buntblut‹. Ich kann mir aber nicht erklären, weshalb sie uns auf den Hals gejagt wurden oder von wem.«

»Entweder vom Fürsten, von der Fürstin oder von beiden«, erwiderte Loyd streng.

»Loyd, glaubst du wirklich, nach allem, was Lux' Vater uns gestern erzählt hat, würde er uns umbringen wollen? Das hätte er gestern den ganzen Abend lang an Ort und Stelle tun können«, tadelte ihn Naomi leicht grün angehaucht. Auch sie machte den Eindruck, als würde sie mit der Schadenfreude eines Katers ringen.

»Da ist was Wahres dran«, gab Loyd zu. Sein Oberstübchen war aus verschiedenen Gründen nicht in Bestform, aber eine Sache musste er unbedingt noch klären: »Und das Unlicht; was passiert jetzt damit? Wird es sich im Schloss ausbreiten?«

»Ich habe das schon ein paar Mal gesehen; ich meine, Unlicht außerhalb von Kael. Im Zentrum wird das Unlicht durch den überschwärzten Raum getragen, aber wenn es in einer belichteten Umgebung freigesetzt wird, kommt es zu einer Wechselwirkung mit der materiellen Umwelt. Das Unlicht wird wohl ein ziemliches Loch in den Zimmerboden fressen, bis die Buntblüter es weggeräumt haben. Wisst ihr, Nihilis besitzt einen der wenigen noch übriggebliebenen hypergeschwärzten Behälter, die Urvater Lailac Mondstein einst persönlich mit dem Unlichtschlüssel hergestellt haben soll. Damit wurde früher Unlicht aus den überschwärzten Wohnquartieren in Kael transportiert, wenn jemand gestorben und gerade kein Unlichtbändiger in der Gegend war. Also macht euch keine Sorgen wegen des Unlichts im Fürstenhaus«, beschwichtigte Lux und rieb sich die schweißnasse Stirn.

Naomi nickte abwesend, während ihre Augen nachdenklich zur Decke des Wagons gerichtet waren. »Und was machen wir, wenn der Schaffner unsere Fahrscheine und Pässe einsehen möchte?«

»Keine Bange. Von hier aus wird nichts kontrolliert, nur, wenn man *Richtung* Fürstenhaus fährt. Die erwarten nicht, dass Unbefugte vom ›Bonzenbuckel‹ her nach Nihilis-City fahren.«

»Ha, wenigstens etwas!«, trumpfte Naomi erleichtert auf.

In Loyds Schädel kämpften sich überschlagende Gedanken gegen die Folgen des übermässigen Alkoholkonsums. Er versuchte, zu verstehen, warum sie angegriffen worden waren und wer dahintersteckte. »Also muss es die Fürstin gewesen sein – weil sie Leute aus Lichterloh hasst, oder – weil ihr Lux' Verhalten gestern Abend nicht in den Kram gepasst hat«, sinnierte er, für den dies die einzigen logischen Schlüsse waren.

»Loyd«, begann Naomi und seufzte. »Es ist nicht der richtige Augenblick, um dem auf den Grund zu gehen – aber ich denke, ich weiß, warum sie es getan hat.«

Lux und Loyd warfen ihr fragende Blicke zu.

»*Was*? Warum – sag schon«, wollte Loyd in gereiztem Ton wissen.

»Deine Hand«, sagte Naomi nur.

»Meine Hand? Was ist mit meiner Hand?«

Lux verstand ebenfalls nicht und blickte verwirrt von Naomi zu Loyd. Dann hoben sich seine Augenbrauen. »Loyd! *Deine Hand* – bist du etwa ...« Lux hüpfte auf die Beine, griff nach seinem linken Handgelenk und hob den Arm in die Höhe. Ungläubig begutachtete er die vier Finger. »Bei allen heiligen Ureltern«, gluckste er ganz aus dem Häuschen.

»Genau das«, seufzte Naomi und verschränkte die Arme.

»Loyd, bist du etwa – *ein Unlichtbändiger*? Ich habe vollkommen übersehen, dass du nur vier Finger an einer Hand hast. Dass es dir nichts ausmachte, als ich dich in Kael mit dem Unlicht überzogenen Holzschwert traf, macht jetzt erst Sinn. Ober-mega-Misthaufen! Leute – wir haben ein Problem. Meine Mutter wird das ganze Buntblutkommando auf uns ansetzen – da bin ich mir sicher.« Lux' Stimme überschlug sich vor unbändiger Aufregung.

*»Warum das denn?«*, platzte Loyd los, bei dem der Groschen noch nicht gefallen war.

»Loyd, denk nach!«, zischte Naomi aufgewühlt. »Wie wir aus der gestrigen Rede der Fürstin entnehmen können, vermutet sie, dass jemand den Kaelischen Index gefunden hat und um dessen Macht verwenden zu können, absichtlich versucht, noch mehr Unlicht für sich herzustellen. Ob etwas Wahres daran ist, können wir nicht beurteilen. Da aber allgemein angenommen wird, dass der Index nur durch einen Unlichtbändiger verwendet werden kann, muss sie sich wohl zusammengereimt haben, dass *du* hinter den Machenschaften im Zentrum stecken könntest. Die Unlichtbändiger sind meines Wissens schon seit vielen Jahrhunderten totgeglaubt und dann taucht plötzlich einer auf, während sich das Unlicht in Kael auf mysteriöse Weise ausbreitet. Das muss ihr einfach verdächtig vorgekommen sein. Wenn sie dich jetzt töten lässt, hätte sie ihrer Meinung nach zwei Fliegen mit einer Klappe geschlagen: Erstens wäre der einzige lebende Bändiger beseitigt, der das Unlicht mittels Index in sich aufnehmen könnte, und zweitens würde sich das Unlicht in der Urstadt unkontrolliert weitervermehren, bis es daraus ausbricht und den Laternenwald schließlich den Sonnenlöchern gleichmacht.«

Darüber hatte sich Loyd bisher noch gar keine Gedanken gemacht. Wenn er doch nur nicht so viel getrunken hätte. Er hatte Mühe, sich überhaupt an irgendetwas zu erinnern. Anker hatte womöglich ein paar Mal erwähnt, wie die Unlichtbändiger vor hunderten von Jahren von irgendeiner Macht ausradiert worden waren. Aber, dass das Fürstentum damals dahintergesteckt hatte, nun ja – da hatte er wohl ein Detail vergessen.

In diesem Augenblick hallte eine automatisierte Durchsage durch das Abteil: »Sehr geehrte Fahrgäste. Vielen Dank, dass Sie heute mit der Fuji-Line gefahren sind. Nächster Halt: Endstation, Nihilis-City. Der Zug fährt weiter als Intercity bis zur Endstation: Wesenend-City. Bitte beachten Sie, dass die Weiterfahrt nur mit einem gültigen binationalen Reisepass oder höheren Ausweisen gestattet ist. Wir bitten um Ihr Verständnis.«

»Die haben sicher ihre Leute in Nihilis-City stationiert, um Züge bei Bedarf zu stoppen und zu durchsuchen«, vermutete Loyd auf die Zähne beißend.

»Ziemlich sicher«, entgegnete Lux, der nachdenklich seine Arme verschränkt hatte. »Soweit ich mich erinnern kann, gab es mal einen Vorfall, bei dem sie den Zug in Nihilis-City durchsucht haben. Sie durften ihn aber nicht daran hindern, weiterzufahren, da sich die Bahn ab Nihilis-City unter einem binationalen Abkommen bewegt.«

Loyd war von den Lichttechniken, die er gegen die Auftragsmörder angewandt hatte, bereits wieder ein wenig geschwärzt, aber er hatte eine Idee: »Lux, weißt du, wie man sich in Lichtschatten hüllt?«

Dieser schüttelte den Kopf. »Ich habe beobachtet, wie du dich praktisch unsichtbar machen kannst. Ich habe schon davon gehört, aber im Fürstentum und in Wesenend sind diese Lichttechniken streng verboten und werden nicht an Hochschulen unterrichtet.«

»Dann haben wir ein Problem«, sagte Loyd und blies gedankenverloren durch seine geschürzten Lippen.

»Ich lerne schnell«, sagte Lux und sah Loyd entschlossen an.

»Aber …«

»Bring es mir bei – *sofort*«, verlangte er nachdrücklich und machte mit den Fingerkuppen eine einladende Fächerbewegung, in etwa so, als wollte er Loyd zu einem Duell herausfordern.

Der Zug hatte die Randregionen von Nihilis-City erreicht, doch noch hatte er nicht begonnen, sein Tempo zu verringern.

»Nun gut – du weißt, wie der Lichtstrich funktioniert; die Grundlage, um mit einem Lichtkristall Energie zu bündeln?« Lux nickte. »Im Grunde ist es ganz einfach: Du gehst in die Knie und spreizt die Beine ein wenig, ganz locker. Dann, während des Lichtstrichs, in dem Augenblick, wenn der Stein die Handfläche verlässt – und der Zeitpunkt muss auf die Hundertstelsekunde passen – machst du einen Sprung gegen den dunkelsten Bereich um dich herum; vorzugsweise auf einen Schatten zu. Du musst dich konzentrieren und dich ganz fest auf deine Bitte, dich und all die Sachen, die du trägst, vor dem Licht verstecken zu wollen, konzentrieren. Wenn alles gut geht, und das tut es anfangs leider selten, wird das Licht dir Einlass in die Dunkelheit dahinter gewähren. Licht ist auch nur eine Art Masse, die sich auf den materiellen Raum legt – dahinter gibt es eine ganze Welt voller Schwärze, in die man sich Einlass erbitten muss – ähm – hast du kapiert, was ich meine?«

Lux kaute auf der Unterlippe herum und nickte halbherzig. Der Zug begann, zu bremsen.

»Endstation – Nihilis-City«, erklang es aus den Lautsprechern.

»Mach-mach-mach, versuch es jetzt«, drängte er Lux. Loyd nahm seinen Lichtkristall zur Hand und führte es ihm vor. Rasch ging er in die Knie und vollzog den Lichtstrich. Dabei sah er aus, als ob er zum Kopfsprung von einem Sprungbrett ansetzen würde – im nächsten Moment war er verschwunden. Lux verlor keine Zeit und kramte in seinen Taschen nach einem Lichtstein. Er breitete seine Beine aus und winkelte die Knie an, dann setzte er zum Sprung an. Seinem Gesichtsausdruck entsprechend dachte er angestrengt an die Welt hinter dem Licht und hüpfte mit voller Kraft auf einen schattigen Bereich zwischen zwei Sitzreihen zu. Für eine Sekunde sah es so aus, als ob sein Unterfangen gelingen könnte, doch er flog weiter geradewegs über die Armstütze eines Sitzes hinweg und plumpste kopfüber auf den ratternden Boden. Naomi schaffte es, wenn auch erst beim dritten Versuch.

»Lux«, zischte Loyd – doch zu spät. Der Zug hatte angehalten. Durch die Fenster konnten sie lange Schlangen wartender Passagiere erkennen, die sich vor den Eingängen aufgereiht hatten. Was die drei Botschafter aber in Angst und Schrecken versetzte, war eine beunruhigende Menge uniformierter Wesen, die sich durch den morgendlichen Pendlerauflauf drängte.

Lux raffte sich auf und versuchte es erneut mit dem Lichtschatten, aber sein nervöser Zustand schien seinen Willen zu boykottieren. Die Zugtüren schnellten auf. Loyd hatte an der HHF schon Gerüchte darüber gehört, dass es möglich sein sollte, sich zu zweit in die Schatten zu werfen. In einer verzweifelten Aktion löste er sich aus der Schattenwelt und zog Lux zu sich heran. Er schob ihn unsanft zwischen eine Sitzreihe, dann gingen sie zusammen in die Knie. Loyd vollzog den Lichtstrich und gemeinsam brachen sie mit einem Ruck in die ominöse Dunkelheit ein. Unsichtbar presste er Lux gegen das Zugfenster. Loyd spürte den warmen Atem von Lux an seinem Hals und seine flauschigen Haare an den Wangen. Die uniformierten Inspektoren drängten die umstehenden Pendler aus dem Weg und verschafften sich gewaltsam Zutritt ins Zuginnere. Systematisch durchsuchten sie alle Abteile, sahen in den Toiletten nach und befragten den Zugführer. Es sah nicht so aus, als ob sie ihnen auf die Schliche kommen würden. Während die Inspektoren hin- und herstreiften, machte keiner der Verborgenen einen Mucks. Loyd wich ein wenig von Lux zurück, obwohl er nicht abgeneigt gewesen wäre, noch für eine Weile an ihn gepresst stehen zu müssen. Er duftete noch immer nach dem süßlichen Parfüm des Vorabends. Es war seltsam – obwohl ihr Leben gerade an einem seidenen Faden hing, öffnete sich Loyds Herz unweigerlich und überschüttete ihn mit unausgesprochenen und unterdrückten Wahrheiten. Zwar hielt er Lux' Hand auch, um mit ihm im Verborgenen zu bleiben, aber eigentlich viel mehr deswegen, weil sein Herz mit ihm verbunden sein wollte. In Loyd keimte die Frage auf, ob der gemeinsame Lichtschatten nur deshalb geglückt war, da er diese innigen Gefühle für Lux hegte. Er drückte seine Hand ein klein wenig fester, doch Lux erwiderte sein Zeichen nicht – und ihm wurde schlagartig klar, dass dies auch nicht geschehen würde. Denn Lux war – ein Mann. Eine Stimme tief in seinem Inneren gestand ihm: Wenn er Lux wirklich liebte, musste er die weibliche Lux, als die er ihn betrachtete, aufgeben und ihn als Mann akzeptieren. Denn das Mädchen, das er zu lieben glaubte, existierte nicht.

Dieser Gedanke stimmte Loyd auf einmal sehr traurig und übertönte selbst die Furcht vor den lebensgefährlichen Verwicklungen, die sich gerade um sie herum abspielten.

Ehrlich gesagt hatte er noch nie auf diese Weise für ein anderes Wesen empfunden. Während seines ersten Hochschuljahrs hatte er mal ein Mädchen kennengelernt, das er zu lieben geglaubt hatte, aber nach ein paar Wochen war es schon wieder vorbei gewesen. Sie hatte einen anderen aufgegabelt und war mit ihm durchgebrannt. Bald verstand er, dass das Konzept der »Liebe« weniger mit dem Gefühl, Schmetterlinge im Bauch zu haben, zu tun hatte, das sich nach ein paar Monaten legte, sondern die Liebe eigentlich mehr eine Entscheidung darstellte, mit jemandem langfristig den Lebensweg zu teilen. Seine erste Beziehung war ein Spiel gewesen; ein Ausprobieren und Experimentieren. Doch jetzt war es anders – ganz anders. Lux, welchen Geschlechts auch immer, war die Person, die er von ganzem Herzen lieben wollte. Er wollte mit ihm ein Schicksal teilen, auch wenn die Schmetterlinge vielleicht irgendwann nicht mehr ganz so lebhaft in ihm tanzen würden; das wäre völlig normal. Und spielte es denn überhaupt eine Rolle, ob Lux sich nun als Mann sah? Dann würde er sich eben mit einem Mann verbinden und ihn als solchen akzeptieren.

Aber wie sollte er es ihm verständlich machen? Loyd hoffte in kindlichem Wunderglauben, dass seine Gedanken durch die verbundenen Hände bei Lux ankommen würden. Vielleicht funktionierte diese Art von Telepathie ja hier in der Schattenwelt, abseits des Lichts?

Die Inspektoren gaben auf. Der Zugführer erhob die Stimme und jagte die Uniformträger wieder hinaus auf die Plattform. Sie würden ihre Kunden behindern und den guten Ruf der Bahn schädigen, warf er ihnen vor. Als sich der letzte aus dem Wagon begeben hatte, stürmten die Pendler in den Zug. Ein Chaos brach aus, das den drei Unsichtbaren zugutekam, denn nun konnten sie sich unbemerkt durch die Abteile bewegen.

»Wir enthüllen uns in der Toilette«, zischte Loyd der unsichtbaren Naomi entgegen, gerade bevor die ersten Zuggäste durch die Abteiltüren gehastet kamen. Loyd zog Lux in die Toilettenkabine hinein und verschloss die Tür rasch hinter sich. Er ließ Lux' Hand los und ihre Körper kamen unverzüglich unter dem spärlichen Licht an der Decke zum Vorschein. Wie Lux seinen Händedruck wohl interpretiert hatte? Loyd sah ihm in die Augen, und der erwiderte seinen Blick. Ob er ihm gestehen sollte, was er für ihn empfand? Sie waren zu zweit und ungestört.

*Wann, wenn nicht jetzt?*, dachte er verbissen. Lux sah ihn abschätzend an und kaute wie gewohnt auf der Unterlippe.

»Loyd, ich …«, fing Lux an, doch ein Poltern an der Toilettentür ließ beide aufschrecken.

»Mach mal schneller«, kam es durch die dünne Wand.

*Das ist peinlich,* dachte Loyd, aber sie hatten keine Wahl. Er nahm Lux erneut bei der Hand, entriegelte das Schloss und öffnete die Tür.

»Verzeihung, sie hat sich nicht gut gefühlt«, entschuldigte sich Loyd bei dem großgewachsenen, in beige Hosen und blaues Sakko gekleideten Pferdewesen.

»Wer's glaubt«, schnaubte der Hengst ihnen zu und warf die Toilettentür mit einem durchtriebenen Zwinkern hinter sich ins Schloss. Loyd und Lux sahen einander an und brachen grinsend in ein verlegenes Schnauben aus.

»Wo steckt eigentlich Naomi?« Loyd musste nicht lange auf die Antwort warten. Plötzlich verspürte er ein Gewicht auf den verbundenen Händen und ein Räuspern drang an seine Ohren. Loyd öffnete seinen Griff und ließ Lux' Hand los. Im selben Augenblick nahm Naomi vor ihren Augen Gestalt an, die offenbar für den Druck auf ihren Händen verantwortlich gewesen war. Der Hengst kam aus der Toilette geschlendert. Als er sie erblickte, grinste er erneut und verschwand mit verwegenem Pfeifen im Abteil vor ihnen.

»Meine – liebe – Güte, haben wir jetzt ein unverschämtes Glück gehabt. Habt ihr euch gemeinsam in den Schatten geschmissen? Geht das überhaupt?«

»Anscheinend«, grinste Loyd ihr zu. »Habe ich mal von einem Kollegen gehört, bei dem es geklappt haben soll. Echt speziell, muss ich sagen.«

»Ja, speziell – die ganze Mission ist verdammt noch mal speziell«, schnaubte Naomi energisch.

Loyds Grinsen wurde breiter. Er mochte es, wenn Naomi begann, grob zu reden. Es passte einfach nicht zu ihr.

»Lux, ist mit dir alles in Ordnung?«, erkundigte sich Naomi und blickte ihn von oben bis unten prüfend an.

»Außer, dass ich mir beinahe in die Hose gemacht habe, geht es eigentlich«, sagte er und atmete tief ein.

»Wirklich – nichts Auffälliges oder so?«

»Nee, ähm, mir geht es gut, danke.«

Loyd verstand nicht recht, was Naomi meinte. Was sollte bitte nicht in Ordnung sein? Sein Versuch, Naomi in die Augen zu schauen, misslang, denn sie wandte sich abrupt von ihm ab.

»Lasst uns zum vordersten Abteil gehen. In der ersten Klasse gibt es meistens freie Sitze«, schlug Lux vor und begann, sich einen Weg durch die dünnen und dicken, kleinen und großen Passagiere zu bahnen; Loyd und Naomi schritten mit etwas Abstand hinterher.

»Was bitte sollte das eben?«, wisperte sie Loyd zu.

»Wovon sprichst du?«, fragte Loyd zugeknöpft lächelnd.

»Du hast seine Hand gehalten, viel länger, als nötig gewesen wäre.«

Loyd war verdutzt. Naomi hatte »er« gesagt. Hatte sie Lux jetzt aus Respekt als Jungen bezeichnet, oder wollte sie ihn damit davon abhalten, sich Lux zu nähern? Loyd war eben gerade zum Entschluss gekommen, dass es für ihn keine Rolle mehr spielte, mit welchem Geschlecht sich die Person, mit der er sein Leben teilen wollte, identifizierte. Dass er nun einen Mann liebte, der in einen weiblichen Körper hineingeboren worden war, war seiner Auffassung nach weder falsch noch unmoralisch. »Das war ein Versehen, ok? Ich war gestresst und habe den Überblick verloren«, log Loyd und gab vor, über den Vorwurf verärgert zu sein. Er wusste in diesem Moment nicht, wie er mit der Situation umgehen sollte und zog es vor, auf die Diskussion zurückzukommen, sobald er sich gesammelt hatte. Naomi bedachte ihn mit einem argwöhnischen Blick, drang aber nicht weiter in ihn.

»Kommt ihr?«, war Lux' Stimme vor ihnen zu hören. Sie durchschritten die Wagontür zum vordersten Abteil.

Loyd wandte sich von Naomi ab. Beide bahnten sich mit freudlosen Mienen durch die Sitzreihen. Tatsächlich saßen in der ersten Klasse nur wenige Wesen und sie fanden drei beieinanderliegende Plätze.

Der Schaffner kam ins Abteil geschlurft: ein hünenhaftes, eberartiges Geschöpf, welches Naomi mit großen Augen bestaunte. Offenbar hatte sie noch nie ein Wesen aus dieser Gattung gesehen, denn sogleich schlug sie ihre Artenfibel auf und begann eine Skizze vom orange uniformierten Ebermann zu zeichnen.

»Was schreibst du denn dauernd in deine Fibel? *Oh, wow* – die Skizze ist wirklich gut«, lobte Lux, der aufgestanden war und nun vor Naomis Sitz kniete.

Wahrscheinlich wollte Lux verhindern, dass der Schaffner ihn erkannte, überlegte Loyd, der die beiden beobachtete.

»Für jedes neue Wesen, das ich während meines Studiums vor die Augen bekomme, mache ich einen Eintrag. Dazu habe ich je eine Seite der Fibel zur Verfügung«, erklärte sie Lux.

»Und wie viele Wesen hast du schon eingetragen?«, fragte Lux neugierig.

Der Schaffner inspizierte gerade die Fahrkarten der Gäste hinter ihnen.

»Viele. Ich habe sie nie gezählt«, gab Naomi zu und ließ die vielen beschrifteten Seiten durch ihre Finger gleiten. »Ich bin schon seit meinem ersten Studium dran. Die meisten hören beim Zweitstudium auf und gehen in den Sternenwald, um neue Arten zu untersuchen. Für mich ist die Artenfibel aber ein Hobby, ich kann einfach nicht genug davon bekommen. Ich habe im Sternenwald bereits 23 neue Spezies entdeckt, die ich benennen durfte«, bekundete Naomi nicht ohne Stolz.

»Das ist ja der Hammer!«, entfuhr es Lux, wobei seine Augen dem sich hin- und herbewegenden Stift folgten, der den Ebermann ziemlich treffend darzustellen vermochte.

Loyd zog seinen Pass hervor und stierte den Schaffner grimmig an, der nun zu ihnen herübergeschlurft kam.

»Ihre Fahrkarten und Pässe, bitte«, grunzte das Wesen höflich.

»Wir fahren nach Wesenend-City und benötigen noch Fahrkarten.«

Das hünenhafte Geschöpf öffnete eine große Tasche, zog ein glänzendes Gerät hervor und tippte mehrmals darauf. »Drei Erwachsene?«, fragte es.

»Zwei«, antwortete Loyd.

»Einer«, korrigierte ihn Naomi. »In Wesenend und Nihilis gilt man erst ab dem zwanzigsten Lebensjahr als erwachsen.« Loyd, der in einem Monat zwanzig Jahre alt werden würde, ließ sich beleidigt in seinen Sessel zurückfallen.

»Also, wie denn nun? *Oh,* bin das etwa ich?«, fragte der Ebermann erfreut und deutete auf die Skizze in der offenen Artenfibel.

»Ja – ich studiere Biodiversität, wissen Sie, und ich habe noch nie jemanden wie Sie getroffen.« Naomi lächelte freundlich.

»*Jooh,* das wird mir oft gesagt. Ich bin ein Mischling zwischen einem Bärenwesen und einem Eberwesen. Diese Mischung ist sehr selten, heißt es. Man bezeichnet uns als Hogbar-Wesen. Ich komme aus Wesenend, Anderwiesen, Tümpelkreis. Dort gibt es einige Angehörige meiner Art.« Der Hogbar zuckte vergnügt mit den spitzen Ohren.

»Fantastisch«, sagte Naomi aufgeregt. »Tümpelkreis, sagen Sie? Vielleicht werde ich der Gemeinde in näherer Zukunft einmal einen Besuch abstatten, um ein paar anthropologische Studien vorzunehmen. Vielen Dank für die Informationen. Dürfte ich Sie noch fragen, wie viel Sie wiegen, wie groß Sie sind und was man in Tümpelkreis vorwiegend isst? Das wäre sehr lieb von Ihnen.«

»Größe: eins-achtundneunzig, Gewicht: keine Ahnung, war so um die dreihundertvierzig Kilo, das letzte Mal, als ich im Thermalbad war. Beliebte Esswaren in Tümpelkreis: Maitakepilz-Suppe und Frauenmantel-Frischkäse-Kartoffel-Auflauf. In Tümpelkreis brennen wir unseren eigenen Whisky, den wir seit ein paar Jahren mit großem Erfolg im ganzen Laternenwald verkaufen.«

Jetzt fiel es Loyd wieder ein. Er hatte in einem Pub in Herbstfeld schon einmal Tümpelkreis-Whisky probiert und hatte ihn damals ausgezeichnet gefunden, doch war er immer noch zu beleidigt, um sich dazu zu äußern.

»Vielen, vielen Dank«, bedankte sich Naomi und kritzelte die Informationen in verschiedene Sparten auf der Seite.

»Keine Ursache. Hier, einmal Fahrkarte für Erwachsene, und zweimal für Heranwachsende.«

Loyd nahm die Karte missgelaunt entgegen. Was hieß hier Heranwachsender? In Lichterloh zählte er seit bald vier Jahren als volljährig und zu den erfolgreichsten Explorationsstudenten, die die HHF je gesehen hatte.

»Dürfte ich noch die Pässe sehen?«, fügte das Wesen noch an, nachdem jeder einzeln für sich bezahlt hatte. Alle drei Botschafter übergaben dem Wesen ihre Diplomatenpässe, wobei es den obersten aufschlug.

»*Ach du meine* – verzeiht mir, Eure Exzellenzen, dass ich Euch so angequatscht habe«, grummelte der Hogbar erschrocken. Die wohlhabenden Passagiere im Abteil drehten allesamt ihre Köpfe zu ihnen herüber, als sie merkten, dass noch wichtigere Persönlichkeiten als sie selbst im Zug saßen. Lux stahl sich auf die Zunge beißend zurück zu ihrem Sessel.

»Das macht gar nichts, Herr Schaffner. Ich tausche mich gerne mit verschiedenen Leuten aus aller Welt aus«, beschwichtigte

Naomi gutmütig, doch dem Wesen war sein Auftreten offenbar ganz und gar nicht recht. Es zupfte ein Taschentuch aus dem Uniformärmel und tupfte sich damit die unebene Stirn ab.

»Gewiss, Eure Exzellenz. Entschuldigt die Störung«, und mit diesen Worten und einer im Lande üblichen Verbeugung, stapfte der Hogbar von dannen.

Lux getraute sich während der weiteren Fahrt nicht mehr, seinen Sessel zu verlassen. Loyd verschränkte die Arme und stierte aus dem Zugfenster, bis seine Augenlider schwer wurden. Endlich kam sein Körper ein wenig zur Ruhe. Sein Herzschlag verlangsamte sich und das Mineralwasser, das er eben zu sich genommen hatte, durchspülte seine Blutbahnen. Die Kopfschmerzen ließen nach, und ehe er sich versah, war er auch schon in einen unruhigen Schlummer weggetreten.

Als er das nächste Mal die Augen aufschlug, eröffnete sich ihm ein bekanntes städtisches Bild jenseits der Glasscheibe. Farbenfrohe, spitze Dachkuppen unterschiedlich hoher Wohnhäuser überspannten die Gegend. Die Straßen waren überfüllt mit klitzekleinen, bis hin zu gigantischen, haushohen Wesen – aber, wie gehabt, war weit und breit kein einziges Menschenwesen zu entdecken.

»Loyd, wir sind in zwei Minuten da«, war Naomis Stimme zu hören.

Er hätte am liebsten noch für ein paar Stunden weitergedöst, aber die Pflichten riefen einmal mehr. Er raffte sich auf; seine Kopfschmerzen waren verschwunden. Als er zu Lux hinübersah, stellte er erstaunt fest, dass er eine Lichtmail auf den Handflächen hielt.

»Kommt mal her«, forderte er seine Gefährten leise auf und

blickte prüfend umher, ob jemand lauschte. Als sie vor Lux in die Hocke gegangen waren, fuhr dieser im Flüsterton fort: »Ich habe eben eine Nachricht von Papa erhalten. Er meinte, er sei schockiert darüber, was geschehen sei, und dass er meiner Mutter niemals verzeihen würde. Er hoffe, wir hätten es unversehrt bis nach Wesenend geschafft. Wir sollen ihm aber vorerst keine Botschaft zurücksenden, um keine Aufmerksamkeit auf uns zu ziehen. Des Weiteren sollen wir unbedingt nach verdächtigen Leuten Ausschau halten und ohne Abstecher in den Sola-Express umsteigen. Er sagt auch, dass wir seinen Brief, den er uns gestern mitgegeben hat, frühstens öffnen sollen, wenn wir in Solaspitz angekommen sind. Darüber hinaus wünscht er uns viel Glück und bestätigt, dass er seine Sitzung mit dem Bunten Rat morgen plangemäß durchziehen wird.«

»Siehst du, Loyd – Lux' Vater hatte mit dem morgendlichen Attentat nichts am Hut«, sagte Naomi leise.

»Ich habe es kapiert. Nun – das heißt für uns, dass wir so unauffällig wie möglich nach Solaspitz weiterreisen. Aber was machen wir ohne Licht? Wir sind schon alle ziemlich geschwärzt.«

»Auch in Solaspitz gibt es mindestens eine lichterlohene Bank, bei der wir versuchen können, auf unsere Konten zuzugreifen. Das müssen wir nicht zwingend in Wesenend tun«, antwortete Naomi und blickte wachsam über die Schulter.

Das Reisetempo begann langsam abzunehmen. Sie waren zurück in Wesenend-City.

# BEEREN, PILZE, PAPPELPFLAUMEN

Einige hundert Meter entfernt sog Keli an einem Strohhalm. Die kalte Schokolade aus Ziegenwesenmilch schmeckte gut, besonders, wenn sie an die Strapazen der vergangenen Tage zurückdachte. Keli saß in einem Hotelcafé im Zentrum von Wesenend-City. Sie ließ ihren Blick über die fußgänger- und verkehrsreichen Straßen vor der Hotelterrasse schweifen. Der Ort war einfach toll. So viele unterschiedliche Wesen in allen erdenklichen Farben und Formen. Auch sämtliche Häuser und Karossen waren kunterbunt zusammengewürfelt, und alles kam ihr wilddurcheinander vor – genau nach ihrem Geschmack, genau wie es ihr Kopf mochte. Auch in ihrem Zimmer in Hildenberge hatte stets eine gewissermaßen zufriedenstellende Unordnung geherrscht. Nicht, dass sie nicht gerne aufräumte – nein, sie war eine begnadete Ordnungschafferin, wenn sie nur wollte. Doch ihr gefiel es, wenn die Dinge nun mal nicht dort waren, wo sie sauberen und sittenstrengen Leuten nach hingehörten. Unordnung hatte eine Art beruhigende Wirkung auf ihren Geist. Immer, wenn ihre Mutter sie aufgefordert hatte, ihr Zimmer aufzuräumen, hatte sie abends nicht schlafen können. Je mehr Nächte danach vergangen waren, je mehr der Grad der Unordnung im Zimmer wieder zugenommen hatte, desto schneller hatte sie erfüllten Schlaf gefunden.

Sie konnte sich selbst nicht richtig erklären, woran das lag, aber inmitten dieser Straßen – die so viele Fragen und Geheimnisse aufwarfen – fühlte Keli sich pudelwohl.

Vor ein paar Minuten war etwas vorbeigerollt, das verdächtig danach ausgesehen hatte, was sie sich unter einem RRA – einem Rollenden Riesenapfel – vorgestellt hatte. Sie musste in sich hineinlachen, als die lebende Riesenfrucht bei roter Ampel über die Straße gerollt und laut kreischend schier von einer rübenförmigen Karosse aufgespießt worden war. Am liebsten wäre Keli einfach in den Wesenmengen verschwunden und hätte geschaut, wo ihr Schicksal sie hinführen mochte – aber dafür war momentan leider keine Zeit.

Anker war kurz ins Innere des Hotels verschwunden, um für die Übernachtung zu bezahlen. Sie waren gerade dabei gewesen, einen Plan zu schmieden, wie sie an das Stadtjuwel von Wesenend, die »Wesenender Schneebeere«, herankommen konnten; einer der vier Kieselsteine, die als vollkommener Satz »die Kinder Kaels« oder auch »Lailacs Kinder« genannt wurden. Anker hatte Keli eben erläutert, wie diese sagenumwobenen Artefakte von jeder Präfektur gut verwahrt wurden und heutzutage als wichtiger historischer Beweis für die Authentizität der Legende von Lailac und Mikael galten. Keli musste jäh an die Erlebnisse des vorgestrigen Nachmittags zurückdenken – als sie durch das unheimliche Wächterportal tief unter der verlassenen Kaelischen Bibliothek geschlichen waren – die sich noch einmal wie ein Film vor ihrem geistigen Auge abspielten:

Nachdem Keli das in der Wand eingelassene Wächtermal berührt hatte, ertönte ein lautes Poltern und das mit Edelsteinen besetzte Tor bewegte sich ganz langsam und wie von Geisterhand zur Seite. Vor ihnen eröffnete sich eine weiträumige, düstere Gruft. Das Wesen, welches einst die Kammer beschützt hatte, war längst zu Staub zerfallen. Anker bezeichnete den geheimnisumwobenen

Raum als »Urvater Mikaels Gemach« und erzählte Keli, dass sie beide – abgesehen von einigen Unlichtbändigern der frühen Neuzeit – wahrscheinlich die ersten wären, die diesen Ort seit Mikaels Tod betraten. Die Kammer und deren Geheimnisse waren also eintausend Jahre lang im Verborgenen geblieben.

Überall standen alte Tafeln aus Stein mit verstaubten Gegenständen darauf. Keli hatte das merkwürdige Gefühl, dass sie nicht allein waren und sich eine unnatürliche Präsenz in der Nähe aufhielt. Sie schlotterte vor Furcht. Dann begann der Professor, aus einem der alten, verblassten Werke vorzulesen, welches Mikael offenbar selbst einst verfasst hatte. Aufgewühlt vor Angst und Kummer lauschte Keli der finsteren Botschaft, die Anker aus der Ursprache Englisch übersetzte:

»Wir schreiben das Jahr 31 ab Neuzeit, 13. Mai. Die Suche nach meinem verschollenen Zeigefinger erweist sich weiterhin als erfolglos, obwohl ich ahne, dass die kleine sprechende Hängekirsche, die auf Lailacs Grab wächst, irgendwie mit dem Rätsel um den Index in Zusammenhang steht. Sie spricht nur zu mir und Lailacs vierfingrigen Nachkommen; zu niemandem sonst. Sie möchte, dass wir ihr ›ihre Kinder‹ bringen und nur dann würde unser sein, was Gutes von Bösem scheidet. Niemand weiß, worum es sich bei den Beeren: Schnee-, Stachel-, Blau- und Wein- handelt. Sind es Menschen, Tierwesen, Pflanzen oder haben die Begriffe eine übertragene Bedeutung? Wir wissen es nicht. Das spiegelnde Unheil breitet sich in unserem Versteck immer weiter aus. Ich frage mich, ob ich mich darin ertränken soll. Ich bereue meine Taten so sehr. Vergib mir, Bao – vergib mir, Lailac …«

Anker blickte, ob den Worten, die er eben ausgesprochen hatte, entsetzt auf. Sein scharfer Blick schweifte alarmiert durch die dunkle, grottenartige Höhle. Keli war sich bewusst, was Anker in Unruhe versetzte. Dann sahen sie es: Tief im Innern des Gewölbes glitzerte etwas. Keli machte bedächtig ein paar Schritte durch die Finsternis. Umso weiter sie in die feuchte und neblige Höhle vordrang, desto breiter wurde die mysteriös schimmernde Ebene.

»Keli, bitte sei vorsichtig.« Ankers angespannte Stimme hallte unheimlich von den uralten Gemäuern wider.

Einen behutsamen Schritt nach dem anderen machend, tappte Keli um eine leichte Biegung. Dann erstarrte sie. Sie traute ihren Augen nicht. Jenseits der Höhlenwindung enthüllte sich ihr ein ganzer Ozean aus Unlicht, soweit das Auge reichte. Aber es war nicht einfach flach, wie ein stiller, unterirdischer Bergsee. Auf der Ebene verteilt ragten ungleichförmige Röhren und andere bizarre Spiegelgebilde in die Höhe und verbanden sich mit der Kammerdecke, von wo das Unlicht vermutlich an die Oberfläche Kaels hinaufgelangte.

*Das hier muss eine jener verborgenen Kammern sein, wo die Bändiger das Unlicht einst deponiert haben,* schoss es Keli bibbernd durch den Kopf. Die beiden Eindringlinge bekamen es mit der Angst zu tun und zogen sich ohne Umschweife zum Eingang der Kammer zurück, wo sie ihre Taschen noch mit alten Schriftstücken und kleinen Artefakten füllten. Dann flüchteten sie aus der antiken Stätte, so schnell sie ihre Beine trugen.

Erst als sie in Wesenend angekommen waren und im behaglichen Hotelcafé zusammen über einer Tasse starken Grüntees gebrütet hatten, fiel der Fokus auf den Begriff »die Kinder Lailacs«, und Keli erinnerte sich unwillkürlich wieder an die verschwiegene Botschaft Shidares. Sie erzählte Anker, welche Prüfung der Baum ihr auf dem Dach der HHF gestellt hatte: »Sollest Du meiner

Kinder habhaft werden und bedingungslos nach Frieden streben, dein soll sein, was mein einst war, was Gutes scheidet von Bösem klar. Vier Beeren es sind, so alt wie ich, Schnee, Stachel, Blau und Wein sie heißen schwesterlich. Doch sei gewarnt: Dein Scheitern wird das Scheitern aller sein, folge stets dem Lichte nur und bleibe des Herzens ewig rein.«

Anker vermutete seither, dass Shidare die Hüterin des Unlichtschlüssels sein könnte. Seine Theorie lautete: Wenn Keli der Hängekirsche die vier Stadtjuwelen überbrachte, würde sie ihr den Unlichtfinger aushändigen. Damit wäre Keli in der Lage, das Unlicht nicht nur einfach zu berühren und herumzutragen, sondern sogar vollumfänglich in sich aufzunehmen und zu verwerten. Vorstellen konnte sie sich dieses abstrakte Unterfangen zwar nicht, aber sie verstand, dass keine Zeit blieb, nach ihrem Bruder und Naomi zu suchen und sie ihnen die Aufgabe überlassen mussten, die Machthaber aller Präfekturen hinsichtlich der sich zuspitzenden Lage in Kael zu alarmieren. Das Unlicht war daran, sich unkontrolliert auszubreiten und keiner wusste wie und warum. Es war zwingend für die Zukunft aller Existenz, dass sie die Stadtjuwelen so rasch wie möglich zusammentrugen und den Unlichtschlüssel bargen – vorausgesetzt, Ankers Theorie entpuppte sich auch tatsächlich als wahr.

Keli wollte sich noch gar nicht ausmalen, wie es sich anfühlen würde, den Unlichtfinger in ihren Händen zu halten. Anker hatte ihr erzählt, dass sie seit dem Hinscheiden Lailacs zur einzigen echten Unlichthüterin werden würde. Das bedeutete Ruhm und Ehre für den Rest der Zeit. Keli ließ diese aussichtsreichen Gedanken noch ein wenig schweifen und nahm einen weiteren Schluck Schokolade, als ein schweres Stapfen Ankers Rückkehr ankündigte.

»Ich habe eben mit einer der Rezeptionistinnen ein Pläuschchen gehalten, die meinte, das Wesenender Stadtjuwel sei im Nationalmuseum von Wesenend ausgestellt. Das liegt drei Straßen von hier.«

Keli sprang sofort auf die Beine. Sie vermochte aus Ankers Mimik abzulesen, dass er unverzüglich aufzubrechen gedachte. Also traten sie auf die belebte Straße hinaus und liefen raschen Schrittes den breiten Bürgersteig entlang, als Anker erneut das Wort an Keli richtete: »Gehe ich recht in der Annahme, dass dir die Geschichte um die Stadtjuwelen nicht geläufig ist?« Tatsächlich hatte Keli heute zum ersten Mal davon gehört. »Ich denke, es ist einerseits an der Zeit für dich, zu erfahren, was es damit auf sich hat und andererseits zu verstehen, was wir in den kommenden Tagen Bedeutendes vorhaben.

Wenn ich über die Legende von Lailac und Mikael spreche, meine ich eigentlich ›die Heilige Blausternenschrift‹, welche eine Dokumentation historischer Ereignisse darstellt und von der religiösen Bewegung ›Blausternengemeinschaft‹ über Jahrhunderte hinweg aufgezeichnet wurde. Gründer dieses Kults war einer der Urväter, Bao Wao, das Hundewesen, das gut mit Lailac befreundet gewesen sein soll, sogar schon bevor sich die Universale Fusion überhaupt zugetragen hat. Den Texten zufolge hat Bao nach der Apokalypse weit, weit oben im Norden, in den Tiefen des Sternenwalds, eine Wohnstätte für Forschungs- und Meditationszwecke errichtet. Dort hat er auch Studien betrieben, welche Antworten auf das Verschwinden der höheren Macht geben sollten und Lailac besuchte ihn vor Ort regelmäßig bis zu seinem eigenen Tod im Jahr 29 ab Neuzeit. Nach und nach wuchs die Zahl von Baos Anhängern; auch Urvater Masayuki Takemoto und Urmutter Jasmin Karadeglija-Takemoto sollen ihren Lebensabend dort oben am Unendlichen Blausternenmeer verbracht haben. Lailac hatte laut der Schriften kurz vor seinem Lebensende einen Pakt mit seinem Freund, Bao, geschlossen und ihn angewiesen, die vier kleinen Beschwerungssteine für ein damals beliebtes Kartenspiel sozusagen als Schlüssel für ihn zu verwahren; als eine Art Lösegeld für den Kaelischen Index, falls einer seiner eigenen Nachkommen diesen ausfindig machen wollte. Lailac hatte vier Kinder, von denen drei mit einer vierfingrigen linken Hand geboren wurden, doch diese hielt er offenbar nicht als genügend selbstlos und wohltätig. Denn obwohl seine Erben wie auch Urvater Mikael nach Lailacs Ableben unermüdlich nach dem Index suchten, hüllte sich die Blausternengemeinschaft auf Lailacs letzten Willen hin in Schweigen. Was seine Kinder den Texten nach aber besessen haben sollen, waren aus Unlicht geschaffene Kopien des Indexes, welche Lailac ihnen noch zu seinen Lebzeiten angefertigt und übergeben haben soll. Dies, um zu prüfen, ob sie genügend Charakterstärke aufwiesen, um mit dem echten Unlichtfinger umgehen zu können. Selbst jenem Sohn, dem kein Finger fehlte, gab Lailac eine Nachbildung des Indexes; allerdings erst, nachdem er sich willentlich den Zeigefinger der linken Hand abgetrennt hatte, um seinem Vater seine Entschlossenheit zu demonstrieren. Doch diese Aktion hatte Lailac vermutlich eher abgeschreckt als beeindruckt. Die aus Unlicht gefertigten Duplikate sollen zwar ähnliche Kräfte wie der originale Index gehabt haben, seien, nachdem Lailacs Kinder gestorben waren, aber wieder zu Unlicht zerschmolzen. Lailacs Nachfahren konnten ohne den wahren Index also auch keine weiteren Nachbildungen für ihre eigenen Sprösslinge mehr schaffen. Aufgrund von Streitigkeiten und unerwünschten Vorfällen unter Lailacs Kindern und Kindeskindern, hatte die Blausternengemeinschaft es daraufhin vorgezogen, die Antworten auf das Geheimnis, wie das Original erlangt werden konnte, bis auf Weiteres unter Verschluss zu halten. Kannst du mir soweit folgen?«

Anker schob Keli mit seinem dicken Bauch vor sich durch die Straße, wie er es des Öfteren tat. Er wollte wohl kein Risiko eingehen, sie im dichten Wesengedränge zu verlieren.

»Nun ja, wenn ich richtig verstanden habe, kann ein Nachkomme Lailacs, der alle vier Steine besitzt, den Unlichtschlüssel theoretisch bergen, nur ist nicht allgemein bekannt, wie das geht und wo er ist. Und wenn ein vierfingriger Bändiger den echten Index besäße, könnte er anderen Bändigern oder Personen, denen der Zeigefinger an der linken Hand fehlt, aus Unlicht gefertigte Kopien davon herstellen, die nach deren Tod aber wieder zu Unlicht verkommen«, fasste Keli aufmerksam zusammen, wobei man merkte, dass Ankers Art, schlüssige Sätze und logische Knoten zu bilden, allmählich auf sie abfärbte.

»So ist es. *Sehr gut.* Ich muss gestehen, deine Auffassungsgabe hat sich während dieser kurzen Reise enorm entwickelt«, lobte Anker sie. Keli wurde sogleich hochrot im Gesicht, während der Professor mit dem Geschichtsunterricht fortfuhr: »In den falschen Händen könnte der Unlichtfinger die Welt binnen kürzester Zeit ins Verderben stürzen. Deshalb hat Lailac ihn verborgen, und über hunderte von Jahren hinweg wusste nur eine Handvoll Gelehrter der Gemeinschaft zumindest, wie der Index im Notfall aufzuspüren wäre. Dann kam die ideologische Teilung und die Emigration Kaels. Zu dieser Epoche geben die Schriften Aufschluss darüber, dass die Steine irgendwann von Kultmitgliedern aus Blausternenwald in den Laternenwald zurückgebracht worden waren. Dies wegen der instabilen Lage in Kael, wo sich die Unlichtfälle unterdessen häuften. Das Ziel war es, die Steine für ein etwaiges Katastrophenszenario in der Nähe des Brennpunktes griffbereit zu halten. Gleichzeitig wollte die Gemeinschaft zusätzliche Sicherheit vor einem potentiellen Machtmissbrauch des Indexes schaffen, indem die Steine an die Sitze der damals frisch gegründeten Präfekturen Lichterloh, Atlas, Solaspitz und Wesenend verteilt wurden. Dadurch konnte sie kein Bändiger allzu einfach in die Hände kriegen. Die Gemeinschaft behielt sich aber weiterhin das Recht vor, die Steine bei einer Unlicht-Notlage von den Präfekturen zurückzufordern und einem Bändiger zusammen mit der Information anzuvertrauen, wie der Index geborgen werden konnte. Irgendwann begannen die Bändiger auf eigene Faust, nach dem verschollenen Artefakt zu suchen, da sie durch ihre kleine Zahl nicht mehr mit dem Beseitigen des Unlichts nachkamen und sie sich gezwungen sahen, zu handeln. Am Ende wurden sie, wie du mittlerweile erfahren hast, von nihilischen Auftragsmördern getötet. Als es dann vor 160 Jahren tatsächlich zur ›Schwarzen Krise‹ im Geschwärzten Zentrum kam, war kein Bändiger mehr übrig, dem die Gemeinschaft hätte den Auftrag erteilen können, das Unlicht mittels Index in sich aufzunehmen. Mit dem Fall der Unlichtbändiger wurde die Blausternenschrift immer unbedeutender und sickerte allmählich zur breiten Öffentlichkeit durch. Wegen der jahrhundertelangen Absenz eines vierfingrigen Nachkommen Lailacs geriet wohl auch das Geheimnis, wie der Index mithilfe der Stadtjuwelen geborgen werden konnte, zunehmend in Vergessenheit. Da die Details über das Versteck des Unlichtschlüssels ausschließlich mündlich weitergegeben wurden, gaben die Texte auch keinen Fingerzeig, wie dieser mit den Stadtjuwelen hätte geborgen werden können. Natürlich wurden die obersten Gelehrten der Gemeinschaft wiederholt dazu befragt, nachdem das über neunhundert Jahre hinweg gesammelte Schriftgut an der HHF untersucht worden war. Jedoch ist der Wissenschaft heute genau so viel bekannt, wie ich dir gerade erzählt habe, Keli.

*Bis jetzt, versteht sich.* Denn ziemlich sicher haben *wir beide* vor zwei Tagen das fehlende Puzzleteil in Mikaels Gemach entdeckt. Ich bin überzeugt, dass Shidare dir den Unlichtschlüssel überlassen wird, sobald du ihr die Steine bringst. *Unglaublich, Keli,* einfach fabelhaft, wie es uns gelungen ist, das Rätsel gemeinsam zu lösen.«

Keli war es ein wenig schwindelig von der Geschichte und dem Ausmaß an Bedeutsamkeit ihres Vorhabens. Doch eines bereitete ihr besonders Kopfzerbrechen: »Du hast gesagt, das erste Stadtjuwel befinde sich in einem Museum. Aber werden sie es uns einfach so aushändigen?« Denn das konnte sie sich beim besten Willen nicht vorstellen, ob Anker nun ein weltberühmter Forscher und Politiker war oder nicht.

»Keli, streng deinen Kopf an. Was hast du in deinem Rucksack?«, bemerkte Anker schelmisch.

Ja, jetzt, wo er es erwähnte – der Professor hatte ihr einen kleinen, »hypergeschwärzten Behälter«, wie er ihn nannte, überreicht, den sie in Mikaels Gemach hatten mitgehen lassen. Man konnte eine kleine Portion Unlicht hineinfüllen, um es zu transportieren. Unter den staunenden Augen Ankers hatte sie auf dem Weg nach Wesenend, nahe der südlichen Grotten, ein wenig von der Spiegelmasse aufgehoben und in das unlichtbeschichtete Kästchen gleiten lassen. Anker hatte sie gewarnt, den Deckel nie außerhalb

Kaels zu öffnen, denn wenn das Unlicht mit Licht in Berührung käme, würde es seine Umgebung auf der Stelle vernichten.

»Du meinst, wir könnten – mit dem Unlicht –«

»Genau«, grinste Anker ihr zu. »Du wirst feststellen, dass wir keine andere Wahl haben. Da wir den Stein aber nach dem Erhalt des Unlichtschlüssels zurückbringen werden, handelt es sich nicht um Diebstahl. Wir tun es notfallhalber, denn die vom Bunten Rat sind stur wie Landgurkenmütter und wir benötigen den Stein jetzt sofort.«

Unversehens fanden sie sich vor einem gewaltigen, beige und weiss gestreiften Bauwerk wieder, dessen Vordach über dem Eingangsbereich von hohen Säulen gestützt wurde. Da es Holztag war – Donnerstag auf Kaelisch und ein gewöhnlicher Arbeitstag obendrein – waren kaum Besucher unterwegs. Die beiden ungleichen Botschafter stapften die Stufen zum Eingangstor empor und beschafften sich beim Ticketschalter zwei Eintrittskarten. Der Haupttrakt des Nationalmuseums stellte sich als eine einzige gigantische Halle heraus, die so hoch war, dass selbst ihre Frierhütte samt Kamin hineingepasst hätte. Zweifellos war das Gebäude in diesen Dimensionen erbaut worden, da sonst gewisse hochwüchsige Wesen auf den Besuch hätten verzichten müssen. Keli fühlte sich furchtbar winzig neben den fast deckenhohen Schaufenstern. Sogar Anker sah hier klein aus, was Keli zutiefst verblüffte, denn ihr Lehrer war das größte Menschenwesen in Höhe und Breite, das sie je angetroffen hatte. Anker verschwendete keine Zeit für eine Besichtigungstour. Schnurstracks folgte er den Wegweisern in die Abteilung der »Historischen Altertümer«. Zuerst durchquerten sie die »Mineralien von Wesenend«-Ausstellung, wurden dort aber nicht fündig. Anker vermied es bewusst, eine Angestellte nach dem Standort des Juwels zu fragen, denn im Nachhinein würde sonst sofort herauskommen, wer es entwendet hatte.

Sie stiegen die nächste Treppe in den zweiten Stock hinauf, die für kleinere Wesen geschaffen war. Größere Besucher wurden dazu aufgefordert, die Treppen zu meiden und sich die Ausstellungen der oberen Etagen vom Erdgeschoß aus anzusehen. Keli entging nicht, dass auf jeder Etage ein Sicherheitsbeamter vor der Treppe stand. Der im zweiten Stock hatte es allerdings irgendwie geschafft, im Stehen einzunicken. Als Anker und Keli ihn passierten, ging ein Ruck durch seinen Körper. Er machte eine knappe Verbeugung und nahm anschließend seine schlaffördernde Haltung wieder ein. Anker zwinkerte Keli zu und verlangsamte seinen Schritt. Er fügte seine beiden dicken Arme hinter seinem Rücken zusammen und schlenderte durch die weiten Korridore. Dabei gab er sich die grösste Mühe, unverdächtig zu wirken. Keli schritt grinsend hinter ihm her. Dann kam das gesuchte Objekt in Sicht. Eine kleine Glashaube umschloss das nichtssagende Stück Stein, umgeben von anderen Vitrinen, in denen viel interessanter aussehende Exponate ausgestellt waren. Das einzig wirklich Beeindruckende am quarzweißen Steinklumpen war das goldene Kissen, auf dem er lag und die enorme Schrifttafel unterhalb der Schutzscheibe, die augenscheinlich ungemein viel zu erzählen wusste. Anker ließ seinen Blick in alle Richtungen wandern. Andere Besucher schienen hier oben keine zu sein. Ohne weiteres Zögern legten sie mit der Operation los. Kelis Herz fing plötzlich wild an zu rasen. Der ein Stehnickerchen haltende Wachmann konnte sie aus diesem Winkel nicht beobachten. Sie packten die Gelegenheit beim Schopf.

»Keli, das Unlicht«, raunte der Professor leise, seinen Blick ohne einen Anflug von Hektik oder Besorgnis auf die Glasscheibe gerichtet. *Wie kann Anker nur so ruhig bleiben?*, dachte Keli bewundernd. Sie beschloss, sich ein Beispiel an ihm zu nehmen und atmete einmal tief durch. Sie setzte den Rucksack ab und öffnete die zwei Schnallen daran. Die zweite Schließe machte ein hörbares Klickgeräusch. Anker drehte seinen Oberkörper kurz zur Seite, um einen Blick hinter sich zu erhaschen und wandte sich dann wieder Keli zu. »Nimm ein wenig auf die Hand und schmiere es auf das Glas.«

Mit zitternden Händen hob sie das pechschwarz getrübte Kästchen hoch und schlug die zwei kleinen Schlosshäkchen auf. Ihre Atemzüge beschleunigten sich. Schweiß lief ihr über die Schläfe. Sie tauchte ihre Fingerspitzen in die perfekte Spiegelmasse ein.

»Keine Angst, wir sind gleich fertig. Jetzt an das Glas damit – einfach draufstreichen.« Ankers Stimme klang ganz normal, als würde er ihr bloß zeigen, wie man Wasserfarbe auf ein Stück Papier auftrug. Kelis spiegelnde Finger nährten sich der Schutzscheibe. Sie schloss die Augen und berührte die schützende Glasbarriere, die einen Augenblick Widerstand leistete. Im nächsten Moment – Keli schlug die Augen wieder auf – war sie verschwunden. Dort, wo sie die Scheibe berührt hatte, klaffte ein kleines, rundliches Loch.

»Nur weiter so. Wenn die Öffnung weit genug ist, nimmst du dir den Stein und verstaust ihn bitte in deinem Rucksack. Danach machen wir uns vom Acker«, brummte Anker ruhig, wobei er die Lippen kaum bewegte. Er warf abermals einen Blick über die Schulter. In diesem Augenblick strich der Schädel eines gigantischen Straussenwesens mit Brille am transparenten Geländer für die großen Besucher vorbei. Anker machte eilends einen Schritt vor Keli. Er war zum Glück so breit, dass er sie samt dem merkwürdigen Schauplatz ihrer Operation mühelos zu verdecken vermochte. Als sich die vogelartige Fratze, die sie für einen Moment mit höflichem Interesse musterte, wieder verzogen hatte und sonst nichts weiter Auffälliges zu sehen war, setzte Keli auf Ankers Befehl hin erneut an. Diesmal behielt sie ihre Augen geöffnet. Sie blinzelte auch nicht, als das Unlicht die Scheibe berührte. Es war unglaublich; die gläserne Trennwand löste sich fast augenblicklich auf. Sie strich noch ein paar Male darüber, bis das Loch groß genug war, damit sie die Hand hindurch bekam.

»Nimm jetzt die andere Hand«, flüsterte Anker. Keli hob ihre Rechte, steckte sie durch die Lücke und griff nach dem Juwel. Im selben Moment zischte Anker: »Pass auf!«

Keli hatte vor lauter Konzentration auf den Stein ihre mit Unlicht benetzten Finger vergessen und senkte das linke Handgelenk etwas zu hektisch. Der Tropfen Unlicht, der eben noch an ihren Fingerspitzen gehaftet hatte, war durch die rasche Bewegung Zentimeter von Ankers Schuhen entfernt auf den Boden geglitten. Sofort fing es an, sich, ohne seine Wirkung zu verlieren, in den roten Teppichboden zu fressen.

»Nur die Ruhe. Wir gehen jetzt«, bauchredete Anker und sah dabei zum ersten Mal aus, als wären seine fettbeschichteten Glieder nicht mehr ganz so entspannt.

Keli schloss den geschwärzten Behälter mit bebenden Händen und verstaute diesen zusammen mit der Wesenender Schneebeere im Innern ihres Rucksacks. Mit knallrotem Kopf trottete Keli hinter Anker her, am weiterhin dösenden Wachmann vorüber die

Treppen hinunter. Auf den letzten Stufen begegnete ihnen eine Gruppe von atlassischen Touristen, welche, wie Keli und Anker wussten, in kürzester Zeit eine leere Glashaube und ein mysteriöses Loch im Boden vorfinden würden. Als Alarm geschlagen wurde, waren die beiden Diebe allerdings bereits wieder in das Meer von Fußgängern abgetaucht und auf dem Weg zum Bahnhof.

Loyd, Naomi und Lux saßen auf einer Wartebank vor den Gleisen des Sola-Expresses im Untergrund des Wesenender Hauptbahnhofs. Sie hatten den nächsten Zug um ein paar Sekunden verpasst. Mit ihren wachsamen drei Augenpaaren deckten sie die gesamte Plattform ab. Loyd stierte angespannt nach links, Naomi blickte geradeaus und prüfte den Bahnsteig vis-a-vis von ihnen auf verdächtige Personen und Lux war für den Bereich zu ihrer Rechten zuständig, wo sich eine Rolltreppe befand. Der nachfolgende Expresszug würde in wenigen Minuten abfahren. Immer wieder drehten sie ihre Köpfe hin und her, als ob sie etwas Ungesetzliches im Schilde führten. Jedenfalls war das die Auffassung einiger Passanten, die einen großen Bogen um die herumlungernden Menschenwesen machten und weit abseits von ihnen stehenblieben, um auf den Zug zu warten.

Loyd fühlte sich unangenehm berührt, wenn er wieder jemanden beobachtete, der sie in einigem Abstand umging und ihnen aus den Augenwinkeln missbilligende Blicke zuwarf. Klar, man sah ihnen an, dass sie Ausländer waren. Aber nur, weil sie zu dritt auf einer Bank saßen und umherblickten, hieß das doch noch lange nicht, dass sie Kriminelle waren. Loyd wollte Naomi gerade fragen, ob in Solaspitz Menschenwesen auch so selten und verrufen waren, als eine Durchsage die Ankunft des Sola-Expresses verkündete.

»Na endlich«, seufzte Loyd erlöst, denn er hatte die Warterei endgültig satt. In Solaspitz würde er sich in ein Hotelbett schmeißen und mal so richtig ausschlafen. Während sie einstiegen und sich einen Platz suchten, erkundigte sich Lux voller Vorfreude, wo sie heute die Nacht verbringen würden.

»Ich schlage vor, wir suchen uns eine Herberge in der Nähe des Hauptbahnhofs«, antwortete Naomi kurz angebunden.

Der Zug setzte sich mit einem Ruck in Bewegung.

»Aber ist Solaspitz nicht deine Heimat?«, unterstrich Lux erwartungsvoll. Er war vollkommen aus dem Häuschen, denn es war sein erster Aufenthalt in einem Land außerhalb von Wesenend und Nihilis.

»Eigentlich schon«, gab Naomi undeutlich zu.

Loyd und Lux wurden beide nicht schlau aus ihrer Antwort. Sie fanden eine freie Reihe Doppelsitze. Lux setzte sich ans Fenster und Naomi neben ihn. Loyd musste erneut auf die andere Seite des Passiergangs ausweichen. Er blickte träge aus dem großen Zugfenster und war froh, sich endlich in einem gemütlichen Sessel ausruhen zu dürfen. Ein Bier, um dem Kater endgültig den Gar auszumachen, würde jetzt guttun, dachte er und sah einigen sich verspätenden Leuten zu, wie sie die Rolltreppen hinuntergestoben kamen. »Ha!«, entfuhr es Loyd schadenfreudig. So war es ihnen selbst vor einer halben Stunde ergangen, als der Expresszug vor ihrer Nase abgedüst war.

Eine der Personen auf dem sich rasch entfernenden Bahnsteig war kugelrund. *Kein Wunder, dass der sich verspätet hat,* denunzierte Loyd den vermummten Fettklops von Menschenwesen in Gedanken mitleidlos. Wer seinen Appetit nicht zügeln konnte, musste damit rechnen, dass die Welt nicht auf ihn wartete. Er wollte den Pechvögeln nicht länger zusehen, wie sie dem davonfahrenden Zug entrüstet nachstierten und wandte seinen Teamgenossen unbefangen den Kopf zu.

Lux war noch immer dabei, Naomi über ihre Heimat und Familie auszufragen. Loyd wusste, dass Naomi während der letzten Jahre immer wieder Probleme mit ihren Eltern gehabt hatte. Ihre Mutter war seit zirka einem Jahr verschollen. Seither war Naomi mit ihrem Vater zerstritten. Loyd hatte sich eigentlich vorgenommen, sich nicht in das Familiendrama einzumischen. Er hatte genügend eigene Sorgen. Für ihn war es eine klare Sache, dass sie in einem Hotel übernachten würden; für Lux aber, wie es aussah, nicht.

»Ich würde so gern dein Haus sehen. Auf welcher Stadtebene steht es denn?«, wollte er mit einem begeisterten Glitzern in den Augen wissen.

Solaspitz war von der Architektur her eine äußerst eigentümliche Stadt. Naomi erklärte Lux, dass ihr Elternhaus auf der obersten Stadtfläche stand. Nicht, weil ihre Familie besonders reich war, sondern, weil ihr Vater für die Regierung arbeitete, und die war nun mal ganz oben angesiedelt.

Sie begann, zu erzählen: »Der Name ›Sola‹ stammt aus der Ursprache Japanisch, in der er ›Himmel‹ bedeutete. Sola ist eine auf drei Flächen erbaute Metropole; die Hauptstadt im Osten Kaels. Auf der untersten Ebene – im Volksmund als ›Solastein‹ bekannt – lebt die wirtschaftlich am wenigsten vermögende Gesellschaftsschicht. Auf der mittleren Terrasse, ›Solaturm‹, die von fünf gewaltigen Pfeilern, den Himmelsstützen, getragen wird, lebt die

Mittelschicht, und auf einer kleineren Fläche noch weiter oben befindet sich der ›Solaspitz‹, wo nur wenige auserkorene, wohlhabende Familien ein privilegiertes Leben genießen. Der Aufbau der Stadt ist strukturell gesehen genau das Gegenteil von Atlas, dessen Staatsoberhaupt, Präsident Zierzon, und der Sonnenrat, ja ganz unten im atlassischen Sonnenloch ihren Sitz haben. Solaspitz heißt eigentlich nur die kleine Fläche ganz oben. Die ganze Metropole mit allen drei Ebenen wird bei uns Solaländern einfach nur ›Sola‹ genannt. Wiederrum heißt die Präfektur aber Solaspitz, was in anderen Ländern gerne für Verwirrung sorgt«, trug Naomi gestenreich vor.

Lux' höchst interessiertes Gesicht strahlte nun noch mehr. »Wahnsinn! Diesen gigantischen Solaberg will ich mit eigenen Augen sehen. Wann sind wir da? Sind wir schon nah dran?« Lux blickte ungestüm durch die Fensterscheibe. Naomi musste über das erwartungsfrohe, etwas kindliche Vergnügen ihres Gegenübers ein wenig schmunzeln. »Wie gelangt man denn in die oberen Gefilde Solas?«, hakte Lux nach, der einfach alles wissen wollte.

»In den fünf Himmelsstützen, welche die Stadt zusammenhalten, gibt es mehrere Aufzüge für Besucher. Aber die meisten Einwohner der oberen zwei Schichten reisen mit Solaflügeln«, schilderte Naomi ganz nüchtern.

Loyd wusste natürlich, was Solaflügel waren. Davon hatte er schon als kleiner Junge geträumt. Es waren leichte Stoffflügel, benetzt mit hochwertigen Glasfasern, mit denen man im Licht der himmlischen Scheiben durch die Luft segeln konnte. Außerhalb der Präfektur Solaspitz waren sie allerdings verboten, und so hatte er selbst noch nie die Gelegenheit gehabt, sie auszuprobieren.

»Das Problem mit den Solaflügeln ist, dass sie ungeheuer kostspielig sind«, erklärte Naomi weiter. »Die meisten Solabürger sparen mehrere Jahre lang, um sich welche zuzulegen. Ich denke nicht, dass wir uns diesen teuren Spaß leisten können, obwohl ich dir das Luftsegeln gerne einmal zeigen würde. Aber wir können nach unserer Mission nach Sola zurückkehren und welche mieten – falls die Stadt dann noch existiert. Das wäre doch was«, fügte sie an, als sie Lux' enttäuschtes Gesicht sah.

»Och, schade. Und was ist jetzt mit deinem Haus? Warum können wir nicht bei dir übernachten?«

Naomi legte ihm freundschaftlich den Arm um die Schultern. »Ich glaube, es wird Zeit, dass wir alle etwas mehr persönlichen Hintergrund miteinander teilen. Wir sind schließlich ein Team, das gemeinsam noch einiges durchmachen wird. Ich bin zwar in Solaspitz aufgewachsen, studiere aber seit sechs Jahren in Lichterloh an der HHF. Seit ich damals von zuhause auszog, hatte ich kaum noch Zeit, meine Familie zu besuchen. Ich bin wie du ein Einzelkind und damals ist es für meine Mama ein Schock gewesen, dass ich so weit fortgezogen bin. Wir hatten ein sehr gutes Verhältnis zueinander, musst du wissen.«

»Das würde ich auch gerne von meiner Mutter und mir behaupten können«, bemerkte Lux spöttisch.

»Ja, ich weiß, Lux. Und es tut mir aufrichtig leid, dass dir ein anderes Schicksal zuteilwurde. Leider kann man sich seine Eltern nicht aussuchen. Auf jeden Fall hatte meine Mama eine schwere Zeit, nachdem ich ausgezogen war. Mein Vater hingegen arbeitete Tag und Nacht, wie er es schon seit jeher getan hat. Ich kenne meinen Papa eigentlich gar nicht. Bis heute kann ich diesem Mann in die Augen sehen und es weckt in mir weder bedeutende Erinnerungen, noch positive Emotionen. Ich weiß, sein Job in der Regierung ist wichtig, aber spätestens dann, als ich nach Lichterloh auswanderte, hätte ich erwartet, dass er weniger arbeiten und sich mehr um seine Lebensgefährtin kümmern würde. Leider war dies nicht der Fall. Und dann …« Naomi stieß einen schweren Seufzer aus und schloss die Augen. »Dann ist sie verschwunden. Spurlos – weg – ohne Notiz – ohne Abschied – einfach wie vom Erdboden verschluckt.«

Loyd hatte diese Worte nie aus Naomis Mund gehört, doch jetzt, wo er sie direkt vernahm, traf ihn der Kummer, den sie seit einem Jahr in ihrem Herzen mit sich trug, wie ein Hieb in den Magen. Erst jetzt, wo auch er seine Eltern vermisste, konnte er sich in Naomis Lage versetzen. Er selbst hatte in den letzten Jahren eine eher dürftige Beziehung zu seinen Eltern gepflegt, darum hatte er auch nie nachvollziehen können, warum Naomi so verstört über das Verschwinden ihrer Mutter war. Doch nun wusste er: Die Ungewissheit über den Verbleib eines Familienmitglieds war das Allergrausamste auf der Welt – etwas völlig Unerträgliches. Insgeheim betete er in diesem Augenblick für alle Wesen da draußen, die ein ähnliches Schicksal ereilt hatte – dass sie eines Tages ihre Geliebten wiederfinden mochten, auch wenn die Chancen noch so klein erschienen. Ein schmerzhafter Druck in der Herzgegend wies auf die Kluft in seiner Seele hin, die sich mit dem Verlust seiner Eltern, Verwandten und Bekannten durch den Niedergang Hildenberges aufgetan hatte und sich womöglich nie wieder schließen würde.

*Warum zum Henker haben alle in diesem Team solche Probleme mit ihren Familien?*, dachte Loyd ratlos und schüttelte kaum merklich den Kopf.

»Mein Vater hat nichts unternommen, um sie zu finden. Er hat einfach weitergearbeitet und sie aus seinem Leben verdrängt. Ich kann ihm das nicht verzeihen, für mich ist er gestorben«, sagte Naomi schwermütig.

»Das kann ich verstehen. Tut mir leid, dass ich gefragt habe.« Lux legte mitfühlend die Hand auf Naomis Arm, während diese ein Taschentuch hervorzog und sich die Nase schnäuzte.

»Naomi«, meldete sich Loyd unvermittelt zu Wort. Ihm war soeben etwas eingefallen. Allmählich gewann sein Pflichtbewusstsein wieder die Oberhand. Mit seinen Emotionen würde er sich später beschäftigen. »Dein Vater arbeitet in der Regierung, sagtest du? Wäre es möglich, durch ihn eine Sitzung mit der Ministerpräsidentin zu organisieren?«

Lux biss sich auf die Unterlippe und sah zu Loyd hinüber, als wollte er ihm etwas mitteilen. Bevor er sich jedoch äußern konnte, ergriff Naomi das Wort: »Du hast recht, Loyd. Unter Umständen könnte er etwas für uns tun.« Eine Pause setzte ein. Loyd musterte sie gespannt, während Lux auf seine orangen Sneakers hinunterblickte.

»Lux ist auch über seinen Schatten gesprungen und hat sich seinen Ängsten gestellt«, bemerkte Naomi plötzlich viel bestimmter. Sie machte den Eindruck, als wäre sie dabei, einen Entschluss zu fassen. »Nun gut – ich werde eine Lichtmail an meinen Vater verfassen, worin ich ihm mitteile, dass ich heute Abend mit zwei Forscherkollegen zuhause vorbeischauen werde. Es wird ihn wahrscheinlich nicht groß interessieren, aber wenigstens müssen wir kein Licht für eine Hotelübernachtung ausgeben, das wir gar nicht haben. Sobald er zuhause ist, bitten wir ihn, uns ein Treffen mit Lotus Kawabata, der Ministerpräsidentin, zu arrangieren.« Sie nickte Lux freundlich zu, dann traktierte sie Loyd mit einem scharfen Blick, dem er standhielt, bis Naomi schließlich nachgab und ihre Augen zur Seite auswichen.

»Vielen Dank, Naomi«, sagte Loyd aufrichtig. Er konnte nicht erahnen, wieviel ihr seine Verbundenheit bedeutete.

Irgendwann hatte sich der Zug unbemerkt aus den Tunneln unter Wesenend herausgestohlen und schlängelte sich nun durch eine unberührte hügel- und seenreiche Wiesenlandschaft, als ob er dies schon seit Anbeginn der Zeit getan hätte. Die Schaffnerin – eine junge Menschenwesenfrau Ende zwanzig – kam vorbei und kontrollierte Fahrscheine und Ausweise. Wie alle anderen, welche die Diplomatenpässe hingestreckt bekamen, brach auch sie in verlegenes Schwitzen aus. Sie drehte sich auf dem Absatz um und verschwand sogleich, ohne die Fahrkarten weiterer Gäste zu kontrollieren, wieder in den Wesenmengen. Der Farbton vor dem Zugfenster ging in ein Nachmittagspurpur über und verwandelte die nun aufziehenden Bambushaine in der Umgebung in malerische Kunstwerke.

Loyd hatte von Freunden an der HHF gehört, dass in den berühmten solaländischen Bambusurwäldern viele Schätze der Vorzeit begraben lagen. Er hätte nur zu gerne Licht und Zeit gehabt, um sich einen neuen Metalldetektor zu kaufen und die Gegend hier ein wenig zu durchstöbern. Der Snackwagen kam vorbei. Zu ihrer Verblüffung bahnte sich eine weitere Menschenwesenfrau, welche die Karre stieß, zusammen mit der jungen Schaffnerin, einen Weg durch die Passagiere. Links und rechts wurden empörte Blicke ausgetauscht, denn es gab einige Fahrgäste, die gerne etwas zu essen oder zu trinken bestellt hätten. Aus noch unergründlichem Anlass machte der über und über mit Leckereien beladene

Wagen genau vor ihnen Halt.

»Das sind sie«, kicherte die Schaffnerin der etwas älter wirkenden Servierdame verschlagen zu.

»Dürfte ich Euren Exzellenzen etwas von unseren köstlichen Schmankerln anbieten?«, offerierte ihnen die üppig geschminkte Frau in starkem Solaländer-Akzent. Sie hatte Augen wie ein Panda und starrte Loyd auf eine Weise an, die er nicht zu interpretieren vermochte.

»Ein Bier wäre –«

»Einen Moment«, unterbrach ihn Naomi. »Wir nehmen gerne später etwas, wenn Sie weiter hinten fertig sind, danke.«

»*Ho!*«, erboste sich die leicht pummelige Angestellte borstig. »Wenn das so ist.« Mit diesen Worten verschwand der Karren wieder dorthin, wo er hergekommen war.

»Was sollte das denn?«, kam es von Lux und Loyd wie aus einem Munde, während sie den indigniert wirkenden Frauen nachstarrten.

»Ach herrje. Man merkt, dass wir uns auf Solaboden befinden. Das sind kulturelle Macken der Solaländer«, meinte Naomi rätselhaft. Als Lux und Loyd nur verwirrt dreinblickten, schnalzte Naomi mit der Zunge. »Versteht ihr denn nicht, was gerade passiert ist? Die Schaffnerin hat herausgefunden, dass wir Botschafter sind; wichtige Leute. Sie ist die Servierdame mit dem Snackwagen holen gegangen. Beide kommen geradewegs auf uns zu, lassen also alle anderen Gäste links liegen. Ergibt das Sinn?«

Loyd und Lux machten Gesichter, als würden die Rädchen hinter ihren Schädeldecken Schwerstarbeit leisten.

»Wenigstens von dir, Loyd, hätte ich etwas mehr interkulturelles Feingefühl erwartet, aber egal. Der Punkt ist doch: Sie haben erkannt, dass wir Diplomaten sind und haben uns entsprechend als ›wohlhabend‹ eingestuft. Da die gesellschaftlichen Schichten in Sola sogar durch physische Grenzen voneinander getrennt sind, schauen die unteren Ebenen stets zu den oberen auf. Sobald in den tiefer gelegenen Regionen jemand merkt, dass ihr wirtschaftlich über ihnen steht, wird man euch mit Schmeicheleien umgarnen, in eine falsche Beziehung verwickeln wollen, und im schlimmsten Fall fallt ihr einem Erpressungsversuch zum Opfer; traurig aber wahr. Also seid vorsichtig und geht nicht auf falsche Freundlichkeiten ein.«

Loyd und Lux schmunzelten einander zu. Bei beiden hatte es nun Klick gemacht.

»Aber es werden doch nicht alle Einwohner nur auf ihren Vorteil aus sein und einen Nutzen aus ihrem Gegenüber ziehen wollen? Es gibt sicher auch Wesen, für die Dinge wie Vermögen und Ansehen nebensächlich sind«, versuchte Lux der seltsamen Gesellschaftskultur auf den Grund zu gehen.

»Das ist ja gerade das Problem mit der sozialwirtschaftlichen Hierarchie in Solaspitz und Atlas. Man weiß mit der Zeit nicht mehr, wem man trauen soll. Natürlich gibt es überall auch jede Menge anständige Leute, doch ob hinter der Fassade einer Person ein Hintergedanke lauert, der seine Aktionen steuert, kann man leider erst beurteilen, wenn man bereits hintergangen worden ist.«

Loyd hatte Naomi noch nie so kritisch über andere Wesen sprechen hören, geschweige denn, über den Großteil ihres eigenen Volkes. Er fand es grundsätzlich falsch, anderen zu misstrauen, nur, weil sie weniger gut situiert waren. Er selbst kam ja aus einer einfachen Bauernfamilie – was dachte sie denn bitte über ihn?

»Ich finde es ehrlich gesagt nicht korrekt, auf diese Weise über die Armen zu urteilen«, sprach Loyd seine Gedanken auch gleich aus.

»So habe ich das doch nicht gemeint. Es geht mir um die Art und Weise, wie die beiden Frauen eben alle Gäste, die sie als gleichrangig oder minderwertig einstufen, übergangen haben, nur um vor uns ein gutes Bild abzugeben. Dieses Verhalten zerstört die Gesellschaft in Solaspitz und nagt schon seit Jahrhunderten an der zerfallenden Volksmoral.«

Loyd wusste auch nicht genau weshalb, aber Naomis Erklärungsversuch hatte seinen Ärger nicht im Geringsten gelindert. Er verschränkte die Arme.

Naomi tat es ihm gleich und fauchte: »Na gut, wenn du selbst ins Fettnäpfchen treten möchtest, nur zu! Glaub doch an dein eigenes verzerrtes Weltbild.«

Der Snackwagen stand wieder vor ihnen, diesmal, ohne jemanden ausgelassen zu haben. Loyd wollte ein Bier und bekam auch eines. Allerdings war die rotlockige Frau nicht mehr ganz so freundlich und zuvorkommend wie eben noch, was ja auch kein Wunder war. Sie hatten schließlich ihre guten Absichten durchkreuzt. Es mochte ja falsch erscheinen, bestimmte Personengruppen bevorzugt zu behandeln, aber Loyd konnte durchaus nachempfinden, dass weniger bemittelte von wohlhabenderen Wesen fasziniert waren. Auch er hatte stets zu den Reichen und Mächtigen aufgeblickt. Vielleicht hatten die Angestellten hier sogar die Anweisung, Botschafter privilegiert zu behandeln – dann hätten sie die Frauen sogar doppelt gekränkt. Wie dem auch sei, Loyd hatte sein Bier bekommen und lehnte sich nun mit zufriedenem Bauch und Gemüt zurück in den Sitz.

Jemand tippte ihm energisch auf die Schulter. Er musste eingenickt sein. Loyd sah auf und blickte in Lux' strahlendes Gesicht.

»Wir sind daha, Loytoy«, juchzte er vergnügt und machte den Eindruck, als würde er vor Spannung gleich in die Luft gehen.

*Verdammt, warum sind diese Zugfahrten immer so kurz, wenn ich die Augen für einen Moment schließe?*, dachte Loyd griesgrämig. Naomi hatte ihr Gepäck bereits übergeworfen und wartete vor der Abteiltür. Erst jetzt fiel Loyd auf, dass Lux weder Kleider noch sonst irgendwas bei sich hatte.

»Was machst du eigentlich ohne Klamotten?«, erkundigte er sich ob seiner Beobachtung.

»Naomi hat mir versprochen, morgen mit mir einkaufen zu gehen, damit ich mich für die kommenden Wochen einkleiden kann«, antwortete Lux gut gelaunt.

Als Loyd aus der Doppeltür des Zuges trat, wurden Schläfrigkeit und Missmut vorerst einmal durch ein baukünstlerisches Meisterwerk vertrieben. Der gesamte Bahnhof Solastein bestand aus einer Art trüben Glases, und die Decke über ihnen war sogar komplett durchsichtig. Jenseits des transparenten Bahnhofsdachs ragte eine gewaltige Säule majestätisch zur mittleren Stadtebene, Solaturm, empor. Auch jene Fläche über ihnen war an manchen Stellen lichtdurchlässig, wobei sich darauf feine, glänzende Linien in alle Himmelsrichtungen ausbreiteten.

»Das glühende Spinnennetz da oben sind die Verkehrsadern Solaturms«, erklärte die ortskundige Naomi ihren Begleitern, die vor Staunen ihre Münder nicht mehr zubrachten. Zusammen durchquerten sie den belebten Bahnhofskomplex, wo es nun deutlich mehr Menschenwesen gab als noch im Zug hierher. Verschiedene unbekannte, exotische Gerüche von Sola-Spezialitäten, die hinter unzähligen gepflegten Ladentheken und Schaufenstern verkauft wurden, begrüßten ihre aufnahmefreudigen Nasenlöcher. Etliche Werbeplakate an den turmhohen Glaswänden priesen die neusten Solaflügelmodelle an. Tatsächlich glitt hin und wieder ein solches Flugobjekt über ihre Häupter hinweg, was Lux vor Freude Tränen in die Augen trieb. Die gigantische, mittlere Himmelsstütze, die sie nun anvisierten, wurde breiter und breiter. Nach fünf kurzweiligen Minuten kamen sie vor einem der Fahrstühle an, welcher in den mächtigen Stützpfeiler aus grünlichem Gestein eingebaut war. Loyd war ans Aufzugfahren gewöhnt; von denen gab es selbst in den uralten Unigebäuden der HHF genug. Aber dies hier – dies war jenseits von allem, was er sich je vorgestellt hatte.

Loyd beobachtete, wie die gläserne Sicherheitsschranke hochschnellte, sich mehrere Passagiere im Fahrstuhlinneren einfanden, die Barriere wieder hinuntersauste und die Kabine schließlich gegen den Himmel geschossen wurde. Das geschah im Zehn- bis Zwanzigsekundentakt. Naomi führte sie zu einer Reihe von Ticketschaltern, bei denen man sein Ziel selbst eingeben konnte. Sie drückte den Knopf »Solaspitz (Spitzenpass oder höherer Ausweis erforderlich)«, dann auf die Taste »3 x Erwachsener« – in Solaspitz galt man wie in Lichterloh schon ab 16 Jahren als mündig – und legte zum Schluss ihre Hand auf eine Ablagefläche am Automaten. Es ertönte ein kurzer, anerkennender Signalton und die Tickets lagen griffbereit in der Auffangschale. Naomi übergab ihren Reisegenossen jeweils eines, dann reihten sie sich in der rasch kürzer werdenden Schlange ein.

»Zückt eure Pässe«, wies sie Naomi an, während sie ihren eigenen Diplomatenpass zur Hand nahm.

Als sie an der Reihe waren, überprüfte der Beamte vor der Schranke die drei Abgesandtenausweise und ließ sie dann mit dem altbekannten, ergebenen Lächeln passieren. Sie betraten die Liftkapsel, deren Innenraum aus rutschfestem Material bestand. Sofort schnellte die Schranke nieder und nahm die internationale Fracht in Gewahrsam. Loyd spürte, wie seine Beine nach unten gepresst wurden. Jenseits der Glastrennwand veränderte sich der Ausblick kontinuierlich und der unterste Teil Solas eröffnete sich ihnen in seiner frühabendlichen Leuchtpracht.

»Das ist der absolute Wahnsinn«, musste Loyd sich mündlich eingestehen.

Lux war so begeistert, dass ihm vor Überwältigung erneut ein paar Tränen über die Wangen kullerten, während er sein Gesicht gegen die Scheibe gepresst hielt. »Wie konntest du nur von hier wegziehen? Die Aussicht ist der Hammer«, pflichtete Lux ihm bei. Wisst ihr, es ist schon immer mein größter Traum gewesen, irgendwann die Welt zu bereisen und alle Länder zu besuchen. Mit euch hier zu sein, macht mich unglaublich glücklich!«

»Also, man kann ja nicht gerade behaupten, dass der Rundumblick vom Fürstenhaus aus weniger beeindruckend sei«, entgegnete Naomi und lachte, während sie Lux mit einem liebevollen Blick bedachte. »Aber wartet erst einmal ab, bis wir Solaturm unter uns gelassen haben.«

Loyd wusste nicht, wie das Panorama noch hätte an Schönheit zulegen können, aber er und Lux sollten es bald erfahren. Der Schriftzug über dem Portal wechselte von »Solaturm« zu »Solaspitz«. Der Aufzug schoss in Windeseile an der Zwischenstation vorbei, wo Loyd für den Bruchteil einer Sekunde Passanten in benachbarte Fahrstühle ein- und daraus aussteigen sah, doch dann veränderte sich das Bild abermals so drastisch, dass Lux und er schier aus allen Wolken fielen und einen Schritt zurückwichen. Seltsame, dünne, leuchtende Gebilde nahmen in der Peripherie Gestalt an, wie man sie sonst nirgendwo im Laternenwald kannte. Loyd musste gar zweimal hinschauen, um zu begreifen, was er da draußen sah.

»Das sind Skyrooms: Wohnhäuser mit eigenem Lift und Landeplatz. Die sind noch klein. Wartet erst mal, bis wir in Solaspitz ankommen«, trug Naomi in sachlichem Ton vor.

Ihre Begleiter blinzelten und traten wieder einen Schritt vor. Diese pilzartigen Strukturen waren also bewohnte Gebäude – das war ja seltsam. Die Skyrooms standen auf schmalen Stielen und ragten teils viele Dutzend Meter in die Höhe, doch nur der oberste Teil, der Pilzhut, schien als Wohnstätte zu dienen. In Loyd erweckten die Dinger den Eindruck, dass sie beim nächsten Windstoß umkippen würden. Was aber noch viel ungewöhnlicher war als diese Skyrooms, waren deren Bewohner selbst. Sie flogen wie Vögel durch das späte Nachmittagsviolett. Einige glitten nur ein paar Meter von ihnen entfernt vorüber, wobei Loyd auffiel, dass nicht wenige Businessanzüge trugen und gar nicht wie abenteuerfreudige Teenager aussahen. Lux hatte sein Gesicht wieder fest gegen die Scheibe gedrückt und starrte mit großen Augen auf den höchst eigentümlichen Feierabendverkehr Solaturms hinunter. Er schien alle neuen Eindrücke aufzusaugen, als wäre er seelisch am Verdursten gewesen.

»In den Röhren, auf denen die Häuser stehen, gibt es für jeden Haushalt einen eigenen Aufzug«, setzte Naomi ihre nüchterne Präsentation über ihre Heimat fort. »Aber viele der Bürger hier sind in der Lage, sich Solaflügel zu leisten und legen so ihre alltäglichen Wege zurück. Die Mittelklasse ist ständig am Wachsen.«

»Abgefahren«, konnte Loyd dem nur anfügen. Er war einfach nur baff. Er hatte sich Sola immer viel kleiner und langweiliger vorgestellt. Und dann die vielen Leute, die hier leben und arbeiten mussten. »Wie viele Einwohner zählt Solaspitz eigentlich?«, erkundigte er sich auch gleich von seiner wieder erwachten Neugier angeregt.

»Die Präfektur zählt unterdessen neunzehn Millionen Individuen – die Zweigstädte und Zweigdörfer inbegriffen. In der Stadt selbst sind es um die sechs, bald sieben Millionen. Vier zuunterst, zwei in der Mitte, und ein paar hunderttausend ganz oben.«

»Ich dachte immer, es wären viel weniger«, gab Loyd zu und führte sich die Relationen von Lichterloh-City vor Augen, wo ›nur‹ drei Millionen Wesen lebten.

»Wir sind gleich da«, kündigte Naomi an, die ihr Gepäck im Gegensatz zu Loyd zeitweilig niedergelegt hatte.

Der Fahrstuhl verlor an Tempo und Loyd musste sich den Druck aus den Ohren gähnen. Die Aussicht wurde kurz von einer vorbeiziehenden Wand unterbrochen, dann kamen nach und nach wieder weite Räumlichkeiten in Sicht. Die Glasabsperrung sprang hoch und ein etwas überheblich aussehendes, einer Hyäne nicht unähnliches Wesen, das in einen grauen Anzug gekleidet war, begrüßte sie mit einer willkommenheißenden Geste auf der Krone Solas.

»Dürfte ich Eure Tickets und Pässe einsehen, gnädige Damen und teuerster Herr?«, näselte die fein gekleidete Hyäne und sagte »Habt Dank«, als sie ihr die Ausweise und Fahrkarten reichten.

Anders als überall, wo sie bisher gewesen waren, schien der Beamte nicht von den Diplomatenpässen beeindruckt oder gar eingeschüchtert zu sein. Er wies sie gleichgültig mit ausladenden Pfoten an, weiterzugehen.

Als sie aus der Solaspitz-Fahrstuhlstation hinaustraten, bemerkten Lux und Loyd als Allererstes die unzähligen, hunderte Meter gegen den Himmel aufragenden Pilzbauten, die sich unter dem atemberaubenden Schein der himmlischen Scheiben kreuz und quer über das ganze Himmelsdach erstreckten, sowie den sich um sie herum abspielenden Flugverkehr. Sie schienen sich in einem Stängelwald zu befinden, den Bambuswäldern ähnelnd, welche sie auf der Reise hierher durchquert hatten. Die Skyrooms waren so hoch, dass die Pilzhüte vom Boden aus nur als kleine Nadelköpfe erkennbar waren. Der Anblick erweckte den Eindruck, als wollten sich die wohlhabenden Bürger hier oben gegenseitig damit ausstechen, wer seinen Palast am höchsten bauen lassen konnte. Auf dem Stadtboden selbst gab es nur eine Handvoll öffentlicher Gebäude wie Supermärkte und Poststellen. Hinter ihnen ragte die mittlere Himmelsstütze noch weiter über sie hinweg.

»Da oben liegt der Regierungssitz, wo mein Vater arbeitet«, erzählte Naomi den beiden Fremdlingen, die vor lauter Staunen und Umherblicken kaum vorwärtskamen. Sie gingen Richtung Hauptstraße, wobei es Loyd sofort ins Auge stach, dass der öffentliche Raum überall aus glasartigem Material bestand. Die transparenten Straßen waren kaum befahren, hatten aber Verkehrszeichen darauf abgebildet. Ansonsten konnte man durch den Untergrund in die mittlere Ebene hinuntersehen, wo ab und an fliegende Wesen mit schweren Einkaufstüten auszumachen waren.

Das war schon eine seltsame Art zu leben, dachte Loyd fasziniert und zugleich etwas aufgewühlt. Er war sich nicht sicher, ob er auf diesem monumentalen Konstrukt beseelt leben könnte. Einerseits wäre er ständig in Sorge, es könnte wegen eines Anschlags oder Unwetters zusammenbrechen, andererseits kamen die Wesen hier oben extrem hochgestochen daher. Ihm entging nicht, wie Passanten in teuren Umhängen und mit glänzenden Solaflügeln auf dem Buckel vor luxuriös wirkenden Geschäften umherstolzierten. Und dann die Hektik überall: Der ganze Himmel war übersät mit segelnden Pendlern, die unbedingt irgendwo hinmussten und, wenn sie einander auf die Pelle rückten, anfingen, sich gegenseitig anzuschnauzen. Alles schien in Bewegung zu sein. Im Stadtzentrum Lichterlohs war es trotz seiner drei Millionen Einwohner verhältnismäßig ruhig. Viel gab es dort ja auch nicht zu tun. Die meisten großen Einkaufszentren waren auf die äußeren Bezirke der Hauptstadt verteilt, wo die Bevölkerung wohnte und weilte. Was all die umhersegelnden Leute hier im Zentrum von Solaspitz zu suchen hatten, war Loyd schleierhaft.

»Gibt es hier oben denn keine Bahn?«, jammerte er bald, denn sein Rucksack drückte ihm unangenehm auf eine schmerzende Stelle, die er sich beim morgendlichen Sprung vom Balkon zugezogen hatte.

»Leider nicht. Entweder man geht zu Fuß, besitzt oder mietet Solaflügel, oder man lässt sich von einem Solataxi chauffieren. Morgen auf der Shoppingtour schauen wir mal bei einer Bank vorbei und sehen, ob wir ein bisschen Licht abheben können«, antwortete Naomi, während sie über eine Glasbrücke marschierten, unter welcher ein glitzernder Wasserlauf durch ein transparentes Flussbett strömte.

Lux blieb abrupt stehen. »Das ist ja wunderschön«, platzte es aus ihm heraus, wobei er auf das still dahinfließende Wasser hinausdeutete, durch welches sich die bunten Lichter Solaturms unter ihnen brachen.

Loyd grinste. *Das hat jetzt aber ganz und gar nicht jungenhaft geklungen,* dachte er hämisch und trat dicht an Lux heran. Die Kulisse war tatsächlich »wunderschön« – fast schon märchenhaft. Loyd stand da und spürte, wie ein frischer Windhauch seine Wangen streichelte. Gedankenversunken verharrten sie eine Weile nebeneinander und verloren sich zusammen im Fließen des brillierenden Flusses.

Naomi beobachtete die beiden Ortsfremden argwöhnisch, die sich zusammen über den Brückenrand beugten und etwas von einem Liebespaar hatten. »Das sind Regenkanäle, die das überschüssige Trinkwasser des städtischen Reservoirs ableiten. Diese Brücke ist sehr beliebt bei den Touristen«, wehten Naomis Worte zu ihnen herüber.

Lux trug sein Haar noch immer offen, da er noch keine Gelegenheit gefunden hatte, sich in den maskulinen Lux zurück zu verwandeln. Ein Räuspern war zu hören. Loyds und Lux' verdutzte Gesichter fuhren herum. Naomi hatte die Hände in die Hüften gestemmt und machte einen leicht genervten Eindruck, was den beiden aber glatt entging.

»Bis zu meinem Elternhaus sind es noch ungefähr fünf Gehminuten«, informierte sie ihre verträumten Kameraden, drehte sich auf dem Absatz um und stolzierte davon.

Ihr Gefolge torkelte etwas benommen hinter ihr her. Die Luft hier oben war dünn und die Atmosphäre auf mysteriöse Weise berauschend. Sie schlenderten durch kleinere, romantische Sträßchen ganz aus Glas, wo links und rechts zahlreiche umzäunte Skyroomröhren aus dem Boden ragten, die sich hoch gegen den Himmel türmten. Sie trafen kaum andere Fußgänger an. Der größte Teil des Verkehrs fand weit oben in der Luft und um die Pilzdächer herum statt. Dieser Ort erinnerte Loyd ein wenig an seine Heimat. Auch in Hildenberge hatten die Frierhütten jeweils zwei Eingänge gehabt, nur war man mittels Eistreppe zum Dachsteig hinuntergestiegen und hier nahm man einen Lift hinauf in den Himmel. *Verkehrte Welt,* dachte er und musste unwillkürlich an seine verschollenen Eltern denken. Doch er verdrängte die Vorstellung, dass seine Heimat samt seiner Familie untergegangen war so schnell, wie sie gekommen war. Er war an Lux' und Naomis Seite. Zusammen hatten sie einen Heidenspaß, diese fremde Welt zu bereisen und zu bestaunen. Das war das Einzige, was im Moment zählte.

»Das ist es«, verkündete Naomi plötzlich und deutete auf eine unscheinbare Tür am Fuße einer der Pilzröhren. »Ich habe meinem Vater mitgeteilt, dass wir vorbeikommen, aber ich bezweifle, dass er schon zu Hause ist«, ahnte sie voraus und ging durch die Zaunpforte hindurch auf den Eingang zu.

Loyd legte den Kopf in den Nacken und spähte mit zugekniffenen Augen den langen Pilzstiel empor. Das Gebäude war, Loyds Meinung nach, Besorgnis erregend hoch. Naomi hielt ein kleines Kärtchen an eine handgroße, glimmende Fläche seitlich der Eingangstür. Ein heller Signalton erklang und die weiße Tür schob sich lautlos zur Seite. Es war genügend Platz für drei durchschnittlich große Menschenwesen da, aber Loyd fragte sich jäh, ob Anker hier hineingepasst hätte. Der Fahrstuhl schloss sich und setzte sich schleichend in Bewegung. Das Aufzugsinnere war nur spärlich beleuchtet, und es roch nach altem Leder.

»Es ist nicht mehr das neuste Haus«, entschuldigte sich Naomi vorab.

Loyd lachte. »Du hättest mal bei unserer jahrhundertealten Frierhütte vorbeischauen sollen. *Die* war alt.«

»Weißt du, Loyd, eigentlich hätte ich das gerne mal getan. Hildenberge hat mich schon immer fasziniert, nur hast du mich nie eingeladen!«, warf Naomi ihm schnippisch vor und streckte ihm die Zunge raus.

Loyd und Lux schnaubten. *Ob sie mit diesem Vorwurf wohl gerade versucht, den Unmut über diesen Ort zu verdrängen?*, wunderte sich Loyd und sah zu, wie sie und Lux einander zugrinsten. Der Fahrstuhl kam zum Stillstand und die Pforte gewährte ihnen Einlass in den Hut des Pilzes. Als Loyd ein paar Schritte machte, fiel ihm sofort auf, dass sich der Teppichboden unter seinen Füßen leicht hin und her bewegte. Lux schien das Schaukeln Spaß zu machen, denn er ließ sich übertrieben hin und her schwingen. Loyd jedoch hatte weniger Glück mit der Biologie seines Körpers; er fühlte sich ganz und gar nicht wohl. Sie fanden sich inmitten eines kreisrunden Raumes wieder, in welchem sich ihnen acht Türen zu allen Seiten hin anboten. Bis auf den Fahrstuhlzugang befand sich hinter jeder Tür ein separates Zimmer. Die Wohnung bestand aus zwei Schlafzimmern, einer geräumigen Küche mit Essbereich, einem Wohnraum mit weitem Balkon – auf dem es wohl möglich war, mit den Solaflügeln abzuheben und zu landen –, einem Badezimmer mit Innen- und Außenbecken, einem Klo und einem Stauraum. Lux ging schnurstracks durch das Wohnzimmer zum Eingang der Terrasse und schlüpfte durch die Balkontür. Naomis Vater schien noch nicht zuhause zu sein.

»Du kannst die Sachen in meinem alten Zimmer dort drüben ablegen«, sagte Naomi, die bemerkt hatte, dass Loyd noch immer mit angezogenen Schuhen und übergeworfenem Rucksack im runden Zentrum der Wohnung stand.

Er bedankte sich mit einer etwas kläglichen Miene und bog in den Raum zu seiner Linken ein, wobei er sich mit der Hand den Magen massierte. Das Spülgeräusch eines Klos war zu hören.

»Papa?«, konnte Loyd Naomis Stimme aus der Hausmitte ausmachen, als er sein Gepäck im Gästezimmer absetzte.

»Ja«, kam es dumpf zurück. Das Geräusch einer sich öffnenden Tür war zu vernehmen. »Da seid ihr ja. Habe euch gar nicht gehört. Schön, dass du da bist. Letztes Mal bist du ja am selben Tag wieder aufgebrochen.«

Loyd, der seinen Rucksack und seine Schuhe neben ein gemütlich anmutendes Rundbett gestellt hatte, kam nun aus dem Zimmer geschritten.

»Guten Abend«, sagte er und blickte einem schlanken älteren Mann entgegen, der einen himmelblauen Anzug trug und seine offensichtlich braun gefärbten Haare schräg nach hinten geglättet hatte.

»Guten Abend. Sie müssen Loyd Lanthorn sein«, vermutete Naomis Vater richtigerweise und streckte ihm die Hand hin. »Naomi hat mir viel von Ihnen erzählt. Ich heiße Beruth; Beruth Gildenhof von Solaspitz – Naomis Vater.«

»Genau, der bin ich. Freut mich«, bestätigte Loyd und erwiderte seinen Händedruck etwas stärker als sein Gegenüber. »Was wurde denn so über mich gesagt?«, fragte er und grinste, doch Naomi schien das Gespräch peinlich und änderte abrupt dessen Richtung: »Wir haben noch nichts gegessen und gehen kurz bei Landot's Gemüseparadies vorbei.«

»Nicht nötig. Ich habe etwas zu essen vorbereitet: Gyoza und

Misosuppe stehen in der Küche bereit, natürlich nur, wenn ihr mögt. Ich muss leider unverzüglich zurück in den Sitz. Wegen der Krise in Lichterloh herrscht gerade ein wirtschaftlicher Notstand«, erklärte Beruth kurzatmig und trat ins Wohnzimmer.

»Es ist immer dasselbe mit dir.« Naomi verzog vorwurfsvoll das Gesicht und verschränkte die Arme.

»Ein Notfall hat immer Vorrang, das verstehen wir«, versuchte Loyd die Situation in den Griff zu kriegen. Dabei fixierte er Naomis Augen und schüttelte fast unmerklich den Kopf. Beruth war der Mann, auf den er seine Hoffnung setzte. »Können Sie uns vielleicht sagen, wie die Lage in Lichterloh aussieht? Wir müssten dort nämlich bald einmal hin.«

»Laut den öffentlichen Nachrichten ist die Stadt noch immer besetzt, aber wir haben aus verschiedenen Quellen vernommen, dass die Schmelzfrontler dabei sind, abzuziehen«, erklärte Beruth und ging einen Schritt auf Loyd zu. Er hob seine Hand und legte ihm diese väterlich auf die Schulter. »Ich bin froh, dass Sie für meine Tochter da sind. Wenn Sie etwas brauchen, schicken Sie mir ungeniert eine Lichtmail.«

»Vielen Dank«, sagte Loyd und erhaschte einen vielsagenden Blick von Naomi, die hinter ihrer grünen Brille einen ungewöhnlich roten Kopf aufwies.

Lux war in der Balkontür aufgetaucht und sah den dreien interessiert zu.

»Wir finden uns schon zurecht, danke, Papa. Geh du jetzt besser arbeiten«, stieß Naomi leicht pikiert hervor und schob ihn Richtung Terrassentür.

»Schau einer an, da ist ja noch jemand!«, rief Beruth, den das Verhalten seiner Tochter zu belustigen schien.

»Das – ist Lux – Lux Kehlkop, ein Forscherkollege«, flunkerte Naomi, die wusste, dass es Diskussionen geben würde, wenn sie ihm Lux' wahre Identität preisgab.

»Freut mich. Beruth Gildenhof von Solaspitz. Ich bin Naomis Vater«, stellte er sich vor, wobei er über die Balkonschwelle stolperte. Nun war es an ihm, mit rotem Kopf verlegen in die Runde zu lächeln. »Ähm, ja – es sieht so aus, als wäre ich nicht willkommen in meinem eigenen Haus. Dann verschwinde ich jetzt wohl besser«, meinte Beruth scherzhaft und packte die an die Wand angelehnten Solaflügel.

»Wie in der Lichtmail schon erwähnt: Morgen brauchen wir deinen Rat. Bist du gegen fünf Uhr kurz zuhause?«

»Fünf am Morgen oder fünf am Nachmittag?«, scherzte Beruth und lachte müde.

»Nachmittags, natürlich«, schnaubte Naomi und gab ihm einen kecken Schlag auf den Rücken.

»Geht vielleicht – vielleicht aber auch nicht. Du weißt ja, wie das ist mit den Ministern; launisch bis zum Gehtnichtmehr.«

»Schon gut, also bis morgen um fünf Uhr – *nachmittags*«, wiederholte Naomi mit Nachdruck und verschloss die Balkontür vor seinen Augen.

Beruth winkte zum Abschied, schnallte sich die Solaflügel um Beine, Bauch, Brust und Arme und ging auf eine Stelle in der Brüstung zu, die etwas tiefergelegt war. Er spreizte die Flügel und ließ sich in den Abgrund stürzen. Eine Sekunde später kam er wie ein Vogel gleitend etwas abseits wieder zum Vorschein und verschwand hinter einem benachbarten Pilzhut.

»Da fliegt er hin und hat keine Ahnung, dass er eben einem waschechten Prinzen gegenübergestanden hat«, seufzte Naomi hoffnungslos.

»Seit wann nennst du mich ›Prinz‹?«, bemerkte Loyd ohne zu überlegen.

»Ich rede doch von Lux, du Holzkopf«, herrschte sie ihn unwirsch an und wandte sich um. »Kommt mit. Wir sehen mal nach, was mein Vater sich unter ›etwas zu essen vorbereitet‹ vorstellt. Das ist gar nicht seine Art. Ich wette, er wollte nur keinen schlechten Eindruck hinterlassen; darum ist er für zehn Minuten nach Hause gekommen und hat ein paar Sachen aufgewärmt.«

Loyd fand, dass Naomi ein wenig unfair zu ihrem Vater war, aber das äußerte er natürlich nicht laut. Da er den gesamten Hintergrund nicht kannte, der zu ihrer heutigen Beziehung geführt hatte, behielt er seine Gedanken ausnahmsweise für sich.

Sie speisten in der Küche an einem grünen Glastisch. Die angebratenen Gyoza-Teigtaschen mit Geflügelfüllung und die Misosuppe mit Tofu-Stückchen schmeckten Loyd gut, allerdings handelte es sich bei beiden Esswaren tatsächlich um aufgewärmte Schnellgerichte. Gemüse fehlte gänzlich und Naomi musste sich, da ihr Vater offensichtlich vergessen hatte, dass sie kein Fleisch aß, mit der Suppe begnügen. Zum Trinken gab es Hiobstränentee, dessen vollmundiges Aroma genau Loyds Geschmack entsprach. Naomi durchstöberte gierig den Kühlschrank und fand ein Körbchen Pappelpflaumen. Dabei handelte es sich um eine Steinfrucht, die eher einer übergroßen Himbeere glich als einer herkömmlichen Pflaume.

»Was ist das denn?«, fragte Lux neugierig, während er Naomi zusah, wie sie eine Frucht nach der anderen in den Mund schob.

Sie streckte ihm die kleine Schachtel hin. »Pappelpflaumen. Gibt es die bei euch nicht?«, schmatzte Naomi erstaunt.

»Nöö«, antwortete Lux und nahm sich eine der braunroten Früchte.

»Bei uns auch nicht«, beeilte Loyd sich anzumerken und griff ebenfalls nach einer der Steinfrüchte, doch Naomi zog das Körbchen blitzschnell zu sich zurück.

»Du bist schließlich kein Vegetarier – da gibt es noch jede Menge tolle Maultaschen. Sieht doch lecker aus«, neckte sie ihn.

»Lux ist doch auch kein Vegetarier – oder etwa doch?«

»Bei ihm ist das etwas anderes – er ist schließlich ein Prinz«, belehrte ihn Naomi, wobei sie Lux grinsend zuzwinkerte. »Du, Loyd, isst die Gyoza. Dann kriegst du eine Pappelpflaume zum Nachtisch.«

»Na gut – wenn keiner mehr will.«

Lux konnte gerade noch zwei Gyoza-Täschchen auf seinen Teller hieven, bevor Loyd die beladene Platte hochhob und sich den gesamten Rest in den Mund rutschen ließ. Als er zu kauen begann, fing er plötzlich an zu würgen und zu husten und machte den Anschein, sich übergeben zu müssen. Naomi und Lux fielen fast von den Stühlen vor Lachen.

»Übermut tut selten gut«, wurde er von der unter Tränen kichernden Naomi getadelt.

Auch Loyd tränten die Augen und seine Nase lief in Strömen. »Zwickende Schmelzsuppe, ey«, fluchte er, woraufhin die anderen nur noch mehr prusteten. Dann griff er zur Belohnung für seinen qualvollen Schabernack in das Körbchen, das sich aber als leer herausstellte.

»Ihr seid echt mies, wisst ihr das?«, schmollte Loyd eingeschnappt und stand auf. »Ich gehe duschen.« Er verschwand, ohne Naomi und Lux noch eine Chance zu geben, ihren Streich vollenden zu können, denn Naomi hielt die letzte Pappelpflaume in der Hand unter dem Tisch versteckt und war drauf und dran gewesen, ihm diese auszuhändigen. Loyd war ins Schlafzimmer verschwunden und kramte in seinem Rucksack nach frischen Kleidern.

»Loyd?«, sagte Naomi behutsam, die nun im Türrahmen stand und ihm mit der Frucht in der Faust zusah.

»Was willst du?«, entgegnete er giftig.

»Ach, nichts«, seufzte sie und verschwand wieder im Esszimmer.

Loyd wusste bereits, hinter welcher Tür das Badezimmer lag und stahl sich, ohne einen Blick in die Küche zu werfen, durch die Wohnungsmitte. Das Bad hatte die gleichen Dimensionen wie alle anderen Räume, allerdings fand er keine einfache Badewanne vor, sondern einen kleinen Pool mit Stufen aus weißen quadratischen Plättchen. Dahinter befand sich eine gewaltige, vom Dunst angelaufene Glasfensterfront, hinter welcher sich wohl der Außenbereich des Beckens verbarg. Von wegen »das Haus ist schon ein wenig älter«. Wollte Naomi ihn eigentlich veräppeln? Dies war purer Luxus. Loyd zog sich aus und ließ sich ins heiße Wasser nieder. Sofort begannen sich seine Gliedmaßen zu entspannen. Er tauchte den Kopf in die dampfende und schäumende Masse ein. Nach all den Strapazen fühlte es sich an wie im Himmel. An der Wand bemerkte er drei Wasserhähne mit den Überschriften »Weiches Wasser«, »Hartes Wasser«, und »Heiße Quelle«, allerdings war ihm nicht klar, was der Unterschied sein sollte.

Er ließ sich durch das Innenbecken treiben und begab sich zur trüben Glasscheibe hinüber, die Innen und Außen trennte. Neugierig stieß er eine kleine Pforte auf, die gerade breit genug war für eine Person, um hindurchzukommen. Er schlüpfte hinaus an die eisige Nachtluft und atmete diese in tiefen Zügen ein. Nur mit dem Kopf über der Wasseroberfläche zog er auf den Zehenspitzen durch den dampfenden Pool, bis er an dessen Rand ankam. Die Aussicht war unfassbar. Ringsum schaukelten bunt beleuchtete Pilzhüte im Wind hin und her. Ein Blick über das Außengeländer bot ihm Sicht auf das funkelnde Verkehrsnetz von Solaspitz, welches von der Solaturm-Ebene darunter beleuchtet wurde. Er ließ den Blick über die weitläufigen Abendlandschaften gleiten und entdeckte im Westen den breiten Schemen des düsteren Schwarzen Vorhangs, der in unheilvolle Gewitterwolken eingehüllt war. Einiges weiter südöstlich ruhte der gewaltige Urberg Fuji, auf dessen Spitze es glitzerte und funkelte.

Noch heute Morgen waren sie dort oben gewesen, stieg die Erkenntnis in Loyd auf, die ihm das Gefühl gab, furchtbar klein auf dieser Welt zu sein. Er ließ sich auf einer einladenden Liegevorrichtung im Wasser nieder und legte seinen Kopf auf den abgerundeten Beckenrand. Der kalte Nieselregen, der sich allmählich auf seinen Wangen bemerkbar machte, nahm ihm die letzten Überreste seines langen Katertages. Endlich war er völlig entspannt. Er schloss die Augen und ließ das warme Wasser seine verspannten Glieder durchwärmen.

*Ach du brühwarme Schneesuppe, ist das ein schrecklicher Tag gewesen*, dachte er müde und öffnete die Augen einen Spalt breit. Er blickte dem wolkenverhangenen Nachthimmel entgegen. Aus einem kleinen Rohr am Pilzdach zogen formlose Dampfschleier empor. Sie konnten wirklich froh sein, dass sie noch lebten. Wäre er heute Morgen nicht im richtigen Moment aufgewacht, würden sie jetzt wohl nicht mehr unter den Lebenden weilen. Vielleicht wäre sein Körper nicht zu Unlicht zerfallen, da es ihm offenbar nichts anhaben konnte, doch der scharfe Kristallsplitter hätte ihn auf jeden Fall tödlich verletzt.

Auf einmal kam ihm etwas in den Sinn. Loyds Muskeln strafften sich wieder. Er ballte seine Hände zu Fäusten. Da war doch noch etwas – etwas Wichtiges, worüber er sich Gedanken machen musste. Bei all dem Stress und dem vielen Alkohol am Vorabend war es fast untergegangen. In der Hassbotschaft, welche die Fürstin ihnen entgegengeschmettert hatte, war ein wichtiger Hinweis versteckt gewesen. Loyd versuchte, sich an seinen Verdacht zu erinnern, der in ihm aufgestiegen war, als die Fürstin erwähnte, jemand könnte große Mengen an »Gebein unseresgleichen« dem Unlicht zuführen, wie es das Fürstenreich einst während der Schwarzen Krise getan hatte. Ob wohl etwas an der Behauptung dran sein könnte, jemand hätte den Kaelischen Index aufgespürt und beabsichtigte nun, Unlicht in großen Mengen herzustellen, um dessen Macht voll auszukosten? Zumindest war dies Naomis Interpretation der Hetzrede der Fürstin, wie sie ihm und Lux im Zug hierher eröffnet hatte. Loyd waren die Sagen und Legenden schon mehrmals zu Ohren gekommen, nach denen Lailac die Spiegelmasse formen konnte und fähig gewesen war, damit ganze Dörfer und Städte zu erbauen. Selbst die HHF soll der Blausternenschrift nach aus dem Unlicht entstanden sein, das Lailac damals in sich trug.

Auch wenn Loyd die Vorstellung zutiefst verabscheute, konnte er es sich in gewisser Weise doch vorstellen, wie die potenzielle Macht des Indexes jemanden dazu verleiten könnte, einen Massenmord an unschuldigen Wesen zu begehen, um sich selbst ins Unermessliche zu bereichern. Doch ihm fiel nur eine Person ein, die einerseits skrupellos genug dazu wäre und andererseits die Beziehungen dazu hätte, um solch ein Vorhaben in die Tat umzusetzen: Zierzon, der atlassische Diktator. Wurde nicht jene Frau mit der harschen Stimme, die sie hinter der Station 1 belauscht hatten, als »Dirigentin des Adelgrunds« angesprochen? Und kannte nicht Anker eine einflussreiche Professorin und Politikerin aus Adelgrund, die ebenfalls als »Dirigentin« und Handlangerin Zierzons bekannt war? Wohin waren eigentlich die Schmelzköpfe der Kommandoeinheit 28 – der doch dieser Zingy angehört hatte – nach ihrem Besäufnis beim Grenzhaus verschwunden und die Kommandoeinheit 29 nach dem Überfall auf die Station 2? Und weshalb waren es so viele gewesen? Loyd erinnerte sich an die beiden Truppen von vielleicht je 60 Gangstern, von denen sie verfolgt worden waren. Wenn er, wie Anker es gerne nannte: »zwischen den Zeilen las«, müsste dies doch eigentlich bedeuten, dass schon 27 andere Gruppen von Schmelzfrontlern nach Kael einmarschiert waren. Konnte es sein, dass jemand – oder ein ganz bestimmter Jemand – die bekanntlich verarmten Gangs von Atlas dazu animiert hatte, sich unter einem falschen Vorwand ins Zentrum zu begeben, um sie dort dem Unlicht zum Fraß vorzuwerfen?

*Meine Güte,* dachte Loyd erschüttert. In ihm stieg eine böse Vorahnung auf. Bei den frostigsten aller Eisbäder, er musste Keli und Anker warnen! Wo zum Teufel waren die beiden bloß abgeblieben? Hoffentlich waren sie nicht auf dem Weg nach Atlas. Schon seit zwei Tagen hatten sie nichts mehr vom Rest der Gruppe gehört. Ob sie überhaupt noch lebten? *Sie müssen noch leben – sonst hätte ich es sicher tief in meinem Herzen gespürt,* redete er sich ein. Morgen würde er seinen Verdacht mit Naomi und Lux teilen. Sie mussten handeln. Ob das Unlicht den Schwarzen Vorhang schon erreicht hatte? Was wohl passieren würde, wenn es hindurch gelangte? Wahrscheinlich würde es sich in alle Himmelsrichtungen ausbreiten und den gesamten Laternenwald zu einem einzigen, gewaltigen Sonnenloch deformieren.

Ob Naomis Vater wohl in der Lage sein würde, ihnen ein Treffen mit der Ministerpräsidentin zu arrangieren? Irgendwie hatte Loyd seine Zweifel. Beruth kam ihm nicht wie jemand mit großem Durchsetzungsvermögen vor, sonst würde er sich nicht wie eine Marionette von seinen Vorgesetzten manipulieren lassen. Ein Mann mit ein bisschen Stolz und genügend Rückgrat ließe sich nicht von seiner Arbeit indoktrinieren, sondern setzte stets die Familie an die erste Stelle. Er wusste nicht, ob er Beruth mochte. Wenn es stimmte, dass er nie für seine Tochter und seine Partnerin dagewesen war und seine Priorität auf Überstunden setzte, dann war er kein Mann, mit dem Loyd sich anfreunden wollte.

Denn er konnte Väter und Ehemänner nicht leiden, die sich nicht um ihre Familien kümmerten. Sein Paps war immer für sie dagewesen, auch wenn sie nie viel Licht besessen hatten – er war auf seine Art ein großartiger Vater gewesen. *Verdammt!* Ob seine Eltern noch irgendwo da draußen waren? Er konnte es sich beim besten Willen nicht vorstellen. Sie waren tot – und Hildenberge, seine Heimat, existierte nicht mehr. Loyd schlug leise mit der Faust gegen den Beckenrand. Die Ungewissheit drohte ihn innerlich aufzufressen. Tränen vermischten sich mit dem heißen Wasser, das über sein Gesicht rann und seine Leiden mit sich in den Abgrund wusch. Ein echter Mann musste weinen ebenso wie trauern. Nur, indem er seinen eigenen Emotionen Raum bot, um darin den Schmerz zu entfesseln und die Wundheilung zu stimulieren, konnte er seine Lasten ablegen und damit garantieren, dass er sie morgen keinem anderen aufbürdete. Viele Männer taten genau das Gegenteil und ließen ihre Sünden und Sorgen sich tief in ihre Seele fressen. Das war der Grund, weshalb ein Mann, der auf diese Weise lebte, niemals aus seinen Fehlern lernen konnte.

Loyd war froh, auf seiner ersten Mission nach Kael gelernt zu haben, loszulassen, und Bürden abzulegen, wenn sein innerliches Gefühlsfass am Überlaufen war. Anker hatte ihm damals eingeprägt, wie wichtig es war, in sich hineinzuhören, um herauszufinden, wie es einem ging. Dabei war es unerlässlich, sich diese Gefühle auch einzugestehen und in Worte zu fassen – nun ging es ihm besser. Der zusehends an Intensität gewinnende Regenschauer war gerade dabei, in einen Hagelsturm überzugehen, als Loyd sich zurück ins Innere der Poolanlage begab, wo er sich nochmals von Kopf bis Fuß in einer kleinen Duschkabine abspülte. Anschließend vergrub er sein Gesicht erfrischt in einem weichen Handtuch.

Nach dem belebenden Bad ging Loyd rasch aufs Zimmer. Er wollte nicht, dass jemand seine geröteten Augen sah. Es gab nur ein Rundbett im Raum, jedoch lagen mehrere bequem aussehende Matratzen, Decken und Kissen in der Zimmermitte bereit. Er entschied sich, auf einer der ovalen Matratzen auf dem Teppichboden zu schlafen und stellte seinen Rucksack vor sich hin, sodass sein Gesicht von der Tür aus nicht zu sehen war.

»Loyd?« Naomi stand wieder im Türrahmen.

»Ja?«, antwortete er und versuchte, nicht verstimmt zu klingen.

»Wir gehen morgen früh nach Solastein runter, um einzukaufen; dort ist alles am günstigsten. Kommst du mit?«

»Nein, ich – denke nicht. Ich habe bereits etwas anderes vor, aber danke«, erwiderte er, ohne zu überlegen, was er wirklich wollte.

»Wie du meinst. Um siebzehn Uhr sollte mein Vater zurück sein, dann können wir mit ihm über unser Vorhaben sprechen. Ich lege dir eine Schlüsselkarte für den Aufzug auf den Esstisch, ja?«

»Danke«, gab Loyd zurück und bereute bereits, der Shoppingtour nicht zugestimmt zu haben.

»Dann – gute Nacht.«

»Nacht«, gab Loyd zurück und konnte sehen, wie sich ihr Schatten aus dem Türbereich entfernte. Er hatte keine Ahnung, was er morgen tun sollte. Er kannte Sola überhaupt nicht. Ausschlafen stand mal sicher ganz oben auf seiner Prioritätenliste. Das Geräusch der an die Außenwände des Gebäudes trommelnden Hagelkörner erfüllte den Raum. Loyd fühlte, wie der Boden ihn vor- und zurückwiegte. Es erinnerte ihn an ein Gefühl, das tief in seinen Erinnerungen schlummerte. Er konnte sich deren Schauplatz jedoch nicht mehr zurück ins Gedächtnis rufen.

Es geschah ihm oft, dass er sich an fremden Orten zuhause fühlte, oder dass er ein Gefühl empfand, welches zu einer Erinnerung gehörte, zu der er aber keinen Zugang mehr fand. Das leicht im Wind hin- und herschaukelnde Pilzhaus nahm Loyd schließlich all seine Sorgen und Ängste – wenn auch nicht für lange.

# DER WAHRHEIT AUF DER SPUR

Grelle, bunte Lichtstrahlen wagten es, Loyds Wimpern zu kitzeln. Er wischte sich energisch über das Gesicht und schlug dabei die Augen auf. Zuerst wusste er gar nicht, wo er sich befand. Doch dann sah er verschiedene Gepäckstücke im Zimmer herumliegen, und die Gegenwart hüpfte erleuchtend zurück in sein Bewusstsein. Er setzte sich auf – wie spät war es? Er hatte keine Armbanduhr, denn die waren viel zu teuer, als dass seine Eltern ihm je eine hätten kaufen können. Er hievte sich auf die Beine und schlurfte träge hinaus in die Hausmitte. Niemand schien da zu sein. Er schleppte sich gähnend weiter in die Küche. Ob sie ihm etwas zu essen bereit gemacht hatten? Auf dem Esstisch wartete ein Teller gehäuft mit kleinen berggipfelförmigen Brötchen; wohl ein heimisches Gebäck Solas. Daneben standen zwei kleine Behälter mit Konfitüre und wiederrum daneben lag – eine einzelne Pappelpflaume, feinsäuberlich auf einer roten Serviette platziert.

Loyd setzte sich an den Tisch und nahm die Frucht in Augenschein. Jetzt erst verstand er. Die ganze Zeit über hatten die beiden die letzte Pappelpflaume versteckt gehalten – und er hatte wieder einmal die Nummer des Spielverderbers abgezogen. Mann, war er ein Volllöffel. Er hoffte, dass vor allem Lux ihm seine brüske Reaktion am gestrigen Abend nicht allzu übelnahm. Loyd biss in die Frucht, die sowohl leicht säuerlich, als auch leicht süßlich schmeckte.

*Gar nicht übel,* dachte er und schnappte sich ein Bergbrötchen vom Teller. Er brach es entzwei und war erstaunt darüber, wie die

Kruste knusprig, das Innere des Brötchens aber butterzart war – es schmeckte einfach köstlich.

Die Uhr über dem Backofen zeigte zehn vor zwölf. Da hatte er aber länger geschlafen, als er gedacht hatte. Viel zu tun hatte er aber sowieso nicht, also wollte er sich ein wenig die Beine vertreten und dabei herausfinden, ob es in Solaturm irgendwo einen Metalldetektorshop gab. Vielleicht traf er Lux und Naomi ja per Zufall beim Einkaufen? Er steckte sich die Schlüsselkarte ein, schlüpfte in die Schuhe und begab sich zum Aufzug.

Ein paar hundert Meter entfernt, im Zentrum von Solaspitz, eilten Anker und Keli aus dem gläsernen Eingangstor des Skytouch Comfort Hotels. Sie waren auf dem Weg zum Regierungssitz, wo Anker bereits am Vorabend einen Termin mit der Ministerpräsidentin hatte ergattern können. Er hatte Keli erklärt, dass Präsidentin Kawabata eine gute alte Kollegin von ihm wäre, die immer ein Ohr für ihn offen hatte. Prompt war er erfolgreich gewesen, und ihnen wurde offeriert, die Präsidentin während der Mittagspause, wenn sie ein paar freie Minuten haben würde, zu treffen. Es war Punkt zwölf und um halb eins sollte das Gespräch stattfinden.

Sie schritten über die gläserne Mainstreet, wo links und rechts kleine Läden standen und Luxusgüter für Touristen feilgeboten wurden. Die Straße führte geradewegs zur mittleren Himmelsstütze von Sola, von wo sie mit dem Aufzug zum Regierungssitz über ihren Köpfen hinauffahren würden. Am Schalter bezahlte Anker mit dem üblichen Aufklatschen seiner gigantischen Pranke für die Fahrkarten, und der Mann vor dem Lift begrüßte sie mit einer tiefen Verbeugung, als sie mit den Tickets zum Regierungssitz auftauchten. Wie am Vortag schickte Anker Keli allein zu ihrem Reiseziel, weil sie schlichtweg nicht zusammen in eine Liftkabine passten. Oben angekommen wartete Keli, bis Anker eine halbe Minute später aus den Sicherheitsschranken gestapft kam. Er grinste Keli zu und verkündete: »So, jetzt wird es ernst.«

Wie es aussah, befanden sie sich bereits innerhalb des Regierungsgebäudes. Keli war überrascht wie viele Wände und Gänge hier aus Glas bestanden. Auch das Luxus-Hotel, in welchem sie übernachtet hatten, war größtenteils aus lichtabweisendem Glas erbaut worden. Von außen hatte man nur ein spiegelndes Schimmern erkennen können, innen aber konnte man durch die meisten Wände ins Freie blicken.

Keli mochte diese eigenartige Architektur, obschon sie das Durcheinander im Zentrum von Wesenend, oder die Lailac-Straße in Herbstfeld noch viel spannender gefunden hatte. Was würde sie dafür geben, mal allein durch die Lailac-Gassen schlendern und die Gegend auskundschaften zu können. Wenn sie ihre Eltern aus dem Sonnenloch gerettet und sie sich versichert hatte, dass es ihnen gut ging, würde sie ein Studium im Fach Biodiversität beginnen und Naomi auf ihren Forschungsreisen begleiten. Sie war nun schließlich schon recht weit herumgekommen und konnte gut auf sich selbst aufpassen. Außerdem hatte sie das antike Sunukeschwert immer mit dabei. Damit könnte sie jedem noch so üblen Schurken mit einem Hieb das Handwerk legen. Die hölzerne Klinge hatte sie einwickeln müssen, als sie Solaspitz betraten, da hier ein Trageverbot von geschwärzten Holzschwertern bestand. Eingehüllt transportieren stellte allerdings kein Problem dar, und so beförderte sie es in Leinen gewickelt zwischen Rücken und Rucksack.

»Da wären wir«, bemerkte Anker und zeigte auf eine Rezeption komplett aus milchigem Glas. Dahinter waren mehrere Wesen in himmelblauen Anzügen stationiert.

»Herzlich willkommen«, begrüßte sie das Empfangsquartett im Chor unter einer ausladenden Verbeugung. »Wie dürfen wir Euch helfen?«, fragte das größte der Wesen, ein muskulöser Leopard.

Anker und Keli erwiderten ihren Gruß und Anker erklärte, sie hätten einen Termin bei Ministerpräsidentin Kawabata.

»Wir werden die Präsidentin über Eure Ankunft unterrichten. Bitte nehmt Platz. Dürfen wir Euch etwas zu trinken anbieten?«

»Nicht nötig. Wir haben soeben gefrühstückt, danke«, erklärte Anker und ließ sich auf einen der luxuriösen Sessel fallen, die gegenüber vom Rezeptionstresen an einer transparenten Wand aufgereiht waren. Keli folgte seinem Beispiel. Keine zwei Minuten später kam einer der Sekretäre zu ihnen und bekundete mit gesenkter Stimme: »Die Ministerpräsidentin ist bereit, Euch zu empfangen.«

Kelis Hände waren schweißnass. Sie würde die Landesführerin von Solaspitz treffen, und dann noch in ihren zerlumpten Kleidern. Naja – sie waren auf einer wichtigen Mission, da kam es wohl nicht drauf an. Sie folgten dem Empfangsbeamten vor einen Sicherheitsbereich, wo zwei große, stämmige Wachen ihnen ihr Hab und Gut abnahmen. Weiter ging es durch einen bernsteinfarbenen, halbdurchscheinenden Korridor, bis hin zu einer mächtigen purpur-glänzenden Doppeltür, die aus einer Art Edelstein bestand, die Keli noch nie gesehen hatte. Der Sekretär hielt ihnen die Tür auf. Anker trat erhobenen Hauptes hindurch, Keli schritt in geduckter Haltung und mit roten Wangen hinterher.

»Lux, schau, ist die nicht cool?«

»Ja, die sieht nett aus – aber boah, hast du den Preis gesehen? Vielleicht ein bisschen zu teuer für Loytoy«, feixte Lux und zog Naomi vom Schaufenster weg.

Die beiden hatten den ganzen Morgen damit zugebracht, Lux neu einzukleiden – und diese Aufgabe hatten sie mit Bravur gemeistert. Naomi war es gelungen, auf ihr lichterlohenes Sparkonto zuzugreifen, und so hatte sie dieses geplündert – mit dem Vorwand, sie wisse ja ohnehin nicht, wie lange es ihr Licht noch gäbe, wenn sich das anrückende Unlicht weiter ausbreitete – und hatte Lux in ein Männermodengeschäft nach dem anderen gezerrt. Lux hatte ihr versprochen, alles zurückzuzahlen, wenn sie wieder einmal in Nihilis vorbeikommen sollten, denn die Banken von Nihilis durften wegen internationaler Sanktionen keine Filialen in anderen Präfekturen betreiben. Naomi machte eine ablehnende Handbewegung und meinte, das wäre schon in Ordnung und Lux hätte ja schließlich keine Zeit gehabt, sich auf die lange Reise vorzubereiten.

Das Endresultat waren sieben Tüten vollgestopft mit Jeans, Hemden, Kapuzenpullovern, Männerunterwäsche, einem Anzug, Schuhen, zwei Mützen, einem Regenschutz für alle Fälle, und sogar drei silberne Ringe waren im erworbenen Handelsgut mit dabei.

Sie waren als Symbol der Freundschaft und des Bündnisses zwischen den drei Weggefährten bestimmt. Naomi wollte wieder gut machen, was sie gestern Abend angerichtet hatte. Loyd war bestimmt noch immer sauer über die Aktion mit den Pappelpflaumen. Als Zeichen der Versöhnung, und – Naomi hatte es Lux einfach gestehen müssen: Sie mochte Loyd mehr, als es der erste Eindruck vermittelte – als Hinweis für ihre Zuneigung und Gefühle für Loyd, waren sie nun auf der Suche nach einer zu ihm passenden Armbanduhr. Lux war in schallendes Gelächter ausgebrochen, als Naomi ihm ihr Geheimnis bei einer Tasse Kaffee im Coffee Shop Solarius, in der Nähe des Solastein-Hauptbahnhofs, erzählt hatte. Die Gäste im Lokal hatten ihnen verwundert ihre Köpfe zugedreht, und Getuschel über »Leute, die keine Manieren kennen«, war wie eisiger Wind über den Terrassenplatz geweht. Jedenfalls hatten sie bisher noch kein Glück gehabt mit der Auswahl der Lichtuhr und gingen von Schmuckladen zu Schmuckladen. Sie hatten gerade ein Geschäft namens »Silbergedicht« betreten, als eine kristallblaue Kugel an den Schaufenstern entlanggeglitten kam, durch die Scheibe hindurchhuschte und vor Lux anhielt. Dieser legte seine Handseiten empfangend aneinander und sah zu, wie sich die raschelnde Lichtmail darauf niederließ. Sie tauschten einen besorgten Blick, dann hielt sich Lux die Nachricht ans Ohr, während Naomi sich zu ihm hinneigte, um zu lauschen.

*»Ich bin es, dein Papa«*, sagte die unverkennbare Stimme des Fürsten von Nihilis. *»Die bilaterale Sitzung ist eben zu Ende gegangen, und es gibt einigen Tumult und Verdruss, der sich im Bunten Rat aufgebaut hat. Zumal ist gestern das Stadtjuwel von Wesenend aus dem Nationalmuseum gestohlen worden, und zwar auf eine sehr seltsame Art und Weise. Ihr habt nicht zufällig etwas damit zu tun? Man hat Rückstände von Unlicht am Tatort gefunden, die auf Leute mit Zugang nach Kael hinweisen. Ich möchte euch nichts unterstellen, aber wenn ihr etwas darüber wissen solltet, bitte ich euch, mir unverzüglich darüber zu berichten. Als ich dem Bunten Rat von euren Beobachtungen im Zentrum erzählte, wurde ich sofort verbal attackiert. Mir wurde vorgeworfen, Bezie-*

*hungen zu kriminellen Banden zu pflegen. Was die Ausbreitung des Unlichts anbelangt, wurde von Wesenend aus eine Untersuchung eingeleitet. Offenbar hat das Unlicht den inneren Unlichtwall schon fast erreicht. Die Lage ist äußerst brenzlig, indes auch die Fürstin wegen eurer Flucht in Rage ist. Ich versuche heute Abend, wenn ich zurück im Hause bin, mit meiner Gattin den Dialog zu suchen. Gibt es Neuigkeiten eurerseits? Ich bitte um rasche Unterrichtung bezüglich der Wesenender Schneebeere – Ende.«*

»Oha, das klingt gar nicht gut«, stöhnte Lux und biss sich auf die Unterlippe. Naomi, die angestrengt mitgehört hatte, begann nachdenklich im Laden auf- und abzugehen.

»Ich werde meinem Vater antworten, dass wir nichts damit zu tun haben. Ich hoffe bloß, dass Wesenend keine militärischen Maßnahmen gegen Nihilis einleitet, oder meine Mutter auf Papa losgeht.«

»Lux – Loyd und ich sind dir noch eine Erklärung schuldig«, gestand Naomi mit leicht zitternder Stimme und kam vor einer Glasvitrine, in welcher mehrere schöne Armbanduhren mit meerblauem Gehäuse ausgestellt waren, jäh zum Stillstand. »Es gibt da noch jemand anderen, der wahrscheinlich Unlicht berühren kann.« Naomi erzählte Lux von Keli, die wie Loyd eine vierfingrige linke Hand besaß und nach dem Unglück in Hildenberge von Anker auf ihre Mission eingeladen worden war.

»Vielleicht haben die beiden ja etwas mit dem Diebstahl am Hut. Sicher bin ich mir dessen aber keineswegs«, beteuerte Naomi, auf eine Armbanduhr fixiert, die ihr unbewusst schon seit einigen Minuten ins Auge stach. Die lichtbetriebene Uhr hatte ein transparentes, saphirblaues Zifferblatt und milchige gläserne Zeiger.

Das Armband war aus mehreren Dutzend kleiner, grauer Glaselemente zusammengesetzt, deren Farbe gut zu Loyds grauen Augen passte.

»Soll ich Loyds Schwester in der Antwort erwähnen – oder eher nicht?«, fragte Lux unschlüssig.

»Hm … Da es kein Fakt ist und wir, außer Kelis potenzieller Fähigkeit, Unlicht anzufassen, keine weiteren Anhaltspunkte haben, wäre es besser, sie nicht zu erwähnen – jedenfalls vorläufig nicht.«

Lux nickte zustimmend, verließ den Laden und fing an, in eine kristallblaue Kugel zu sprechen. Als Lux mit der Botschaft fertig war und er diese hoch in die Lüfte gleiten ließ, kam Naomi mit einer weiteren kleinen Tüte aus der Ladentür heraus. Lux wusste natürlich sofort, was sie in den Händen hielt.

Loyd schlenderte durch die Straßen Solaturms und drehte seinen Kopf argwöhnisch nach links und nach rechts. Er hatte sich noch immer nicht an den durchsichtigen Stadtgrund gewöhnt. Manchmal spielte ihm sein Verstand einen Streich, wobei es sich so anfühlte, als würde er plötzlich durch das Glas hindurchfallen. Dabei ging er in die Knie und musste sich vergewissern, dass er noch auf festem Boden stand. In einer Nebenstraße, deren Seiten von großen gläsernen Monumenten solaländischer Berühmtheiten gesäumt waren, fand er einen Shop, für den er sich auf den ersten Blick brennend interessierte. Er bot zwar keine Metalldetektoren an, dafür waren unzählige Modelle von Solaflügeln in allen Größen und aus allen möglichen Materialien im Schaufenster ausgestellt. Neugierig betrat er den Laden und begann, durch die mehrfach verriegelten Glasvitrinen zu schlendern.

*Wahnsinn*, dachte Loyd gebannt. Was diese Supergeräte heute alles konnten. Sein Blick war auf das Modell Vevery Flyflott OX-13 gerichtet, das laut Ausstelltäfelchen eine eingebaute Lichttafel besaß, mit welcher man zum Beispiel Zugriff auf ein Navigationssystem hatte. In diesem konnte man laut der Beschreibung am Schaukasten Adressen oder genaue Flugkoordinaten eingeben, um sein Ziel immer im Auge zu behalten.

Wie gerne er selbst einmal den Himmel unter den himmlischen Scheiben befliegen wollte – frei wie ein Vogel und schnell wie der Blitz. So würde die Erforschung des äußeren Sternenwalds noch viel mehr Spaß machen. Wenn sie dieses Unlichtproblem einmal gelöst hatten, würde er für eines dieser Prachtdinger sparen und irgendwann mal abseits aller Augen und Ohren bis zur Forschungsstation 254, ins äußerste, bereits erforschte Gebiet des Sternenwalds, hinausfliegen. Die Flyflott-OX-13-Flügel waren gleißend weiß und wiesen keine Unebenheiten auf. Sie waren die Perfektion des Windsegelns schlechthin. Loyds Augen wanderten noch ein wenig weiter nach unten, bis ihn das Preistäfelchen anstrahlte und ihm die satte Summe von 34'500 Lichtbit offenbarte. Wie auch das Produkt, waren dessen Kosten atemberaubend. Loyd schloss seine gedemütigten Augen und machte auf dem Absatz kehrt. In diesem Augenblick streifte eine Lichtmail durch den Laden und verlangte von Loyd, empfangen zu werden. Verwundert ließ er sie auf seinen Handflächen niedergehen und hielt sie sich ans Ohr.

»Loyd, wir sind es«, kamen Naomis Worte aus der Sphäre. »Wir sind auf dem Rückweg. Wir haben eine Nachricht von Lux' Vater erhalten, die dich sicher interessieren wird. Ich hoffe, dir geht es gut. Wir treffen uns im Haus. Bis gleich, Naomi.«

Loyd verließ den Laden und ging mit zügigen Schritten zurück zur mittleren Himmelsstütze. Er kaufte sich ein Ticket, zeigte dieses und seinen Pass dem Kontrollbeamten und reihte sich in die Schlange ein. Eine Nachricht, die ihn sicher interessieren würde – ob es wohl um Anker und Keli ging? Ob man sie gefunden hatte? Just in dieser Sekunde schoss im absteigenden Liftschacht ein Aufzug hinunter, in dem ein überwältigender Bauch gegen die gläserne Absperrung gepresst war. Ein Gesicht jenseits der Glasschranke konnte Loyd zwar nicht erkennen, aber das Hemd über den Fettmassen wies dasselbe vergissmeinnichtblaue Strichmuster auf wie jenes, das Anker bis zur Station 2 getragen hatte. Nein, das konnte nicht sein! Es gab auch hier korpulente Leute – vielleicht war es nicht einmal ein Menschenwesen gewesen. Der nächste abwärts gleitende Fahrstuhl zog an ihm vorüber, doch die Person, die sich darin befand, stand zu weit im Liftinneren, um sie zu erkennen. Loyd holte tief Luft und hielt den Atem an. Er wusste, wie groß die Wahrscheinlichkeit war, den beiden an Ort und Stelle über den Weg zu laufen: verschwindend klein. In einer Stadt von sechs oder sieben Millionen traf man niemanden einfach mal per Zufall an. Und weshalb sollten sich die beiden ausgerechnet in Solaspitz aufhalten? Völliger Unsinn, was sein Sehsinn seinem Verstand da einzureden versuchte; totaler Unfug.

Loyd war an der Reihe und begab sich auf die Aufzugsfläche. Die Barriere schloss sich und im nächsten Moment war er verschwunden.

Als Loyd im Pilzhaus der Gildenhof Familie ankam, waren Lux und Naomi schon da.

»Endlich – warum hast du mir nicht zurückgemailt? Wir dachten schon, du hättest dich verlaufen.«

»Blödsinn, ich und mich verlaufen. Wofür, glaubt ihr, ist Exploration wohl gut?«, spöttelte Loyd etwas aufgestellter, als er sich fühlte, denn er wollte die sonst schon ernste Stimmung nicht gleich wieder vermiesen. »Und, was hat der Fürst gesagt?«, wollte Loyd wissen, der sogleich über eine der vielen Einkaufstüten stolperte, die im Eingangsbereich verteilt lagen.

»Du wirst es nicht glauben. Er hat in der Lichtmail erwähnt, das Stadtjuwel von Wesenend sei gestohlen worden, und zwar mithilfe von Unlicht«, erzählte Naomi ihm und begann die Tüten ins Gästezimmer zu räumen.

»Gestohlen – mit Unlicht? Wie soll denn das möglich sein?«, fragte Loyd verwirrt.

»Das wissen wir auch noch nicht genau, aber er meinte, es seien Rückstände von Unlicht am Tatort gefunden worden. Das Stadtjuwel ist im Nationalmuseum, dreihundert Meter vom Bahnhof Wesenend entfernt, ausgestellt gewesen.«

Diese Informationen überstiegen Loyds Verstand. Wie hing dies alles zusammen? »Ja, und weiter? Was hat das mit uns zu tun?«

»Loyd, der Bunte Rat glaubt, *wir* hätten es entwendet, zu welchem Zweck auch immer. Für sie sieht es so aus, als wären wir eine kriminelle Bande, die sich mit Nihilis verbündet hat und irgendetwas im Schilde führt. Wir sind schließlich unangemeldet aus Kael nach Wesenend eingereist. Außerdem wird sich wohl bereits herumgesprochen haben, dass du ein Unlichtbändiger bist«, versuchte Naomi es in sachlichem Tonfall.

»So ein Schwachsinn«, stieß Loyd entrüstet hervor. »Ich meine: Auch wenn die Umstände darauf hindeuten, dass ich ein Bändiger bin, wie hätten wir das Unlicht auch über diese Distanz hinweg von Kael bis nach Wesenend transportieren sollen? Und was hat es überhaupt mit diesem Stadtjuwel auf sich?«

»Lux hat seinem Vater zurückgemailt, dass wir nichts damit zu tun haben«, erklärte Naomi. »Der Bunte Rat hat angegeben, er würde die Lage in Kael untersuchen lassen.«

»Was für Volllöffel! Die sollen nur mal versuchen, jetzt die Grotten zu öffnen. Dann sind sie tot – und alle anderen auch«, empörte sich Loyd, wild mit den Händen gestikulierend.

»Jedenfalls habe ich mir gedacht, dass Anker und Keli vielleicht dahinterstecken könnten«, fuhr Naomi mit ruhiger Stimme fort.

»Warum das denn? Weswegen sollten ausgerechnet Anker und Keli zu Räubern werden und sich an einem Edelstein ergötzen, wenn die Welt am Untergehen ist?«

»Jetzt hör aber mal auf! Neben dir ist Keli die einzige uns bekannte Person, die das Unlicht hätte aus dem Zentrum transportieren können«, sagte Naomi zunehmend genervt.

»Willst du Keli etwa unterstellen, eine Verbrecherin zu sein?«, erwiderte Loyd sarkastisch. Ihm war bewusst, dass Naomi auf etwas anderes hinauswollte, nur nicht genau, worauf.

»Ist es nicht offensichtlich?«, strapazierte sie Loyds Gedankenstrom weiter, packte zwei Einkaufstüten und bugsierte sie ins Zimmer. Loyds Stirn runzelte sich in tiefer Verwirrtheit. Er blieb nachdenklich in der Gebäudemitte stehen, bis Naomi wieder in Sicht kam und sich an den Türrahmen anlehnte. Sie musterte ihn mit durchdringendem Blick. »Nehmen wir nur mal an, Anker und Keli hätten den Stein an sich genommen – und das ist ja nur eines von vier wertvollen, antiken Artefakten, die einst dem Urvater Lailac gehört haben sollen –, dann muss Anker damit doch irgendetwas vorhaben. Vielleicht will er die Präfekturen erpressen. Wenn sie ihre historischen Schätze zurückhaben wollen, müssen sie ihm zuhören und sich zusammenschließen, um das Unlicht zu bekämpfen.«

»Interessante Theorie«, gab Loyd zu. »Aber du weißt ja, dass Anker noch nie viel von der Wiedervereinigung der Präfekturen gehalten hat. Er ist ein eingefleischter, auf Lichterloh eingeschworener Bürger, der an die Unabhängigkeit glaubt. Er würde lieber selbst nach einer Lösung für das Unlicht suchen und sich den Ruhm dafür einheimsen.« Loyd erinnerte sich, wie Anker ihn oft zu Trinkgelagen eingeladen und ihm in angeheitertem Zustand erzählt hatte, wie er in absehbarer Zukunft zum Bezwinger des Unlichts und zum Retter der Welt werden wollte. Immer wieder mal hatte Anker ihm einflussreiche Persönlichkeiten wie Dr. Kanako Hopkins, eine sehr mächtige atlassische Politikerin und Professorin der Hochschule von Adelgrund, vorgestellt. Durch sie hatte Anker seinen Einflussbereich gekonnt auf die atlassische Regierung ausgeweitet. Eigentlich musste Loyd sich eingestehen, dass er Anker gar nicht wirklich kannte. Die Gespräche mit ihm waren immer sehr oberflächlicher Natur gewesen; beeindruckend und humorvoll, aber meistens recht substanzlos. Ankers wirkliche Absichten und Moralvorstellungen hatte er immer wieder erfolglos zu erraten versucht.

Aber je länger er mit dem Professor, ob auf Forschungstouren oder in einem Pub auf ein paar Drinks zusammen gewesen war, desto mehr war ihm bewusst geworden, wie aufdringlich und beherrschend seine Art zu kommunizieren war. Wenn das Gespräch nicht nach seiner Laune verlaufen war, hatte er sehr schnell den Faden abschneiden und andersherum einfädeln können, so dass

Anker stets recht und das Schlusswort hatte. Er war ein Manipulant und auf seine Art ein gefährlicher Mann, dem von allen Seiten Respekt und Hochachtung entgegengebracht wurde. Es gelang ihm mit seiner charismatischen Art stets im Handumdrehen, vor allem diejenigen, die ihm zum ersten Mal begegneten, für sich zu gewinnen. Loyd war bei dem Gedanken beunruhigt, welchen Einfluss Anker auf Keli haben könnte. Seine Schwester befand sich noch in einer Phase, in der sie leicht formbar war. Außerdem hatte sie bisher kaum Erfahrungen mit Mitwesen sammeln können, die sie für ihre Zwecke benutzen wollten. Loyd konnte nur hoffen, dass Anker sie nicht für diesen Einbruch in Wesenend missbraucht hatte, weshalb auch immer dieses Juwel für Anker von Wert sein mochte.

»Wenn ich etwas dazu sagen darf«, meldete sich nun Lux zu Wort, der aus der Küche zu ihnen getreten war und das Gespräch offenbar mitgehört hatte. »Es stimmt nicht, dass Loyds Schwester und dieser Professor Ankerbelly die einzigen sind, die das Unlicht hätten nach Wesenend transportieren können. Im Zug nach Wesenend-City gestern Morgen habe ich euch erklärt, dass es noch eine Handvoll der hypergeschwärzten Behälter gibt, mit denen auch die Buntblüter oder andere Unlicht in hellem Raum transportieren können.«

»Da siehst du es, Naomi. Keli und Anker haben nichts damit zu tun. Warum sollten sie auch? Wahrscheinlich waren es diese Buntblüter«, entfuhr es Loyd etwas grob.

Naomi trat aus dem Zimmer und griff nach den letzten Tüten. Als sie wieder zurückkam, hatte sie eine gelangweilte Miene aufgesetzt. Sie kramte in der kleineren von beiden und zog ein umwickeltes Päckchen heraus. »Das ist für dich«, sagte sie plötzlich mit glühenden Wangen und hielt ihm die kleine Schachtel hin. Loyd war verblüfft. Er hatte sie nicht gebeten, ihm etwas mitzubringen.

»Was ist da drin?«, argwöhnte er wenig erfreut.

»Mach es auf und sieh selbst nach«, forderte sie ihn etwas bedröppelt auf und verschränkte die Arme.

Loyd hatte wirklich keine Ahnung, was es sein könnte. Er löste vorsichtig das Band an der Verpackung, für den Fall, dass es etwas war, das er zurückgeben wollte oder nicht annehmen konnte. Unter dem Geschenkpapier kam eine schneeweiße Schmuckbox zum Vorschein. Er öffnete sie behutsam und erblickte das edel schimmernde Zifferblatt einer durchsichtigen, saphirblauen Armbanduhr.

»Dachte, du könntest eine gebrauchen. Kannst ja nicht immer rumlaufen und nicht wissen, wann der nächste Zug fährt. Auch ein Lichtmailspeicher steht dir jetzt zur Verfügung, um alte Lichtmails nochmals zu hören.«

Loyd war so gerührt, dass er vorerst keinen Ton hervorbrachte, während er das edle Schmuckstück musterte.

In seinem Inneren kämpften sich gerade zwei seiner stärksten Gefühle an die Oberfläche: Stolz und Dankbarkeit. Einerseits war er zu stolz, sich von einer Kollegin mit etwas, das er sich selbst nicht leisten konnte, beschenken zu lassen. Andererseits war er dankbar für ihre Zuwendung und Fürsorge. Er wollte auch die Stimmung nicht weiter dämpfen und entschloss sich, das Geschenk anstandshalber einmal entgegenzunehmen. Aber – war es überhaupt ein Geschenk?

»Die sieht aber teuer aus – die kann ich nie und nimmer bezahlen«, versuchte er die Absicht der Gabe zu ergründen.

»Es ist ein Geschenk von mir – und Lux«, erwiderte Naomi rasch. »Und schau mal. Das haben wir auch noch besorgt: Freundschaftsringe.« Sie übergab ihm einen der drei Ringe, die sie auf der Handfläche hielt.

»Wir wussten deine Größe nicht, also haben wir geraten.«

Loyd nahm den Ring in Augenschein. Er war von einem matten Silber und sehr schlicht. Als er ihn genauer unter die Lupe nahm, konnte er im Innern winzige eingravierte Buchstaben erkennen: »Lux, Loyd, Naomi – Grenzenlos«. Loyd versteckte seine aufwallende Rührung hinter einem verschmitzten, etwas verständnislosen Grinsen. »Grenzenlos?«

»Loytoy versteht wieder mal nur Bahnhof«, kam Lux' kichernde Stimme aus der Küche. »Was wir gemeinsam machen ist doch grenzenlos, oder?«

Es roch gut. Nach Süßkartoffelsuppe vielleicht? Loyd warf einen Blick durch die Küchentür. Lux, in neue, modische Kleider geworfen, stand am Herd und kochte.

»Wir sind ein grenzenloses und transnational-fungierendes Team, das über jede Hürde hinweg durch den Laternenwald streift und grenzenlos cool ist«, plapperte er munter und hackte eine Aubergine klein. Er hatte eine Strickmütze auf und sein Haar war nun wieder darunter gebündelt.

»Genau. Grenzenlose Freundschaft zwischen Nihilis, Lichterloh und Solaspitz«, fügte Naomi hinzu.

»Gleich zwei Geschenke – das kann ich aber nicht annehmen«, sagte Loyd und blickte abwechselnd auf die Uhr und den Ring.

»Wir haben nicht behauptet, dass der Ring ein Geschenk wäre«, sagte Naomi. Ihr Blick traf sich mit dem von Lux und beide schnaubten hämisch.

»Also wirklich. Wollt ihr etwa sagen, dass ich mir eure Freundschaft erkaufen muss?«, spielte Loyd mit, bei dem der Groschen diesmal früher gefallen war.

»Für den Ring kannst du uns irgendwann mal zu einem Stück Kuchen einladen. Die Uhr ist aber ein Geschenk, von dem ich darauf bestehe, dass du es annimmst«, erwiderte Naomi plötzlich streng, drehte sich rasch um und zwinkerte Lux schelmisch zu.

»Meinetwegen«, murmelte Loyd und zog eine Grimasse, die seine Unterwerfung zum Ausdruck brachte.

Naomi verschwand in der Küche und gab Lux einen siegesgewissen Handschlag, gerade als Loyd ins Gästezimmer eingebogen war. Nach kurzer Zeit kam er wieder zurück und stellte sich vor den Herd. Er hielt den Freundschaftsring in der Hand.

»Der ist zu groß für meinen Ringfinger und zu klein für meinen Mittelfinger.« Er stülpte sich demonstrativ den Ring auf die unpassenden Finger seiner linken Hand und versuchte es dann mit dem Zeigefinger seiner Rechten – er passte.

Lux und Naomi hatten ihre Ringe bereits angesteckt. Sie streckten einander ihre Hände entgegen und zogen Loyds Hand in den Freundschaftskreis.

»Sollen wir für immer Freunde bleiben«, verkündete Naomi theatralisch.

»Ja – ich denke schon.« Loyd räusperte sich etwas peinlich berührt.

»So sei es, und wenn wir untergehen – *dann zusammen.*« Die Blicke von Loyd und Naomi richteten sich gleichzeitig auf Lux. »Ist doch nur ein Scherz, ihr witzlosen Lichterlohen und Solaländer«, lachte er. Naomi und Loyd stimmten in das Gelächter ein. Ein Schatten huschte durch den Raum. Naomis Vater war eben auf der Terrasse gelandet. Naomi verließ die Küche, um ihn zu begrüßen.

»Guten Abend«, sagte Beruth knapp, der rasch durch die Balkontür geschritten kam. Loyd und Lux begaben sich ebenfalls ins Wohnzimmer. »Ich kann nicht lange bleiben«, meinte Naomis Vater, der einen äußerst erschöpften Eindruck machte. »Im Beirat ist die Hölle los. Die Präsidentin hat heute verlauten lassen, dass eine mögliche Katastrophe bevorsteht. Gemäß vertraulichen Quellen sei das Unlicht dabei, sich im Geschwärzten Zentrum unkontrolliert auszubreiten und es gäbe nur wenig Hoffnung, es jetzt noch unter Kontrolle zu bekommen. Meine Güte – was soll nur aus Sola werden?«, stöhnte er aufgelöst, während er sich auf das Sofa in der Zimmermitte niederließ und das Gesicht in den Händen vergrub. Lux, Naomi und Loyd sahen einander mit alarmierten Blicken an.

»Wann hat die Präsidentin das erfahren?«, forschte Loyd sofort nach.

Beruth sah auf. »Sie hat heute eine dringliche Besprechung mit wichtigen Unlichtforschern abgehalten, die ihr die Lage erläutert haben.«

»Herr Gildenhof, wissen Sie, wer diese Unlichtforscher waren?«

»Tut mir leid. Das ist eine streng geheime Information, über die ich keine Auskunft geben darf.«

»Es war Anker. Da bin ich mir fast sicher«, bemerkte Loyd an Naomi und Lux gewandt. »Ich habe heute eine Person im Säulenlift vorbeiziehen sehen, die verdächtig wie Anker ausgesehen hat.«

»Wieso hast du denn nichts gesagt?«, entgegnete Naomi ungehalten.

»Ich habe nur einen dicken Bauch gegen das Glas gepresst gesehen und einen Teil eines Hemds, das mir bekannt vorkam.«

»Anker – Anker …«, sagte Beruth langsam. »Ja, Professor Ankerbelly hieß jener Forscher aus Lichterloh – kennen Sie ihn etwa?« Die drei neugekrönten Freunde starrten einander entsetzt an.

»Ja, natürlich. Er ist ein Teamkollege von uns.« Loyd war fassungslos. »Wir haben uns auf einer Forschungsexpedition in Kael aus den Augen verloren und suchen sie seither. War ein schwarzhaariges Mädchen bei ihm?«

»Wenn das so ist – ja, die beiden sind vor einer Stunde abgereist. Ich weiß nur, dass ihre nächsten Ziele Atlas und danach Lichterloh sind. Und – der Beirat wird mich köpfen, wenn sie herausfinden, dass ich Ihnen das erzählt habe, aber: Präsidentin Kawabata hat diesem Professor Ankerbelly das Stadtjuwel von Solaspitz anvertraut. Der Professor und das Mädchen seien die Einzigen, welche die Welt noch retten können, hieß es. Wenn ich mich recht erinnere, wollten sie die Steine vereinen, um den Kaelischen Index zu erhalten, oder sowas in der Art. Wissen Sie, es gibt da eine alte Legende aus der Blausternenschrift, die besagt, dass ein Nachkomme des Urvaters Lailac mit allen vier Stadtjuwelen in der Lage sein soll, diesen Unlichtschlüssel zu bergen. Völliger Humbug, wenn Sie mich fragen. Nur aufgrund von solchen Märchen sind wir jetzt eines der wichtigsten historischen Altertümer los. Dass Präsidentin Kawabata dem zugestimmt hat – ich frage mich, ob sie erpresst wurde –«

»Papa, was hast du da gerade gesagt? Sie wollen die Stadtjuwelen zusammentragen, um den verschollenen Kaelischen Index in die Hände zu bekommen? Haben sie auch angedeutet, wo und wann sie das tun wollen?«

»Das nicht, nein, aber sie versicherten der Präsidentin, sie auf dem Laufenden zu halten. So, ihr – es tut mir wahnsinnig leid, aber ich muss zurück in den Sitz«, seufzte Beruth und machte den Anschein, als würde er vor Erschöpfung gleich zusammenbrechen. »Ich bin nach Mitternacht wieder zuhause.« Er wandte sich zum Gehen.

»Wir werden wahrscheinlich heute Abend abreisen«, meinte Naomi ernst und sah ihm mit traurigen Augen nach.

»Schon heute Abend? Ihr seid doch erst angekommen.«

»*Wir müssen* – es hat sich einiges geändert. Und Papa, bevor du gehst noch eine Frage«, rief Naomi ihrem Vater hinterher. »Vor etwa einer Woche haben wir ein paar gestrandete lichterlohene Zollbeamte angetroffen, die ich angewiesen habe, nach Solaspitz zu reisen und bei dir wegen des Konflikts in Lichterloh nach Obdach zu fragen. Sind sie hierhergekommen?«

»Ja, es waren tatsächlich drei Leute hier. Sie reisten aber bereits wieder ab, als die Züge wieder nach Lichterloh-City fuhren. Sie lassen herzlich grüßen, und du sollst sie in der Stadt mal besuchen.«

Beruth war schon halbwegs draußen auf der Terrasse, als er zögernd nochmal stehen blieb. Langsam drehte er sich um und trat etwas unschlüssig zurück ins Wohnzimmer. Mit steifen Schritten bewegte er sich auf eine älter wirkende Kommode in der Ecke neben der Balkontür zu, zog eine Schublade auf und versenkte seine Hände darin. Für einige Sekunden stand er einfach nur da. Schließlich hob er seine Hände zusammen mit einem pechschwarz glänzenden Würfel dazwischen wieder hoch. Beruth atmete schnell und tief. Loyd erkannte, dass es sich bei dem Gegenstand um ein älteres Modell eines Lichmailspeichers handelte, um empfangene oder selbst verfasste Nachrichten aufzubewahren.

»Naomi – ich – nimm ihn – er – er ist von deiner Mutter.« Eine einzelne Träne rann ihm über die Wange. Naomi streckte sprachlos die Hand aus und nahm den Botschaftsträger entgegen. Ihr Vater wandte sich um, begab sich auf die weite Brüstung hinaus, streckte die Flügel weit aus und ließ sich in die Tiefe stürzen.

Die drei Freunde sahen ihm ungläubig und wie vom Donner gerührt nach. Erst, als der Geruch von anbrennender Suppe sich mit der kühlen, von der Terrasse hereinwehenden Abendluft mischte, loderte wieder Leben in ihren Gliedern auf. Lux raste durch die Wohnungsmitte und verschwand in der Küche. Loyd bewegte sich langsam Richtung Türrahmen, blieb aber stehen, als Naomi sich nicht rührte. Er drehte sich auf dem Absatz um und ging langsam auf sie zu. Sie stand wie versteinert da. Loyd fragte sich, ob dieser Brief aus der näheren Vergangenheit stammte, oder ob es wohl ein älterer Abschiedsbrief war.

»Naomi«, sagte er bedächtig. Er erhielt keine Antwort. »Naomi?«, versuchte er es erneut. Er trat neben sie und bemerkte, dass sie sich die Lichtmail, die sich aus dem Würfel erhoben hatte, ans Ohr hielt und tief in den Worten ihrer Mutter versunken war. In ihren Augen glitzerten Tränen. Als sie die Nachricht zu Ende gehört hatte, ging sie in die Knie und drückte den schwarzen Würfel fest an ihre Brust. Loyd ging neben ihr in die Hocke und streichelte ihren Nacken.

»Loyd, ich bin nicht traurig«, versicherte sie ihm und wischte sich die Tränen aus dem Gesicht.

»Häh«, machte Loyd verwirrt. »Was bist du dann?«

*»Erleichtert und stinksauer«,* und mit diesen Worten stand sie abrupt wieder auf den Beinen. Das passte irgendwie nicht zusammen, dachte Loyd und richtete sich ebenfalls auf.

»Sie hat sich der Blausternengemeinschaft angeschlossen und ist nach Blausternenwald gepilgert.«

»Was? Sie hat sich dieser Sekte angeschlossen?«, argwöhnte Loyd mit zusammengekniffenen Augen. »Und du bist sicher, dass die Lichtmail von ihr stammt?«

»Ja, es ist ihre Stimme; ein Abschiedsbrief«, erklärte Naomi.

Lux kam eben ins Wohnzimmer zurück. »Habe die Suppe noch retten können. Wir haben nur ein paar angebrannte Auberginenstückchen als Verlust zu beklagen. Naomi – alles in Ordnung mit dir?« Lux ging auf sie zu und schloss sie unbeirrt in die Arme.

»Danke. Mir geht es gut – ich bin zwar ziemlich wütend, aber auch erleichtert. Papa hat es die ganze Zeit über nicht zustande gebracht, mir den Brief zu überreichen. Er ist ganz einfach zu feige dazu gewesen. In der Nachricht sagt Mama, sie habe ihr Leben selbst in die Hand genommen und sich der Blausternengemeinschaft angeschlossen. Das ist, wie ihr bestimmt wisst, eine religiöse Gruppierung, die sich in der frühen Neuzeit gebildet hat. Die Mitglieder leben nach strikten moralischen Maßstäben und suchen während jahrelanger Pilgerreisen nach der ›Tugend des Lebens‹. Mama erklärt, sie habe sich in den letzten Jahren wie ein Schatten in der Gesellschaft gefühlt. Alles, was ihr noch wichtig gewesen ist, sei ich gewesen. Als ich fortgezogen bin, habe sie eine schwere Depression schier in den Wahnsinn getrieben. Papa sei nie zu Hause gewesen und ihre Freunde habe sie auch alle verloren. Irgendwann habe sie jemanden der Blausternengemeinschaft kennengelernt, der sie auf eine lange Pilgerreise einlud. Sie hat sich den Reisenden angeschlossen und ist mit ihnen nach Blausternenwald aufgebrochen. Das ist alles.«

»Blausternengemeinschaft – das sind doch diese komischen Käuze mit den Kapuzen, die im Geschwärzten Zentrum herumschleichen und nach alten Schreinen suchen«, erinnerte sich Lux plötzlich.

Bei diesen Worten klingelte es in Loyds Gedächtnis. »Was hast du da gerade gesagt? Kapuzengestalten, die im Zentrum unterwegs sind? Ich glaube, ein paar von denen sind wir kürzlich im Wald von Otamon begegnet.«

»Das kann gut sein«, sagte Lux, während die drei durch die Hausmitte auf die Küchentür zuschritten. »Auf meinen vielen Touren habe ich diese Kapuzenträger schon einige Male angetroffen. Einmal haben Professor Sakoora und ich bei einem Unwetter unter dem Dach eines alten Blausternenschreins Unterschlupf gesucht, als eine Gruppe dieser Pilger auftauchte und uns fragte, ob sie das Gewitter mit uns aussitzen dürften. Sie jagten uns zuerst einen Heidenschreck ein, aber es stellte sich bald heraus, dass sie zu dieser Blausternengemeinschaft gehörten und nichts Böses im Sinne führten. Ich kann mich noch gut erinnern, wie sie uns rieten, dringendst nach der Tugend des Lebens zu suchen ...«

»Ständig versuchen religiöse Gruppen, einen zu bekehren«, warf Loyd verärgert ein.

»Lass die Leute doch glauben, was sie wollen. Das ist jetzt ohnehin nicht der Punkt. Bitte, erzähl weiter«, bewegte Naomi Lux dazu, seine ungewöhnliche Beobachtung zu konkretisieren, während alle am Esstisch Platz nahmen.

»Als das Gewitter vorbei war, begleiteten wir sie ein Stück weit, da wir die gleiche Richtung einschlagen wollten. Nach einer

Weile kam im Schreingelände zwischen mehreren mächtigen, alten Bäumen eine riesige, von Moos umwucherte Steintafel zum Vorschein, auf der ein paar Verse geschrieben standen. Die Pilger berichteten, auf dieser Tafel sei der Schlüssel beschrieben, der den Weg nach Blausternenwald eröffne. Professor Sakoora und ich unterhielten uns noch lange über den Inhalt des Rätsels, konnten es aber nicht abschließend lösen. Wie ging es nochmals …« Lux begann die Verse bruchstückhaft vorzutragen:

*»Dem Tugendzug folge jener, der sich auf die Reise wagt, auch ohne Hoffnung nicht verzagt und immerzu die Sterne fragt*

*Folge der Tugend, der Tugend im Westen, dem Sehnen nach Einheit, das Los Dich wird testen*

*Folge der Tugend, der Tugend im Süden, dem Verlangen nach Muße, wegloses Ermüden*

*Folge der Tugend, der Tugend im Osten, dem Dürsten nach Glauben, die Gleise am Rosten*

*Folge der Tugend, der Tugend des Nordens, dem Streben nach Wissen, dem Sternbild des Ordens*

*Dies war Baos letzter Wille, Lailac weiß es in der Stille«.*

»Ich glaube so ungefähr hat es gelautet. Soweit mir bekannt ist, gibt es in jeder Präfektur einen Ort mit dem Namen ›Tugendzug‹, was bei den Pilgern angeblich für ziemliches Kopfzerbrechen sorgt«, fügte Lux dem Gedicht an.

In Loyds Kopf wütete ein Sturm von Erkenntnissen. ›Lailac weiß es in der Stille‹, hatte Lux gesagt. Wenn er sich recht besann, stand auf dem berühmten Lailac-Denkmal, welches auf dem Platz der Stille vor dem Hauptgebäude der HHF aufgestellt war, eingraviert: ›Die Tugend liegt im Norden‹. Das hieße ja, dass der Tugendzug im Norden wohl der richtige sein musste. Aber was genau der Begriff: ›die Tugend im Norden‹, darstellte, war ihm stets ein Rätsel gewesen, wobei er sich auch nie wirklich Gedanken darüber gemacht hatte. Doch nun fiel es ihm wie Schuppen von den Augen. »Lux, du hast gestern Morgen im Schlaf etwas von einem Tugendzug gemurmelt. Es hat sich so angehört, als würdest du dich mit Professor Sakoora darüber unterhalten.«

»Wirklich?« Lux machte ein verdutztes Gesicht. »Hm – ich glaube, wir kamen damals zum Schluss, dass der Tugendzug eine alte, verrostete Gleislinie sein könnte, die am Sonnenloch ›Kranenturm‹ vorbeiführt und sich in den Tiefen des Sternenwalds verliert. Wenn man diesen Gleisen folgt, kommt man zum Blausternenwald.«

»Leider falsch«, flötete Loyd in gespielter Überheblichkeit. »Beim Tugendzug handelt es sich wohl eher um ein Sternbild über dem nördlichen Sternenwald.«

»Du willst mich auf den Arm nehmen, stimmt's?«, grinste ihn Lux an. »Ich habe dich durchschaut. Das mit den rostigen Gleisen war nämlich Professor Sakooras Idee. Mir kam der Begriff aber anderswo her bekannt vor. Ich hatte ihn nämlich schon einmal in einem Astronomie-Kurs an der HWE gehört. Es gibt ein Sternbild im Norden Lichterlohs, welches als ›Tugendzug‹ bekannt ist.«

»Verdammt, jetzt bist du mir doch noch auf die Schliche gekommen«, gab Loyd feixend zu und erzählte den anderen von der berühmten Inschrift auf Lailacs Denkmal und den Satzfragmenten von Lux' Schlafrede. Mit der Erkenntnis, dass der richtige Tugendzug im Norden liegen musste und tatsächlich ein Sternbild darstellte, hatten sie das Rätsel offenbar geknackt, wurde es Loyd bewusst.

»Boah, nicht übel«, sagte Lux begeistert und klopfte sich dabei selbst auf die Schulter. »Jetzt wissen wir zumindest theoretisch, welcher Fährte wir folgen müssten, um den Blausternenwald zu finden. Das nenne ich mal Teamarbeit.«

Naomi ließ einen erleichterten Seufzer vernehmen und atmete tief durch. »Wenn Mama wirklich mit diesen Pilgern mitgegangen ist, sind sie vielleicht diesem Sternbild gefolgt und unter Umständen noch am Leben. Das würde auch erklären, weshalb ich ihr keine Lichtmail senden kann, da sie sich womöglich außerhalb des Lichtnetzes der himmlischen Scheiben aufhält. Weiß man denn, wie weit dieser Blausternenwald vom Laternenwald entfernt liegt?«, wandte sie sich an Lux.

»Keine Ahnung. Anscheinend kommt man da nur hin, wenn man das Rätsel löst und dem richtigen ›Tugendzug‹ folgt. Die Reise dorthin soll angeblich ungeheuer lang sein. Laut den Kapuzenleuten, die wir antrafen, verfolgen die meisten Anhänger aber eine falsche Fährte und landen irgendwo in den Tiefen des Sternenwalds, wo sie entweder sterben oder in der Nähe von Sonnenlöchern neue Siedlungen aufbauen.« Lux sah Naomi plötzlich mit bedrückter Miene an. »Es heißt, es sei schon seit vielen Jahrhunderten niemand mehr aus Blausternenwald zurückgekehrt – also, bitte geh dort nicht hin, ja? Wir sind doch gerade erst wahre Freunde geworden«, flehte Lux und umschloss Naomis Hand mit seinen Händen.

»Glaub mir, von diesem Gedanken bin ich weit entfernt. Wir haben unsere eigenen Probleme, die wir lösen müssen. Allerdings sollten wir nun besprechen, wie es mit uns weitergehen soll. Die Regierung von Solaspitz müssen wir wohl nicht mehr warnen und Anker ist ohnehin auf dem Weg nach Atlas.«

»Leute, glaubt ihr wirklich, Anker weiß, wo der Unlichtschlüssel versteckt ist?« Loyd verschränkte die Arme. »Die Geschichte klingt mir eher nach einem Vorwand, um die Stadtjuwelen in die Hände zu kriegen. Bestimmt hat er bei der Präsidentin nur Erfolg gehabt, weil er Kelis vierfingrige Hand zur Schau gestellt hat. Mit Keli an der Seite und dem Fokus auf dieser alten Legende aus der Blausternenschrift, muss es ein Leichtes gewesen sein, sie um den Finger zu wickeln.«

»Schon möglich. Wenigstens ist jetzt klar, dass Anker hinter dem Diebstahl des Stadtjuwels von Wesenend steckt. Wollen wir das dem Fürsten lichtmailen?«, schlug Naomi vor.

»Ich habe noch keine Rückmeldung auf meine letzte Nachricht erhalten. Ich teile es ihm mit, sobald er geantwortet hat«, sagte Lux und ging hinüber zum Herd. »Essen wir zuerst mal etwas. Mit vollem Magen zieht man die besten Schlüsse.«

Lux hatte eine Art Kürbiseintopf zubereitet. Sie bestreuten die qualmenden Teller mit Mandelkäsebröckchen und schaufelten sich die Sommergemüsehappen mit knusprigen Gipfelbrötchen in ihre hungrigen Münder. Loyd schmeckte es ausgezeichnet. Während sie aßen, wurde am Tisch diskutiert, wie ihre nächsten Schritte aussehen würden.

»Offenbar sind die Schmelzköpfe dabei, aus Lichterloh abzuziehen. Soll ich Anker mailen, ob wir uns nach ihrem Besuch in

Atlas in Lichterloh treffen sollen?«, schlug Loyd schmatzend vor.

»Du kannst es versuchen, aber ich bezweifle, dass wir eine zufriedenstellende Antwort zurückerhalten werden. Ich denke, er hat sich für einen Weg entschieden, dem Unlicht zu trotzen, der nicht bei allen auf Zuspruch stoßen würde. Er will wahrscheinlich nicht, dass wir ihm bei seinem Versuch, die Welt zu retten, in die Quere kommen. Was gäbe es sonst für einen Grund für seine Distanzierung von uns?«, erörterte Naomi mit sichtlichem Appetit. »Aber ich kann dir versichern«, fügte sie rasch hinzu, als sie Loyds besorgtes Gesicht sah und ließ den Löffel sinken, »Keli kann mit Anker an der Seite nichts passieren.«

»Deine Schwester, Keli – warum mailt nicht sie wenigstens dir von Zeit zu Zeit, um dich auf dem Laufenden zu halten? Ihr seid doch Geschwister, oder etwa nicht?«, stellte Lux in vorsichtigem Tonfall fest.

Loyd war sich bewusst, dass Lux noch kaum etwas über das Verhältnis zwischen den vier ursprünglichen Teamkollegen wusste. »Das ist so eine Sache«, begann er zögernd und erzählte Lux dann vom zusammenbrechenden Gletscher über ihrer Frierhütte und wie er Keli durch die Eistunnel in die Bergtalrutsche bugsiert hatte. »Sie wirft mir seither vor, es wäre besser gewesen, wir wären mit unseren Eltern zusammen untergegangen, als dass wir zwei noch lebten«, ereiferte Loyd sich finster und legte seinen Löffel unsanft auf den Tellerrand ab.

»Vermutlich kann sie sich einfach noch nicht in deine Lage hineinversetzen«, sprach Naomi ihre Vermutung aus, während sie sich ein wenig Suppe nachschöpfte. »Es braucht Zeit, ein solches Erlebnis zu verarbeiten und die Hintergründe für deine Entscheidungen richtig zu deuten. Was euch widerfahren ist, hat ein schlimmes Trauma in euren Seelen hinterlassen. Aber vergiss nicht: Anker hat doch erwähnt, es gäbe einen Weg, deine Eltern und vielleicht auch andere Dorfbewohner aus dem Sonnenloch zu bergen. Spätestens, wenn ihr sie wieder wohlauf zurückhabt, wird Keli sich mit dir versöhnen – ganz bestimmt«, versuchte sie Loyd zu ermutigen, doch dieser kniff gequält die Augen zusammen.

»Inzwischen glaube ich, er hat das damals nur gesagt, um uns dazu zu animieren, ihn nach Kael zu begleiten. Ich finde die ganze Sache ohnehin verdächtig. Er war so erpicht darauf, Keli mitzunehmen, und dann tauchen sie einfach ab. Da ist doch was faul, ey!« Loyds Stimmung verschlechterte sich von Sekunde zu Sekunde.

»Ich kann dir auch nicht sagen, was los ist, aber wir müssen darauf vertrauen, dass Anker das Unlicht unter Kontrolle zu bringen vermag. Vielleicht hat er tatsächlich eine Art Theorie, wie sie den Kaelischen Index in die Finger kriegen können.«

»Redet ihr eigentlich von *dem* Unlichtschlüssel, mit dessen Hilfe man das Unlicht beherrschen können soll? Ich dachte immer, das wäre ein Märchen«, warf Lux kleinlaut ein.

»Es ist eine Legende«, berichtigte ihn Naomi, die ihren zweiten Teller leergegessen hatte und ihn nun hinüber zum Spülbecken trug. »Eine Legende und ein Rätsel; daran haben sich schon die gescheitesten Wissenschaftler im ganzen Laternenwald die Zähne ausgebissen. Es gab etliche Versuche, ihn in Lichterloh zu finden. Man geht davon aus, Urvater Lailac Mondstein – der Gründer der Hochschule von Herbstfeld – habe ihn als Erster und Letzter verwahrt. Auch die Unlichtbändiger waren wild entschlossen, den Index zu finden und das Unlicht unschädlich zu machen. Aber man hat ihn nie gefunden.«

»Wie gelangt Anker ausgerechnet zum jetzigen Zeitpunkt an Informationen, die aufzeigen sollen, wo der verschollene Index versteckt liegt? Das ist doch mehr als nur merkwürdig«, wütete Loyd und knallte seinen Teller in das Spülbecken. An dieser Stelle konnte er seine Gedanken nicht länger zurückhalten und erzählte Naomi und Lux von seiner Vermutung, die er seit der Begegnung mit der Fürstin von Nihilis hegte: »Wisst ihr, was ich denke? Ich glaube, der Diktator von Atlas, Zierzon, könnte etwas mit dem Ganzen zu tun haben. Was, wenn er die Schmelzköpfe dazu angestiftet hat, in Lichterloh einen Anschlag zu verüben, um den Unlichtschlüssel im Durcheinander aufzuspüren und ihn auch tatsächlich gefunden hat? Was, wenn er nun die Schmelzköpfe in Kael im Unlicht ersaufen lässt, um noch mehr davon für sich herzustellen? Sowas hat die Fürstin doch angedeutet. Vielleicht denkt Anker, er könne Zierzon die Juwelen anbieten und dieser händige ihm im Gegenzug den Index aus.«

Naomi hörte Loyds Worten mit argwöhnischer Miene zu. Als er geendet hatte, sagte sie: »Ich weiß nicht recht. Woher hätte Zierzon denn wissen sollen, wo genau in Lichterloh der Index versteckt war? Übrigens hat die rasche Ausbreitung des Unlichts bereits vor dem letzten Anschlag auf Lichterloh angefangen, also passt es zeitlich auch gar nicht zu deiner These. Und wenn Zierzon den Schlüssel wirklich gefunden hätte, würde er ihn auch für nichts auf der Welt wieder hergeben, auch nicht für alle vier Stadtjuwelen. Außerdem ist Zierzon kein Unlichtbändiger; er könnte den Index also gar nicht verwenden.«

»Aber wer könnte es denn sonst sein? Die Fürstin hat doch gesagt, die einzig logische Erklärung für die Zunahme des Unlichts sei dessen Nährung durch ›Fleisch und Seele‹ und dass entweder jemand dahinterstecke, der lebensmüde ist und den Laternenwald untergehen sehen will, oder jemand, der den Index bereits gefunden hat und beabsichtigt, noch mehr Unlicht zugunsten seiner Macht herzustellen. Kann natürlich sein, dass die Fürstin gelogen hat und nicht Zierzon der Schuldige ist, sondern doch das Fürstentum selbst dahintersteckt«, versuchte Loyd seine Gedanken zu ordnen.

»Ich kann euch versichern, Nihilis hat dieses Mal nichts mit der Unlichtvermehrung am Hut. Dafür lege ich die Hand ins Feuer«, betonte Lux, der nun dabei war, das Geschirr abzuwaschen. »Ich tippe eher darauf, dass die Ausbreitung etwas mit den Forschern aus dem Adelgrund zu tun hat, die wir hinter der Station 1 belauscht haben. Warum waren diese Typen und die Schmelzfront denn sonst im Zentrum? Niemand geht dort freiwillig rein.«

*Da hat Lux wohl recht,* dachte Loyd verzweifelt. Die Forscher aus dem Adelgrund mussten irgendwie in die Vorfälle im Zentrum verstrickt sein. Angenommen, es hatte sich bei jener Dirigentin des Adelgrunds in der Forschungsstation 1 tatsächlich um Ankers Professorenkollegin gehandelt, wie lange hatte sie die Station zum Zeitpunkt, als Naomi und er sie auf der Flucht vor den Schmelzköpfen entdeckt hatten, schon besetzt? Dem Anschein nach waren sie und ihr Gefolge schon seit einiger Zeit dort gewesen. Es stellte sich zudem die Frage: Was war mit Professor Simimund geschehen, und wann und wo war er gestorben? Gemäß Anker sollte er ja in der Station 1 auf sie gewartet und sich angeblich per Lichtmail bis kurz vor ihrem Aufbruch zu Nummer 1 mit ihm ausgetauscht haben. Hatte Anker etwa gelogen? Wenn die Station schon länger besetzt gewesen war, hieße dies nicht, dass

Simimund wahrscheinlich schon viel länger tot gewesen war? Das war alles sehr verdächtig. Hinzu kam: Mit wem hatte sich Anker in seinem Wohnbereich der Station 2 ausgetauscht, als Loyd an seiner Tür gelauscht hatte. Konnte es denn sein, dass Anker doch irgendwie in die Sache verwickelt war …

»Wir bewegen uns hier auf einem Grat von Spekulationen«, sagte Naomi plötzlich streng. »Es bringt uns nicht weiter, herumzurätseln, wer hinter den Machenschaften in Kael stecken könnte und aus welchem Grund. Momentan haben wir ohnehin keinen Einfluss auf das Geschehen.«

Alle drei schwiegen. Nur das Plätschern des Wassers und das Geräusch des Schwamms, der über die schmutzigen Teller fegte, war für eine Weile zu hören.

»Anker und Keli werden jetzt wohl erst einmal weiterreisen, um sich die übrigen Stadtjuwelen zu beschaffen. Am besten, wir schlafen eine Nacht darüber, fahren morgen früh verkleidet und vermummt mit der Bahn nach Lichterloh, erzählen dem Rektor der HHF, Professor Lohenhertz, was geschehen ist und fragen ihn nach seinem Rat«, schlug Naomi ihre Arme reckend vor.

Loyd sah verzweifelt aus. Er wusste einmal mehr nicht, welchen Weg er einschlagen sollte. Was war in ihrer Situation die richtige Entscheidung? Er fühlte sich unglaublich hilflos, hintergangen und betrogen. Er war sich nicht sicher, ob es klug war, seinen neu geschöpften Verdacht in gedanklicher Zwiesprache zu erörtern. Nein, es konnte nicht sein. Anker hatte gewiss nichts mit dem Ganzen zu tun – oder etwa doch? Anker war der erfolgreichste Unlichtforscher der Moderne. Wenn es jemandem gelingen konnte, den verschollenen Index zu finden, dann ihm. Auch die Beziehungen standen ihm offen, die es ihm ermöglicht hätten, große Mengen an verwahrlosten Straßengangstern ins Zentrum zu locken und sie im Unlicht verenden zu lassen – und dennoch. Anker war doch kein Mörder – und was hätte er davon, den Index zu finden? Gewiss, er konnte ihn Keli aushändigen, aber er selbst war kein Unlichtbändiger und konnte den Finger daher auch nicht verwenden. Oder irrte er sich da etwa? Vielleicht war es sein Plan, Keli die ganze Macht des Unlichts zugänglich zu machen und sie danach weiterhin seinen Zwecken entsprechend zu manipulieren. Am liebsten hätte Loyd sich ein Paar Solaflügel zugelegt und wäre Anker nachgeflogen, um ihn zu stellen und seine Absichten aus ihm herauszupressen. Aber er wusste, dass dies aus finanziellen und gesetzlichen Gründen unmöglich war.

An diesem Abend fand Loyd kaum Schlaf. Nun, da er eine Uhr besaß, war ihm stets bewusst, wie wenig Zeit ihm noch zum Ruhen blieb, und es wurde jedes Mal, wenn er auf das Zifferblatt blickte, weniger. Es war sowohl ein Segen als auch ein Fluch, wenn man die Zeit mit sich trug. Stets wurde einem in Erinnerung gerufen, wie Sekunde um Sekunde der eigenen Lebensspanne verrann. Die in der Nacht glimmenden Zeiger wollten und wollten nicht aufhören, ihm den Morgen näher zu bringen, als er dann endlich – während bereits die ersten bunten Lichtstrahlen ins Zimmer krochen – in den gefühlt kürzesten Schlaf seines Lebens fiel.

Minuten später wurde er von einem bekannten Geräusch geweckt. Es war Naomis Vater, der wohl im Glauben, die Gruppe wäre abgereist, die Balkontür ohne Rücksicht auf- und zugeschlagen hatte. Beruth schlurfte durch die Wohnungsmitte und bog in die Küche ein. Loyds Uhrzeiger verkündeten eine unmenschliche Zeit, von der Arbeit nach Hause zu kommen: Es war halb fünf.

Loyd war so verärgert, schon wieder wach zu sein, dass er sich sicher war, kein weiteres Mal einschlafen zu können. Er stand auf. Naomi und Lux schliefen wie gewohnt im selben Bett und schienen, ungleich Loyd, in den Tiefschlaf gefunden zu haben. Loyd torkelte missgelaunt an den beiden vorbei und begab sich hinaus in die Hausmitte. Er wollte sich kurz mit Beruth über die Zugverbindung nach Lichterloh unterhalten.

»Guten Morgen«, grüßte Loyd im Türrahmen der Küche stehend. Beruth erschrak und verschüttete einige Tropfen Kaffee auf dem Esstisch.

»Oh – hallo, Herr Lanthorn. Ich dachte, Sie wären bereits abgereist.«

»Wir unterhielten uns gestern Abend noch lange und haben uns entschieden, erst heute früh aufzubrechen.«

»Verstehe«, erwiderte Beruth und wandte sich mit dem Kaffee in der Hand zum weiten Esszimmerfenster. Er blickte mit erschlafften Schultern dem bedeckten Himmel entgegen, wo bereits die ersten Pendler ihren morgendlichen Ausflug unternahmen.

»Zurzeit ist es unglaublich – so viele Überstunden habe ich in meinem ganzen Leben noch nicht gemacht. Aber es muss sein. Ein Land und sein Volk schlafen nie, und so darf auch die Regierung nie schlafen«, versuchte Beruth seine chronische Erschöpfung schönzureden und nahm einen tiefen Schluck Kaffee.

Draußen schien ein Sturm aufzuziehen. Der Boden unter Loyds Füßen schwankte merklich hin und her. Wind und Regen begannen, am Pilzhut hörbar ihr Unwesen zu treiben. Loyd setzte sich auf einen Stuhl und Beruth schenkte ihm eine Tasse Kaffee ein.

»Heute Nacht war es besonders übel – vielleicht haben Sie

schon davon gehört?« Beruth zögerte, bis Loyd die Tasse wieder vom Mund entfernt hatte.

»Was war denn los?«, wollte Loyd, in dessen Magen sich jäh ein flaues Gefühl breitmachte, wissen.

»Für die Wirtschaft ein Graus, kann ich Ihnen sagen. Der Fürst von Nihilis – er wurde ermordet.«

Loyds riss seine Augen schlagartig weit auf. Das durfte doch nicht wahr sein. Lux hatte erst gerade seine beste Freundin verloren – nicht auch das noch. Dazu kam: Lux' Vater war eine der wenigen Personen gewesen, die sie als ihre ansprechbaren Verbündeten betrachten konnten.

»Sind Sie sicher?«, zischte Loyd aufgebracht.

»Freilich. Wir haben die Botschaft direkt vom Bunten Rat aus Wesenend erhalten. Sie ist hundert Prozent authentisch.«

Loyd fasste sich grob an die Stirn. Wie würde Lux auf die Neuigkeit reagieren? Was taten sie nun? »Weiß man, wer es getan hat?«

»Erste Gerüchte beziehen sich auf den engeren Familienkreis. Die Fürstin selbst soll mitverantwortlich sein. Kein Wunder, wenn Sie mich fragen. Bei solchen Moralvorstellungen war das bloß eine Frage der Zeit. Aber, dass es ausgerechnet jetzt geschieht, wo wir sonst schon Scherereien mit der Schmelzfront in Lichterloh und dem heranquellenden Unlicht um die Ohren haben.«

»Die Schmelzfront ist aber endgültig aus Lichterloh abgezogen, oder?«, vergewisserte sich Loyd rasch.

»Die Züge fahren zwar wieder, aber den Kontakt zur Regierung haben wir noch nicht wiederherstellen können. Ich, jedenfalls, würde zurzeit nicht dorthin reisen, auf keinen Fall. So, Herr Lanthorn«, sagte Beruth und erhob sich, »ich muss in ein paar

Stunden wieder raus. Ich werde mich nun hinlegen.«

»Vielen Dank für die Informationen und dafür, dass wir uns bei Ihnen einquartieren durften. Schlafen Sie gut«, bedankte sich Loyd und nickte seinem Gastgeber zum Abschied respektvoll zu.

Beruth winkte müde und verschwand in seinem Zimmer, während Loyd gedankenversunken an seinem Kaffee schlürfte. Der Fürst – tot – was für ein Chaos. Es ging wirklich alles drunter und drüber. Da hatte doch Naomi erst am Vorabend von ihrer verschollenen Mutter erfahren und jetzt war Lux' Vater unerwartet verschieden. Was war da draußen los? Während sie von einem Drama nach dem anderen heimgesucht wurden, beherrschten Mord und Totschlag die Welt. Vielleicht war das sich vermehrende Unlicht ganz einfach das Ergebnis des zunehmenden Hasses und Grolls, welche das Volk beherrschten.

Die Sache mit dem Fürsten würde die ganze Mission noch einmal erschweren, wenn nicht sogar komplett aufhalten. Verschweigen konnte er es Lux gegenüber aber nicht. Er würde es früher oder später selbst herausfinden.

Ein Geräusch ließ seinen Kopf nach hinten schnellen. Es war Lux, der mit fest um seinen Oberkörper geschlungenen Armen in einem farblich gut zu seinem hellbraunen Haar passenden Schlafgewand im Türrahmen der Küche stand.

»Äh – Lux, schon wach?«, bemerkte Loyd überrumpelt von seinem Erscheinen.

»Ich habe mitgehört. Das Zuschlagen der Balkontür hat mich aufgeweckt, dann habe ich Naomis Vater sprechen hören.«

Loyd wusste nicht, was er sagen sollte und schwieg. Lux ging am grünen Tisch vorbei, hob eine Tasse aus dem Küchenschrank und schenkte sich Kaffee ein. Dann setzte er sich mit undefinierbarer Miene vor Loyd hin.

»Ich werde euch nicht behindern, ich werde auch nicht herumflennen, denn ich bin mit euch mitgekommen, um euch auf eurer Mission zu unterstützen«, meinte er mit zittriger Stimme.

Loyd sah Lux von der Seite her an. Er war sich nicht sicher, was in dessen Seele vorging. Vielleicht dachte er, Trauer und Tränen zurückzuhalten, hätte etwas mit Männlichkeit zu tun.

»Es ist nicht gut, seine Gefühle zu unterdrücken. Auch ich weine, wenn ich traurig bin – wenn auch nicht vor anderen«, erklärte Loyd weise. »Es ist mir einfach zu peinlich, weißt du – und Mitleid von anderen kann mir auch gestohlen bleiben. Aber zu trauern, wenn etwas Schlimmes passiert ist, ist richtig. Es ist ein Ritual, dass die Seele durchwandern muss, um die in ihr entstandene Wunde wahrzunehmen und zu heilen.«

»Wann hast du denn das letzte Mal geweint?«, fragte Lux mit immer noch leicht bebender Stimme.

»Die Frage geht zu weit«, versuchte Loyd der Antwort zu entgehen. Er musste unweigerlich grinsen.

»Sag bloß, du heulst ständig rum«, provozierte ihn Lux, der dabei verschmitzt schmunzelte.

Loyd machte eine abweisende Handbewegung, begann dann aber trotzdem zu erzählen: »Gestern Abend habe ich an meine Familie denken müssen – im Bad. Da hat es mich einfach übermannt. Es schien mir der beste Ort zu sein, mich meiner Trauer zu öffnen, sie gehen zu lassen und neuen Mut zu schöpfen. Denn das Bad behält alle Geheimnisse für sich – auch verschüttete Tränen nimmt es schweigend mit in den Abfluss.«

Lux sah erstaunt aus. »Das habe ich nicht gewusst. Tut mir leid. Ich habe mich schon einige Male gefragt, was dir deine Eltern bedeuten.« Er sah Loyd forschend in die Augen. »Ich bin zwar schockiert darüber, was geschehen ist, aber ich empfinde keine Trauer, wenn ich an den Tod meines Vaters denke. Ich schäme mich ein wenig für diese Empfindungslosigkeit, doch ich teile keine glücklichen Erinnerungen mit ihm, obwohl er im Grunde kein schlechtes Menschenwesen ist – ich meine war. Aber er hat sich nicht für mich eingesetzt, als meine Not am größten war. Ich weiß nicht, ob ich meinen Eltern je verzeihen kann.«

Loyd konnte Lux' Blick nicht standhalten und sah aus dem Fenster hinter ihm, wo nun unheimliche Gewitterwolkenschleier vorbeizogen. Sie befanden sich augenscheinlich gerade inmitten einer Unwetterzelle. Es blitzte.

»Ich habe es meistens gut gehabt bei meinen Eltern. Ich hätte sie dir gerne vorgestellt.« Ein Donnergrollen. Loyd sprach lauter: »Sie hätten dich gemocht und mit Fragen über das Leben in Nihilis gelöchert. Sie sind sehr gutmütige Leute gewesen, musst du wissen.« Er versuchte, seinen Blick wieder mit Lux' blauen Augen zu verbinden.

»Ich würde sie gerne kennenlernen. Auch deine Schwester und deine Verwandten und Bekannten aus Hildenberge. Bitte sprich von ihnen nicht so, als würden sie nicht mehr existieren. Ich bin mir sicher, deine Eltern sind noch immer irgendwo da draußen, ob in physischer Form oder nicht. Danke übrigens für den Tipp mit dem Bad. Werde ich bei Gelegenheit mal ausprobieren.«

Sie tauschten ein verlegenes, sich in die Länge ziehendes Lächeln. Dann waren abermals Schritte hinter Loyd zu hören. Naomi trat aus dem Gästezimmer. Sie gähnte herzhaft und kam mit müden Augen auf sie zugeschlurft.

»Was macht ihr denn so früh in der Küche? Oh, Kaffee!«

Naomi griff nach dem Kaffeekrug, nahm eine Tasse aus dem Geschirrschrank und schenkte sich ein. »Was gibt es besseres, als eine heiße Tasse Kaffee, um einen neuen Tag zu beginnen?«

Loyd und Lux tauschten einen kurzen, verstohlenen Blick.

»Sag du es ihr«, flüsterte Lux ihm über den Tisch zu, als Naomi den Kühlschrank öffnete und darin zu kramen begann.

»Naomi, dein Vater ist vor etwa einer halben Stunde nach Hause gekommen und wir haben uns ein wenig unterhalten«, tastete sich Loyd vorsichtig vor.

Naomis Hände erstarrten. »Und was hat er gesagt? Wenn er dich beauftragt hat, mir eine Entschuldigung auszurichten, musst du gar nicht damit anfangen.«

»Nein, es ging um etwas ganz anderes, etwas, das vor allem Lux betrifft«, erklärte Loyd mit ernstem Gesichtsausdruck.

»Etwas, das Lux betrifft? Sag bloß, er hat herausgefunden, dass Lux ein Prinz –«

»Nein, nein, das ist es nicht«, unterbrach er Naomi. »Wie soll ich es sagen – der Fürst von Nihilis – er ist tot. Er wurde von der Fürstin umgebracht – laut Informationen aus dem Regierungssitz von Solaspitz.«

Naomi fuhr herum. »Nein! Und das ist – sicher?«, keuchte sie mit entsetzter Miene.

»Es scheint so. Ich habe deinen Vater und Loyd reden gehört«, erklärte Lux nun in gleichgültigem Tonfall. »So ist es halt im Fürstenland. Die Leute glauben an ›nichts‹ – da ist ein Tod mehr auch nur eine weitere Zahl, die man mal Null rechnet. So denkt meine kranke Mutter eben.«

Naomi schien gleichermaßen über den plötzlichen Hinschied von Lux' Vater, wie über seine Ungerührtheit bestürzt zu sein.

Schließlich war er sein leiblicher Vater gewesen und hatte ihm den Diplomatenpass organisiert, mit dem er die Welt bereisen konnte.

»Was sollen wir jetzt tun?«, fragte Loyd verunsichert. »Beruth befürchtet, dass Lichterloh womöglich immer noch von den Schmelzköpfen besetzt sein könnte und meinte, dass es keine gute Idee wäre, jetzt dorthin zu reisen, obwohl die Züge wieder fahren.«

Naomi setzte sich an den Küchentisch und machte einen völlig konsternierten Eindruck. Sie nahm geistesabwesend einen Schluck Kaffee. »Meine Güte – was ist nur in die Welt gefahren«, stöhnte sie mit glasigen Augen.

»Wenn wir nicht nach Lichterloh weiterreisen können, bleibt ja eigentlich nur noch Atlas übrig, oder?«, folgerte Lux nach einer Weile.

»Stimmt, aber wie gelangen wir dort hin?«, fragte Loyd rasch, der insgeheim hoffte, in die Nähe von Anker und Keli zu gelangen. »Atlas liegt auf der gegenüberliegenden Seite Kaels und ist nur über Wesenend oder Lichterloh erreichbar. Nur würden sie uns in Wesenend wegen des Verdachts, das Stadtjuwel gestohlen zu haben, auf der Stelle verhaften, während eine Armee von nihilischen Auftragskillern nur darauf wartet, dass wir uns in der Öffentlichkeit blicken lassen. In Lichterloh hingegen würden die Schmelzfrontler uns womöglich aufgreifen und ausknipsen. Und wenn wir hier warten, wird das Unlicht sich ausbreiten, ohne dass die Regierung von Atlas gewarnt worden wäre.«

»Ganz ehrlich – ich glaube nicht, dass es jetzt noch in unserem Aufgabenbereich liegt, Atlas zu alarmieren – staatliche Mission hin oder her«, erwiderte Naomi, die aufstand und zur finsteren Wolkendecke jenseits der Fensterscheibe hinausblickte. Ein weiterer Blitz zuckte über das Himmelsdach. Nur Augenblicke später ließ ein ohrenbetäubender Donnerschlag das Pilzhaus erbeben.

»Unser Anführer hat sich von uns abgesetzt und wird vermutlich ohnehin nach Atlas und Lichterloh reisen. Wie Lux uns gestern in Erinnerung gerufen hat, ist unsere Station 1 durch hochrangige Forscher aus dem Adelgrund besetzt gewesen. Da war sowieso etwas ganz und gar nicht normal. Ich bezweifle ernsthaft, dass der Atlassische Sonnenrat noch von uns unterrichtet werden muss. Und vergiss nicht: Anker hat uns durch Keli mitteilen lassen, dass er den Regierungsrat von Lichterloh in Kenntnis setzt. Auch Solaspitz ist unterdessen informiert. Weshalb er uns überhaupt mit diesem Auftrag betraut hat, ist mir ein Rätsel, wenn er hinterher die ganze Arbeit ohnehin selbst verrichtet. Ich denke, wir haben getan, was wir konnten.«

»Da ist etwas Wahres dran. Schlussendlich bleibt die Frage: Haben wir unsere Pflichten erfüllt oder nicht?«, gab Loyd grimmig zurück und belagerte Naomis noch warmen Stuhl mit seinen Füßen. Schwerer Regen peitschte gegen das Pilzdach. »Um unsere Mission abzuschließen, müssten wir den Untersuchungsbericht mit den von uns zusammengetragenen Daten dem Regierungsrat von Lichterloh abgeben. Wenn Anker dies nicht tut, würde die Verantwortung dafür uns zufallen. Wenn sich herausstellt, dass wir nichts unternommen haben, um Alarm zu schlagen, wird man uns sogar noch eine Strafe für Verrat und Amtsverweigerung dafür anhängen und von der Uni schmeißen.«

»Loyd, wenn der Laternenwald vom Unlicht verschluckt wird, musst du dir keine Gedanken über mögliche Sanktionen mehr machen. Das hier hat nichts mehr mit unserer Mission zu tun. Es geht nur noch darum, was getan werden kann, um den potentiellen

Schaden, der vom Unlicht ausgeht, zu mindern. Anker ist irgendwo da draußen und hat vielleicht einen Ansatz eines Plans, um etwas zu bewirken. So, wie sich die Sachlage gegenwärtig darstellt, müssen wir damit rechnen, dass das Unlicht binnen Tagen aus dem Zentrum ausbrechen und beginnen wird, alles zu vernichten, was ihm in die Quere kommt«, entgegnete sie bitter.

»Was schlägst du denn bitte vor? Ich verstehe nicht, worauf du hinauswillst«, platzte es aus Loyd heraus. Wütend stand er auf.

Lux wollte etwas einwenden, doch Naomi trat neben ihn und berührte besänftigend seine Schulter. »Ich denke«, Naomi zögerte eine Weile, um ihre Gedanken in Worte zu fassen, »es ist an der Zeit aufzugeben und von hier zu verschwinden; zu flüchten, und zwar so weit weg von Kael, wie nur möglich. Vielleicht kann Anker noch etwas erreichen, vielleicht aber auch nicht. Wir erstatten Professor Lohenhertz noch Bericht, dann reisen wir zum Sternenwald hoch und lassen uns in einer fernen Forschungsstation nieder. Dort sollten wir auch vor dem Buntblut-Kommando und der Schmelzfront sicher sein.«

Loyd sah Naomi verstört an. Hatte sie eben gesagt, sie sollten aufgeben? War das wirklich ihr voller Ernst – die Welt mit all ihren Wundern und Wesen ihrem fatalen Schicksal zu überlassen?

»Wir können doch jetzt nicht einfach das Handtuch werfen!«, entfuhr es Loyd voller Entrüstung. »Vielleicht gibt es noch Hoffnung und andere Forscher sind dabei, eine Antwort auf die vielen offenen Fragen zu erarbeiten. Wir wissen nicht einmal, warum es genau passiert und weshalb so viele verhängnisvolle Ereignisse in solch kurzem Zeitraum vorgefallen sind«, fauchte er und sah seine Teammitglieder abwechselnd an, wobei diese nur ratlos zurückstarrten. Loyd hielt es nicht mehr aus. Dieses hilflose Getue – diese

Indifferenz dem Leben und der Existenz gegenüber. Ohne ein weiteres Wort zu verlieren, verließ er die Küche. Er stampfte ins Gästezimmer und warf sich auf eine Matratze auf dem Boden. Schön – wenn die beiden all ihre Motivation verloren hatten, dann konnte er auch nichts mehr daran ändern. Sie besaßen zwar Informationen, mit denen die richtigen Leute vielleicht noch etwas gegen das Unglück ausrichten könnten, aber nein – Lux und Naomi war das schlicht egal. Bitte, dann sollte die Welt doch zugrunde gehen und die gesamte Existenz von einer Welle gähnender Leere verschlungen werden. So könnte er zumindest noch ein paar Stunden Schlaf nachholen, während der Laternenwald sich vom physischen Dasein verabschiedete. Loyd schloss die Augen und sank kurz darauf in tiefen Schlaf.

# QUERFELDEIN IST AUCH EIN WEG

Gefühlte zehn Minuten später wurde Loyds unverhoffte Ruhezeit allerdings erneut von mehreren schockierten Aufschreien unterbunden. Er sprang auf, verhedderte sich mit einem Fuß in einer Schlaufe, die aus einem der Rucksäcke auf dem Boden hing und fiel in hohem Bogen auf die Nase.

»Loyd, komm schnell! Schau dir das an. Schnell-schnell-schnell!«, war Naomis Stimme von der Küche her zu hören. Doch bevor dieser sich die Nase reibend überhaupt wieder auf die Beine hieven konnte, kamen Lux und Naomi auch schon mit völlig aufgelösten Gesichtern ins Schlafzimmer gestürzt. Naomi ließ die Tür hinter sich ins Schloss fallen. Die beiden standen sich wie zwei Verrückte mit perplexen Grimassen gegenüber.

Loyd verstand die Welt nicht mehr. Hatten sie sich möglicherweise an einer geistesbenebelnden Substanz bedient – in einer Verzweiflungstat etwa? Doch er verwarf seinen Verdacht im nächsten Moment wieder, denn die beiden wandten sich nun ihm zu, wobei Lux ihm einen grauen Umschlag hinstreckte, der Loyd bekannt vorkam.

»Wir haben den Brief geöffnet, den Lux' Vater uns mitgegeben hat«, erklärte Naomi stockend und bedeutete Loyd mit einer wedelnden Handbewegung, das Kuvert zu nehmen.

Loyd verstand nicht, worüber man sich so aufregen konnte, wenn man den letzten Willen einer eben verstorbenen Person in Händen hielt. Er zog Lux den Brief mit gerunzelter Stirn aus der Hand und schlug ihn auf. Seine Augen weiteten sich in sichtlichem Schock.

*An meinen Sohn, Lux Nihilis,*

*wenn du diesen Brief liest, wird mein Bewusstsein wahrscheinlich nicht mehr in den Gezeiten des Lebensstroms wandeln. Ich möchte mich so kurz wie möglich fassen. Es gibt drei Punkte, die ich dir mit dieser letzten Nachricht mitteilen möchte. Mir liegt es am Herzen, dass du die Wahrheit erfährst. Dies ist mein letzter Wille:*

*Der erste Punkt betrifft die verstorbene Professorin Kamaleo Sakoora, zu der ich dich vor etwas mehr als drei Jahren geschickt habe, damit du in ihrer Obhut lernst, wie unsere Gesellschaft funktioniert. Kamaleo war eine gute Kollegin von mir, als ich selbst an der Hochschule von Wesenend studierte. Deine Mutter hat meine Entscheidung nie akzeptiert oder gutgeheißen, dich nach Wesenend zu beordern. Nur, indem ich sie glauben machte, uns durch dich neuen Zugang zu Kael zu sichern, konnte ich sie davon überzeugen, dich gehen zu lassen. Jahrelang hat sie dennoch nach deiner Rückkehr getrachtet, bis sie vor zwei Wochen mehrere Buntblüter nach Wesenend einbestellte. Sie nahmen Kamaleo ihr Leben und ließen es wie das Werk der Schmelzfront aussehen, in der Hoffnung, du würdest das Studium abbrechen und ins Fürstenhaus zurückkehren. Ich habe erst Tage nach der Bluttat erfahren, dass Anadol dahintersteckte, als sie dein altes Zimmer neu herrichten und die Kleiderschränke füllen ließ. Als ich sie darauf ansprach, gestand sie mir die Mordtat ohne Weiteres. Allerdings rechtfertigte sie diese mit der Behauptung, einen anonymen Hinweis aus Lichterloh erhalten zu haben, wonach Kamaleo, als weltrenommierte Unlichtforscherin, die interne Sicherheit von Nihilis gefährde, was natürlich voll-*

*kommener Unsinn war.*

*Es tut mir unendlich leid, was passiert ist. Daraufhin habe ich einen Entschluss gefasst und den Diplomatenpass für dich ausstellen lassen. Ich wusste, was geschehen würde, wenn du zurückkämst und wollte dich mit den Flügeln der Freiheit bestücken. Ich bin mir im Klaren, dass deine Mutter mir nie verzeihen wird, wenn sie herausfindet, dass ich dir zur Flucht verholfen habe. Ich rate dir und – mit wem auch immer du nun zusammen sein magst –, euch so weit wie möglich vom Fürstentum zu entfernen. Wenn ich nicht mehr bin, wird ein neues Zeitalter einkehren. Ein neuer Krieg steht bevor: ein Krieg der Verzweiflung, des Nichtglaubens und der verwahrlosenden Lebensethik. Es wird eine morallose Schlacht werden, bei der ich dir nur wünschen kann, dass du weit, weit weg von zu Hause sein wirst. Vielleicht findest du irgendwo in Lichterloh-City Unterschlupf, wo die Leute nicht zu viele Fragen stellen. Wofür auch immer du dich entscheidest, ich wünsche dir viel Glück auf deinem Lebensweg.*

*Beim zweiten Punkt geht es um eine Sache, mit der ich in Gedanken schon lange spiele. Der Brief ist jetzt schon zweimal so lange, wie ich beabsichtigt hatte – entschuldige – ist schon mein fünftes Glas Wein. Wahrscheinlich werde ich im Grab liegen, oder von meiner Gattin den Hundeschweinen verfüttert worden sein, wenn du diese Zeilen liest, aber etwas Erfreuliches darf diese Tatsache doch auch nach sich ziehen. Lux – so nennst du dich heute, nicht wahr? Der Name passt zu dir. Ich hätte dich auch gerne als* den Lux *kennengelernt, aber, wie dem auch sei – nun zu meinem letzten Geniestreich:*

*Vor einiger Zeit habe ich mir ein Szenario ausgedacht, bei dem du vielleicht irgendwann ins Fürstenhaus zurückkehren würdest, ich dir einen Diplomatenpass unterjubeln und dich in die weite Welt hinausschicken würde – genauso wie* es gekommen ist, jetzt, wo du diesen Brief liest. Falls daraufhin meine Gattin es wagen sollte, mich von meinen eigenen Leuten meucheln zu lassen – was leider durchaus im Rahmen des Möglichen liegt – würde das gesamte Vermögen des Fürstenhauses, welches zurzeit in der Nationalbank von Nihilis verwahrt wird – zum heutigen Stand sind es um die 349 Millionen Lichtbit – automatisch und am Tag meiner Todesurkunde auf ein Konto der Präfekturalbank Wesenend in deinem Namen übertragen werden. Auch für einen Fürsten wie mich war es nicht einfach, solch ein Abkommen mit den Banken zurechtzulegen – noch dazu fernab von den Augen und Ohren meiner Gattin. Das Konto ist von jeder größeren internationalen Bank im Laternenwald aus erreichbar und darf ausschließlich von dir verwaltet werden. Um das Licht nutzen zu können, ist dein Handabdruck in der Bank registriert. Nun, ich weiß, dass Reichtum dir deinen Kummer nicht nehmen kann und es auch kein Ersatz für ein Wesenleben ist, aber ich hoffe, dass das »Taschengeld« dich über Wasser halten wird. Vielleicht wird dich auch der Gedanke an deine Mutter, die sich nicht einmal mehr neue Unterwäsche leisten kann, ein wenig ruhiger in den Schlaf fallen lassen.

Gut – eineinhalb Flaschen Wein später kommen wir zum dritten und letzten Punkt, den ich dir mitgeben möchte – und das ist nur eine ganz banale Anhäufung von Wörtern, die mir stets auf der Zunge lag, ich dir gegenüber aber nie persönlich in Worte fassen konnte. Ich bin ein kläglicher Versager und werde mich jetzt gerade dafür im Grabe drehen, weil ich es dir nur mittels dieses Papierfetzens mitteilen konnte …

*Ich liebe dich, mein Sohn.*

*Sei, wer du bist und lass dich niemals unterkriegen!*

*Dein Papa,*

*Vonderin Nihilis*

Loyds vor Anteilnahme wässrige Augen verharrten auf dem Namen am Ende des Dokuments. Er spürte, wie das Pilzhaus im Wind leicht hin und her geschaukelt wurde. Der Brief wurde ihm aus der Hand gerissen. Lux hielt ihn triumphierend über seinen Kopf.

»Lux – es tut mir so leid«, stammelte Loyd einerseits voller Mitleid wegen seines Verlustes, andererseits – von wie vielen Millionen Lichtbit war da eben die Rede gewesen?

»Ich habe mir schon gedacht, dass es nicht die Schmelzfront war, die meine Sakoora umgebracht hat. Meine Bestie von Mutter war nach meiner Rückkehr ins Fürstenhaus so entzückt, mich in meinem noch immer rosa und hellblau eingerichteten Zimmer in eine Prinzessin zu verwandeln, dass ich mich fragen musste, ob sie meine Rückkehr nicht schon länger geplant hatte. Die Wiederbegegnung mit ihr war so – *so krank* – ich konnte in ihren sadistischen Augen lesen, dass sie erst kürzlich gemordet hatte. Ich mache meinem Vater keinen Vorwurf mehr. Auch wenn er nicht perfekt war, er hatte das Herz am rechten Fleck. So! Jetzt ist aber genug rumgejammert. Es ist an der Zeit, dass wir nach vorne schauen. Was machen wir jetzt mit den vielen Lichtbit?«

Naomi und Loyd blickten ihn an, als hätte er hohes Fieber und müsste sofort wohlumsorgt werden.

»Ihr beiden – also wirklich – es geht mir gut. Ich habe mir meine Hörner bereits im Zentrum vor ein paar Tagen abgestoßen. Falls ich mal eine Schulter zum Heulen brauche, werde ich mir eine von euren borgen, ja?«, grinste Lux sie an.

Als Loyd und Naomi noch immer mit ungläubigen Visagen dastanden, wurde Lux etwas ärgerlich. Er befahl seine zwei Freunde vor das Bett, in dem er und Naomi geschlafen hatten. Mit befangenen Blicken schlurften sie auf Lux zu und fragten sich, was nun kommen mochte.

»Näher – noch etwas näher. Genau, so ist es gut«, feixte er und nahm zwei Schritte Anlauf. Dann schoss er auf Loyd und Naomi zu, stieß sie mit einem schwungvollen Satz auf das Bett und begann, sie mit Kissen zu attackieren. Eine wilde Kissenschlacht brach aus und das Pilzhaus begann, gefährlich in alle Richtungen zu schwanken.

»Na warte – dir werde ich's zeigen!«, prustete Naomi, schnappte sich eine Decke und begrub Lux unter sich. Loyd kam Lux zu Hilfe und versuchte Naomi mit einem Kissen zu tackeln. Gekonnt wich sie ihm aus, woraufhin sie sich einen Rucksack schnappte und diesen Richtung Loyd schmetterte. Auch der Rucksack verfehlte sein Ziel und traf Lux am Bauch, als dieser sich gerade die Decke vom Kopf zog.

»Hey – hört ihr gefälligst auf, verbotene Waffen zu benutzen, ihr morallosen Stinkstiefel«, frohlockte er in Hochstimmung.

Als Vergeltung regnete es mehrere Rucksäcke, Decken und Kissen auf Loyd und Naomi nieder. Die beiden konnten sich nicht wehren – sie waren paralysiert vor Lachen. Loyds Bein verhakte sich erneut, sodass er über die eingebettete Naomi stürzte. Die Kirsche auf der Sahnehaube bildete Lux, der sich triumphierend auf seine eingewickelte Beute plumpsen ließ. Ein Klopfen an der Tür besiegelte das Ende des Gefechts. Es war Beruth, der durch die Tür sprach: »Könntet ihr ein bisschen leiser sein da drin?«

»Ja, entschuldige, Papa«, drang Naomis Stimme dumpf aus dem Chaoshügel.

»Danke«, kam es durch die Tür und die drei brachen in unterdrücktes Gekicher aus.

Der Inhalt der drei Rucksäcke war auf dem ganzen Boden verteilt. Es war ein Rätsel, wie so viel Unordnung in solch kurzer Zeit entstehen konnte. Lux ließ sich neben den Haufen rollen, während Loyd und Naomi ihre Gliedmaßen entknoteten.

»Glaubt ihr mir jetzt, dass ich in Ordnung bin?«, fragte Lux in gelassenem Tonfall, wobei er sich auf den Teppichboden setzte.

»Jaja, du hast mich restlos überzeugt, ich gebe auf«, krächzte Naomi und schnappte nach Luft. Ihre Brille war irgendwo im Durcheinander des Scharmützels verloren gegangen. Keiner von ihnen machte Anstalten aufzustehen. Sie legten sich hin und starrten zu dritt auf die gewölbte Zimmerdecke. Nach einer Weile stiller Eintracht ergriff Lux das Wort: »Das ist eine Menge Licht, hm?«

»Eine Menge ist gut – damit könntest du dir eine halbe Präfektur kaufen«, witzelte Loyd, während er den Kopf drehte, um zu seinen Freunden zu blicken.

»Vielleicht sollten wir dem Rat des Fürsten folgen und uns vorübergehend in Lichterloh verstecken«, schlug Naomi vor, doch Loyd hatte anderes im Sinn.

Nun, da ihnen eine schier unerschöpfliche Lichtquelle zur Verfügung stand, konnten sie sich neue Wege ausdenken, ihre Mission fortzusetzen. Loyd fiel prompt wieder ein, was ihm am frühen Morgen durch den Kopf gegangen war. Wenn sie sich Solaflügel leisten könnten, wären sie in der Lage, einer an Keli oder Anker adressierten Lichtmail nachzufliegen. Dieser Gedanke war gar nicht so weit hergeholt – oder etwa doch?

»Wisst ihr, was ich mir überlegt habe? Was, wenn wir uns Solaflügel besorgen, eine Lichtmail an Anker verschicken und so versuchen, die beiden ausfindig zu machen?«

»Loyd, das ist ja voll die krasse Idee!« Lux' Augen funkelten in begeistertem Tatendrang, doch Naomi schien von dem Vorschlag ganz und gar nicht angetan zu sein.

»Wie stellst du dir das vor? Willst du etwa über das Geschwärzte Zentrum fliegen? Eine Lichtmail wählt immer den kürzesten Weg, und dieser würde uns über Kael führen, wenn Anker und Keli sich in Atlas aufhalten. Außerdem ist das Fliegen mit Solaflügeln in allen Präfekturen außer Solaspitz verboten.«

»Was spielt denn das jetzt noch für eine Rolle? Genau für solche Situationen ist unsere diplomatische Immunität doch gut. Und überhaupt: Kael gibt es nicht mehr. Es ist von Unlicht durchflutet. Es wird kein Wesen kümmern, wenn wir drüber flattern. Es ist vielleicht sogar die sicherste Art zu reisen. Wir wären fähig, Anker und Keli binnen Stunden aufzuspüren.«

»Ich gebe Loyd nicht gerne recht, aber – es klingt nach einem guten Plan«, gluckste Lux schelmisch.

»Hey, was soll das heißen?«, entgegnete Loyd mit gespieltem Ärger und drehte empört seinen Kopf zu Lux, worauf dieser ihm eine freundschaftliche Kopfnuss verpasste.

»Ihr wisst ja nicht einmal, wie man mit diesen Dingern fliegt; und beim ersten Mal gleich über ein Meer von Unlicht segeln zu wollen, ist einfach nur dumm und gefährlich.«

»Ist es denn so schwierig?«, wollte Lux wissen.

»Eigentlich nicht, aber –«

»Wenn wir hierbleiben, werden uns entweder die Schmelzköpfe, die Buntblüter oder das Unlicht holen. Es gibt keinen Grund, es nicht zu wagen, Naomi«, sagte Loyd nachdrücklich.

»Ihr zwei seid echt nicht ganz bei Trost, aber ich stelle mich dem Team nicht in den Weg. Rein demokratisch gesehen gewinnt ihr – und wann gedenkt ihr Meistervögel denn abzuheben?«, gab sich Naomi geschlagen.

»Sobald wir die Flügel haben, nicht?«, antwortete Loyd und zwinkerte Lux zu, der geladen vor Enthusiasmus zurückstrahlte.

»Meine Güte, zu welchen Flausen lasse ich mich da nur wieder verleiten«, grummelte Naomi und schritt in die Wohnungsmitte hinaus. »Am besten, wir statten dem Ceramique Flügelhandel einen Besuch ab; dort gibt es immer die neusten Modelle. Es ist jetzt viertel nach fünf. Das Geschäft sollte wie alle Kaufläden in Sola um halb sechs die Türen öffnen.«

Es war noch stockdunkel, als sie den Skyroom verließen. Es ging den Gästeaufzug hinunter, die vielen Glasstraßen entlang bis zur Hauptsäule von Sola, dann in einer Liftkabine runter nach Solaturm und schließlich bog das Dreiergespann in eine von Denkmälern gesäumte Allee ein, die Loyd bekannt vorkam.

»Da war ich gestern Nachmittag schon einmal«, stellte Loyd fest und erinnerte sich, wie er die Vevery Flyflott OX-13 bestaunt hatte – das neuste und beste Flügel-Set der Marke Vevery. Loyd lotste seine Begleiter zum Schaufenster der Wunderflügel, hinter welchem gerade das Licht angegangen war.

»34'500 Lichtbit mal drei – das ergibt – etwas mehr als Hunderttausend. Das ist ja ein Klacks mit meinem Taschengeld«, spöttelte Lux mit einer überheblichen Handbewegung und feixte dabei breit.

Ein Angestellter, der gerade den Eingang fegte, hörte die Bemerkung und hastete zu ihnen herüber.

»Guten Morgen. Sie sind von Solaspitz, meine werten Damen und Herren?«, fragte das Hundewesen in Anzug und Krawatte erwartungsvoll.

»Nö, ich komme aus Nihilis und er aus Lichterloh. Aber warum sollte das wichtig sein?«

Der Mann sah aus, als hätte man ihm gerade einen Schlag auf den Hintern verpasst.

»Guter Scherz«, beeilte sich Naomi schnell, die Situation zu retten. Sie war die Einzige, die wusste, dass der Verkauf der Flügel an Ausländer verboten und nur eine Miete von maximal zwei Stunden gestattet war. »Wir sind natürlich von Solaspitz. Nun, wie viele von diesen Wunderdingern haben Sie denn auf Lager?«

Der Angestellte fing sich wieder, wenn auch etwas zögerlich. Dann begann er, sich geschäftig die Pfoten zu reiben.

»Hahaha, Scherze sind immer gut fürs Geschäft, werte Herrschaften von Solaspitz. Vier Paare haben wir von dieser Ausgabe bestellt. Es handelt sich hierbei um das neue Top-Modell von Vevery – die besten zu diesem Preis. Leichter und bequemer war Fliegen noch nie: einfach in die Schnallen schlüpfen, sogleich werden Arme, Brust, Bauch und Beine automatisch umschlossen. Möchten Sie sie vielleicht einmal anprobieren?«

Naomi zwinkerte den anderen beiden zu, die sofort verstanden, dass sie über ihre Herkunft besser schwiegen.

»Zum Anprobieren ist später noch genügend Zeit. Wir haben

es eilig und möchten drei Stück davon kaufen. Diese, sagst du, seien die besten?«, fragte Naomi und wandte sich mit hochnäsiger Miene an Loyd.

»Genau, die scheinen wie gemacht für uns. Was denkst du, Lux?«, antwortete er – seinen lichterlohenen Akzent so gut als möglich verbergend – und leitete Naomis Blick an Lux weiter, der breit grinste.

»Jop, nehmen wir.«

Der Verkäufer schien nicht zu glauben, was er da hörte. Ohne die Flügel anprobiert zu haben über hunderttausend Lichtbit auszugeben – das konnten nur die Kinder von prominenten Solaspitzlern sein. Er rief das gesamte Verkäuferteam des Geschäfts zusammen, um die Flügel aus dem gut gesicherten Lagerraum zu holen und bat die drei Glückspilze zur Kasse. Auf dem Weg zur Verkaufstheke zog Naomi Lux hinter ein Regal.

»Es wird eine Passkontrolle geben, um zu prüfen, ob wir wirklich aus der Präfektur sind. Da ich einen Diplomatenpass von Solaspitz besitze, ist es zwingend, dass ich mich als einzige Person ausweise, und du kümmerst dich danach um die Zahlung – verstehst du?«, flüsterte sie Lux zu. Er nickte knapp und setzte eine gespielte Unschuldsmiene auf.

»Hey, warum seid ihr plötzlich verschwunden?«, war Loyds Stimme hinter ihnen zu vernehmen.

Naomi machte ein grimmiges Gesicht und versinnbildlichte mit einer Geste, dass er schweigen solle und sie gerade dabei waren, etwas auszuhecken. Loyd erwiderte ihr Herumgefuchtel mit einer vorgetäuscht verständnisvollen Grimasse. Zusammen gingen sie zur Kasse, neben welcher die Verkäufer gerade dabei waren, die drei Flügelpaare auf Defekte zu überprüfen. Naomi löste sich von der Gruppe und pflanzte sich in voller Größe vor der Kassentheke auf.

»Dürfte ich Euch bitten, Eure Ausweise zur Kontrolle vorzuzeigen?«, verlangte die blonde Menschenwesenfrau hinter dem Tresen.

»Wieso ›Ausweise‹? Die Flügel sind für mich. Hier ist mein Pass«, entgegnete Naomi in ruhigem, leicht arrogantem Tonfall, zückte ihren Diplomatenpass und legte diesen auf die offene Fläche, während sie die Angestellte von oben herab anblitzte. »Ich brauche drei Stück, im Falle, dass mal ein Paar repariert werden muss.

»Selbstverständlich – bitte entschuldigt mein Unwissen«, beteuerte die Verkäuferin und nahm den Diplomatenpass überrascht in Augenschein. »Das, äh – scheint in Ordnung zu sein. Ihr dürft nun die Zahlung veranlassen.« Mit diesen Worten gab sie Naomi den Pass zurück und wies auf einen handgroßen, glasigen Bereich auf der Thekenfläche.

Naomi suchte Lux' Blick. Dieser trat vor und legte, ohne die Angestellte eines Blickes zu würdigen, rasch seine offene Hand auf das blinkende Glasquadrat. Einige Augenblicke später meldete sich die nun nicht mehr ganz so respektvolle Stimme der Kauffrau: »Da scheint ein Problem vorzuliegen – kann es sein, dass die Namen auf Ausweis und Lichtkonto nicht übereinstimmen?«

»Na und? Es ist sein Licht und mein Pass – natürlich stimmen die Namen nicht überein«, schnappte Naomi und schob Lux sicherheitshalber zur Seite.

»Dann bräuchte ich Euren Ausweis,« wandte sich die lockenhaarige Frau jetzt auf einmal unverfroren an Lux, wobei dessen

Gesicht zunehmend rot anlief.

Naomi schluckte. Loyd hatte das Geschehen aus den Augenwinkeln beobachtet und wollte schon eingreifen, als er seine bedrängten Freunde einen raschen Blick austauschen sah. Anscheinend hatte Naomi noch nicht aufgegeben. Sie griff Lux bei der Schulter und lehnte sich mit ihm zusammen und einem aufsässigen Grinsen auf dem Gesicht unmittelbar über den Ladentisch.

»Wir drei sind Botschafterkollegen aus verschiedenen Staaten«, ließ Naomi nun geschwollen verlauten und bedeutete Lux, seinen Ausweis hervorzuholen. »Wenn Sie versuchen, uns bei unserem Vorhaben in die Quere zu kommen, dann wird es Ihnen bitter leidtun.«

Lux legte den nihilischen Diplomatenpass vor die Verkäuferin und zwang sich ebenfalls zu einer selbstgefälligen Miene.

Die verdutzt wirkende Angestellte nahm das Büchlein zur Hand und öffnete die erste Seite. Sogleich machte sie den Eindruck, als ob sie ihren Vorgesetzten herbeirufen wollte und sah zum Hundewesen hinüber, welches sie zuerst beraten hatte. Naomis und Lux' Gliedmaßen versteiften sich vor Anspannung – dann trat Loyd von hinten mit bösem Blick an ihre Seite und räusperte sich laut: »Es ist sinnlos. *Wir – sind unantastbar*«, knurrte er mit tiefer, leicht drohender Stimme und stützte seine Hände unverschämt auf der Thekenfläche ab. Loyd hatte keine Ahnung, ob sie damit durchkommen konnten, zumal es zwar stimmte, dass ihre diplomatische Immunität sie vor einer Haftfähigkeit im Laternenwald schützte, ihnen jedoch keine zusätzlichen Rechte einbrachte.

Es lag nun an ihrem genötigten Gegenüber zu entscheiden, ob sie sich gegen mehrere Diplomaten, unter anderem gegen ein Mitglied der berüchtigten Nihilis-Familie auflehnen wollte. Einige Sekunden verstrichen, während nur das Geräusch von Verpackungsmaterial, das von den anderen Mitarbeitern im Laden zerkleinert und weggeschafft wurde, zu hören war. Die hübsche, blonde Frau musterte Loyd mit einem kühlen, durchdringenden Blick. Dann, auf einmal schlug sie die Augen nieder. Sie schien einen Entschluss gefasst zu haben, blickte plötzlich schüchtern und mit geröteten Wangen zu Loyd auf und zwinkerte ihm mit einem Auge zu.

»Ok, von mir aus. Aber nur, weil Ihr mir gefallt«, hauchte sie ihm zur völligen Verblüffung der drei Freunde zu. »Ich erwarte von Euch aber, dass Ihr mich einmal auf eine Segelflugtour und zu einem Drink einladet – *Eure Exzellenz*«, fügte sie noch liebreizend hinzu, während sie Loyd anlächelte und die beiden Pässe über die glatte Tischplatte zu ihren Besitzern zurückschob. Die anderen Angestellten hatten nichts von der Unterhaltung mitbekommen. Loyds gespielte, besorgniserregende Fassade schien auf Grund der unerwarteten Forderung der hofierenden Bediensteten ein wenig abzublättern. Lux und Naomi glotzten Loyd mit völlig verdatterten Mienen an, als er der jungen Frau ein verschmitztes Kopfnicken schenkte.

Zwei Minuten später spazierten sie beladen mit drei Paar Solaflügel aus der Ladentür des Ceramique Flügelhandels. Als sie um die erste halbtransparente Hausecke gebogen waren, begannen sie zu rennen und brachen dabei in röhrendes Gelächter aus.

»›Es ist sinnlos – wir sind unantastbar‹?«, prustete Lux los und röchelte nach Luft. »Das ist das Dümmste, was ich je gehört habe – aber du scheinst der Blondine damit imponiert zu haben.«

»Jetzt haben wir aber unverschämtes Glück gehabt. Wenn die

die Stadtwachen geholt hätte, wären wir und Lux' Vermögen aufgeflogen. Wahrscheinlich hätten wir in kürzester Zeit die Buntblüter am Hals gehabt«, sagte Naomi und verlangsamte ihre Schritte.

»Ist doch alles bestens – wir haben die Flügel und das ist alles, was zählt«, erwiderte Loyd lässig, wobei er Halt machte und sich an einer gläsernen Hausmauer anlehnte. Stolz hob er seine eben ergatterten Solaflügel in die Höhe. »Wir haben es geschafft! WUHUUU«, ließ er überschwänglich verlauten.

»Du kannst einem wirklich Angst einjagen, wenn du so bedrohlich dreinblickst«, sagte Naomi und faltete die sperrigen Flügel auseinander.

»Wozu ist man ein Mann, wenn man im richtigen Augenblick nicht souverän auftreten kann? Das gehört zum Mannsein«, prahlte er und klopfte sich selbstgefällig auf die Brust.

»Du scheinst da was zu verwechseln. Männlichkeit und abschreckendes Auftreten gehören nicht unbedingt zusammen. Schau dir Lux an. Er hat es nicht nötig, ›bedrohlich und souverän‹ zu wirken«, behauptete Naomi naserümpfend.

»Also, ich hätte nichts dagegen, etwas mehr von Loyds männlichen Eigenschaften zu besitzen«, warf Lux zu Naomis Überraschung ein. »Wie soll ich denn je jemanden beschützen können mit meiner Statur?«

Loyd sah amüsiert von Naomi zu Lux. »Ich kann dir gerne mal ein paar Tipps und Tricks vermitteln, wie sich echte Kerle verhalten. Nichts leichter als das.«

Naomi sah Loyd, der seine Flügel unterdessen abgestellt hatte, mit zugekniffenen Augen misstrauisch an. »Was denn zum Beispiel?«, wollte sie wissen, doch Lux war von Loyds Vorschlag hell begeistert und übertönte ihre Frage: »Ich bin dabei!«

»Na, wenn das so ist, dann müssen wir unbedingt mal zu zweit ein Siebbier trinken gehen. Solche Themen erörtern wir Männer gerne unter uns.« Loyd blinzelte spitzbübisch zu Naomi hinüber, die sich eingeschnappt von ihnen abwandte. Flugs war sie in ihre Flügel geschlüpft, spreizte diese weit, machte einen Hüpfer und im nächsten Augenblick stieg sie der Solaspitz-Ebene über ihnen entgegen.

»Hey, zeig uns wie das geht!«, rief Loyd ihr hinterher, doch Naomi machte keine Anstalten, umzukehren oder zurückzublicken. Sie flog weiter auf den äußeren Rand der obersten Solaplattform zu, immer weiter, bis sie schließlich jenseits des transparenten Stadtrands, hinter dem im Dämmerlicht die idyllisch glitzernden Himmelsscheiben hervorlugten, verschwand.

»Wahnsinn – die kann fliegen«, schwärmte Lux mit offenem Mund.

»Wirklich toll. Mich würde interessieren, was ihr wohl wieder über die Leber gekrochen ist – Frauen …«, entrüstete sich Loyd erschlagen.

»Frauen …«, wiederholte Lux und grinste dabei. Er öffnete die Flügel, wie es Naomi kurz zuvor getan hatte. »Hast du eine Ahnung, wie man die Dinger fliegt?«

»Ich habe keinen blassen Schimmer«, gab Loyd zu.

»Sie hat ihre Arme *so* in die Schleifen gesteckt – und sich die großen Bänder *so* um Brust und Bauch ziehen lassen«, folgte Lux Naomis Beispiel. Im nächsten Augenblick zogen sich die Schlaufen zu und passten sich perfekt an seinen Körper an. »Schau mal, es hat geklappt!«, sagte Lux entzückt.

Loyd beobachtete mit großen Augen, wie Lux die weiten Schwingen ausbreitete und ein wenig damit zu flattern begann.

»Ich glaube, du musst in die Luft springen, damit sie aktiviert werden«, meinte Loyd, der an Naomis Hüpfer zurückdachte.

Auch er schlüpfte in die Schnallen, die sich angenehm an seinen Körper schmiegten. Die je vier Armlängen weiten Flügel passten wie angegossen. Der große Augenblick war gekommen. Schon von jeher träumte er davon, eines Tages vom festen Boden abzuheben und dem Himmel entgegenzustreben. Er würde nie wieder zu Fuß gehen, jetzt wo er fliegen konnte – doch würden ihn die Flügel tragen? Was, wenn ihm vom Fliegen schlecht wurde? Neben ihm ging Lux in die Knie. Er sah angespannt zu Solaspitz auf. Loyd fand, dass er mit den gespreizten Schwingen niedlich aussah, doch der Gedanke wurde im nächsten Moment hinweggefegt.

Lux sprang flink in die Luft und hob ab. Er musste kaum mit den Schwingen rudern, stieg weiter und weiter und ließ sich dann kopfüber in die Tiefe fallen. Loyd erschrak und wollte ihm zu Hilfe eilen, doch Lux holte im Sinkflug aus und gewann sofort wieder an Höhe und Tempo. Es sah fast so aus, als flöge er schon seit geraumer Zeit und wäre hier in der Gegend aufgewachsen.

Nun war Loyd an der Reihe. Er ging ebenfalls in die Hocke, sah dem mit Pilzröhren und geflügelten Wesen übersäten Dach Solas' entschlossen entgegen und setzte zum Sprung an. Er breitete die Flügel aus, machte einen kräftigen Satz und hob tatsächlich ab. Er fühlte sich plötzlich federleicht, schlug ein paar Mal mit seinen erweiterten Armen und stieg weiter an. Kein Teil seines Körpers haftete mehr am Boden an – er schwebte – er flog – immer höher, Lux entgegen. Ein Gefühl unbeschreiblicher Freude und Glückseligkeit breitete sich in seinem Inneren aus. Lux strahlte ihn an und glitt um ihn herum. Er war schon um einiges schneller unterwegs als Loyd, obwohl er keine zwei Minuten Vorsprung hatte.

Es schien, als wäre Lux ein Naturtalent und fürs Fliegen geboren.

»Sieh mal, Loyd, was ich kann!« Lux holte aus und machte einen Rückwärtssalto in der Luft.

»Pass doch auf, Kleine!«, rief ein brillentragendes Löwenwesen aus, das in eine Zeitschrift vertieft beinahe in den Kunststückchen vortragenden Lux gekracht wäre.

»Hehe, Entschuldigung«, lachte er frech und machte daraufhin einen Doppelsalto vorwärts.

»Ich sehe, ihr habt euch bereits ein wenig ans Fliegen gewöhnt«, war Naomis Stimme von oben herab zu vernehmen.

Loyd blickte auf. Naomi trug das gesamte Gepäck der Gruppe und ließ es auf den Glasweg unterhalb von ihnen plumpsen. »Ich dachte, ich hole die Sachen, damit wir gleich aufbrechen können.«

Loyd begann zu schwitzen. »Gewöhnt« war klar der falsche Ausdruck für die zwei Minuten, die er nun in der Luft gehangen hatte. »Von den Böen ein wenig durch die Luft geweht worden«, war wohl zutreffender.

»Danke, dass du unser Zeug geholt hast«, bedankte sich Lux aus luftiger Höhe für das Bereitstellen ihrer Habseligkeiten und machte zum Gruß einen weiteren um die eigene Achse rotierenden Looping.

»Wie es scheint, liegt dir das Fliegen in den Adern, Lux, dann kann es ja gleich losgehen, oder?«, stichelte Naomi und blitzte abwertend zu Loyd hinunter, der sich gerade ungeschickt zu seinem Rucksack niederließ.

»Von mir aus gern«, entgegnete Lux beschwingt und landete leichtfüßig neben Loyd, der es vorzog, nichts zu sagen.

Ihm war das Fliegen nicht ganz so geheuer, wie er gehofft hatte. Die rasche Vergrößerung des Abstandes zwischen sich und dem Grund war unheimlich, obwohl es nur wenige Meter waren, die er eben hinter sich gebracht hatte. Wie sollte er es bloß über den kilometerhohen Schwarzen Vorhang schaffen, wenn er jetzt schon Mühe mit der Höhe bekundete? Er warf sich den schweren Rucksack, der ihm das Gefühl gab, noch weniger stabil und flexibel zu sein, auf den Rücken.

»Dann los. Loyd, die Lichtmail. An Keli oder an Anker?«, fragte Naomi forsch und sah zum kreideweißen Loyd hinüber.

»An Anker, denke ich, der führt Keli schließlich an«, antwortete Loyd kränklich angehaucht. Er strich mit einem Lichtkristall über die Handfläche und faltete die Hände, um die Lichtkugel hervorzurufen – doch nichts geschah.

»Angst vor dem Fliegen? Das würde ich nicht unbedingt als ›männliche Eigenschaft‹ bezeichnen. Da schlägt sich Lux doch deutlich besser«, spottete Naomi und erstellte erfolgreich eine Lichtmail auf ihren Handflächen. Loyds Gesichtsausdruck ging von kränklich zu gekränkt über.

»An Dr. Don Loglovski Ankerbelly. Test«, und somit war der fliegende Wegweiser erstellt. »Wenn die Mail erst mal in der Luft ist, müssen wir ihr rasch folgen, sonst ist sie über alle Berge, bevor wir uns versehen«, erklärte Naomi den beiden. »Seid ihr bereit zum Abflug?« Naomi blickte von Lux, der mit gebleckten Zähnen lächelte, zu Loyd, der eingeschnappt und noch immer fahl im Gesicht ihrem Blick trotzte. Lux hatte seine neue Sonnenbrille aufgesetzt und sah mit seiner Mütze und den Flügeln aus wie ein ziemlich komischer Vogel.

»Wenn ihr nichts mehr einzuwenden habt, schicke ich die Nachricht los. Um über den Schwarzen Vorhang zu kommen, wird sie wahrscheinlich steil aufsteigen, sobald wir die Solaturm-

Ebene hinter uns gelassen haben. Und passt auf, dass ihr beim Steigflug nicht mit Skyrooms oder Pendlern zusammenprallt. Na dann, auf drei: Eins – zwei«, Loyd wollte gerade noch Einspruch erheben, doch es war bereits zu spät, »*drei*!«

Naomi ließ die raschelnde Lichtsphäre frei und sprang ihr sofort hinterher. »Kommt – schnell!«, rief sie ihren Gefährten zu und beschleunigte mit einigen Flügelschlägen ihr Flugtempo.

Lux und Loyd hoben beide etwas mühevoll ab, denn das Gewicht des Gepäcks zerrte sie unangenehm zum gläsernen Stadtboden zurück. Nach ungefähr einer Minute hatten sie sich gefangen und glitten mit regelmäßigem Schlagen ihrer Flügel Naomi und der Lichtmail hinterher, die sich zügig durch die Pilzröhren schlängelte. Loyd hatte mit Abstand die größte Mühe mitzuhalten, aber er wollte sich diese Tatsache so wenig wie möglich anmerken lassen, also beschleunigte er gegen sein Bauchgefühl immer ein wenig mehr. Schon bald hatten sie den Stadtrand Solaturms erreicht. Der Luftverkehr und die Skyrooms lichteten sich und der finstere und bedrohliche Umriss des gigantischen Unlichtwalls eröffnete sich ihren Blicken. Obwohl die Mauern viele Kilometer entfernt waren, ragten sie hoch über die segelnde Flotte hinweg und schienen noch mächtiger zu werden, je näher sie ihnen kamen. Die Lichtmail stieg und stieg und glitzerte geheimnisvoll im Morgenblau, welches den Tag ankündigte.

Nach einer Weile fand Loyd das Windsegeln gar nicht mehr so schwierig. Seine Muskeln entspannten sich ein wenig, als sie Sola hinter sich gelassen hatten. Nun mussten sie auch nicht mehr mit den Flügeln schlagen, sondern segelten nahezu lautlos durch die frische Brise. Das frühmorgendliche Gewitter war zum Glück bereits wieder abgezogen. Loyd nahm all seinen Mut zusammen und wagte einen Blick zurück über die Schulter. Die gigantische Turmstadt mit ihren tausenden funkelnden Pilzhütchen auf den drei Ebenen verteilt, ragte prachtvoll und majestätisch den im Dämmerlicht glitzernden Himmelssphären entgegen. Loyd war eigenartig zumute. Das war der unglaublichste Ort, den man sich vorstellen konnte. Wo würde ihn sein Schicksal noch überall hinführen? Er verspürte jähe Dankbarkeit für die Tatsache, dass er lebte, dass er hier, auf dieser wundervollen Welt existieren und all ihren Glanz erleben durfte. Ein wohliges Gefühl der Euphorie durchströmte seine Brust. Er richtete seinen Blick wieder auf den düsteren Schemen vor sich und schlug mit neuem Mut kräftig mit den Schwingen.

Irgendwann würde er mit seinen neu gewonnenen Freunden wiederkommen und Sola von unten bis oben gründlich durchstöbern. Doch zuerst mal hieß es, ihre Mission zu bewältigen und das Unlicht aufzuhalten. Es war nun essentiell, dass sie Anker und Keli so rasch wie möglich fanden, um ihre Aufgaben gemeinsam neu zu definieren. Loyd konnte die Gesichter von Lux und Naomi, die beide mit ein wenig Abstand vor ihm flogen, nicht erkennen. Noch ein kleines Stück, dann würden sie den höchsten Punkt der vor ihnen aufragenden schwarzen Wand erreichen.

»Wir kommen gleich auf der Krone des Vorhangs an. Macht euch auf alles gefasst, was auch immer da oben auf uns warten mag«, trug der Wind Naomis Worte zu Lux und Loyd weiter.

Loyd antwortete mit einem: »Alles klar«, doch schien seine Zusage von der vorbeiziehenden Luft verschluckt worden zu sein.

Es wurde nun deutlich kälter. Wenn sich Loyd recht erinnerte, waren die Mauern im Schnitt drei bis vier Kilometer hoch und an manchen Stellen noch höher. Er hätte sich eine Jacke überwerfen sollen, dachte Loyd schlotternd, dem der eisige Wind allmählich in die Finger fraß. Er sah zur flackernden Kugel auf, die noch immer zügig vor ihnen herglitt und nun augenscheinlich ihren Höhenpunkt erreicht hatte.

»Wir sind an der höchsten Stelle angelangt – passt jetzt auf«, rief Naomi durch das Zwielicht.

Die himmlischen Scheiben über ihnen glommen in atemberaubender Schönheit. So nah war Loyd diesen Wundern der Natur noch nie gewesen. Sie schienen sogar noch grösser zu sein als sonst – fast, als wollten sie heute Morgen speziell für die drei Flugreisenden ihre volle Pracht enthüllen.

Plötzlich verfinsterte sich der Grund unter ihnen. Sie waren über dem Mauergrat angekommen. Loyd konnte im Schimmern der Scheiben erkennen, dass die Krone des Vorhangs über und über von Unebenheiten gezeichnet war. Es schien, als wären die Gemäuer einst in größter Eile so weit wie nur möglich in die Höhe gezogen worden, wobei kein Wert auf einen harmonischen Aufbau gelegt worden war. Loyd spitzte die Ohren. Er hatte etwas gehört – unheimliches Fiepen und Heulen ging vom Mauerwerk aus. *Die Laute klingen ein wenig wie klagende Hilferufe*, ging es Loyd durch den Kopf. Seine Innereien zogen sich zusammen. Was sich da wohl alles in den antiken Labyrinthen verstecken mochte? Er wollte es sich gar nicht ausdenken.

»Fliegt nicht zu dicht an den Vorhang heran«, schwappte Naomis Stimme erneut zu Lux und Loyd zurück.

Während die Gruppe den Abstand zwischen sich und der Vorhangspitze vergrößerte, zog es die Lichtkugel vor, unmittelbar darüber zu reisen. Glücklicherweise kam nach gut drei Minuten das Ende des Grats und der Übergang ins Zentrum Kaels in Sicht.

Loyd fiel auf, dass die Lichtmail gradlinig über das innere Vorhangende hinwegschoss und die Urstadt diagonal zu überqueren begann, was ja eigentlich heißen müsste, dass Keli und Anker bereits in Atlas angekommen waren. Gerade als er das dachte, zogen sie über das Mauerende hinweg und die weite Senke im Innern Kaels tat sich unter ihnen auf. Es war ein faszinierender und zugleich entsetzlicher Anblick.

Das Geschwärzte Zentrum hatte sich tatsächlich in ein Spiegelmeer verwandelt. Soweit das Auge reichte, war der glühende Morgenhimmel im Unlicht eins zu eins abgebildet. Die Aussicht irritierte Loyd sichtlich. Er fühlte sich, als könnte er oben und unten nicht mehr unterscheiden und seine Sinne schrien alle, er müsse sofort landen. Die Lichtmail jedoch flog unbeirrt weiter Richtung Zentrum Kaels und machte keine Anstalten, das Reisetempo ihren Verfolgern anzupassen.

Eineinhalb Flugstunden entfernt saßen Anker und Keli im Nachtzug »Intercapital«, der vom Lichterloh-Hauptbahnhof nach Adelgrund in Atlas fuhr. Anker hatte, wie immer, die besten Plätze ergattert, welche die Luxusbahn bot, samt Betten, Minibar, eigener Toilette und Dusche. Es war ein voll ausgestattetes Hotelzimmer auf Wasserschienen, so kam es Keli vor. Anker saß auf einem der Rundbetten und stützte die Hände hinter seinem Rücken ab. Keli dagegen hockte im Schneidersitz auf einem bequemen Sessel vor dem Schreibtisch.

»Gehen wir den Plan noch einmal durch«, sagte Anker ernst und sah Keli dabei vielsagend an. »Wenn wir in Adelgrund angekommen sind, machen wir einen Abstecher in den botanischen Moosgarten der Hochschule von Adelgrund. Dort suchen wir uns ein stilles Plätzchen und schmelzen uns – ganz beiläufig – einen Durchlass in den Boden, um«, Anker senkte die Stimme, »uns Zutritt zu Zierzons Privatgemächern zu verschaffen. Wie schon gesagt, liegen sein Herrschaftssitz sowie die Quartiere des Sonnenrats noch ein Stockwerk tiefer unter Adelgrund. Wenn wir Glück haben, schaffen wir es, in einem seiner Tresorräume rauszukommen.« Anker schüttelte fassungslos den Kopf. »Es zeugt schon von maßloser Habgier, unser Stadtjuwel aus den Tresorräumen der HHF zu klauen – einfach unfassbar. Und dann noch ausgerechnet jetzt, wo wir es dringend brauchen, um die Welt zu retten.«

Keli nickte gedankenversunken mit dem Kopf. Es kam ihr vor, als hätte sie Ankers Plan nun schon zum hundertsten Mal vorgeführt bekommen. Was Keli selbst am meisten kümmerte, war zurzeit weniger der extravagante Einbruch in die unterirdische Festung der mächtigsten Person der Welt, als, was geschehen würde, wenn sie die vier Stadtjuwelen beisammenhatten. Falls sie es tatsächlich unbemerkt und unversehrt wieder aus Zierzons Palast herausschaffen und es irgendwie bewerkstelligen sollten, sich danach sogar noch bis zu Shidare in Herbstfeld durchzuschlagen, würde die Hängekirsche ihnen dann tatsächlich jenen sagenumwobenen Kaelischen Index einfach so aushändigen?

Keli stellte sich vor, wie im Baumstamm ein kleines Türchen aufging und ein blutverschmierter Zeigefinger zum Vorschein kam. Das ganze Unterfangen erschien ihr unterdessen wie ein Albtraum, in dem sie sich immer weiter von einer fernen Lichtquelle in einem sonst stockdunklen Raum entfernte, je mehr sie versuchte, darauf zuzugehen. Wie um Himmels Willen sollte sie einen abgetrennten Finger zur Vernichtung des Unlichts verwenden? Anker sprach schon seit dem Besuch im Nationalmuseum von Wesenend von nichts anderem mehr: Keli habe mit dem Segen Shidares den Schlüssel für die Beseitigung des Unlichts entdeckt und sie selbst sei das Schlüsselloch, um das Tor zu ewigem Frieden zu öffnen.

Ja – wenn es etwas gab, das sie neben der Rettung ihrer Eltern wirklich wollte, dann war es Frieden auf Erden. Allerdings würde sie, sobald sie all die Strapazen hinter sich gelassen hatte, ihren Rucksack packen und den weiten Laternenwald bereisen – zuerst allein; später mit Naomi zusammen. Starten würde sie in der Lailac-Straße, wo ihr Abenteuer seinen Anfang genommen hatte. Dieser Gedanke gab ihr Kraft. Sie wollte die Mission so rasch wie möglich hinter sich bringen. Keli merkte, wie der Zug langsamer wurde.

»Wir sind da – bist du bereit?«, verkündete Anker mit glühendem Gesicht und stand abrupt auf.

Keli konnte Ankers Anspannung förmlich spüren. Sie meinte gar zu erkennen, wie eine Spur von Besorgnis durch seine sonst so gelassene Gesichtsfassade sickerte. Das schwappende Geräusch von verdrängtem Wasser unter ihnen verriet, dass der Zug kurz vor dem Halt war. Anker ließ die heruntergezogenen Rollläden an den Fenstern nach oben schnappen. Keli klappte unwillkürlich der Mund auf. Sie konnte nicht genau sagen, was sie jenseits der Fensterscheiben sah, aber es erschien ihr wie eine tieforange glühende Wand, vor der unzählige Wesen hin- und hereilten. Sie musste aussteigen und sich die Sache näher anschauen. Anker buckelte sich seinen Rucksack – in dem sich nun auch die Stadtjuwelen von Wesenend und Solaspitz befanden –, auf die Schultern und stapfte schweren Schrittes durch die Abteiltür. Als Keli aus dem Zugportal hüpfte, weiteten sich ihre Augen in ungläubiger

Verwunderung. Vor ihrem Blick zog sich ein mächtiger, glühender Wall in die Breite und verlor sich in beiden Richtungen in leichter Biegung. Die Wand selbst schien aus einer Art dicken Glases zu bestehen.

»Eines der vier atlassischen Sonnenlöcher – ›Das Erste‹ wird es genannt«, erklärte ihr Anker.

Erst jetzt begriff Keli, was sie da vor sich hatte. Hinter der gewaltigen Scheibe schien Altes Sonnenlicht. Sie waren mit dem Zug direkt an das Sonnenloch herangefahren und waren nun so nahe dran, wie man an einem dieser Mysterien überhaupt nur sein konnte. Keli schritt schnurstracks auf den meterdicken Glaswall zu und wich dabei reflexartig ein paar Passanten aus, die kreuz und quer auf dem Bahnsteig umherstreiften. Sie trat vor und blickte hinunter in die vermeintliche Quelle der orangeroten Strahlen.

»Das Alte Sonnenlicht ist hier unten, in Adelgrund, bereits zweifach gefiltert«, erklärte Anker, wobei er langsam auf Keli zu stapfte, schließlich an ihrer Seite stehenblieb und ebenfalls hinunter in die Lichtflut spähte. »Das meiste Licht geht auf das Konto Zierzons und des Sonnenrats, die eine Etage unter uns hausen – dort ist das Licht noch gleißend weiß, und hier – du siehst ja was übriggeblieben ist. Ganz oben an der Oberfläche leben die Massen mit den dürftigen Lichtresten. Nun kannst du dir selbst zusammenreimen, warum es Gruppierungen wie die Schmelzfront gibt.«

»Aber wozu sollte eine einzelne Person so viel Licht benötigen? Und warum darf er es ganz allein für sich beanspruchen?«, beanstandete Keli, die an der Lichtpolitik in Atlas einiges zu bemängeln hatte.

»Keli – das ist nicht der richtige Ort, um die Gesellschaft hier zu kritisieren. Es ist leider, wie es ist, und glaub mir, ich habe mich auch jahrelang gegen diese Denkweise gestellt. Aber jetzt wird sich alles ändern; *wir* werden den Wandel des modernen Daseins verkörpern.« Anker sprach wieder so leise, dass die vorbeiziehenden Leute sie nicht verstehen konnten. »In ein paar Tagen wird die Welt nicht mehr so funktionieren, wie sie es in den letzten eintausend Jahren getan hat. Die Sintflut des Unlichts steht unmittelbar bevor, und wir sind die Einzigen, die die Macht haben, die Welt vor ihrem vernichtenden Schicksal zu bewahren. Verstehst du das?«

Keli glaubte zu verstehen, aber sie war sich – als sie sich nun umdrehte und in Ankers Antlitz blickte – nicht mehr ganz sicher, ob der Anflug von Besorgnis im Zug eben wirklich das gewesen war, was sie zu sehen geglaubt hatte. Der Professor sprach in einem verwunderlich manischen Ton, den Keli nicht klar interpretieren konnte – es klang jedenfalls nicht nach dem Anker, den sie kannte. Keli wusste nicht, was sie auf seine Aussage hin antworten sollte und lächelte nur verlegen. Er legte väterlich seine Hand auf ihre Schulter.

»Keine Sorge, Keli, deine Eltern sind so gut wie zurück.«

Als Anker ihre Eltern erwähnte, fiel es ihr plötzlich ein: So nahe war sie ihnen schon lange nicht mehr gewesen. Sie befanden sich praktisch inmitten eines Sonnenlochs. Ob alle Sonnenlöcher zum gleichen Ziel führten?

»Komm, Keli«, sagte Anker, während er mit seiner Riesenpranke leichten Druck auf das Schulterblatt des Mädchens ausübte, um es nach links zu lotsen, wo ein Durchgang mit der Überschrift: »Exit 5 – 12, Hochschule von Adelgrund, Campus« lag.

»Wir haben ein neues Zeitalter zu krönen.«

# DER WEG DES LEBENSKOLLEKTIVS

Keli folgte Anker durch ein Labyrinth von gut beleuchteten und hoch frequentierten Tunneln, in denen links und rechts in gleichen Abständen an den Wänden Werbetafeln mit darauf abgebildeten Luxusgütern aufgereiht waren. Adelgrund stellte sich als ein weitverzweigtes Netzwerk von Passagen und unterirdischen Räumen heraus, mit unzähligen Kreuzungen und Abzweigern in alle erdenklichen Richtungen. Sie zogen an Cafés vorbei, in denen Wesen mit gewaltigen Vogelnestern als Hut wichtigtuerisch an ihren Kaffeetässchen nippten, weiter eine breite, felsige Passage entlang, in der es von Modeboutiquen nur so wimmelte, bis sie sich schließlich in einem schneeweiß getäfelten Korridor wiederfanden, der von etlichen pompösen Eingängen diverser Schmuckgeschäfte und Bankfilialen gesäumt war.

Nach einiger Zeit – Keli hatte schon längst aufgegeben, die vielen Abzweiger zu zählen, die sie hinter sich gelassen hatten – kamen sie vor einem Torbogen aus grünlich marmoriertem Granit mit Barrieren und einem Schalter an.

»Der berühmte Moosgarten der Hochschule von Adelgrund«, verkündete Anker salbungsvoll und ging raschen Schrittes auf die Kasse zu.

Mit den Diplomatenpässen kamen sie ohne Umstände und ohne zu bezahlen durch die Schranken. Keli konnte sich nicht viel unter einem Moosgarten vorstellen, vor allem aber deshalb nicht, weil die Anlage ja unter der Erde liegen musste. Anker schritt zügig voran, Keli ihm dicht auf den Fersen. Außer ihnen waren keine anderen Gartenbesucher in der Nähe. Am Ende eines langen Tunnels konnte Keli schließlich sehen und riechen, was dem Moosgarten wohl seinen Namen beschert hatte: Die Passage entfaltete sich zu einem Wirrwarr an unförmigen Durchgängen, welche über und über mit Moosbüscheln bewachsen waren. Die Luft war feucht, roch dumpf nach üppiger Vegetation und hing wie dicker Dampf im trüben Licht. Die Wände waren mit gleichermaßen von Moos gesäumten, grünlich glimmenden Laternen beleuchtet. Ein überwucherter Bach gluckerte friedlich an ihnen vorbei und schlängelte sich einen der Gänge vor ihnen entlang.

»Hier haben Kanako und ich uns kennengelernt. Als ich vor langer, langer Zeit selbst noch Student war und an der HVA, der Hochschule von Adelgrund, ein Austauschprogramm absolvierte, kam ich mit ein paar Kollegen hierher. Der Moosgarten ist berühmt – er beherbergt über siebentausend unterschiedliche Moos- und Farngewächse und ist mehrere Kilometer lang.«

Keli fand die Pflanzen zuerst recht unscheinbar. Je weiter sie jedoch in die Tiefen der nassen Höhlen vordrangen, desto deutlicher wurden die Unterschiede zwischen den verschiedenen Arten. Immer mehr Formen und Strukturen der struppigen Gewächse zeigten sich Kelis interessierten Augen. Zugleich ging es immer tiefer in die Abgründe der Erde hinein. Keli fragte sich allmählich, wie lange die Grottenwanderung noch dauern würde.

»Wohin gehen wir eigentlich? Ich dachte, wir würden in Zierzons Bunker –«

»PSSSST!«, zischte Anker, machte Halt und drehte sich um. »Was wir vorhaben, ist unsere Sache und darf niemand erfahren – begreifst du das? Es ist absolut unerlässlich, dass wir bei dieser Unternehmung nicht entdeckt werden. Wenn jemand aufschnappt, was wir im Schilde führen, ist es aus – mit allem und jedem auf der Welt. Hast du verstanden?«, raunte der Professor streng. Sein leicht asthmatischer Atem bebte. Schweißtropfen, die sich auf seiner Stirn gebildet hatten, rannen ihm unaufhörlich über sein stark gerötetes Gesicht in den Bart.

»J-ja, das ist mir vollkommen klar«, stammelte Keli, wobei ihr die Schamesröte ins Gesicht schoss.

Anker wandte sich wieder von ihr ab. »Wie gesagt, habe ich Kanako in diesem faszinierenden Untergrundpark kennengelernt und wir sind auch oft hier gewesen – zu zweit, wenn du verstehst, was ich meine.«

Keli glaubte, zu verstehen, was Anker andeutete.

»Kanako und ich hatten damals einen geheimen Treffpunkt, wo wir uns oft verabredeten. Weshalb ausgerechnet in den Tiefen dieses Irrgartens, wirst du gleich erkennen. An einem bestimmten Abend hatten wir dort ein paar Flaschen Wein geöffnet und sie erzählte mir –«, Anker blickte umher, um sicherzustellen, dass sie nicht belauscht wurden. »Sie hat mir damals anvertraut, dass Zierzons Tresorräume theoretisch direkt unter uns lägen. Dazumal arbeitete sie neben ihrem Studium als Aushilfeassistentin in Zierzons Sekretariat. Sie schwärmte stets von den Schätzen, die darin aufbewahrt wurden. Wir scherzten oft darüber, dass wir ein Loch graben und die Kammern plündern sollten. Seinerzeit war es das Geschwätz zweier angetrunkener Studenten, heute aber – wird es zur Realität.«

In Keli kamen plötzlich Zweifel auf. Anker wusste also nicht wirklich, wo genau unter ihnen sich die Tresorräume Zierzons befanden. Lag es überhaupt im Rahmen des Möglichen, dass sie mir nichts, dir nichts ein Loch in den Felsboden schmelzen und genau an der richtigen Stelle herauskommen würden? Ob das Unlicht an diesem finsteren Ort seine zerstörerischen Kräfte überhaupt entfalten konnte?

»Sieh mal – da ist es«, wisperte Anker auf einmal und warf erneut einen Kontrollblick in alle Tunnelrichtungen.

Keli sah nur Moos und dichten Farn, der aus dem kantigen Felsen spross. Anker stapfte auf die von Farnhalmen bedeckte Felsmauer zu und schob die langen, nach unten hängenden Blätter zur Seite. Ein schmales, glitschiges Schlupfloch enthüllte sich im schwachen Licht der Laternen.

»Meine Gurkenpopos – vor zwanzig Jahren hätte ich noch hindurchgepasst«, stellte Anker erschrocken fest.

Vergebens versuchte er, seinen gigantischen Wanst in die Passage zu zwängen.

Keli kam es zwar so vor, als hätte Ankers Umfang in den letzten Tagen etwas abgenommen, trotzdem passte er bei Weitem nicht durch die Öffnung und drehte sich mit einem Seufzer zu ihr um.

»Tja – dann musst du diesen Teil der Operation eben allein fortsetzen«, verkündete er zu Kelis großem Entsetzen.

»Aber wir könnten doch das Gestein mit dem Unlicht wegschmelzen«, schlug sie eifrig vor.

»Das wäre zu riskant. Es könnte abhandenkommen, ehe du mit der eigentlichen Arbeit begonnen hast. Du brauchst das Unlicht, um später einen Durchlass in die untere Ebene zu schaffen. Es ist nun mal so – du wirst ohne mich weitergehen müssen.«

Keli machte ein weinerliches Gesicht. Ohne Anker in Zierzons Festung einbrechen? Das würde ihr niemals gelingen. Sie war auch nur so weit gekommen, weil Anker sie stets geführt und angesporn hatte.

»Am Ende dieses Durchlasses wirst du in einen Bereich gelangen, der nicht von Laternen, sondern von einer speziellen Art Moos beleuchtet wird. Es ist nur ein kleiner Raum; du kannst ihn nicht verfehlen. Dort machst du – ähm, du weißt, was zu tun ist. Sobald die Öffnung groß genug ist, bindest du das Seil aus deinem Rucksack um einen der Felsen und seilst dich ab. Such nach den beiden Stadtjuwelen. Ich habe dir erzählt, wie sie aussehen: Die Lichterlohene Weinbeere ist von purpurnem und jenes von Atlas von grünlichem Gestein. Beide sind rundlich in der Form und sehen aus wie herkömmliche Kieselsteine aus dem Fluss. Die Zukunft der Welt hängt von deinem Mut ab. Viel Glück!«, ermutigte Anker seine genötigte Begleiterin, nickte ihr bewusst fürsorglich zu und schob sie dann resolut in Richtung des Schlupflochs.

Keli wollte eigentlich protestieren und Anker klarmachen, dass sie nie und nimmer allein in Zierzons Festung eindringen konnte – doch als sie Ankers letzte Worte hörte, schluckte sie ihre vielen Ausreden, die ihr bereits auf der Zunge lagen, hinunter. Sie atmete zweimal tief ein und wieder aus. Ihr Herz raste wie wild.

»Dann los«, flüsterte Keli mit zittriger Stimme und begab sich zum herunterhängenden Farn. Anker hielt ihr noch die feuchten Halme aus dem Weg; fast augenblicklich verschmolz sie mit der Dunkelheit dahinter. Selbst Keli passte nur knapp in den Durchschlupf. Sie musste sich mit den Händen an den nassen Wänden entlangtasten. In der Ferne konnte Keli ein mysteriöses, türkisfarbenes Leuchten wahrnehmen. *Es kann nicht allzu weit entfernt sein,* dachte sie, als sie den Umfang des Lichtzirkels vor sich wachsen sah. Einmal stieß sie sich das Knie an einem vorstehenden Felsen und fluchte leise vor sich hin. Die Passage ging in eine leichte

Rechtsbiegung über.

Als sie sich um die Kurve getastet hatte, wurde das Licht deutlich heller und die Konturen der Felswände um sie herum wurden allmählich sichtbar. Keli konnte im Zwielicht erkennen, wie der Durchgang an Breite und Höhe gewann. Geheimnisvolles, bläulich-grünes Licht ging von funkelnden Büscheln an Wand und Decke aus und malte rundum rätselhafte Unebenheiten in den Raum. Keli geriet ins Staunen und beäugte das Moos von nahem. Sie erkannte, wie sich die Lichtstrahlen in unzähligen kleinen Wasserperlen auf den Moosstämmchen brachen und so die Umgebung märchenhaft veredelten. Einen solch faszinierenden Ort hätte sich Keli nicht einmal im Traum ausmalen können. Sie streichelte behutsam über einen der Moosschöpfe, woraufhin sich einige der Perlen sammelten und den Raum kurz in schimmernder Grazie erstrahlen ließen, bevor sie auf dem Felsboden aufschlugen.

Keli schöpfte neuen Mut. Wenn sie ihre Mission erfolgreich abgeschlossen, ihre Eltern gerettet und die Welt bereist hatte, würde sie in Naomis Fußstapfen treten und an der HHF ein Biodiversitätsstudium beginnen. Wie hatte sie einst Pflanzen als langweilig betrachten können? *Diese Lebewesen sind einfach nur wunderschön und verdienen meine Aufmerksamkeit*, entschloss sie im Stillen.

Bei diesen Gedanken erschien ihr Naomis gutmütiges Gesicht vor dem geistigen Auge. Sie erinnerte sich an die kurze Zeit in Kael, als sie Hand in Hand durch die Finsternis gestreift waren. So glücklich war sie gewesen, erfüllt von inniger Freude. Wie sehr sie Naomi vermisste, obwohl sie sie doch noch gar nicht näher kannte. Wenn sie es hier je wieder heil hinausschaffte, würde sie Naomi sofort aufsuchen. Und dann? Dann würde sie ihr ihre Liebe gestehen. Genau, das würde sie tun. Es war ihr einerlei, was andere Leute von ihr dachten; das war ihr schon immer egal gewesen. Ihr Herz war es, das ihren Lebenstakt angab und genau diesem würde sie folgen, bis an ihr Lebensende.

Keli gab sich einen Ruck. Sie trat bedächtig zur Mitte des Raumes und setzte nun ein wenig entschlossener ihren Rucksack ab. Die glühende Natur des Mooses hatte ihr neue Kraft geschenkt. Sie würde es durchziehen; die Welt war auf sie angewiesen.

»Du schaffst das, Keli«, sprach sie ihre neu gewonnene Zuversicht laut aus. Sie ließ die Rucksackschnallen aufschnappen und hob den kleinen Unlichtbehälter heraus. Wie vor einigen Tagen im Nationalmuseum von Wesenend öffnete sie vorsichtig den Deckel des ominösen Kästchens. Der Unlichtspiegel fügte sich trügerisch in die leuchtende Umgebung ein. Sie ging in die Hocke, das Unlichtgefäß fest umklammert.

»Los geht's«, sagte Keli leise, atmete tief ein und hielt die Luft an. Sie tauchte ihre Finger ins Unlicht, das ohne Wellen zu schlagen, an ihren Fingern haften blieb, dann begann sie, es auf dem Boden vor ihren Zehen aufzutragen. Sofort gewann die benetzte Stelle an Tiefe, jedoch war sie nur etwa eine Handfläche breit. Abermals versenkte Keli ihre Finger im Unlicht und diesmal zog sie eine ganze Handvoll heraus.

»Na, komm schon«, flüsterte Keli fieberhaft, während sie die eingesunkene Stelle noch weiter mit dem verflüssigten Spiegel umfuhr. Das Loch vor Kelis Füßen wuchs in Breite und Tiefe; bald war es weit genug, um hindurchzupassen. Unterdessen wusste sie auch, wie sie das Unlicht von ihren Fingerkuppen lösen konnte. Sie musste es mit einem gezielten Impuls von den Händen gleiten lassen, damit es sich mit gleichbleibender Geschwindigkeit in die vorgegebene Richtung bewegte. Das Unlicht hinterließ weder einen Geruch noch verursachte es irgendwelche Geräusche, die Keli einen Anhaltspunkt gegeben hätten, wie tief es vorangeschritten war. Sie stand auf, versicherte sich, dass keine Unlichtreste an ihren Händen zurückgeblieben waren und zog das Seil aus dem Rucksack. Sie band das eine Ende um einen spitz aufragenden Stalagmit in der Nähe und begab sich daraufhin mit dem anderen Ende in den Fäusten vor das unheilvolle Loch. Sie griff nach ihrem antiken Sunukeschwert, das sie auf alle Fälle dabeihaben wollte, und schob es zwischen Rücken und Pullover.

Durch die beschränkten Lichtverhältnisse konnte sie nicht erkennen, wie weit sich das Unlicht schon in den Abgrund gefressen hatte. Da sie nach Minuten des Zögerns unter sich noch immer nichts Auffälliges ausmachen konnte, entschloss sie sich, am Seil in den neuerschaffenen Schacht hinabzusteigen. Sie fasste sich ein Herz und setzte dann vorsichtig einen Fuß nach dem anderen ins Ungewisse hinunter. Rasch bemerkte sie, dass sie nicht genügend Kraft in den Armen besaß, um ihr Körpergewicht länger als ein paar Minuten zu halten. Kelis Atem beschleunigte sich unweigerlich. Panik breitete sich in ihr aus. Sie versuchte, das Seil mit den Füßen zu umschlingen. Es gelang ihr, den Strick zwischen den Fußgelenken einzuklemmen, was augenblicklich zur Entlastung ihrer bereits zitternden Arme führte. Sie atmete ein paar weitere Male tief ein und aus, dann lockerte sie erneut den Griff. Was würde unten auf sie warten? Was, wenn das Unlicht noch gar nicht im unteren Stockwerk angelangt war? Hatte sie womöglich eben das Seil im Unlicht versenkt und würde auf einmal an dessen Ende stoßen und nicht weiterkommen? Was würde geschehen, wenn sich das Unlicht bis ans Ende der Erde fraß und Keli in ein neu geschaffenes Sonnenloch stürzte? Würde sie dort ihre Eltern vielleicht wiedersehen?

Fragen über Fragen, auf die es keine Antworten gab, quälten Kelis sonst schon überlaufendes Gedankenfass. Mittlerweile hatte sie die Finsternis vollumfänglich verschluckt. Ihre Hände brannten durch die Reibung allmählich unerträglich. Immer weiter drang sie in den Leib der Erde vor, bis – sie hatte etwas gehört. Es hatte wie ein Flüstern geklungen. Keli verharrte und lauschte angestrengt. Eiskalter Schweiß rann ihr über die Stirn und den Rücken hinunter. Da war es wieder: ein unheimliches Wispern unter ihr, das lauter und wieder leiser wurde. Was lauerte da im Dunkeln unter ihren Füßen? War es ein Erdgeist, den sie mit dem Unlicht freigesetzt hatte, wie eines jener Monster in den Deixelgrotten, die darauf warteten, von verirrten Seelen entfesselt zu werden? Kelis Hände wurden zunehmend feucht und fingen an zu beben; lange würde sie das Seil nicht mehr halten können. Ohne, dass sie es wollte, ließen sie ihre verkrampften Fäuste ruckartig dem gespenstischen Flüstern entgegengleiten.

»Oh nein – bitte nicht«, stöhnte sie verzweifelt. Ihr Herz raste in panischem Schrecken. Plötzlich sah sie, wie sich vor ihren Augen die Dimensionen weiteten und im schwachen rhythmischen Aufleuchten eines roten Notlichts ein Raum zum Vorschein kam. Sie wagte einen raschen Blick nach unten, wo das Unlicht einen endlosen Schacht in den Grund geschaffen hatte. Im letzten Augenblick gelang es ihr, ein Bein auszustrecken, um nicht für immer in die unendlichen Tiefen zu verschwinden und hievte sich mit Müh und Not auf den kalten Zementboden der kleinen Kammer.

Jetzt hatte sie wirklich Glück gehabt. Beinahe wäre sie an ihrem Ziel vorbeigerasselt und wäre wohl nie wieder aus den Untiefen der Erde herausgekommen. Keli versuchte, ihren flüchtigen

Atem zu beruhigen und klopfte sich sachte gegen die Brust. Doch es blieb keine Zeit, um eine Verschnaufpause einzulegen.

Als sie ihren Kopf hob und die eigenartigen Räumlichkeiten ins Visier nahm, hörte sie es wieder: Ein düsteres, grollendes Raunen erfüllte die makabre Atmosphäre. Im blinkenden, roten Schein erspähte Keli eine Tür an einer der Wände, die offenstand. Die Laute schienen von dort zu kommen. Angst kroch ihr in sämtliche Glieder und ließ sie erstarren. Sie fürchtete jedes Mal, wenn das Licht für einen Augenblick ausging, dass im nächsten Moment ein Ungeheuer im Türbogen auftauchen würde. Deshalb war sie nicht fähig, aufzustehen, war sich nicht einmal sicher, ob sie ihre Beine tragen würden. Also kroch sie auf allen vieren zu einer Seite des Raumes und bewegte sich dann quälend langsam auf den Türrahmen zu. Knapp daneben machte sie halt, lehnte sich mit dem Rücken gegen die Wand und ließ den Blick durch den Raum schweifen.

Einige Gehäuse, wahrscheinlich Aktenschränke, standen in den Zimmerecken aufgereiht, ansonsten gab es nicht viel zu entdecken. Ein lautes metallenes Poltern verriet Keli, dass jenseits der Tür etwas Großes umgefallen sein musste. Panisch nahm sie das antike Bokuto zur Hand und umklammerte dessen Griff. Ihr tränten die Augen vor Angst. Ein grauenerregendes Knurren und Hämmern ließ Kelis Innereien in Flammen aufgehen. Hätte sie doch bloß darauf bestanden, für Anker den Durchgang oben wegzuschmelzen, dann müsste sie hier unten wenigstens nicht allein sterben.

Auf einmal trat Stille ein. Ein Geräusch, das sich anhörte, als ob ein Hundewesen energisch nach etwas schnüffelte, begann, sich dem Türrahmen zu nähern. Keli hielt den Atem an. Ihr Herz pochte so schnell und stark, dass sie befürchtete, dass das, was auch immer auf der anderen Türseite auf sie lauerte, es hören würde. Sie wollte laut losheulen; wollte blindlings davonrennen.

Unvermittelt – Keli gefror das Blut in den Adern vor Angst – schob sich eine mächtige, Furcht erregende Bestienschnauze Zentimeter um Zentimeter durch den Zimmereingang. Sie konnte nichts anderes tun, als ihrem vermeintlichen Todesurteil in starrem Entsetzen entgegenzublicken. Ein gewaltiger Augapfel mit seltsam senkrechtliegender Pupille erschien vor Kelis in Schock weit aufgerissenen Augen. Einen Moment lang dachte sie, sie würde in Ohnmacht fallen. Zu ihrer gewaltigen Überraschung vernahm sie eine donnernde Stimme, die ihr bekannt vorkam: »WUSSTE ICH DOCH, DASS MICH MEINE NASE NICHT GETÄUSCHT HAT. WIE KOMMT IHR HIER HERUNTER, JUNGE BÄNDIGERIN LANTHORN?«

Keli traute ihren Ohren nicht. Selbst ihren Augen konnte sie eine ganze Weile lang keinen Glauben schenken. Das Monstrum türmte sich vor ihr auf.

»IHR WISST DOCH BESTIMMT NOCH, WER ICH BIN. GILBERT, DER SERAU – JA, DER BIN ICH«, rumorte das Wesen, welches allein drei Viertel des Raumes ausfüllte.

»Na-na klar weiß ich, wer Sie sind. I-ich habe mich nur sehr erschreckt«, stotterte Keli verstört.

»DAS KANN ICH VERSTEHEN. MEINE NASE HAT SICH EBENSO ERSCHRECKT, ALS SIE PLÖTZLICH EINEN BEKANNTEN GERUCH IN DER NÄHE WAHRNAHM. WIE HABT IHR ES GESCHAFFT, MEINEN SPÜRSINN SO LANGE AUSZUTRICKSEN?«

Keli seufzte einmal tief und begann dann, dem Serau zu erzählen, wie sie das Rätsel des Kaelischen Indexes geknackt zu haben glaubten und nun, um das Unlicht aufzuhalten, dabei waren, die vier Stadtjuwelen zusammenzutragen. Gilbert stakste hinüber zur Stelle, von wo Keli vor einigen Minuten in den Raum geschlüpft war. Das Seil hing noch immer durch die beiden Öffnungen an Decke und Boden.

»REIFE LEISTUNG. *DAS* IST EINE FANTASTISCHE NACHRICHT. IHR SEID ALSO WAHRHAFTIG EINE UNLICHTBÄNDIGERIN. GROSSMEISTER LAILAC SEI DANK. WISST IHR, NACHDEM ICH EINIGE SPANNENDE TAGE DAMIT ZUGEBRACHT HATTE, EUREN FEINDEN EINZUHEIZEN UND SIE ZU IHRER BASIS ZURÜCKZUVERFOLGEN, BIN ICH IN DIESEM INTERESSANTEN KAMMERNNETZ HIER GELANDET, WELCHES MIR GÄNZLICH FREMD WAR. DIE SPUREN DIESER LEUTE HABEN MICH BIS HIERHER GEFÜHRT.«

Keli, die sich wieder einigermaßen gefangen hatte, erklärte Gilbert, dass sie sich inmitten des Hochsicherheitsbunkers des mächtigen Diktators Zierzon befanden.

»DESHALB ALSO DIE VIELEN VITRINEN MIT DEM BELANGLOSEN SCHMUCK UND DEN EDELMETALLEN. DIESER ZIERZON HAT GANZE ARBEIT GELEISTET, UNZÄHLIGE KAMMERN MIT DIESEM PLUNDER VOLLZUSTOPFEN; ALLE ACHTUNG. DIE STEINE, DIE IHR SUCHT, HABE ICH MÖGLICHERWEISE IN EINEM KLEINEN SAAL UNWEIT VON HIER GESEHEN. GERNE WÜRDE ICH EUCH BEI EUREM VORHABEN, DEN VERSCHOLLENEN INDEX ZU BERGEN, BEGLEITEN. NATÜRLICH NUR, WENN ES AUCH EUER WUNSCH IST.«

Keli konnte ihr Glück nicht fassen. Vor einigen Minuten noch hatte sie gedacht, es wäre aus mit ihr, und nun das. »Es äh – wäre mir eine Ehre, Herr Gilbert«, stammelte sie sichtlich erleichtert. Der Serau winkelte kurz anerkennend seine Vorderbeine an.

»DIE EHRE IST GANZ MEINERSEITS, JUNGE BÄNDIGERIN LANTHORN. KOMMT, WIR SOLLTEN KEINE ZEIT VERLIEREN.«

Und so durchschritten sie zahlreiche Räume und Gänge, die über und über mit Gestellen aller Art zugepflastert waren. Schränke, Truhen und Vitrinen quollen über von Zierzons Wertsachen. Keli war es ein Rätsel, wie der Serau hier unten bei seiner Größe und dem Lärm, den er verursachte, so lange sein Unwesen hatte treiben können, ohne aufzufliegen. Oder war sich dieser Zierzon so sicher, niemand könnte in die Tresorräume einbrechen, dass er sie deshalb gar nicht überwachen ließ? Aber, wenn Gilbert die Schmelzfrontler tatsächlich bis hierher verfolgt hatte, müsste dies doch bedeuten, dass …

»Seht, da vorne, auf der Platte.«

Keli folgte Gilberts Blick. Wie der Serau angekündigt hatte, kam eine Art Altar in Sicht, auf der vier kleine Gegenstände fein säuberlich nebeneinander aufgereiht lagen. Als Keli nähertrat, erkannte sie vier Kieselsteine, wie Anker sie beschrieben hatte. Zwei der Steine glichen den beiden Stadtjuwelen, welche sie bereits in Obhut genommen hatten. Die zwei anderen waren klobig und schienen nicht zum Satz der Kinder Kaels zu passen. Vielleicht waren es Attrappen, die ausgetauscht würden, sobald die Originale hergefunden hatten, überlegte Keli und streckte die Hand nach der lilafarbenen Lichterlohenen Weinbeere aus. Genau in dem Augenblick, als Kelis Finger den Kieselstein berührten, durchdrangen die Laute mehrerer Warnsirenen das vielvernetzte

Gewölbe.

Gut 400 Meter über Keli war die an Anker adressierte Lichtmail samt ihren drei Verfolgern über der Sonnenlochmetropole Atlas angekommen. Die raschelnde Lichtsphäre sauste unentwegt auf das gewaltige, aber heruntergekommene Hauptbahnhofsgebäude von Leutengrund zu.

»Was tun wir jetzt?«, rief Naomi mit besorgter Stimme ihren Begleitern zu.

Es musste eine rasche Entscheidung her, sonst würden sie entdeckt und festgenommen, ehe sie sich überhaupt einen Plan ausgedacht hatten. Naomi stoppte abrupt in der Luft, wobei Loyd und Lux beinahe ineinander krachten.

»Pass doch auf, ey«, schimpfte Loyd, der nun heftig mit den Flügeln rudern musste, um nicht abzusacken.

»Kommt her – schnell!«, fauchte Naomi und winkte ihre Verbündeten aufgeregt zu sich.

Als sich die flatternde Truppe auf gleicher Höhe eingefunden hatte, wurde kurzerhand erörtert, was als Nächstes geschehen sollte. Da sonst niemand eine Idee hatte und nur Naomi sich ein wenig in Atlas auskannte, kam der einzige Vorschlag von ihr: »Es spricht alles dafür, dass sich Anker und Keli irgendwo in Adelgrund befinden und sich vielleicht gerade mit Zierzon treffen. Da wir ohnehin schon aufgeflogen sind und wahrscheinlich gerade hunderte Finger auf uns zeigen, schlage ich vor, wir fahren nicht mit der Bahn nach Adelgrund hinunter, sondern benutzen die ›Antiken Stufen‹.«

Lux und Loyd wussten zwar nicht genau, wovon sie sprach, jedoch hörte es sich nach einem vernünftigen Plan an, also willigten sie ein.

»Nur zu, wir folgen dir«, sagte Loyd außer Atem, der diesmal froh war, nicht selbst die Führung übernehmen zu müssen.

»Joa«, äußerte sich Lux in seiner schlichten Art.

»Gut. Sobald wir landen, könnte es sein, dass wir verfolgt werden, also sollten wir uns auf eine Hetzjagd gefasst machen. Wenn wir in Adelgrund angekommen sind, schicken wir eine weitere Lichtmail an Anker. Wenn nichts mehr geht, tauchen wir in Lichtschatten. Dann los«, rief Naomi entschlossen und ließ sich gegen Westen treiben.

Schon bald waren die Sirenen der Wachhäuser und Atlan-Ordnungsmobile ringsum zu hören. Man hatte natürlich mitbekommen, dass sich verdächtige Gestalten am Himmel herumtrieben. Loyd sah, wie unter ihnen Wesen auf den Straßen und zwischen den unzähligen grauen Wohnblöcken zum Stehen kamen und verwundert zu ihnen emporstarrten. Die oberste Ebene von Atlas sah für Loyd aus wie eine weite, abgewirtschaftete Slumsiedlung. Hier würde er bestimmt nie leben wollen. Grüne Flecken waren kaum auszumachen und überall qualmten Industrieschornsteine, die in Augen und Lungen brennenden Rauch ausstießen.

Es blieb keine Zeit, weiter darüber nachzudenken. Im nächsten Augenblick hatte Naomi ihr Ziel gefunden und ging nun in einen steilen Sturzflug über. Lux und Loyd folgten ihrem Beispiel und schmiegten sich die Solaflügel an ihre Hüften, um den Luftwiderstand zu verringern. Loyds Augen begannen zu tränen, doch er erkannte, was Naomi anstrebte: Es war eine Ansammlung von gigantischen, vielfarbigen Treppenstufen, die sich tief im Innern des Erdbodens verloren. Zwar war der Eingang in die antike Treppenvorrichtung von Barrieren umgeben, jedoch gab es kein Dach, das einem fliegenden Passagier den Eintritt hätte verwehren können.

»Da fliegen wir rein!«, rief Naomi hektisch und setzte zur Landung an, wobei sie ihre Flügel weit ausbreitete und die Beine nach vorne schwenkte. Lux und Loyd machten es ihr nach. Eine Horde von Wachleuten mit geschwärzten Holzschwertern und ein weiteres Getümmel, das verdächtig nach Schmelzfrontlern aussah, kam auf die umzäunte Attraktion zugeschossen. Da die antiken Stufen nur noch von ärmeren Bürgern und Touristen benutzt wurden, gab es lediglich einen Eingang. Davor sammelten sich flugs die zwei mit den Schwertern fuchtelnden Fraktionen und trafen vor dem Wachhäuschen aufeinander.

Die Landung war den drei Eindringlingen geglückt. Nun hieß es rennen. Zuerst nahm Naomi zwei Stufen auf einmal in den spärlich beleuchteten Treppenschacht hinunter, dann zog Loyd mit drei Stufen pro Satz an ihr vorbei. Zuletzt kam Lux, der euphorisch jauchzend seine Flügel ausgebreitet hielt und mit unverschämtem Tempo an ihnen vorbeiflitzte. Bloß seine Zehenspitzen berührten hie und da einen der mit Moos bewachsenen Absätze. Naomis und Loyds Augen trafen sich für einen Augenblick in stillem Einvernehmen, dann schwangen auch sie die Solaflügel und tauchten mit mörderischem Tempo in den dunklen Treppenlauf ab.

Hinter ihnen krachte es. Die Wachleute und die Schmelzfrontler waren sich offenbar in die Haare geraten und fingen nun an, sich gegenseitig zu verprügeln. Der lange, modrige Treppensteig führte zu einer Hundertachtziggradkurve und setzte sich dann in entgegengesetzter Richtung fort. Außer einem händchenhaltenden Pärchen und einer Schar geführter Touristen, die sich erschrocken auf den Stufen duckten, als die flüchtende Meute an ihnen vorübergesegelt kam, begegnete ihnen auf dem Weg nach Adelgrund sonst niemand. An insgesamt drei Windungen mussten sie abrupt die Richtung wechseln, bis sie am Fuß der Stufen bei einem unförmigen Felstunneleingang innehielten, der mit einer Laterne und einer Ortstafel versehen war.

»Wohin jetzt?«, schnaufte Loyd angespannt.

»Das wissen wir erst, wenn die Lichtmail es uns verraten hat«, antwortete Naomi mit gehetzter Stimme und faltete ihre Hände zusammen, um eine weitere zu erschaffen.

In diesem Moment kam eine raschelnde Lichtkugel aus dem linken Tunnelbogen auf sie zu geglitten. Sie verharrte vor Loyd und wollte von ihm empfangen werden. Verwirrt fügte er seine Handseiten zusammen, dann hielt er sich die Nachricht ans Ohr.

»Ich bin es – Anker. Ich weiß nicht genau, was ihr vorhabt, aber versucht jetzt auf keinen Fall, nach Atlas zu reisen. Bleibt einfach im Hintergrund!«

Loyd schüttelte den Kopf. »Bleibt im Hintergrund«? Was war das denn wieder für eine Aussage? Sie waren ein Forscherteam, verdammt noch mal, und konnten nur anhand klar definierter Aufgaben arbeiten. Ankers karge Worte bewirkten zwar vieles, nur Klarheit schaffen, das taten sie nicht. Loyd erzählte Naomi und Lux, was er eben gehört hatte, doch bevor sie nun ihren nächsten Schritt besprechen konnten, kündigten die Echos wilden Gebrülls das sich nähernde Heer der Schepperklingenschwinger an. Loyd, der noch immer die Lichtmail auf der einen Hand trug, entschied sich blitzschnell: »An Don Loglovski Ankerbelly. Test«, und schon schwebte der neue Wegweiser zügig die linke Tunnelwand entlang.

Unterdessen waren Keli und Gilbert wieder auf dem Weg zurück in den rot leuchtenden Raum, wo die beiden unheimlichen schwarzen Löcher in Decke und Boden klafften. Keli fragte sich gerade, wie es nun weitergehen sollte, als der Serau – als hätte er ihre Gedanken gelesen – seine Empfehlung preisgab: »WIE ICH ES VERSTANDEN HABE, IST EUER NÄCHSTES ZIEL DIE HOCHSCHULE VON HERBSTFELD.«

Keli sah Gilbert für einen Moment lang erstaunt an, dann plötzlich hallten die Echos weiterer alarmierender Sirenen nun auch von oben aus dem Unlichtschacht heraus zu ihnen herunter.

»ES BLEIBT KEINE ZEIT«, grollte Gilbert. »ICH WÜRDE EUCH RATEN, MIT MIR DURCH GROSSMEISTER LAILACS TUNNELNETZ ZU FLIEHEN. VIELLEICHT KÖNNTE ICH EUCH SOGAR AUF MEINEM RÜCKEN BIS NACH HERBSTFELD TRAGEN.«

»Aber Anker, der Unlicht-Professor, ist noch oben und kann nicht durch die Höhle hindurch, die zum Seil führt«, erklärte Keli verzweifelt.

»WENN ER ES HERUNTER SCHAFFEN KANN, WERDE ICH EUCH BEIDEN EINEN RITT GEWÄHREN.«

Keli ging ein Licht auf. »Bin gleich wieder da. Bitte, warten Sie hier«, sagte sie hektisch, nahm das Seil abermals fest in den Griff und hüpfte dann in den grundlosen Stollen. Die Öffnung war unterdessen um das Dreifache in der Breite gewachsen. Keli konnte nur hoffen, dass das Unlicht oben nicht bereits dabei war, den Stalagmiten anzunagen, an dem sie das Seil festgebunden hatte. Keli musste all ihre Kräfte aufwenden, um die vielen Meter, die sie zuvor hinuntergerutscht war, nun wieder hinaufzukraxeln. Je näher sie jedoch dem in Türkis funkelnden Geheimraum kam, desto lauter wurde das Heulen der Sirenen und desto mehr Adrenalin schüttete ihr Körper in ihre Blutbahnen.

»Anker, nein, bitte sei noch da. Ich brauche dich – ohne dich bin ich aufgeschmissen«, keuchte sie verbissen. Schweiß tropfte in die grenzenlosen Tiefen. Wenn sie jetzt losließ, wäre alles vorbei – doch wie zuvor schien die Kraft des Mooses durch dessen Glimmen auf sie abzufärben.

»Noch ein Stück – nur noch ein kleines Stück ...«

Sie hatte keine Wahl – sie bündelte das Licht in ihrem Körper und trieb es den Muskeln in ihren bebenden Armen entgegen. Mit tränenüberströmtem Gesicht und einem schmerzerfüllten Aufschrei hievte sie sich über den felsigen Rand der breiten Grube. Sie hatte es geschafft. Ihre verkrampften und schweißnassen Hände gaben nach. *Noch eine weitere Sekunde und ich hätte den Löffel abgegeben,* dachte Keli erschlagen. Sie wälzte sich ausgezehrt auf dem überwucherten Felsboden. Ihre Handflächen brannten wie Feuer, es blieb jedoch keine Zeit für eine Atempause.

»*Keli – Keliii,* wo bist du nur?«, war Ankers zischende und panische Stimme durch die enge Felspassage hindurch zu hören.

Keli war schlagartig wieder auf den Beinen. Sie hob den Unlichtbehälter vom Boden hoch, der noch halb gefüllt war und begann energisch, die mit Moos bewachsene Felsspalte damit zu benetzen.

»Ich mache den Weg frei!«, rief Keli durch die Öffnung.

»Nein – nein, nein, nein, wir müssen sofort verschwinden! Lass das und komm schnell hier rüber. Hast du die Steine?«

»Ja, ich habe sie gefunden«, japste Keli, wobei sie unablässig den Durchgang erweiterte.

»Gut, dann komm – schnell jetzt!«, krächzte Anker aufgebracht.

»Ich habe den Serau Gilbert unten getroffen. Er hat mir gezeigt, wo die Juwelen waren und er hat mir angeboten, uns unterirdisch auf dem Rücken nach Herbstfeld zu tragen.«

Darauf folgte keine Antwort. Keli strich tüchtig weiter und das Unlicht tat, was es am besten konnte: Es löste Stein, Moos und Farn widerstandslos in nichts auf. Die Sirenen heulten noch immer Gefahr verlautend im Hintergrund. Ein letzter Meter trennte Keli nun noch von Anker. »Keli, da ist jemand. Ich kann Schritte hören. Mach schneller, bei allen Gurkenpopos der Welt«, quiekte Anker mit der hohen Stimme, die Keli für eine Weile nicht mehr zu Ohren gekommen war.

Keli schnellte mit der Hand vor und zurück, vor und zurück, wie ein wild gewordener RRA. Unlicht tropfte auf ihre Schuhe und enthüllte ihre wunden Zehen, aber das war jetzt egal – sie war durch – sie hatte es geschafft! Anker quetschte sich wie vom Teufel getrieben durch den Durchschlupf. Keli wandte sich um und stob zurück zum Loch im Boden, welches mittlerweile Ankers Umfang erreicht haben musste. Ohne Wortwechsel stürzte sich Anker in die Öffnung und umklammerte wie ein Verrückter das dicke Seil, welches sich unter seinem Gewicht bedrohlich anspannte. Stoßweise versank er im düsteren Schacht, während Keli zähneklappernd danebenstand und wartete.

Das Laufgeräusch mehrerer Fußpaare näherte sich in beängstigender Geschwindigkeit. Als Ankers dünne Haarbüschel nur noch schwach im Schein des Mooses zu erkennen waren, griff Keli nach dem Seil. Im selben Moment bog eine flackernde Lichtkugel in den ausgeweiteten Tunneleingang ein.

»Schaut, die Öffnung da. Da ist sie rein!«

Keli erschrak so sehr, dass sie beinahe Hals über Kopf in das Loch hineingefallen wäre. Gesprochen hatte die unwahrscheinlichste Person, die Keli hier unten erwartet hätte: ihr älterer Bruder, Loyd. Die Silhouetten dreier Personen kamen um den Felsbogen geschossen. Keli erkannte im bescheidenen Laternenschein die Staturen von Loyd, Naomi und einem Menschenwesen, das sie nicht kannte. Keli wollte schon den Mund aufmachen und den dreien zurufen, sie sollten mit ihnen zusammen fliehen, als Ankers Stimme den Unlichtschacht empordonnerte: »Keli, beeil dich! Wir müssen von hier verschwinden!« Das Seil schon in der Hand blieb Keli zaudernd stehen.

»Keli, bist du das etwa?«, fragte eine weiche Stimme, die Keli einen Stich mitten ins Herz versetzte. Es war tatsächlich Naomi – sie hatte ganz vergessen, wie schön und beruhigend ihre Stimme klang. Kelis Augen füllten sich unweigerlich mit Tränen. Sie wollte Naomis Nähe spüren; sich mit ihr austauschen. Wie oft sie an den einsamen Abenden an sie gedacht hatte, wie sehr sie sich davor gefürchtet hatte, auch Naomi nie wieder zu sehen …

*»Keli – verdammt noch mal, kommst du jetzt wohl runter!«*, tobte Anker im unteren Stockwerk.

Keli starrte wieder in die Finsternis zu ihren Füßen, während ihre beiden ehemaligen Teamgefährten durch den Felstunnel geschritten kamen. Sie konnte nicht anders, *sie musste* ihre Mission beenden. Naomi und Loyd waren jetzt nicht in der Lage, ihnen zu helfen …

»Ich liebe dich, Naomi«, hauchte Keli so leise, dass nur sie selbst es hören konnte und kniff innerlich zerrissen die Augen zusammen. In diesem Augenblick lockerte sie ihren Griff, ließ sich fallen und wurde vom finsteren Abgrund verschlungen.

*»Keli – nein, nicht schon wieder!«*, brüllte Loyd und rannte in rasender Verzweiflung auf das Loch im Boden zu.

Kelis Hände schmorten unter der Reibung des Seiles. Ankers Wutanfall klang ab, als er die Reste ihrer Schuhe im Schacht auftauchen sah.

»Na endlich – wo hast du so lange gesteckt – wir müssen fliehen, und zwar sofort!«, wetterte Anker wie verrückt.

»Ich habe Naomi und Loyd oben gesehen«, schniefte sie mit Tränen in den Augen.

»Ach ja? Ich habe ihnen ausdrücklich mitgeteilt, sie sollen sich von Atlas fernhalten. Und was machen sie? Sie lösen Alarm im ganzen Land aus – solches Verhalten ist inakzeptabel auf wichtigen Missionen, wie dieser – absolut inakzeptabel!«, rief Anker aus.

Gilbert, der hinter Anker auf den Hinterbeinen saß und das Schauspiel interessiert mitverfolgt hatte, meldete sich nun plötzlich zu Wort: »WENN IHR WOLLT, KANN ICH EUCH BIS NACH HERBSTFELD BEGLEITEN – FALLS ERWÜNSCHT, AUF MEINEM RÜCKEN.« Der Serau behielt trotz der allgemeinen Aufregung seine tiefe, melancholische Stimme.

»Wenigstens einer, der etwas Brauchbares von sich gibt«, bemerkte Anker schroff und stapfte auf Gilbert zu.

Keli war zu sehr auf ihre aufgeschürften Hände fokussiert, als dass sie sich über Ankers plötzliche barsche Unverblümtheit Gedanken gemacht hätte. Sie trottete, ihre Handflächen betastend und mit schmerzhaft verzerrtem Gesicht hinter Anker her.

»Hallo – wir kommen runter«, glaubte Keli aus dem offenen Schacht an der Decke gehört zu haben.

Gilbert faltete seine Vorderbeine und legte sich auf den Bauch. Anker packte die graue Mähne des ziegenartigen Wesens und versuchte, sich auf dessen Rücken zu hieven. Mit einem Ruck Gilberts rollte Anker mehr schlecht als recht auf dessen leicht gebogenes Kreuz. Keli zog sich an Ankers ausgestreckter Hand hinauf und ließ sich vor ihm nieder. Sie umklammerte die beiden Hörner, die aus dem ziegenartigen Kopf ragten, und keine Sekunde später richtete sich der mächtige Wächter auf. Die beiden Passagiere wurden in die Höhe gerissen.

»BITTE, SENKT EURE HÄUPTER. DIE TÜRRAHMEN SIND HIER ZIEMLICH TIEF ANGELEGT«, warnte Gilbert seine Reisegäste und los ging der Labyrinthstreifzug.

»Lux, pass auf, dass du nicht am Raum vorbeirutschst«, rief Naomi den Schacht hinauf, als Lux an der Reihe war.

Loyd war als Erster und ohne viel Federlesens in den finsteren Schacht abgetaucht. Als Naomi schließlich unten ankam, war Loyd bereits verschwunden.

»*Iiich kommeee!*«, war Lux überdrehte Stimme zu hören. Einen Moment später kam er durch das Loch an der Decke geschossen.

»*Lux!*«, schrie Naomi entsetzt, als er an ihr vorbeischoss. In letzter Sekunde konnte sich Lux vom Seil lösen und krallte sich mit den Händen am Loch im Fußboden fest. Naomi half ihm aus der tödlichen Falle heraus.

»Ups – ich dachte, es ginge viel tiefer hinunter. Sorry«, entschuldigte sich Lux unbeeindruckt von seinem unverschämten Glück und strich sich beiläufig den Staub von der neuen Jeanshose. »Wo ist Loytoy?«

»Ja, das wüsste ich auch gerne«, seufzte Naomi aus verschiedenen Gründen.

»Ich bin hier«, war Loyds Stimme vom Türbogen her zu hören.

Er trat aus dem Lichtschatten. »Ich war eben die Umgebung auskundschaften; keine Spur von Keli und Anker«, sagte er entnervt und trat voller Wucht gegen einen der herumstehenden Aktenschränke.

»*Loyd*«, zischte Naomi entrüstet. »Es wird uns noch jemand hören.«

»Sie haben uns ohnehin schon entdeckt. Es ist aus – wir sind erledigt«, maulte Loyd umher, als wäre alles vorbei.

Naomi hatte Loyds Pessimismus augenscheinlich satt. Sie ging auf Loyd zu, baute sich vor ihm auf und verpasste ihm eine schallende Ohrfeige.

»Jetzt nimm dich mal zusammen! Es war deine Idee, hierherzukommen und den Helden zu spielen, weißt du noch? Also bitte benimm dich einmal in deinem Leben wie einer, hast du kapiert? Wir leben noch – nichts, rein gar nichts ist ›aus‹.«

Loyd kniete sich mit gesenktem Haupt auf den Boden und schlug hart dagegen. »Ach verflucht – du hast ja recht, aber –« In diesem Atemzug war ein lautes Krachen jenseits des Zimmereingangs zu hören. Auch über ihnen kam lautes Stimmengewirr den Unlichtschacht heruntergeschwappt.

»Zwickendes Schmelzwasser«, fluchte Loyd leise und raffte sich auf. »Mir nach!«, befahl er und zusammen schlichen sie zur Tür hinaus.

Die Ohrfeige hatte in Loyd etwas verändert. Von einer Freundin auf diese Weise getadelt zu werden, war peinlich. Er schämte sich für seine vorzeitige Resignation. Es stimmte natürlich, was Naomi eben gesagt hatte: Solange sie lebten, war nichts aus. Solange sie lebten, durften sie hoffen.

Geduckt bogen sie links in eine offene Pforte ein. Hinter ihnen polterte es wieder laut, und energisches Gebrüll durchdrang die unzähligen unterirdischen Räume. Die drei Teamgenossen schlüpften durch einen weiteren Zugang und hasteten dann einen langen Zementkorridor entlang. Die Passage wand sich abermals nach links, dann nach rechts und wurde stetig unförmiger. Bald kamen sie an einer Stelle vorbei, an der nackter Stein unter dem Putz hervorlugte, bis die Spuren des Bauerzeugnisses ganz verschwanden.

»Wohin führt uns der Tunnel?«, fragte Naomi, obwohl ihr klar war, dass darauf niemand eine Antwort kannte.

»Auf jeden Fall weg von Adelgrund«, erwiderte Loyd, darauf bedacht, ruhig und beherrscht zu klingen.

Sie hatten die letzte Laterne hinter sich gelassen. Der grottenartige Durchgang verfinsterte sich zunehmend. Plötzlich tauchte vor ihnen ein Gebilde auf, das wie die zwei eingeschlagenen Torflügel eines massiven Stahlportals aussah. Auf dem eingedellten Metall konnte Loyd das Symbol eines aufgeschlagenen Buches erkennen: »Das Symbol von Atlas: ein Weltatlas«, erklärte Naomi den andern.

Hinter dem zerstörten Tor ging der felsige Gang in ein altbekanntes Tunnelnetzwerk über. Die drei Freunde betraten mit bedachten Schritten das über und über von Mosaikbildern durchzogene und gluckernde Untergrundnetz, das einst durch Urvater Lailac geschaffen worden war, als hinter ihnen auf einmal und völlig überraschend eine in die Wand eingearbeitete Tür aufschlug und eine Herde Schwertschwinger herausgeschossen kam.

Auf Gilberts Rücken waren Anker und Keli viel schneller unterwegs, als sie es sich erhofft hatten. Der Serau kannte das Labyrinth offenbar im Schlaf und fegte durch Gänge, sauste um steile Kurven und sprang weitreichende Treppenläufe hinauf und wieder hinunter. Die 60 Kilometer, die Gilbert angekündigt hatte, waren vermutlich schon zur Hälfte zurückgelegt. Wäre Keli nicht auf ihn gestoßen, wären sie wahrscheinlich in Atlas verhaftet worden und die Welt mit ihnen untergegangen. Was hatten sie nur wieder für ein unglaubliches Glück gehabt.

»Wenn wir in Lichterloh ankommen, begeben wir uns schnurstracks und ohne Umwege zum Bahnhof und nehmen die Wasserbahn nach Herbstfeld. Auf dem Weg dürfen wir auf keinen Fall von der Schmelzfront entdeckt werden«, schärfte Anker Keli vor sich ein.

»Alles klar«, erwiderte Keli nur.

»MIT VERLAUB, HERR PROFESSOR«, schnaubte der Serau unter der schweren Last, »WENN ES HELFEN WÜRDE, WÄRE ICH BEREIT, EUCH BIS NACH HERBSTFELD ZU TRAGEN.«

Anker schwieg für einige Sekunden, dann schien er zu einem Entschluss gekommen zu sein und antwortete: »Das wäre eine große Hilfe, vorausgesetzt, Sie schaffen es bei Lailacs Sanktuarium durch die geheime Pforte an die Oberfläche. Oder gibt es noch einen anderen Weg?«

»WIE IHR WÜNSCHT. ES GAB EINMAL EINEN TUNNEL, DER EINST VON GROSSMEISTER LAILAC ERSCHAFFEN WURDE UND DIREKT NACH HERBSTFELD FÜHRTE. ICH MUSSTE ABER FESTSTELLEN, DASS ER MITTLERWEILE EINGESTÜRZT IST. WIR MÜSSEN BEI GROSSMEISTER LAILACS ›SANKTUARIUM‹, WIE IHR ES NENNT, NACH OBEN«, schnaufte das uralte Wesen schwer und legte nochmals einen Zacken zu.

Anker schwieg. Keine zwanzig Minuten später kamen Räumlichkeiten in Sicht, die Keli schon einmal gesehen hatte. Sie waren im Untergrund von Lichterloh angekommen. Gilbert schoss den letzten, von grünen Laternen beleuchteten Gang entlang und hielt kurz darauf nach Luft röchelnd vor der Leiter an, die hinauf ins Mondstein-Sanktuarium führte. Keli ging als erste, dann folgte Anker, der es, von Keli gezogen und von Gilbert gestoßen, irgendwie an die Oberfläche schaffte, und zu guter Letzt kam die gruselige Schnauze des Seraus aus der Öffnung unterhalb des Sprechpults zum Vorschein. Mit einem Stoß seiner Hörner erweiterte er die Öffnung und kletterte hindurch. Als er oben war, sackten Gilbert für einen Moment lang die Vorderbeine weg.

»Sind Sie ok? Haben Sie sich verletzt?«, fragte Keli umsichtig.

»KEINE BANGE, JUNGE BÄNDIGERIN LANTHORN, ICH FÜHLE MICH SO FREI, WIE SCHON SEIT VIELEN HUNDERT JAHREN NICHT MEHR«, entgegnete Gilbert und setzte ein grimmiges Grinsen auf. Er stützte sich zurück auf die Hufe. Anker hatte die inzwischen reparierte dunkle Holztür aufgeworfen und war bereits in den Korridor hinausgetreten. Niemand war zu sehen. Die Tresorräume waren wieder fest verschlossen wie eh und je und kein Zeichen deutete darauf hin, dass die Schmelzfront hier eine Woche lang gewütet hatte. Vor der Eingangstür des Schulgebäudes schienen tiefviolette Nachmittagsstrahlen. Die Dämmerung hatte eingesetzt. Ein angenehmer Luftzug begrüßte die drei ungleichen Genossen, als sie in die Wärme hinaustraten.

Gilbert ging abermals in die Knie, um Keli und Anker aufsitzen zu lassen, wobei er zufrieden die Augen schloss. Er schien das warme Nachmittagsbunt merklich zu genießen. Keli war sich sicher, wenn Gilbert ein Menschenwesen gewesen wäre, hätte er vor

Freude, nach so vielen Jahrhunderten wieder Tageslicht zu erblicken, wohl Tränen vergossen.

Zunächst mussten sie das Hochschulareal des HHF Lichterloh-Campus verlassen, um danach die Richtung nach Herbstfeld einzuschlagen. Anker wies Gilbert, dem die Hauptstadt Lichterloh gänzlich fremd war, den Weg. Sie streiften unter den vielen Glaspassagen der Unigebäude hindurch, wobei die Leute darin ungläubig zu ihnen hinunterstarrten. Keli konnte es ihnen nicht verdenken, denn sie mussten ein mehr als kurioses Bild abgeben: Der tot- oder entführtgeglaubte Prorektor der Hochschule zusammen mit einem jungen Mädchen, das ein Schwert über der Schulter trug, auf dem Rücken eines ausgestorbenen Riesenwesens. Ein Wachmann folgte dem Serau mit verstörtem Blick, brachte aber keinen Laut heraus. Immer mehr verwunderte Studenten, Lehrende und Angestellte traten auf die Straßen, um dem unfassbaren Spektakel auf den Grund zu gehen.

»Ich glaube, wir sollten einen Zahn zulegen. Da vorne ist das Wachhäuschen. Da müssen wir durch«, erklärte Anker dem Serau, der sich angesichts der vielen Zuschauer keine Verwirrung anmerken ließ.

Gilbert erhöhte das Tempo. Sie waren schon an der nach oben gewölbten und stellenweise pflanzenbewachsenen Universitätsbibliothek vorbei, als Keli hinter sich eine Stimme rufen hörte: *»Anker – Anker!«*

Verblüfft blickte Keli über die Schulter. Eine Frau inmitten einer Ansammlung von Schaulustigen winkte wie verrückt mit den Händen. Keli traute ihren Augen nicht. Die Frau sah aus wie Tanja, die sie einst bis hinter das Schulsekretariat begleitet hatte. Konnte es denn sein – war sie gar nicht tot?

»Anker – da hinten ruft eine Frau nach dir. Ich glaube, es ist die Bibliotheksangestellte, Tanja«, bemerkte Keli vorsichtig.

»Ja, mag sein«, gab Anker zurück.

Das war alles. Keine Besorgnis in der Stimme, noch die Absicht, sich zu vergewissern, dass es tatsächlich Tanja war, und dass es ihr gut ging. *Was ist nur mit Anker los?*, fragte sich Keli beklommen.

»Aber – ich dachte sie wäre gestorben. Wollen wir nicht kurz umdrehen und uns vergewissern, dass sie –«

»*Keli*, hast du vergessen, um was es jetzt geht, was wir gerade tun? Hast du überhaupt irgendeine winzige Ahnung, was es bedeutet, den Unlichtschlüssel in den Händen zu halten? Für solche Kleinigkeiten haben wir jetzt keine Zeit!«, entfuhr es Anker grob.

Sie waren am Wachhäuschen angelangt. Die Beamtin im Innern fragte erst gar nicht; sie ließ die Sicherheitsschranken mit ungläubiger Visage aufschlagen.

»Herbstfeld liegt in dieser Richtung«, wies Anker den Serau an.

»ICH WEISS – HALTET EUCH GUT FEST; WIR WERDEN IM NU DA SEIN«, knurrte Gilbert und wandte sich entschlossen gegen Norden.

Mehr als einen Marathonlauf entfernt stoben Lux, Naomi und Loyd durch ein Nerven aufreibendes Gewirr von unterirdischen Gängen und Räumen. Das Qualvollste dabei war aber nicht die Tatsache, dass jeder neue Abzweiger praktisch identisch aussah wie der vorherige, sondern, dass sie einmal mehr von einer Horde übergeschnappter Bewaffneter verfolgt wurden, die immer näher zu ihnen aufschlossen. Vom langen Flug nach Atlas geschwächt und aufgrund ihrer hungernden Mägen ausgezehrt stand der Einsatz von Lichtschatten oder einer Schattenwand außer Frage. Loyd befürchtete, dass sie bald an den Grenzen ihrer Kräfte ankommen würden. Dazu kam, dass sie noch immer die massigen Solaflügel bei sich trugen. Nicht, dass diese besonders schwer gewesen wären, aber sie waren im Weg, wenn sie zusammen in einen neuen Gang einbogen oder die Decke vorübergehend einsank.

»Vermaledeite Steine«, rief Loyd plötzlich aus, als er über etwas stolperte und beinahe hinfiel.

»Das war ein Knochen«, korrigierte ihn Lux gleichgültig.

»Ein was?« Loyd blickte ungläubig über die Schulter, als ihm schon der nächste Knochen das Bein stellte.

»Schaut gerade aus, nicht zurück – da!«, japste Naomi und zeigte wild mit der Hand fuchtelnd auf eine Verzweigung, wo sich im Tunnelschacht zu ihrer Linken eine steil aufsteigende Steintreppe anbot. »Da rauf«, zischte sie zu Loyds und Lux' Entsetzen.

Loyd wollte protestieren und Naomi klarmachen, dass der andere Gang leicht in die Senke ging und sicher einfacher zu durchqueren wäre, doch es blieb keine Zeit dafür und die Gruppe musste schließlich zusammenbleiben.

Die drei ausgelaugten Botschafter nahmen je zwei Stufen auf einmal. Auf mittlerer Höhe der Stiege kam ein kleiner Wasserlauf zum Vorschein, der neben den Stufen entlangplätscherte und dann in der Wand verschwand.

Plötzlich machte Naomi: »Schhhh!«, und gebot Lux und Loyd mit ausgebreiteten Armen, anzuhalten.

Loyd fragte sich schon, was sie im Schilde führte und wollte bereits seine Meinung zum Besten geben, als der randalierende Mob, der sie verfolgte, den Fuß der Treppe erreichte. Die drei Verfolgten lauschten mit unterdrücktem Keuchen dem maßlosen Lärm, den die wütende Horde fabrizierte. Doch zu Lux' und Loyds großer Verblüffung nahm der Tumult bald wieder ab, bis kaum noch etwas zu hören war.

»Die Schmelzköpfe sind tatsächlich an der Treppe vorbeigedüst – ich glaub es einfach nicht. Krass«, stieß Loyd mit aufgelöster Stimme hervor und ließ sich völlig abgekämpft auf eine Stufe plumpsen.

Lux fing an, ungläubig zu schnauben und Naomi ließ einen ungeheuren Seufzer hören. Alle drei ließen sich auf den uralten Treppenstufen nieder und blickten einander an. Was war eben geschehen? Loyd musste unbedingt seine Gedanken ordnen, und das konnte er in diesem Augenblick nur, indem er sie aussprach: »Was zur brühwarmen Schneesuppe ist passiert?«

»Ist doch klar: Die Ordnungsleute sind an der Treppe vorbeigerauscht«, antwortete Lux, für den es offensichtlich war.

»Ich meine nicht nur *das* – alles – was war los mit Keli? Wo ist sie hin verschwunden und, wo in aller Welt ist Anker?«, definierte Loyd seine Frage neu.

»Anker muss im Schacht unten auf Keli gewartet haben. Wir haben die Lichtmail bis in den Felstunnel hinein verfolgt, dann war sie plötzlich weg«, gab Naomi etwas unschlüssig zu bedenken.

»Das würde doch heißen – Anker und Keli sind immer noch irgendwo hinter uns? Ich habe sie aber nirgendwo ausfindig machen können. Und weshalb hat Keli nicht auf uns gewartet?«, schoss es aus Loyd heraus. Er brauchte dringend Antworten – er befürchtete, dass er sonst noch wahnsinnig würde.

»Darf ich etwas sagen?«, warf Lux zurückhaltend ein.

»Sicher, wir brauchen dringend Vorschläge, wie es weiter gehen soll«, flüsterte Naomi und streckte ihm die offenen Handflächen entgegen.

»Kann es sein, dass deine Schwester, Keli, und dieser Professor Ankerbelly, sich gar nicht mit uns treffen wollen?«

»Das Gefühl habe ich auch zunehmend«, stimmte Naomi mit bedrückter Miene zu.

»Wollt ihr etwa sagen, unsere Mission ist hiermit beendet?«, unterstellte Loyd seinen Begleitern. »Wenn wir wenigstens wüssten, ob Anker einen vernünftigen Plan verfolgt, dann wäre es nochmal etwas anderes – aber mit der jetzigen Sachlage – ich will einfach nicht wahrhaben, was die beiden sich da erlauben! Und wie soll nun bitte unser nächster Schritt aussehen?«, fragte er vollkommen entnervt.

»Ganz ehrlich – es ist nicht mehr unsere Sache, was Anker vorhat«, entgegnete Naomi lasch. »Wir haben ihm mehrmals unsere Hilfe angeboten, und er weiß nun auch, dass wir in der Nähe sind. Wenn er wirklich wollte, könnte er uns selbst jetzt per Lichtmail ohne weiteres aufspüren. Aber es sieht ganz danach aus, als wäre das nicht sein Ziel.«

»Dann sind sie jetzt wohl auf dem Weg nach Lichterloh, oder?«, bemerkte Lux und schnürte einen offenen Schnürsenkel zu. Loyd und Naomi wandten sich gleichzeitig Lux zu.

»Warum das denn?«, fragte Loyd verwundert.

»Na, weil der berühmte Lailac Mondstein doch diesen Kaelischen Index zuletzt besessen hat, oder nicht? Dann müsste er doch auch irgendwo in oder um Lichterloh herum versteckt sein. Das glaubten jedenfalls meine Eltern. Außerdem hat Naomis Vater uns mitgeteilt, dass die beiden zuerst nach Atlas und danach nach

Lichterloh reisen würden«, erläuterte Lux seinen Gedankengang.

*Wahrscheinlich hat er recht,* überlegte Loyd und sah auf seine geballte Faust hinunter. Wenn ihnen nichts anderes mehr übrigblieb, als auf das Ende zu warten, dann war es ohnehin das Beste, langsam, aber sicher Richtung Lichterloh aufzubrechen. Zum Schmelzwasser mit der Mission – sie hatten versagt. Sie hatten getan, was sie konnten – mehr war einfach nicht möglich. In Lichterloh würde er sich in seinem Lieblingspub die Lampe füllen und auf die bevorstehende Apokalypse warten …

Lux' Ellbogen traf Loyds Schulter. Der Hieb beförderte ihn zurück in die Gegenwart.

»Was soll das, ey?«, knurrte er und fuhr herum.

»Schau, Naomi scheint etwas entdeckt zu haben.«

Tatsächlich stand diese auf dem oberen Absatz des Treppenanstiegs und fuchtelte aufgeregt mit den Armen. »Seht euch das mal an.«

Lux und Loyd ließen ihr Gepäck liegen und stiegen die restlichen Stufen hinauf, bis sie auf Naomis Höhe waren. Vor ihnen erstreckte sich ein langer Korridor mit einem einzigen Abzweiger nach rechts. Der Gang wurde von einem still fließenden Bach begleitet, der rechts an der gluckernden und blubbernden Mauer entlang bis zur Verzweigung führte und im mosaiküberzogenen Gemäuer verschwand.

»Kommt euch das nicht bekannt vor? Dieser Gang – sind wir nicht damals, als wir vor der Schmelzfront geflüchtet sind, von der anderen Seite her hier entlanggekommen?«, tat Naomi ihre Vermutung kund.

Zuerst verstand Loyd nicht, was sie meinte. Für ihn sah in diesem bescheuerten Irrgarten sowieso alles gleich aus. Doch als er genauer hinsah, fiel ihm der Wasserlauf ins Auge, dessen Bett mit getäfelten Mustern durchzogen war. Plötzlich machte es klick.

»Ist da vorne rechts etwa Gilberts Versteck?«

»Ja, genau. Kommt, wir holen unsere Sachen und sehen uns mal um«, schlug Naomi vor.

Lux, der keine Ahnung hatte, wovon die Rede war, ließ sich über die gruseligen Ereignisse im antiken Untergrundnetz aufklären: »... und dann ist dieser Gilbert ausgerutscht und das geheime Portal hat sich über ihm verschlossen?«, wiederholte Lux, der seinen Mund vor lauter Staunen nicht mehr zubekam.

»Allerdings. Wir mussten Gilbert zwangsläufig seinem Schicksal überlassen, da wir den schweren Felsen von außen nicht mehr entfernen konnten«, erklärte Naomi traurig, da sie deshalb offenbar noch immer mit Gewissensbissen haderte. Die Feuerstelle sah genauso aus, wie sie das ehemalige Forscherteam damals zurückgelassen hatte. Das Geräusch unregelmäßigen Plätscherns – wie Wasser, das aus einem Quellbrunnen spritzte – übertönte das Gurgeln aus den Wänden.

Als die drei sich in den hinteren Teil der Wächterhalle begaben, gerieten sie ins Staunen. Während purpurne Abendstrahlen den Weg in den Abgrund suchten, ergoss sich ein wilder Wasserfall in die enge Passage hinunter, in der sich, wie Loyd wusste, die Leiter hinauf ins Tal des Ewigen Regens befand. Er ging hastig auf die Lichtstrahlen zu und blickte auf.

»Da oben – der Stein ist weg!«, rief Loyd durch das tosende Wasser, halb entsetzt, halb dankbar, dass er Tageslicht sah.

Lux und Naomi kamen, um sich die Sache anzusehen.

»Aber – hat Gilbert den Ausgang etwa freibekommen? Ob er wohl heil entkommen ist?«, wunderte sich Naomi und klang dabei hoffnungsvoll.

Die drei ausgezehrten Gefährten waren jedenfalls froh, einen Weg aus dem Labyrinth gefunden zu haben. Sie tauchten, nachdem sie ihren Regenschutz aus den Rucksäcken übergeworfen hatten, dankerfüllt in den abkühlenden Wasserstrahl ein. Kaum hatten sie sich über die glitschigen Sprossen an die Oberfläche gearbeitet, begann es allmählich dunkel zu werden. Müde suchten sie sich im kahlen Kreis der meterhohen Wiesenflächen ein Plätzchen, wo sie ihr einziges noch verbliebenes Zelt aufschlagen konnten.

Das Pop-up-Zelt war selbst in katastrophalen Wetterverhältnissen wie im Tal des Ewigen Regens innerhalb von einer Minute aufgestellt und rundum wasserdicht. Gegessen wurden ein paar Pappelpflaumen und Gipfelbrötchen, die Naomi vor der Abreise in ihrem Elternhaus flüchtig eingepackt hatte. Das Essen war nicht befriedigend, aber füllte die ausgemergelten Mägen der drei gestrandeten Freunde zumindest so gut, dass sie nicht mehr knurrten.

Sie waren zu erschöpft, um die nächsten Schritte des kommenden Tages zu diskutieren. Zudem hämmerte der Regen unaufhörlich gegen die Zeltdecke, was Konversation praktisch verunmöglichte, ohne sich gegenseitig ins Ohr zu schreien. Sie waren sogar zu müde, darüber zu streiten, wer wie im engen Zelt schlief. Loyd kümmerte es nicht mehr – er war einfach nur noch ausgebrannt. Er brauchte dringend Erholung; Zeit, um abzuschalten und seine überlaufende Seele zu leeren. Er war endgültig am Ende seiner Kräfte angelangt. Vielleicht sollte er morgen früh aus dem Zelt schleichen und mit den Solaflügeln einfach nach Lichterloh abhauen. Er hatte auf ganzer Linie versagt. Keli war hilflos ihrem

Schicksal ausgeliefert, Anker glaubte offensichtlich, ohne Loyd besser dran zu sein und vielleicht wären Naomi und Lux ohne ihn ebenfalls besser aufgehoben.

Begleitet von diesen trüben Gedanken fielen Loyd die Augen zu, und er schlief augenblicklich ein. Loyd träumte, wie das Innere Kaels sich nach und nach mit Unlicht füllte und drohte, die Krone des Schwarzen Vorhangs zu überfluten. Er stand hilflos auf dem Mauergrat, während zu seinen Füßen die Ungeheuer heulten und über ihm ein unbarmherziger Gewittersturm tobte. Er sah, wie die Schwärze wie ein aufgedunsener Ballon über den berghohen Gemäuern hing. Der Unlichtpegel im Inneren Kaels stieg und stieg und es war nur noch eine Frage der Zeit, bis der flüssige Spiegel Loyds Höhe erreichen und beginnen würde, die gesamte Welt zu verschlingen.

Wiederum einige Dutzend Kilometer nördlich des bevorstehenden Unglücks waren Anker und Keli in Herbstfeld angekommen. Der Serau hatte all seine Kräfte für die Reise aufgeboten. Als sie vor dem Hauptgebäude der HHF anhielten, auf dem Shidare ruhte, war es bereits dunkel geworden und die himmlischen Scheiben glitzerten nun ungewöhnlich in goldenem Glanz. Gilbert ging sofort in die Knie und blieb schwer atmend und mit geschlossenen Augen liegen. Er schien eine Menge Licht an die Umgebung abgegeben zu haben, um die beiden Existenzretter in einer knappen halben Stunde von Lichterloh hierher zu befördern.

Anker stapfte, ohne sich für den rekordverdächtigen Überlandritt zu bedanken, mit raschen Schritten auf die doppelflügelige Eingangstür des Unigebäudes zu.

»Vielen Dank, dass Sie uns hergebracht haben«, sagte Keli leise und strich Gilbert sanft über die Schnauze. Sie bedachte ihn mit einem erbarmungsvollen Blick, dann folgte sie Anker zum Eingang.

Der Serau musste draußen warten, denn es war ihm ob seiner Verfassung und seiner Größe schlicht unmöglich, ihnen aufs Dach zu folgen. Mit der Professorenkarte kamen Anker und Keli rasch zum Fahrstuhl durch, den sie vor nicht allzu langer Zeit schon einmal zur pflanzenbewachsenen Dachterrasse genommen hatten.

Im Aufzug sagte keiner der beiden ein Wort. Keli musterte Anker prüfend, wurde jedoch aus seinen Gesichtszügen nicht schlau. Die Schranken verzogen sich und die beiden traten angespannt in die frische Nachtluft hinaus. Das Geräusch singender Insekten erfüllte die Umgebung. Glühende Pünktchen in der Wiese tauchten den Schauplatz in geheimnisvolles Licht. Anker zog zielstrebig durch die raren Gräser und Blumen und schlüpfte durch das Dickicht; Keli dicht hinter ihm. Das gutgelaunte Summen des nächtlichen Ausgangs unten auf der Lailac-Straße ließ erahnen, dass die Nachricht über den bevorstehenden Weltuntergang nicht bis zu den Bürgern Lichterlohs durchgedrungen war.

Keli erblickte die Holzbank, auf der sie einst ihren ersten Strudel verzehrt hatte. Es war seltsam, nach unzähligen Abenteuern wieder an diesen schicksalsträchtigen, von alledem unberührten Ort zurückzukehren. Anker stand bereits unmittelbar vor der Hängekirsche und wartete heißhungrig auf das, was auch immer als Nächstes kommen mochte.

»Keli – hier, die beiden Steine«, dröhnte er aufgeregt und händigte Keli ihre Beute aus.

»D-danke«, sagte sie leise und nahm die quarzweiße Wesenender Schneebeere und graublaue Solaländische Blaubeere entgegen. Daraufhin klaubte sie die graugrüne Atlassische Stachelbeere und die purpurne Lichterlohene Weinbeere aus ihrer Hosentasche – das machte vier. Keli hatte keine Ahnung, was sie nun als Nächstes tun sollte. Sie warteten für eine Weile. Keli dachte schon daran, den Baum zu berühren und ihn anzusprechen, als sich einer der Äste rührte. Die Spitze des äußersten Zweiges bewegte sich gemächlich auf Kelis linkes Schulterblatt zu. Sie schloss die Augen, während Shidare langsam ihren Arm entlangtastete und schließlich begann, ihre Hände zu umwickeln, mit denen Keli die vier Stadtjuwelen umschlossen hielt.

Keli schauderte. Sie fragte sich, was nun geschehen würde, doch sie musste nicht lange auf eine Antwort warten. Wie zuvor versank sie in einen tiefen Dämmerzustand. Dann konnte sie Shidares mysteriöse Stimme tief in ihrem Inneren wahrnehmen:

*»Du bist zurückgekehrt und hast mir meine Kinder mitgebracht. Dass ich erleben darf, mit ihnen vereint zu werden – du kannst dir gar nicht vorstellen, wie glücklich mich dieser Augenblick macht. Doch nun antworte mir – du, die sich des Spiegels erhaben wähnt: Bist du stets dem Lichte gefolgt, wie dir geheißen – oder aber auf dem Pfade der Vergänglichkeit gewandelt?«*

Keli zögerte. War das eine Frage? Musste sie darauf Antwort geben?

*»Nun?«*

Jetzt, wo Shidare es ansprach – ihre Absicht, dem Licht zu folgen, hatte während der letzten Tage etwas gelitten. Anfangs hatte sie sich Shidares Worte wiederholt ins Gedächtnis gerufen, doch nachdem sie Kael betreten hatten, waren diese immer mehr mit Schatten überdeckt worden. Nichtsdestotrotz, sie wollte diesen Unlichtschlüssel bergen – sie wollte Anker nicht enttäuschen und eigentlich wollte sie auch diejenige sein, die das Unlicht am Ende bändigen und die Welt damit retten würde – sollte sie lügen? Sollte sie diesen uralten Baum mit dem Geiste einer ganzen Epoche eiskalt anschwindeln?

Sie hörte Ankers Stimme in ihrem geistigen Ohr: »Tu es, Keli. Zum Wohle der Gesellschaft. Eine Notlüge ist keine Lüge …«

Nein – *Nein! Sie* würde es nicht tun. Genau darum ging es ja – dem Licht zu folgen. Dies hieß ja eigentlich nichts anderes, als das Licht von der Dunkelheit zu unterscheiden und zu trennen – Gut von Böse, Wahrheit von Lüge, Gier von Genügsamkeit, Vergebung von Vergeltung, Leben von Tod … Keli hatte von Anfang an verstanden, welch simple Aufgabe Shidare ihr damals gestellt hatte – und doch, sie hatte es nicht geschafft. Sie hatte versagt. Statt sich mit ihrem Bruder auszusöhnen, hegte sie noch immer einen tiefen Groll gegen ihn; statt die Rettung ihrer Eltern zu planen, hatte Keli sie verdrängt und eigennützige Pläne für ihre Zukunft geschmiedet; statt ernsthaft über die verheerenden Zustände im Laternenwald nachzudenken, spielte sie lediglich mit dem Gedanken, zur Retterin der Welt und von allen Seiten gefeiert zu werden; und sie hatte gestohlen.

Anker mochte sie dazu angestiftet haben, die Stadtjuwelen zu entwenden, und dennoch waren es verwerfliche Taten gewesen. Auf einmal spürte sie tiefe Reue. *Weshalb war es so schwierig, das Richtige zu tun, obwohl es auf der Hand lag, was gut und schlecht war? Warum war es so einfach, sich von äußeren Einflüssen zu schändlichen Taten verleiten zu lassen?*

Jetzt, wo Keli sich diesem Wesen des Lichtes und der Weisheit gegenübersah, wurde ihr schlagartig klar, dass all ihre materiellen Sehnsüchte, all ihr Verlangen nach Anerkennung und Durst nach

Unabhängigkeit und Abenteuern, der Vergänglichkeit unterlagen.

Shidare gab ihr zu verstehen, dass das Leben eine Art Prüfung war und am unvermeidlichen Ende, wenn der Tod nahestand, für ein Lebewesen nur noch eines wichtig sein würde – *und zwar, wie viel Liebe ihm während seiner Lebenszeit widerfahren war, und noch viel wichtiger: wieviel es davon mit der Welt geteilt hatte.* In stillem Einvernehmen führte der Geist Shidares Keli an den Rand ihres Lebens und ermöglichte es ihr, die letzten Momente ihres Daseins vor Augen zu sehen. Es fühlte sich an, als würde ein Großvater seine Enkelin an der Hand führen, und zusammen begaben sie sich auf die Schwelle des Abschiedes; an die Grenze des irdischen Seins. Es war ein Geschenk, das Shidare ihr machte, eines, welches nur ihr allein zuteilwurde und ihre Seele für immer verändern würde. Wer würde sich schon je vorstellen können, wie es war, die letzten Atemzüge seines Lebens zu nehmen, bevor es an der Zeit dafür war? Auch wenn man sich die letzten Augenblicke seines bewussten »Ichs« vor Augen zu führen suchte, entsprach es doch nie dem tatsächlichen Ableben.

Kelis Geist reduzierte sich immer weiter auf das Wesentliche. Ihre Sinne schwanden, bis nur noch das kahle Gerüst ihrer Seele übrigblieb. Sie löste sich von den dimensionalen Strukturen, die sie in der Gegenwart festhielten. Erst in diesem Zustand des unabhängigen Geistes, nachdem sie sämtliche Instinkte und Vorurteile abgeworfen hatte, drang die Essenz von Shidares Lektion allmählich zu ihr durch.

Und plötzlich war es nahezu kinderleicht, diese zu erfassen: Kelis eigenes Bewusstsein, wie das von jedem anderen Lebewesen auch, war Teil eines größeren Lebenskollektivs, des Gesamtbewusstseins, das von jedem einzelnen denkenden und empfindenden Wesen genährt und gehalten wurde. Das Leben war eine Einheit, wobei niemand und nichts unabhängig von den anderen existieren konnte. *Auf die Essenz reduziert, war das Leben ein Produkt der Sympathie zu seinem Nächsten; der Liebe zu seinem Nachbarn; dem Zusammenhalt aller Geschöpfe und allen Seins.*

In ihrer Zeit war das Konzept der »Liebe« zwar in aller Munde, jedoch zugleich ausgelutscht und nur oberflächlich umgesetzt, sodass leicht vergessen wurde, was es tatsächlich bedeutet, zu sympathisieren und zu lieben. Kaum einer spürte im Herzen, dass jede gute Tat zum Wohl des Lebenskollektivs beiträgt und diese wiederum dem Individuum selbst – als Teil davon – zugutekommt. Es wurde oft übersehen, dass jedem Einzelnen das Leben als kostbares Geschenk gegeben wird und niemand allein auf die Welt kommt, darauf wandelt, liebt, leidet und stirbt; aber auch, dass das Leben endlich ist und der Tod stets unweit wartet. Und man verdrängte Zeit seines Lebens, dass man seine Besitztümer allesamt zurücklassen musste, wenn das Ende käme. So manch einem wurde erst auf dem Sterbebett, wenn sich all die vergänglichen Dinge als nichtig herausstellten, bewusst, worauf es im Leben tatsächlich ankommt: zu lieben und zu vergeben, doch dann war es zu spät.

Wenn der Tag des Abschieds erst einmal gekommen war, gab es kein Zurück mehr. Dann konnte all das Leid, dass man seinen Brüdern und Schwestern bereitet hatte, nicht mehr rückgängig gemacht werden. Es war ein großes Geschenk, dies frühzeitig zu erkennen, *und Keli hatte es erkannt.*

Schlagartig war ihre Seele von unendlicher Dankbarkeit erfüllt, dafür, dass sie noch am Leben war und eine Zukunft vor ihr lag, in welcher sich ihr die Möglichkeit bot, ihren Lebensweg zugunsten aller Mitwesen positiv zu gestalten. Unermessliche Euphorie durchströmte ihren Geist. Mit dieser Einsicht war es plötzlich geradezu kinderleicht, sich dem Guten zuzuwenden und hinzugeben. Von nun an würde sie nicht mehr bloß versuchen, den richtigen Weg einzuschlagen, sie würde ihn verkörpern und es sich zur Lebensmission machen, für das Vorherrschen von Sympathie und Liebe zu kämpfen und das Unlicht zu vernichten. Sie wusste, was sie nun tun musste: um Vergebung bitten. Das war alles. So einfach.

Diese Erkenntnis veränderte Kelis Innerstes von Grund auf; sie war nicht länger die Person, die sie einmal gewesen war. Sie war neu geboren.

Shidare und Keli befanden sich noch immer auf der Schwelle des Abschieds, doch merkte Keli bereits, wie sie allmählich wieder in die festen Wände der Raumzeit zurückgetrieben wurde.

»Es tut mir leid, Shidare. Ich bin vom Weg abgekommen. Bitte, vergib mir. *Verzeih mir …*« Keli empfand tiefe Reue, gleichzeitig war ihr Herz erfüllt von innigem Segen.

*»So sei es denn! Ich werde dir nun das Unlicht, dass ich in mir trage und auch jenes, welches in physischer Form an mich gebunden ist, vermachen. Ich bin Lailac Mondstein, Keli, der erste Unlichtverwahrer. Wenn du nicht gekommen wärst, wäre auch meine Seele, die sich durch Mikael McLanes Zeigefinger mit den Wurzeln dieses Baumes verband, irgendwann erloschen. Mein treuer Freund Bao hat damals die Hängekirsche auf meinem Grabe gepflanzt und es mir somit ermöglicht, auf unbestimmte Zeit auf den Geist reduziert über Mikaels Zeigefinger zu wachen. Wie das möglich ist? Ich weiß es nicht. Ich glaube, dass es mit der unendlichen Struktur der heutigen Raumzeit und der Ursünde Mikaels*

*zusammenhängt, welche der Zeigefinger verkörpert und die wohl niemals wieder ungeschehen gemacht werden kann.*

*Die Höhere Macht hat es uns vor langer Zeit ermöglicht, uns in Form unendlich weiter Gefilde und ökonomischer Mittel auch nach ihrem endgültigen Fortgang selbst zu versorgen, doch bereits während der ersten Wochen nach der Apokalypse hat sich Mikael einer unverzeihlichen Sünde schuldig gemacht und das erste Unlicht ist entstanden. Ich und du, da du von mir abstammst, sind die Gläubiger dieser Erbsünde, weil ich damals durch Mikaels Hand den Zeigefinger verloren habe. Danach bezahlte er seine Schuld mit seinem eigenen Finger. Als Gläubiger von Mikaels Schuld können wir das Unlicht mithilfe seines Zeigefingers zwar beherrschen, aber beseitigen können auch wir es nicht.*

*Wenn unsere Blutslinie erlischt, geht das Universum in einen Zustand der ewigen Leere über. Dies prophezeite uns die Höhere Macht, kurz bevor sie die Raumzeit für immer verließ. Das ist die Strafe für Mikaels Tat, die uns für alle Ewigkeit verfolgen wird. Hätte sich Mikaels Zeigefinger nach dem Sterben meines Körpers nicht an die Wurzeln dieses Baumes angefügt und wäre meine Seele daraufhin nicht in ihn übergegangen, hätte sich das Unlicht, welches ich in mir trage, bereits damals über die ganze Welt ausgebreitet und alles, was ich einst damit erbaut hatte, wäre wieder zu Unlicht zerfallen.*

*Keli, meine Zeit ist nun vorüber – endlich. Auch wenn es mir schwerfällt, dir diese verhängnisvolle Verantwortung schon in deinen jungen Jahren aufbürden zu müssen, es ist nun an dir, das Laster der Welt zu tragen. Verzage nicht, Keli, du bist die Hoffnung und die Zukunft der Welt. Solange du lebst, ist nichts verloren. Wenn du dich an die neuen Umstände gewöhnt hast, rate ich dir, nach Westen zu reisen. Es gibt dort Antworten, wenn auch nicht auf alle Fragen. Ich wünsche dir nur das Beste auf der langen, langen Reise, welche dir nun bevorsteht. Pass auf dich auf, Keli, und bleibe dem Lichte treu.«*

Keli fühlte, wie der Ast seinen Griff zu lockern begann. Lailac strich ihr noch einmal behutsam über ihren buschigen Haarschopf und zog dann den Ast zur Baumkrone zurück. Die vier Stadtjuwelen waren verschwunden.

Nun trat Anker hektisch vor. »Und? Was ist jetzt? Wo ist der Index?«, drängte er Keli, doch diese stand nur da und blickte mit trüben, wässrigen Augen in das dichte Laubwerk über sich.

»Keli! Wo – ist – der – Index?«, verlangte Anker immer lauter nach einer Antwort.

Gerade als sie den Mund öffnen wollte, begann die dickste Wurzel der Hängekirsche, die schwer über das Gebäudedach hinwegragte, zu erzittern. Keli sah erstaunt zu, wie sich der Wurzelarm zu heben begann. Erschrocken drehte Anker sich auf dem Absatz um. Der äußerste Zipfel der hölzernen Ader kam ganz langsam hinter der Dachkante hervor und bewegte sich in ihre Richtung. Obwohl an der dicksten Stelle so breit wie Ankers Umfang, war die Wurzelspitze, die sich nun Keli näherte und schließlich auf ihren Brustkorb zeigend zum Halt kam, nur fingerbreit.

*»Liebe deinen Nächsten, denn zusammen seid ihr Eins.«*

Diese Worte Lailacs im Herzen fest umschlossen, ergriff Keli mit kugelrunden Augen den Wurzelfinger, der sich ohne Geräusch vom Mutterholz trennte. Der Rest der Wurzel erstarb an Ort und Stelle. Tausende von Laubblätter, die das vielgliedrige Astwerk übersäten, verwelkten in wenigen Augenblicken. Eine ungewöhnlich kräftige Luftböe nahm das vergangene Laub mit sich und trug es wie einen riesigen Vogelschwarm den in strahlendem Gold glimmenden Himmelsscheiben entgegen.

Für eine Weile standen Anker und Keli einfach nur da und sahen dem dahinziehenden Geist Lailacs nach, dann begutachteten sie das renommierte Artefakt auf Kelis aufgeschürften Handflächen. Anker war ganz bleich im Gesicht; seine Pupillen fanatisch geweitet.

»Keli – steck ihn dir an die linke Hand. So sagt es die Legende. Mach schon, enthülle seine verborgenen Kräfte«, drängte er in nötigendem Tonfall.

Keli zögerte einen Moment, denn ihre Handflächen waren noch immer wund von der Kletterei im Moosgarten, dann umschloss sie das Stück Holz vorsichtig mit der rechten Hand und setzte es sich auf die leere Stelle der linken, wo bei anderen Menschenwesen zwischen Daumen und Mittelfinger ein Zeigefinger war. Der Index gliederte sich auf wundersame Weise in die Reihe der Finger ein. Zuerst war er zwar noch von durch und durch hölzerner Natur, doch nach einer Weile begann er, seine Farbe anzupassen und erschien zunehmend wie ein echter Finger. Keli spürte ein eigenartiges Kribbeln hinter dem Brustbein. Ganz natürlich, als wäre sie mit dieser Veranlagung geboren, konnte sie das Unlicht, das sich nun in ihrem Innern gesammelt hatte, durch ihr Seelenportal hervorrufen. Sie hielt die linke Handfläche hoch, als wollte sie Anker etwas zeigen, das sie gerade aufgehoben hatte und ließ das Unlicht durch das Seelenportal nach draußen strömen. Wieder kitzelte es in ihrem Brustkorb und ein kleiner Faden aus spiegelndem Unlicht erhob sich aus Kelis Handmitte. Ungläubig starrten Anker und Keli auf das Wunder, welches sich vor ihren Augen abspielte, dann ließ Keli den Faden wieder verschwinden.

»Gut – gut-gut-gut. Jetzt ab nach Kael«, befand Anker flüchtig und wandte sich manisch blinzelnd um.

Keli sah ihm nach, wie er ohne jegliches Mitgefühl an der verschiedenen Hängekirsche vorbeistrich und zwischen den Büschen verschwand. *Was ist nur in Anker gefahren?*, dachte sie bekümmert. Seit Tagen benahm er sich eigenartig taktlos. Es war, als ob er ein gänzlich anderer Mensch wäre, als jener herzliche, leicht schrullige Professor, den sie vor kurzem erst kennen gelernt und so schnell in ihr Herz geschlossen hatte.

Natürlich, ihre Mission hatte absolute Priorität und war entscheidend für die Zukunft der Welt, aber das hieß nicht, dass man dem Leben ringsum keinen Respekt und keine Herzlichkeit mehr entgegenbrachte – vielleicht war das in Zeiten wie diesen sogar umso wichtiger. War es möglich, dass sie diesen Mann nach all den gemeinsam durchgestandenen Abenteuern überhaupt nicht richtig kannte? War dies etwa der wahre Anker?

Lailac hatte Keli vergeben und sich ihrer angenommen. Lailac hatte sich versichern wollen, dass Keli mit dem Unlichtschlüssel – was auch immer er bewirken mochte – das Tor zum Licht öffnen und nicht weiter versiegeln würde. Er hatte ihr die Augen geöffnet. Keli wollte aus tiefstem Herzen dem gesellschaftlichen Wohl dienen, ihre Mitwesen aufklären und Lailacs Botschaft Gehör verschaffen. Das war ihre Bestimmung; ihre Pflicht als Verwahrerin des Schlüssels und des Unlichts, und sie würde auch Anker auf die gute Seite holen.

Bei manchen Leuten musste man besonders sensibel sein, um das Gute in ihnen zu wecken und danach in der Obhut anständiger Gesellschaft wachsen zu lassen. *Und genau dies ist wohl auch bei Anker der Fall*, überlegte Keli ein wenig zuversichtlicher. Der Professor musste sich in all dem Trubel der letzten Wochen in Schatten verloren haben, doch sie würde ihm auf die rechte Bahn zurückhelfen. Genau das würde sie tun.

Ein Gefühl der Hoffnung und eine Glut der Hingabe gegenüber ihrer Umwelt flammte in ihrer Brust auf. Keli tappte entschlossen auf die Hängekirsche zu, trat neben den mächtigen Stamm und gab der dicken Rinde einen Abschiedskuss.

»Danke, Großvater Lailac. Ich werde die Kerze im Dunkeln sein, wenn es dem Ende zugeht«, sagte Keli leise und wandte sich dann mit entschlossener Miene von ihm ab.

Anker wartete bereits ungeduldig vor dem Aufzug und verzog grimmig das Gesicht, als sie durch das Dickicht gestolpert kam. »Wo warst du schon wieder? Zeit, um dich von Shidare zu verabschieden, hast du später noch genug. Aber das Unlicht wird jeden Moment über den Vorhang in die lichterfüllte Atmosphäre gelangen. Der Bunte Rat hat mir soeben eine Lichtmail gesendet: Ihr Forscherteam hat ihnen gemeldet, dass das Unlicht die tiefsten Stellen der Vorhangkrone bald erreicht haben wird und es jeden Augenblick darüber auszubrechen droht. *Wir müssen ins Zentrum, und zwar sofort!*«

»Aber wie kommen wir jetzt dorthin? Und was machen wir, wenn wir dort sind? Wie benutzt man den Finger überhaupt, um Unlicht aufzunehmen?«, schoss es aus Keli heraus.

Anker ging nicht auf die zwei letzten Fragen ein. »Der Serau ist unsere einzige Chance«, brummte er und hämmerte ungeduldig gegen die Schließtaste an der Fahrstuhlwand.

»Aber ich glaube nicht, dass Gilbert uns jetzt noch dorthin tragen kann«, bemerkte Keli vorsichtig. *Wahrscheinlich nicht einmal, wenn Anker nicht mitreiten würde,* dachte sie besorgt. Es wäre unverzeihlich, den Zustand des alten Wächters noch weiter zu strapazieren. »Gibt es keine andere Möglichkeit?«, fragte sie, als sie aus dem Fahrstuhl traten.

Anker blieb stehen und wandte sich grantig zu ihr um. Er knallte seine beiden Pranken grob auf Kelis Schultern und wetterte dann mit erboster Stimme: »*Es geht hier um den Fortbestand der Existenz!* Begreifst du das nicht? Wir gehen den Weg des geringsten Widerstands – Punkt.«

Keli sah betreten drein, trotzte aber Ankers einschüchterndem Blick. »*Komm jetzt!*«, herrschte er sie an und wandte sich wieder um.

Draußen lag Gilbert immer noch wie ein großes Häufchen Elend auf dem gepflasterten Bürgersteig und rührte kein Ohr. Er hatte die Augen geschlossen und war wohl vor Erschöpfung eingeschlafen. Sein ganzer Leib war unterdessen trüb angelaufen und machte einen äußerst ungesunden Eindruck.

»Herr Serau – wir benötigen Ihre Hilfe! Wachen Sie auf – wir haben den Kaelischen Index gefunden«, posaunte Anker laut.

Gilberts Ohren zuckten. Seine Augen öffneten sich einen Spalt breit und seine rechteckigen Pupillen kamen zum Vorschein.

»ICH BIN BEEINDRUCKT, JUNGE BÄNDIGERIN LANTHORN. IHR HABT DER WELT BEWIESEN, DASS ES DOCH NOCH JEMANDEN GIBT, DER DEN WILLEN GROSSMEISTER LAILACS ERFÜLLEN KANN. IHR WISST ABER, WAS DIES FÜR EUCH BEDEUTET?«, grollte Gilbert entkräftet.

Keli wusste nicht, worauf der Serau hinauswollte. Anker machte den Eindruck, als wollte er gerade etwas einwerfen, als Gilberts Stimme seinen Ansatz übertönte: »DA IHR NUN UNLICHT IN EURE SEELE AUFGENOMMEN HABT, WIRD ES EUCH BIS ZU EUREM TODE BESIEDELN UND SICH IN EUCH

VERMEHREN. WENN IHR STERBT, WIRD ES AUS EUCH HERAUSBRECHEN UND DIE WELT VERNICHTEN, VORAUSGESETZT, IHR GEBT ES NICHT ZUVOR ZUSAMMEN MIT MIKAELS ZEIGEFINGER AN EINEN ANDEREN BÄNDIGER WEITER. ES IST NICHT SO, ALS HÄTTET IHR EINE ANDERE WAHL, ABER ES IST BESSER, WENN IHR WISST, WAS NUN AUF EUCH ZUKOMMT.«

Keli hatte nach Lailacs Worten bereits sowas in der Art befürchtet, aber sie hatte sich bereits entschieden: Sie würde die Welt vor dem Verderben beschützen – jedenfalls, solange sie lebte.

»Vielen Dank für die aufschlussreichen Worte«, verkündete Anker mit gespielter Höflichkeit. »Aber das Unlicht ist gerade dabei, über den Laternenwald hereinzubrechen, und wenn wir verhindern wollen, dass die Welt schon heute zugrunde geht, dann sollten wir uns besser beeilen. Und, wie sieht es aus? Werden Sie uns nach Kael bringen?«

Aus irgendeinem Grund verzog der Serau sein Gesicht zu einer feixenden Fratze. »GEWISS, ›HERR PROFESSOR‹«, knurrte er und fing im gleichen Moment an, heftig zu husten. Seine grässliche Grimasse beibehaltend, ließ er sich besteigen und versuchte daraufhin, sich mit zitternden Beinen aufzustemmen. Beim anstrengenden Versuch, seine Vorderbeine durchzustrecken, keuchte er abermals heftig. Diesmal liefen Blutfäden an seiner Schnauze herunter.

»Er ist verletzt!«, japste Keli erschrocken, doch der Serau hatte sich aufgerafft und begann, sofort in wahnsinniger Geschwindigkeit Richtung Süden zu galoppieren.

»DANKE DER FÜRSORGE, JUNGE BÄNDIGERIN LANTHORN, ABER MEINE ZELLEN VERSUCHEN SCHON SEIT

JAHRHUNDERTEN, SICH IM ALTER ZU ERTRÄNKEN. DIE ZEIT IST REIF, DER EWIGKEIT ZU TROTZEN«, stieß der Serau jähzornig hervor, wobei Keli vom Wind getragene Blutstropfen ins Gesicht spritzten.

*Gilbert hat völlig den Verstand verloren!*, dachte sie fassungslos und musste sich fest an die Hörner des Seraus klammern, damit sie nicht abrutschte. Sie rasten mit ungezügelter Geschwindigkeit durch die nächtlichen Straßen Herbstfelds, wobei der alte Wächter gewaltige, haushohe Laubwolken hinter sich aufwirbelte. Sie wurden weiter schneller und immer schneller, während Gilbert in lebensmüder Hochstimmung keckerte.

# DIE UNENDLICHKEIT NAHT

Ein lautes, sich rasch entfernendes Rascheln im hohen Gras, etwas abseits vom Zelt, schreckte Loyd aus dem Schlaf. Er blinzelte und sah sich um. *Vielleicht ist es ein RRA gewesen,* dachte er und legte seinen Kopf wieder auf das kleine Kissen nieder. Tristes, gelbstichiges Licht sickerte durch die Zeltdecke und verkündete einen neuen, stürmischen Morgen. Es war die Realität, die ihn begrüßte, kein Albtraum, obwohl ihm dies momentan lieber gewesen wäre.

*Eigentlich war es töricht, so nahe am Schwarzen Vorhang zu rasten, wenn das Unlicht jeden Augenblick beginnen kann, sich in der Gegend auszubreiten,* fuhr es Loyd durch den Kopf. Er wollte aufstehen, um sich die schwarzen Mauern bei Tageslicht anzusehen, doch etwas hielt ihn zurück.

Obwohl er geschlafen hatte – wie viele Stunden, wusste er nicht –, beschwerten sich seine Gliedmaßen in Form eines schmerzhaften Ganz-Körper-Muskelkaters. Also blieb er liegen. Naomi und Lux schienen noch nicht wach zu sein.

Was für ein Schlamassel. Was für ungeheuerliches Pech war ihnen während der letzten Tage widerfahren, und was für unglaublich selbstsüchtige Leute es auf dieser Welt gab – es widerte ihn einfach an. Ja … vielleicht war die bevorstehende Katastrophe die Konsequenz der grenzenlosen Arroganz, welche die Gesellschaft an den Tag legte. Jetzt würden sie alle dafür bezahlen müssen.

Er konnte nichts mehr tun – auch wenn er fähig war, Unlicht zu berühren, beseitigen konnte er es nicht. Wie würde die Welt morgen aussehen? Würde sie überhaupt noch existieren? Naja, der Sternenwald war wahrscheinlich unendlich groß, also müssten die Leute, die um Kael herum wohnten, nun wohl oder übel ihre Häuser verlassen und in die Weiten der unendlichen Flächen auswandern – aber taten sie das? Waren sie überhaupt von ihren Staatsoberhäuptern gewarnt worden oder würden sie alle blindlings von ihrem Ende überrascht werden? Wie würde sich das Unlicht fortbewegen, wenn es erst mal aus dem Schutzwall ausgebrochen war?

Loyd kannte die Antworten nicht. Schon seit dem Beginn seiner Mission, als das Unglück in Hildenberge seinen Lauf genommen hatte, keimten kontinuierlich Fragen in ihm auf, die ihm niemand beantworten konnte.

Weshalb hatte sich das Unlicht überhaupt in einem derartigen Ausmaß vermehrt? Das war eine jener Schlüsselfragen gewesen, die ihr Forscherteam durch diese letzte, alles entscheidende Mission hätte beantworten sollen. Nun schien es niemanden mehr zu kümmern, denn ganz offensichtlich war es für ein Einschreiten in den Unlichtentstehungsprozess schon zu spät. Die einzige Chance bestand in dieser Situation darin, nach Arznei zu suchen, um die Symptome zu bekämpfen, statt den Ursprung des Unheils zu analysieren und zu beseitigen … Ob es Keli und Anker wohl bis nach Lichterloh geschafft hatten? Und selbst wenn, hatten sie dort diesen legendären Kaelischen Index tatsächlich gefunden? Aber falls sie auch dies bewerkstelligt hatten, was dann? Was konnte dieser mysteriöse Gegenstand bewirken, der schon seit bald einem Jahrtausend als verschollen galt?

Loyd wusste es nicht. Warum malträtierte er seinen Kopf überhaupt noch mit nutzlosen Fragen? Er würde nun ohnehin nach

Lichterloh zurückkehren und sich so richtig volllaufen lassen. Es gab nichts mehr, was er der unausweichlich bevorstehenden Auslöschung der Welt hätte entgegensetzen können – nichts – *nichts* …

Am besten, er nahm seine Solaflügel und verschwand. Loyd setzte sich das Gesicht reibend auf. Er hielt die Qualen, die ihm der Gedanke bereitete, dass er zum Nichtstun verdammt und zudem eiskalt von Anker und Keli ignoriert worden war, nicht länger aus. Weder konnte er sich selbst ins Antlitz blicken, noch wollte er die Enttäuschung in den Augen seiner Freunde sehen, wenn sie erfuhren, dass er aufgegeben hatte. Er musste gehen.

Loyd öffnete den Zelteingang und trat in die frisch riechende Wiesenlandschaft hinaus. Es nieselte nur sanft, doch die Atmosphäre wirkte gespenstig düster. In der Nähe ragte ein ihm bekannter, nasser Felsklotz zwischen den Halmen hervor; genau der richtige Ort, um abzuheben. Er schlüpfte in seine Solaflügel, die seitlich vom Zelt neben denen von Lux und Naomi aufgereiht standen und ging zum unförmigen Felsbrocken hinüber. Loyd kletterte hinauf und richtete seinen Blick traurig gegen Norden. Erschöpft spreizte er die Flügel und … etwas blitzte auf. Loyd drehte leicht den Kopf und erblickte den Freundschaftsring am Zeigefinger seiner rechten Hand. Völlig entmutigt und innerlich zerrüttet ließ er die Flügel wieder sinken. Was war er nur für ein Menschenwesen … was war er nur für ein gewaltiger Versager! Er war auf der ganzen Linie gescheitert, sämtliche Ziele, die er sich gesteckt hatte, hatte er verfehlt, und jetzt war er auch noch dabei, seine Freunde – seine wichtigsten und teuersten Mitwesen – im Stich zu lassen, um sich deren Urteil zu entziehen.

*Nein – nein – nein – nein, das* würde er nicht tun! Bei allen Fehltritten, die er sich erlaubt hatte, seine Freunde würde er nicht betrügen – *niemals – niemals!* Scham und Abscheu über sich selber verwandelten sein Gesicht augenblicklich in eine schmerzlich verzerrte Grimasse. Als könne er sich mit einer Bewegung von sich selbst abwenden, drehte er sich um, blickte gegen Süden – und erstarrte. Sein Mund öffnete sich in schierem Unglauben. Wo sonst, soweit das Auge reichte, nur Regen und Wolken sichtbar gewesen waren, türmten sich nun die kilometerhohen Gemäuer des Schwarzen Vorhangs majestätisch in die Höhe. Loyd erkannte, wie dem Himmel über den gigantischen Mauern eine riesige Wolke der Überschwärzung entgegenragte. Darunter, knapp über der Vorhangkrone, schimmerte ein bizarres Scheingewölbe der verzerrten Wirklichkeit, welches die Umgebung naturgetreu imitierte. Das Unlicht war drauf und dran, über den uralten Schutzwall auszubrechen. Blitz und Donner tauchten das verstörende Ambiente in vollendete Weltuntergangsstimmung.

Loyd fiel fast vom Felsen. Er musste Lux und Naomi sofort aufwecken! *Zwickendes Schmelzwasser, zum Glück bin ich nicht abgehauen*, durchfuhr es ihn. Panikgetrieben zog er die Solaflügel wieder aus, reihte sie feinsäuberlich neben den anderen auf – um keine Spuren seines jämmerlichen Fluchtvorsatzes zurück zu lassen – und schlüpfte dann abermals durch den Zelteingang.

»Wacht auf! Das Unlicht hat es über den Vorhang geschafft!«, scheuchte Loyd seine beiden noch immer eingehüllten Zeltgenossen auf.

Auf einen Schlag waren diese hellwach und robbten aus ihren Schlafsäcken.

»Loyd – wie … wo … was meinst du damit?«, stammelte Naomi verwirrt.

»Ich habe es gesehen; über den Mauern. Kommt und seht selbst«, antwortete Loyd aufgeregt.

Lux und Naomi stolperten aus dem Zelteingang und folgten Loyd zum Steinklotz in der hohen Wiese. Alle drei starrten mit offenen Mündern dem trügerischen Morgenhimmel über Kael entgegen.

»Wie hat es sich so schnell vermehrt? Heißt das, das gesamte Zentrum ist damit völlig ausgefüllt?«, befürchtete Naomi entsetzt.

»Aber, als wir gestern Morgen Kael überflogen, stand es nicht einmal bei der Hälfte der Mauerhöhe«, erinnerte sich Lux. »Wie kann es in nur einem Tag über die höchste Stelle hinwegsteigen?«

Keiner wusste darauf eine Antwort.

»Es ist hier nicht mehr sicher. Wir heben lieber ab und sehen uns die Sache aus der Luft an«, schlug Loyd aufgewühlt vor.

Eilends packten sie das Zelt zusammen und aßen währenddessen die letzten Überreste der Obst- und Brotrationen des Vorabends. Danach zogen sie ihre Solaflügel an. Einer nach dem anderen hievte sich auf den Felsen und hob mit einem Satz ab. Sie gewannen schnell an Höhe und je weiter sie stiegen, desto verheerender wurde der Ausblick auf den einst gefeierten, jahrhundertealten Schutzwall, der nun zu versagen drohte.

»Gehen wir noch etwas näher ran. Hier oben sollten wir sicher sein«, rief Loyd den anderen zu, obwohl er davon nicht restlos überzeugt war.

»Das ist keine gute Idee. Das Unlicht wird jeden Augenblick aus dem überschwärzten Bereich ausbrechen. Ich habe keine Lust, hier zu sterben«, gab Naomi zurück.

»Ich stimme Naomi zu. Du bist der Einzige hier, dem das Unlicht nichts anhaben kann. Aber uns würde es im Nu auffressen«, schloss sich Lux Naomis Bedenken an.

Loyd antwortete nicht, denn er hatte etwas entdeckt. Auch Lux schien es aufgefallen zu sein, denn plötzlich sagte er: »Seht mal, diese breite Linie in der Wiese da unten. Der Streifen ist keinen Steinwurf von unserem Rastplatz entfernt und führt geradewegs auf den Schwarzen Vorhang zu. Was könnte das wohl sein?«

»Das sind RRAs, Riesenfrüchte, die hier in der Gegend rumrollen«, erklärte Naomi gedankenverloren, ohne genau hinzusehen.

»Naomi, bist du dir da sicher? Die Spur kommt mir zu breit vor, selbst für einen RRA, und – *hey – seht mal da vorne!*« Loyd machte mit dem rechten Flügel einen Schlenker in Richtung des Vorhangs, wohin die Spur verlief. »Da bewegt sich etwas.«

Naomi und Lux folgten ihm zum immer deutlicher erscheinenden Etwas in der kürzer werdenden Wiese. Der sonst in der Gegend wütende Wirbelsturm Tylpe war nirgends zu sehen. Auf einmal hielt Loyd in der Luft an und schlug wild mit den Flügeln.

»Brühwarme Schneesuppe, das … das ist Gilbert – und – *hä* – Anker und Keli sitzen auf seinem Rücken«, japste er fassungslos. »Seht ihr das? Sie sind auf dem Weg zu den Deixelgrotten.«

Naomi, deren Augen nicht die besten waren, musste noch ein wenig näher ran, um Loyds Beobachtung bestätigen zu können.

»Kommt, wir fliegen ihnen nach«, entschied Loyd spontan und schoss los.

Er bemerkte, dass Gilbert keine gerade Linie hinterließ und hin und wieder abrupt ausschwenkte. Obwohl Loyd so schnell dahinglitt, wie seine Flügel es zuließen, erreichte er den marmornen Eingangsbereich erst, als Gilbert bereits in dem antiken Tunnelschacht verschwunden war. Loyd warf einen kurzen Blick über die Schulter, Lux und Naomi waren jedoch noch ein ganzes Stück hinter ihm. Er beschloss, sich allein weiter vorzuwagen und landete auf dem beigen Marmorboden. Dann drehte er sich rasch um und rief Lux und Naomi entgegen: »Wartet abseits vom Vorhang und flüchtet sofort, falls etwas passiert!«

Das massive Stahltor stand offen, also durchschritt er es und begann im Hüpfschritt durch den langen Gang zu segeln. Hie und da sah er dunkle Blutlachen auf dem spärlich beleuchteten Steinboden.

»Was zur Hölle geht da vor?«, murmelte Loyd verbissen und versuchte, das Tempo abermals zu steigern. Er fürchtete sich vor dem, was er als Nächstes erblicken würde. Aus dem Innern des Tunnels konnte er das Echo von aufgeregten Stimmen hören. Dann kam der Serau in Sicht. Loyd glitt näher, bis der gigantische Leib des uralten Wächters vor ihm Konturen annahm. Gilbert lag mit dem Rücken zu Loyd quer im Gang und versperrte ihm den Weg. Loyd konnte nicht erkennen, was dahinter vor sich ging, also schlich er sich vor den glühendwarmen und finster trüben Körper des regungslosen Ziegenwesens, wo er einen Augenblick verharrte. Plötzlich vernahm er Gilberts Stimme, die nicht wie er sie in Erinnerung hatte, durchdringend und melancholisch klang, sondern kraftlos wirkte und von einem mitleiderregenden Zittern erfüllt war: »*WISSET – DASS IHR UND EUER BRUDER DIE EINZIGEN SEID, DENEN DIE MACHT DES INDEXES ZUGÄNGLICH IST – WENN IHR STERBT, WIRD DAS UNLICHT AUS EUREN SEELEN STRÖMEN UND ALLES UND JEDEN VERNICHTEN – SEHT ZU, DASS IHR EUREM BRUDER EINE KOPIE DES INDEXES ZUR VERFÜGUNG STELLT, DAMIT ER EUCH UNTERSTÜTZEN KANN …*«

»Aber ich kann doch auch helfen und eine aus Unlicht geschaffene Nachbildung des Schlüssels tragen, wenn ich mir einen Zeigefinger abtrenne; genau wie Lailacs zweiter Sohn, nicht wahr, Herr Serau? In der Blausternenschrift steht geschrieben, wie jener Sohn Lailacs sich des Zeigefingers der linken Hand entledigte, woraufhin Lailac ihm eine Kopie des Indexes gab. Damit sei er immun gegen das Unlicht geworden und habe es in sich aufnehmen können, hieß es in den Schriften. Keli, du kannst das Unlicht unmöglich allein bezwingen! Loyd hat uns verraten und damit eine schwere Pflichtverletzung begangen. Er ist nicht würdig, eine Indexkopie zu tragen. Außerdem ist er gar nicht hier«, ereiferte sich Anker wie besessen.

»*MEIN AUFTRAGGEBER ERZÄHLTE MIR VOR LANGER ZEIT, DASS NUR EIN VIERFINGRIGER NACHKOMME GROSSMEISTER LAILACS IMSTANDE SEI, MIKAELS INDEX ZU TRAGEN UND ZU GEBRAUCHEN. ICH GLAUBE NICHT, DASS GROSSMEISTER LAILAC EUER VORHABEN GUTGEHEISSEN HÄTTE, ›HERR PROFESSOR‹.*« Gilbert hustete Blut. Er keuchte und roter Geifer lief ihm an der Schnauze herunter. Mit heiserer, rasselnder Stimme zwang er sich zu seinen letzten Worten: »*VERSPRECHT MIR, JUNGE BÄNDIGERIN LANTHORN – DASS IHR DEN INDEX NUR ZUM WOHLE DES LATERNENWALDS EINSETZT – UND DASS IHR BALD DIE BLUTSLINE GROSSMEISTER LAILACS FORTFÜHREN WERDET – IHR MÜSST – DEN FORTBESTAND DES LATERNENWALDS SICHERN – IHR MÜSST – DIE WELT VOR SICH SELBST RETTEN – IHR – MÜSST* … » Doch Gilbert war am Ende seiner Kräfte angelangt. Seine Augen waren geschlossen. Es war ein herzzerreißender Augenblick. Loyd, der sich auf den Hintern fallen lassen und den Kopf an das glühende Kreuz Gilberts angelehnt hatte, wischte sich mit gequälter Grimasse mehrere Tränen von den Wangen, während er seinem immer langsamer werdenden Herzschlag lauschte. Ein letztes Mal und kaum merklich öffnete Gilbert den bluttriefenden Mund; ein letzter schwächlicher Atemzug ging durch seine blutverkrusteten Nüstern. »*VIEL GLÜCK, JUNGE BÄNDIGERIN … ENDLICH … BIN ICH FREI …*«

Seine Stimme erstarb; die trübe Aura um ihn herum erlosch.

Im gleichen Augenblick hörte Loyd ein metallenes Klicken und Klacken. Der Öffnungsmechanismus des Tors, das die Grotten vom Innern Kaels trennte, war betätigt worden. Gilbert war tot – Loyd spürte es tief in seiner Seele. Plötzlich hörte er einen schmerzhaften Aufschrei. Loyd erschrak und versuchte ungelenk über den warmen Rücken des Seraus zu klettern. Als sein Kopf über dessen Flanke ragte, sah er Keli unter sich vor Gilberts erschlaffter Schnauze knien. Offenbar weinte sie und hatte ihre Hände in das Blut des Verstorbenen getaucht. Loyd glaubte, Keli wispern zu hören: »Es tut mir leid, Gilbert. Ich kann es nicht versprechen.« Dann blickte er auf und sah in das schmerzlich verzerrte Gesicht Ankers. Mit der rechten Hand umklammerte er das Handgelenk seiner linken, an der er sich offensichtlich seinen Zeigefinger abgetrennt hatte. Loyd erkannte ein Taschenmesser und einen länglichen, blutverschmierten Gegenstand vor Ankers Füßen liegen. Anker schien zwar für einen Bruchteil einer Sekunde erstaunt über Loyds Erscheinen zu sein, ignorierte ihn aber und wandte sich stattdessen seiner Schwester zu.

»Keli – steh auf und benimm dich nicht wie ein Kind! Hast du den Serau nicht gehört?«, donnerte Anker in einem Tonfall, den Loyd gar nicht von ihm kannte. »Der Serau hat uns eine letzte

Chance verschafft, die Welt vor dem Untergang zu bewahren – also nutze sie auch!«

Keli richtete sich langsam auf. Den Kopf hielt sie gesenkt und ihre Hände trieften vor Blut. Anker behandelte Loyd noch immer wie Luft und redete weiter auf Keli ein, die nun auf das mächtige Portal zuschritt, dessen Flügel allmählich zur Seite wichen: »Du weißt, dass du das nie und nimmer allein schaffen kannst. Ich habe dich schon einmal gebeten – und ich möchte dich kein weiteres Mal anbetteln.«

Loyd schob sich über den toten Körper von Gilbert hinweg und landete eine Fußbreite neben der roten Lache. Offenbar hatte Keli ihn noch nicht bemerkt. Loyds Herz fühlte sich plötzlich an, als wären tausend schwere Steine von ihm gefallen. Wenn nun der Zeitpunkt gekommen war, wo sie alle zusammen starben, dann würde er den Tod akzeptieren. Sollte Anker doch Zeter und Mordio schreien, ihm war es egal. Behutsam sagte er: »Keli, sei vorsichtig«, während er ihr zur riesigen steinernen Pforte folgte und dabei dicht an Anker vorbeistrich. Überrascht blickte sie über die Schulter. Als sie ihren Bruder erkannte, schenkte sie ihm ein wehmütiges, aber zugleich liebevolles Lächeln. Doch ihr blieb keine Zeit, sich um Loyd zu kümmern, denn schon in wenigen Augenblicken würde das Unlicht durch die Pforte gekrochen kommen. Stattdessen drehte sie sich wieder den ratternden, sich öffnenden Torhälften zu. Bedächtig trat Loyd näher. Als er zu seiner Schwester aufgeschlossen hatte, blieb er dicht hinter ihr stehen und umarmte sie voller brüderlicher Liebe.

Es war die Umarmung, die vergebende Geste, die schon längst fällig gewesen war. Keli hob den Kopf, wischte sich kurz mit dem Ärmel über ihr nasses Gesicht, wobei sie sich über und über mit

Blut beschmierte, und sagte dann so leise, dass nur ihr Bruder es hören konnte: »Danke, Loyd. Vergib mir. Ich liebe dich.«

In diesem Augenblick traf Loyd von der Seite her ein heftiger Schlag am Kopf. Er wurde bei den Schultern gepackt und auf die Seite weggeschleudert. Keli fuhr herum. Anker stand ihr mit hochrotem Antlitz gegenüber und machte einen äußerst bedrohlichen Eindruck. Noch immer hielt er sich die blutüberströmte Hand.

»*Erzeuge mir sofort einen Schlüssel, oder wir gehen alle drauf – törichtes Mädchen! Deine Eltern wirst du sonst nie wiedersehen*«, spie Anker wutentbrannt aus, wobei er Keli mit Speicheltröpfchen besprühte.

Doch schon war der Augenblick gekommen: Das meterdicke Marmortor begann sich aufzulösen. Die Mauern links und rechts neben dem Portal verschwammen zu einem Spiegel ihrer selbst. Ungleich dem letzten Mal, ertönten keine unheimlichen Pfeifgeräusche über ihren Häuptern; das Unlicht schien sogar dem Wind den Tod gebracht zu haben.

»*Keli!*«, tobte Anker wild, doch diese wandte sich um und ging entschieden auf Loyd zu, der sich in sitzender Haltung benommen seine blutverschmierten Lippen mit dem Handrücken abwischte. Keli blieb vor ihrem Bruder stehen, streckte ihm unbeirrt die Hand hin und half ihm wieder auf die Beine. Mit satanischem Blick beobachtete Anker, wie Keli die Augen schloss, während sie die Handseiten aneinanderlegte, fast so, als ob sie eine Lichtmail empfangen wollte.

Anker wich immer weiter vor der trügerischen Unlichtmaße zurück, die nun schleichend auf sie zugerückt kam, bis ein klatschendes Geräusch verriet, dass er in Gilberts Blut getreten war. Wie hypnotisiert sah Loyd zu, wie sich ein kleiner Ballen aus Unlicht auf Kelis Handflächen bildete. Dann begann sie, diesen mit knetender Gestik zu verformen.

»Wir haben den Kaelischen Index gefunden. Damit kann ich dir eine Nachbildung davon herstellen und wir können das Unlicht gemeinsam in uns aufnehmen. Hier – der ist für dich.« Keli übergab dem sprachlosen Loyd den neu geschaffenen Unlichtschlüssel.

Er wusste instinktiv, was zu tun war und steckte ihn sich an die leere Stelle zwischen Daumen und Mittelfinger seiner linken Hand; und zwar gerade noch rechtzeitig, denn im nächsten Augenblick spürte er, wie das Unlicht sich gegen seinen Körper zu stemmen begann. Die Geschwister hoben gleichzeitig die Hände gegen das sich ausbreitende Unheil an und verbanden ihre Seelen mit dem Laster der Welt. Loyd und Keli mussten gegenarbeiten, damit sich der Boden unter ihren Füßen nicht auflöste. Glücklicherweise strömte auch die im Zentrum gefangene Schwärze in die Grotten hinein, was verhinderte, dass das Unlicht sich augenblicklich in die Umgebung fraß. Dies hatte aber zur Folge, dass die vorrückende Spiegelmasse mit zunehmendem Druck durch das Tor geschleust wurde.

Ihre Kleider und auch sonst alles, was das Geschwisterpaar bei sich trug, löste sich restlos auf. Sie standen nun vollkommen eingehüllt in Unlicht und ließen es in ihre aufnahmebereiten Seelen strömen. Doch selbst zu zweit konnten sie es nicht schnell genug absorbieren, um es daran zu hindern, weiter in die Tunnel vorzudringen. Es zog über Keli und Loyd hinweg und bewegte sich auf Anker zu, der noch immer in Gilberts Blut stand und seinem Tod wie ein in die Enge getriebener Dämon entgegenblickte.

Der behäbige Professor versuchte immer wieder, über den

Bauch des im Weg liegenden Kadavers zu klettern – doch vergebens. Anker war einfach zu schwer, als dass er sich über den meterhohen Rumpf des Seraus hätte hieven können. Er fuhr mit schreckerfülltem Gesicht herum und blickte seinem unvermeidlichen Ende entgegen …

Dann – Keli kam durch das Unlicht geglitten und bewegte sich im Evakostüm auf Anker zu. Die spiegelnde Wand war nur noch wenige Zentimeter von Ankers breitester Stelle entfernt, als Keli ihm darbietend die Handflächen hinhielt – diese offenbarten eine weitere Nachbildung des Unlichtschlüssels. Anker nahm ihn, ohne zu zögern an sich. Er brach in Tränen und irres Gelächter zugleich aus, als er ihn an den blutenden Stummel an seiner linken Hand steckte. In der nächsten Sekunde wurde sein Körper vom Unlicht verschluckt. Seine Seele öffnete sich und schloss sich dem Strom des Unlichts an. Anker nahm es gierig in sich auf. Der Unlichtpegel an den Mauern Kaels sank allmählich.

Loyd wusste nicht, wie viel Zeit vergangen war, als er die Augen das nächste Mal öffnete. Sein Blick fiel auf eine weite, eintönige, bräunlich-graue Ebene, die leicht in den Boden gewölbt war und kaum Unebenheiten aufwies. Es blitzte. Noch immer türmten sich mächtige Gewitterwolken über der Krone Kaels auf, welche die leeren Flächen ringsum in geheimnisvolles Silberlicht tauchten. Das hypnotisierende Prasseln des Regens und ein hin und wieder aufwallendes Donnergrollen waren die einzigen Laute, die zu hören waren. Die Überreste einer ganzen Epoche waren verschwunden. Die stockfinsteren Wälder des Otamon-Distrikts, die alten, pflanzenüberwucherten Stadtteile des Central-Distrikts mit ihren vielen mysteriösen Wesen, welche sie bevölkert hatten – alles war weg.

Aber sie hatten gesiegt. Das Unlicht war fort – oder vielmehr war es hinter Kelis und seiner Seele verschlossen. Sie hatten die Welt – zumindest vorübergehend – vor dem Untergang bewahrt. Loyd blinzelte benommen und ließ seinen Blick umherschweifen. Keli saß einige Meter abseits von ihm auf dem Hintern und abermals einen Steinwurf weiter stand Anker.

Wie er selbst, waren auch sie beide nackt und starrten mit ungläubigen Mienen in die Ferne. Einzig Gilberts Körper war verschwunden.

Dann war es Anker, der sich als Erster rührte. Er faltete seine Hände zusammen und als er sie wieder öffnete, breitete sich ein glänzender Faden zwischen seinen Handflächen aus. Diesen wickelte er umhüllend um Bauch und Hüfte, wobei er wie ein Hemd und eine Hose an seinem Körper haften blieb und auch als solche Gestalt annahm. *Anker hat es also tatsächlich geschafft, Keli zu überreden, ihm einen Unlichtschlüssel anzufertigen,* dachte Loyd, während sie beide sein seltsames Gebaren beobachteten. Die Tatsache, dass Anker noch lebte und eine Nachbildung des Unlichtfingers an seiner linken Hand steckte, bestätigte wohl seine früheren Mutmaßungen Gilbert gegenüber, dass ein Nicht-Unlichtbändiger eine Indexkopie tragen könne und diese ihn gegen das Unlicht immun machte. Auch bestärkte es Loyd in seinem Verdacht, dass Anker dieses Vorhaben schon länger geplant hatte.

Keli und Loyd tauschten einen verdutzten Blick, dann ahmten sie Ankers Bewegungen nach. Eine Minute später waren sie alle in einem Modestil gekleidet, welchen die Welt noch nicht kannte.

Nun war es endgültig vorüber. Die Präfekturen würden wieder beruhigt schlafen können und Kael würde wieder bewohnbar werden. Und sie beide würden ihre Eltern retten gehen, wie es seit Beginn der Expedition geplant gewesen war. Loyd begriff schnell, wie sich das Unlicht gedanklich steuern ließ und erschuf für sich mehrere Kleidungsstücke, die sich in Form und Farbe frei gestalten ließen. Mit seinem neuen Outfit wandte er sich an Keli – beide schmunzelten sich erschöpft und etwas verlegen zu. Gerade als sie aufeinander zuschritten und sich in der Mitte trafen, ließ sie Ankers erboste Stimme aufhorchen: »Ich kann es einfach nicht fassen, Loyd. Ich habe stets an dein Talent für die Exploration geglaubt. Aber du hast mich hintergangen und meine Anweisungen bis zu guter Letzt verweigert. Weißt du, wie man das nennt? *Hochverrat*. Wegen deines eigennützigen Bruders, Keli, hätten wir heute fast versagt.«

Loyd konnte nicht fassen, was er da hörte. Er? Er sollte ein Verräter sein und Anker hintergangen haben? Das konnte er nicht auf sich sitzen lassen, nach all den strapazenreichen Tagen, die er vergebens darauf gewartet hatte, klare Anweisungen von seinem Mentor zu erhalten. Anker war sein Boss gewesen – doch das war nun Vergangenheit. Die Zeit war reif, ihm die Meinung zu sagen.

»Anker – entschuldige, aber der Verräter bist du«, gab Loyd zornentbrannt zurück.

»Loyd«, sagte Keli verunsichert.

Anker stand die kalte Wut ins Gesicht geschrieben. Er stapfte mit schweren Schritten auf die Geschwister zu. Loyd wich zurück, während er seinem Unmut weiter Luft machte: »Die ganze Zeit hindurch hast du Keli benutzt, um die Stadtjuwelen zu stehlen und den Unlichtschlüssel zu finden. Gib es zu. Ich frage mich heute: Ist es vielleicht sogar auf deinem Mist gewachsen, dass das Unlicht anfing, sich auszubreiten?«

Ankers Schritte wurden schneller. Loyd stolperte rücklings ins Innere von Kael hinein, wobei er sich weiter über Anker ausließ. Endlich konnte er ihm an den Kopf werfen, was sich seit Tagen in ihm angestaut hatte: »Du hast Naomi und mich, wohl wissend, dass wir in der Nähe waren, immer wieder ignoriert. Wir hätten uns jederzeit in Wesenend oder Solaspitz und dann auch in Atlas wiedervereinen können, aber du hast es vorgezogen, allein die Welt zu retten, um den Ruhm für die Heldentat einzuheimsen. Ich habe dich durchschaut. Es ist von Beginn an dein Ziel gewesen, dir von Keli einen Unlichtschlüssel erschaffen zu lassen. Habe ich recht?«

Anker schäumte förmlich vor Wut, bis aus seinen Handflächen ein Strang aus Unlicht geschossen kam. Das Unlichtgeschoß verfehlte Loyd nur knapp, weil dieser sich erschrocken zur Seite warf.

*»Mit – wem – glaubst du eigentlich – dass du sprichst? Wie kannst du es wagen, du ungebildeter kleiner Hinterwäldler, mir so respektlos entgegenzutreten? Ich habe diese Expedition angeführt. Wenn ich finde, dein Können erfülle nicht die von mir gestellten Anforderungen, dann ist es an mir, dich aus dem Team zu verbannen«*, wetterte Anker unbeherrscht.

Abermals schoss ein Unlichtseil auf Loyd zu, das sich um seine neu geschaffenen Schuhe schlang und ihn an den Füßen kopfüber in die Höhe zog. Loyd, aber auch Keli, schrien von Schrecken gepackt angsterfüllt auf. Keli rief den beiden aus dem Grottenausgang mit bebender Stimme hinterher: »Hört auf damit! Wir haben es doch geschafft. Was bringt es jetzt noch, sich zu streiten?«

Doch Anker würdigte Keli keines Blickes. Unter seinen Schuhsohlen bildete sich eine kleine Unlichtplattform, die ihn allmählich und auf unheimliche Weise durch die Luft beförderte. Loyd, der noch immer kopfüber in der Luft hing, zappelte am ganzen Körper und versuchte, das Unlicht von sich abzuschütteln. Auf Ankers Beispiel hin versuchte er, ein kleines Plateau aus Unlicht unter seinen Handflächen erscheinen zu lassen. So gelang es ihm, Ankers Fußfesseln mit der einen Hand von sich zu reißen, während er sich mit der anderen auf die Spiegelfläche stützte. Bei dem Ruck entglitt Anker die Unlichtfalle aus den Händen, wobei sie sich gänzlich von ihm löste. In dieser Sekunde gelang es Loyd, Ankers freistehendes Unlicht in sich aufzunehmen. Schnell richtete er sich auf dem Unlichtfeld auf und versuchte, die schwebende Ebene gedanklich zu steuern. Ganz langsam fing er an, sich wie Anker auf der Spiegelmasse fortzubewegen. Anker war noch knapp ein paar Meter von ihm entfernt, doch Loyd schien durch sein leichteres Gewicht im Vorteil zu sein und glitt immer rascher von ihm weg.

»Du kleiner Narr. Was glaubst du eigentlich, was du da tust? Komm her, damit ich dich mir vorknöpfen kann«, knurrte Anker ihm nach.

Loyd stieg jetzt immer schneller an den inneren Vorhanggemäuern empor, bis er sich sicher war, dass er mit seiner neu erlangten Fähigkeit einigermaßen umgehen konnte. Dann schleuderte er Anker die Worte entgegen, die ihm schon tagelang auf der Zunge brannten: »Wir haben seit unserer Trennung bei der Station 2 nach euch beiden gesucht, euch Lichtmails zugesandt und nach Anweisungen gebettelt. Du hast uns doch immer wieder eingeschärft, dass unsere Sicherheit oberste Priorität habe und wir zusammenbleiben sollten, was auch immer passiere. Es waren deine Worte, und du hast dir selbst widersprochen und deine eigenen Regeln gebrochen. Dein für dich untypisches Handeln ließ in mir immer mehr Zweifel aufkommen, was mich dazu geführt hat, dass ich im Verlauf der letzten Tage doch das eine oder andere Puzzleteil zusammenfügen konnte. Du hast uns willentlich nach Nihilis geschickt, obwohl du wusstest, dass ich ein Unlichtbändiger bin, im vollen Bewusstsein, dass die Nihilis-Fürsten mich für meine Hand töten lassen könnten. Sag die Wahrheit, Anker: Du hast von Anfang an geplant, mit Keli unterzutauchen und sie für deine Zwecke zu missbrauchen! Es war von Beginn weg deine Absicht, mich im Verlauf der Expedition loszuwerden, mit Kelis Hilfe den Unlichtschlüssel zu finden und dir eine Indexkopie herstellen zu lassen. Das, was *du* getan hast, nennt sich Hochverrat!«, unterstellte er Anker von oben herab mit durchdringender Stimme.

Anker schwieg und surfte auf seinem Unlichtboard ungelenk Loyd hinterher, der wiederum beobachtete, wie Keli weit unterhalb von Anker ins Zentruminnere geschritten kam.

»Hört jetzt auf damit! Kommt wieder runter«, schrie sie den beiden Streitenden entgegen.

Loyd bewegte sich noch immer senkrecht auf die kilometerhohe Vorhangkrone zu. Er wurde immer schneller und schneller, doch Anker war ihm dicht auf den Fersen. Es dauerte einige Minuten, bis Loyd zuoberst angelangt war. Er hatte die oberste Stelle der Mauern knapp überstiegen, als plötzlich eine weitere Unlichtschlaufe von unten her auf ihn zugeschossen kam und ihn am Arm packte. Ankers Geschoss bewirkte, dass er aus dem Gleichgewicht geriet, was einen unkontrollierten Sturzflug zur Folge hatte. Hals über Kopf knallte er auf die unebene und raue Oberfläche des dunklen Steinplateaus, dass sich auf dem hunderte Meter breiten Mauergrat erstreckte. Ankers Unlichtlasso drückte ihn fest gegen den Felsboden.

Loyd versuchte wie zuvor, das Unlicht in sich aufzunehmen, aber es schien, als wäre dies nur möglich, wenn die Unlichtmasse sich von ihrem Besitzer komplett losgelöst hatte. Anker schien aus seinem letzten, misslungenen Versuch, Loyd zu fesseln, gelernt zu haben und hielt die Wurfschlinge mit seinen dicken Pranken fest umschlossen, als er auch schon hinter dem Mauervorsprung auftauchte.

Düstere Gewitterwolken zogen über die beiden hinweg. Es blitzte in nächster Nähe und ein gewaltiger Donnerschlag durchbohrte den inzwischen stürmischen Regenschauer.

»Habe ich dich – du mieser, kleiner Wurm«, grölte Anker mit unüberhörbarer Genugtuung in der Stimme beim Anblick seiner sich windenden Beute.

»Lass mich sofort gehen! Was willst du noch von mir? Du hast doch bereits erreicht, was du angestrebt hast«, schrie Loyd, der nun mehr und mehr von Unlicht eingewickelt wurde.

»Weißt du – jetzt kann ich es dir erzählen, wo Keli nicht mithört.« Anker vergewisserte sich rasch mit einem Blick die Mauern hinunter, ob Keli außer Hörweite war. Dann stapfte er auf sein wehrloses Opfer zu. »Es stimmt, was du sagtest, und es hat mich eben ein wenig überrascht, dass du mir auf die Schliche gekommen bist, Loyd. *Ich* habe das Unlicht an Menge gewinnen lassen – mit Hilfe meiner feinen Kollegin Kanako Hopkins und ihrem werten Forscherteam aus dem Adelgrund. Es war gar nicht so einfach, unbemerkt und unter der Nase von Lohenhertz ein solches Unterfangen einzuleiten und durchzuführen.«

»Du verdammter Verräter! Ich glaube es einfach nicht«, stieß Loyd hervor, der sich wie wild in seinem Unlichtkokon hin- und herwand.

Anker lachte laut auf. »Wie du siehst, hat die Welt ihren Meister gefunden. Mein Leben lang habe ich nach dem Kaelischen Index gesucht. Ich habe Kael so oft durchkämmt; dabei haben mich meine Erkenntnisse immer wieder zu derselben antiken Vorrichtung unter der ehemaligen Kaelischen Bibliothek geführt, die ich durch intensive Forschungsarbeit vor rund fünf Jahren als Mikaels Gemach identifizieren konnte. Doch ein Wächtermal schützte die Kammer vor Eindringlingen und nur ein Unlichtbändiger hätte mir Zutritt dazu verschaffen können. Wie viele Jahre habe ich gewartet, bis ich endlich auf einen Hinweis aus einer demographischen Zählung aufmerksam wurde, wonach einer oder sogar mehrere Vierfingrige in einem Außenbezirk von Herbstfeld leben sollten. Seit Jahrhunderten gab es keine Erben Lailacs mehr, und plötzlich waren sie da, direkt vor meiner Nase. Das konnte ich nicht glauben. Ich bin der Sache natürlich sofort nachgegangen. Und siehe da«, Anker gluckste abwertend, »tatsächlich hatte die Laune der Natur meinen innigsten Wunsch erhört und mir zwei naive Jünglinge namens Loyd und Keli Lanthorn auf dem goldenen Tablet serviert.

Natürlich musste ich dich irgendwie und unbemerkt dazu bringen, mich nach Kael zu begleiten, damit ich mir Zugang zu diesen antiken Stollen verschaffen konnte. Deshalb habe ich dich in einen Studiengang eingegliedert, um dafür Sorge zu tragen, dass du baldmöglichst einen Namen an der HHF haben würdest – nicht, weil du besonders intelligent warst, sondern weil ich dich für meine Zwecke im Zentrum brauchte und dich daher allen anderen, *wirklich talentierten* Unlichtforschern vorziehen musste. Dadurch, dass du von mir, dem größten aller Unlichtwissenschaftler ins Rampenlicht gestellt wurdest, zweifelte niemand an deinem Können. So konnte ich deine Favorisierung mühelos rechtfertigen und dich dazu bringen, mich in die Urstadt zu begleiten. Natürlich war deine vierfingrige Hand immer wieder mal ein Thema unter meinen Kollegen an der Uni, aber meine doch recht weit hergeholte Behauptung, es würde sich dabei um eine seltene Erbkrankheit handeln, hat offenbar niemand hinterfragt. Immer wieder versuche ich, den Leuten beizubringen, alles und jeden zu hinterfragen. Hätten sie meinen Rat befolgt, wäre ich niemals so weit gekommen.«

»Du elender Manipulant«, keuchte Loyd unter der Last des Unlichts, welches immer schwerer auf seine Brust drückte und gerade dabei war, das letzte freie Stück um seinen Mund zu verschließen. »Warum hast du mich nicht einfach gefragt, ob ich mit dir zusammen die Kammer öffne. Wir hätten den Unlichtfinger innerhalb kürzester Zeit bergen können. Warum, Anker – warum das ganze Theater …«

»Jou – psychische Manipulation gehört zu den wichtigsten Methoden eines erfolgreichen Führers – gut erkannt«, gluckste Anker erneut abfällig. »Und nein, wir hätten den Index nicht gemeinsam finden können, er war auch gar nicht in der Kammer verborgen. Und selbst wenn, was glaubst du, wäre dann für mich dabei rausgesprungen? Ich hätte dir und deiner Schwester den gesamten Ruhm abtreten müssen. *Ich* habe das Rätsel gelöst. *Allein mir steht es zu, den Schlüssel zu verwenden.«* Anker kicherte vergnügt. »Aber es kommt noch besser. Bitte tu mir den Gefallen und schenke mir ein letztes Mal deine volle Aufmerksamkeit, bevor ich dich endgültig auslösche. Du wirst die Geschichte lieben: Erinnerst du dich, als wir die Station 2 vor knapp einem Jahr besuchten? Ich bin mir sicher, du hast keinerlei Erinnerungen mehr daran, was damals am ersten Abend vorgefallen ist.«

Loyd war einfach nur baff. Schon lange plagte ihn der Verdacht, dass in jener Nacht mit ihm etwas passiert sein musste. Diese verdammte Sauferei. Hätte er sich bloß nie überreden lassen, so viel zu trinken. Falls er hier lebend rauskommen sollte, würde er in seinem Leben nie wieder ein Glas anrühren …

»Ich hatte in der Greenlight Bar einen Trinkwettbewerb veranstaltet. Natürlich musstest du zeigen, was für ein toller Hecht du bist und hast dir einen Drink nach dem anderen in den Rachen geschüttet. Du hattest einen solchen Rausch, dass ich dich danach ohne weiteres über die Brückenpassage, welche die Station 2 mit der geschlossenen Kaelischen Bibliothek verband, bis hin zum Wächtermal lotsen konnte, ohne dass du dich am nächsten Morgen an unseren Ausflug erinnern würdest. Dann endlich hatte ich es geschafft.« Anker prustete glückselig. »Der Fingerzeig, wie sich der verschollene Kaelische Index finden ließe, enthüllte sich mir. Du hast für mich das verschollene Gemach Mikaels geöffnet, nach welchem so viele vor unserer Zeit schon verzweifelt gesucht hatten. Ich fand darin eine noch erhaltene, neunhundert Jahre alte Schriftensammlung von Urvater Mikael persönlich. Lange konnte ich mit dir im Schlepptau allerdings nicht dort drinnen bleiben, doch es reichte, um des Rätsels Lösung zu finden. Mikaels Aufzeichnungen gaben mir Aufschluss über die Hängekirsche Shidare, die auf Lailacs Grab auf dem Dach des HHF-Hauptgebäudes in Herbstfeld gewachsen war und eine essenzielle Rolle für die Bergung des Indexes spielte. Mikael schrieb in seinen Chroniken, dass die Hängekirsche ihn nach ihren vier Kindern gefragt hatte. Damals war nicht bekannt, worum es sich dabei handelte, heute aber erschließt sich aus den jüngsten Studien der Blausternenschrift, dass es sich bei den ›Kindern Kaels‹ oder ›Lailacs Kindern‹, wie sie heute auch genannt werden, um die vier Stadtjuwelen handelt, die einst Lailac gehörten, danach in den Besitz der Blausternengemeinschaft übergingen und schließlich an die vier Hauptpräfekturen ausgehändigt wurden. Shidares Frage nach ihren Kindern, welche sie nur an einen würdigen Erben Lailacs richten würde, war das fehlende Puzzleteil, das mir und auch allen anderen Forschern vor mir, gefehlt hatte. Es ist nicht unwahrscheinlich, dass die Kammer während der frühen Neuzeit immer mal wieder von einem Unlichtbändiger geöffnet und besucht wurde, jedoch war es dazumal genau umgekehrt und die Bändiger hatten zwar Zugang zur Hängekirsche, wussten aber nicht, worum es sich bei den geforderten ›vier Kindern‹ handelte. Am Ende gelang es nur mir allein, eins und eins zusammenzuzählen. Die Entdeckung, dass der Index all die Jahrhunderte über in der Hängekirsche verborgen gewesen war und es sich mir allein erschloss, wie man ihn in Besitz bringen konnte, brachte mich in Hochstimmung. Plötzlich hatte ich einen Geistesblitz, der alles verändern würde – *alles*, selbst die Weltordnung würde sich mir beugen: Wenn es mir gelänge, eines von euch Geschwistern zu überzeugen, mir eine Kopie des Schlüssels aus dem Unlicht zu fertigen, dann stünde es sogar mir offen, das Unlicht in mir aufzunehmen und es zu beherrschen. Denn wie ich aus der Blausternenschrift wusste, können auch Nichtvierfingrige ein Duplikat des Unlichtfingers verwenden, wenn ein solcher sich des Zeigefingers der linken Hand entledigt. Also brauchte ich einen von euch beiden, damit ich mir meine eigene Indexkopie erschaffen lassen konnte. Natürlich bin ich mir bewusst, dass sich diese Macht nur bis zu meinem Ableben beherrschen ließe und die Nachbildung des Indexes danach wieder zu Unlicht zerfallen würde, aber das spielt ohnehin keine Rolle mehr. Das Unlicht kann niemals aufgehalten werden, auch wenn ihr beiden es in euch tragt. Letzten Endes werdet auch ihr sterben. Und auch, wenn es euch, wider jeder Wahrscheinlichkeit gelänge, vierfingrige Nachkommen zu zeugen; es würde immer so weiter gehen. Für die Welt gibt es keine Hoffnung und keine Zukunft mehr. Also habe ich mich entschlossen, mir die Macht des Unlichts anzueignen und den Laternenwald meinen Idealen und Vorstellungen entsprechend neu auszurichten, solange er noch existiert. Ich denke, als größter Unlichtforscher, der je gelebt hat, steht es mir zu, den Platz an der Spitze der Hierarchie im Laternenwald einzunehmen.«

Loyd war gezwungen, Ankers Geständnis weiter gefesselt und geknebelt zu lauschen und zu erfahren, wie dieser mit Keli zusammen, während er selbst sich im Krankenhaus der HHF hatte verarzten lassen müssen, der Hängekirsche einen Besuch abgestattet hatte, um zu prüfen, ob Keli eine würdige Unlichtbändigerin war, und ob der Baum auch wirklich auf sie eingehen würde. Dann beantwortete Anker eine Frage, die Loyd schon seit einiger Zeit beschäftigte.

»Weißt du, weshalb ich Keli brauchte?« Anker trat mit einem korpulenten Bein genüsslich gegen Loyds Unlichtgefängnis. »Du wusstest schon viel zu viel über den Index und das ganze Gefüge um das Unlicht. Du hattest in meinem prominenten Lichtkegel, der auf dich abfärbte, und der Wahnvorstellung, unterdessen selbst ein fähiger Unlichtforscher geworden zu sein, eine gewisse Selbstgefälligkeit entwickelt, die mir Sorgen bereitete. Ich wusste, dass ich am Ende, wenn wir den Unlichtschlüssel geborgen haben würden und es an der Zeit wäre, das Unlicht zu ernten, auf dein

Entgegenkommen angewiesen sein würde. Das wollte ich nicht riskieren. Deshalb brauchte ich Keli, da sie noch wunderbar formbar und naiv war und sich eher dazu überreden lassen würde, mir eine Kopie des Indexes herzustellen, als du, Loyd. Ich zerbrach mir den Kopf, wie ich Keli am besten zu mir locken konnte. Ich schmiedete diverse Pläne, falls es nicht auf Anhieb klappen sollte. Zuerst einmal sandte ich eine an Keli adressierte Lichtmail, in der ich nicht eindeutig preisgab, für wen die Nachricht bestimmt war und bat sie darin, zur HHF zu kommen und niemandem davon zu erzählen. Eigentlich weiß jedes Kind, dass eine Lichtmail niemals bei einem falschen Empfänger landet, daher war ich der Überzeugung, dass Keli die Lichtmail als Botschaft für sich selbst verstehen würde. Doch offenbar habe ich mich geirrt und sie hat die Mail an dich weitergegeben. Nun gut, Versuch Nummer Eins war gescheitert, aber ich bin ja nicht umsonst Prorektor der HHF. Mein Plan B bestand darin, jemanden zu suchen, der bis zum Hals in meiner Schuld stand und Keli für mich gewaltsam entführen und zu mir bringen konnte. Zur selben Zeit stand ich mit Kanako in Kontakt, die mit ihren Leuten die Station 1 besetzt hatte und dabei war, das Unlicht im Zentrum mit dem Abfall der Gesellschaft zu nähren. Ich wusste doch, dass die Schmelzfront sich irgendwann mal als nützlich erweisen würde.«

»*Mörder!*«, drang Loyds Stimme undeutlich durch die spiegelnde Masse.

»Tja, Abschaum ist nun mal Abschaum, da macht es keinen Unterschied, ob er lebt oder tot ist, genau wie bei dir. Das war jedenfalls der heikelste Teil der Mission. Ich muss mir wahrlich selbst gratulieren, wie ich all die Hürden mit einsamer Genialität bewältigt habe. Natürlich hatte Kanako sich auch nur zu solch einer verheerenden Tat anstiften lassen, weil ich ihr versprach, ihr eine Kopie des Unlichtschlüssels auszuhändigen, sobald der Index gefunden wäre; diese dumme, alte Gurkenmutter. Der Plan war eigentlich perfekt, bis es zu einer Komplikation kam, mit der ich nicht gerechnet hatte: Durch das sich aufblähende Unlicht wurden unter Kael einige uralte, überschwärzte Höhlen durchflutet. Eine davon muss unter Hildenberge hindurchgeführt haben. Durch die umweltstrapazierenden Veränderungen in Kael kam es zu Anomalitäten der Wetterlage im ganzen Laternenwald; deshalb auch das Aussetzen der Wirbelstürme im Tader und der Schneesturz, dessen neue Last Hildenberge gegen den Unlicht durchfluteten Hohlraum darunter drückte. Für einen Moment dachte ich, es wäre alles verloren. Als ich dann aber eine Lichtmail an Keli verfasste und die Lichtsphäre sich fortbewegte, wusste ich, dass sie noch am Leben war. Ich erstellte mehrere Lichtmails und folgte diesen in den nördlichen Laternenwald, die mich direkt zu euch beiden führten. Als sich Keli endlich in meiner Obhut befand, war deine Anwesenheit überflüssig. Ich musste dich irgendwie loswerden und doch brauchte ich dich in der Nähe, falls Keli etwas zustoßen würde. Unterdessen war Kanako nach Lichterloh gereist, um den Anschlag auf die Hauptstadt auszuführen. Dieser diente in erster Linie dazu, das Stadtjuwel bei einer gezielten Aktion aus den Tresorräumen der Uni zu erbeuten, denn ich selbst hätte das Artefakt nur mit Genehmigung von Lohenhertz in die Hände bekommen. Sie ließ mehrere Schmelzfronteinheiten durch die Sakraltunnel anrücken und in Position gehen. Dann kam mir die Idee: Warum lasse ich dich im selben Zug nicht gleich von der Schmelzfront gefangen nehmen? Erinnerst du dich an Tanja, die Bibliotheksangestellte? Sie war es, die ich beauftragt hatte, Keli zu entführen, doch dieser Teil des Plans hatte sich bereits erübrigt. Als nächstes betraute ich sie mit der Aufgabe, dich und Naomi aufzuhalten, damit die Schmelzfront euch auf der von mir inszenierten Flucht aus dem Verkehr ziehen konnte. Sie schuldet mir eine Menge Licht, musst du wissen, und hätte meine Anweisungen eigentlich blind befolgen müssen. Doch auch dieser Teil des Plans wurde durchkreuzt, als Tanja sich offenbar meinen Forderungen widersetzte und dir zur Flucht vor der Schmelzfront verhalf; diese Verräterin. Wenn ich die in die Hände bekomme, wird sie vor meinen Füßen um Gnade winseln; das garantiere ich dir. Es musste rasch ein Plan C her. Also arrangierte ich eine Flucht durch die Sakraltunnel, die mir aber zum Verhängnis wurde, denn diese elenden Ratten der Schmelzfront, die uns gefolgt waren, dachten offenbar, dass wir tatsächliche Ziele der Miliz darstellten, die entkommen waren und hätten uns in der Kammer des Seraus schließlich fast umgebracht; dieses hirnrissige Pack. Wieder dachte ich, es wäre aus, doch irgendwie hatte das Glück mich nicht verlassen und es gelang mir, unsere Gruppe, ohne aufzufliegen, bis zur Station 2 zu führen. Nach der erfolgreichen Operation, das lichterlohene Stadtjuwel zu entwenden, kehrte Kanako zur Station 1 zurück, wo sie die Unlichtproduktion weiter vorantrieb. Falls es dich interessiert: Professor Simimund wurde bereits über eine Woche vorher aus dem Weg geräumt, damit er uns bei unserem Vorhaben nicht in die Quere kommen konnte. Er starb unweit der Station 2 – es hat mich noch gewundert, dass er es so weit geschafft hat. Dann endlich bot sich die Gelegenheit, mit Keli unterzutauchen. Von meinem Wohnbereich in der Station 2 aus konnte ich Kanako per Lichtmail ganz bequem die Anweisung erteilen, die Schmelzfront am nächsten Morgen auf die Station 2 anzusetzen, während wir drei uns auf den Weg zu Nummer 1 gemacht haben würden. Ich habe Keli am Morgen kurz vor unserem Aufbruch per Lichtmail mitgeteilt, dass sie sich im Lagerraum verstecken solle, falls etwas geschieht. Und siehe da: Nachdem die Schmelzfront die Eingangstür wie geplant weggesprengt und wir uns auf den Knall hin eilends zur Station 2 zurückgezogen hatten, konnte ich dich und Naomi dazu bringen, euch allein zum Haupteingang aufzumachen. Daraufhin öffnete ich die Notfalltür zum Lagerraum, wo Keli auf mich wartete. Anschließend hatte ich genügend Zeit, um mit Keli Mikaels Gemach noch einmal zu besuchen, ihr das Märchen aufzutischen, dass wir zusammen das Rätsel um den Kaelischen Index geknackt haben und ihr einen Unlichtbehälter mit einer Probe des Unlichts für unsere nächsten Projekte unterzujubeln. Denn damit war es nahezu kinderleicht, alle Stadtjuwelen zusammenzutragen und Keli glauben zu machen, sie stelle die letzte Rettung des Laternenwalds dar. Kanako war schließlich doch so dreist, mich zu hintergehen und das lichterlohene Stadtjuwel an Zierzon auszuhändigen. ›Damit sie nicht ganz ohne Versicherung dastünde, dass ich mein Versprechen hielte‹, teilte sie mir per Lichtmail mit, als wir uns auf den Weg nach Solaspitz machten. Doch obwohl wir uns seit über 40 Jahren kennen, hat sie meinen beispiellosen Einfallsreichtum bis zum Schluss unterschätzt. Ich hatte noch einen Joker namens ›Keli‹ im Ärmel und das Stadtjuwel von Atlas musste ohnehin besorgt werden, also konnte ich mit dem Einbruch in Zierzons Bunker gleich zwei Fliegen mit einer Klappe schlagen. Die hätten natürlich nie damit gerechnet, dass wir eine solche Aktion wagen würden. Zwar war es ein ziemlich abenteuerliches Unterfangen und hätte ohne sorgfältige Planung auch leicht schiefgehen können, aber ich denke, Keli und ich haben der Welt gezeigt, dass wir in Sachen Scharfsinn und Verstand die Elite unserer Spezies darstellen. Glücklicherweise hat sich deine Schwester nicht als solcher Waschlappen herausgestellt, wie du einer bist, Loyd. Wenn jemand in eurer Familie Grips und Mumm hat, dann sie.« Anker lachte hämisch.

Das makellose Unlichtgefängnis, welches Loyd unterdessen komplett eingehüllt hatte, begann ihm allmählich, die Luft abzuschnüren, doch eine unbändige Wut, die bei Ankers Worten in seinem Herzen aufloderte, hielt dem Druck von innen her stand. Es war also tatsächlich einzig und allein Ankers Verschulden, dass seine Heimat ins Sonnenloch gestürzt und seine Eltern darin umgekommen waren. Jetzt war ihm alles klar. Bei all den leidvollen Erlebnissen, die er in letzter Zeit hatte durchstehen müssen, hatte es sich durch und durch nur um die Folgen von Ankers Machtgier gehandelt. Er allein trug die Verantwortung für all die tragischen Ereignisse, die ihm, seiner Familie, seinen Freunden und am Ende auch dem ganzen Laternenwald widerfahren waren. *Aber warum? Wozu* brauchte er einen Unlichtfinger, *weshalb* musste er das Unlicht noch weiter heranwachsen lassen, *und warum* mussten so viele Wesen dafür leiden und umkommen? Loyd konnte und wollte es nicht nachvollziehen …

»*Warum nur, Anker?*«, war Loyds würgende und enttäuschte Stimme dumpf durch den Kokon zu hören, »*Warum noch mehr Unlicht? Ich verstehe es nicht. Warum all das Leid?*« Loyds klagende Worte gingen in ein elendes Stöhnen über.

»Was laberst du da – Loyd, mein Junge. Was hätte mir eine Kopie des Indexes gebracht, ohne genügend Unlichtreserven? Mein Ziel war es, so viel Unlicht wie möglich zu erzeugen, um dessen Macht auch vollumfänglich nutzen zu können. Hast du überhaupt den Hauch einer Ahnung, welche Kräfte im Unlichtfinger schlummern?«, redete Anker weiter auf sein Opfer ein und trat abermals lässig mit dem Fuß danach. »Hm – offensichtlich nicht. Sonst wärst du jetzt nicht dort, wo du bist. Du warst schon immer ein kümmerlicher Taugenichts, auch dazumal schon, als ich dich das erste Mal zum Vorstellungsgespräch an der HHF in mein Büro bestellte. Voller Euphorie hast du mir abgenommen, dass der wertlose Schrott, den du in deinem Trümmerhaufen von Dorf ausgebuddelt hast, historische Altertümer wären. Ich habe mich damals schier unter meinen Schreibtisch gelacht, als ich dich nach dem Aufnahmegespräch Luftsprünge habe machen sehen. Ein hinterwäldlerischer Bauernbube an der geachtetsten Universität aller Zeiten. Ich musste aufpassen, dass ich vor Vergnügen nichts Dummes mit dir anstellte, denn ich brauchte dich schließlich noch. Aber jetzt«, Anker setzte triumphierend einen Fuß auf das Bündel Elend am Boden, »jetzt ist es an der Zeit, dass du krepierst. Es braucht nur einen Unlichtverwahrer auf der Welt, und zwar den klügsten von allen – *mich*. *Ich* werde die neue Ära verkörpern, und die Welt wird durch mich allein weiterbestehen. Und wenn ich dereinst ableben sollte, wird der Laternenwald mit mir zusammen untergehen.«

Anker grinste zufrieden und versuchte von seinen Händen aus, den Druck auf den Unlichtkäfig zu verstärken. »Übrigens, noch etwas, Loyd: Das mit der Möglichkeit, ein Sonnenloch zu infiltrieren, habe ich erfunden. Nur, dass du es weißt: Deine Eltern sind unwiderruflich der Unendlichkeit anheimgefallen. Nun – lebe wohl – Loyd Lanthorn, Bauerntölpel aus dem Trümmerdorf. Schon in wenigen Augenblicken wirst du wieder mit deiner geliebten Familie vereint sein«, schnaubte Anker feierlich und brach in spöttisches Gelächter aus.

Loyd hörte auf, sich zu wehren. Ankers Worte hatten sein Herz durchstochen wie ein scharfer Kristallsplitter. Er wollte nicht glauben, was ihm da zu Ohren kam, aber er hatte es auch die ganze Zeit über vermutet … Er war ein ganz ordinärer Farmerjunge – aufgewachsen unter dem Eis, wo weder intellektuelle Fähigkeiten noch geistige Arbeit von großem Belang waren. Sein ohnehin bereits zusammengebrochenes Selbstwertgefühl wurde durch eine Stimme in seinem Inneren mit weiteren, schlimmen Vermutungen gedemütigt: Was mussten Naomi und Lux wohl die ganze Zeit hindurch über ihn gedacht haben? Und hatte Anker sich mit Naomi womöglich sogar über ihn lustig gemacht? Naomi war eine erfolgreiche Studentin, die es ohne spezielle Empfehlungen in die HHF geschafft hatte. Wie hatte er jemals im Gutglauben schwelgen können, dass er, Loyd Lanthorn, ein erfolgreicher oder gar der beste Explorationsstudent der Gegenwart sein könnte? Er war ein Nichts und ein Niemand, ein Versager und Verräter … Nun wusste er auch, dass seine Eltern und alle anderen Bewohner des Dorfes Hildenberge tot waren.

Loyd war am tiefsten Punkt seines Lebens angelangt. Nie hatte er sich schwächer und schäbiger gefühlt, und mit diesen Gedanken würde er die Welt nun für immer verlassen, kaltblütig hintergangen und ermordet von einem narzisstischen Tyrannen, den er einst abgöttisch verehrt hatte. Vielleicht war es das Beste, dass sein Leben nun ein Ende fand. Es war aus …

Der wenige Sauerstoff im Unlichtkokon war beinahe aufgebraucht. Loyd versuchte erfolglos, einzuatmen. Schweiß überströmte seinen gefangenen Körper. Er würde loslassen müssen, sein Geist konnte sich nicht mehr länger am Leben festklammern

… Aber – aber er liebte doch die Welt so sehr. Auch wenn er nicht der begabteste aller Studenten war, so liebte er doch die Exploration, das konnte ihm niemand nehmen. Er liebte den Laternenwald mit all seinen fabelhaften, glitzernden Wundern – er liebte den großen, weiten Sternenwald, der noch völlig unerforscht war und darauf wartete, von ihm durchforstet zu werden. Doch vor allem liebte er seine Familie: seine gebieterische Mutter, seinen stets gutgelaunten Vater, seine chaotische jüngere Schwester – die geistig viel weiter war, als viele Erwachsene, die er in seinem Leben getroffen hatte – und er liebte seine treue Gefährtin Naomi, die immer mitfühlend um sein Wohl besorgt war und stets einen Plan zur Hand hatte, wenn es brenzlig wurde. Am größten aber war in diesem Augenblick seine Liebe für Lux; sein herzensgutes Lächeln und seine warmen Hände, die er bislang nur zwei Mal hatte halten dürfen. Wie sehr auch immer Anker versuchte, ihn zu entwürdigen und zu demütigen, seine sehnlichsten Wünsche und innigsten Gefühle, seine Liebe und Hingabe, die er tief in seinem Herzen empfand, konnte er ihm nicht nehmen.

*Bitte, liebe Welt – gib mir Kraft, mich dem Bösen zu widersetzen,* versuchte sich Loyds Geist verzweifelt an seinen Körper festzuklammern. Aber es würde ihm niemand zu Hilfe eilen, denn – so wurde ihm jäh bewusst – nur er selbst hatte, neben seiner Schwester, die Macht, Anker aufzuhalten und den Laternenwald vor dem endgültigen Ende zu bewahren. Die Höhere Macht selbst hatte sich laut Lailacs Legenden schon seit geraumer Zeit von dieser Welt verabschiedet. Niemand würde kommen, um ihm unter die Arme zu greifen, denn er selbst stellte die letzte Rettung dar. Wenn Anker Keli und ihn jetzt tötete und Anker selbst irgendwann verschied, gäbe es niemanden mehr, der das Unlicht in sich tragen könnte und dann wäre die Welt für immer verloren.

Seine Mission in diesem Leben war noch nicht vollbracht. Loyd schöpfte neuen Mut und neue Kraft. Es war seine Pflicht, sich Anker entgegenzustellen und dem Laternenwald eine Zukunft zu ermöglichen. Außerdem hatte er doch immer vorgehabt, die Erforschung des äußeren Sternenwalds so weit voranzubringen, wie es noch keiner je vor ihm getan hatte. War es nicht sein Traum gewesen, der größte Explorationswissenschaftler aller Zeiten zu werden? *Ja – er würde kämpfen, er war noch nicht besiegt*. Und er hatte sich entschlossen: Wenn er diesen Schlamassel heil überstand, würde er Lux seine Liebe gestehen, und wenn es das Letzte wäre, das er tat. *Er war Loyd Lanthorn und dies war seine Bestimmung.*

Loyd schlug die Augen auf und erblickte seine eigenen geweiteten Pupillen, in die im spiegelnden Unlicht allmählich Leben zurückkehrte. Er lag wie eine Mumie in einem Sarg aus Unlicht, doch etwas in seinem Inneren wollte aus ihm heraus. Sein eigenes Unlicht drückte ihm gegen das Seelenportal – es wollte raus und sich seinem Meister dienlich erweisen. Anker, der genüsslich sein totgeglaubtes Opfer begutachtete, trat plötzlich einen Schritt zurück. Das Unlichtbündel zu seinen Füßen rührte sich!

»Es hat keinen Zweck. Abfall gehört gut verpackt in den Mülleimer«, scherzte Anker mit misstrauisch zugekniffenen Augen und hielt die Schlaufe, die ihn mit dem Kokon verband, sicherheitshalber fest umschlossen. Im nächsten Moment war ein dumpfer Aufschrei zu hören und ein zunehmend lauter werdendes Geräusch – so als ob zehn Fuji-Liner zugleich losfahren würden – kündigte an, dass Loyd noch nicht aufgegeben hatte. Loyds Unlicht entlud sich in Form einer kleinen Explosion mit einem ohrenbetäubenden Knall im Inneren seines verhängnisvollen Käfigs, wobei es mit beachtlicher Stärke gegen dessen Barrieren drückte. Unlicht spritzte in alle Himmelsrichtungen und traf dabei Anker an Kopf und Bauch. Doch dieser fing sich rasch wieder und machte eine ruckartige Bewegung mit den Händen. Erneut schossen Unlichtstränge auf Loyd zu und dieses Mal waren sie nochmals um einiges breiter als zuvor.

Loyd verlor keine Zeit. Er hatte einen Entschluss gefasst: *Er wollte leben – für seine Familie, für seine Freunde, für den Laternenwald und – für Lux.* Er musste Keli holen und fliehen – fliehen, soweit das Unlicht ihn nur tragen konnte; weg von Anker, weg von Kael, in die Ferne, wo er außerhalb von Ankers Reichweite Zeit haben würde, sich neu zu sammeln. Loyd wich nach Luft schnappend den dicken, sich windenden Unlichtlassos aus, die nach ihm schnappten. In Sekundenschnelle machte er einen Satz auf den inneren Rand der Vorhangkrone zu und ließ sich gegen die weite, braune Fläche der ehemaligen Urstadt unter sich fallen. Ankers Unlichtschlingen zogen dicht hinter Loyd her, doch waren sie nicht schnell genug, um ihn im freien Fall einzuholen. Loyd spreizte die Finger und erzeugte einen Bogen aus Unlicht, um sich darauf abrollen zu lassen. Blitzschnell erhob er sich darauf und surfte mit dem Unlicht unter seinen Schuhsohlen direkt auf Keli zu, die zu seiner Überraschung auf einem Felsvorsprung knapp unter der Vorhangkrone stand und ihm entsetzte Blicke zuwarf. Mit rasender Geschwindigkeit schoss er auf seine Schwester zu, doch wie aus dem Nichts tauchte Anker auf und stellte sich ihm in den Weg. Er traf Loyd frontal mit einem Unlichtgeschoß, das ihn aus dem Gleichgewicht brachte und so von seinem Unlichtboard katapultierte. Im Sturz umschlossen erneut stählerne Unlichtbänder Loyds Arme, und er hörte über sich Ankers hämisches Lachen. Ernüchtert musste Loyd sich eingestehen, dass er Anker nicht gewachsen war. So sehr es ihm auch widerstrebte, er musste Keli zurücklassen. Er warf ihr einen verzweifelten und gleichzeitig um Verzeihung flehenden Blick zu, während er sich mit letzter Kraft die Unlichtfesseln von den Armen riss. Er hatte keine Wahl. Loyd erschuf sich aus seinem Unlicht eine weitere Plattform, wandte sich ab und surfte steil dem Himmel entgegen. Völlig am Ende und todunglücklich schoss er über die Mauerkante hinweg. Er flitzte weiter auf die gegenüberliegende Seite der Vorhangkrone zu, welche sich gegen das Tal des Ewigen Regens erstreckte.

Loyd blickte immer wieder panikgetrieben über seine Schulter, doch schien Anker nun wie vom Erdboden verschluckt – vielleicht hatte er die Verfolgung aufgegeben.

Nach einigen angstvollen Momenten breitete sich die Wiesenlandschaft des weiten Talkessels vor Loyds Augen aus. Wie auf einem fliegenden Teppich sauste er den äußeren Vorhangwall hinunter, bis der marmorne, von etlichen weißen Monsterköpfen gezierte Eingangsbereich der Deixelgrotten in Sicht kam. Dann sah er seine beiden Freunde im Torbogen der Grotten stehen.

»Lux, Naomi – weg hier, schnell!«, brüllte er ihnen entgegen.

Diese verstanden sofort, dass etwas nicht stimmte und hoben mit ihren Solaflügeln vom beigefarbenen Eingangsbereich ab. Sie kamen Loyd entgegengesegelt.

»Wo hast du denn deine Solaflügel gelassen und was ist das für ein Zeug da unter deinen –«

»Keine Zeit für Erklärungen«, unterbrach Loyd Naomi schroff. »Anker ist verrückt geworden. Wir haben das Unlicht in uns aufgenommen und jetzt versucht er, mich damit umzubringen. Wir müssen sofort von hier verschwinden«, stieß Loyd atemlos hervor.

»Was ist mit Keli?«, fragte Naomi mit angsterfüllter Stimme, als Loyd zu seinen Freunden aufgeschlossen hatte.

Loyd schloss die Augen beim Gedanken an seine hilflose Schwester, die Anker nun auf Gedeih und Verderb ausgeliefert war. Er schluckte, öffnete seine Augen wieder und sah Naomi gepeinigt an. Sie verstand, dass dies der falsche Moment war, darüber zu sprechen und nickte Loyd verständnisvoll zu. Zusammen stoben sie los. Loyd war mit dem Unlichtboard noch nicht ganz so zügig unterwegs, wie mit den Solaflügeln zuvor, aber er gewann stetig an Tempo. Plötzlich meldete sich Lux' besorgte Stimme: »Oh-oh. Ich glaub, da kommen Vögel oder sowas.«

Loyd fuhr herum und erstarrte. Von der Vorhangkrone her zogen mehrere schimmernde Objekte in ihre Richtung. »Lux! Keine Zeit, die Sache näher anzuschauen – wir müssen sofort abhauen!«, fuhr Loyd ihn an und scheuchte seine Freunde weiter.

Die seltsamen, reflektierenden Kreaturen waren imstande, rasch aufzuholen. Loyd ließ sich zurückfallen und überlegte, ob er selbst versuchen sollte, Unlicht aus seinem Inneren hervorzurufen. Vielleicht konnte er sich eine Art Unlichtklinge erschaffen und damit die Viecher bekämpfen, doch zum Nachdenken blieb keine Zeit. Es schien, als hätte Anker eine sehr schlechte Vorstellung davon, wie Vögel aussahen, oder er war einfach ein schlechter Künstler, denn die Viecher, die nun allmählich vor Loyd abbremsten, glichen eher einer Farbstiftzeichnung, wie sie ein Fünfjähriger gemalt hätte, als echten Tieren.

Loyd stellte mit Entsetzen fest, dass die seelenlosen Wesen entstellte glänzende Fratzen von Gesichtern aufwiesen und mit einer Gänsehaut erregenden Stimme krächzten. Auch schlugen sie nicht mit Flügeln, sondern schwebten nur ohne jegliches Anzeichen von Bewegung auf bizarre Weise in der Luft. Loyd war mehr von deren Aussehen eingeschüchtert als von dem, was sie ihm antun könnten. Er war sich nicht einmal sicher, wie Anker die Wesen steuern konnte, oder ob er sogar in der Lage war, durch ihre abstoßenden, leeren Augenhöhlen zu blicken. Waren sie vielleicht nur als Späher gedacht? Loyd wusste nicht, wie er mit der Situation umgehen sollte, daher ließ er sich sicherheitshalber rückwärts ein wenig von seinen leblosen Widersachern weggleiten. Die glänzenden Geschöpfe folgten ihm und behielten stets einen gleichbleibenden Abstand bei.

*Aha, wusste ich es doch!*, dachte Loyd. Die Kreaturen hatten nicht vor, ihn zu attackieren, das konnten sie ja auch gar nicht, denn sie waren von Anker losgelöst. Anker musste sie geschickt haben, um ihnen zu folgen und ihren Aufenthaltsort zu überwachen. Loyd fasste all seinen Mut zusammen, der noch irgendwo in seinem Innern schlummerte und stürzte auf eines der Geschöpfe zu. Dieses versuchte auszuweichen, jedoch nicht rechtzeitig. Er berührte mit den Fingerspitzen seinen hässlichen Schnabel und augenblicklich zerschmolz das Gebilde zu einem Unlichtballen, den Loyd binnen Sekunden durch seine ausgestreckte Hand in sich aufnehmen konnte. Die beiden anderen Späher vergrößerten nun den Abstand zu ihm, flüchteten aber nicht.

»Ich werde euch schon kriegen. Na wartet!«, rief Loyd Ankers Spitzeln entgegen. Er wollte schon losstürzen, als er über der Vorhangkrone zwei weitere fliegende Objekte erblickte.

»Oh nein, nicht noch mehr davon«, stöhnte er entmutigt und wandte sich um. Er entdeckte Lux und Naomi ein paar hundert Meter weiter nördlich von sich über dem abgebrannten Zollgebäude mit den Flügeln schlagen. Es war an der Zeit, endgültig Reißaus zu nehmen. Er flitzte los, seine Verfolger ihm hinterher. Als er in Hörweite seiner Freunde war, rief er ihnen zu: »Weg hier! Das sind Späher aus Unlicht. Mir können sie nichts anhaben, aber ich bin mir nicht sicher, was geschieht, wenn sie euch berühren. Schnell fort!« Loyd ruderte mit den Armen, um seine Gefährten auf Trab zu bringen.

Für viele Stunden, bis tief in die Nacht hinein, jagten sie von der Furcht getrieben, Ankers unheilvolle Kriegsinstrumente könnten sie aufspüren, gegen Norden. Sie flogen über das westliche Lichterloh hinweg, brausten knapp an Herbstfeld vorbei, und zogen weiter – weiter, in die Tiefen des äußeren Laternenwalds. Einmal konnte Loyd westlich von ihnen ein unheimliches, goldenes Licht gegen den Himmel leuchten sehen. Erst nach einer Weile, als es schon längst dunkel geworden war und ihm eine kühle, nostalgische Brise besänftigend über den Kopf streichelte, realisierte er, dass es sich bei dem hell leuchtenden Landstrich wohl um das kürzlich entstandene hildenbergische Sonnenloch gehandelt haben musste.

»Keli«, sagte Anker in bedauerndem Tonfall. »Dein Bruder hat versucht, mich zu töten. Ich kann es noch immer nicht fassen. Ich mochte ihn einst sehr, aber er hat sich zu einem grausamen Schurken entwickelt.«

Anker und Keli standen unmittelbar vor dem gigantischen Lichtwall aus gleißenden weißgoldenen Strahlen des Sonnenlochs von Hildenberge, wo einst Kelis Heimat gelegen hatte. Das Alte Sonnenlicht schmerzte in Kelis Augen, doch umso mehr festigte dies ihren Entschluss, ihre Eltern und ihr Dorf daraus zu retten.

Mit der Hand an der Stirn schüttelte Anker gefühlsbetont seinen dicken, bartumrahmten Kopf.

»Loyd hat mehrere schwere Verbrechen begangen, und er hat seinen eigenen Staat verraten. Dafür wird er irgendwann Rechenschaft ablegen müssen. Ich hoffe, dass dir das bewusst ist«, bemerkte Anker gespielt betroffen.

Keli schwieg. Seit sie von Kael hierher aufgebrochen waren, sprach Anker von nichts anderem als von Loyds angeblichen Fehltritten. Ihr war das egal. Sie hatte sich mit Loyd versöhnt. Auch war ihr Ankers Versuch, Loyd zu töten, nicht entgangen. Keli hatte das traurige Schauspiel, welches sich auf der Krone des Schwarzen Vorhangs abgespielt hatte, nämlich aus dem Verborgenen beobachtet. Sie hatte sich geschworen, die Welt mit der Kraft des Kaelischen Indexes zu einem besseren Ort zu machen und Teil dieser Aufgabe war es, Anker dazu zu bringen, Reue zu zeigen und seine Fehler einzugestehen. Ihr war klar, dass dies nicht einfach werden würde. Aber ehe sie sich zur Rettung ihrer Eltern aufmachen würde und danach Pläne für ihre nächste Mission schmieden konnte, gab es noch einen Punkt auf ihrer Aufgabenliste, den es zu erfüllen galt.

»Aber du, Keli – du hast dich wacker geschlagen. Ich bin wirklich stolz auf dich.«

Keli wandte sich um. Als ob Anker ihre Gedanken gelesen hätte, hielt er die beiden braunen Glasflaschen, die sie auf dem Weg hierher besorgt hatten, lässig an den Flaschenhälsen zwischen den Fingern.

»Siebbier«, raunte er väterlich. »Das ist für dich.« Anker streckte Keli eine der beiden Flaschen hin. »Ist halt nur die Fertigvariante mit dem Sieb und den Rosinen bereits im Gesöff drinnen, aber es muss wohl reichen. Prost! Auf dich und die Welt, Keli.«

Keli nahm das Bier mit kühlem Blick entgegen. Anker hielt ihr gelassen den Flaschenboden hin und ein verheißungsvolles Klirren in der Stille besiegelte das Ende ihrer Mission. Keli nahm einen bedachten Schluck und richtete ihren Blick dann wieder auf die weißgoldenen Strahlen. Das Bier rann ihr eiskalt den Rachen hinunter. *Das also ist Siebbier*, dachte Keli und nickte kaum merklich. Gar nicht übel. Doch nun wurde ihre Miene wieder ernst und ein entschlossener Ausdruck zeichnete sich auf ihrem Gesicht ab.

»Nun wird es Zeit, deine Eltern aus dem Sonnenloch zu bergen. Du wirst allein gehen müssen. Ich habe eine zerbrochene Welt zusammenzufügen«, gab Anker beiläufig zu verstehen und trat dicht neben Keli.

Diese biss sich auf die Unterlippe und starrte unentwegt in die blendenden Strahlen. Endlich, nach so vielen Tagen und Wochen der Ungewissheit war nun der Augenblick gekommen. Sie musste es tun – sie würde in das Sonnenloch springen – aber ihre Vernunft behielt sie doch noch an Ort und Stelle zurück.

»Wenn du zurück bist, besuch mich doch mal in Kael – da werde ich mich künftig niederlassen. Mal schauen, ob es mir gelingt, mit dem Unlicht mein Lieblingsschloss der Vorzeit nachzubauen. Ich kann es kaum erwarten, meinen architektonischen Fähigkeiten freien Lauf zu lassen.« Anker lachte zufrieden. »Das wird ein Spaß. Und nun – lebe wohl – Keli Lanthorn. Die Unendlichkeit naht.«

Keli glaubte, einen feinen Stoß gegen ihren Rucksack zu verspüren. Sie verlor das Gleichgewicht, geriet ins Stolpern, stürzte Hals über Kopf in den Lichtwall hinein und wurde augenblicklich von ihm verschluckt. Immer schneller wurde ihr Körper gegen die

Quelle des Alten Sonnenlichts gerissen. Sie schloss die Augen und verschmolz allmählich mit dem Strom der Zeit.

# EPILOG – ANKUNFT

Angesichts der Ungewissheit, die nun vor ihnen lag, war Loyd froh, dass Naomi und Lux an seiner Seite waren. Was hätte er bloß ohne sie getan? Gemeinsam hatten sie sich kurzerhand entschlossen, vorerst einmal aus Ankers Einflussbereich zu flüchten. Am ersten Abend nach den brisanten Ereignissen in Kael hatte die Gruppe sich in einer abgelegenen Forschungsstation, die sich an der Grenze vom inneren zum äußeren Sternenwald befand, versteckt. Loyd hatte an diesem Abend das erste Mal seit Wochen ruhigen Schlaf gefunden, nachdem er von Keli eine Lichtmail erhalten hatte, in der sie ihm mitteilte, es ginge ihr gut. Offenbar ließ Anker sie aufgrund der Erkenntnis in Ruhe, dass auch seine eigene Kopie des Indexes wieder zu Unlicht zerfallen würde, falls sie umkommen sollte. Das beruhigte Loyd zwar nicht wirklich, doch wusste er mittlerweile, dass Keli ganz gut für sich selbst sorgen konnte, wobei sicherlich auch ihre neu erlangte Fähigkeit, das Unlicht beherrschen zu können, zu ihrer Sicherheit beitrug. Keli hatte in der Botschaft aber auch unmissverständlich klargestellt, dass sie auf unbestimmte Zeit allein unterwegs sein wolle und Loyd in Kenntnis setzen würde, sobald sie bereit wäre, sich wieder mit ihnen zu treffen.

In der Obhut der wenigen anwesenden Forscherkollegen, mit denen Loyd und Naomi mehr oder weniger gut vertraut waren, wurde vor Ort einen Tag lang erörtert, wie ihre Zukunftspläne aussehen könnten. Zu Loyds Leidwesen fiel niemandem eine konkrete Möglichkeit ein, gegen Anker anzukommen. Sie mussten sich wohl oder übel mit der unbehaglichen Erkenntnis abfinden, dass Ankers Späher oder sogar er selbst jederzeit bei ihnen auftauchen konnten. Diese allgegenwärtige Bedrohung vermochten sie im Moment nicht einzudämmen.

Nichtsdestotrotz kristallisierten sich die Absichten des Teams, was dessen weiterführende Reisepläne betraf, durch all die Diskussionen schließlich heraus: Sie hatten sich entschieden, dem Tugendzug-Sternbild zu folgen und zu explorieren, ob es das legendäre Forschungszentrum »Blausternenwald« tatsächlich gab. Von Naomis vergeblichen Versuchen her, ihrer Mutter, die vor über einem Jahr nach Blausternenwald aufgebrochen war, Nachrichten zuzusenden, vermuteten sie, dass die Siedlung außerhalb der Reichweite lag, in welcher Lichtmails ihre Empfänger erreichen konnten, was es wiederum für Anker schwieriger gestalten sollte, die Gruppe dort aufzuspüren. Außerdem bestand die Möglichkeit, Naomis Mutter für eine Aussprache vor Ort anzutreffen, und vielleicht hatten die Leute in Blausternenwald sogar eine Idee, wie Anker aufgehalten werden konnte. Denn schließlich war die Blausterngemeinschaft Urheber der Blausternenschrift, in welcher eine Menge über Urvater Lailac und seine Fähigkeit, das Unlicht auf die Umgebung anzuwenden, beschrieben stand. Natürlich war ihnen klar, dass diese Texte viele Jahrhunderte alt waren und es keine Garantie dafür gab, dass sie dort Antworten auf ihre Fragen erhielten. Zudem stand es in den Sternen, ob sie die Anlage überhaupt finden würden.

Zu ihrer Überraschung hatten die Leute in der Station ihnen ein paar Drinks verschafft, was Loyd sein erneutes Versprechen an sich selbst, künftig auf alkoholische Getränke zu verzichten, glatt vergessen ließ. Und so feierten sie, als es Abend geworden war, den verhängnisvollen Sieg über das Unlicht, die gelungene Flucht vor Anker und die vorläufige Erhaltung der Existenz der Welt. Es war ein fröhliches und zugleich deprimierendes, aufschlussreiches und zugleich schwer verdauliches kleines Fest in einem modern, aber schlicht eingerichteten Zementhäuschen inmitten des kaum erforschten Sternenwalds. Hier waren die Bäume hochgewachsener als der höchste Skyroom auf Solaspitz und die Wesenarten sogar noch zahlreicher als alle bekannten Arten im Laternenwald zusammen. Ein Schritt nach draußen bedeutete ein Schritt ins Ungewisse; in ein neues Abenteuer …

Am nächsten Morgen brachen sie mit Esswaren gefüllten Rucksäcken umgeschnallt auf – Naomi hatte natürlich auch ihre Artenfibel mit dabei, in der sie inzwischen einige neue Einträge verzeichnet hatte – und folgten der einzigartigen Anhäufung von Sternfäden.

Die würzig nach unbekannter Fauna und Flora riechende Luft des finsteren inneren Sternenwalds durchströmte Loyds Lungen. Ihm war mulmig und zugleich etwas hibbelig zumute. Die drei Freunde waren nun tatsächlich auf dem Weg nach Blausternenwald. Soweit war noch kein lichterlohener Explorationswissenschaftler vor ihm je in die weiten Gefilde des Sternenwalds vorgedrungen. Was würde sie dort erwarten? Immer düsterer wurde die Umgebung über den vollkommen unberührten Urwaldflächen, was Loyd auf eine merkwürdige Beobachtung im Süden zurückzuführen vermochte: Je weiter sie sich vom Laternenwald entfernten, über dem die himmlischen Scheiben thronten, desto weniger Licht drang bis zu ihnen vor. Verwunderlich daran war nur die Tatsache, dass, obwohl die drei Scheiben mit zunehmender Distanz immer schmäler wurden, sie mit der Entfernung senkrecht aufragend an Länge gewannen, bis die lichtspendenden Naturwunder mehrere Tage, nachdem die Gruppe die äußerste und letzte lichterlohene Forschungsstation hinter sich gelassen hatte, leuchtenden, gegen den Kosmos ragenden Essstäbchen glichen. Da die dünne, funkelnde Lichtlinie bereits unendlich weit entfernt schien, konnten die drei Reisegefährten den Tag bald nicht mehr von der Nacht unterscheiden.

Nach einer langen Woche wurden die Essensrationen der Gruppe beunruhigend knapp. Am Abend des siebten Tages nach ihrem Aufbruch schlugen sie ihr Zelt auf einem einige Meter breiten Ast eines mächtigen Laubbaumes unbekannter Spezies auf, der ihnen so hochgewachsen erschien wie der kilometerhohe Schwarze Vorhang selbst. Die Pflanzen hier draußen waren unglaublich riesig. Die drei erschöpften Reisenden diskutierten, ob sie umkehren oder der heiligen Sternenkonstellation noch weiter folgen sollten. Am darauffolgenden Morgen zogen sie, aufgrund der klaren Befürwortung der Fortsetzung ihres Pilgerflugs, weiter in die unendliche Düsternis hinaus.

Immer weiter führte sie das leitende Zeichen am Himmel. Ihre Essensvorräte waren längst aufgebraucht – sie hatten schon fast vergessen, wie viele Tage seit ihrer Abreise vergangen waren –, als eine abrupte Erhöhung am Horizont eine Veränderung im Terrain ankündigte.

Als sie der Hügelkette aus dicht zusammenstehenden Baumkronen näherkamen, bemerkten sie eine eigenartige Irregularität inmitten der wild wuchernden Waldlandschaft. Ein gewaltiges Gsebilde, das merkwürdigerweise Ähnlichkeiten mit einer Hundepfote aufwies, türmte sich auf dem höchsten Punkt des Hügelmassivs auf. Dahinter erhob sich eine gigantische Säule aus goldenem Licht gegen das sonst finstere, sternfädendurchzogene Himmelszelt. Die drei Freunde mussten sich ob dieser Beobachtung zuerst einmal vergewissern, dass sie auf der langen Reise nicht übergeschnappt waren, und begaben sich Flügel schlagend, Loyd auf seinem Unlichtboard surfend, direkt über das steinerne Monument, welches sich tatsächlich als gigantische Hundepfote herausstellte. Ein Schwarm möwenartiger Vögel, der auf dem Konstrukt verharrt hatte, hob ab und segelte unter lautem Gekreische davon.

»Das muss das legendäre Denkmal von Bao, dem Hundewesen sein. Ich glaube, wir haben es geschafft!«, verkündete Naomi ausgezehrt, aber mit einem hoffnungsvollen Unterton in der Stimme.

»Seht mal, da drüben!«, bemerkte Lux überflüssigerweise, denn alle drei ließen bereits ihre Blicke über die weite, offenbar durch Scheinwerfer bunt beleuchtete Ebene jenseits der Gedenkstätte schweifen. Sie hatten Ausblick auf eine Art Wohnanlage, die von weitem den Eindruck eines prachtvollen Resorthotels vermittelte und von allen Seiten in verschiedensten Farben erhellt wurde. Direkt dahinter – Loyd konnte es nicht fassen –, jenseits der gepflegten Park- und Strandanlagen, eröffnete sich ihnen die weite, türkisblau funkelnde und wellenschlagende Ebene eines Ozeans. Mittig darin thronte ein Sonnenloch, welches von einem gewaltigen, unförmigen Wasserfall umgeben war und dessen Lichtstrahlen dem unendlichen Kosmos entgegenragten. Der Sog des ungewöhnlichen Naturphänomens wies eine derartige Kraft auf, dass das Rauschen des abströmenden Wassers bis zu ihnen heraufdrang.

Jubelnd und mit Tränen in den Augen landete einer nach dem

anderen vor dem Denkmal, wo sich ihnen ein durch Fackeln beleuchteter Pfad hinunter ins Tal eröffnete. Überglücklich und erlöst fielen sie sich in die Arme und schmiegten sich eng aneinander, in treuer Freundschaft auf ewig verbunden und bereit für neue Abenteuer. Sie waren angekommen!

# DANKSAGUNG

Dank aussprechen möchte ich Evelyne Stutz für ihren beständigen Support, dem Team von Miss Motte Audio für ihr selbstloses Vertrauen in mich und meine Arbeit, dem Hörbuch-Sprecher, Rainer Denk, welcher die Geschichte mit seiner brillanten Stimme zum Leben erweckt hat, Stephanie Stutz für die phänomenalen Cover und der Lektorin, Susanne Beisteiner, für ihre wertvolle Unterstützung.

Druck:
CPI Druckdienstleistungen GmbH
im Auftrag der
KNV Zeitfracht GmbH
Ein Unternehmen der Zeitfracht - Gruppe
Ferdinand-Jühlke-Str. 7
99095 Erfurt